Reader's Digest
Auswahlbücher

Reader's Digest Auswahlbücher

Verlag DAS BESTE
Stuttgart · Zürich · Wien

Inhalt

DER
DAMM

Eine
Kurzfassung
des Buches
von
Robert Byrne

Ins Deutsche übertragen von
Dr. Hans Joachim Becker

Illustrationen
von Sanford Kossin

Theodore Roshek, Chef des Ingenieurbüros R., B. & B. in Los Angeles, steht vor dem Höhepunkt seiner Karriere. Der Präsident der USA bietet ihm die Leitung eines geplanten Superministeriums für Forschung, Technologie und Umweltschutz an.

Zu diesem Zeitpunkt erlaubt sich Philip Kramer, der gerade eine Anfängerstelle in der Firma ergattert hat, Zweifel an der Sicherheit des Sierra-Canyon-Damms, eines der Großprojekte von R., B. & B., anzumelden. Als Spezialist für Computerprogramme zur Voraussage von möglichen Staudammbrüchen, will er Roshek eines klarmachen: Der Sierra-Canyon-Damm ist eine tickende Zeitbombe!

Als Phil Kramer Rosheks Büro verläßt, ist er seinen Job los, aber nicht die Überzeugung, daß die neuesten Meßwerte vom Sierra-Canyon-Damm Gefahr signalisieren, Gefahr für Tausende von Menschen! Und Phil ist bereit, sofort zu handeln, denn eines kann auch der Computer nicht voraussagen: wann genau die drohende Katastrophe hereinbrechen wird.

Erster Teil

Die Angst

1. Kapitel

Der Sierra-Canyon-Damm – mit 251 Meter Höhe der höchste Staudamm der USA und der höchste Erd- und Felsdamm der Welt – wurde fünf Jahre nach seiner Fertigstellung von einer Reihe leichter Erdbeben erschüttert. Seismographen in Nordkalifornien sprachen um 8 Uhr 20 auf den ersten von insgesamt neunundzwanzig Erdstößen an. Das Hauptbeben hatte fünf Stunden später eine Stärke von 5,5 auf der Richterskala und brachte in einem Gebiet von 500 Quadratkilometern das Geschirr zum Klirren. Dieses Beben dauerte sieben Sekunden und beunruhigte vor allem Leute, die sich zu diesem Zeitpunkt in ihren Häusern aufhielten. Wer draußen war, glaubte in den meisten Fällen an eine Erschütterung durch einen vorbeifahrenden Zug oder Lastwagen. Angler und Wasserskiläufer am Earl-Warren-Stausee hinter dem Damm bemerkten nichts.

Das einzige schreckliche Erlebnis wurde von einem einsamen Wanderer berichtet, der zu diesem Zeitpunkt gerade abschüssiges Gelände acht Kilometer südwestlich des Staudamms durchquerte. Hier war das Epizentrum des Bebens. Der Mann wurde zu Boden geworfen und mußte sich an Grasbüscheln festhalten, um nicht den Hang hinunterzurollen. „Es war ein Gefühl, als müsse man sich an ein Floß klammern, das durch Stromschnellen jagt", erzählte er später einem Reporter der *Sacramento Bee*. „Im Boden tat sich ein Spalt auf, und ich konnte sehen, wie die beiden Seiten sich aneinander rieben."

Der Spalt folgte einem bis dahin unbekannten Riß in der Erdkruste, der nach diesem Wanderer „Parkersche Rinne" genannt wurde. Die Verwerfung verlief in nordöstlicher Richtung und ließ sich über fast

800 Meter verfolgen. Geologen stellten fest, daß sich der Boden 15,5 Zentimeter in horizontaler und 7,5 Zentimeter in vertikaler Richtung verschoben hatte. Nach einer offiziellen geologischen Studie war nicht auszuschließen, daß die Parkersche Rinne auch den Sierra-Canyon-Damm unterquerte.

Obwohl nur sehr wenige meßbare Schäden festgestellt wurden, sorgte das Erdbeben in den nordkalifornischen Verwaltungsbezirken Butte, Sutter und Yuba für Schlagzeilen. In Rio Oso war unter 1000 Truthähnen in einem Gehege Panik ausgebrochen; dabei waren 300 Tiere so schwer verletzt worden, daß man sie hatte notschlachten müssen. In einem Supermarkt in Roseville hatte eine Frau sich einen Zeh gebrochen, als eine Pyramide mit Pfirsichkonserven eingestürzt und eine Dose ihr auf den Fuß gefallen war. Da es so wenig Sensationelles zu berichten gab, blieb den Zeitungen nichts weiter übrig, als in Leitartikeln zu orakeln, was bei einem stärkeren Erdbeben alles hätte passieren können.

Eine mögliche Folge wäre zum Beispiel ein Dammbruch gewesen. Jedenfalls ging das Wilson Hartley durch den Sinn. Er war der Polizeichef des Städtchens Sutterton, das mit seinen 6500 Einwohnern am Sierra-Canyon-Fluß unterhalb des Staudamms lag. Hartley war für die öffentliche Sicherheit verantwortlich, und es gehörte zu seinen Aufgaben, im Katastrophenfall die Evakuierung der Einwohner zu organisieren. In seinen Unterlagen befand sich deshalb auch eine Überschwemmungskarte, die vom Katastrophenschutzamt in Sacramento herausgegeben wurde. Jede Gesellschaft, die einen Staudamm betrieb, war dazu verpflichtet, auch die Möglichkeit eines Dammbruchs einzukalkulieren und die Höhe der daraus resultierenden Flutwelle abzuschätzen. Der Karte konnte man entnehmen, wie hoch das Wasser steigen und wann es bestimmte Punkte im Flußtal unterhalb des Staudamms erreichen würde. Freilich nutzten solche Informationen allenfalls Gemeinden mit ausreichend langer Vorwarnzeit; in Sutterton konnte man darüber nur makabre Witze reißen, denn dort würde man sich binnen Minuten einer 152 Meter hohen Flutwelle gegenübersehen.

Als die Erde bebte, saß Hartley an seinem Schreibtisch. Er legte den Kugelschreiber aus der Hand und starrte das laut klirrende Bürofenster an. Zuerst dachte er an eine Sprengung im Steinbruch der Gebrüder Mitchell, doch als die Scheibe nicht aufhören wollte zu klirren, erhob er sich langsam und versuchte, nicht gleich das Schlimmste zu befürchten.

Ein Polizist erschien im Türrahmen. „Haben Sie's auch bemerkt?" fragte er. „Das war ein Erdbeben."

„Und vielleicht müssen wir gleich ein Bad nehmen", antwortete Hartley trocken.

Die beiden Männer traten ans Fenster. In 800 Meter Entfernung erhob sich die Talsperre über den Baumwipfeln einer Anhöhe: eine unglaubliche Masse, höher als ein achtzigstöckiges Gebäude, gewaltiger als der Grand-Coulee-Damm und der Hoover-Damm zusammen. Lediglich die schnurgerade, 2400 Meter lange Dammkrone, die sich scharf gegen den Himmel abhob, ließ ahnen, daß dieser Wall von Menschenhand aufgetürmt war. Seine mächtige Luftseite glich einer Prärie mit 30 Grad Neigung.

„Sieht dicht aus", sagte Hartley.

„Eher stürzen die Berge zusammen, als daß dieser Damm bricht. Den haben sie für die Ewigkeit gebaut."

„Das behaupten jedenfalls die Ingenieure."

Als sich beide wieder vom Fenster abwandten, flackerte das Deckenlicht und ging dann aus.

VIER Tage nach dem Erdbeben landete eine Maschine der Pan American Airways aus London in Los Angeles. Unter den Wartenden auf der Aussichtsplattform war auch ein Reporter mit einem Notizblock in der Hand. Interessiert blickte er zur Maschine hinüber, als der Mann, hinter dem er her war, in der Tür erschien, die Hilfe einer Stewardeß schroff zurückwies und sich mit seinen Aluminiumkrücken geschickt die Treppe zu einem Rollstuhl hinunterbewegte. Theodore Roshek, Chef der international bekannten Konstruktionsfirma Roshek, Bolen & Benedetz, war nicht nur wegen seines Gebrechens leicht auszumachen. Er hatte ein schmales Gesicht mit den Zügen eines Habichts und trug stets einen grauen Filzhut mit einer altmodisch breiten Krempe. Buschige, schwarze Augenbrauen kontrastierten mit seinem schlohweißen Haar und gaben seinen tiefliegenden, blauen Augen etwas Beunruhigendes. Leicht nach vorn geneigt in seinem Rollstuhl sitzend, sah er aus wie der Kommandant auf der Brücke eines Kriegsschiffes.

Wenn Roshek richtig laufen könnte, dachte der Reporter, würde er sich wahrscheinlich immer so bewegen wie einer, der auf jemanden losgehen will.

Das Interview fand statt, während der Rollstuhl von einem Steward des Bodenpersonals durch die Vorhalle zu einer draußen wartenden Limousine geschoben wurde.

„Entschuldigen Sie, Sir. Ich bin Jim Oliver von der *Los Angeles Times.*"

„Herzliches Beileid", knurrte Roshek, ohne den Kopf zu wenden. „Ich selbst lese den *Herald-Examiner.* Eine wirklich gute Zeitung."

„Ihre Firma hat den Sierra-Canyon-Damm entworfen..."

„Stimmt. Außerdem müssen wir ihn laut Vertrag zwanzig Jahre lang überwachen und warten. Er ist wahrscheinlich der sicherste Damm, der je gebaut worden ist."

Oliver, ein kleiner Mann, mußte fast rennen, um mit dem Rollstuhl Schritt halten zu können. Seine Zeitung, erklärte er, bereite einen Hintergrundbericht zum jüngsten Erdbeben vor.

Zum ersten Mal sah Roshek ihn an. „Das Erdbeben? Darüber wollen Sie jetzt erst berichten? Als ich in Ihrem Alter war, haben Zeitungen sich mit den neuesten Nachrichten befaßt. An Ihrer Stelle würde ich über aktuellere Dinge schreiben. Glauben Sie, daß die ‚Dodgers' je wieder ein Spiel gewinnen?"

„Wir haben versucht, Sie in London telefonisch zu erreichen."

Roshek sah wieder nach vorn. „Ich habe viel zu tun. Ich habe gedacht, Sie wollten mir telefonisch ein Abonnement andrehen."

„Hat das Erdbeben Ihnen Sorge bereitet?"

„Ja. Ich habe ein Sommerhaus in der Nähe des Staudamms. Ich hoffe, der Kamin hat keinen Riß bekommen."

„Sie glauben also nicht, daß Menschen in Gefahr waren?"

„Nein. Das heißt, doch. Menschen sind immer in Gefahr. Sind Sie mit dem Wagen hergekommen? Sagen Sie, machen Sie sich um Ihre Sicherheit überhaupt keine Sorgen? Allein im vergangenen Jahr hat es in diesem Land fünfzigtausend Verkehrstote gegeben."

„Trotzdem läßt sich nicht leugnen, daß in der Nähe der höchsten Talsperre der Welt ein Erdbeben registriert worden ist."

„In der Nähe des höchsten Erd- und Felsdamms! Einige Staumauern aus Beton sind noch höher. Grande Dixence in der Schweiz zum Beipiel ist 284 Meter hoch. Und wenn die Russen je den Nurek-Damm fertigstellen, wird er 317 Meter hoch sein. Das gefällt mir immer so an der Presse: ihr gewissenhaftes Bemühen um Genauigkeit."

„Ist der Sierra-Canyon-Damm erdbebensicher?"

„Er ist widerstandsfähig gegen Erdbeben. Nichts ist erdbebensicher. Die kleine Erschütterung letzte Woche hatte eine Stärke von 5,5 auf der Richterskala; das Zentrum des Bebens lag acht Kilometer vom Damm entfernt. Er ist so angelegt, daß er bei dieser Entfernung sogar ein Beben mit einer Stärke von 6,5 übersteht. Und ein so mächtiges Beben haben wir in dieser Ecke seit hunderttausend Jahren nicht gehabt."

„Die kleine Erschütterung, wie Sie es nennen, hat immerhin das Wasserkraftwerk fünfundvierzig Minuten lang außer Betrieb gesetzt."

„Weil wir des Guten zuviel getan haben. Im Damm selbst und im Kraftwerk gibt es Hunderte von hochempfindlichen Sensoren. Die Turbinenwellen haben neunzig Zentimeter Durchmesser, und wenn sie durch eine Erschütterung mehr als ein paar Millimeter aus dem Lot kommen, schaltet sich alles automatisch ab, bis die Sache untersucht worden ist. Bei Generatoren, die eine Million Dollar kosten, geht niemand gern ein Risiko ein. Bei Staudämmen übrigens auch nicht."

„Aber stimmt es denn, daß die an der Errichtung des Dammes beteiligten Baufirmen Ihre Vorschriften möglicherweise nicht bis ins kleinste Detail befolgt haben?"

„Wer hat Ihnen denn den Floh ins Ohr gesetzt? Die Naturschützer der Sierra-Initiative? Der Damm ist genauso gebaut worden, wie er entworfen wurde. Ich habe drei Jahre lang dafür gesorgt, daß die Verträge auf der Baustelle genauestens eingehalten wurden, weil ich sicherstellen wollte, daß das Ding nie brechen und Ihnen dazu verhelfen würde, mehr Zeitungen zu verkaufen. Sie entschuldigen mich jetzt bitte; hier ist mein Wagen. Tut mir leid, Ihnen keine aufregende Story liefern zu können. Wenn Sie unbedingt über die Bedrohung der Bevölkerung durch Staudämme schreiben müssen, sollten Sie sich anderswo als in Kalifornien umsehen. Dieser Staat unterhält ein ganzes Heer von Beamten, die weiter nichts zu tun haben, als sich um die Sicherheit von Talsperren Sorgen zu machen. Die meisten anderen Bundesstaaten haben dagegen überhaupt kein Sicherheitssystem. Das ist kein Witz! Um diesen Skandal sollte sich Ihr geschätztes Blatt mal kümmern, junger Mann. Alsdann, fahren Sie vorsichtig!"

Die sechs Wasserwirtschaftsbezirke, denen der Sierra-Canyon-Damm gemeinsam gehörte, beriefen eine Expertenkommission ein. Die Ingenieure sollten feststellen, ob das Erdbeben „die Bausubstanz des Damms in irgendeiner Weise angegriffen" habe. Wenn auch keine Schäden am Dammkörper selbst festgestellt wurden, so fand man doch, daß fast ein Drittel aller eingebauter Meßinstrumente durch das Beben außer Betrieb gesetzt worden waren. Das nahm man jedoch nicht weiter tragisch, weil der Damm mit den verbleibenden funktionstüchtigen Sensoren immer noch der bestausgerüstete der Welt war. So hielt man es für überflüssig, die zerstörten Drähte und Rohrleitungen zu ersetzen, die von den Sensoren im Dammkörper zu den Prüfgängen verliefen.

Ein Betonkern, der sich auf Sohlenhöhe wie eine Wirbelsäule durch den ganzen Damm zog, enthielt die Prüfgänge und Entwässerungs-tunnel. Die Erdstöße, die den Damm erschütterten, hatten zur Öffnung von Nahtstellen am Kern geführt, durch die in den folgenden Wochen braunes Wasser in die Tunnel eindrang. Das stimmte die Experten bedenklich, doch nachdem man an den Schadstellen durch vorgebohrte Löcher Zementmilch – eine Mischung aus Sand, Wasser und schnell abbindendem Zement – gepreßt hatte, bekam man das Sickerwasser unter Kontrolle. Daß zeitweilig eine Krisensituation bestanden hatte, davon erfuhr die Öffentlichkeit nichts.

Als zusätzliche Sicherheitsmaßnahme wurde das Wasser im näch-sten Frühjahr sehr langsam und nur bis auf sechs Meter unter die Maximalhöhe angestaut. Erst im fünften Jahr nach dem Erdbeben war das Staubecken ganz gefüllt. Und erst zum zweitenmal in der zehnjährigen Geschichte des Damms schoß am 19. Mai Wasser in die Überlaufrinne; ein spektakuläres Schauspiel für Touristen. Siebeneinhalb Zentimeter hoch rauschte das Wasser in glitzernden Wellen die über dreihundert Meter lange Betonrinne hinunter und endete explosionsartig in Myriaden aufsprühender Wassertropfen. Niemand, der das Donnern gehört, den kalten Windzug und den Gischt gespürt oder die Regenbogen fotografiert hatte, würde dies Erlebnis je vergessen.

Am 22. Mai hatte das überlaufende Wasser die neue Rekordhöhe von 28 Zentimetern erreicht. Es war jetzt auch außergewöhnlich naß in den untersten Prüfgängen und Entwässerungstunneln, die 251 Meter unter der Dammkrone auf gewachsenem Fels lagen. Das Wasser stand dort zweieinhalb Zentimeter hoch auf den Laufstegen. Durch so tiefes Wasser hatte Inspektor Chuck Duncan auf seinen wöchentlichen Kontrollgängen noch nicht waten müssen. Wasser sickerte, tropfte und floß aus allen Abwasserlöchern, Spalten und Ritzen und lief in einer Reihe kleiner Wasserfälle die endlosen Betontreppen hinunter. Es gab zwar mehr Wasser als gewöhnlich, aber auch wieder nicht so viel, daß Duncan sich veranlaßt gesehen hätte, dies besonders zu erwähnen. Bei gefülltem Staubecken war es hier unten immer feucht, und das Formular, auf dem Duncan die abgelesenen Meßwerte vermerken mußte, bot nicht genug Platz für zusätzliche Bemerkungen eines unerfahrenen Technikers.

Duncan haßte die unheimlichen untersten Tunnel. Er haßte den mühsamen Abstieg, die abgestandene Luft, die Feuchtigkeit und die Grabesstille. Die Lampen an der Tunneldecke waren zu weit voneinander entfernt angebracht, als daß sie die Düsternis wirklich hätten aufhellen können, und so war er auf eine Taschenlampe angewiesen. Wie sollte er eigentlich gleichzeitig die Lampe halten und die Meßwerte notieren? Doch das Schlimmste war, das ganze Gewicht des Dammes und des Stausees sozusagen direkt über sich zu wissen. Wenn er daran dachte, brach ihm trotz der Kälte der Schweiß aus.

Eine schwere Stahltür verschloß den Eingang zum Stollen D, einem dreißig Meter langen Seitentunnel, in dem eine Reihe von Kontrollgeräten untergebracht war. Die Tür ließ sich nur schwer öffnen, weil der Damm sich gesetzt und dabei den Rahmen verzogen hatte. Duncan klemmte sein Schreibbrett unter den Arm und riß die Tür mit beiden Händen auf.

Als er vor der Instrumententafel am Ende des Stollens stand, war es fast, als stünde er im Regen. Vor Kälte zitternd und mit klappernden Zähnen, notierte er schnell die Meßdaten der Instrumente, die er ablesen konnte; für ein paar andere, die wegen des rieselnden Wassers nicht zu erkennen waren, trug er lediglich Schätzwerte ein. Mochten andere Leute aus den Daten und dem heftigen Wassereinbruch auf den Zustand des Damms schließen; Duncan wollte nur sein Formular ausfüllen und so schnell wie möglich hier verschwinden. Wenn er wieder oben war, würde er eine Zigarettenpause einlegen und an Carla denken, mit der er am Freitag abend verabredet war.

2. Kapitel

Nur drei Wochen nach seiner Ankunft in Südkalifornien fand sich der neueste Angestellte der Konstruktionsfirma Roshek, Bolen & Benedetz in einer Position, die ihm recht ungewöhnlich vorkam: Er lag auf einem Plüschteppich in Santa Monica. Noch vor einem Monat hatte Phil Kramer im heimischen Wichita in Kansas Rasen gemäht. „Glaub bloß nicht, du müßtest keinen Rasenmäher mehr schieben, weil du jetzt deinen Doktor hast", hatte seine Mutter gesagt. Jedesmal, wenn er die ratternde Maschine an der Veranda vorbeischob, hatte er einen Augenblick innegehalten, um das gerahmte Diplom zu lesen, das er auf die Stufen gestellt hatte:

Die
UNIVERSITÄT KANSAS

hat
PHILIP JAMES KRAMER
den Grad eines
DOKTOR-ING.
verliehen

Er war geradezu verliebt in dieses Stück Papier. Sieben manchmal schier endlos erscheinende Jahre seines Lebens hatte er dafür investiert.

Und nun befand er sich wie durch ein Wunder im Appartement einer jungen Frau, zwei Häuserblocks vom Pazifischen Ozean entfernt. Er war nicht ganz sicher, was jetzt geschehen würde. Gesagt hatte Janet, er werde eine Massage bekommen.

„Du hast mich in zwei teure Restaurants eingeladen", hatte sie erklärt, „und du hast mein Auto repariert. Jetzt werde ich dir meine erstklassige Luxus-Körpermassage angedeihen lassen. Leg dich schon auf den Teppich vor dem Kaminfeuer; ich werfe mich inzwischen in meine Masseusen-Uniform."

Zögernd ging er zum Teppich hinüber. Und wenn sie sich lediglich einen Scherz erlaubte?

„Nur nicht so schüchtern", sagte sie. „Es wird dir bestimmt gefallen."

Er lag mit dem Gesicht nach unten auf dem Teppich, das Kinn auf die Handrücken gestützt, und spürte die Wärme des Feuers. Was ihm so außergewöhnlich vorkam, war die Tatsache, daß dies erst der dritte Abend war, den sie zusammen verbrachten. Er war schüchtern; besonders Frauen gegenüber. Schon als Junge war er sich wegen seiner hoch aufgeschossenen Gestalt und seines schwer zu bändigenden roten Haarschopfes linkisch und ein wenig absonderlich vorgekommen. Auf dem College besaß er immer noch nicht viel Selbstvertrauen. Er war zu lang und zu nervös, und seine Sommersprossen schienen ihm nicht zum Bild eines ernst zu nehmenden Mannes passen zu wollen. So hatte er sich schließlich an den Gedanken gewöhnt, daß sich wohl allenfalls weibliche Intelligenzbestien für ihn interessieren könnten.

Janet Sandifer war er auf einem Wochenendseminar über neue Computersprachen begegnet. Mehr als ein paar verstohlene Blicke während der Kaffeepausen hatte er nicht gewagt, bis sie ihm zugelächelt hatte. Sie besaß eine hübsche, sportliche Figur, und ihr Gesicht zog seinen Blick an wie ein Magnet. Sie hatte vor drei Jahren ihr Doppelstudium der Computerwissenschaft und Mathematik an der Universität von Kalifornien in Los Angeles abgeschlossen. Jetzt arbeitete sie als Systemanalytikerin für eine Firma in Torrance, die Instrumente für die wissenschaftliche Forschung konstruierte und fertigte.

Phil schloß die Augen und lächelte. Er konnte sich wirklich nicht beklagen. Es war ein wunderbares Gefühl, das Studium beendet zu haben. Das Lob seiner Professoren für seine Dissertation über Computervorhersagen von Dammbrüchen klang ihm noch in den Ohren. Und nun hatte er sich bei einer der angesehensten Konstruktionsfirmen der Welt einen Job geangelt.

In jüngster Zeit war eigentlich nur eins schiefgegangen. Und das war die verrückte Reaktion des Computers bei Roshek, Bolen & Benedetz, als er sein Programm für Katastrophenvorhersagen auf den Sierra-Canyon-Damm angewandt hatte. Die ausgedruckten Daten deuteten darauf hin, daß der Damm bald wie ein mit Wasser gefüllter Ballon platzen mußte. Entweder stimmte etwas nicht mit den Computern oder mit dem Damm oder mit seinem Programm. Die Computer waren in bestem Zustand, und die Konstruktion des Dammes wurde weltweit gerühmt. Folglich mußte der Wurm im Programm stecken. Phil wollte Janet das Programm erklären. Vielleicht konnte sie den Fehler darin entdecken.

Sie kniete jetzt, mit einer Art Kimono bekleidet, neben ihm. „Versteh mich bitte richtig", sagte sie. „Ich versuche nicht, dich zu verführen. Ich verabreiche dir lediglich eine Massage. Mach die Augen zu." Sie preßte die Finger auf seine Nackenmuskeln und befahl ihm, sich zu entspannen. „Völlig verkrampft", stellte sie fest. „Bist du denn noch nie massiert worden?"

„Massage gehört in Kansas nicht gerade zu den Dingen des alltäglichen Lebens."

Sie massierte ihm die Kopfhaut, knetete seine Schultern mit den Handballen und ließ ihre Finger unter ständigem Druck langsam von seinem Nacken herunter zum Kreuz wandern.

„Das fühlt sich unglaublich gut an", sagte Phil. „Ich weiß nicht, wie ich das annehmen soll. Wenn ich hier so liege, komme ich mir geradezu selbstsüchtig vor."

„Das ist ein Geschenk. Es ist deine Pflicht, dich darüber zu freuen."

Plötzlich konnte er sich diesem wohltuenden Pflichtgefühl überlassen.

DIE Firmenzentrale von Roshek, Bolen & Benedetz in Los Angeles nahm drei Stockwerke im Tishman Tower am Wilshire Boulevard ein. Auf jedem Stockwerk waren hundert Angestellte untergebracht.

Die Hälfte davon waren Ingenieure, die in einem von Büros umgebenen, zentral gelegenen Raum an Zeichentischen arbeiteten.

Am Donnerstag, dem 28. Mai, war Phil Kramer eine Stunde früher als gewöhnlich bei der Arbeit. Er saß an einem Terminal und gab sein abgeändertes Programm in einen Computer ein. Die Änderung war das Ergebnis von fünf Abenden gemeinsamer Überlegungen mit Janet. Sie hatte zwar nicht viel Ahnung von Staudämmen, aber sie konnte logisch denken und verstand es, Fragen zu stellen, die ihn dazu brachten, eine Reihe von Schätzwerten zu verändern. Janet gab ihm auch zu bedenken, daß sein mathematisches Modell zu klein und zu simpel sei, als daß es sich auf den Sierra-Canyon-Damm anwenden lasse. Das Modell mußte erweitert werden, um der Größe des Bauwerks und der ungewöhnlich hohen Zahl von anfallenden Meßdaten gerecht zu werden. Ihre Zusammenarbeit hatte schließlich zu einem Computerprogramm geführt, das genau auf den Sierra-Canyon zugeschnitten war.

Nachdem er die Vorarbeiten abgeschlossen hatte, studierte Phil eine Kopie der jüngsten Prüfdaten des Damms. Die Meßwerte von Stollen D waren vor drei Wochen abgelesen worden, als das Wasser im Stausee noch 152 Zentimeter unterhalb der Überlaufrinne stand. Phil speiste die Daten ein und befahl dem Computer, den Zustand des Damms unter den von ihm festgelegten „günstigsten Annahmen" zu überprüfen. Vier Minuten später erschienen Zahlenkolonnen auf dem Bildschirm. Sie identifizierten jeden der siebeneinhalbtausend Kubikmeter großen Blöcke des Damms, der überhöhte Werte für Sickerwasser, Druck, Senkung und Verschiebung aufwies. Zwanzig Blöcke erschienen in der Sektion „Überschreitet die Konstruktionswerte". Fünf fielen in die Kategorie „Kritisch. Überprüfung vor Ort durchführen".

Phil spitzte die Lippen und schüttelte den Kopf. Sollte er das Programm in den Mülleimer werfen und noch einmal von vorn anfangen? Offenbar war es noch verkorkster als zuvor. Er bat den Computer um eine Berechnung unter „ungünstigsten Annahmen". Diesmal erschienen 47 Blöcke in der Rubrik „Überschreitet die Konstruktionswerte . . .", und zwölf wurden als „Kritisch" ausgewiesen. Die Angaben verschwanden und wurden auf dem Bildschirm durch den Befehl „Sofortiges Eingreifen erforderlich" ersetzt. Phil bat um Schaubilder der kritischen Zonen. Eine wandernde punktierte Linie zeigte die Schwachstellen an, die sich alle im untersten Bereich zwischen Dammsohle und Felsuntergrund befanden.

Eine neue Botschaft erschien auf dem Bildschirm: „Kommt nur Bockmist heraus? Nicht verzweifeln! Eingespeicherten Bockmist noch einmal überprüfen!" Das war eine der Botschaften, die Phil ins Programm eingebaut hatte, um die Langeweile zu vertreiben.

Als er Janet an ihrem Arbeitsplatz anrief, begrüßte sie ihn fröhlich: „Wie geht's denn so bei Kolossalbau und Söhne?"

„Wunderbar. Unserem Superhirn zufolge löst sich unser Parade-stück an siebenundvierzig Stellen gleichzeitig in seine Bestandteile auf. Janet, die Ergebnisse sind alarmierender als zuvor. Das Programm ist meiner Meinung nach logisch richtig. Ich kann's mir nur so erklären, daß mein ursprünglicher Ansatz vielleicht zu pessimistisch war."

„Da kann ich dir auch nicht helfen. Warum sprichst du nicht mal mit dem Alten – wie heißt er doch gleich – Roshek? Der braucht wahrscheinlich nur Sekunden, um den wunden Punkt zu finden."

Phil lachte. „Du willst mich wohl loswerden? Der Kerl macht mir angst. Du solltest ihn mal sehen, wenn er morgens hier an seinen Krücken durchs Gelände fegt. Ich schwöre dir, der kann einen mit einem bloßen Blick vom Hocker fegen."

„Mit irgend jemandem mußt du aber reden."

„Soll ich vielleicht die Geschäftsleitung zusammenrufen lassen und ihr unterbreiten, nach meinen Berechnungen würde der Sierra-Canyon-Damm demnächst ins Meer hinausgeschwemmt werden? Die würden sich doch vor Lachen auf dem Fußboden wälzen. Ich komme frisch von der Universität. Da geht man erst mal davon aus, daß ich von nichts eine Ahnung habe."

„Du bist zu bescheiden. Und du hast ein geniales Programm entwickelt. Hast du gar keinen Vorgesetzten, mit dem du reden kannst?"

„Na ja, vielleicht könnte ich zu Herman Bolen gehen. Mit ihm habe ich das Vorstellungsgespräch geführt. Ein netter Kerl, nur manchmal ein wenig wichtigtuerisch."

„Sprich mit ihm. Wenn der Damm morgen bricht, kannst du schließlich nicht gut sagen, du hättest es vorausgesehen, es sei dir aber peinlich gewesen, darüber zu reden."

Den Rest des Vormittags brauchte Phil dazu, sich Mut zu machen, um bei Bolens Sekretärin einen Gesprächstermin zu erbitten. Zweimal griff er nach dem Telefonhörer und überlegte es sich doch wieder anders, weil ihn schreckliche Vorstellungen überkamen. Wenn nun Bolen zu toben anfing? „Sind Sie wahnsinnig?" würde er vielleicht brüllen. „Ich habe Wichtigeres zu tun, als mir kindische Angstträume anzuhören." Es war sogar möglich, daß Bolen ihn auf der Stelle hinauswarf, weil er sich nicht auf seine eigentlichen Aufgaben konzentrierte.

Phil gehörte zu einem Viermannteam, das mit dem Entwurf eines Felstrümmerstaudamms für ein landwirtschaftliches Entwicklungs-projekt in Brasilien befaßt war. Die meiste Zeit brachte er damit zu, die Zeichnungen und Berechnungen der anderen nachzuprüfen. Doch er war sicher, daß man ihm bald mehr Verantwortung übertragen würde, wenn er gute Arbeit leistete. Es bestand sogar die Aussicht, daß er den Teamleiter noch in diesem Jahr zur Baustelle begleiten durfte. Ein Ausflug nach Brasilien! So etwas hätte sich ihm sicher nicht geboten, wenn er zu einer der kleinen Beraterfirmen in Wichita gegangen wäre.

Wieder lag seine Hand auf dem Hörer. Vielleicht war Bolen ja auch beeindruckt von einem neuen Angestellten, der über seinen Schreib-tischrand hinausblickte. Phil mußte an die verschiedenen Ratschläge denken, die sein Vater ihm mit auf den Weg gegeben hatte: Wenn du für ein Problem keine Lösung findest, geh damit zu einem, der es lösen kann; achte aber darauf, daß deine Fakten stimmen. Phil runzelte die Stirn. Die Daten, die er hatte, waren drei Wochen alt. Es war wohl besser, wenn er sich die neuesten Meßwerte besorgte. Er nahm den Hörer ab und ließ sich mit dem Sierra-Canyon-Damm verbinden.

HERMAN BOLEN residierte im zweitgrößten Büro der Firma. Die linke Seite seines Schreibtisches erinnerte an die Armaturen in seinem Privatflugzeug. Per Knopfdruck konnte er seine Sekretärin herbeiru-fen, fünfzig Telefonnummern rund um den Globus anwählen, den

Börsenbericht abrufen oder die Jalousien vor den Fenstern herunterzulassen.

Es machte ihm nichts aus, die Nummer zwei in der Firma zu sein, solange Theodore Roshek die Nummer eins war. Roshek war ein brillanter Ingenieur mit einer fast übermenschlichen Leistungsfähigkeit; Bolen gönnte ihm den größeren Anteil am Profit. Herman Bolen war dem einige Jahre älteren Mann sogar dankbar. Wenn Roshek es damals nicht mit ihm versucht hätte, wäre er, Bolen, wahrscheinlich immer noch ein kleiner Kuli im staatlichen Hoch- und Tiefbauamt. Doch jetzt, dank Roshek und harter Arbeit, hatte er erheblich an Macht und Prestige gewonnen. Er verdiente mehr Geld, als er je zu träumen gewagt hätte, und war an einigen der bemerkenswertesten Bauvorhaben dieses Jahrhunderts beteiligt gewesen: an der Alaska-Pipeline, den Vereinigten Raffinerien im Irak, dem Suezkanal und dem Sierra-Canyon-Damm.

Er arbeitete gut mit Roshek zusammen, der sich stets barsch und beißend ironisch gab. Bolen dagegen war sanft und väterlich. Er war der Mann, der Öl auf die von Roshek hochgepeitschten Wogen goß. Aber auch Herman Bolen hatte mit Problemen zu kämpfen. Er war zum Beispiel bekümmert über den langsamen Verlust seines Haupthaars und das stetige Anwachsen seines Bauchumfangs. Sein birnenförmiger Körper nahm ständig an Gewicht zu – laut Elektronenrechner auf seinem Schreibtisch betrug die augenblickliche Zuwachsrate 0,407 Kilogramm pro Monat. Es reichte offenbar nicht aus, über Diätkuren nur etwas zu *lesen*. Bolen drückte auf einen Knopf, und auf einem kleinen Bildschirm erschien die Zeit in zwölf verschiedenen Zeitzonen auf die Hundertstelsekunde genau. In Los Angeles war es 17:06:34,14 Uhr. Genug für heute.

Es klopfte leise an die Tür, dann trat seine Sekretärin ins Zimmer. „Der junge Mr. Kramer von unten möchte Sie sprechen", sagte sie.

„Na schön, schicken Sie ihn rein."

Kramer. Der Junge, der gerade erst an Bord gekommen war. Bolen hatte sich für ihn stark gemacht. Ein netter Bursche mit guten Manieren; formbar; der Typ, nach dem die Firma immer Ausschau hielt.

Als Kramer sich vorsichtig auf einen Stuhl setzte, dankte er Bolen mit einer Spur von Verlegenheit dafür, daß er sich noch für ihn Zeit nehme. „Sie haben gesagt, ich könne jederzeit zu Ihnen kommen, wenn ich Probleme hätte", begann er.

Bolen lächelte ihn freundlich an. Dem Jungen mußte man wohl erst einmal die Befangenheit nehmen. „So habe ich es gesagt, und so habe ich es auch gemeint. Ich weiß doch, wie schwierig es ist, von der Universität direkt in ein so großes Unternehmen überzuwechseln. Der Ernst des Lebens ist schon ein kleiner Schock, was?" Er lachte glucksend. Doch seinem jungen Besucher, der ihm mit gerunzelter Stirn gegenübersaß, war offenbar nicht nach heiterer Unterhaltung zumute. Bolen faltete die Hände auf der Tischplatte und beugte sich nach vorn. „Na, nun mal heraus damit. Was haben Sie auf dem Herzen?"

„Nun, Mr. Bolen, es gibt da tatsächlich ein Problem. Ich glaube, daß eines der Bauwerke der Firma ... auf Grund meiner Arbeit an einem simulierten Computermodell ... Sir, ich glaube, der Sierra-Canyon-Damm ist ... möglicherweise, also, vielleicht habe ich ja auch unrecht, und ich hoffe, Sie können mir zeigen, wo ich mich vertan habe und daß der Damm gar nicht ..."

„Mr. Kramer, Sie müssen sich schon ein wenig klarer ausdrücken. *Was* ist mit dem Sierra-Canyon-Damm?"

Phil fing noch einmal an. „Auf der Universität habe ich ein Computerprogramm entwickelt, mit dem sich Erd- und Felsdämme analysieren lassen. Das Ganze soll der Früherkennung von Umständen dienen, die auf, äh, Dammbrüche hindeuten könnten. Es ist ein mathematisches Modell, das sich auf die Daten von zehn verschiedenen Dämmen stützt und Porendruck, Senkungsrate, Menge des Sickerwassers bei verschiedenem hydrostatischem Druck und andere Faktoren einbezieht. Außerdem enthält das Programm die Vergleichsmöglichkeit mit anderen geborstenen Dämmen."

„Ich glaube, ich habe darüber in Ihrem Bewerbungsschreiben gelesen. Keine schlechte Arbeit für einen Studenten. Zeigt Einfallsreichtum." Worauf wollte dieser Kramer hinaus?

„Ich bringe nicht nur Daten für Druck, Sickerwasser, Senkung und Verschiebung in verschiedenen Dammbereichen ein, sondern das *Verhältnis* dieser Faktoren zueinander und, was vielleicht das Wichtigste ist, die Änderungsrate bei steigendem Wasserstand."

Bolen nickte und bemühte sich um einen Gesichtsausdruck, der Verständnis und zugleich leichte Ungeduld zeigen sollte.

„Mr. Bolen, in meiner Freizeit habe ich mein Programm auf den Sierra-Canyon-Damm angewendet. Es hat sich gezeigt, daß ...", er stockte, „daß der Damm dabei ... nicht besonders gut abschneidet."

Bolen lächelte fein. „Also, nun hören Sie mal zu, Mr. Kramer ..."

„Ich weiß, es klingt hirnrissig. Und als ich um dies Gespräch gebeten habe, wollte ich eigentlich nur Ihren Rat erbitten, wie ich mein Programm am besten korrigieren kann. Aber heute nachmittag habe ich mich dann doch gefragt, ob ich da nicht einer Sache auf der Spur bin."

„So?" Bolen sah den Jungen mittlerweile in einem weniger schmeichelhaften Licht. Er war begabt, aber noch ziemlich unreif.

„Ich habe ursprünglich mit drei Wochen alten Meßergebnissen gearbeitet. Damals lag der Wasserspiegel des Stausees noch anderthalb Meter unter der Dammkrone. Heute nachmittag habe ich Werte vom vergangenen Freitag benutzt, als das Wasser schon in achtundzwanzig Zentimeter Stärke die Überlaufrinne hinunterging. Da hat der Computer gezeigt, daß ... daß ..."

„Daß der Damm zu bersten droht."

Phil atmete langsam aus. „Von der Mitte bis zum rechten Talhang."

Während Bolen noch nach einer Bemerkung suchte, die sarkastisch genug war, ohne gleich verächtlich zu klingen, fragte er Phil, wie er an die Daten vom Freitag gekommen sei.

„Ich hab beim Damm angerufen", sagte Phil.

„*Was* haben Sie?"

„Ich habe mit dem Mann gesprochen, der für die Wartung und Sicherheit verantwortlich ist: einem Mr. Jeffers. Der Stausee ist voller als je zuvor."

„Sie haben Jeffers angerufen? Und ihm gesagt, daß Sie für Roshek, Bolen und Benedetz arbeiten?"

„Ja, Sir. Ich habe ihn gefragt, ob im Stollen D übermäßiges Sickerwasser festgestellt worden sei. Das war nicht der Fall. Dann habe ich mich nach den Meßinstrumenten erkundigt, die nicht mehr funktionierten, und habe zu meiner Überraschung erfahren, daß bei dem Erdbeben vor fünf Jahren –"

„Genug!" Bolen hatte leicht die Stimme erhoben, und mit einer Handbewegung gebot er Kramer zu schweigen. „Das ist eine sehr ernste Sache. Es muß sofort etwas geschehen, aber ich weiß nicht genau, was."

„Nun, man könnte beginnen, den Stausee abzusenken und eine Inspektion der –"

Bolen brüllte jetzt fast. „Ich rede nicht vom Staudamm, ich rede von *Ihnen!* Mit *Ihnen* muß etwas geschehen!" Von seinem Ausbruch offenbar selbst überrascht, senkte er die Stimme. „Was uns hier zu beschäftigen hat, ist die Tatsache, daß Sie jegliches Maß vermissen lassen. Haben Sie eigentlich schon einmal an dem Entwurf oder Bau eines Staudamms mitgearbeitet? ... Ich glaube nicht." Bolen sah den jungen Mann, der ihm mit geröteten Wangen gegenübersaß, forschend an. Er empfand immer noch Sympathie für ihn.

Kramer war aufrichtig.

Er erwartete wahrscheinlich, daß man ihn für seine Initiative lobte. Bolen entschied sich für seinen bewährten, besänftigenden Ton und sagte: „Ich möchte, daß Sie sich in Zukunft nur um die Arbeit kümmern, für die wir Sie eingestellt haben. Benutzen Sie die Computer nicht zu Ihrem Privatvergnügen. Sprechen Sie mit niemand über diese Sache, sonst wird man sich noch jahrelang über Sie lustig machen; das kann ich Ihnen versprechen. Und vor allem: Rufen Sie da oben nicht wieder an. Überlassen Sie den Damm getrost denen, die von Anfang an damit zu tun hatten. Wollen Sie mir das versprechen?"

Kramer hob stumm die Hände und ließ sie in einer Geste der Hilflosigkeit wieder fallen. „Die Computer-Ergebnisse haben mich erschreckt", sagte er leise. „Ich bin nach wie vor der Meinung, man sollte den Stollen D inspizieren. Die Meßwerte sind auf jeden Fall zu hoch."

„Sie haben Mut, zu Ihrer Überzeugung zu stehen. Das muß man Ihnen lassen", sagte Bolen. „Auch wenn Sie in diesem Fall im Unrecht sind." Mit einer flüchtigen Geste in Richtung auf die Tür deutete er an, daß das Gespräch beendet sei. Kramer erhob sich hastig und wandte sich zum Gehen, doch Bolen gab ihm noch eine Bemerkung mit auf den Weg, die ihn aufheitern sollte: „Ich werde Mr. Roshek gegenüber

nichts erwähnen", sagte er väterlich. „Die Sache bleibt unter uns."
Kramer nickte und zog die Tür hinter sich zu.

Dreißig Minuten später, nachdem er die letzten Berichte über den
Sierra-Canyon-Damm durchgelesen hatte, drückte Bolen auf einen
Knopf.

In einem 800 Kilometer entfernten unterirdischen Krafthaus klingelte das Telefon.

„Hier Jeffers."

„Herman Bolen. Ich hatte befürchtet, Sie wären schon gegangen."

„Hallo, Herman! Schön wär's. Hier oben in den rauhen Bergen
arbeiten wir Tag und Nacht. Anders als ihr verweichlichten Städter."

„Ich tausche gern mit Ihnen. Kommen Sie nur runter, und atmen
Sie mal eine Zeitlang unsere verpestete Luft. Aber was ich Sie fragen
wollte, Larry: Hat unser Mr. Kramer Sie heute nachmittag angerufen?"

„Ja. Was war denn los? Er schien ziemlich aufgeregt zu sein.
Besonders als ich ihm sagte, seit dem Erdbeben funktioniere eine
ganze Reihe von Instrumenten nicht mehr."

„Das haben Sie ihm einfach so erzählt?"

„Ich hab's ganz beiläufig erwähnt. Hab mir gedacht, er wird es
ohnehin wissen, wenn er zur Firma gehört. Später hab ich Roshek
angerufen, um zu fragen, was das alles soll. Seine Sekretärin hat
meinen Anruf gleich zu ihm nach Washington weitergeleitet! Kurz
und gut, er kannte Kramer nicht und schien über die ganze Sache ein
wenig verärgert zu sein."

Bolen malte auf einem Blatt Papier gedankenlos Männchen. Als er
von dem Gespräch mit Roshek hörte, brach die Bleistiftspitze ab.
„Na, Mahlzeit!" sagte er. „Roshek ist schon schwierig genug, wenn er
gut gelaunt ist."

Jeffers lachte. „Tut mir leid. Hat Roshek Sie angerufen?"

„Nein. Aber das wird er sicher noch tun. Kramer ist noch nicht
lange bei uns. Wir haben ihn mit ein paar Untersuchungen beauftragt.
Es war nicht die Rede davon, daß er in der Weltgeschichte
herumtelefonieren sollte." Er lachte amüsiert, um den Eindruck zu
erwecken, die Angelegenheit sei nicht so wichtig. „Aber wenn ich mir
hier so ein paar Zahlen ansehe, die der Junge zusammengetragen hat,

dann will es mir doch scheinen, als hätten wir ein bißchen viel Sickerwasser im Stollen D. Meinen Sie nicht auch?"

„Vielleicht ein bißchen mehr als letztes Jahr. Aber kein Grund zur Besorgnis."

„Ich denke nur daran, daß der Damm zum erstenmal seit Jahren unter Höchstbelastung steht. Larry, ich möchte, daß Sie sich im Stollen D umsehen. Persönlich."

Jeffers stöhnte. „Ist Ihnen klar, was das für ein Marsch ist? Da geht es zweihundert Stufen tief runter! Außerdem war Duncan erst am letzten Freitag unten."

„Duncan hat nicht Ihre Erfahrung. Machen Sie sich auf die Socken, Larry. Und dann rufen Sie mich wieder an und berichten, was Sie festgestellt haben."

„Soll das heißen: noch heute abend? Ich bin vollkommen erledigt."

„Ja, noch heute abend. Wenn tatsächlich etwas repariert werden muß, dann duldet das beim gegenwärtigen Wasserstand keinen Aufschub. Sollte unser Mr. Kramer wider Erwarten doch auf etwas gestoßen sein, so wollen wir nicht, daß er später herumlaufen und tönen kann, er habe es ja gleich gesagt."

Jeffers seufzte. „Okay, Boß. Ich rufe Sie morgen an."

3. Kapitel

BARRY CLAMPETT stellte sich Roshek vor und bat für die Einladung zu so später Stunde um Entschuldigung. „Als der Präsident erfahren hat, daß Sie anläßlich einer Tagung in Washington sind", sagte Clampett, „hat er es für eine gute Idee gehalten, ein Treffen zu vereinbaren. Lassen Sie mich Ihnen deshalb zuerst versichern, wie sehr er es bedauert, daß er nun doch nicht persönlich hiersein kann."

„Wenn der Präsident der Vereinigten Staaten eine Einladung ausspricht", entgegnete Roshek, als er seine Krücken beiseite stellte und sich in einen Sessel sinken ließ, „dann kommt es auf die Tageszeit nicht an."

Es war neun Uhr abends, und der Himmel war dunkel. Auch in anderen Regierungsgebäuden brannte noch Licht. Durch die Bäume

war das in Scheinwerferlicht getauchte Washington-Denkmal auszumachen.

Roshek musterte sein Gegenüber. Verbindlich. Glatt. Durchdringender Blick. „Worum geht es eigentlich?" fragte er. „Ich weiß, daß
Sie Erkundigungen über mich eingezogen haben. Freunde haben mir
gesagt, sie seien von FBI-Agenten ausgefragt worden."

„Ich hoffe, sie waren nicht zu aufdringlich."

„Ich frage mich nur, ob das nötig ist. Meine Firma hat im Lauf der
Jahre häufig fürs Militär gearbeitet. Es dürfte wohl kaum etwas geben,
was dabei nicht überprüft worden wäre."

„Eins fehlt uns noch: die Unbedenklichkeitsbescheinigung, die
jemand braucht, der ins Licht der Öffentlichkeit tritt."

Der Öffentlichkeit? Roshek war zwar zu Ohren gekommen, er sei
für ein Regierungsamt im Gespräch, doch er hatte derartige Gerüchte
stets als lächerlich abgetan.

Clampett öffnete einen Aktenordner auf seinem Schreibtisch. „Was
wir wissen müssen, ist mehr persönlicher Natur. Dinge, die für die
Regierung peinlich sein könnten, wenn die Gegenseite Wind davon
bekommt." Er nahm ein Blatt Papier aus dem Ordner und las laut vor:
„Theodore Richard Roshek. Geboren am 22. Mai 1919. Studium am
Massachusetts Institute of Technology 1939 abgeschlossen. Hat für
das Bundesamt für Hoch- und Tiefbau Dämme entworfen und
gebaut. Hat sich im Zweiten Weltkrieg als Pionier ausgezeichnet. Seit
1946 mit Stella Robinson verheiratet. Keine Kinder. Hat 1947 eine
eigene Beraterfirma gegründet, die heute laut *Technik-Magazin* die
zwölftgrößte des Landes ist. Infolge einer Polio-Fehldiagnose gehbe-
hindert."

„Ich hoffe nur, Sie haben für diese Informationen nicht zuviel
bezahlt. Das meiste davon steht nämlich im *Who's Who in der Technik*."

Clampett lächelte und fragte dann: „Haben Sie im Ausland ein
persönliches Bankkonto mit mehr als tausend Dollar Einlage?"

„Ich wollte, ich hätte eins."

„Haben Sie je von einer Person oder Firma einen Kredit aufgenommen – oder einer Person oder Firma einen Kredit gewährt –, die mit
der Unterwelt in Verbindung steht?"

„Natürlich nicht! Worauf wollen Sie eigentlich hinaus?"

Clampett drückte seine Zigarette aus und sah Roshek in die Augen. „Der Präsident hat die Absicht, ein Technologieministerium zu schaffen. Das würde eine umfassende Reorganisation erfordern. Das Bundesamt für Hoch- und Tiefbau, die zivilen Zweige des Pionierkorps, Transportwesen, Umweltschutz, Energieversorgung, ein Dutzend Forschungsprogramme – all das käme unter ein Dach. Wir brauchen einen Mann, dem wir dieses Superministerium anvertrauen können, und Sie, Mr. Roshek, gehören zu der Handvoll Ingenieure und Wissenschaftler, die dafür in Frage kommen. Der Titel wäre Technologieminister."

Roshek hörte mit wachsendem Erstaunen zu. Ein Kabinettsposten! An eine derartige Möglichkeit hatte er nie ernsthaft gedacht. Als der Mann, der über die Vergabe öffentlicher Mittel für Wissenschaft und Technologie und über deren Zielsetzungen und Schwerpunkte zu entscheiden hatte, würde er über eine ungeheure Macht verfügen.

„Ihre Firma", fuhr Clampett fort, „müßten Sie freilich für eine gewisse Zeit von Ihren Partnern weiterführen und Ihre Geschäftsanteile treuhänderisch verwalten lassen, um offensichtliche Interessenkonflikte zu vermeiden."

„O ja, natürlich." Roshek dachte an seine Partner. Bolen war nach seiner Überzeugung ein Mann, der immer nur als Zweiter ins Ziel kommen würde. Benedetz war ein Aktenmensch mit einem grauen Buchhaltergesicht. Doch eine Zeitlang konnten die beiden die Firma wahrscheinlich leiten, ohne nicht wiedergutzumachenden Schaden anzurichten.

„Sie haben hervorragende Voraussetzungen", sagte Clampett. „Sie gelten als ein Mann, der phantasievoll plant und bei der Ausführung eher konservativ ist. Ihre Bauten sind für ihre Solidität ebenso bekannt wie für ihre architektonische Schönheit. Das alles läßt sich gut verkaufen."

„Verkaufen?"

„Den Wählern. Dem Kongreß. Ihr Image, das durch die Medien ginge, wäre das eines erfahrenen Mannes mit Rückgrat und Integrität." Er gestattete sich erneut ein dünnes Lächeln. „Sie müssen sich darüber im klaren sein, Mr. Roshek, daß das Image eines Mannes ebenso wichtig ist wie sein tatsächliches Format, wenn er die

Senatshearings überstehen will, die seinem Amtsantritt vorausgehen. "

Während Clampett weiterredete, ging Roshek vieles durch den Kopf. Seine Firmenanteile vorübergehend in einen Treuhandfonds einzubringen würde ihn nichts kosten. Ausländische Regierungen würden liebend gern mit einer Firma Geschäfte machen, deren eigentlicher Chef der US-Regierung angehörte. Wenn er eines Tages sein Amt niederlegte, würden seine mittlerweile angeknüpften Beziehungen ihm ungeahnte Geschäftsmöglichkeiten eröffnen.

„Wie halten Sie's mit dem Glücksspiel, Mr. Roshek?" fragte Clampett.

„Ich spiele gelegentlich mit Freunden Poker. Um kleine Einsätze. "

„Sind Sie je betrunken gewesen?"

„Nicht mehr seit der Kapitulation Japans. Aber was soll denn –?"

„Genau in solche Dinge wird unsere große freie Presse ihre Nase stecken, sobald Ihr Name ins Gespräch kommt. Ihre geheimen Laster sind für uns nur von Interesse, wenn sie sich nicht geheimhalten lassen. Ist Ihre Ehe intakt?"

Roshek kniff die Lippen zusammen. „Ob meine Ehe intakt ist! Daß ich nicht lache! Schließlich sind wir bald hundertfünfzig Jahre verheiratet, oder haben Sie eine genauere Zahl?"

„Fünfunddreißig Jahre. " Clampett schloß den Aktenordner und schob ihn beiseite. „Gibt es sonst noch etwas, das wir wissen müßten? Etwas, das man gegen uns benutzen könnte ... und gegen Sie? Denken Sie gut nach. "

„Lassen Sie mal sehen ... Nein, ich glaube, das wäre alles. " Eleanors Name war nicht gefallen. Natürlich hatten die Schnüffler etwas über sie herausgebracht, aber von sich aus würde er sie nicht erwähnen.

Clampett blickte Roshek starr an. „Sie haben sich im vergangenen Jahr ziemlich oft mit Miß Eleanor James in San Francisco getroffen. "

„Das geht Sie nichts an. "

„Es geht mich etwas an, wenn Sie Interesse an einem der wichtigsten Ministerposten haben, der je von einer US-Regierung zu vergeben war. "

„Also schön. Ich interessiere mich seit etwa fünf Jahren fürs Ballett. Ich unterstütze das San-Francisco-Ballett finanziell und kenne die

Truppe. Eleanor James ist Tänzerin. Sie möchte ein eigenes Studio eröffnen; dazu braucht sie Geld. Ich habe mich ein paarmal mit ihr getroffen, um über einen Kredit zu sprechen. Das ist alles."

„Ich verstehe. Und solche geschäftlichen Besprechungen finden in Restaurants in San Francisco wie dem Blue Fox, dem St. Tropez und dem La Bourgogne statt?"

„Hören Sie, dieses Mädchen ist für mich wie ein wundervolles Geschenk. Ich werde sie nicht aufgeben."

„Wir erwarten lediglich Diskretion. Ein Restaurant ist wohl kaum der Ort, an dem der verheiratete Kandidat für ein hohes Regierungsamt sich mit einer attraktiven, unverheirateten Dame treffen sollte, die dreißig Jahre jünger ist als er. Meinen Sie nicht auch?" Clampett erhob sich und streckte die Hand aus. „Werden Sie die Nominierung annehmen, falls sie ausgesprochen wird? ... Gut. Sie hören wieder von uns."

Die sich windende zweiunddreißig Kilometer lange Rinne, die der Sierra-Canyon-Fluß in die Vorberge nordöstlich von Sacramento gegraben hat, ist fast auf der ganzen Länge so schmal, daß gerade eine Straße und eine Reihe von Sommerhäuschen hineinpassen. Neunzehn Kilometer vor der Öffnung des Canyons wird das Tal dann breit genug, den baumbestandenen Straßen Suttertons Platz zu bieten. Im 19. Jahrhundert war Sutterton ein ruhiges Städtchen, das immer aufblühte, wenn wieder eine neue Welle von Goldsuchern, Bergleuten, Holzfällern und Eisenbahnarbeitern kam. Doch seit den dreißiger Jahren unseres Jahrhunderts war es nur noch als Stützpunkt für Angler und Jäger von Bedeutung.

Dann kamen die sechziger Jahre, und eine neue Welle von Eindringlingen schwappte über Sutterton hinweg: Geologen, Landvermesser, Bodenanalytiker, Hydrographen und Ingenieure auf der Suche nach der geeignetsten Baustelle für einen Staudamm von bisher nicht gekannten Ausmaßen. Ihnen dicht auf den Fersen waren Pioniere, Mitarbeiter des Bundesamtes für Hoch- und Tiefbau, des Straßenbauamtes des Staates Kalifornien und anderer Orts-, Bezirks-, Staats- und Bundesbehörden, die alle für einen Teil des Projektes zuständig waren.

Die Betreiber des Projekts, die sechs betroffenen Wasserwirt-
schaftsbezirke, übertrugen Planung und Bauaufsicht der Firma
Roshek, Bolen & Benedetz. Ein Jahr vor der endgültigen Fertigstel-
lung der Pläne vergab R., B. & B. zwei vorbereitende Aufträge: den
Vortrieb eines Umleitungstunnels, durch den der Fluß um die
Baustelle herumgeführt werden sollte, und die Grabung einer riesigen
Höhle, die später das Krafthaus aufnehmen würde.

Der Umleitungstunnel mit einem Durchmesser von fünf Metern
führte oben genau auf der Höhe des Flußbettes in den Berg und kam
über 1200 Meter flußabwärts wieder hervor. Zur Umleitung des
Flusses in den fertigen Tunnel hatten sich Hunderte von Menschen
eingefunden. Das große Ereignis fand im Herbst statt, als der Fluß
zehnmal weniger Wasser führte als zu Zeiten des alljährlichen
Hochwassers im Frühling. Auf ein Zeichen hin kippte eine endlose
Schlange von Lastwagen und Bulldozern so lange eine Steinladung
nach der anderen in den Fluß, bis die Ufer gleichsam zusammenge-
wachsen waren und der Durchfluß verschlossen war. Das Wasser stieg
rasch. Aber ehe es die Barriere übersteigen und vielleicht fortspülen
konnte, fand es die Tunnelöffnung. Jubelrufe hallten durch den
Canyon, als das Wasser in den Tunnel eindrang, und dann noch
einmal, als es am unteren Ende wieder herausschoß.

Nachdem der Fluß umgeleitet war, begann man mit den Arbeiten
am Fundament des Dammes. Planierraupen, Löffelbagger und
Bulldozer schoben von einer Seite des Canyons zur anderen den
Mutterboden weg und hoben einen 600 Meter langen, 150 Meter
breiten und 15 Meter tiefen Graben aus. Risse im felsigen Untergrund
wurden abgedichtet, indem man eine Füllmasse unter hohem Druck
in 30 Meter tiefe vorgebohrte Löcher preßte. Auf der Dammsohle
legte man in ganzer Länge des Grabens einen 25 Meter hohen und 45
Meter breiten Betonkern an. Darin befanden sich Prüfgänge und
Entwässerungstunnel, die man vom unterirdischen Krafthaus aus
über Treppen erreichen konnte.

Als diese Unterbauten standen, wuchs der Damm rasch weiter.
Fünfzig Planierraupen und Lastwagen pendelten täglich zwanzig
Stunden zwischen der Baustelle und benachbarten Steinbrüchen hin
und her. Den Kern der Staumauer schüttete man mit wasserundurch-

lässigem Lehm auf, und zu beiden Seiten packte man in genau festgelegten Schichten Erde und Steine. Jede Schicht wurde auf 30 Zentimeter Stärke gebracht und festgewalzt.

Im Jahr der Vergabe des 200-Millionen-Dollar-Projekts hatte sich die Einwohnerzahl Suttertons verdoppelt; im darauffolgenden Jahr verdoppelte sie sich noch einmal. Die neuen Mitbürger waren Spezialisten auf so verschiedenen Gebieten wie Betonarbeiten, Bedienung und Wartung von großen Baumaschinen, Stahlbau und Erdarbeiten. Fast vier Jahre lang wurden die Bewohner Suttertons durch Sprengungen aufgeschreckt und von Staubwolken eingehüllt, aber kaum jemand beschwerte sich. Der Staudamm machte schließlich den Namen Sutterton im ganzen Land bekannt und war gut fürs Geschäft. Neue Tankstellen, Automobilvertretungen, Büros von Grundstücksmaklern, Souvenirläden und Wohnwagenkolonien schossen wie Pilze aus dem Boden. Die Schnellstraße südlich der Stadt wurde bald von einem Ableger jeder bekannten Schnellimbißkette gesäumt; dazu kam noch ein Imbiß, den man vor Ort getauft hatte: Dorothy's Damburgers.

Als besondere Attraktion entwickelte sich die Möglichkeit, von Aussichtspunkten an den Talhängen die Dammarbeiten zu beobachten. Auf einem dieser Punkte hatte man Tribünen errichtet und Lautsprecher installiert. Der Damm, tönte es da zu jeder vollen Stunde, verschlinge soviel Material wie dreißig Cheopspyramiden.

„Obwohl der Sierra-Canyon-Damm keine Betonstaumauer besitzt", erläuterte die Stimme aus dem Lautsprecher, „werden für den Betonkern, das Fundament des Krafthauses, die Überlaufrinne, die Einlaß- und Auslaufbauten und die Straße auf der Dammkrone 764 600 Kubikmeter Beton benötigt – genug, um damit einen Gehsteig von San Francisco nach New York und zurück zu bauen. Und es bliebe sogar noch etwas übrig. Der Stausee hinter dem Damm wird beim höchsten Wasserstand ein Gebiet bedecken, das fast 19 000 Fußballfeldern entspricht.

Das schornsteinartige Bauwerk, das Sie flußaufwärts hinter dem Damm im Bau sehen, wird 258 Meter hoch werden und sechs Meter über die Wasseroberfläche hinausragen. Es ist der Einlaßturm, der unter anderem als Notausstieg oder -einstieg für die Mitarbeiter im

Krafthaus dienen kann. In seinem Innern führt ein dickwandiges Rohr direkt zu den Turbinen. Das Wasser wird durch zehn verschieden hoch angebrachte, fernbediente Eintrittsklappen eingelassen.

Die Vereinigten Wasserwirtschaftsbezirke hoffen, daß Ihnen der Besuch hier Spaß gemacht hat. Bitte, werfen Sie keine Abfälle über das Absperrgitter. "

Die Stammgäste unter den Zuschauern an der Baustelle gewöhnten sich bald an den Anblick eines blauen Pritschenwagens, dessen Fahrer der Leiter der Bauplanung, Theodore Roshek, war, der höchstpersönlich darauf achtete, daß die beteiligten Firmen auch die scheinbar unwichtigsten Vorschriften bis aufs I-Tüpfelchen befolgten. Die Bautrupps merkten bald, daß es sinnlos war, irgendwo an Aufwand oder Material sparen zu wollen; denn dann fuchtelte Roshek mit den Krücken herum, lief rot an und drohte, den Laden dichtzumachen. Er war ständig unterwegs, in seinem Kleinlaster oder auch zu Fuß, obwohl er sich wegen seiner Behinderung auf unebenem Gelände nur mit großer Mühe fortbewegen konnte. Jede Woche kümmerte er sich in Los Angeles drei Tage lang um seine Firma; die restlichen vier Tage verbrachte er am Staudamm. Zeit genug, den fast achtzehnhundert am Bau beteiligten Leuten das Leben schwerzumachen.

Als der Damm fertig war, stellte man vor dem Rathaus von Sutterton ein mit Fähnchen und Girlanden geschmücktes Podium auf und feierte Richtfest. Ein Schulchor sang, es gab Festreden und Brathähnchen. Mehrere Redner erwähnten Roshek. Ein Bauunternehmer sagte, die Pingeligkeit des Ingenieurs, seine Weigerung, selbst bei unbedeutenden Kleinigkeiten auch nur einen Millimeter nachzugeben, habe seine Firma insgesamt vier Millionen Dollar gekostet. Die Zuhörer lachten: Bauunternehmer behaupteten schließlich immer, sie hätten Geld zugesetzt. Das Lachen ging im Applaus unter, als der Redner hinzufügte, der „Sturheit dieses Hundesohns" habe man den sichersten Staudamm aller Zeiten zu verdanken.

LAWRENCE JEFFERS war ein zufriedener Mensch, der bei der Arbeit gern ein Liedchen pfiff und sich mit sich selbst unterhielt. Er war am Sierra-Canyon-Damm für die Wartung verantwortlich; eine Arbeit, die genau auf ihn zugeschnitten war. Er liebte die Vorberge des ehemaligen Bergbaugebiets; er angelte leidenschaftlich gern im Stausee, und, offen gestanden, liebte er auch seinen Damm.

Es war schon nach 22 Uhr, als Jeffers in seinem Pritschenwagen auf den Tunnel zum Krafthaus am Fuß des Damms zusteuerte. Die primitive Straßenbeleuchtung deutete die Umrisse der langen Linkskurve der Straße an, die mit leichtem Gefälle in den Berg führte. Jeffers hupte alle paar Sekunden, um eventuell entgegenkommende Fahrzeuge zu warnen, doch zu dieser späten Stunde war das Krafthaus wahrscheinlich nur noch mit einem einzigen Mann besetzt. Jeffers würde auf dem Rückweg kurz bei ihm hereinschauen, doch zuerst wollte er den Kontrollgang durch Stollen D hinter sich bringen.

Hundert Meter vom Tor entfernt mündete der Tunnel in eine Felsenhöhle, die groß genug gewesen wäre, das Parlamentsgebäude von Sacramento aufzunehmen. Jeffers fuhr mit seinem Pritschenwagen über eine steile Rampe bis zur Ebene unter dem Generatorendeck. Er hatte einen langen Fußmarsch vor sich und wollte so nah wie möglich an die Entwässerungsstollen heranfahren. Am Fuß der Rampe fiel das Licht seiner Autoscheinwerfer auf die sechs mächtigen Turbinen, von denen jede pro Sekunde die kinetische Energie von rund 85 000 Liter Wasser in Rotationsenergie umwandelte. Eine zentral gelagerte, rotierende Turbinenwelle war mit dem Generator im Stockwerk darüber gekuppelt. Die Generatoren erzeugten jeweils 140 000 Kilowatt und konnten bei maximaler Belastung den Strom für eine Stadt von über einer Million Einwohnern liefern. Diese Angaben hatte Jeffers immer parat; er hatte sie schließlich schon seit Jahren hergebetet, wenn er Besuchergruppen, von Senatoren bis zu Schulkindern, hier herumführte. Als er langsam über die Stahlabdeckung an den Turbinen entlangfuhr, konnte er ein Summen hören, doch die riesigen Laufräder liefen vollkommen rund, so daß nicht die geringste Vibration zu spüren war.

Er parkte hinter der sechsten Turbine, setzte seinen dreckbespritzten Schutzhelm auf, ging eine Stahltreppe hinauf und öffnete eine Stahltür mit der Aufschrift: KEIN ZUTRITT! LEBENSGEFAHR! Gleich am Eingang stand ein Regal mit Taschenlampen. Jeffers nahm sich eine und ging einen schwach erleuchteten, zweieinhalb Meter breiten Tunnel entlang, der sich im Unendlichen zu verlieren schien.

Nur gut, daß er seine Gummistiefel angezogen hatte, dachte er; denn überall war Wasser: Es sickerte durch Haarrisse in der Tunnelwandung, drang in nebligen Schleiern aus den Nahtstellen der Betonblöcke und lief aus den Drainagelöchern, die man zur Druckentlastung in den Beton gebohrt hatte. Die Rinne neben dem Laufsteg war voll Wasser, das zum nächsten Auffangbecken rauschte, wo Pumpen es in Rohre preßten, durch die es unterhalb des Damms wieder in den Fluß eingeleitet wurde. Jeffers schlug den Kragen seiner Jacke hoch; die Luft war kalt und feucht.

Bald hatte er sich so weit vom Krafthaus entfernt, daß ihn nur noch das Geräusch des stetig tropfenden und rieselnden Wassers und das seiner eigenen Schritte begleitete. Dann führte der Tunnel steiler nach unten. Jeffers stand am oberen Ende der langen Treppe und leuchtete mit seiner Stablampe ins Dunkel hinunter. Zweihundert Stufen und nicht ein einziger Treppenabsatz, der die Monotonie des Abstiegs hätte durchbrechen können. „Auf geht's", murmelte Jeffers. „Du solltest sowieso mehr Sport treiben, alter Knabe."

Er verschwendete keinen Gedanken an den Stausee über sich; an einen See, der beständig nach Schwachpunkten im Damm suchte und sich unbarmherzig und mit ungeheurer Gewalt dagegen stemmte. Jeffers machte sich auch keine Sorgen wegen des Wassers, das von allen Seiten in den Tunnel einsickerte. Alle Dämme waren mehr oder weniger undicht, und Sickerwasser bedeutete keine Gefahr – es sei denn, daß es ungewöhnlich viel wurde, mit Schlamm vermischt war oder unter Druck einströmte. So aber war es lediglich ein Ärgernis, das abgelassen oder herausgepumpt werden mußte.

Jeffers dachte an einen Artikel über Elektroautos, den er gerade gelesen hatte. Die Öffentlichkeit war ganz vernarrt in die Idee vom batteriebetriebenen Auto. Oder war es nur die Presse? Man fuhr so ein Ding 160 Kilometer weit mit 65 Sachen und mußte es dann zwölf Stunden an eine Steckdose hängen. Und während dieser Zeit sollte man wohl gemütlich am Straßenrand hocken und ein Buch lesen, wie? „Jaaaa", sagen die Anhänger von alternativen Lebensformen darauf, „aber es trägt nicht zur Luftverschmutzung bei." Irrtum, meine Lieben! Der Strom, mit dem man das „saubere" Gefährt auflädt, muß ja schließlich irgendwoher kommen. Und der kommt aus einem

Kraftwerk, in dem das gute arabische Öl verbrannt wird. So verlegt das Elektroauto die Quelle für Luftverschmutzung lediglich vom Autoauspuff zum Schornstein des Kraftwerks. Unterdessen steuert Kalifornien auf eine furchtbare Energiekrise zu, sagte sich Jeffers. Und das nicht erst in zehn Jahren, sondern schon jetzt! Kalifornien braucht Strom!

Er blieb stehen und untersuchte die Tunnelwände, die lange Streifen aufwiesen, wo Sickerwasser Mineralien abgelagert hatte. Auf einem Sicherungskasten lag vier Finger hoch rostfarbener Schlamm. Jeffers setzte seinen Marsch nach unten fort. Seine Schenkel begannen zu schmerzen. Der Aufstieg würde eine Plage werden.

„Wasserkraft ist das Beste. Um das zu erkennen, muß man kein Genie sein." Er sprach laut und sah sich vor seinem geistigen Auge zu den Mitgliedern der Handelskammer reden, die seinen Worten heftig nickend zustimmten. „Wasserkraft ist billig, ist sauber und bietet Ihnen zusätzlich einen Hochwasserschutz, Wasser zur Bewässerung und Seen mit großem Freizeitwert. Warum bauen wir also nicht Hunderte von Staudämmen? Ich will es Ihnen sagen, meine verehrten Mitbürger: Weil die ‚Sierra-Initiative', die ‚Freunde der Erde' und wie diese Umweltschützer alle heißen, dagegen sind. ‚Überflutet nicht das Tal', sagen sie. ‚Verschandelt nicht den wildromantischen Fluß' ... Nun, meine sehr verehrten Damen und Herren – ich mag wildromantische Flüsse. Aber ich mag auch Elektrizität!"

Er war jetzt am Fuß der Treppe angekommen und sah, daß er in fünfzehn Zentimeter hohem Wasser stand. Er kontrollierte die drei elektrischen Pumpen in einer Seitenkammer. Zwei von ihnen waren außer Betrieb. Jeffers öffnete die Metalltür eines Sicherungskastens; zwei Unterbrecher hatten die Stromzufuhr gesperrt. Wahrscheinlich überlastet, sagte er sich, als er die Knöpfe hineindrückte und hörte, wie die Motoren wieder anliefen. Bei hohem Wasserstand müssen sie rund um die Uhr arbeiten; vielleicht sollte man ein paar zusätzliche Pumpen einbauen. Nun ja, in ein paar Tagen müßte der Stollen eigentlich auf jeden Fall wieder trocken sein.

Er ging tiefer in den Tunnel hinein. Vor einer Konsole mit Armaturen blieb er stehen, leuchtete sie mit seiner Taschenlampe an und schrieb einige Meßwerte in sein Notizbuch. Das Wasser, das von

der Tunneldecke rieselte, war fast wie ein Regenguß, und Jeffers hatte Mühe, das Notizbuch trocken zu halten. Einige Werte waren höher als je zuvor; das mußte Jeffers sich eingestehen. Es waren wohl doch neue Risse entstanden, die man möglicherweise würde versiegeln müssen.

Genau ein Drittel aller Meßinstrumente funktionierte überhaupt nicht; die meisten von ihnen waren ein Opfer des Erdbebens vor fünf Jahren geworden. Entweder waren die Leitungen zu den Sensoren im Dammkörper durch Erdverschiebungen gerissen, oder die Instrumente waren verrostet oder aus anderen Gründen ausgefallen.

Verdammt naß war es schon. Duncan hätte das melden müssen. Das Ärgerliche an Duncan war, daß er nur das Nötigste erledigte. Er achtete lediglich darauf, die richtigen Zahlen in die richtigen Spalten einzutragen. Schrecklich naß hier. Bin mal gespannt, wie's in Stollen D aussieht. Wenn es dort genauso übel war, würde er Bolen Reparaturmaßnahmen empfehlen müssen.

Er versuchte, die Tür zu Stollen D zu öffnen. Der Türknauf ließ sich nicht drehen. Er faßte ihn mit beiden Händen und drehte mit aller Kraft. Nur unter größter Anstrengung konnte er den Knauf langsam ganz nach rechts drehen.

Die Stahltür sprang wie von einer Explosion getrieben auf und schleuderte Jeffers zu Boden. Tonnen von Wasser ergossen sich über ihn, spülten ihn in einer wilden Springflut von braunem Wasser in den Tunnel hinein. Er wurde hilflos herumgewirbelt, und Knie, Ellenbogen und Kopf schlugen an Boden und Wände, als die Flut ihn mitriß. Mit zunehmender Geschwindigkeit schossen die Wassermassen sechzig Meter weit in den Tunnel hinein, bis sie an die Betontreppe stießen. Jeffers lag bewußtlos knapp einen Meter unter Wasser, sein Mund öffnete sich krampfartig, dann füllte er sich mit Wasser.

4. Kapitel

EINE Limousine aus dem Fuhrpark des Weißen Hauses brachte Roshek zu seinem Hotel zurück, wo ein aufmerksamer Portier einen Rollstuhl für ihn bereithielt. Roshek wurde in einen Lift geschoben und auf sein Stockwerk gefahren.

„Da wären wir, Sir."

Roshek stand mühsam auf und stützte sich auf seine Krücken, dann begleitete ihn der Portier zu seinem Zimmer und öffnete ihm die Tür. „Danke", sagte Roshek und fischte einen Zehndollarschein aus der Hosentasche. „Für Sie", sagte er. „Leisten Sie sich mal neue Handschuhe."

Roshek durchquerte das Zimmer und setzte sich aufs Bett. Hätte er einen Blick in das angrenzende Zimmer seiner Suite geworfen, hätte er den Lichtschein unter der Badezimmertür entdeckt. Er hatte seine Frau am frühen Abend zum Flughafen begleitet und nahm an, sie sei auf dem Weg nach Los Angeles. Sie hatte eigentlich vorgehabt, bis zum nächsten Tag mit ihm in Washington zu bleiben, hatte aber am Morgen ganz unerwartet, und ohne einen Grund zu nennen, beschlossen, mit der nächstbesten Maschine nach Hause zu fliegen.

Er nahm den Telefonhörer ab und schüttelte den Kopf; er würde diese Frau nie verstehen. Daß sie fort war, hatte zumindest den Vorteil, daß er Eleanor jetzt bequem vom Zimmer aus anrufen konnte und nicht auf eine Telefonzelle in der Hotelhalle ausweichen mußte.

Wie glücklich Eleanor sein würde, wenn sie erfuhr, daß er vielleicht bald ein Ministeramt bekleidete. Er hörte, wie am anderen Ende das Telefon läutete, und versuchte sich vorzustellen, wie sie jetzt durch das Zimmer ging; jede ihrer Bewegungen war von bezaubernder Anmut. Er sah sie vor sich: ihr ovales Gesicht, das schwarze, glatt zurückgekämmte Haar, die Haut wie aus Alabaster, das feine Grün der Augen...

„Hallo? Eleanor? Ich bin's, Ted. Wie geht es dir, Liebes?... Ja, mir geht's gut, aber ich vermisse dich schrecklich. Hör zu, eine phantastische Geschichte..."

Als sie die Stimme ihres Mannes hörte, hielt Stella Roshek das Gesicht näher an den Badezimmerspiegel und widmete sich wieder ihrem Make-up. Nachdem sie sich davon überzeugt hatte, daß sämtliche Spuren der eben vergossenen Tränen beseitigt waren, holte sie tief Luft und öffnete die Tür. Sie würde ihm ohnehin gegenübertreten müssen; warum also nicht jetzt gleich?

PHIL zog zärtlich mit den Fingerspitzen die Konturen von Janets Ohren, Augen und Lippen nach.

„Bei uns in Kansas würde eine so schöne Frau wie du einen Aufruhr auslösen", sagte er und küßte sie.

„Ich bin nicht schön", flüsterte sie. „Ich bin hübsch. Ich bin eine hübsche Person, die dich sehr gern hat."

Phil bedeckte seine Augen mit der Hand. „Warum kann ich nicht Tag und Nacht bei dir bleiben? Warum gehören zu meinem Leben statt dessen Standpauken von Bolen und demnächst ein Termin bei Roshek, der mich zusammenstauchen wird?"

„Wie hat Roshek denn von der Sache erfahren? Bolen wollte ihm doch angeblich nichts sagen?"

„Ich habe einen gewissen Jeffers beim Staudamm angerufen. Der Mann hat sich anschließend bei Roshek erkundigt, wer ich sei. Roshek hatte keine Ahnung, aber er hat Bolen beauftragt, mich zu ihm zu schicken, sobald er wieder im Büro sei."

Janet dachte einen Augenblick nach und sagte dann: „Vielleicht möchte Roshek dir für deine Sorge um die öffentliche Sicherheit ein Lob aussprechen."

„Der wird viel eher auf meinem Gesicht Rumba tanzen. Offenbar ist er fuchsteufelswild. Selbst Bolen schien ein wenig Angst vor ihm zu haben. Er hat mich heute nach Feierabend zu Haus angerufen und mir einen Vortrag gehalten, wie ich mich dem Alten gegenüber verhalten soll. Wenn mir mein Job lieb sei, hat er gesagt, solle ich mich nicht verteidigen. Sieht ganz so aus, als dürfte ich meiner angeborenen Feigheit die Zügel schießen lassen."

Janet lachte. „Ich glaube, ich weiß, warum ich dich so gut leiden mag. Weil du mich intellektuell als gleichwertig behandelst; was ich ja auch bin. Weil du rücksichtsvoll, freundlich und sinnlich bist. Du kannst dir gar nicht vorstellen, mit wie vielen Blödmännern ich schon ausgegangen bin. Lach nicht! Letztes Jahr zum Beispiel –"

„Ich will nichts davon hören. Ich habe auch ohne deine Liebhaber genug Sorgen."

„Das ist es ja gerade. Es gibt keine Liebhaber!"

„Gut. Nun wollen wir mal sehen, wie emanzipiert du wirklich bist. Ich möchte, daß du mir sanft die Wange streichelst und mir sagst, daß alles wieder gut wird." Er lehnte den Kopf an ihre Schulter und schloß die Augen.

„Mein armes Schätzchen", sagte sie und tätschelte ihm die Wange. „Es wird ja alles wieder gut. Der böse, alte Mr. Roshek darf dir nichts tun. Und wenn er etwas sagt, das dich zum Weinen bringt, dann kannst du immer noch bei mir einziehen und der Arbeitslosenversicherung zur Last fallen."

„Janet, du bist wundervoll."

ELEANOR JAMES streckte träge den Arm zum Nachttisch aus und legte den Telefonhörer auf die Gabel. Sie faltete die Hände über dem Bauch und hob ihr linkes Bein gestreckt in die Höhe, bis es im rechten Winkel zur Zimmerdecke zeigte. Das Bein war lang und gerade, schlank und doch von stählerner Kraft.

„Es tut gut, sich zu recken, wenn man so lange im Auto gesessen hat." Ihre Stimme war piepsig wie die eines Kindes.

„Das war bestimmt der alte Geierschnabel", sagte der junge Mann, der neben ihr auf dem Bett lag, und streckte sein Bein neben ihrem in die Luft.

„Ja. Sie wollen ihm irgendeinen Posten bei der Regierung anbieten. Ich hab nicht richtig hingehört."

„Ruft er jeden Tag an?"

„Natürlich. Er liebt mich doch. Wenn man jemanden liebt, tut man so etwas." Sie brachte jetzt auch ihr rechtes Bein in die Vertikale und zog das linke eingeknickt zurück, bis das Knie ihr Kinn berührte.

„Wie lange willst du ihn noch hinhalten?"

„Bis ich das Geld habe."

„Und dann? Läßt du ihn einfach fallen?"

Sie betrachtete zufrieden ihre Beine. „Ach, ich weiß noch nicht genau. Das hat so seine Vorteile, von einem reichen alten Mann verehrt zu werden. Er kauft mir Schmuck. Legst du bitte eine andere Platte auf, mein Schatz? Ich kann diesen Ravel nicht mehr hören."

Er stand auf und ging zum Plattenspieler hinüber. Sie betrachtete seinen Tänzerkörper mit den breiten Schultern und der schmalen Taille. Als er zum Bett zurückkam, ließ sie langsam die Beine sinken und setzte sich auf.

„Nun sag bloß nicht", sagte sie mit einem schelmischen Lächeln, „daß du auf einen alten Mann eifersüchtig bist, Russell Stone."

Er schüttelte den Kopf. „Ich verstehe nur nicht, wie du das fertigbringst. Die ganze Sache ist irgendwie widerlich."

„Ich will mein eigenes Tanzstudio, und er kann es mir verschaffen. Außerdem kann er durchaus reizend sein." Sie blickte an Stone vorbei durch die Fenster auf die Bäume und zum Talhang an der gegenüberliegenden Seite des Flusses. „Er behandelt mich, als wäre ich ein phantastisches Kunstwerk. Verglichen mit mir, hat er gesagt, sei das großartigste Bauwerk, das er je entworfen habe, nicht viel mehr als ein Haufen Dreck."

„Hut ab. Immerhin weiß er, wie man bei dir etwas erreicht: mit Schmeichelei."

Sie sah ihn aus großen Kinderaugen an. „O Russell, du solltest dich nicht über den Mann lustig machen, dessen Gastfreundschaft du gerade genießt."

„Ohne sein Wissen." Er sah sich um. Durch eine offenstehende Tür konnte er den riesigen Kamin und den Parkettfußboden im Wohnzimmer sehen. „Komisch hier, so ganz ohne Straßenlärm. Ich werde immer kribbelig, wenn ich nicht in der Stadt bin."

„Allerdings führen wir hier wohl kaum das entbehrungsreiche Leben in der Wildnis. Dies ist wahrscheinlich das komfortabelste Haus im ganzen Tal. Es hat sogar einen Namen, der auf den Landkarten des Bezirks vermerkt ist: ‚Creekwood'."

„Na schön, es ist eine piekfeine Hütte. Trotzdem kann ich mir noch nicht vorstellen, daß ich es hier oben zwei volle Tage lang aushalten werde."

Eleanor stand auf. „Laß uns am Fluß spazierengehen und unsere Lungen mit der guten Gebirgsluft füllen. Vielleicht gefällt dir das." Sie ergriff seine Hand und zog ihn hoch.

Der Fluß bot in der Tat ein sehenswertes Bild. Beim Krafthaus, sechzehn Kilometer flußaufwärts, wurde die Höchstmenge Wasser durch die Turbinen gejagt, um den zur Abendzeit ansteigenden Elektrizitätsbedarf zu decken. So trat der Fluß fast über die Ufer, als er den Canyon hinabbrauschte. Es war ein belebender Anblick.

„Was ist passiert, Stella? Hast du das Flugzeug verpaßt?" Roshek schob das Telefon beiseite und sah seine Frau an, die sich dem Bett gegenüber auf einen Stuhl setzte. Ihre Bewegungen wirkten konzentriert, wie einstudiert, und in ihren Augen lag ein Ausdruck innerer Kraft, den er nie zuvor wahrgenommen hatte. Ob sie das ganze Gespräch mit Eleanor belauscht hatte?

„Ich habe die Maschine nicht genommen", sagte sie. „Statt dessen habe ich den ganzen Tag im Salon gesessen, auf dich gewartet, aus dem Fenster gesehen und beobachtet, wie es dunkel wurde."

Roshek zwang sich zu einem Lächeln. „Du hast mich ganz schön erschreckt", sagte er. Dann fügte er besorgt hinzu: „Ist alles in Ordnung mit dir?"

„Mir geht's gut, sogar ausgezeichnet. Weil ich mich endlich zu einer Entscheidung über etwas durchgerungen habe, womit ich mich seit Jahren herumquäle. Ich bin wieder hergekommen, um sie dir mitzuteilen ... Morgen werde ich die Scheidung einreichen."

„Um Gottes willen, Stella, wie kommst du denn darauf? Irgend etwas hat dich aus der Fassung gebracht. Wenn wir in Ruhe darüber reden, können wir bestimmt ... "

Sie schüttelte den Kopf. „Daß du noch fragen kannst ... deswegen bin ich wahrscheinlich darauf gekommen. Du bist so egozentrisch, Theodore, so ganz und gar auf dich selbst und deine Arbeit fixiert, daß du dir offenbar beim besten Willen nicht vorstellen kannst, wie tief du mich gekränkt hast."

„Du hast dir etwas zurechtgelegt, weil du meine Telefongespräche belauscht hast. Und nun machst du aus einer völlig harmlosen Sache ein – "

„Nichts an Eleanor James ist harmlos", unterbrach sie ihn schroff. „O ja, ich hab's von Anfang an gewußt. Erinnere dich nur, wir waren zusammen auf den Partys der Balletttruppe, wo wir sie kennengelernt haben. Ich habe mit angesehen, wie sie dich umschmeichelt hat und du um sie herumscharwenzelt bist. Monatelang hast du nur von ihr gesprochen und hast immer wieder einen Vorwand gefunden, um nach San Francisco fahren zu können. Und dann hast du sie gar nicht mehr erwähnt, bist aber immer noch gefahren." Sie wandte sich ab und kämpfte darum, die Fassung nicht zu verlieren.

Roshek preßte die Lippen aufeinander und sagte nach einer Pause: „Auf eine bloße Vermutung hin willst du die Ehe aufkündigen, die so viele Jahre – "

„Man hat euch zusammen gesehen!" rief sie und blickte ihm voll ins Gesicht. „Das hab ich von Freunden. Komm mir bloß nicht mit Ausreden. Ich habe dein Telefongespräch mit angehört. Ich bin nicht taub. Und blöd bin ich auch nicht."

Roshek erkannte, wie sinnlos es war, sich herausreden zu wollen. Auf weitere Versuche würde Stella möglicherweise sogar hysterisch reagieren. Doch er mußte sie irgendwie von dem Gedanken an Scheidung abbringen. Zumindest mußte die Sache hinausgezögert werden, bis er die Senatshearings hinter sich hatte. Außerdem wären die finanziellen Auswirkungen zu berücksichtigen; falls nämlich Stella die Hälfte seines Geschäftsanteils als ihren Teil an der ehelichen Gütergemeinschaft fordern sollte.

„Vielleicht war ich ein Narr", sagte er gezwungen. „Aber ich fühle für sie bei weitem nicht soviel wie für dich, Stella!"

Sie winkte verächtlich ab. „Ich bin dir vollkommen gleichgültig. Jedenfalls als Ehefrau. Ich bin deine Privatsekretärin. Ich organisiere deine Geschäftsessen. Du betrachtest mich als Angestellte, mehr nicht. Angestellte können kündigen, und genau das werde ich tun."

„Du regst dich über nichts und wieder nichts auf. Eleanor James bedeutet mir nicht das geringste. Ich kann mir nicht vorstellen, daß für uns eine Scheidung in Betracht käme. Nach allem, was wir gemeinsam durchgestanden haben."

Er sah seine Frau an, die ihm mit unerschütterlicher Gelassenheit gegenübersaß. Die Chance, daß sie sich erweichen ließ, erschien ziemlich gering. „Du bist eine sehr gut aussehende Frau, Stella." Eine sehr gut aussehende Frau, die einen Gerichtsbeschluß erwirken, das eheliche Gemeingut einfrieren lassen und der Firma damit die finanzielle Bewegungsfreiheit nehmen konnte. „Ich habe mich nicht so um dich gekümmert, wie du's verdienst. Ich habe zuviel gearbeitet, um der Firma Macht, Einfluß und Größe zu verschaffen. Und wir scheinen kurz vor dem Ziel zu stehen. Eleanor hat mich abgelenkt und mich dazu gebracht, mich wie ein Narr aufzuführen; das sehe ich jetzt ganz deutlich. Bitte, verzeih mir."

„Nein, Theodore, du kannst mich nicht mehr manipulieren. Es ist aus. Du kannst sagen, was du willst – ich werde nicht vergessen können, welchen Schmerz du mir zugefügt hast. Wie haben deine Augen gestrahlt, wenn Eleanor James dich angelächelt hat! Du siehst sie wahrscheinlich so, wie du Baupläne siehst. Das habe ich doch hundertmal gehört: was für eine wunderbare Verbindung zwischen Form und Funktion besteht! Das hast du auch über die neue Kläranlage in Sacramento gesagt. Anmutige Linien, hast du gesagt. Erzählst du Eleanor James, sie sei schöner als jede Kläranlage? Flüsterst du ihr das ins Ohr, wenn sie deine Brieftasche streichelt?" Sie erhob sich und wandte sich zum Gehen.

„Setz dich, Stella! Wir müssen miteinander reden."

„Schrei mich bitte nicht an. Du machst mir keine Angst mehr. Ich habe mich mal vor dir gefürchtet, wußtest du das? Du bist deiner selbst so sicher; so daran gewöhnt, den Reifen zu halten, durch den die anderen springen. Ich habe nie recht gewußt, was ich mit meinem Leben anfangen soll, und so bin ich dir gefolgt und habe dir geholfen, deinem Ziel näher zu kommen; du willst, wenn ich es richtig verstehe, der reichste Ingenieur werden, den es je auf Erden gegeben hat. Nun, mein Leben ist noch nicht vorüber. Ich fahre jetzt zum Flughafen. Leb wohl."

„Stella . . ." Roshek erhob sich und machte ein paar unbeholfene Schritte auf sie zu, bis seine Beine ihn nicht mehr trugen und er sich an eine Stuhllehne klammern mußte, um nicht hinzufallen. Er verzog das Gesicht. „Hilf mir . . ."

Sie stand unter der Tür und sah ihn traurig an. „Die Mitleidsmasche", sagte sie. „Ich hätte nie gedacht, daß du einmal so tief sinken würdest. Wenn du Hilfe brauchst, solltest du die Rezeption anrufen."

5. Kapitel

EIN klappriger, grüner VW mit einem Gänseblümchen aus Plastik an der Antennenspitze fuhr auf den Parkplatz hinter dem „Zentrum für Ganzheitliches Körpertraining" im kalifornischen Berkeley. Ein schmächtiger Mann mit dünnem Bart und verwaschenen Jeans stieg aus dem Wagen und ging um das einstöckige Gebäude herum zum Haupteingang.

Die junge Dame am Empfang machte große Augen, als er seinen Namen nannte. „Doktor Dulotte erwartet Sie bereits", sagte sie lächelnd. „Ich gebe ihm Bescheid, daß Sie eingetroffen sind."

Auf einem niedrigen Tisch lagen Sport- und Gesundheitsmagazine. Der Mann sah sein Foto auf der Titelseite von *Western Strider*. KENT SPAIN ERNEUT VORN lautete die Schlagzeile. *Lesen Sie seine Tips für schnelles Energietanken auf Seite 32.*

„Wollen Sie sich nicht einen Moment setzen?" fragte die junge Dame. „Es dauert vielleicht ein paar Minuten."

„Nein, danke. Sitzen ist schlecht für die Lendenwirbel."

Er ging umher und sah sich in der Besucherecke die gerahmten Dankschreiben zufriedener Kunden an. Das Zentrum für Ganzheitliches Körpertraining bot ein medizinisch-mystisches Allerlei für jeden Geschmack und suchte Leistungssportler ebenso anzusprechen wie ehrgeizige Laien. Dem Hauswegweiser war zu entnehmen, daß ein Allgemeinmediziner hier praktizierte, eine Diätberaterin, eine Heilgymnastin, ein Verhaltenspsychologe, ein Hypnotiseur, ein Fachmann für Akupunktur, einer für Fußreflexe und schließlich noch ein buddhistischer Priester. Das Zentrum war das Geistesprodukt von David Dulotte – einem Arzt, der eigentlich mehr Geschäftsmann war – und wurde von den zuständigen Behörden des Staates Kalifornien und vom amerikanischen Ärztebund mit einigem Mißtrauen betrachtet. Doch was der Ärztebund davon hielt, kümmerte hier niemanden, denn keiner der Mitarbeiter gehörte ihm an.

Jetzt erschien Dr. Dulotte. Er war ein eleganter, stattlicher Mann mit einer modischen Nickelbrille. Er schüttelte Kent erfreut die Hand und geleitete ihn in sein Arbeitszimmer.

„Schön, Sie wiederzusehen, Kent! Setzen Sie sich!" Er setzte sich hinter seinen unaufgeräumten Schreibtisch und breitete die Arme aus. „Nun, wie gefällt Ihnen unser kleines Institut?"

„Scheint so, als ließen Sie keine Masche aus."

Dulotte lachte glucksend, und es klang wie Zustimmung. „Wir bieten unseren Patienten eine komplettere Behandlung als jedes andere Hospital in Kalifornien: Thermographie, Plethysmographie, Doppler-Ultraschall-Methode. Wir sehen ihnen in die Pupillen – das ist Iridologie. Wir sind im Westen der USA die einzigen, die Moxibustion anwenden. Aber bitte, setzen Sie sich doch!"

„Ich habe die ganze Zeit im Auto gesessen. Was, bitte sehr, ist denn Moxibustion?"

Dulotte klatschte vor Vergnügen in die Hände. „Eine tolle Sache! Das allerneueste Geheimnis des alten China. Nehmen wir mal an, ein Jogger kommt zu uns, weil er Schmerzen in der Hüfte verspürt. Wir legen ein Häufchen Wermutblätter auf die schmerzende Stelle, dazu ein paar geheimnisvolle Kräuter und Gewürze – was es ist, weiß ich selbst nicht genau – und zünden das Ganze an. Die Leute behaupten, es hilft! Ich glaube allerdings eher, daß die schmerzende Brandblase sie das ursprüngliche Wehwehchen vergessen läßt."

„Sie sind ein Quacksalber, Doc. Ein moderner Doktor Eisenbart."

„Es gibt gewisse Grauzonen", sagte Dulotte achselzuckend. „Wir geben dem Kunden, was er verlangt. Und heutzutage besteht eben eine Riesennachfrage nach orientalischem Wunderkram; also importiere ich jeden Mumpitz, den ich nur kriegen kann."

Aus einer Kühlbox neben dem Schreibtisch nahm Dulotte eine schlanke, grüne Flasche und goß eine trübe Flüssigkeit in zwei Gläser. „Probieren Sie das mal", sagte er. „Mineralwasser aus der Provinz Szetschuan. Hab schon eine Unmenge von dem Zeug verkauft; den Liter zu zehn Dollar. Trinken wir auf Ihren Entschluß, Profi zu werden!"

Spain nahm einen Schluck und verzog das Gesicht. „Das ist doch eigentlich ein Witz, oder nicht?" fragte er. „Ein Profi-Marathonläufer! Ich werde dabei wohl kaum das Fahrgeld für den Bus verdienen."

„Sie werden sich wundern, wieviel Sie verdienen können. Das große Geld machen Sie in der Werbung. Natürlich kommt es darauf an, wofür Sie werben."

„Am Telefon haben Sie gesagt, wenn ich ein Rennen gewinne und den Sieg Ihrer Schuhmarke zuschreibe, geben Sie mir zweitausendfünfhundert Dollar, richtig? Ich bin einverstanden. Ich bin jetzt dreiunddreißig und werde auch nicht mehr schneller."

Dulotte lächelte gütig. „Wenn Sie tun, was ich Ihnen sage, können Sie Ihre Sorgen vergessen. Sind Sie in Form?"

„Nicht so gut wie noch vor einem Jahr. Ich laufe nur noch hundert Kilometer pro Woche. Früher habe ich wenigstens hundertfünfzig runtergerissen."

„Können Sie den morgigen Marathonlauf gewinnen? Tommy Ryan hat sich auch gemeldet."

„So? Er ist ein zäher Bursche. Ich würde auf ihn wetten."

„Und ich wette auf Sie." Dulotte sah auf die Uhr. „Morgen um diese Zeit werden Sie vor dem Rathaus von Sutterton über die Ziellinie gehen. Und wenn Sie den Vertrag unterzeichnen, den ich für Sie vorbereitet habe, können Sie bei der Bank Ihrer Wahl einen Scheck über zehntausend Dollar einlösen."

„Machen Sie keine Witze. Solche Summen können Sie mit mir nicht verdienen."

„Und ob ich das kann! Wie wär's zum Beispiel, wenn Sie morgen neue persönliche Bestzeit laufen? Wobei Sie Produkte tragen, essen und trinken, die alle von der Firma Jog-Tech hergestellt werden, die zufällig meine Tochtergesellschaft in Hongkong ist?"

Kent Spain marschierte vor Dulottes Schreibtisch auf und ab. „Wie soll ich denn einen neuen Rekord aufstellen? Durch Gebete etwa? Oder durch Zauberei?"

„Nein. Durch Betrug." Dulotte genoß lächelnd die Wirkung seiner Worte. Spain war stehengeblieben, hatte die Hände auf den Schreibtisch gestützt und glotzte ihn entgeistert an. „Die zehn Riesen sind erst der Anfang. Wenn Sie lernen, Vorträge zu halten, können Sie später allein damit leicht das Doppelte verdienen; selbst nach Abzug meiner fünfzehn Prozent Provision."

Spain sank in einen Sessel. „Zehntausend! Wie soll das denn vonstatten gehen?"

Dulotte breitete eine Landkarte aus und zeigte den Rennverlauf mit dem Finger. „Hier ist der Start. Die Strecke folgt einer Schnellstraße, führt dann über eine Feuerschneise auf einen Waldweg. Sie müssen die ersten vierundzwanzig Kilometer in einer Stunde fünfzehn Minuten, das heißt drei Minuten pro Kilometer, zurücklegen. Ryan wird das Rennen, wie immer, in zirka drei Minuten fünf Sekunden pro Kilometer angehen."

Spain sah bekümmert aus. „Das stehe ich nicht durch. Da komme ich die letzten achtzehn Kilometer auf dem Zahnfleisch gekrochen.“

„Keineswegs. Sehen Sie sich mal die Karte an.“ Dulotte pochte mit dem Zeigefinger auf einen bestimmten Punkt. „Hier verläßt die Strecke den Wald, führt über die Krone des Sierra-Canyon-Damms und verschwindet auf der anderen Seite wieder in dichtem Wald. Dort geht es in langen Serpentinen immer bergab. Diesen Abschnitt werden Sie mit dem Fahrrad zurücklegen, bester Freund. Sie werden sich ausruhen und ein munteres Liedchen pfeifen.“

„Ein Fahrrad!“

„Ein Fahrrad. Es wird im Gebüsch für Sie bereitstehen. Achten Sie auf ein T-Shirt, das an einen Ast geknotet ist. Sorgen Sie nur dafür, daß Sie als erster dort sind. Es gibt dann bis Kilometer dreißig keine Kontrollstation mehr.“

Spain war aufgestanden und tigerte nervös auf und ab. „Das haut nicht hin“, sagte er. „Nie und nimmer. Wenn am Staudamm einer meine Zeit nimmt, kann der Kontrolleur bei Kilometer dreißig sich doch später genau ausrechnen, daß da etwas nicht ganz koscher ist. Sie sind verrückt, Doc.“

„Womit wir beim schönsten Teil meines Plans angelangt wären: Der Kontrolleur bei Kilometer dreißig werde nämlich ich sein.“

Spain blieb abrupt stehen und starrte sein Gegenüber an. „Sie?“

„Ja, ich.“ Dulotte fuhr wieder mit dem Finger über die Landkarte. „Sie werden zehn bis fünfzehn Minuten vor dem Rest des Feldes liegen. Nachdem Sie das Fahrrad losgeworden sind, können Sie also fünf Minuten verschnaufen.“

„Ich setze mich nicht gern.“

„Dann traben Sie eben gemächlich weiter. Die Strecke verläßt den Wald hier beim Jahrmarktsgelände. Geben Sie von dort an noch einmal Ihr Bestes. Sie werden auf einer Schnellstraße laufen und von den Zuschauern angefeuert werden. Das Zielband werden Sie im Zentrum von Sutterton zerreißen“, er stieß den Finger ein letztes Mal triumphierend auf die Karte, „als der neue König des Sierra-Canyon-Marathonlaufes. Und zwar in einer erstaunlichen neuen Bestzeit, erzielt mit Hilfe von Produkten aus meinem Haus.“

Spain sah zu, wie der Doktor den Inhalt einer Schublade auf dem Tisch verteilte. Es gab da ein Fersenpolster aus geriffeltem Gummi, das für „besseres Abfedern" sorgen sollte; einen Digital-Schrittzähler; ein mikroelektronisches Abtastgerät, das gleichzeitig Pulsfrequenz, Blutdruck, Körpertemperatur und Elektrolythaushalt aufzeichnete. „Dieses kleine Wunderwerk der Technik", erklärte Dulotte und deutete auf das Gerät, „kostet bescheidene hundert Dollar."

Spain protestierte. „All das Zeug wiegt doch bestimmt zehn Pfund!"

„Etwas über ein Pfund. Das schaffen Sie problemlos. Nach dem Rennen werden Sie verkünden, Sie seien so gut gelaufen, weil Sie stets genau über Ihre Körperfunktionen informiert gewesen seien und sich das Rennen geradezu wissenschaftlich hätten einteilen können. Sie werden auch sagen, Sie hätten auf unserer Heim-Tretmühle – erhältlich zum Spottpreis von vierhundert Dollar – trainiert und dazu regelmäßig unseren Vitamin-Gemüse-Mandelcocktail getrunken."

„Mir wird schlecht", stöhnte Kent.

„Das wird ein Fressen für uns beide. Bitte hier unterschreiben."

KURZ vor der Mittagspause rief Herman Bolen beim Sierra-Canyon-Damm an und erfuhr von dem Ingenieur im Kontrollraum des Krafthauses, daß Lawrence Jeffers den ganzen Morgen über noch nicht hereingeschaut habe.

„Vielleicht ist er nach Sacramento gefahren und hat vergessen, uns Bescheid zu geben", sagte der Ingenieur, um eine Erklärung bemüht.

„Ja, mag sein. Richten Sie ihm bitte aus, daß er mich anrufen soll, sobald er zurück ist."

Merkwürdig, dachte Bolen. Jeffers hinterließ doch sonst immer, wo er zu erreichen war. Normalerweise hätte er sich heute früh telefonisch abgemeldet. Eine Fahrt nach Sacramento – ja, das war's sicher. Oder ein Termin beim Zahnarzt.

Und doch ... es konnte ja sein, daß er beim Kontrollgang die verfluchte endlose Treppe hinuntergefallen war und sich ein Bein oder das Hüftgelenk gebrochen hatte. Vielleicht hatte er sogar einen Herzanfall erlitten.

Nun hör bloß auf, schalt Bolen sich selbst. Mach nicht die Pferde scheu. Wenn Jeffers noch im Damm wäre, hätte bestimmt jemand seinen Wagen auf dem Parkplatz gesehen. Du würdest dich ganz schön lächerlich machen, wenn du Alarm schlägst und einen Mann suchen läßt, der vielleicht jeden Moment sein Büro betritt.

Bolen sah auf den Terminkalender. Für heute nachmittag war eine Konferenz bei der Elektrizitätsgesellschaft Southern-California-Edison angesetzt; es ging um die eventuelle Vergrößerung des Sequoia-Staudamms. Falls sich die Sitzung hinzog, würde er sich irgendwann entschuldigen und noch einmal beim Damm anrufen. Wenn Jeffers sich bis dahin immer noch nicht gemeldet hatte, würde er ein paar diskrete Nachforschungen anordnen.

THEODORE ROSHEK saß allein in seinem Büro. Er schloß die Augen und drückte die Fingerspitzen gegen die Schläfen. Zum erstenmal seit vielen Jahren plagten ihn hartnäckige Kopfschmerzen. In seinem Hotelzimmer in Washington hatte er eine schlaflose Nacht verbracht. Heute morgen war das Wetter so schlecht gewesen, daß er auf dem Flug nach Los Angeles an nichts anderes hatte denken können als daran, ob die Maschine wohl heil herunterkommen würde.

Wenigstens hatte er bei Stella einen winzigen Erfolg errungen. Er hatte sie vom Flughafen aus angerufen und dazu überreden können, am Abend erst noch einmal mit ihm ihre Probleme zu besprechen, ehe sie einen Anwalt aufsuchte. Er würde an ihr Mitgefühl appellieren. Wenn das nichts half, würde er sie bearbeiten, bis sie in Tränen aufgelöst zusammenbrach; wie er es früher schon getan hatte, wenn sie miteinander gestritten hatten.

Er dachte an die kleine Pistole, die er zu seinem Schutz im Aktenkoffer mit sich führte. Stella wußte, daß sie dort war, und wenn die Wogen allzu hoch gingen, würde vielleicht einer von ihnen danach greifen. Nicht sehr wahrscheinlich, aber immerhin ... Er öffnete die Schnappschlösser, nahm die Pistole aus dem Koffer und wog den kühlen Stahl nachdenklich in der Hand. Die Waffe war zwar gesichert, hatte aber trotzdem etwas Bedrohliches, Tödliches an sich.

Das rote Lämpchen der Gegensprechanlage blinkte. Roshek drückte auf eine Taste und hörte die Stimme seiner Sekretärin: „Mr. Bolen möchte wissen, ob Sie an der Southern-California-Edison-Konferenz teilnehmen."

Roshek legte die Pistole in eine Schublade und war erleichtert darüber, sie los zu sein. „Ich werde versuchen, in etwa einer Stunde dort zu sein. Wenn ich mit dem jungen Kramer fertig bin, möchte ich Jules Wertheimer sprechen. Stellen Sie mir das Gespräch dann bitte durch."

Er unterbrach die Verbindung und notierte sich eine Reihe von Fragen, die er Wertheimer stellen wollte, dem einzigen Anwalt, dem er absolut vertraute. Konnte Stella das gemeinsame Vermögen einfrieren lassen und damit der Firma die Bewegungsfreiheit nehmen? Gab es genügend Vermögenswerte, aus denen sie ihren rechtmäßigen Anteil bekommen konnte, ohne daß man ihr einen Teil der Firma überschreiben mußte? Wertheimer würde es wissen.

Je länger er nachdachte, desto ärgerlicher wurde er. Sie konnte das Haus in Beverly Hills haben, das Haus im Sierra Canyon, die Kunstgegenstände, die Aktien, die Versicherung – alles, nur nicht die Firma. Die würde er sich nicht aus der Hand nehmen lassen, ganz gleich, was das Scheidungsrecht dazu sagte.

Seine Sekretärin meldete sich erneut: „Mr. Kramer ist jetzt da."

PHIL ging durch den mit teuren Teppichen ausgelegten Raum und setzte sich zögernd in einen Ledersessel vor Rosheks schwerem Mahagonischreibtisch. Ach du lieber Gott, dachte Phil, als er den Gesichtsausdruck seines Chefs sah. Der sieht ja aus, als ob er mir jeden Moment an die Gurgel gehen will! Was hat ihn bloß so aufgebracht?

„Kramer, sagen Sie mir doch, ob ich das richtig verstanden habe", begann Roshek ohne Begrüßung. „Außer daß Sie in Kansas ein paarmal während der Semesterferien beim Straßenbau gearbeitet haben, besitzen Sie keinerlei praktische Erfahrung. Sie waren noch nie an Konstruktions- oder Ausführungsarbeiten für einen Staudamm beteiligt. Und trotzdem sind Sie der Meinung, Sie könnten, achthundert Kilometer von einem Damm entfernt, den Sie noch nie gesehen haben, auf einem Bürostuhl sitzend, diesen Damm besser beurteilen als die Männer vor Ort, die sich ein Leben lang mit Staudämmen beschäftigt haben. Ist das soweit richtig?"

Phil starrte ihn sprachlos an. Machte Roshek sich über ihn lustig? „Nein", brachte er mühsam heraus, „das ist überhaupt nicht richtig. Sie interpretieren die Sache im negativsten –"

„Außerdem haben Sie die Unverschämtheit besessen, den leitenden Ingenieur anzurufen, der für die Wartung verantwortlich ist, und ihn glauben zu machen, in unserer Firmenzentrale halte man einen Dammbruch für möglich. Ich kann unter meinen Angestellten kein Greenhorn gebrauchen, das öffentlich Zweifel an der Qualität unserer Arbeit verbreitet. Was Sie getan haben, kommt einer Flüsterkampagne gegen Ihren Arbeitgeber gleich."

Phil mußte sich bemühen, ruhig zu bleiben. „Mr. Roshek, die Computerdaten haben meiner Meinung nach eindeutig bewiesen, daß eine Untersuchung des Dammes nötig ist."

„Sie sind kein Ingenieur. Noch nicht. Noch lange nicht."

„Noch kein amtlich zugelassener Ingenieur; das stimmt. In Kalifornien muß man erst fünf Jahre lang praktische Erfahrungen gesammelt haben, ehe man den Antrag auf Zulassung stellen kann. Aber ich habe meinen Doktor gemacht in –"

„Ein Ingenieur ist mehr als ein Mann mit einem Diplom und fünfjähriger Berufserfahrung. Die Persönlichkeit macht erst den wahren Ingenieur; er respektiert die Materialien, mit denen er arbeitet; er hat ein Gefühl für die Werte der Vergangenheit; er besitzt Weitblick und Integrität."

Er hat mir gar nicht zugehört, dachte Phil. Er probiert an mir eine Rede aus, wie man sie anläßlich akademischer Abschlußfeiern hält.

„Doch das Wichtigste", fuhr Roshek fort, „ist die Reife. Ein Gefühl für das rechte Maß. Urteilsvermögen. Sie hätten eine Panik heraufbeschwören können. Was glauben Sie wohl, was geschieht, wenn sich herumspricht, daß wir uns um den höchsten Staudamm des Landes Sorgen machen? Gerüchte werden verbreitet, Zeitungen greifen sie auf, Politiker verlangen eine Untersuchung, Umweltschützer sprechen von einem Vertuschungsversuch ... Ich habe erlebt, wie so etwas vor sich geht. Der geringste Anlaß genügt. Zum Beispiel, daß ein besonders kluger Student sich über dummes Zeug aus einem Computer aufregt."

Phil fühlte, wie ihm die Röte ins Gesicht stieg. Es war sicher das beste zu warten, bis Roshek sich abreagiert hatte. Aber er haßte es, wenn jemand die Tatsachen verdrehte, und er konnte ungerechtfertigte Kritik nicht ausstehen.

„Sir, ich habe Mr. Jeffers nicht gesagt, daß ich einen Dammbruch erwartete. Ich habe lediglich Mr. Bolen vertraulich mitgeteilt, meine Berechnungen deuteten darauf hin, daß mit dem Damm irgend etwas nicht in Ordnung sei . . .“ Phil unterbrach sich, weil ihm klar wurde, daß er ins Leere gesprochen hatte.

Rosheks Blick schweifte durch den Raum und blieb schließlich auf den gerahmten Fotos seiner Projekte hängen, deren Namen er wie eine Litanei herunterbetete: „Suez, Maracaibo, San Luis. Diese kolossalen Bauten stehen heute noch so solide da wie am ersten Tag.“ Er zeigte auf einen Glaskasten, der ein maßstabgetreues Modell des Sierra-Canyon-Damms enthielt, sogar mit winzigen Bäumen auf den Hängen und einem Mittelstreifen auf der Straße, die über die Dammkrone führte. „Kein einziges Bauwerk, an dem diese Firma beteiligt war, hat je auch nur die geringsten Mängel gezeigt. Solche Haltbarkeit ist das Ergebnis von Können, harter Arbeit, Intuition und dem unnachgiebigen Beharren auf Qualität in jeder Phase der Planung und der Ausführung. Wenn man mit dieser Einstellung an die Arbeit herangeht, gibt es keine Defekte.“

Phil traute seinen Ohren nicht. Glaubte Roshek denn tatsächlich, daß nie etwas schiefgehen konnte, wenn ein erfahrener Ingenieur sein Bestes gab? Diese Vorstellung war absurd.

Roshek starrte wie verzückt auf den Glaskasten. „Der Sierra-Canyon-Damm, über den Sie Ihre Zwangsvorstellungen entwickelt haben, ist ein Meilenstein. Er steht für einen nie zuvor dagewesenen Aufwand an Sicherheitsmaßnahmen; angefangen von der Sorgfalt der geophysikalischen Voruntersuchungen, bis hin zum aktuellen Kontroll- und Wartungssystem. Ich habe darauf bestanden, daß dieser Damm mit dem aufwendigsten Sensorennetz aller Zeiten überzogen wurde.“

„Die Hälfte dieser Sensoren funktioniert mittlerweile nicht mehr.“

Roshek stieß sich in seinem Drehsessel vom Schreibtisch ab und funkelte Phil an. „Ich habe schon viel zuviel Zeit mit dieser Sache verschwendet. Ich sage Ihnen nur eins: Kümmern Sie sich nicht mehr um den Damm. Wenn Sie wie ein kleiner Junge mit Computerprogrammen herumspielen wollen, dann benutzen Sie gefälligst Ihren eigenen Computer in Ihrer Freizeit. Das wär's. Sie können gehen.“

Phil blieb auf seinem Stuhl sitzen. „Mr. Roshek", sagte er, „zu meiner Verteidigung könnte ich anführen, daß –"

Roshek unterbrach ihn. „Was soll das heißen – zu Ihrer Verteidigung? Sie stehen hier nicht vor Gericht. Ich zahle Ihr Gehalt, und deshalb tun Sie, was ich Ihnen sage. Noch einmal: Vergessen Sie den Sierra-Canyon-Damm. Sie sollten sich einmal mit dem Ehrenkodex des Verbandes Amerikanischer Ingenieure befassen. Unter Punkt zwei heißt es da, daß Ingenieure nur auf den Gebieten arbeiten sollten, von denen sie etwas verstehen."

„Ich kenne diesen Kodex auch", sagte Phil leise und mehr zu sich selbst. „Unter Punkt eins heißt es, daß ein Ingenieur Sicherheit, Gesundheit und Wohlergehen der Bevölkerung über alles andere stellen sollte."

„Wie bitte? Was haben Sie gesagt?"

Mit hochroten Wangen und klopfendem Herzen sprang Phil auf. „Ich lasse mich nicht wie ein Kind behandeln", sagte er laut. „In den vergangenen Wochen habe ich mich intensiver mit dem Damm beschäftigt als Sie. Es ist wahr, daß vor Baubeginn im Grundgestein umfassende Probebohrungen niedergebracht worden sind, aber das Erdbeben vor fünf Jahren hat unter Umständen eine völlig neue Situation geschaffen. Nach dem Beben war der Damm so undicht, daß man zwei Millionen Dollar aufwenden mußte, um Risse zu kitten. In diesem Frühjahr hat man außerdem den Stausee fünfzig Prozent rascher gefüllt, als Sie selbst empfohlen haben."

Roshek war von diesem Ausbruch so überrascht worden, daß er zunächst keine Worte fand. Er schnappte hörbar nach Luft und zog die Augenbrauen hoch.

Phil riß ein Blatt von einem Notizblock und legte es auf den Schreibtisch. „Hier sind die neuesten Angaben zum Sickerwasser in Stollen D. Sie liegen eindeutig über der Höchstgrenze, die Sie ursprünglich festgesetzt haben. Noch heute sollte sich jemand da unten umsehen. Nächste Woche ist es vielleicht schon zu spät."

Roshek knüllte das Stück Papier zusammen und warf es an die Wand. Er hatte seine Stimme wiedergefunden, und er schrie. „Sie wollen *mir* erzählen, wie man sich um einen Staudamm kümmert? Ihre unreifen Ansichten sind jetzt noch uninteressanter als vorher, weil Sie entlassen sind! Raus! Wenn ich Sie heute nachmittag noch an Ihrem Schreibtisch finde, werde ich Sie wegen Hausfriedensbruchs festnehmen lassen!"

Phil wollte auf dem Weg nach draußen die Tür zuknallen, aber ein hydraulischer Türschließer machte das unmöglich.

JANET SANDIFER konnte die Stimme am Telefon zuerst nicht erkennen. „Bist du's, Phil?" fragte sie lächelnd und stirnrunzelnd zugleich. „Du klingst so merkwürdig. Höre ich da Musik?"

„Einen richtigen Musikautomaten, jawohl. Ich bin in einer Bar an der Figueroa Street und stelle eine wissenschaftliche Untersuchung an. Ich versuche herauszufinden, ob es möglich ist, fünfzig Flaschen Bier zu trinken und trotzdem noch Billard zu spielen."

„Was erzählst du da?"

„Hier steht einer dieser kleinen Münz-Billardtische, und ich stecke mitten in einem dramatischen Duell. Habe bereits zwei Dollar gewonnen. Und dabei habe ich seit Jahren nicht mehr Billard gespielt. Ich muß wohl ein Naturtalent sein."

„Was ist mit Roshek? Hast du mit ihm gesprochen?"

„Roshek? Meinst du vielleicht den berühmten Ingenieur? Ja, mit dem hatte ich ein Gespräch. Und was für eines! Janet, so etwas Verrücktes habe ich noch nie erlebt! Ehrlich, der Mann sollte schleunigst zum Psychiater gebracht werden. Er hat mich ein unreifes Greenhorn genannt, das versuche, seine Firma zu ruinieren. Er hat gesagt, wenn er mich dort noch einmal träfe, würde er mich wegen Hausfriedensbruchs verhaften lassen. Es war unglaublich!"

„Moment mal, Phil. Willst du damit sagen, er hat dich rausgeworfen?"

„Ja. Er hat mich behandelt wie einen Schwerverbrecher. Aber das Unglaublichste ist, daß ich tatsächlich versucht habe, mich zu rechtfertigen. Der kleine, schüchterne Phil Kramer geht einfach hin und streitet wie ein unreifer Junge, der er laut Roshek angeblich auch ist."

„O Phil, das tut mir so leid. Ich weiß doch, wieviel dir an der Arbeit liegt. Vielleicht stellt er dich wieder ein, wenn er sich beruhigt hat."

„Ohne mich! Noch einmal für den Mann arbeiten? Kommt nicht in

Frage. Lieber werde ich ein professioneller Billardspieler, so ein kleiner Gauner, der von Stadt zu Stadt reist und den Leuten das Geld aus der Tasche zieht. Du kannst als meine Assistentin mitkommen. Das wird ein herrliches Leben, Janet! Nur wir beide, Könige der Landstraße, frei wie die Vagabunden!"

„Ich habe eine bessere Idee. Komm heute abend bei mir vorbei. Ich hole uns ein Abendessen aus der Gefriertruhe, und hinterher tätschle ich dir das Lockenköpfchen."

„Abgemacht."

Um zwei Uhr nachmittags rief Phil Janet noch einmal an. „Ich hab's mir anders überlegt", sagte er. „Ich werde nun doch kein Billard-profi. Jetzt hab ich drei Dollar verloren, und ich glaube, der Kerl, gegen den ich spiele, ist ein großer Gauner. Janet, laß uns das gemeinsame Schlemmermahl aufschieben. Ich fahre zum Damm rauf. In sieben bis acht Stunden kann ich dort sein. Ich will mir den Sierra Canyon mit eigenen Augen ansehen und versuchen, in die Drainage-tunnel hineinzukommen. Was können sie mir schon groß anhaben, wenn ich einen letzten Versuch mache zu beweisen, daß dort etwas nicht stimmt? Rausgeschmissen haben sie mich ja schon."

„Deine Idee mit der Vagabundenkarriere hat mir besser gefallen."

HERMAN BOLEN entschuldigte sich, verließ den Konferenzraum der Elektrizitätsgesellschaft Southern-California-Edison und führte ein Ferngespräch. Wieder erhielt er die Auskunft, Jeffers habe sich noch nicht gemeldet.

„Ist Chuck Duncan in der Nähe?" Der junge Inspektor könnte in Stollen D nach dem Rechten sehen.

„Chuck ist schon weg", meldete der Krafthausingenieur. „Soll ich ihn aufstöbern lassen?"

„Das wird nicht nötig sein. Sorgen Sie bitte nur dafür, daß Mr. Jeffers mich sofort anruft, wenn er zurück ist."

Bolen ging wieder in den Konferenzraum und nahm seinen Platz neben Roshek ein. Es fiel ihm schwer, sich auf das anstehende Problem zu konzentrieren: die kostengünstigste Möglichkeit, den Sequoia-Damm zu vergrößern. Auch Roshek hatte – außer ein paar klugen Blicken und unverbindlichem Achselzucken – nicht viel zur

Diskussion beigetragen. Er wirkte merkwürdig still, hatte die meiste Zeit die Augen geschlossen und rieb sich abwesend die Stirn.

Als die Besprechung vorüber war, herrschte auf dem Hollywood-Freeway nicht mehr soviel Verkehr. Bolen konnte seinen Mercedes-300-SD-Turbodiesel problemlos auf die Überholspur manövrieren. Er würde Roshek zu dessen Haus nach Beverly Hills bringen und dann noch einmal ins Büro fahren, um vor dem Wochenende die liegengebliebene Arbeit vom Schreibtisch zu schaffen. Auf jeden Fall würde er die Sache mit Jeffers erledigen. Und wenn er dazu jedes Krankenhaus an der Westküste anrufen mußte.

Angeschnallt neben ihm saß Theodore Roshek, der den Sicherheitsgurt nur benutzte, wenn er mit Bolen fuhr; damit wollte er zeigen, daß er den Fahrstil seines Partners mißbilligte. „Du giltst allgemein als ein besonnener, gesitteter Mann", hatte Roshek einmal zu Bolen gesagt. „Aber hinter dem Steuer eines Wagens verwandelst du dich in einen Neandertaler." Bolen hätte darauf verweisen können, daß Roshek sich in gewisser Beziehung ebenfalls nicht weiterentwickelt hatte; denn mit seinem grauen Filzhut sah er aus, als sei er gerade einem alten Humphrey-Bogart-Film entsprungen.

„Wie ist dein Gespräch mit Kramer verlaufen?" fragte Bolen, um Konversation zu machen. „Ein vielversprechender junger Mann, findest du nicht auch? Allerdings noch nicht ganz trocken hinter den Ohren."

Roshek, der mit seinen Gedanken woanders gewesen war, sah Bolen von der Seite an. „Das Gespräch mit Kramer? Das ist sehr gut verlaufen. Ich habe ihn rausgeworfen." Als er Bolens Bestürzung bemerkte, fügte er rasch hinzu: „Ich weiß, daß er ein Schützling von dir war. Aber er hat tatsächlich den Nerv besessen, mir Vorschriften machen zu wollen. Eine solche Unverschämtheit habe ich in meinem ganzen Leben noch nicht erlebt."

Bolen blickte eine volle Minute lang stumm geradeaus, ehe er den Mund aufmachte. „Er war kein besonderer Schützling von mir", sagte er dann und war um einen beiläufigen Ton bemüht. „Ich habe ihn lediglich für intelligent gehalten und geglaubt, daß eines Tages ein wertvoller Mitarbeiter aus ihm werden könnte." Er fragte sich, ob er versuchen sollte, Roshek dazu zu bewegen, die Kündigung zurückzunehmen oder sie zumindest aufzuschieben, bis die Lage am Staudamm beurteilt werden konnte. Denn falls man Notmaßnahmen ergreifen mußte, würde es verheerende Folgen haben, wenn die Presse erfuhr, daß der Mann, der als erster Alarm zu schlagen versucht hatte, gerade deswegen gefeuert worden war. „War es denn wirklich nötig, ihn gleich zu entlassen?" fragte Bolen vorsichtig.

„Ich stand einfach vor der Wahl", erwiderte Roshek ruhig, „ihn zu entlassen oder ihm gleich die ganze Firma zu übergeben. Erst hat er mir von seinem blödsinnigen Computerprogramm erzählt, und ehe ich noch wußte, wie mir geschah, ist er laut geworden. Er hätte wissen müssen, daß ich das nicht hinnehmen konnte."

Roshek rutschte unbehaglich auf seinem Sitz hin und her, als Bolen plötzlich das Gaspedal durchtrat und sich auf die rechte Fahrspur drängelte, von wo er die Ausfahrt zum Santa-Monica-Boulevard in westlicher Richtung nahm. „Mir hat Kramers Enthusiasmus eigentlich gefallen", sagte Bolen. „Ich glaube, daß –"

„Wir haben Wichtigeres zu besprechen. Du und Benedetz, ihr müßt vielleicht in den nächsten paar Jahren die Firma allein führen."

Mit dieser abrupten Einführung leitete Roshek zu einem kurzen Bericht von seinem Gespräch mit dem Mann im Weißen Haus über. Bolens Glückwünsche wischte er beiseite. „Die Firma darf jetzt in keinerlei geschäftsschädigenden Medienrummel geraten. Und meine Hauptsorge ist, daß die Nachricht meiner Scheidung von Stella Schlagzeilen in den Zeitungen machen könnte."

„Ach du lieber Himmel, Theodore! Stella will sich scheiden lassen?"

„Paß auf, wohin du fährst! Ja, gestern abend in Washington hat sie die Bombe platzen lassen. Heute abend habe ich noch eine letzte Chance, es ihr auszureden. Wenn sie Behauptungen aufstellt, zu denen ich mich vor Gericht äußern muß, sind meine Aussichten auf das Regierungsamt gleich Null. Ich kann nicht zulassen, daß sie mich und die Firma ruiniert. Und ich *werde* es nicht zulassen!"

Der Mercedes fuhr jetzt durch Straßen, die von hohen Palmen gesäumt waren. Roshek bewohnte ein Anwesen im spanischen Stil, mit dicken Mauern, einem roten Ziegeldach und viel Rasen drum herum. Der Wagen glitt die sanft geschwungene Auffahrt hinauf und hielt vor dem Eingang.

„Warte, bis ich drin bin", sagte Roshek. „Vielleicht hat Stella die Türschlösser auswechseln lassen. Gib mir nur den Rollstuhl aus dem Wagen. Wie, zum Donnerwetter, öffnet man diese Sicherheitsgurte?"

Bolen beugte sich zu ihm hinüber und löste das Schnappschloß. „Mit einfachen mechanischen Vorrichtungen bist du nie besonders gut zu Rande gekommen, stimmt's, Theodore? Wenn ein Ding nicht wenigstens aus fünfhundert beweglichen Einzelteilen besteht oder zehn Millionen Dollar wert ist, kümmerst du dich erst gar nicht darum."

„Wenn deine Theorie stimmte, hätte ich mich wohl mehr um meine Frau gekümmert. Die könnte mich nämlich gut und gern zehn Millionen Dollar kosten. Allerdings besitzt sie nur *ein* bewegliches Einzelteil – ihren Mund."

Nachdem Bolen den zusammenklappbaren Rollstuhl vom Rücksitz genommen hatte, entschloß er sich, das Risiko einzugehen und das Thema Kramer und Staudamm ein letztes Mal anzuschneiden. „Hast du zufällig einen Blick auf die Sickerwerte geworfen, die Kramer zusammengestellt hat?"

„Er hat mir ein Blatt gegeben", sagte Roshek und setzte sich in den Rollstuhl. „Ich habe es zusammengeknüllt."

Bolen schüttelte besorgt den Kopf. „Es dringt viel Wasser ein. Ich habe Jeffers angerufen und ihn gebeten, sich in den unteren Stollen umzusehen. Ich erwarte seinen Bericht jeden Augenblick."

Roshek sah Bolen leicht verärgert an. „Herman, stehst du nun auf meiner Seite oder auf der dieses Grünschnabels?"

„Ich stehe auf deiner Seite und auf der Seite der Firma", sagte Bolen ruhig. „Aber es könnte ja sein, daß sich neue Risse gebildet haben, die man abdichten muß. Vielleicht müssen wir das Drainagesystem überholen, den Wasserspiegel senken oder sonst etwas. Was immer zu tun ist, können wir in aller Ruhe tun, solange nicht ein Exangestellter von uns wütend herumläuft und einen Aufruhr veranstaltet. Du hast es ja selbst gesagt – diese Art Werbung können wir nicht gebrauchen."

Roshek sank in sich zusammen. „Als ob ich nicht schon genug Ärger hätte."

„Wie wär's, wenn ich Kramer sagte, du wolltest ihm noch mal eine

Chance geben? Dann versetze ich ihn in unser Londoner Büro. Und in sechs Monaten, wenn man seine Entlassung nicht mehr mit den Problemen am Staudamm in Verbindung bringen kann, kündigen wir ihm endgültig ... wenn es dort überhaupt Probleme gibt."

„Gut. Das gefällt mir. Erwähne bloß nie wieder in meiner Gegenwart seinen Namen. Und jetzt entschuldige mich bitte. Ich habe eine Verabredung mit meinem lieben Eheweib."

Bolen setzte sich wieder hinters Steuer. Er sah zu, wie Roshek zur Haustür rollte und den Schlüssel ins Schloß steckte. Als die Tür aufging, drehte Roshek sich um und formte mit den Lippen ein stummes „Drück mir die Daumen!" Bolen winkte ihm ermutigend zu und fuhr langsam zur Straße zurück.

Während er in östlicher Richtung auf die Schnellstraße zu preschte, plante er die Schritte, die er unternehmen würde, wenn er wieder im Büro war. Er würde Kramer anrufen und ihm die „gute Nachricht" verkünden. Er würde Jeffers aufspüren, egal, wo er stecken mochte. Und zum Abschluß würde er sich genau dreißig Minuten gönnen – keine Minute länger! – und dem angenehmen Gedanken nachhängen, wie es wohl wäre, die Firma in Rosheks Abwesenheit zu leiten.

Zweiter Teil

DER WETTLAUF

6. Kapitel

PHILS altersschwacher Ford Mustang schaffte höchstens noch 110 Stundenkilometer, ohne unkontrollierbar zu klappern anzufangen. Phil behielt diese Geschwindigkeit bei, die Hände fest ums Lenkrad gekrampft und leicht nach vorn geneigt, als wolle er den Wagen zu einer höheren Leistung antreiben. Er las jedes Schild entlang der Bundesautobahn fünf und sah sich die Gegend genau an. Sein Vater hatte oft davon gesprochen, daß das kalifornische Zentraltal ein einziger riesiger Ausstellungspark für die großartigsten Ingenieurleistungen der Welt sei.

Carl Kramer, Phils Vater, war Chef der Straßenbauabteilung im Bezirk Sedgewick gewesen; eine Stellung, die ihm in Wichita und Umgebung beträchtliches Ansehen verschaffte. Phil hatte seinen Vater geliebt und bewundert, denn er war ein Mann, dessen Interessen weit über den normalen Arbeitsalltag eines Bezirksingenieurs hinausgingen. Er interessierte sich zum Beispiel leidenschaftlich für die Geschichte des Ingenieurwesens, und sowohl die University of Kansas als auch die Kansas State University hatten ihm eine Professur angeboten. Doch er hatte abgewinkt und seinen beruflichen Ehrgeiz ganz auf den Sohn beschränkt. Als er starb, war Phil im zweiten Semester. „Mach nur weiter so", hatte ihm sein Vater in seinem letzten Brief geschrieben. „Du hast das nötige Talent und kannst es weit bringen." Er sagte so etwas so oft, daß Phil ihm manchmal fast glaubte.

Phil sah nach Osten, wo der Horizont im Dunst verschwamm. Dahinter lag die Sierra Nevada, das Gebirge, in dem man mehr große Staudämme gebaut hatte als irgendwo sonst auf der Welt: den Mammoth-Pool-Damm, Wishon, Don Pedro, Camanche – Dämme, die Strom lieferten, Überschwemmungen verhinderten, Freizeitseen schufen, den Durst von San Francisco und Los Angeles stillten und ein Bewässerungssystem versorgten, das aus einer Wüste einen phantastischen Obst- und Gemüsegarten gemacht hatte.

Inmitten all dieser Wunderwerke der Technik fragte Phil sich, ob er selbst nicht auch in ein Buch der Rekorde gehöre; war er doch möglicherweise der überheblichste, leichtsinnigste und lächerlichste junge Ingenieur der Welt. Da fuhr er nun durch ein Wunderland berühmter Staudämme, sein Ziel war einer der größten davon, und er wollte beweisen, daß dieser zu einer ernsten Gefahr für die öffentliche Sicherheit geworden war. Phil Kramer, ein Greenhorn aus Wichita im US-Bundesstaat Kansas.

Zum Totlachen!

Und wie sollte es weitergehen, wenn er angekommen war? Er hatte sich immer noch nicht überlegt, was er sagen wollte, wenn die Verantwortlichen ihn auslachten und ihm die Tür vor der Nase zuschlugen. Vielleicht war diese Fahrt ein Fehler. Er hatte sich nur von seinen Gefühlen leiten lassen, von dem Ärger, daß er entlassen worden war. Er hätte die Ruhe bewahren und alles noch einmal gründlich überdenken sollen.

Er fuhr an der kalifornischen Hauptstadt Sacramento vorbei. Durch das Seitenfenster konnte er sehen, wie die Strahlen der untergehenden Sonne von der Kuppel des Parlamentsgebäudes reflektiert wurden. Wenn er umkehren oder die Nacht in einem Motel verbringen wollte, war dies der richtige Ort dafür. Eine Ausfahrt kam näher, und er fuhr langsamer. Doch dann gab er entschlossen Gas und zog auf die Überholspur. „Ich bin ganz ruhig", sagte er laut. „Ich habe mir alles gründlich überlegt." Wenn er die anderthalb Stunden bis Sutterton weiterfuhr, konnte es ihm im schlimmsten Fall passieren, daß sein Verdacht sich als unbegründet erwies. „Wenn du das Gefühl hast, im Recht zu sein", hatte sein Vater mehr als einmal zu ihm gesagt, „dann laß dich nicht beirren. Und wenn es junge Hunde regnet."

Junge Hunde würde es zwar nicht regnen, wenn seine Theorie stimmte, dachte Phil. Aber im Sierra Canyon würde die Hölle los sein.

WILSON HARTLEY, Suttertons Polizeichef, wischte sich Spaghetti-sauce vom Kinn und griff nach dem Telefonhörer, den seine Frau ihm hinhielt. Am Apparat war Sergeant Karsh vom Nachtdienst. „Tut mir leid, daß ich Sie zu Hause stören muß, Chef. Aber ich habe einen Mann in der Leitung, der mit Ihnen persönlich sprechen will. Er sagt, sein Name sei Herman Bolen, und er rufe von Roshek, Bolen und Benedetz in Los Angeles an."

„Geben Sie ihn mir mal, Karsh." Der Name des Ingenieurbüros, das für den Damm zuständig war, war Hartley bekannt.

„Ich weiß nicht, ob Sie sich an mich erinnern", meldete sich Bolen, nachdem Karsh ihn verbunden hatte. „Wir haben uns vor zehn Jahren bei der Einweihungsfeier kennengelernt."

Hartley konnte sich nicht erinnern. „Aber natürlich", log er. „Wie geht es Ihnen?"

„Danke, gut. Mr. Hartley, ich habe da ein Problem, dessen Lösung einiges Fingerspitzengefühl erfordert. Sie kennen doch sicher Law-rence Jeffers, unseren Mann, der am Damm die Oberaufsicht hat?"

„Larry? Na klar. Ich gehe jeden Herbst mit ihm auf die Jagd. Steckt er etwa in irgendwelchen Schwierigkeiten?"

„Ich will nicht lange drum herum reden: Er ist den ganzen Tag noch nicht aufgekreuzt. Vor vierundzwanzig Stunden habe ich mit ihm telefoniert, und seitdem ist er spurlos verschwunden. Ich mache mir nun ein wenig Sorgen, weil er mir versprochen hatte, mich gleich heute früh wieder anzurufen. Vielleicht löst sich ja alles in Wohlgefallen auf. Gut möglich, daß er einen kranken Freund besucht oder ganz einfach vergessen hat, mich anzurufen."

„Möchten Sie, daß ich mich mal ein wenig umsehe und umhöre?"

„Genau. Aber ich möchte niemanden unnötig beunruhigen. Offen gestanden, würde ich ihm und mir gern die Peinlichkeit ersparen, einen Mann suchen zu lassen, dem vielleicht gar nichts zugestoßen ist."

„Ich verstehe. Ich werd mal bei ihm vorbeifahren und sehen, ob sein Pritschenwagen in der Garage steht. Und dann höre ich mich bei einigen seiner Freunde um. Wenn ich ihn nicht finde, rufe ich die Autobahnpolizei und die Krankenhäuser an. Geben Sie mir eine Telefonnummer, unter der ich Sie erreichen kann."

Anschließend versuchte Bolen erfolglos, Phil Kramer telefonisch zu erreichen. Eine Zeitlang starrte er abwesend einen Haufen Papiere auf seinem Schreibtisch an und fragte sich, was zu tun war, wenn es Hartley nicht gelang, Jeffers zu finden. Wenn das geschah, würde er wohl oder übel im Entwässerungstunnel nach ihm suchen lassen müssen; selbst wenn er damit eingestehen mußte, daß er Jeffers auf einen nächtlichen Inspektionsgang geschickt hatte.

PHIL fuhr langsam durch die Hauptstraße von Sutterton und konnte den Blick nicht von der dunkel aufragenden Wand des Staudamms wenden, die den Nachthimmel zur Hälfte bedeckte. Dabei nahm er kaum Notiz von dem grell angestrahlten Rathaus, vom „Wagenrad-Saloon" und von dem Transparent, auf dem der dritte Sierra-Canyon-Marathonlauf angekündigt wurde. Die Straße auf der Dammkrone war durch eine Kette von Lampen markiert, und Phil mußte sich weit nach vorn beugen, wenn er die ganze leuchtende Perlenschnur durch die Windschutzscheibe in den Blick bekommen wollte. Der Damm war von einer so überwältigenden Größe, daß man Mühe hatte, ihn als Menschenwerk anzusehen oder sich den Stausee dahinter vorzustellen. Der Damm wirkte wie ein Berg. Aber wie er da über dem Städtchen aufragte, das er winzig erscheinen ließ, hatte er etwas Angespanntes, Düsteres und Fremdartiges und wirkte bedrohlicher als die wirklichen Berge in seiner Nähe.

Ein paar hundert Meter vom Ortskern entfernt wurde die Hauptstraße wieder zu einer Landstraße, führte durch ein Kiefernwäldchen und stieg dann bis zum Canyonrand an. Auf einem Felsvorsprung über dem Damm befand sich ein Aussichtspunkt, wo in einem halben Dutzend Autos Teenager saßen, Musik hörten und Aussicht Aussicht sein ließen. Phil stellte seinen Wagen ab und ging zum Geländer hinüber. Er reckte sich. Es war 22 Uhr 30 – er war in gut acht Stunden von Los Angeles hier heraufgefahren.

Vom Stausee wehte eine kühle Brise herüber und brachte den Geruch von Tannennadeln mit; das war angenehm erfrischend nach der Hitze im Zentraltal. Fetzen von Rockmusik aus den geparkten Autos und das dumpfe Rauschen des Wassers, das in der Überlaufrinne etwa dreihundert Meter tief in den Fluß hinunterstürzte, durchbrachen die Stille. Rechts von Phil dehnte sich schwarzglänzend der Stausee. Über seiner Oberfläche lag ein Streifen Mondlicht; niedrige, zerfurchte Berge säumten seine Ufer. In der Ferne schimmerten die schneebedeckten Gipfel der Sierra Nevada. Direkt unter dem Aussichtspunkt ragte ein Betonring aus dem Wasser: die Spitze des Einlaßturms. Ein wenig weiter links und kaum höher als der Wasserspiegel befand sich die Dammkrone. Das hell erleuchtete Rechteck auf der Talsohle vor dem Damm war die Transformatorenstation. Talabwärts blinkten die Lichter von Sutterton.

Als er so auf den Staudamm hinunterblickte, wurde es Phil erst richtig bewußt, wie närrisch er Roshek und Bolen erschienen sein mußte. Sich nur mit den Zeichnungen und dem mathematischen Modell eines Dammes zu befassen war etwas anderes, als ihn in ganzer Größe vor sich zu sehen. Der Damm war einfach großartig – für die Ewigkeit gebaut. Er verband die Seiten des Canyons geradezu anmutig, schien den Druck des Stausees leicht aufzufangen und war anscheinend so fest verankert, daß keine Macht der Welt ihn aus den Angeln heben konnte. Die Querschnitte und Zahlenkolonnen aus dem Computer, die Phil so ernst genommen hatte, erschienen plötzlich unbedeutend, waren nur noch nichtssagende Zeichen auf Papier. Sollte er nicht doch wieder nach Los Angeles zurückfahren, ehe er sich noch mehr zum Narren machte?

Andererseits ... die Sickerwerte waren nicht unbedeutend. Der Staudamm sah von außen glatt und mächtig aus, doch wenn die Meßwerte stimmten, gab es tief in seinem Inneren möglicherweise tödliche Risse. Der Damm war riesig und ungeheuer stark. Der Stausee aber auch.

Phil stieg in sein Auto und fuhr den Berg hinunter. Er mußte sich selbst daran erinnern, daß er damit begonnen hatte, seine Schüchternheit abzulegen. Er hatte den Mut gehabt, auf sich aufmerksam zu machen, eine schöne Frau zu erobern, einem Vorgesetzten zu widersprechen. Da würde er sich doch von etwas, das nichts weiter als ein Staudamm war, nicht wieder ins Schneckenhaus zurücktreiben lassen.

HERMAN BOLEN saß im Arbeitszimmer seines Hauses in Westwood, den Telefonhörer am Ohr. „Ja, Mr. Hartley. Ich weiß Ihre Mühe zu schätzen. Sie können mich jederzeit während der Nacht anrufen, wenn sich später noch etwas tun sollte."

Er legte den Hörer auf. Jeffers war also nicht aufzufinden. Er war weder bei Freunden noch bei Nachbarn. Er war in keiner Bar in Sutterton. Nach den Auskünften der Autobahnpolizei war sein Pritschenwagen in keinen Verkehrsunfall verwickelt. Er war in keinem Krankenhaus oder Gefängnis. Wo steckte er dann? War er etwa noch im Staudamm?

Ehe Bolen sich entscheiden konnte, was er als nächstes unternehmen wollte, klingelte erneut das Telefon. Am Apparat war Sergeant Baker von der Polizei in Beverly Hills.

„Ich rufe aus dem Haus der Familie Roshek an", sagte die Stimme. „Die Rosheks haben Streit gehabt. Können wir Mr. Roshek für heute nacht in Ihre Obhut geben? Morgen werden wir wissen, ob Mrs. Roshek Anzeige erstatten will."

„Du lieber Himmel ... Ich bin in einer Viertelstunde bei Ihnen, Sergeant!"

PHIL beschloß, sich an Lawrence Jeffers zu wenden. Mochte der erfahrene Wartungsingenieur entscheiden, ob Grund zur Besorgnis bestand. Doch Jeffers ging nicht ans Telefon. Er öffnete auch nicht die Haustür.

Also trat Plan B in Kraft. Aus einer Telefonzelle rief Phil der Reihe nach die elf Duncans an, die im Telefonbuch verzeichnet waren. „Ich suche Chuck Duncan", sagte er zu der Frau, die bei seinem fünften Versuch am Apparat war. „Er arbeitet beim Staudamm. Bin ich da richtig verbunden?"

„Ja sicher. Ich bin seine Mutter. Chuck ist mit Carla, Burt und der kleinen Peterson unterwegs."

„Erwarten Sie ihn bald wieder zurück?"

„An einem Freitag abend? Wohl kaum." Ihr schrilles Lachen erinnerte Phil an seine Tante Lorene in Topeka. „Vielleicht versuchen Sie's mal im ‚Wagenrad' in der Hauptstraße. Dort hocken die jungen Leute meistens die ganze Nacht."

„In der Hauptstraße. Vielen Dank, Mrs. Duncan."

Im „Wagenrad" war Country-und-Western-Abend. Frauen und Männer waren gekleidet wie beim Rodeo und sangen, tanzten und johlten.

Phil bahnte sich einen Weg zur Theke, wo es ihm nach einiger Zeit gelang, die Aufmerksamkeit des Barkeepers, eines großen, unfreundlich aussehenden Mannes, zu erregen. Phil mußte brüllen, um den Lärm zu übertönen. „Kennen Sie Chuck Duncan?"

„Yeah."

„Ist er hier?"

Der Barkeeper sah sich um. „Er sitzt da hinten in der Ecke. Der blonde Junge mit dem dämlichen Gesichtsausdruck."

Phil schlängelte sich durch die Reihen vollbesetzter Tische hinüber zu den vier jungen Leuten: Duncan und – wenn er sich an Mrs. Duncans Worte richtig erinnerte – Carla, Burt und die kleine Peterson.

„Sind Sie Chuck Duncan?" fragte Phil den blonden jungen Mann.

Der drehte sich um, sah Phil ein wenig stier an und antwortete: „Am Apparat."

Duncan war offenbar nicht mehr ganz nüchtern. Und seinem Äußeren nach schätzte ihn Phil auf höchstens neunzehn. Das war nicht

gerade jemand, dem man seine Befürchtungen über die Festigkeit des
höchsten Erddamms der Welt anvertrauen mochte. „Ich heiße
Kramer. Ich arbeite für Roshek, Bolen und Benedetz. Kann ich Sie
einen Moment sprechen?"

„Was?"

„Ich habe gefragt, ob ich Sie einen Moment sprechen könnte. Die
Musik hier ist so laut, daß ich kaum hören kann, was ich denke."

„Echt Spitze, was?"

„Gehen wir doch nach draußen. Es dauert wirklich nur eine
Minute." Phil faßte Duncan am Arm und zog ihn sanft vom Stuhl
hoch. Der junge Inspektor gab nach, murmelte etwas vor sich hin und
ließ sich durch eine Seitentür ins Freie führen.

„Bringen wir's rasch hinter uns", drängte Duncan, als sie draußen
waren. „Ich weiß genau, daß Burt sich an Carla ranmachen wird. Es
wäre nicht das erste Mal." Die kühle Abendluft und der kurze
Fußmarsch schienen ernüchternd auf ihn zu wirken.

„Keine Sorge", beruhigte ihn Phil, „er sitzt an der falschen Seite des
Tisches. Hören Sie, ich will Sie nicht länger aufhalten als unbedingt
nötig. Wo kann ich Lawrence Jeffers finden?"

Duncan setzte sich auf die Kühlerhaube eines Wagens und
verschränkte die Arme vor der Brust. „Keine Ahnung", sagte er. „Er
ist heute nicht zur Arbeit erschienen. Ich habe gehört, die großen
Bosse in Los Angeles suchen auch nach ihm. Haben die Sie geschickt?"

„Niemand hat mich geschickt. Ich . . . ich bin einer der Leute, die
sich mit den Meßwerten befassen, die Sie zusammentragen. Ich
möchte mir gern die Entwässerungstunnel ansehen."

Duncan verzog das Gesicht und schüttelte den Kopf. „Glaub ich
nicht, daß Sie das möchten."

„Nein? Wieso denn nicht? Da könnte ich doch endlich mal sehen,
was diese Zahlen eigentlich bedeuten."

„Sie wollen die Drainagetunnel sicher nicht sehen, weil das letzten
Endes eine lausige Anstrengung ist. Sie müssen nämlich dazu
zweihundert Stufen runtersteigen. Und dann müssen Sie die zweihundert Stufen wieder raufsteigen. Da unten ist es dunkel. Und es ist
naß. Einfach scheußlich das Ganze. Sie wollen das kennenlernen?
Stellen Sie sich einfach in voller Montur im Dunkeln unter eine kalte

Dusche, und steigen Sie anschließend die Treppen in einem fünfzehn-
stöckigen Hochhaus rauf und runter. Dann wissen Sie Bescheid."
Duncan lachte glucksend über diesen passenden Vergleich.

„So übel ist das also?"

„Die müßten eigentlich mein Gehalt erhöhen, dafür, daß ich da
unten die Zähler ablese. Letztes Mal habe ich gedacht, ich würde
absaufen."

„Dringt wirklich so viel Wasser ein?"

„Ja, wirklich. So viel wie dieses Jahr war es noch nie. Ich möchte
wetten, daß wir allein aus Stollen D mehr Wasser herauspumpen, als
durch die Turbinen geht."

Phil zog ein kleines Notizbuch aus der Hemdtasche, schlug es auf
und kritzelte etwas hinein. „Ich hatte keine Ahnung, daß es so
schlimm ist. Ich werde auf jeden Fall eine Gehaltserhöhung für Sie
befürworten. In Ihrem letzten Bericht fehlten die Daten von einer
ganzen Reihe von Meßinstrumenten. Gibt es einen besonderen Grund
dafür?"

„Ich habe die Daten abgelesen, aber Jeffers hat mir gesagt, ich solle
sie weglassen, sie wären wertlos. Die Instrumente würden irgendwie
verrückt spielen: Einige haben gar nichts angezeigt, andere waren
unsinnig hoch. Jedes Jahr gehen mehr von den Dingern kaputt, und
wir lesen sie einfach nicht mehr ab. Sie sind sowieso überflüssig. Die
Jungs, die hier in der Gegend bei anderen Staudämmen beschäftigt
sind, müssen ja auch nicht in dunkle Schächte steigen und Meßinstrumente ablesen. Hören Sie, ich glaube, ich geh jetzt besser wieder rein."

„Einen Moment noch", sagte Phil und legte Duncan die Hand auf
die Schulter. „Wo sind denn die Daten der kaputten Meßinstrumente?"

„Im Kofferraum meines Wagens."

„Und wo steht Ihr Wagen?"

„Ich sitze drauf. Oder glauben Sie etwa, ich würde mich auf ein
Auto setzen, das mir nicht gehört? Einige der Jungs im Saloon können
da verdammt unangenehm reagieren."

Phil sah zu, wie Duncan den Kofferraum öffnete und in einem mit
Umschlägen gefüllten Karton wühlte.

„Ich möchte mich trotzdem mal im Damm umsehen", sagte Phil.

„Wenn Jeffers morgen noch nicht zurück ist, könnten Sie mich dann mitnehmen?"

„Nichts zu machen. Samstags hab ich frei. Gleich morgen früh werde ich wie immer auf den Stausee hinaustuckern und angeln."

„Und wie wär's, wenn Sie mich jetzt gleich hinbrächten?"

Duncan sah Phil verblüfft an. „Sie müssen verrückt sein, Mann!" rief er, schlug den Kofferraumdeckel zu und drückte Phil einen Umschlag in die Hand. „Nicht für eine Million würde ich mitten in der Nacht in das Dreckloch klettern. Ich geh jetzt wieder in die Kneipe und sorge dafür, daß Burt seine Pfoten von Carla nimmt. Nett, Sie kennengelernt zu haben."

Phil hielt auf dem Holzgehsteig mit ihm Schritt. „Könnte ich allein in den Stollen gehen?"

„Klar – wenn Sie an Newt Withers vorbeikommen. Newt schiebt die Nachtschicht im Krafthaus. Er wird Sie sich auf dem TV-Monitor angucken, und wenn ihm nicht gefällt, was er da sieht, macht er das Tor nicht auf. Ist irgendwas nicht in Ordnung?"

„Nein, alles in Ordnung. Ich bin bloß neugierig. Sie haben recht – es wäre verrückt, heute abend noch auf Besichtigungstour gehen zu wollen. Danke für die Informationen, Chuck. Und viel Glück mit Carla."

Ein paar Minuten später vernahm Phil in einer Telefonzelle aus dem Hörer die piepsige Stimme des Fräuleins vom Amt, die die Teilnehmerin am andern Ende der Leitung fragte: „Ich habe ein R-Gespräch für Janet Sandifer von Philip Kramer. Übernehmen Sie die Gesprächsgebühren?"

„Ja. Mein Gott, der Mann hat Nerven!"

„Janet! Ich bin in meiner Kommandozentrale im Herzen des schönen Sutterton. Störe ich?"

„Nur beim Duschen. Ich bin klatschnaß. Und bei dir? Alles in Ordnung?"

„Ich bin, wie man um 1849 hier zu sagen pflegte, auf goldführendes Erdreich gestoßen. Und zwar in Gestalt des Inspektors, mit dessen Zahlen wir gearbeitet haben. Nach dem, was er mir erzählt hat, bin ich überzeugter denn je, daß hier bald die Hölle los sein wird. Ich habe ihm gesagt, ich würde ihn für eine Gehaltserhöhung vorschlagen."

Janet lachte. „Deine Emp-
fehlungen wird man bei
R., B. und B. ohne Frage
äußerst ernst nehmen. "

„Er hat mir eine Liste
mit Meßwerten gegeben,
die nicht im letzten Bericht
standen. Ich weiß, daß ihr
im Büro ein Computer-
Terminal habt und daß du
von dort telefonisch Daten
abrufen kannst. Hast du
einen Schlüssel zum Büro?
... Okay, ich möchte gern,
daß du etwas für mich tust.
Geh in dein Büro. Gib ein
paar neue Meßwerte in un-

ser Programm ein. Ich sage dir die Telefonnummer des R.-B.-und-
B.-Computers und das Kodewort, das dir Zugang verschafft. Wenn
du wieder zu Haus bist, rufe ich dich an, um zu hören, welche
Veränderungen sich durch die neuen Werte ergeben. "

„Phil, es ist Mitternacht! Ich riskiere, verhaftet zu werden!"

„Das kann mir auch passieren. Wenn der Computer bestätigt, was
ich vermute, werde ich versuchen, irgendwie in den Damm zu
kommen. Ich werde mir jetzt ein Motel suchen und noch einmal die
Baupläne studieren, während du den Computer anzapfst. Hast du was
zum Schreiben? Dann gebe ich dir jetzt die Zahlen durch. "

„Okay", seufzte Janet, „schieß los!"

7. Kapitel

DIE beiden Männer fuhren ein paar Minuten schweigend dahin.
Roshek blickte angestrengt geradeaus, und Bolen fiel die ganz
uncharakteristische Aura von Verwirrung und Niederlage auf, die
seinen Partner umgab.

„Willst du mir nicht sagen, was vorgefallen ist?" fragte Bolen leise.

Roshek befeuchtete seine trockenen Lippen und schluckte, ehe er antwortete. „Ich kann mich nicht an alle Einzelheiten erinnern", begann er mit schwacher Stimme.

Nach einer erneuten Pause sagte Bolen vorsichtig: „Die Polizei hat angedeutet, du hättest Stella geschlagen, und sie sei aus dem Haus geflüchtet."

Roshek holte rasselnd Atem. „Wir haben im Wohnzimmer gesessen und über unser gemeinsames Leben gesprochen. Wie bei einem Projekt, das man auf seine Durchführbarkeit hin untersucht. Wir waren bemüht, ruhig zu bleiben, aber nach ein, zwei Stunden haben wir beide mehr oder weniger die Nerven verloren."

Bolen bog in die Einfahrt zu seinem Grundstück ein, hielt vor dem Haus und sah Roshek an, der immer noch starr geradeaus blickte.

„Ich hätte nie gedacht, daß wir beide zu einer solchen Feindseligkeit fähig wären", sagte Roshek mit monotoner Stimme. Er rieb sich die Schläfen. „Ich weiß noch, daß ich außer mir war über ihre schroffe Ablehnung: Ich hatte ihr eine großzügige Aufteilung des Vermögens angeboten, wenn sie mit der Scheidungsklage warten würde. Wir haben uns angeschrien. Beleidigungen folgten. Ich erinnere mich, daß ich vor Wut ein Weinglas an die Wand geworfen habe. Ich habe es nicht nach Stella geworfen. Ganz gewiß nicht." Er hob den Kopf und sah Bolen an, erstaunt über die eigenen Worte. „Sie hat mir die Tür gewiesen, Herman. Als ich mich geweigert habe zu gehen, ist sie zum Telefon gerannt und hat die Polizei angerufen. Da habe ich die Kontrolle über mich verloren. Ich habe sie angebrüllt und mich auf sie gestürzt." Er wandte den Blick ab und seufzte erneut. „Ich habe versucht, ihr mit einer Krücke den Hörer aus der Hand zu schlagen. Dabei habe ich sie wohl am Handgelenk getroffen. Ja, so muß es gewesen sein. Sie hat aufgeschrien."

Bolen sah ihn forschend an. Rosheks Gesicht war wie von Schmerz verzerrt. „Gehen wir ins Haus", schlug Bolen vor. „Wir trinken einen Brandy und reden noch ein wenig, wenn du willst."

„Ich kann mich nicht mehr daran erinnern, wie sie aus dem Haus gerannt ist", fuhr Roshek fort. „Ich bin in einen Sessel gesunken und habe wie gelähmt dagesessen, bis die Polizei kam."

Bolen nahm den Rollstuhl vom Rücksitz und half Roshek hinein. „Die Polizisten waren sehr verständnisvoll", sagte er, als er Roshek zum Haus schob. „Sie haben erkannt, wie wichtig es ist, die Angelegenheit vertraulich zu behandeln. Ich werde morgen früh mit Stella sprechen. Wenn sie keine Anzeige erstattet, wird man den Fall zu den Akten legen."

Im Flur teilte Bolens Frau ihm mit, daß nach seiner Abfahrt zwei Anrufe für ihn gekommen seien. Einer der Herren habe seinen Namen nicht hinterlassen; der andere, ein gewisser Newt Withers vom Sierra-Canyon-Krafthaus, habe um Rückruf gebeten.

JANET SANDIFER saß inmitten eines dunklen Heeres von verlassenen Schreibtischen und Schreibmaschinen, schlug ihr Notizbuch auf und wählte die Telefonnummer, die Phil ihr gegeben hatte. Ein Dauerton zeigte an, daß sie zum R.-B.-&-B.-Computer durchgekommen war. Sie drückte den Hörer in eine Halterung auf dem Terminalgehäuse. Eine Reihe von Buchstaben und Zahlen erschienen in Grün auf dem Bildschirm; dann folgte die Aufforderung:

> ROSHEK, BOLEN & BENEDETZ
> ZENTRALBÜRO / TECHNISCHE DATENBANK
> BITTE, WEISEN SIE SICH AUS.

Janets Finger bewegten sich flink über die Tastatur. Nacheinander erschienen Buchstaben auf dem Bildschirm:

> PHILIP KRAMER, R., B. & B.
> ABTEILUNG WASSERKRAFTANLAGEN

Als sie die Zugangstaste drückte, verschwanden die Wörter; statt dessen erschien:

> BITTE KODEWORT

Sorgfältig tippte Janet:

> GRAND COULEE

Die Maschine reagierte sofort:

FALSCH!
NOCH MAL VERSUCHEN.

„Aha!" sagte Janet, nachdem sie ihre Notizen noch einmal sorgfältig gelesen hatte. Sie hatte die falschen Großbuchstaben eingegeben. Jetzt tippte sie:

GRAND COULEE

Wieder sprach die Maschine an. Binnen Sekunden war der Bildschirm mit den Titeln von Computerprogrammen gefüllt. Janet ging mit der Suchtaste zum siebenten Titel, das Kramer-Damm-Programm. Nachdem sie die Zugangstaste gedrückt hatte, erschien eine Botschaft auf dem Bildschirm:

GLÜCKWUNSCH!
SIE SIND ZUM SENSATIONELLEN
KRAMER-DAMM-PROGRAMM VORGEDRUNGEN.

Janet arbeitete, so schnell sie konnte. Sie handelte gesetzwidrig, und sie wollte nicht die ganze Nacht damit zubringen.

AUFNAHME NEUER WERTE:
ARMATURENTAFEL 9, STOLLEN D,
SIERRA-CANYON-DAMM

Janet fütterte den Computer mit Phils neuen Zahlenkolonnen. Sie instruierte ihn, den Zustand des Damms unter günstigsten Voraussetzungen neu zu bewerten.

IM BESTEN FALL:
BEGINNEN SIE MIT ABSENKEN DES STAUBECKENS!
KONTROLLIEREN SIE STOLLEN C UND D!

Sie schrieb die Antwort auf, beugte sich über die Tastatur und stellte eine weitere Frage:

IM SCHLIMMSTEN FALL:
BITTE AUSWERTUNG UND ANWEISUNG.

Die Antwort erschien fünf Minuten später auf dem Bildschirm, und Janet konnte ein Lächeln nicht unterdrücken. Phil hatte ihr einmal erzählt, welche Antwort er in sein Programm eingebaut hatte für den Fall, daß ein Staudamm unrettbar verloren war:

LAUFT UM EUER LEBEN!

Als Janet ihre Wohnung betrat, war es nach ein Uhr morgens, und das Telefon klingelte. Phil war am Apparat.

„Ich rufe aus dem herrlichen Motel ‚Dammblick‘ in Sutterton, Kalifornien, an, dem Tor zur Wunderwelt der Berge“, meldete er sich fröhlich. „Wenn du dir die Oberfläche des Stausees in südwestlicher Richtung verlängert denkst, befinde ich mich zweihundertdreizehn Meter unter Wasser.“

„Hört sich richtig gemütlich an. Dein Computer meint, du sollst um dein Leben laufen.“

„Hast du nach den wahrscheinlichsten Bruchstellen gefragt?“

„Ja. Schreibst du mit?“

Nachdem Phil die Zahlen notiert hatte, las er sie Janet zur Kontrolle noch einmal vor. „Die Schwachstellen liegen wohl an der Nahtstelle zwischen gewachsenem Fels und Dammkörper. Das Wasser muß einen Weg durch das Füllmaterial unter Stollen D gefunden haben. Ich habe die Baupläne studiert, und ich bin sicher, daß ich die Stelle finden kann, wenn ich nur in den Damm hineinkomme.“

„Was willst du jetzt tun?“

„Ich werde Bolen anrufen. Es müßte ihn eigentlich interessieren, daß der Mann, der in den unteren Stollen die Meßinstrumente abliest, Taucheranzug und Atemgerät anfordern will. Vielleicht erlaubt Bolen mir, mich da unten mal umzusehen.“

„Und wenn er dir sagt, du sollst dich gefälligst um deinen eigenen Kram kümmern?“

„Dann mache ich trotzdem einen Inspektionsgang. Wenn ich nicht mit einem Trick hineinkomme, steige ich vielleicht durch den Einlaßturm. Da ist innen ein kleiner Aufzug. Allerdings muß ich erst mal dorthin kommen, der Turm ragt sechs Meter aus dem Wasser. Ich habe schon daran gedacht, ein Segelboot zu stehlen und vom Mast aus in den Turm zu klettern.“

Janet stöhnte. „Das wird ja immer schlimmer. Du kommst ins Kittchen; das heißt, wenn du dir nicht schon vorher den Hals brichst.“

„Das hätte doch auch seine guten Seiten. Du bist eine attraktive Frau und wirst dir mit Leichtigkeit einen neuen Ingenieur angeln."

„Daß ich nicht lache. Denselben Fehler mache ich bestimmt nicht zweimal."

PHIL bog in die Zufahrtsstraße zum Krafthaus ein und mußte sofort scharf bremsen: Beide Fahrspuren waren durch ein zweiflügliges Tor aus starkem Stahldraht abgesperrt. „Davon hat Duncan nichts gesagt", murmelte er.

Er stieg aus dem Wagen, den er mit laufendem Motor und aufgeblendeten Scheinwerfern stehenließ, um sich das Hindernis genauer anzusehen. Das Vorhängeschloß wirkte äußerst solide, und den Stahldraht würde man selbst in einer Woche mit der Eisensäge nicht durchsägen können; ganz davon abgesehen, daß er keine besaß. Das einzig Erfreuliche war, daß es keine elektrischen Anschlüsse am Tor und am angrenzenden Zaun gab; wenn er also mit Gewalt durchbrach, würden nicht an der ganzen Pazifikküste die Alarmglokken schrillen.

Er kehrte zum Wagen zurück, setzte sich hinters Steuer und überlegte. Es wäre sicher nicht schwierig, über den Zaun zu klettern und zu Fuß zum Tunneltor zu gehen. Nur würde ein Inspektor von der staatlichen „Kontrollbehörde für Sicherheit und Gesundheit am Arbeitsplatz" kaum zu Fuß angelatscht kommen. Und als KSGA-Mann wollte Phil sich ausgeben. Wenn er versuchte, das Schloß mit einem Stück Draht zu öffnen, würde er zuviel Zeit verlieren. Er mußte rasch handeln, wenn er Bolens Abwesenheit ausnutzen wollte – seine Frau hatte am Telefon gesagt, er werde vor Ablauf einer Stunde wieder zurück sein.

Phil sah zum Damm hinüber, dessen dunkle Masse im Hintergrund aufragte und der von einem hoch am Himmel stehenden Mond in schwaches Licht getaucht wurde. Je länger er hinüberstarrte, desto unbehaglicher fühlte er sich. Der Damm war so gewaltig! Wie eine riesige Dschungelkatze, die, geschmeidig und muskulös in den Canyon geduckt, den mächtigen Rücken gegen die Kraft des Stausees stemmt. Phil kam sich im Vergleich dazu wie eine Mücke vor.

Er legte den Gang ein und fuhr langsam zurück. „Irgendwie", sagte er laut, „muß ich diesen Wagen durch das Tor da vorn bekommen. Und zwar auf eine möglichst raffinierte und elegante Art und Weise." Knapp fünfzig Meter vom Tor entfernt hielt er an, kontrollierte den Sitz seines Sicherheitsgurts, schaltete in den ersten Gang und ließ den Motor aufheulen. Dann nahm er allen Mut zusammen und ließ die Kupplung los. Die Reifen quietschten. Der Wagen schoß aufs Tor zu.

Es zeigte sich, daß eine Geschwindigkeit von 65 Stundenkilometern ausreichte, das Tor aufzusprengen, den Kühlergrill des Wagens zu verbeulen und einen Scheinwerfer zu zerschmettern. Das Schöne an einem alten Wagen, dachte Phil, ist doch, daß es auf ein paar Kratzer mehr oder weniger nicht ankommt.

Nach etwa achthundert Metern kam Phil an ein Stahltor, das in eine steil aufragende Felswand gebaut war und den Eingang zum Krafthaustunnel verschloß. Gleich daneben befand sich ein Betonsims mit einem Mikrofon und einem Lautsprecher. Phil ging mit ein paar Rollen Bauzeichnungen unter dem Arm hinüber und drückte auf einen großen schwarzen Knopf. Ein rotes Lämpchen leuchtete auf, und aus dem Lautsprecher meldete sich eine Stimme: „Kontrollraum."

„Mr. Withers?" fragte Phil forsch.

„Hier spricht Withers."

„Ich bin Charles Robinson von der KSGA." Phil Kramer hatte noch nie so unverschämt gelogen. Als der Staat Kansas 1861 in die Union aufgenommen wurde, war Charles Robinson zum Gouverneur gewählt worden. „Sie haben mich sicher schon erwartet", fügte er hinzu.

„Wie, sagten Sie, war Ihr Name? Robinson?"

„Mr. Withers", sagte Phil mit gespielter Ungeduld, „hat Mr. Jeffers oder Mr. Bolen Ihnen nicht gesagt, daß Ihnen dieses Wochenende ein nächtlicher Kontrollbesuch von der KSGA ins Haus steht?"

„Mir hat niemand etwas gesagt. Darf ich fragen, wie Sie durch das Tor gekommen sind?"

Phil hob ein wenig die Stimme. „Mit einem Schlüssel, den Herman Bolen mir heute in Los Angeles gegeben hat. Mit der Kommunikation steht es bei Ihnen offenbar nicht zum besten. Da fragt man sich unwillkürlich, was sonst noch alles nicht in Ordnung ist."

Ein wenig grämlich sagte Withers: „Ich habe strikte Anweisung –“

„Entschuldigen Sie, ich wollte Ihnen keinen Vorwurf machen, daß man Sie nicht unterrichtet hat. Aber ich möchte, daß Sie sofort Jeffers und Bolen zu Hause anrufen. Beide werden Ihnen bestätigen, daß Sie mich reinlassen dürfen. Tun Sie das nicht, muß ich in Washington und bei der kalifornischen Behörde für Staudammsicherheit Bericht erstatten.“

„Ja, Sir. Ich werde das sofort erledigen.“

Der Lautsprecher verstummte. Wenn ich Glück habe, dachte Phil, ist Bolen noch nicht wieder zu Hause und bei Jeffers geht niemand ans Telefon. Dann liegt die Entscheidung bei Withers, und der wird wahrscheinlich klein beigeben.

Ein paar Minuten später flammten zwei Scheinwerfer auf, die Phil wie einen Sänger auf der Bühne beleuchteten. „Würden Sie sich bitte in die Mitte der Plattform stellen“, bat Withers über den Lautsprecher.

Phil sah blinzelnd nach oben und entdeckte ein Kameragehäuse an der Felswand, anderthalb Meter über seinem Kopf. Er bemerkte, wie das Objektiv ins Gehäuse zurückglitt, um die Bildschärfe zu regulieren.

„Darf ich fragen, was Sie in der Röhre unter Ihrem Arm haben?“

„Das hier? Das ist ein Satz Pläne von den Meßeinrichtungen und Prüfgängen des Damms.“ Phil entrollte die Zeichnungen. Withers wollte offenbar sichergehen, daß in der Pappröhre kein Gewehr und keine Bombe steckte. Phil hielt die Bogen zur Kamera hin. „In der unteren Ecke können Sie das Siegel der Firma Roshek erkennen“, sagte er.

„Ich sehe es. Wenn Sie auch nur ein kleines Stück Metall am Körper tragen, wird auf dem Polizeirevier in Sutterton Alarm ausgelöst, sobald Sie den Metalldetektor durchschreiten. Ich werde das Tor so weit öffnen, daß Sie selbst hindurchkommen. Ihr Wagen muß draußen bleiben. Sie müssen zu Fuß durch den Zugangstunnel gehen.“

Das schwere Tor klappte rumpelnd einen Meter hoch und blieb dann stehen. Phil ging gebückt durch die Öffnung und hörte, wie sich das Tor dumpf dröhnend hinter ihm schloß.

„HERMAN BOLEN. Was gibt's denn?"

„Ja, hier ist Newt Withers. Vielen Dank für den Rückruf. Ich hatte eine Frage und konnte Mr. Jeffers nicht erreichen."

„Ich muß gestehen, daß ich überrascht war zu hören, Sie hätten angerufen, Withers. Ich wollte nämlich selbst im Krafthaus anrufen. Ehrlich gesagt, mache ich mir um unseren Mr. Jeffers ein wenig Sorgen und befürchte, daß ihm in einem der unteren Tunnel etwas zugestoßen ist. Als ich gestern abend mit ihm telefoniert habe, hat er mir gesagt, er wolle vielleicht noch ein paar Meßinstrumente kontrollieren. Kein Grund zur Aufregung", fügte Bolen schnell hinzu, als er Withers' überraschten Pfiff hörte, „es handelt sich nur um eine Vermutung von mir."

„Wenn er im Damm wäre, müßte dann nicht sein Wagen hiersein? Als ich ankam, habe ich ihn nicht auf dem Parkplatz gesehen."

„Ein gutes Argument. Trotzdem möchte ich, daß unten einmal jemand nachsieht."

„Tja, der KSGA-Kontrolleur hat gesagt, er werde Stollen D überprüfen. Das war vor zwanzig Minuten ... Wenn er zurückkommt, werde ich ihn –"

„Was für ein KSGA-Kontrolleur?"

„Robinson. Der Mann, dem Sie den Torschlüssel gegeben haben. Ich habe Sie angerufen, weil ich mich vergewissern wollte, daß er tatsächlich eine Genehmigung hat."

„Ich weiß nichts von einem KSGA-Kontrolleur. Mein Schlüssel liegt in meiner Schreibtischschublade."

Withers stöhnte. „Er hat mir erzählt, daß er eine Nachtinspektion durchführen müsse und daß Sie davon wüßten. Er hatte sogar R.-B.- und-B.-Pläne von den Prüfgängen. Soll ich die Polizei rufen?"

„Er hatte Pläne? Wie sah der Mann aus?"

„Groß, jung, über einsfünfundachtzig. Rötliches Haar."

Bolen fluchte im stillen. „Rufen Sie die Polizei. Ihr KSGA-Kontrolleur scheint ein gewisser Phil Kramer zu sein, ein Ingenieur, den Roshek vor etwa zwölf Stunden gefeuert hat. Er ist fest davon überzeugt, daß der Damm jeden Augenblick bersten kann. Von dieser Idee ist er geradezu besessen; deshalb haben wir ihm auch gekündigt."

„Ist er gewalttätig? Mr. Bolen, ich bin zur Zeit ganz allein hier!"

„Soweit ich weiß, ist er vernünftig, solange es sich nicht um den Damm dreht. Wenn ich mich nicht sehr täusche, wird er von Ihnen verlangen, daß Sie Alarm schlagen. Er ist noch nie in einem Staudamm gewesen, und wenn er sieht, wieviel Sickerwasser eindringt, wird er glauben, der Damm sei binnen kurzem hinüber."

„Ich hoffe, daß die Polizei da ist, ehe er zurückkommt."

„Withers, ich will, daß die Polizei ihn in Gewahrsam nimmt und verhindert, daß er mit seiner Hiobsbotschaft zu den Zeitungen rennt. Ich werde morgen gegen Mittag eintreffen. Wir wollen versuchen, die Angelegenheit möglichst nicht zu dramatisieren."

PHIL drückte sich an dem Pritschenwagen vorbei, der hinter der sechsten Turbine geparkt war. Sollte zu dieser späten Stunde etwa noch jemand in den Prüfgängen sein? Er rannte die Stahltreppe hoch und öffnete die Tür mit der Aufschrift: KEIN ZUTRITT! LEBENSGEFAHR! Er nahm sich eine Taschenlampe vom Regal hinter der Tür und trabte den Tunnel entlang. Bei dem Gedanken an seinen erfolgreichen Trick mußte er unwillkürlich grinsen.

Der Tunnel war freilich eher ein Ort des Schreckens. Das Lachen konnte einem hier vergehen. Er war nicht größer als die Unterführungen unter den Landstraßen, die sein Vater gebaut hatte; außerdem schlecht erleuchtet und so naß, daß Phils Schuhe schon jetzt ruiniert waren. Er richtete den Lichtstrahl seiner Taschenlampe auf das rasch dahinströmende Flüßchen in der Rinne neben dem Laufsteg und fragte sich, wie es fünfzig Meter tiefer aussehen mochte.

Die Luft war abgestanden, und Phil wurde den Eindruck nicht los, daß der Tunnel immer schmaler wurde, obwohl er sich klarmachte, daß ihm seine Phantasie einen Streich spielte. Er empfand so etwas wie Platzangst, die er unterdrücken mußte, wenn er nicht wollte, daß sie ihn zum Umkehren zwang. Er ging weiter. Jeder Schritt erzeugte ein patschendes Geräusch. Als sein Tunnel auf einen anderen stieß, entrollte Phil die Pläne. Der Anblick der technischen Zeichnungen mit Maßangaben, Querschnitten und Erklärungen hatte eine beruhigende Wirkung auf ihn. Es gibt nichts, vor dem man sich fürchten muß, schienen die Pläne zu sagen. Du hast dich nicht verlaufen. Geradeaus geht es zum Einlaßturm. Du mußt nach links gehen.

Der Seitentunnel war eindeutig enger; kaum mehr als zwei Meter im Durchmesser. Verständlich, daß Duncan nicht gern hier herunterkommt, dachte Phil. Wenn ich wirklich ein KSGA-Kontrolleur wäre, würde ich gewaltig Krach schlagen. In diesen Gängen ist die Luft schrecklich, die Beleuchtung unzureichend, und man ist ständig in Gefahr auszurutschen. Sickerwasser sollte durch Sammelrohre kommen und nicht durch Risse in der Tunnelwandung. Eine schöne Sauerei.

Phil hielt vor einem Treppenschacht inne, der steil in die Tiefe führte. Der Lichtkegel seiner Taschenlampe drang nicht weit in die Düsternis vor. Phil stand unbeweglich und lauschte. Wasser gluckste und tropfte überall, doch das schwache Geräusch, das seine Aufmerksamkeit erregt hatte, war tiefer und dumpfer, so wie das Brausen eines Wasserfalls, der sich in ein Becken ergießt. Er machte sich an den Abstieg.

NACHDEM er eine gute Nacht gewünscht hatte, wartete Herman Bolen noch einen Augenblick auf dem Flur vor dem Gästezimmer, um zu sehen, ob Roshek sich schlafen legte. Als der Lichtstreifen unter der Tür erlosch, atmete Bolen erleichtert auf. Er ging nach unten in sein Arbeitszimmer und wählte die Nummer des Krafthauses.

Erstaunlich, wie kompliziert plötzlich alles geworden war. Einer der zuverlässigsten Angestellten der Firma war spurlos verschwunden. Roshek verkündete, er werde möglicherweise für ein paar Jahre die Zügel aus der Hand geben; dann terrorisierte er seine Frau und wurde von der Polizei aus dem Haus gewiesen. Und jetzt auch noch diese Sache mit Kramer.

„Hier ist noch mal Bolen", sagte er, als Withers sich meldete. „Gibt's was Neues?"

„Die Polizei ist unterwegs. Kramer steckt noch da unten."

„Lassen Sie ihn nicht in den Kontrollraum. Wenn er da drin durchdreht, kann er eine Menge Schaden anrichten. Mir ist noch etwas eingefallen: Kramer hat sich besonders über den Wassereintritt in Stollen D aufgeregt; er meinte, die Meßwerte seien ungewöhnlich hoch. Können Sie mir sagen, wie's da unten aussieht?"

„Stollen D? Da haben wir ein paar Porendruck-Sensoren. Ich

glaube, sie sind defekt. Die Meßergebnisse sind stets dieselben. Im
Augenblick pumpen wir aus diesem Sektor ... lassen Sie mich
nachsehen ... ungefähr ein Drittel der normalen Wassermenge. Ich
nehme an, zwei der drei Pumpen sind ausgefallen."

„Zwei Pumpen außer Betrieb? Das bedeutet, daß auf dem
Tunnelboden möglicherweise ein paar Zentimeter hoch das Wasser
steht. Kramer wird glauben, der Stausee kommt da rein. Lassen Sie
sich von ihm nicht in Panik versetzen."

„Ich verstehe."

AM FUSS der Treppe stand Phil in völliger Dunkelheit bis über die
Knie im Wasser. Nicht nervös werden, sagte er sich, nur weil die
Lampen nicht funktionieren und die Pumpen ausgefallen sind. Die
Situation war zwar kaum als normal zu bezeichnen, aber es gab keinen
Beweis dafür, daß eine Katastrophe unmittelbar bevorstand. Phil
brauchte Beweise. Er legte die Rolle mit den Zeichnungen auf eine
trockene Stufe und watete auf das Geräusch des brodelnden Wassers
zu. Etwa fünfzehn Meter von der Treppe entfernt, drückte das Wasser
wie aus einer Quelle heftig herauf. Er tastete mit dem Fuß herum und
versuchte festzustellen, ob es vielleicht aus einem geborstenen
Druckrohr schoß, aber die Gewalt des ausströmenden Wassers preßte
seinen Fuß zur Seite und gegen ein stoffüberzogenes Etwas, das unter
der Wasseroberfläche festhing. Es gab nach, als er sich daran
vorbeizwängte.

Weiter hinten leuchtete Phil eine halbgeöffnete Stahltür mit der
Aufschrift STOLLEN D an. Dort würde er die nötigen Beweise finden.
Die ungeheure Wassermenge zeigte ohne jede Frage, daß das
Entwässerungs- und Pumpensystem ebenso wie die Kontrollgeräte,
auf die Roshek so stolz war, große Mängel aufwiesen. Und so
fehlerhaft sein eigenes Computerprogramm auch sein mochte, es
hatte wenigstens gezeigt, daß hier irgend etwas nicht stimmte.

Der Gang hinter der Tür zum Stollen D führte allmählich abwärts,
und nach fünfundzwanzig Metern stand Phil bis zur Brust im Wasser.
Er blieb stehen und versuchte im Licht seiner Lampe auszumachen,
wie weit es noch bis zur Konsole mit den Meßinstrumenten war. In
sechs Meter Entfernung entdeckte er ein glitzerndes horizontales

Band, bei dessen Anblick ihm der Atem stockte: Es war ein Wasserstrahl, der aus einem gezackten Riß in der Wand über die ganze Tunnelbreite spritzte. Die eindringende Wassermenge schwoll zusehends an, und Phil erkannte, wie sich entlang der Rißspalte kleine Betonbrocken lösten und durch den Tunnel schossen.

„Das ist kein Sickerwasser und auch kein Rohrbruch", murmelte er, als er unwillkürlich zurückwich. Er schluckte krampfhaft. „Das ist eine *Bruchstelle*."

Phil wandte sich um und watete, so schnell er konnte, zum Haupttunnel zurück. Zum erstenmal wurde ihm bewußt, wie glitschig der Boden war. Glitschig! Er hielt die Taschenlampe mit der einen Hand in die Höhe und tastete mit der anderen Hand den Betonboden ab. Kopf und Schultern verschwanden im Wasser. Als er sich prustend wieder aufrichtete, sah er im Licht der Taschenlampe seinen Verdacht bestätigt: Seine Hand war mit Lehm gefüllt! Das Wasser spülte Teile des Dichtungskerns herein. Phil stopfte den Lehm in seine Hemdtasche und knöpfte sie zu. Drei Meter von ihm entfernt begannen die Wassermassen plötzlich die Tür, die aus Stollen D herausführte, zuzudrücken. Mit einer verzweifelten Kraftanstrengung warf er sich in die enger werdende Öffnung und zwängte sich gerade noch hindurch.

Jetzt ging es nicht mehr darum, Beweise für seine Theorie zu sammeln. Es kam einzig und allein darauf an, daß er hier noch lebend herauskam.

Keuchend arbeitete er sich zur Treppe vor. Mit jedem Schritt mußte er gegen die strudelnde Strömung, die ihre Wucht verzehnfacht hatte, ankämpfen. Unaufhaltsam stieg das brodelnde Wasser zur Tunneldecke hoch.

Phil stürzte verzweifelt vorwärts, direkt in die kalten, steifen Arme von Lawrence Jeffers.

THEODORE ROSHEK konnte nicht einschlafen. Er tastete im Dunkeln nach der Nachttischlampe und dem Telefon. Er wollte Eleanor anrufen. Wenn er nur ihre Stimme hören könnte, würde er sich schon besser fühlen. Doch als er die Nummer seines Hauses am Sierra-Canyon-River gewählt hatte, ertönte das Besetztzeichen. Sie war wahrscheinlich schon zu Bett gegangen und hatte, wie immer, den Hörer neben den Apparat gelegt.

Roshek ließ sich auf das Kissen zurücksinken und starrte an die Zimmerdecke.

8. Kapitel

ALS der Wasserstrahl im Tunnel wie ein ausgewachsener Geysir aufstieg, wurde Jeffers' eingeklemmter Leichnam losgerissen und in grotesken Verrenkungen an die Oberfläche gewirbelt. Für Sekundenbruchteile sah Phil in glasige Augen mit dem erstarrten Ausdruck von Todesangst, die noch größer als seine eigene war. Erschrocken fuhr er zurück, und im Sturz entglitt ihm die Taschenlampe. Das Wasser, das ihm über dem Kopf zusammenschlug, erstickte seinen heiseren Schreckensschrei. Als er sich wieder aufgerichtet hatte, stand er in völliger Finsternis. Den schrägen Gang aufwärts watend, stieß er erneut gegen den Leichnam, der ihm den Weg versperrte. Er holte tief Atem, tauchte, kämpfte sich voran und schob den Toten vor sich her, um die Balance nicht zu verlieren. In der Nähe der Treppe ging ihm das Wasser noch bis zur Hüfte – dreißig Zentimeter höher als vor zehn Minuten.

Vom Fuß der Treppe aus sah er hoch über sich einen schwachen Lichtschein. Gott sei Dank, dachte er. Er stieg langsam die Treppe hinauf und zog den Leichnam hinter sich her. Doch bereits nach zwanzig Stufen ließ er los und setzte sich, nach Atem ringend, nieder. Jetzt mußte er einen klaren Kopf behalten. Wieso sollte er sein Leben riskieren, um eine Leiche zu bergen? Er spürte, wie die Kälte in seinen Beinen hochstieg, und fragte sich, ob das eine Schockwirkung war. Als er angestrengt in das Halbdunkel hinunterstierte, bemerkte er, daß das Wasser langsam über seine Füße und Waden bis zu den Knien hochstieg. Er rollte sich zur Seite und kroch auf allen vieren die Stufen hinauf, dem fernen Lichtschein entgegen.

WITHERS verfluchte seine eigene Dummheit. Warum habe ich den Kerl bloß reingelassen? Aber wie konnte ich denn wissen, daß er ein

Schwindler war? Der Mann war absolut überzeugend aufgetreten. Jeder hätte getan, was ich getan habe.

An der Wand waren vier Kabel-TV-Monitore angebracht. Auf dem ersten sah man den Parkplatz und das Tor zum Zugangstunnel, auf dem zweiten die Transformatorenstation, auf dem dritten das Generatorendeck und auf dem vierten das Turbinendeck. Withers richtete Kamera vier auf die Tür, die zu den Prüfgängen führte. Er hoffte, die Polizei würde vor dem Eindringling auftauchen.

Das rote Telefon läutete, das den Damm direkt mit dem Gas- und Stromkontrollzentrum in Oakland verband, von wo aus die Energieverteilung in Nordkalifornien überwacht wurde.

„Sierra Canyon", meldete sich Withers.

„Kontrollzentrum Oakland. Rancho Seco muß vielleicht in ein paar Stunden den Ausstoß drosseln. Für die Spitzenzeit am Morgen brauchen wir zusätzlich zwanzig Megawatt von Ihnen. Das schaffen Sie doch, oder?"

„Kein Problem", sagte Withers. In diesem Augenblick sah er auf dem vierten Monitor, wie Kramer aus der Tür stürzte und sich erschöpft an ein Geländer lehnte. Er schnappte nach Luft wie ein gestrandeter Fisch; seine Schultern hoben und senkten sich krampfhaft. War er krank?

Die Stimme vom Kontrollzentrum fuhr fort: „Unsere Computerausdrucke von Sierra Canyon zeigen in der letzten halben Stunde Frequenzschwankungen an. Was sagen Sie dazu?"

„Hören Sie, im Moment habe ich furchtbar viel um die Ohren. Ich rufe Sie wieder an."

„Um drei Uhr morgens haben Sie viel um die Ohren?"

„Ich habe hier ein kleines Problem. Erklär ich Ihnen später."

Withers legte den Hörer auf, ohne den Blick vom Monitor zu wenden. Kramers Kleidung war patschnaß, seine Augen waren weit aufgerissen, und sein Mund stand offen. „O Mann", flüsterte Withers. „Er muß in einen Rohrbruch geraten sein. Er sieht aus, als wäre er endgültig übergeschnappt." Er beobachtete, wie Kramer den Mund zumachte, mühsam schluckte und sich umsah, als sei jemand hinter ihm her. Dann polterte er die paar Stufen zum Turbinendeck hinunter, wo die Kamera ihn nicht mehr erfassen konnte.

Withers schwenkte seinen Drehstuhl so, daß er die Fensterreihe an der einen Wand des Kontrollraums im Auge hatte. Er würde Kramer hinhalten müssen, bis die Polizei eintraf; dabei konnte er nur hoffen, daß der Mann nicht durchdrehte. Auf dem Generatorendeck lag eine Menge Werkzeug und Geräte herum. Wenn jemand auf den Gedanken kam, einen Vorschlaghammer oder einen Eimer voll Bolzen in einen der sich drehenden Generatoren zu werfen, konnte er furchtbaren Schaden anrichten.

Die Gestalt, die jetzt hinter einer der Fensterscheiben erschien, sah aus wie einem Alptraum entsprungen. Kramers Kleider waren durchnäßt und zerfetzt. Sein Gesichtsausdruck war der eines Mannes am Rand des Wahnsinns. Er lief wie betrunken über den Fliesenboden, kam rutschend zum Stehen und preßte die Hände gegen das Fensterglas. Die Stimme, die Withers über die Sprechanlage vernahm, war schrill und atemlos.

„Der Damm bricht! Geben Sie Alarm!"

Withers nickte verständnisvoll, rührte sich aber nicht vom Fleck.

„Können Sie mich hören? Der Stausee dringt in die Tunnel ein ... Wir müssen die Stadt warnen ..." Kramer sah sich gehetzt um, rannte dann zum Ende der Fensterreihe und versuchte, die Tür zum Kontrollraum zu öffnen. „Machen Sie die Tür auf! Der Damm bricht!"

Withers beugte sich zum Mikrofon auf dem Tisch. „Ja, ich kann Sie hören", sagte er. „Aber ich darf die Tür nicht öffnen. Das ist gegen die Vorschrift." Er war bemüht, einen gelassenen Eindruck zu machen, obgleich ihm der Schweiß auf die Stirn trat.

„Zum Teufel mit den Vorschriften!" brüllte Kramer. „Dies ist höchste Alarmstufe! Wir müssen hier weg ... Sind Sie noch bei Trost?"

„Beruhigen Sie sich doch, Mr. Kramer. Sie sind ja völlig außer sich."

„Natürlich bin ich außer mir. Wir müssen sofort telefonieren ..." Er runzelte die Stirn. „Woher wissen Sie denn, daß ich Kramer heiße?"

Withers zögerte mit der Antwort. Hoffentlich hatte er nicht schon wieder einen schrecklichen Fehler gemacht. „Ich habe mit Herman Bolen gesprochen und Sie beschrieben. Er hat Sie erkannt."

„Rufen Sie ihn an! Wenn ich ihm sage, was ich gesehen habe ...
Rufen Sie ihn an! Rufen Sie irgend jemanden! Sie Blödmann! So tun
Sie doch etwas!"

„Mr. Bolen wird heute mittag hiersein. Dann können Sie mit ihm
sprechen."

Kramer drohte ihm hilflos mit den Fäusten. „Heute mittag ist der
Staudamm vielleicht schon nicht mehr da! Und Sutterton ebenfalls!
Und Sie selbst werden in der Bucht von San Francisco herumplan-
schen. Der ... Damm ... bricht!" Kramer starrte Withers verzweifelt
und ungläubig an, als er erkannte, daß seine Worte keinerlei Eindruck
machten. Er drehte sich um und sah die Büros an der gegenüberliegenden Seite des Flurs. Er rannte von einem Zimmer zum anderen, hob
Telefonhörer von der Gabel und warf sie hin, als er kein Freizeichen
hörte.

„Die Telefone werden um fünf Uhr abends abgeschaltet", sagte
Withers. „Mr. Kramer, Sie müssen sich zusammenreißen." Wo, zum
Teufel, blieben die Polizisten?

Kramer ballte die Fäuste und ging wieder zu den Kontrollraumfenstern hinüber. „Sie halten mich für einen gefährlichen Irren, nicht
wahr?" fragte er. „Bolen hat Ihnen erzählt, ich sei nicht ernst zu
nehmen, stimmt's?"

„Wenn der Damm in Gefahr wäre, würden die Instrumente –"

„Die Instrumente funktionieren nicht mehr! Fragen Sie Duncan, der
wird's Ihnen bestätigen. Ich weiß, daß der Damm bricht. Mit eigenen
Augen habe ich ..." Kramer schlug in hilfloser Verzweiflung die
Hände vors Gesicht. Withers stand auf und sah ihn forschend an. Er
hoffte, Kramer würde sich gleich in Krämpfen winden.

Aber er ließ nur die Hände sinken. Die Männer starrten einander
durch die doppelten kugelsicheren Glasscheiben an. „Ich bin kein
Spinner", sagte Kramer und unterstrich die Aussage mit einer
beschwörenden Handbewegung. Er hatte sich jetzt völlig in der
Gewalt. „Ich komme gerade von den untersten Prüfgängen. Der
Stausee dringt in den Damm ein, während wir hier ein freundliches
Schwätzchen halten. Ich habe zwei Bruchstellen gesehen. Durch jede
dringen über vierzigtausend Liter Wasser pro Minute ein. Mr.
Withers, als Ingenieur wird Ihnen doch sicher klar sein, daß Wasser,

das unter Druck einströmt – wie soll ich sagen? –, eine böse Sache ist?"

„Ich, äh . . . ich bin kein Ingenieur."

„Aber ich. Ich habe sogar meinen Doktor als Ingenieur gemacht. Und wie's der Zufall will, ist mein Spezialgebiet die Voraussage von Dammbrüchen. Wenn man sich mit solchen Dingen befaßt, lernt man als erstes, daß unter Druck einströmendes Wasser ein schlechtes Zeichen ist. Ein weiteres schlechtes Zeichen ist das Vorhandensein von Lehm; ein Anzeichen dafür, daß der Dichtungskern von dem Wasser ausgewaschen wird, das ich gerade erwähnt habe." Er fuhr mit der Hand in seine Hemdtasche, zog sie wieder heraus und hielt sie Withers hin. „Sehen Sie? Das habe ich von der untersten Galerie mitgebracht, wo das Wasser schon über einen Meter hoch stand: Lehm vom Dichtungskern. Das alles – Druck, Lehm, rasch steigendes Wasser – bedeutet, daß der Damm bricht. Noch einfacher kann ich's nicht erklären." Er lächelte und schien zufrieden, daß er sich noch für den Dümmsten verständlich ausgedrückt hatte. „Wie, Mr. Withers, sollten sich Ihrer Meinung nach zwei intelligente Erwachsene verhalten, wenn sie es mit einem drohenden Staudammbruch zu tun haben?" Und mit erhobener Stimme: „Hängen Sie sich ans Telefon, Mann!"

„Ich bin kein Hydraulik-Experte."

„Aber ich bin einer!" brüllte Phil. „Sie Rindvieh! Uns bleiben ein paar Stunden, vielleicht aber auch nur Minuten. Kann sein, daß dieser Damm bald platzt wie eine Wassermelone, die vom Lastwagen fällt." Phil hämmerte mit den Fäusten gegen die Fensterscheibe. „Ein Mann ist schon tot! Sie wollen hierbleiben? Fein. Dann öffnen Sie das Eingangstor, damit ich rauskomme. Sonst nehme ich eine Brechstange und schlage hier alles in Klump."

Withers schwitzte stark. „Wer ist tot?" fragte er. War es möglich, daß Jeffers in einem der Prüfgänge verunglückt war?

„Woher soll ich denn das wissen? Es ist wahrscheinlich der Mann, dessen Pritschenwagen hinter den Turbinen steht. Er ist genau auf mich drauf gefallen."

„Wie sah er aus?"

„Er sah schrecklich aus! Er sah tot aus!" Phil sah zu den Monitoren hinüber. „He, haben Sie etwa die Polizei gerufen?"

Withers drehte sich zu den Monitoren um und sah das Gesicht eines Polizisten auf dem Bildschirm. „Newt? Hier ist Lee Simon. Alles in Ordnung bei dir? Was ist eigentlich los?"

Withers sprach in ein anderes Mikrofon. „Bei mir ist alles okay, Lee. Ich mache jetzt das Tor auf. Komm zum Kontrollraum."

„Ist einer ohne Erlaubnis reingekommen?"

„Ja. Er ist auf dem Flur vor dem Kontrollraum."

„Ist er bewaffnet?"

Withers blickte zu Kramer hinüber, der sich den Kopf hielt, als müsse er ihn am Explodieren hindern. „Ich glaube nicht", sagte Withers.

„Sie müssen wirklich nicht ganz bei Trost sein", stöhnte Phil und trat den Rückzug an. „Wir werden hier alle ersaufen."

„Hören Sie, Kramer", sagte Withers. „Bleiben Sie ruhig, und alles kommt wieder ins Lot." Er fluchte, als er sah, daß Kramer auf die Treppe zu den unteren Stockwerken zurannte. „Wohin zum Teufel wollen Sie denn?" brüllte er ins Mikrofon. „Wenn Sie sich an den Generatoren vergreifen, werden Sie den Rest Ihres Lebens im Knast zubringen! Das garantiere ich Ihnen!"

Wenige Minuten später standen die Polizeibeamten John Colla und Lee Simon vor dem Kontrollraum und erwarteten weitere Anweisungen.

„Seht ihr die Treppe dort drüben?" fragte Withers. „Auf dem zweiten Absatz geht's zum Turbinendeck. Am Ende der Halle stoßt ihr auf eine Stahltür. Ich habe auf dem Monitor gesehen, daß er da durchgerannt ist." Ein blinkendes rotes Lämpchen auf einem Armaturenbrett zu seiner Linken zog seine Aufmerksamkeit auf sich. „Augenblick mal. Er ist jetzt im Aufzug."

Obwohl er ihn selbst nie benutzt hatte, war Withers bekannt, daß es im Einlaßturm einen simplen Einmannaufzug gab. Er hätte sich denken können, daß auch Kramer davon wußte. Das Aufleuchten des roten Lämpchens bedeutete, daß der Aufzug in Betrieb war, und nach einer Skala zu schließen, hatte der Käfig die 210-Meter-Marke erreicht und fuhr weiter aufwärts. Lächelnd kippte Withers einen Schalter, und der Pfeil auf der Skala hielt in der Bewegung inne und schlug dann langsam in die entgegengesetzte Richtung aus. Es würde etwa fünf

Minuten dauern, bis der Käfig wieder unten angelangt war. „Los!" rief
Withers und winkte den Polizisten, ihm zu folgen. „Er sitzt in einem
Aufzug gefangen. Jetzt haben wir ihn!"

Die Schritte der rennenden Männer ließen die Treppe erdröhnen
und übertönten ein leichtes Klopfgeräusch im Summen der Generatoren. Im Kontrollraum wurde durch eine Reihe von aufleuchtenden
Kontrollampen ein Abfall der Stromspannung angezeigt. Die Lämpchen erloschen aber wieder, als Wasser bei einigen Stromkreisen zu
Kurzschlüssen führte.

DER Aufzug war tatsächlich ein käfigartiges Gebilde, das auf eine
schmale Plattform montiert war. Lediglich ein hüfthohes Eisengitter
schirmte den Passagier von den Betonwänden des Turms ab. Eine
Wand war mit Wasserrohren, Lüftungsrohren und gebündelten
Stromleitungen bedeckt; an einer anderen befand sich in einer sechzig
Zentimeter tiefen Nische eine eiserne Leiter, die von der Sohle bis fast
zur Turmspitze verlief.

Während der Käfig langsam nach oben schwebte, versuchte Phil,
sich die Zeichnungen des Turms, die er im Motel studiert hatte, noch
einmal ins Gedächtnis zu rufen. Im oberen Teil führte eine Treppe zu
einer Luke hinauf. Wenn die sich öffnen ließ, konnte er ins Freie
gelangen: sechs Meter über dem Wasser und etwa sechzig Meter vom
Ufer entfernt. Mit genügend großem Vorsprung würde er Gelegenheit haben, an Land zu schwimmen und Alarm zu schlagen, ehe
Withers überhaupt gemerkt hatte, wo er steckte.

Mit einem Ruck kam der Käfig zum Stehen. Zuerst dachte Phil, das
Wasser habe bereits die Generatoren lahmgelegt... Aber die Beleuchtung im Turmschacht funktionierte ja noch.

Als der Käfig wieder zu sinken begann, wurde Phil klar, daß
Withers entdeckt haben mußte, wo er sich befand, und den Aufzug
mit irgendeiner Notschaltung zurückholte. Ohne zu zögern, kletterte
Phil auf den Korbrand, ergriff eine der Leitersprossen und begann
nach oben zu steigen. Die Sprossen waren so glitschig vom Wasser,
das an den Wänden herunterlief, daß er Mühe hatte, nicht abzurut-
schen; aber er hielt den Blick fest auf das Licht über sich gerichtet.

Nach einigen Minuten war er auf dem obersten Absatz angekommen und stieg durch eine Öffnung in der Betonwand von der Leiter. Er rannte die Treppe hinauf, stieß die Luke auf und kletterte nach draußen. Er stand jetzt auf dem äußeren Ring des Turms. Der Mond tauchte das Tal immer noch in sein Licht und zog einen Lichtstreif über das Wasser. Die Nacht war sternenklar, und in den Wäldern ringsum rührte sich nichts. Alles wirkte so friedlich, daß Phil sich fragte, ob sein Hirn ihm vielleicht einen Streich spiele. Hatte er etwa alles nur geträumt?

Wenn ich spinne, dachte er, können sie mich einsperren. Wenn ich aber nicht spinne, sollte ich mich besser beeilen. Er steckte seinen Autoschlüssel rechts zwischen Wange und Zahnfleisch in den Mund. In der gegenüberliegenden Seite brachte er zwei Zehncentstücke aus seiner Hosentasche unter, die er brauchen würde, falls er eine Telefonzelle finden konnte. Er zog Schuhe, Strümpfe, Hemd und Hose aus und wickelte die Kleider säuberlich zu einem Bündel zusammen.

Dann drehte er sich um, hielt sich mit Daumen und Zeigefinger die Nase zu und sprang mit den Füßen voran ins Wasser. Es war eiskalt, doch der Schock gab ihm neue Energie, und mit sicheren, kräftigen Zügen schwamm er aufs Ufer zu.

HERMAN BOLEN lag seitlich auf einen Arm gestützt im Bett, hatte den Telefonhörer am Ohr und blickte finster drein. „Er hat Ihnen gesagt, er hätte eine Leiche gesehen?"

„Es muß Jeffers sein", sagte Withers. „Als ich zum Aufzug gerannt bin, habe ich hinter der letzten Turbine seinen Pritschenwagen entdeckt."

Bolen war wie vom Donner gerührt. Jeffers! Tot! War das möglich? „Haben Sie nun die Leiche gesehen oder nicht?" fragte er ungeduldig. „Sind Sie überhaupt runtergegangen, um nachzusehen?"

„Hier war es so hektisch, daß ich noch keine Gelegenheit dazu hatte."

„Dann schicken Sie jemand anders! Rufen Sie Cooper und Riggs an. Verdammt noch mal, Withers! Ich will, daß *sofort* jemand runtergeht! Was hat Kramer sonst noch gesagt?"

„Er hat gesagt, daß überall Wasser unter Druck einströmt und

Füllmaterial mitführt. Dabei hat er eine Handvoll Dreck aus der Hemdtasche geholt, als ob das ein Beweis wäre. "

„Du lieber Gott!"

„Ich hab mich nicht weiter aufgeregt, weil Sie mir ja gesagt hatten, er würde behaupten, daß der Damm bricht. Auf meinen Instrumenten konnte ich sehen, daß zwei Pumpen ausgefallen sind, und wußte also, daß sich Wasser ansammelt. Kramer hat wahrscheinlich durchgedreht, als er auf die Leiche gestoßen ist. Sie hätten ihn mal erleben sollen – der hat bestimmt nicht mehr alle Tassen im Schrank. "

„Beten Sie, daß er sich wirklich alles nur einbildet, Withers. Wie beurteilen Sie denn die Lage?"

„Sieht so aus, als wären im unteren Tunnel jetzt alle drei Pumpen ausgefallen. Die Sensoren in Stollen D sind auch hinüber. Anzunehmen, daß der Stollen unter Wasser steht. "

„Na wunderbar!" bemerkte Bolen sarkastisch. „Und Kramer? Sie sagten, die Polizisten seien ihm dicht auf den Fersen?"

„Sie haben ihn in der Nähe des linken Aussichtspunkts, nur mit einer Unterhose bekleidet, über die Straße rennen sehen. Jetzt versteckt er sich auf dem Gelände der Baufirma Mitchell. In ein paar Minuten haben sie ihn. "

„Rufen Sie Leonard Mitchell an, und sagen Sie ihm, er soll die unteren Tunnel leerpumpen lassen. Ich breche jetzt gleich auf. " Der Wecker auf seinem Nachttisch zeigte halb sechs. „In drei Stunden bin ich da. Ich nehme meine eigene Maschine und lande auf der Dammkrone. " Bolen legte auf und begann, sich hastig anzukleiden. „Wenn Theodore aufwacht, dann teile ihm doch bitte mit", bat er seine Frau, „daß ich zum Sierra-Canyon-Damm fliegen mußte und ihn anrufe, so bald ich kann. "

Im Gästezimmer legte Roshek behutsam den Hörer des Zweitapparates auf die Gabel. Er starrte in die Dunkelheit. Seine Wangenmuskeln traten hervor, und die Lippen waren zu einem dünnen Strich zusammengepreßt.

NACHDEM er den felsigen Hang vom Stausee zur Straße hinaufgeklettert war, stand Phil einen Moment vor Kälte schlotternd da und wußte nicht, wohin er sich wenden sollte. Sutterton lag gut anderthalb

Kilometer bergabwärts zur Rechten. Der Aussichtspunkt war näher, nach links die Straße hinauf. Aber er konnte sich nicht erinnern, dort eine Telefonzelle gesehen zu haben. Auf der anderen Straßenseite befanden sich Benzin- und Wassertanks und eine Reihe von Gebäuden, die womöglich zu einer Fabrik gehörten. Phil konnte gegen den Nachthimmel Drähte erkennen, die von einem Leitungsmast am Straßenrand zu mehreren Wellblechhütten liefen. Einer dieser Drähte war vielleicht eine Telefonleitung. Er überquerte die Straße.

Kurz bevor er die Schatten auf der anderen Seite erreicht hatte, kam ein Wagen aus einer Kurve. Für Sekundenbruchteile wurde Phil vom Licht der Scheinwerfer erfaßt. Er schlüpfte zwischen zwei geparkten Traktoren hindurch und rüttelte an der Tür des größten Gebäudes. Sie war verschlossen. Er rannte zur Rückseite und sah eine Reihe von Fenstern mit oben liegenden Scharnieren. Mit einem Steinbrocken zertrümmerte er eine Scheibe, und als er vorsichtig hineinkletterte, hörte er, wie ein Wagen über den Kies schlitterte und hielt. Das krächzende Geräusch eines Funkgeräts bestätigte seine Befürchtung — es war die Polizei.

„Verdächtige Person auf dem Gelände der Baufirma an der Sterling Road. Ist vermutlich in eins der Gebäude eingedrungen. Schickt alle hierher."

Phil stand mit verschränkten Armen in der Kälte; seine Augen gewöhnten sich langsam an die Dunkelheit. Neben ihm ragten die Schatten zweier riesiger Kipp-Lastwagen auf, mit zweieinhalb Meter hohen Rädern und einem Führerhaus, das man nur über eine eingebaute Leiter erreichen konnte. An der Wand hinter ihm lehnte eine Gestalt, die auf den ersten Blick ausgesehen hatte wie ein aufrecht stehender Mann, sich dann aber als ein weißer Overall auf einem Kleiderbügel erwies. Als Phil in den Overall schlüpfte, hielt draußen ein zweiter Wagen und gleich darauf ein dritter.

„Nicht schießen!" hörte er jemanden mit befehlsgewohnter Stimme rufen. „Hier gibt es überall Benzintanks und vielleicht auch Dynamit."

„Ja", flüsterte Phil, während er sich durch die Dunkelheit tastete, „bitte nicht schießen. Die verdächtige Person kann das nicht ausstehen."

Im vorbeihuschenden Licht von Autoscheinwerfern erspähte Phil einen Schreibtisch und auf dem Schreibtisch ein Telefon. Er hob den Hörer ab und vernahm das Amtszeichen. Sekunden später meldete sich Janet Sandifer am anderen Ende der Leitung.

„Phil, es ist halb sechs Uhr morgens! Wo bist du? Bist du in den Damm hineingekommen?"

„Hinein bin ich leichter gekommen als wieder raus. Die Polizei ist hinter mir her. Der Damm kann jeden Moment bersten. Wasser strömt unter Druck in die Tunnel ein. Du mußt Alarm schlagen . . . "

„Was?"

„Sie haben mich in die Enge getrieben und werden mich gleich wegen unerlaubten Betretens in Tateinheit mit Sachbeschädigung oder so verhaften. Sag allen Leuten, daß der Damm bricht. Alarmiere die Städte und Dörfer entlang des Flusses; ruf den Sheriff an. Der Staat Kalifornien hat so was Ähnliches wie ein Katastrophenamt . . . Ruf dort auch an."

„Der Damm bricht? Soll das heißen: jetzt gleich? Warum sieht das die Polizei denn nicht?"

„Es ist nichts zu erkennen, wenn man nicht weiß, wo man nachsehen muß. Wasser quillt wahrscheinlich dort aus der Luftseite des Dammkörpers, wie der Computer es vorausgesagt hat, aber niemand will auf mich hören. Janet, dies ist das einzige Telefongespräch, das ich werde führen können. Noch ist genügend Zeit, Sutterton zu evakuieren. Du mußt mir glauben. Ich weiß, daß ich recht habe. Tu, was du kannst . . . Bitte, Janet. Bitte!"

„Ich glaube dir. Ich werde tun, was ich kann. Was sich hier von Santa Monica aus erreichen läßt, weiß ich zwar nicht, aber ich werde mein Bestes tun. Phil? Ich mache mir Sorgen. Um dich. Riskier nicht zuviel, ja?"

Phil schloß erleichtert die Augen. „Puh! Ich wußte, daß ich mich auf dich verlassen kann. Ich muß jetzt auflegen. Viel Glück!"

„Geh kein Risiko mehr ein! Versprichst du's?"

„Einen Trick kann ich noch versuchen. Dann bin ich mit meiner Kunst am Ende. Dann liegt's allein bei dir."

9. Kapitel

Als Polizeichef Hartley vor der Baufirma eintraf, gab einer seiner Leute ihm einen Lagebericht. Man hatte die Abdrücke bloßer Füße gefunden. Die Spur führte zur Rückseite des Hauptgebäudes, wo eine Fensterscheibe zertrümmert worden war.

„Will mal sehen, ob ich ihn überreden kann rauszukommen", brummte Hartley, kauerte sich mit ein paar Männern hinter seinen Streifenwagen und hob ein Megaphon an den Mund. Seine dröhnende Stimme durchbrach die Stille. „Hier spricht Wilson Hartley, Polizeichef von Sutterton! Geben Sie auf, Mr. Kramer! Kommen Sie ganz einfach mit erhobenen Händen aus der Tür, und Ihnen wird nichts geschehen!"

„Versprechen Sie, nicht zu schießen?" fragte eine Stimme aus dem Gebäude.

Hartley blickte den Hilfssheriff an seiner Seite mit hochgezogenen Augenbrauen an und sagte dann durchs Megaphon: „Bei uns hier wird niemand wegen unbefugten Betretens eines Gebäudes erschossen."

„Gut", kam die gedämpfte Antwort zurück. „Ich habe nämlich keine Waffe."

„Solange man sie in ein Gespräch verwickeln kann", flüsterte Hartley dem Hilfssheriff zu, „machen sie im allgemeinen keine Dummheiten."

„Das habe ich gut verstanden", meldete sich die Stimme aus dem Gebäude. „Das funktioniert natürlich auch andersherum. Verwickle einen Polizisten in ein Gespräch, und er wird ebenfalls keine Dummheiten begehen. Wie gefällt Ihnen eigentlich Ihre Arbeit?"

Hartley sah stirnrunzelnd sein Megaphon an und knipste es ein paarmal an und aus. „Darüber können wir uns später unterhalten", erwiderte er.

„Ich weiß, daß wir uns später unterhalten können", sagte die Stimme. „Aber wir sollten es besser jetzt tun. Hat man Ihnen eigentlich schon gesagt, daß der Damm bald bricht? Ich bin Ingenieur, habe an der Universität von Kansas promoviert. Sie und Ihre Männer sollten die Bewohner von Sutterton wecken, anstatt einen Ingenieur zu terrorisieren, der Ihnen allen einen Gefallen tun will und den Sie einfach gern haben müssen, wenn Sie seine Schüchternheit nicht stört, die er von Kindesbeinen an mit sich herumschleppt. "

„O Mann", flüsterte Hartley, „der Junge hat eine ganz schöne Meise. "

„Ich rede so viel", fuhr die Stimme fort, „weil ich Zeit gewinnen will. Ich muß mich hier drin erst mal ein bißchen umsehen. So, nun bin ich soweit. Sehen Sie das Garagentor? Ich werde es jetzt mit einem Knopfdruck öffnen. Dann komme ich raus. Und wie!"

Das Tor rollte rumpelnd zur Seite. Hartley starrte ins Innere des Gebäudes und zuckte zusammen, als plötzlich zwei Autoscheinwerfer aufflammten. Ein Dieselmotor röhrte, und ein Fünfzehntonner schoß aus dem Tor. Ehe noch jemand reagieren konnte, war der Lastwagen schon vom Hof gefahren und bog nach links auf die Asphaltstraße ein.

Ein Hilfssheriff hob sein Gewehr. „Nicht schießen!" befahl Hartley und sprang in seinen Wagen. „Mit dem Ding kommt er nicht weit. "

Hartley trat das Gaspedal durch und ließ den Kies nur so aufspritzen, als er davonjagte. Er schaltete Blaulicht und Sirene ein und hatte den Kipper in weniger als einer Minute eingeholt. Gerade als er ihn überholen wollte, bog der Lastwagen nach rechts in die schmale Straße ein, die über den Damm führte. „Wo will der denn hin?" rief Hartley aus und riß seinen Wagen hart in die Rechtskurve. „Er kommt doch nie und nimmer durch die Haarnadelkurven auf der anderen Seite. "

Der Hilfssheriff auf dem Beifahrersitz hatte sein Fenster heruntergekurbelt. „Lassen Sie mich seine Reifen abmontieren, Boß. "

Hartley schürzte unentschlossen die Lippen. „Also schön, leg los … Nein warte, er hält! Er kippt den Kastenaufbau –" Der Polizeichef stieg auf die Bremse, sein Wagen kam schleudernd zum Stehen, mit dem Kühler direkt unter der Rückfront des Kippers.

Ehe die beiden Polizisten ihre Türen öffnen konnten, schossen einige Tonnen Schotter aus dem gekippten Kastenaufbau und prasselten auf die Kühlerhaube des Streifenwagens. Als die beiden Beamten durch die hinteren Fenster ins Freie gekrochen waren, rollte der Lastwagen schon in einiger Entfernung über die Dammkrone.

PHIL hielt an, als er die Zahlen 50 + 00 erkannte, die man mit einer Schablone auf die Betonmauer neben der Fahrbahn gemalt hatte. Nach den Informationen, die Janet ihm letzte Nacht ins Motel durchgegeben hatte, befand sich die Bruchstelle an der Luftseite des Staudamms mit größter Wahrscheinlichkeit unterhalb dieser Markierung. Mit dem weißen Overall und einem Paar Gummistiefel bekleidet, die er ebenfalls in der Garage gefunden hatte, kletterte er aus dem Führerhaus. Eine aufheulende Polizeisirene kam näher: Einem anderen Streifenwagen mußte es gelungen sein, den Schotterhaufen zu umfahren.

Er ging zum Geländer und sah an der Böschung hinunter, die in steilem Winkel abfiel und sich dort, von wo das Tosen des Wassers heraufdrang, in Schatten und Nebeln verlor. Am Fuß des Damms, auf der anderen Seite des Flusses, erkannte er den Parkplatz vor dem Krafthaus. Dort stand jetzt ein halbes Dutzend Fahrzeuge, darunter auch seine geliebte Klapperkiste. Mit der Zunge berührte er den Zündschlüssel, den er immer noch zwischen Wange und Zahnfleisch festgeklemmt hielt.

Die Dammkrone lag 320 Meter über dem Meeresspiegel; die vom Computer vorausgesagte Bruchstelle war bei 114 Meter zu erwarten. Phil schwang sich über das Geländer, hing einen Augenblick am Rand der über den Damm hinausragenden Betonplatte und ließ sich auf die Böschung fallen, die eineinhalb Meter tiefer lag. Er hörte, wie über ihm ein Wagen bremste. So schnell er konnte, kletterte er an der Stirnseite des Damms hinunter, die aus unbehauenen Felsbrocken bestand.

„Kommen Sie sofort zurück!" rief eine Stimme. „Halt, oder ich schieße!" Sechs Meter über Phil standen zwei Polizisten und sahen zu ihm hinunter.

„Sie werden doch nicht auf einen harmlosen, unbewaffneten Ingenieur schießen!" rief Phil. „Kommen Sie nicht mit? Ich möchte Ihnen zeigen, wo der Damm eine Bruchstelle hat. Damit Sie wissen, daß ich nicht verrückt bin."

„Dieser verdammte Kerl! Schick ein paar Männer nach unten, John. Ich verfolge ihn, und du bleibst hier, falls er plötzlich kehrtmacht."

Der Polizist sprang mit einer Flanke über das Geländer. „Falls du mich zwingst, auf dieser lausigen Rutschbahn bis nach unten zu klettern, mein Junge, dreh ich dir den Hals um, wenn ich dich erwische."

Er erhielt keine Antwort.

Das Kontrollzentrum in Oakland war wieder am Apparat. „Rancho Seco hat noch weiter runterfahren müssen, als wir dachten", berichtete der für die Stromverteilung verantwortliche Mann. „Wir brauchen zusätzlich vierzig Megawatt; nicht nur die zwanzig, die ich vorhin angefordert habe."

„Schaffen wir leicht", antwortete Withers. „Wir haben hier reichlich Wasser."

Riggs und Cooper, zwei R.-B.-&-B.-Ingenieure, waren inzwischen eingetroffen und betraten den Kontrollraum. Withers hielt die Sprechmuschel mit der Hand zu und sagte ihnen, Herman Bolen sei unterwegs. „Er will, daß ihr die unteren Gänge inspiziert. Haltet nach einer Leiche Ausschau. Der Junge, der sich vorhin bei uns herumgetrieben hat, behauptet, er hätte eine gesehen. Könnte Jeffers sein." Riggs und Cooper rannten aus dem Kontrollraum.

„Also", nahm Withers das Telefongespräch wieder auf, „vierzig Megawatt? Wollen Sie's in einem Stück?"

„Geben Sie die erste Hälfte in einer halben Stunde auf den Draht und den Rest eine halbe Stunde später. Gibt's Ärger bei Ihnen da oben? Sie haben gesagt, Sie würden zurückrufen, haben es aber nicht getan."

„Ärger? Nein, nein. Das heißt – wir hatten ein kleines Problem mit einem ehemaligen Mitarbeiter. Aber der ist jetzt weg, und alles ist ruhig." Withers sah auf einen der Monitore. Ein dünner Streifen kroch durch die halboffene Tür am Ende des Turbinendecks; ein glitzernder Streifen, der auf dem Bildschirm aussah wie ein Stück Lametta. War das Wasser?

„Gut", sagte der Mann vom Kontrollzentrum. „Noch eins: Irgend etwas stimmt mit der Frequenz im Netz der Vorberggegend eindeutig nicht. Könnte am Sierra Canyon liegen oder aber an einem der Laufwasserkraftwerke weiter unten am Fluß. Was zeigen Ihre Meßinstrumente? Geben Sie mir mal Ihre Daten durch."

Withers schwenkte auf seinem Drehstuhl nach rechts und warf

einen Blick auf die Frequenzmesser. Alle Zeiger standen auf Null.

„Was, zum Teufel –"

„Wie bitte?"

Withers war aufgesprungen und beugte sich jetzt über die Skalen. „Von hier aus kann ich sie nicht gut erkennen. Ich rufe zurück."

Er legte auf und rannte zum Instrumentenbord für die Generatoren hinüber. Er klopfte mit dem Finger auf das Skalenglas und versetzte dem ganzen Gehäuse einen Schlag. Keine Reaktion. „Dieser Irre muß die Stromkreise unterbrochen haben!" Fluchend stellte er ein paar Verbindungen her, um zu sehen, wie viele Meßinstrumente noch ansprachen. Die Deckenbeleuchtung wurde trüber, strahlte aber gleich darauf wieder hell, als sich ein Notaggregat im Raum nebenan einschaltete. Auf dem Monitor hinter Withers war jetzt zu sehen, daß der silbrige Streifen zu einem kleinen Wasserfall angeschwollen war, der die kurze Treppe hinunterstürzte. Durch das Fenster sah Withers, wie Riggs mit wild fuchtelnden Armen angelaufen kam.

PHIL stand auf einem Felsbrocken und sah sich prüfend um. Nach seiner Schätzung stand er ungefähr auf den Koordinaten, die der Computer als Bruchstelle ausgewiesen hatte. Doch kein Leck war zu sehen. Es war mittlerweile so hell geworden, daß er die Luftseite des Damms dreißig Meter im Umkreis genau erkennen konnte. Es war alles so trocken wie in der Wüste.

„Soviel zum Thema graue Theorie", sagte sich Phil und beobachtete die Polizisten, die von beiden Seiten auf ihn zukletterten. Er setzte sich, kreuzte die Arme erschöpft über den Knien und ließ den Kopf hängen. Jetzt machte es sich bemerkbar, daß er Stunden damit zugebracht hatte, Treppen und Leitern rauf- und runterzusteigen, durch den Stausee zu schwimmen und den Damm hinunterzuklettern.

Der Polizist, der von oben heruntergeklettert war, erreichte ihn als erster. Er blieb einen Augenblick stehen, um wieder zu Atem zu kommen, und blickte angewidert auf Phil herunter. „Ich bin Sergeant Lee Simon", sagte er, „und Sie sind verhaftet! Ich mache Sie darauf aufmerksam, daß alles, was Sie jetzt sagen, bei der Verhandlung gegen Sie verwendet werden kann. Und wenn's nach mir geht, dann kommt's zur Verhandlung, darauf können Sie Gift nehmen. Konnten Sie sich nicht da oben ergeben, statt mich erst hier runterkraxeln zu lassen?"

Phil sah ihn an. „Ich habe Sie hier runterkraxeln lassen, weil ich Ihnen das Leck im Staudamm zeigen wollte. Wie Sie sehen, gibt es aber keins, was ein ... ein etwas ungünstiges Licht auf mich wirft. Ein altes Sprichwort unter Computerleuten sagt: ‚Wer Mist einprogrammiert, kriegt Mist wieder raus.‘ Das soll heißen –"

Eine Hand legte sich auf seine Schulter. Jetzt standen drei Polizisten um ihn herum; die beiden Neuankömmlinge atmeten schwer. „Sehen Sie mal her!" fuhr ihn der erste Polizist an. „Das hier sind Handschellen. Und das da ist ein Schlagstock. Entweder strecken Sie flink die Arme vor, damit ich die Handschellen anlegen kann, oder ich werde den Schlagstock auf Ihrem Kopf ausprobieren."

„Schön gesagt", erwiderte Phil, „aber Handschellen werden nicht nötig sein. Ich gebe auf. Es tut mir leid, daß ich Ihnen soviel Mühe gemacht habe."

„Aber gewiß doch", sagte der Polizist und legte Phil die Handschellen an. „Geh'n wir."

Sie zerrten Phil hoch. Der stechende Schmerz in Waden und Oberschenkeln ließ ihn zusammenzucken.

Am Fuß des Staudamms gingen die vier Männer im Gänsemarsch einen Pfad entlang, der an der Nahtstelle zwischen Dammkörper und natürlichem Berghang entstanden war.

„Wenn man sich den Damm so im Dämmerlicht betrachtet", sagte Phil, „würde man nie darauf kommen, daß er bald auseinanderbricht, stimmt's? Fest steht, daß der Damm sozusagen an inneren Blutungen leidet. Der Stausee dringt schon in die Prüfgänge ein. Früher oder später wird das Wasser einen Weg zur Luftseite gefunden haben. Dann bleiben uns nur noch Minuten."

„Hören Sie doch endlich damit auf, Mann. Sie gehen erst mal ins Kittchen. Da können Sie all den neuen Freunden, die Sie dort treffen werden, Ihre Staudammgeschichten erzählen."

Der Polizist, der voranging, warnte die anderen vor einem schlammigen Wegstück.

„Sie können mich nicht einsperren", sagte Phil mit einem Anflug von Panik in der Stimme. „Ich bin nicht vorbestraft. Ich habe keinen Schaden angerichtet."

„Ach, wirklich?" entgegnete der Polizist hinter ihm. „Sie haben lediglich den Streifenwagen des Chefs unter einer Steinlawine begraben. Sonst nichts."

„Das war ein Unfall. Ich habe auf den falschen Knopf gedrückt. Eigentlich wollte ich das Radio einschalten."

„Als wir vorhin hier vorbeikamen, war noch nicht soviel Wasser da", erklärte der Beamte am Kopf der Gruppe und sprang über ein Rinnsal.

Phil blieb stehen. Er sah auf seine Gummistiefel, die halb im Schlamm versunken waren. Über den Pfad vor ihnen floß ein seichtes Band braunen Wassers. Phil verfolgte es mit den Augen bis zu der Stelle zurück, an der es zwischen den Felsbrocken hervortrat, und ein Ausdruck des Triumphes verdrängte die Trostlosigkeit aus seinem Gesicht. „Augenblick mal! Da ist das Leck!" Er stampfte vor Erregung mit dem Fuß auf. „Halleluja, der Damm bricht! Hab ich's Ihnen nicht gleich gesagt?" Die Freude wich plötzlich wieder aus seinem Gesicht. „Der Damm bricht wirklich", flüsterte er entsetzt.

Er wurde weitergestoßen. „Quellwasser", brummte einer der Polizisten. „Um diese Jahreszeit gibt es in den Bergen viele Quellen."

„Dies ist kein Berg, dies ist ein Staudamm", schimpfte Phil, als er immer wieder angetrieben wurde. „Quellwasser ist klar; dies hier ist schlammig. Das Loch wird größer und größer werden, bis man das Wasser nicht mehr aufhalten kann ... Wir müssen die zuständige Behörde benachrichtigen."

„Wir sind die zuständige Behörde."

Sie waren bei einer Gruppe wartender Polizisten neben ihren Streifenwagen angelangt. Phil wurde auf den Rücksitz eines Wagens gestoßen. „Die Stadt muß evakuiert werden!" brüllte er. „Sehen Sie das nicht? Sind Sie denn alle völlig verblödet?" Kaum war ihm das Wort entschlüpft, da bereute er es schon.

Sergeant Simon drängte sich in den Streifenwagen und drückte Phil das Ende seines Schlagstocks gegen die Oberlippe. „Entweder entschuldigen Sie sich sofort, oder ich verschaffe Ihnen ein paar Beulen, die Sie lange nicht vergessen werden."

„Ich habe es nicht so gemeint. Es tut mir wirklich leid. "

Simon starrte ihn schweigend und finster an, stieg dann rückwärts aus dem Wagen und knallte die Tür zu. Phil lehnte den Kopf an das Rückpolster und sagte während der zehnminütigen Fahrt zum Ortsgefängnis kein Wort. Er fühlte sich schrecklich elend; aber nicht nur, weil es ihm nicht gelungen war, jemanden davon zu überzeugen, daß eine Katastrophe drohte.

Als Sergeant Simon ihm den Schlagstock unter die Nase gehalten hatte, hatte Phil vor Schreck seinen Autoschlüssel und die beiden Zehncentstücke verschluckt.

JANET SANDIFER setzte sich ans Telefon und legte zwei Bleistifte neben die Liste mit den Namen der Behörden, die sie anrufen wollte. Mit dem Staat Kalifornien würde sie beginnen. Sie wählte die Nummer der Auskunft, und eine weibliche Stimme fragte: „In welcher Stadt soll dieses Amt sein?"

„Wahrscheinlich in Sacramento. Ich möchte eine drohende Staudammkatastrophe melden. "

„Und wie buchstabieren Sie das?"

„Wie wär's mit K wie Katastrophe? Hat der Staat Kalifornien nicht so etwas wie ein Katastrophenamt?"

„Katastrophenschutz. "

„Das ist es! Es handelt sich um Katastrophenschutz. Ein riesiger Staudamm bricht, und ich weiß nicht, wen ich benachrichtigen kann. "

„Lassen Sie mich mal sehen . . . Katastrophenschutzamt des Staates Kalifornien. "

„Großartig!" Janet wählte die Nummer, die das Fräulein von der Auskunft ihr gegeben hatte.

Nach einem Summton hörte sie eine tiefe Stimme, die knapp und geschäftsmäßig sagte: „Katastrophenschutzamt. Hawkins. "

„Ich rufe Sie an, um zu melden, daß der Sierra-Canyon-Damm zu bersten droht. Sutterton sollte sofort evakuiert werden. "

„Rufen Sie vom Staudamm an?"

„Nein, aus Santa Monica. "

„Sind Sie vom Katastrophenschutzamt für Südkalifornien?"

„Manchmal habe ich durchaus den Eindruck. Im Moment bin ich

allerdings nur eine Bürgerin, die ein Leck in einem Staudamm melden möchte."

„Alle Staudämme sind undicht, Lady. Sie sind ziemlich weit weg von Sierra Canyon. Den Dammbruch haben Sie geträumt, hab ich recht?"

Janet biß die Zähne zusammen und atmete einige Male tief durch, ehe sie antwortete. „Ein Ingenieur hat mich vom Damm aus angerufen. Er hat mir erklärt, daß Wasser unter Druck in die Entwässerungstunnel eindringe und daß es nicht mehr lange dauere, bis es sich einen Weg durch den Dammkörper gesucht habe."

„Komisch, daß er uns nicht angerufen hat. Oder die Polizei."

„Er hat die Polizei nicht angerufen, weil ... Die haben da oben alle Hände voll zu tun; können Sie sich das nicht denken? Der Ingenieur hatte nur Zeit für einen einzigen Anruf, also hat er mich gebeten, Alarm zu schlagen."

„Tut mir leid, aber so geht das nicht. Ich kann keine Evakuierung in die Wege leiten, nur weil mich eine Hausfrau, die schlecht geschlafen hat, aus Santa Monica anruft. Ich glaube, daß Sie sich einen üblen Scherz erlauben, und darf Sie höflich bitten, aus der Leitung zu gehen."

„Soll das heißen, Sie wollen nichts unternehmen? Wozu ist das Katastrophenschutzamt denn eigentlich da? Warten Sie nur ab, bis die Zeitungen von Ihrer unglaublichen Unfähigkeit erfahren!"

Janet warf den Hörer auf die Gabel und verfluchte den Staat Kalifornien, das Katastrophenschutzamt und die grausamen Götter, die Phil Kramer in ihr Leben gebracht hatten. Als sich ihre Wut etwas gelegt hatte, wählte sie die nächste Nummer auf der Liste. Noch während es am anderen Ende der Leitung klingelte, entschloß sie sich, die Sache anders anzupacken; die reine Wahrheit war offenbar nicht überzeugend genug.

WITHERS sah, wie Riggs an den Kontrollraumfenstern vorbeihastete und an seinem Schlüsselbund fummelte. Das Telefon läutete, und Withers nahm automatisch den Hörer ab. Am Apparat war Leonard Mitchell, der Bauunternehmer.

„Augenblick, Mr. Mitchell. Können Sie eine Sekunde dranbleiben?"

Riggs stürzte keuchend in den Raum. „Aus dem Stolleneingang kommt Wasser ... läuft in die Turbinenschächte. Wir müssen alles abschalten ..." Er lief zur Hauptschalttafel und fing an, Hebel umzulegen und Tasten zu drücken.

Withers rannte zu ihm hinüber und hielt ihn am Arm fest. „Was machst du denn, Mann? Wir können uns nicht ausklinken ... Ich muß gleich vierzig Megawatt zusätzlich –"

„Wasser ..." Riggs zeigte auf einen der Monitore. „Ich hoffe, wir können die Generatoren retten."

Als Withers auf den Bildschirm sah, blieb ihm der Mund offenstehen. Dreißig Zentimeter hoch gurgelte Wasser aus der Tür auf den Boden des Turbinendecks. Während Withers noch wie gelähmt hinüberstarrte, hörte er den abgehackten Heulton einer Warnsirene. „Wo ist Cooper?" rief er.

„Noch unten. Er ist immer noch in den Gängen unten, um herauszufinden, woher das Wasser kommt."

Withers schluckte trocken. „Der Damm bricht. Wie Kramer gesagt hat."

„Hör zu", sagte Riggs scharf. „Wasser dringt ein; das ist alles, was wir wissen. Wir müssen den Laden dichtmachen und sehen, wo das Problem liegt."

Withers nickte und nahm den Telefonhörer auf. „Mr. Mitchell? Wir brauchen ein paar Pumpen. Haben Sie welche in Ihren Lagerhallen?"

„Ein paar kleine. Habe ich richtig gehört? Der Damm bricht?"

„Nein, nein. Mit dem Damm ist alles in Ordnung. Wir nehmen an, daß drei unserer Pumpen gleichzeitig ausgefallen sind ... Die Sirene? Die schaltet sich ein, wenn im Drainagesystem etwas nicht stimmt. Zur Zeit dringen etwa dreihundert Liter Wasser pro Sekunde ein. Werden Sie damit fertig?"

„Ich hole ein paar Leute und das notwendige Gerät zusammen und komme gleich rüber. Daß Sie dafür einen Wochenendzuschlag zahlen müssen, ist Ihnen klar, oder?"

„Sicher. Führen Sie nur genau Buch. Und, Mr. Mitchell ... behalten Sie's für sich, bis wir wissen, womit wir es zu tun haben. Wir wollen keine Panik."

Withers legte auf und zeigte Riggs die Reihe der Meßinstrumente, die außer Betrieb waren. Alles, was irgendwie mit dem Dammbereich unterhalb des Generatorendecks in Verbindung stand, war ausgefallen.

„Es läßt sich nicht mehr feststellen, was da los ist", knurrte Riggs und verzog das Gesicht. „Das Wasser muß überall Kurzschlüsse verursacht haben."

Die beiden wurden von Cooper unterbrochen, der mit hochrotem Kopf und völlig durchnäßt hereinkam. „Ich bin bis zum Mittelabschnitt des Damms gekommen", berichtete er und ließ sich auf einen Stuhl fallen. „Dann gingen die Lichter aus, und ich bin umgekehrt. Ich konnte nicht feststellen, woher das Wasser kommt."

„Möchte wetten, dieser Kramer hat im Einlaßturm etwas angestellt", sagte Riggs. „Vielleicht hat er ein Schott geöffnet und den See reingelassen."

„Schon möglich", bemerkte Cooper und nickte mit dem Kopf. „Kann man die Sirene nicht abstellen? Das Ding macht mich noch verrückt."

Withers unterbrach den Stromkreis. Lastendes Schweigen legte sich über den Kontrollraum. Jetzt, da die Generatoren nicht mehr in Betrieb waren, hörte man nicht einmal mehr das gewohnte Summen. „Tja", machte Withers und sah die beiden anderen an. „Meint ihr, wir sollten der Polizei mitteilen, daß wir es mit einem Ernstfall zu tun haben?"

„Noch nicht", sagte Riggs. „Vielleicht können wir mit Mitchells Pumpen alles trockenlegen und die Sache für uns behalten."

„Wie sollen wir das denn für uns behalten", fragte Cooper, „wenn wir das ganze Kraftwerk abschalten? Ich glaube, daß wir das Schlimmste befürchten müssen."

„Ruf Bolen an", schlug Riggs vor. „Frag ihn, was wir machen sollen."

„Er ist schon mit seinem Flugzeug auf dem Weg hierher, um die Sache in die Hand zu nehmen."

Riggs ging zur Tür. „Gib mir mal ein Amt auf einem der Bürotelefone. Ich rufe die Luftfahrtverbindungszentrale in Oakland an und versuche Bolen zu erreichen."

Als Riggs den Kontrollraum verlassen hatte, sagte Cooper zu

Withers: „Wenn du mich fragst, sollten wir sofort damit beginnen, den Stausee abzulassen."

„Wir haben jetzt schon sechzig Zentimeter Überlauf. Wenn wir die Fluttore öffnen, verursachen wir damit ein beträchtliches Hochwasser. Die Flut würde mit Sicherheit die Brücke an der Hauptstraße in Sutterton wegspülen. Warten wir noch ab, was Bolen meint. Wenn wir ihn nicht erreichen, müssen wir selbst die Entscheidung treffen."

Cooper sprang auf und ging zur Tür. „Ich denke nicht daran, hier noch länger Däumchen zu drehen. Ich werde ein bißchen in der Gegend herumfahren und mich umsehen. Und wenn ich etwas entdecke, das nicht hundertprozentig normal ist, schlage ich Alarm; ob es euch paßt oder nicht."

Das Telefon klingelte, und Withers nahm den Hörer ab, als Cooper den Raum verließ. Bill Hawkins vom kalifornischen Katastrophenschutzamt in Sacramento war am Apparat.

„Eine Frau aus Santa Monica hat uns eben angerufen", begann er, und es klang leicht amüsiert. „Sie hat erzählt, euer Damm da oben gehe bald in die Brüche. Was, glauben Sie, hat sie auf diese Schnapsidee gebracht? . . . Hallo?"

„Von wo hat die Frau angerufen? Und was hat sie gesagt?"

„Eine Frau aus Santa Monica hat gesagt, der arme alte Sierra-Canyon-Damm sei am Ende. Ein Freund habe sie angerufen und ihr erzählt, daß überall Wasser eindringe. Eine Verrückte, oder?"

Withers pfiff leise durch die Zähne. „Kramer muß ein Telefon gefunden haben."

„Wie bitte?"

„Wir hatten es vor kurzem mit einem Spinner hier oben zu tun und mußten die Polizei rufen. Er hat offenbar eine Freundin, die jetzt versucht, uns etwas anzuhängen."

„Es ist also alles okay? Sie haben keinen beunruhigenden Wassereinbruch?"

„Nein, nur im Krafthaus."

„Nur im Krafthaus. Wassereinbruch im Krafthaus." Hawkins wiederholte die Wörter, als wolle er sie noch einmal deutlich hören.

„Es ist vielleicht mehr Wasser als gewöhnlich. Wir haben vorsorglich den Betrieb eingestellt."

„Wenn Sie den Betrieb eingestellt haben, ist das ja wohl alles andere als normal!"

„Wir haben ein Problem, glauben aber nicht, daß es etwas Ernstes ist. Entschuldigen Sie, ich habe ein Gespräch auf dem anderen Apparat."

Der Mann vom Kontrollzentrum in Oakland war dran, und er war ein wenig gereizt.

„Was ist denn bloß los bei euch? Gebt ihr uns die Zusatzleistung oder nicht? Warum haben Sie mich nicht wegen Ihrer Meßdaten zurückgerufen?"

„Wollte ich gerade machen. Hören Sie: Was die zusätzlichen Megawatt angeht... Also, wir haben da ein bißchen Sickerwasser – na ja, mehr als Sickerwasser –, das im Turbinendeck steht, und wir haben den Betrieb vorläufig einstellen müssen."

„Was? Das ist doch wohl nicht Ihr Ernst! Sagen Sie schon, daß das nur ein Witz sein soll!"

Withers legte auf und nahm das nächste Gespräch an.

„Newt? Luby Pelletier vom Bezirksamt für Katastrophenschutz. Wie geht's denn immer, alter Knabe?"

„Wunderbar, Luby, großartig. Hör mal, könntest du –"

„Der Damm bricht doch nicht, oder? Stell dir vor, wir haben gerade einen verrückten Anruf bekommen. Von einer Frau aus Santa Monica –"

„Mein Gott! Die setzt anscheinend alle Hebel in Bewegung!"

„Du kennst sie? Sie behauptete, sie sei Hellseherin und hätte gerade eine Vision gehabt. Darin wäre der Sierra-Canyon-Damm verschwunden, und Scharen von nackten Menschen hätten sich in die Wälder geflüchtet. Das Bild wäre ihr in einem Blitz erschienen. Ich konnte mir kaum das Lachen verkneifen."

„Paß auf, Luby, wir haben wirklich ein kleines Problem hier." Die ganze Zeit über ließ Withers den Monitor nicht aus den Augen. Es sah so aus, als laufe jetzt noch mehr Wasser auf das Turbinendeck. „Um ehrlich zu sein, Luby – ich hab furchtbar viel zu tun. Wir müssen vielleicht die Stadt evakuieren. Ich ruf dich später wieder an."

Als Withers den Hörer auflegte und gleich wieder abhob – denn das Telefon klingelte in diesem Moment schon wieder –, brüllte ihm

Riggs durch die Sprechanlage zu, man habe Bolens Flugzeug über
Fresno geortet. Withers antwortete, er habe verstanden, und nahm
den Telefonhörer ans Ohr. Lee Simon war am Apparat.

„Dein Freund Kramer hat ‚Häschen hüpf‘ mit uns gespielt", sagte
der Polizist. „Aber jetzt sitzt er hinter Schloß und Riegel. Übrigens,
Newt, wir haben vorhin unten am Damm eine feuchte Stelle bemerkt.
Etwa hundert Meter vom Flußufer entfernt an der Nordseite. Kramer
wurde furchtbar aufgeregt, als er das gesehen hat. Aber der regt sich ja
über alles auf."

„Eine feuchte Stelle?" Über Withers' Schultern kroch eine Gänse-
haut. „Ist es wirklich nur ein Fleck, oder strömt da Wasser heraus?"

„Sagen wir mal – ein Rinnsal. Wie man es in der Gosse sehen kann,
wenn einer ein paar Häuser weiter sein Auto wäscht. Meinst du, es hat
etwas zu bedeuten?"

„Cooper ist gerade mit dem Wagen unterwegs. Ich gebe ihm über
Sprechfunk Bescheid, daß er sich die Sache mal ansehen soll. Lee, ich
habe das schreckliche Gefühl, daß wir bös in der Patsche sitzen. Ich
melde mich später wieder."

Withers rief Cooper über Sprechfunk und dirigierte ihn zu einer
Stelle in der Nähe der Transformatorenstation, von der aus er „das
Rinnsal" erkennen müßte. Sein Telefon klingelte schon wieder.
„Krafthaus. Withers am Apparat."

„Hier ist die Nachrichtenredaktion der *Sacramento Bee*. Wir gehen
einem Gerücht nach, dem zufolge ehemalige Mitarbeiter des irani-
schen Geheimdienstes den Sierra-Canyon-Damm in die Luft jagen
wollen. Unser Informant behauptet, die Sprengung werde in dreißig
Minuten erfolgen und Sutterton müsse sofort evakuiert werden."

„Ist Ihr Informant eine Frau aus Santa Monica?"

„Sie kennen sie? Ist was dran an dem, was sie sagt?"

„Ich rufe Sie zurück."

Coopers Stimme drang aus einem Lautsprecher; er hatte die
angegebene Stelle erreicht.

Withers beugte sich über sein Mikrofon. „Kannst du von dort den
Dammfuß an der Nordseite sehen? Siehst du irgend etwas Auffälliges?
Ein Rinnsal, das hundert Meter vom Flußufer entfernt aus dem Damm
kommt?"

„Bis dahinten sind es etwa vierhundert Meter von hier. Moment, ich hole nur eben mein Fernglas."

Es wurde still, und Withers trommelte nervös mit den Fingern auf die Tischplatte. Er blickte auf die Wanduhr: zehn Minuten nach sieben. Riggs kam in den Kontrollraum und sprudelte heraus, was er gerade mit Bolen besprochen hatte. Er verstummte mitten im Satz, als er Coopers erregte Stimme aus dem Lautsprecher vernahm:

„Das ist ein Wasserfall! ... Da kommen pro Sekunde zigtausend Liter Wasser raus ... Aus und vorbei, Newt. Das verdammte Ding ist nicht mehr zu retten! Der Damm bricht!"

Dritter Teil

DER DAMMBRUCH

10. Kapitel

HERMAN BOLEN schob die altmodische Fliegerbrille auf die Stirn und fächelte sich mit dem Ende seines Schals Kühlung zu. Die Hitze im Cockpit blieb konstant. Teilnahmslos starrte er durch das Fenster auf die Dunstglocke, die über dem Zentraltal lag. Die Sonne war jetzt über der Sierra Nevada aufgegangen, und das reflektierte Licht blendete ihn.

Um sich abzulenken, versuchte er, seine genaue Position zu bestimmen: Geschwindigkeit über Grund, Windgeschwindigkeit, Kurs. Er befand sich irgendwo in der Nähe von Fresno und verspürte plötzlich den Drang, woanders zu sein; ganz gleich wo, nur nicht in diesem entsetzlich teuren Spielzeug, fünfzehnhundert Meter über Fresno.

Fünf Jahre – fünf Jahre! – hatte er damit zugebracht, ein eigenes Flugzeug zu entwerfen und zu bauen. Und es entsprach immer noch nicht seinen Vorstellungen. Genaugenommen war es eher eine wahre Folterkammer. Der Sitz, das Cockpit, die ganze Maschine war auf seine Figur zugeschnitten worden wie ein Rennwagen. Doch sein Körper hatte sich zu einem birnenförmigen Kloß entwickelt und die vorgegebenen Maße längst gesprengt. Einen Anzug kann man weiter machen, dachte Bolen, ein Flugzeug nicht.

Aus dem Bordfunkgerät ertönte eine Stimme: „Flugzeug N 97307, hier Oakland, Luftfahrtverbindungszentrale. Hören Sie mich?"

Bolen griff nach seinem Mikrofon. „Ich höre Sie, Oakland, bitte kommen."

„Wir haben ein Gespräch für Sie vom Sierra-Canyon-Damm."

„Können Sie mich direkt verbinden?"

„Nein, aber das Gespräch kann über mich laufen."

Bolen zögerte. Falls wirklich Gefahr bestand – sollte er riskieren, daß jeder in der Verbindungszentrale in Oakland davon erfuhr? „Sagen Sie ihnen, sie sollen mich über das Bordtelefon anrufen."

Bolen sah auf die Uhr. Wenn die Leute am Damm nicht die fünfundvierzig Minuten bis zu seinem Eintreffen warten konnten, mußte es sich um etwas Ernstes handeln.

Um sieben Uhr ertönte ein Summer auf seinem Armaturenbrett. „Hier ist Burt Riggs, Mr. Bolen. Vom Sierra-Canyon-Damm. Wir –"

„Haben Sie Jeffers gefunden? Haben Sie Stollen D inspiziert?"

„Wir sind nicht bis zu Stollen D vorgedrungen. Aus dem Zugangstunnel läuft Wasser in die Turbinenschächte. Kann sein, daß die unteren Prüfgänge überflutet sind. Gut möglich, daß es Jeffers da unten erwischt hat."

Riggs berichtete vom eindringenden Wasser, den ausgefallenen Meßinstrumenten und den abgeschalteten Turbinen. Bolen hörte schweigend zu. Plötzlich unterbrach er Riggs: „Haben Sie der Polizei gemeldet, daß Sutterton evakuiert werden muß?"

„Nein. Wir haben uns gedacht, die Entscheidung überlassen wir besser Ihnen."

„Mann, Riggs, wie viele Beweise brauchen Sie denn noch? Hören Sie gut zu. Ich glaube, der Dichtungskern ist geborsten. Was Sie in den nächsten Minuten tun, kann tausend Menschen das Leben retten. Rufen Sie die Polizei und das Katastrophenschutzamt des Bezirks an, und teilen Sie ihnen mit, es bestehe die Möglichkeit eines Dammbruchs. Leiten Sie soviel Wasser wie möglich an den Turbinen vorbei. Öffnen Sie die Fluttore an der Überlaufrinne."

„Withers meint, das würde zu Überschwemmungen führen."

„Es ist mir vollkommen egal, was Withers meint! Tun Sie, was ich Ihnen sage!"

„Jawohl, Sir. Und, Mr. Bolen, auf den Monitoren sehe ich gerade, daß die Männer von der Baufirma Mitchell mit Pumpen eingetroffen sind."

„Wenn Sie das Wasser schneller abpumpen, als es eindringt – gut und schön. Dann können Sie in die Prüfgänge und nach der Einbruchstelle suchen. Vielleicht finden wir ein Leck, das sich stopfen läßt. Aber wenn der Dammkörper schon gesprengt ist, besteht wohl kaum noch Hoffnung."

DER elegante Dr. Dulotte manövrierte seinen Kombiwagen vorsichtig um den riesigen Kipper herum, der aus unerfindlichen Gründen mitten auf dem Damm geparkt war. Noch ehe er den Damm ganz überquert hatte, mußte er auf das Handzeichen eines Polizisten hin schon wieder langsamer fahren. Ein Abschleppfahrzeug zog einen Streifenwagen aus einem Schotterhaufen.

„Was ist denn hier passiert, Herr Wachtmeister?" fragte Dulotte durch das heruntergekurbelte Fenster.

„Weiterfahren!" befahl der Polizist barsch und winkte ihn vorbei.

Die Straße bog von der Dammkrone ab. Dulotte nickte zufrieden, als er die Pfeile und Schilder sah, die die Marathonstrecke markierten. Es war 7 Uhr 20. Um acht Uhr würde der Lauf gestartet werden, und wenn alles nach Plan verlief, würde Kent Spain ungefähr eine Stunde später als erster den Damm überqueren und im Wald verschwinden, getrieben vom süßen Duft des großen Geldes.

Dulotte parkte seinen Wagen unter den ersten Bäumen. Aus dem Laderaum holte er einen dreirädrigen Karren, einen sogenannten „Dulotte-Wanderfreund". Den belud er mit einem zusammenklappbaren Tisch und Stuhl, vier gefüllten 20-Liter-Wasserflaschen, einem Schreibblock, einer Stoppuhr, einem Verbandskasten und einer Kiste Orangen. Zehn Minuten später marschierte er munter durch den Wald und schob den Karren vor sich her.

Das T-Shirt hing noch an dem Zweig, an dem er es vor ein paar Tagen befestigt hatte. Hinter den Büschen lag einsatzbereit das Fahrrad. Dulotte setzte seinen Weg fort und summte vergnügt den Gassenhauer von den Träumen, die eines Tages wahr werden.

PHIL KRAMER hatte die Hände fest um die Gitterstäbe der Zellentür geklammert. Nicht weit von ihm saß Sergeant Jim Martinez an einem Tisch und erledigte Schreibarbeiten.

„Laßt mich hier raus!" rief Phil und rüttelte an den Stäben. „Wir sind in Gefahr! Laßt uns alle raus! Es kommt auf jede Minute an!"

„Halt die Schnauze!" sagte jemand hinter ihm.

Phil blickte über die Schulter. In der Zelle standen vier Pritschen; auf dreien sah man undeutlich eine Masse, die von einer Wolldecke bedeckt war. „Ich werde nicht die Schnauze halten", sagte Phil zu den Pritschen hin. „Ich versuche, euch und mir das werte Leben zu retten." Er wandte sich wieder Martinez zu. „Vielleicht haben Sie vorhin nicht richtig zugehört; also versuch ich's noch mal: Ich bin ein weltberühmter Fachmann für Dammbrüche. Da können Sie jeden fragen. Ich habe gerade den Sierra-Canyon-Damm inspiziert. Das ist der Staudamm, den Sie da draußen sehen können, Sergeant, wenn Sie sich die Mühe machen, mal aus dem Fenster zu gucken."

„Schnauze!" wiederholte die Stimme hinter ihm.

„Hört mal alle her!" schrie Phil und rüttelte wieder an den Gitterstäben. „Der Damm bricht! Ich habe es mit eigenen Augen gesehen. Auf der Luftseite ist ein Leck entstanden. Das bedeutet, daß ein großer, großer Stausee bald auf uns herunterstürzen wird. Denn wenn das Wasser erst mal einen Weg durch den Dammkörper gefunden hat, heißt es für einen Staudamm: aus und vorbei! So war es beim South-Fork- und beim Malpasset-Damm."

„He, Martinez!" brüllte jemand aus der Nachbarzelle. „Kannst du den Kerl nicht mal abstellen? Hier sind ruhebedürftige Bürger mit einem schweren Kater."

Sergeant Martinez stand seufzend auf. Er ging den Gang hinunter, blieb außer Reichweite vor Phil stehen und musterte ihn nachdenklich. „Wir sind in großer Gefahr", redete Phil beschwörend auf ihn ein. „Wir werden wie die Ratten ersaufen, wenn Sie uns und sich selbst nicht hier rausbringen!"

Ein lauter Krach ließ Phil herumfahren. Ein riesiger Kerl mit zerzausten blonden Haaren war von einer der Pritschen aufgesprungen und hatte sie dabei umgeworfen. Mit zwei Schritten war er bei Phil, legte ihm seine riesige Pratze auf die Brust, schnappte ihn beim Overall und hob ihn mühelos hoch. Sein Atem stank nach Knoblauch, Tabak und Bier. „Hab ich dir nicht gesagt, du sollst die Schnauze halten?" fragte er.

„Laß ihn wieder runter, Haystack", befahl Martinez. „Ich mach das schon."

Der Mann namens Haystack sah Phil drohend an und ließ ihn wieder los.

Auf Martinez' Schreibtisch klingelte das Telefon.

„Kramer", sagte Martinez, „ich gehe jetzt an den Apparat. Wenn ich zurückkomme und Sie immer noch Reden halten, werde ich ein ganz bestimmtes Kodewort aussprechen, das Haystack in einen wilden Stier verwandelt. Denken Sie in Ruhe darüber nach."

Er ging zum Schreibtisch zurück und nahm den Telefonhörer ab. Phil sah, wie sich sein Gesichtsausdruck veränderte, als er sagte: „Ja? Wirklich? Jetzt? Heißt das – alle? Sind Sie ganz sicher? Gut. Okay." Er legte behutsam den Hörer auf.

„Na? Und?" rief Phil. „Was ist los?"

Martinez fuhr sich durchs Haar. „Sie glauben, der Damm könnte
bersten", murmelte er. „Ein Schulbus ist schon unterwegs, um uns
abzuholen." Er drückte auf einen Knopf. Mit ohrenzerreißendem
Lärm schepperte eine Alarmglocke los.

Phil grinste seinen Zellengenossen an. „Mach dich reisefertig,
Haystack. Wir verlassen diesen ungastlichen Ort."

AM START zum Sierra-Canyon-Marathonlauf herrschte ein gewaltiges Gedränge. Mit dem Startschuß setzten sich fast fünfzehnhundert
Läufer in Bewegung: ein buntes Gewirr von Armen, Beinen und sich
auf und ab bewegenden Köpfen. Kent Spain war in der Gruppe der
fünfzig gesetzten Läufer, denen man die besten Startpositionen
gegeben hatte. Aber nachdem das Rennen gestartet war, fühlte er sich
dort vorn ebenso von der Menge eingeschlossen, als wenn er am
Schluß des Feldes mit den Wochenendläufern, Schulkindern und
Uraltjoggern gelaufen wäre.

Die ersten paar Kilometer glichen eher einem Hindernisrennen.
Ständig mußte man über kläffende Hunde springen, um Läufer
herumkurven, die bereits aufgegeben hatten, und jede Chance nutzen,
um an Dutzenden von schnaufenden Teilnehmern vorbeizuziehen, die
das Tempo drosselten. Doch nach fünf Kilometern hatte sich das Feld
bereits auseinandergezogen, und die Führenden liefen im Abstand von
ungefähr fünf Metern hintereinander her. Kent ging davon aus, daß
mindestens ein Dutzend Läufer vor ihm lag. Auf den nächsten
achtzehn Kilometern mußte er sie alle überholen; denn wenn Dulottes
Plan funktionieren sollte, mußte er, Kent Spain, als erster über den
Damm laufen.

Nur zwei Konkurrenten stellten eine echte Gefahr dar: Tom Ryan,
der unmittelbar vor ihm lief, und Nabih Yousri aus Äthiopien, ein
Weltklasse-Marathonläufer, der sich erst in letzter Minute gemeldet
hatte. Wenn Yousri sich sein Rennen einteilte wie immer, dachte
Kent, führte er jetzt wahrscheinlich schon, und sein kahler schwarzer
Schädel glänzte in der Sonne wie eine polierte Kegelkugel. Er
versuchte stets, das Rennen vom Start weg scharf anzugehen und die
anderen Läufer zu demoralisieren. Es würde einer gewaltigen
Anstrengung bedürfen, ihn zu überholen.

Ryan war ein anderer Typ; ein gerissener Stratege mit einem starken Schlußspurt. Langsam arbeitete Kent sich an ihn heran, und als er fast auf ihn aufgelaufen war, machte er: „Tüt, tüüüt!"

Unbesorgt machte Ryan Platz und musterte Kent, als der an ihm vorbeilief. „Warum so eilig?" erkundigte er sich. „Du wirst bald ausgebrannt sein."

„Vielleicht." Auf den nächsten elf Kilometern ließ Kent zehn Läufer hinter sich, denen man ansah, daß das wahnsinnige Anfangstempo seinen Tribut zu fordern begann. Auch Kent war noch nie ein Rennen so schnell angegangen, und er spürte ein Stechen in den Waden und ein verdächtiges Ziehen in der Seite.

An der 15-Kilometer-Marke begann der Anstieg zum sogenannten Herzschlaghügel. Da ging es eineinhalb Kilometer bergauf bis zu einem Grat, von dem aus man den Stausee überblicken konnte. Kent hielt sich ein paar Sekunden an der Kontroll- und Verpflegungsstation am Fuß der Steigung auf. Er wischte sich Gesicht und Nacken mit einem feuchten Schwamm ab und fragte den Streckenposten, wie viele Läufer vor ihm lägen.

„Vier. Yousri hat neunzig Sekunden Vorsprung vor den anderen."

„Ich kriege ihn", sagte Kent. Er ging wieder auf die Strecke und trank im Laufen ein wenig Wasser aus einem Pappbecher. Dann legte er noch ein wenig zu und lief in den Wald hinein, wo der Pfad unvermittelt anstieg. Kent steigerte noch einmal sein Tempo, das jetzt eher zu einem Spurt als zu einem Marathonlauf paßte.

„Du schaffst es, alter Freund", flüsterte er seinem Körper zu. „Halt nur noch diesmal durch. Ich weiß, es ist hart, aber wenn alles vorbei ist, gönnen wir uns eine lange Ruhepause, du und ich. Nein, sag mir nicht, ich soll aufgeben! Denk an das viele Geld. Vorwärts, vorwärts, vorwärts . . ."

Fünfhundert Meter vor dem Ende der Steigung überholte er die anderen. Nur Yousri war noch nicht in Sicht. Kent konzentrierte sich darauf, die „Wand" zu durchbrechen; jene halb physische, halb psychische Barriere, die einer Superleistung im Weg steht. Noch nie war er in einem Lauf so früh an diesen Punkt gekommen. Seine Waden schmerzten höllisch, und seine Magenmuskeln waren zum Zerreißen gespannt. Doch er rannte weiter. Ein Läufer mußte seinen Körper

einfach so lange ignorieren, bis der keine Schmerzsignale mehr
aussandte und statt dessen die verborgenen Kraftreserven frei machte;
das war das ganze Geheimnis.

„Vorwärts, vorwärts, vorwärts", murmelte er mit zusammengebissenen Zähnen. „Geld, Geld, Geld."

Hinter sich hörte er Schritte. Er blickte sich um und sah einen
blonden Jungen, der leichtfüßig aufholte und kaum zu schwitzen
schien. Er trug die Nummer 1027, war also nicht hoch eingestuft.
Kent legte noch ein wenig zu, aber der Junge zog mit ihm gleich.

„Verzeihen Sie, Sir", erkundigte sich Nummer 1027, „wo geht's
denn hier zum Herzschlaghügel?"

In Kent Spains Gesicht mischten sich Schmerz und Wut. „Am
Ende ... dieser Steigung ... führt die Strecke nach links ... durch eine
Farnwiese. Dann noch einen Kilometer ... da beginnt der Herzschlag-
hügel."

„Vielen Dank", sagte der Teenager und rannte davon. Er blickte
sich noch einmal um und fügte hinzu: „Weiter so, Oldtimer. Nur
nicht nachlassen."

Minuten später kämpfte sich Kent die letzten Meter zum Grat
hinauf und bog nach rechts ab. Zu seiner Linken lag der sogenannte
Farngarten, und dahinter konnte er den Läufer mit der Startnummer
1027 einen Pfad entlangrennen sehen, der, wie er wußte, lediglich zu
einer verfallenen Schutzhütte führte.

Zum erstenmal seit dem Start empfand Kent ein Gefühl der Freude.
Seine Schritte wurden länger. Als er aus einer Kurve kam, wäre er fast
über Yousri gestolpert, der auf dem Weg kniete und sich einen
Schnürsenkel zuband. Der Afrikaner sprang auf und hetzte davon;
seine sehnigen Beine schnellten voran wie riesige Lakritzstangen.
Kent legte noch einen Zahn zu. Wut trieb ihn jetzt vorwärts, und
langsam machte er den Vorsprung des anderen wett.

Doch Yousri ließ ihn nicht passieren. Wenn Kent ihn rechts
überholen wollte, ging er nach rechts. Wenn Kent es auf der linken
Seite versuchte, verlegte ihm Yousri dort den Weg.

„Laß mich vorbei, verdammt noch mal", keuchte Kent.

„Nix überhol", gab Yousri zurück. „Nix gut für dich. Du bald
kaputt."

„Laß mich vorbei!"

Als Antwort beschleunigte der Äthiopier. Kent biß die Zähne zusammen und ließ sich nicht abschütteln. Fast zweihundert Meter duellierten die Männer sich so, und sie wußten, daß sie zusammenbrechen würden, wenn sie nicht bald das Tempo drosselten. Kent richtete seine ganze Aufmerksamkeit auf die Laufschuhe vor ihm. In einer perfekt ausbalancierten Bewegung schlug er mit der Hand Yousris einen Fuß so zur Seite, daß er sich hinter dem anderen verhakte. Der große Nabih Yousri krachte in einem Durcheinander von trockenen Zweigen, Steinen und unverständlichen Flüchen der Länge nach hin.

Bei Kilometer 20 lag Kent Spain endlich allein in Führung. Er lief jetzt einen mit Büschen und Heidekraut bewachsenen Hang hinunter in Richtung auf die Dammkrone. In wenigen Minuten würde er beim rechten Aussichtspunkt aus dem Wald kommen ... vorausgesetzt, er hatte sich nicht zu sehr verausgabt. Ihm war schwindlig. Der Boden schien sich wellenförmig zu bewegen. In seinen Ohren rauschte es, und er atmete keuchend ein und aus wie eine alte Dampflok.

THEODORE ROSHEK wurde von einem hartnäckigen Klopfen geweckt. Die Tür ging auf, und Mrs. Bolen steckte den Kopf ins Zimmer. „Theodore, ein Anruf für dich. Mr. Withers vom Sierra-Canyon-Damm."

Roshek nahm den Telefonhörer ab, meldete sich und hörte Withers ungläubig und mit wachsender Besorgnis zu. „Wieviel Wasser kommt durch? Haben Sie es selbst gesehen?"

„Nein, aber einer unserer Ingenieure schätzt, daß es dreißigtausend Liter pro Sekunde sein könnten." Withers zögerte einen Augenblick und sagte dann: „Er glaubt, daß der Damm verloren ist. Ich habe gedacht, daß ich Sie benachrichtigen sollte. Ihre Frau hat mir gesagt, wo Sie sind."

Roshek explodierte. „Haben Sie Bulldozer unten, die Schotter in die Durchbruchstelle schieben? Haben Sie die Fluttore an der Überlaufrinne geöffnet? Haben Sie die Polizei alarmiert?"

„Die Fluttore sind offen, und die Polizei evakuiert die Stadt. Aber was Bulldozer angeht – da weiß hier keiner, was zu tun ist. Mr. Bolen ist auf dem Weg zu uns. Wir nehmen an, daß Mr. Jeffers tot ist."

„Wo ist Kramer?"

„Der sitzt. Hinter Gittern. "

„Holen Sie ihn da raus. "

„Ihn rausholen?"

„Haben Sie etwa jemanden, der mehr von Katastrophenfällen versteht als er? Vielleicht hat er ein paar brauchbare Ideen. "

Roshek legte auf und wählte die Nummer seines Hauses im Sierra Canyon. Eleanor war in Gefahr. Wenn das Undenkbare eintrat ... Er dachte unwillkürlich an die Dammbrüche der Vergangenheit: South-Fork-Damm, Johnstown, im US-Bundesstaat Pennsylvania; Malpasset in Frankreich; Charbin in der Mandschurei. Er erinnerte sich mit der gleichen Klarheit an die Katastrophen wie an die Seelenqualen der verantwortlichen Ingenieure. „Höhere Gewalt", „den üblichen Normen entsprechende Bauweise", „unvorhersehbare Einflüsse" – diese Ausreden waren immer wieder zu hören gewesen, als man im Anschluß an diese Katastrophen nach den Schuldigen gesucht hatte. Fraglos konnte die Natur mit fürchterlichen Überraschungen aufwarten; das wußte er. Trotzdem hatte Roshek immer das Gefühl gehabt, wenn man beim Bau jede Kleinigkeit beachtete, dann konnte bestimmt nie ... Das Besetztzeichen ertönte. Eleanor hatte den Hörer immer noch nicht wieder aufgelegt.

Konnte der Sierra-Canyon-Damm brechen? Würde die Verachtung, die er stets für die Konstrukteure mangelhafter Bauten empfunden hatte, bald auch ihm gelten? Würde man bei der Nennung seines Namens künftig nicht mehr an Träume, sondern an Alpträume denken? Wenn der Damm bräche, würde Eleanor für ihn noch wichtiger werden, als sie es ohnehin schon war. Sie würde das Leben noch lebenswert machen. Er mußte sofort zu ihr und sie warnen.

Er rief Carlos Hallon, den Firmenpiloten, an. Wenn der Damm wenigstens noch anderthalb Stunden hielt – und das war bei der Dichte des Dammkörpers und dem Betonkern durchaus im Bereich des Möglichen –, blieb genügend Zeit, Eleanor zu retten, ehe ...

„Carlos? Wir haben einen Notfall in Nordkalifornien. Ist der Lear-Jet startklar? Sorgen Sie bitte auch dafür, daß uns am Yuba-Airport ein Hubschrauber erwartet, der mich zum Sierra-Canyon-Damm bringt. "

DIE pummelige Elizabeth Lehmann sah mit ihren grauen Haaren und ihren Apfelbäckchen eher wie der Star eines Werbespots für tiefgekühlte Kuchen aus und nicht wie die örtliche Katastrophenschutzbeauftragte. Doch das war sie, und sie war stolz darauf. Als der Alarmanruf sie informiert hatte, schlüpfte sie aus ihrem Morgenmantel und zog rasch eine schwarze Hose, eine blaue Bluse und eine schwarze Jacke an. Wenn der Damm tatsächlich brach, würde sie wahrscheinlich tagelang nicht nach Hause kommen, und sie wollte nicht in zerknitterten Kleidern herumlaufen.

Jetzt würde sich zeigen, ob all die Notstandsübungen einen Sinn gehabt hatten. Einmal im Monat hatte sie murrende Ortsbeauftragte mehr oder weniger dazu zwingen müssen, einen Nachmittag in ihrem Katastrophenschutzamt zu verbringen und Vorschläge zu machen, wie man auf radioaktive oder chemische Verseuchung der Umwelt, auf Erdbeben, Zugunglücke und Terroranschläge reagieren könnte. Die Pfennigfuchser an den Geldhähnen in Sacramento waren ohnehin der Ansicht, Mittel für den Katastrophenschutz seien zum Fenster hinausgeworfenes Geld. Deren Meinung nach waren die Schrecken, die aus Gottes ewigem Ratschluß über die Menschheit hereinbrachen, sowieso nicht vorhersehbar. Aber Elizabeth Lehmann hatte immerhin genügend Geld für eine Funkausrüstung losgeeist, die in einem Lieferwagen installiert war und bei Bedarf an Ort und Stelle eingesetzt werden konnte. Sie war stolz auf ihre fahrbare Kommandozentrale mit dem Sprechfunkgerät, den Medikamenten und einer „Hilfsgüter"-Kartei, in der von Sandsäcken bis zu Ärzten alles Wichtige für Notfälle aufgelistet war.

Es ist noch gut, daß es an einem Wochenende passiert, dachte sie, als sie die Verandastufen hinunterrannte. Wenigstens muß man die Schule nicht evakuieren.

Der Kombi stand nicht in der Einfahrt! Auch die Garage war leer. Sie faßte sich an den Kopf, als ihr einfiel, daß der Wagen beim Büro stand. In der Woche zuvor hatte man „höheren Orts" beschlossen, daß Mitarbeiter keine Dienstfahrzeuge mehr mit nach Hause nehmen durften. Mit anderen Worten: Von jetzt an hatten Katastrophen gefälligst während der Dienststunden zu erfolgen.

Elizabeth lief auf die Straße und sah sich nach Hilfe um. In einem unkrautüberwucherten Vorgarten hockte Norman Kingwell und polierte sein Motorrad. Kingwell war ein junger Nichtsnutz, mit dem Elizabeth seit zwei Jahren nicht mehr gesprochen hatte. Damals war er gerade fünfzehn geworden und hatte von seinem Motorrad den Schalldämpfer abmontiert. Winkend rannte sie zu ihm hinüber. „Wirf deinen Feuerstuhl an, Norm!" rief sie. „Wir machen jetzt zusammen eine Spazierfahrt."

MIT einer Hand an der Ruderpinne steuerte Chuck Duncan, der froh darüber war, heute keine Kontrollgänge im Damm machen zu müssen, sein kleines flaches Boot aus der versteckten Bucht. So früh am Morgen regte sich noch kaum ein Lüftchen, und der Stausee war spiegelglatt. Duncan nahm Kurs auf den breitesten Teil des Sees, etwa acht Kilometer vom Damm entfernt. Wenn er dort angelangt war, würde er den Motor abstellen, faul in der Sonne sitzen, Bier trinken, angeln und sich im übrigen von der Strömung treiben lassen.

11. Kapitel

DIE vier Stahlbögen der Brücke, die den Fluß überspannte, ruhten auf Granitpfeilern. Vor der Auffahrt an der Stadtseite stand am Straßenrand ein Betonsockel mit der Aufschrift: MAIN-STREET-BRIDGE, SUTTERTON – ERBAUT 1933. Ein Schulbus, besetzt mit Häftlingen aus dem Stadtgefängnis, hielt gleich daneben an. „Heiliger Strohsack!" rief der Fahrer. „Seht euch bloß mal den Fluß an!"

Das Wasser reichte bis auf sechzig Zentimeter an die Fahrstraße der Brücke heran und stieg ständig weiter. Überall sah man Polizei, die Absperrgitter aufstellte, Blaulichter blitzten, Sirenen heulten, und Sprechfunkgeräte krächzten. Wilson Hartley stieg aus einem Streifenwagen und wartete darauf, daß der Busfahrer sein Seitenfenster öffnete.

„Wohin jetzt, Chef?"

„Zur Turnhalle der Schule in Sterling City. Fahren Sie über die Landstraße 191. Ist dieser Phil Kramer im Bus?"

„Hier bin ich", meldete sich Phil und drängte sich im Mittelgang nach vorn. Ein Wärter trat beiseite und ließ ihn aussteigen. Phil stand einem weißhaarigen Polizisten gegenüber, der ihm die Hand schüttelte und dessen Stimme ihm bekannt vorkam: „Wilson Hartley, Polizeichef. Wir hätten gestern abend auf Sie hören sollen. Wir legen Ihnen nichts mehr zur Last. Wir brauchen Ihre Hilfe. Ich habe gehört, bis Bolen eingetroffen ist, können Sie uns mehr als jeder andere helfen. Als erstes brauchen wir eine ungefähre Angabe, wie lange der Damm noch hält."

Phil schüttelte verwirrt den Kopf, dann bemühte er sich um einen professionellen Ton. „Ich muß erst sehen, wie sehr das Leck sich inzwischen vergrößert hat. Können Sie mich zum Parkplatz beim Krafthaus bringen?"

Er wurde von einem lauten Krachen und Knirschen unterbrochen. Alle blickten in die Richtung, aus der das Geräusch kam. Der Fluß hatte die Brückenfahrbahn erreicht und die beiden mittleren Bögen aus ihrer Verankerung gerissen. Die ganze Brücke begann zu beben. In diesem Augenblick raste ein Motorradfahrer von der gegenüberliegenden Seite auf die Brücke.

„So ein verdammter Idiot!" rief jemand. „Er schafft es nie!"

Das Wasser rauschte jetzt schon mehrere Zentimeter hoch über die Fahrbahn. Das Motorrad fegte heran wie ein Rennboot und pflügte förmlich das Wasser. Die Brücke schwankte und warf das Motorrad beinahe um, doch der Fahrer vermochte mit dem ausgestreckten Bein die Balance zu halten. Als er festen Boden erreicht hatte, kam er schlingernd zum Stehen.

„Bist du denn wahnsinnig?" brüllte Hartley. „Hast du auf der anderen Seite nicht die Straßensperre gesehen?"

Norman Kingwell grinste den Polizeichef an. „Ich weiß selbst nicht – der Teufel muß mir im Nacken sitzen", sagte er und zeigte mit dem gestreckten Daumen über die Schulter nach hinten.

Die Katastrophenschutzbeauftragte stieg hinter Norman Kingwell von der Maschine. „Uff!" sagte sie. „Das war direkt belebend!"

„Mrs. Lehmann!"

„Ist schon in Ordnung, Wilson. Ich habe dem Jungen befohlen, mich über die Brücke zu bringen. Ich muß meinen Wagen holen. Da... die Brücke..."

Das Wasser bedeckte brodelnd den Fußweg und das Geländer. Ganz langsam und mit einem fast klagenden Geräusch klappten die beiden mittleren Bögen zusammen, zogen die äußeren Bögen mit sich und verschwanden in den reißenden Fluten. Eine Minute später war von der Brücke nichts mehr zu sehen.

Elizabeth Lehmann kletterte wieder auf den Sitz hinter ihrem jungen Fahrer. „Ich muß den Funkwagen in Sicherheit schaffen", erklärte sie Hartley. „Meinen Sie, der rechte Aussichtspunkt ist sicher?"

Hartley blickte Phil fragend an, der den beiden versicherte, daß der rechte Aussichtspunkt geradezu ideal sei, da er auf gewachsenem Fels liege. Mrs. Lehmann wandte ihre Aufmerksamkeit Phil zu. „Und wer sind Sie, junger Mann?"

„Im Augenblick", warf Hartley ein, „ist er der zuständige technische Experte. Was er sagt, wird gemacht."

„Dann fahre ich also zum rechten Aussichtspunkt. Auf geht's, Norman." Sie klammerte sich mit den Armen an Kingwell fest, als er mit seiner Maschine davonraste.

MINUTEN später stand Phil Kramer mit einer Gruppe von Männern auf dem Parkplatz des Krafthauses und sah durchs Fernglas zum Damm hinüber. Das Rinnsal hatte sich zu einem reißenden Strom entwickelt, der aus einem Loch von etwa zehn Meter Durchmesser hervorschoß. Phil drückte dem Bauunternehmer Leonard Mitchell, der neben ihm stand, das Fernglas in die Hand.

„Ich habe gerade vorhin mit Roshek telefoniert", sagte Withers. „Er meinte, daß wir vielleicht das Wasser abklemmen könnten, wenn wir Schotter vor die Bruchstelle schieben."

Phil schüttelte den Kopf. „Dafür ist es zu spät. Der Damm ist auf jeden Fall verloren."

„Wieviel Zeit bleibt uns noch?" wollte Sergeant Simon wissen. „Wir müssen schließlich die Stadt evakuieren."

„Der Dammkörper ist zwölfhundert Meter stark", sagte Phil. „Er wird also noch eine Weile halten. Die Bruchstelle wird sich weiter vergrößern, bis eine Kerbe bis zur Dammkrone reicht. Dann erst wird der Stausee in einer gewaltigen Flutwelle durchdrängen."

Simon ließ nicht locker. „Wann genau, in wieviel Minuten wird das passieren?" fragte er.

„Das kann ich auch nur schätzen. Aber der Parkplatz hier zum Beispiel könnte schon in fünfundvierzig Minuten unter Wasser stehen."

„*Fünfundvierzig Minuten?* Da bleibt uns auf keinen Fall genügend Zeit, im Ort an jede Tür zu klopfen. Wir können von Glück sagen, wenn wir es schaffen, alle Straßen mit einem Lautsprecherwagen abzufahren." Simon griff nach dem Mikrofon in seinem Streifenwagen.

„Wie wär's, wenn ich die Bruchstelle im Auge behalte und Ihnen ständig neue Schätzwerte durchgebe?" fragte Phil.

„Gute Idee. Wir postieren Sie beim Funkwagen auf dem Aussichtspunkt."

„Ich fahre Sie mit meinem Wagen rauf", sagte Mitchell zu Phil.

Ein paar Minuten später bog Mitchell von der Landstraße auf die Dammkrone ein, die sich wie ein straff gespanntes helles Band vor ihnen hinzog. „Sehen Sie doch!" rief der Bauunternehmer plötzlich und zeigte nach vorn. „Irgendein Idiot versucht, mit dem Flugzeug auf dem Damm zu landen!"

Phil entdeckte ein kleines Flugzeug, das auf die Dammstraße einschwebte. Es verlor an Höhe, hüpfte über den Kipper, den Phil in der Nacht auf der Straße hatte stehenlassen, und setzte dann sauber auf. „Ich hoffe, er sieht den Schotter", sagte Phil.

„Was für Schotter?"

„Ich habe letzte Nacht einen Ihrer Lastwagen gestohlen und eine Ladung Schotter auf den Damm gekippt, um die Polizei aufzuhalten."

Mitchell sah Phil aus zusammengekniffenen Augen an. „Sie haben einen meiner Kipper gestohlen?"

„Sagen wir . . ., ich habe ihn mir geborgt."

Das knallrote Flugzeug rollte auf sie zu und krachte mit dem Fahrwerk gegen den Schotterhaufen. Die Maschine stieg hinten hoch, schaukelte einen Moment auf der Nase und überschlug sich dann.

Als Phil und Mitchell an der Unglücksstelle eintrafen, schnitten zwei Verkehrspolizisten den Piloten gerade aus seinem Sicherheitsgurt, in dem er mit dem Kopf nach unten hing. „Mir fehlt nichts", versicherte der Pilot, was offensichtlich gelogen war. Auf seiner Stirn sah man eine böse Platzwunde. Als die Polizisten ihn vorsichtig aus der Maschine herausholten, entfuhr ihm ein Schmerzenslaut, und sein Gesicht verzerrte sich zu einer Grimasse.

Jetzt erkannte Phil ihn auch. „Mr. Bolen!" Er kletterte hastig aus Mitchells Lastwagen. „Bin ich froh, Sie zu sehen!"

Bolen schlug mühsam ein Auge auf. „Kennen wir uns?"

„Ich bin Phil Kramer. Roshek hat mich gestern gefeuert. Erinnern Sie sich?"

„Kramer", sagte Bolen, „für das, was gestern passiert ist, werde ich mich später entschuldigen. Jetzt müssen Sie erst mal zuhören. Sperren Sie diese Straße, und lassen Sie nur Rettungsfahrzeuge durch. Wenn die Bruchstelle die Marke sieben-fünf-fünf erreicht hat, holen Sie alle Leute vom Damm herunter. Dann ist es nämlich bald zu Ende."

Mittlerweile waren noch mehr Fahrzeuge eingetroffen. Der Fahrer eines Kleinbusses bot Bolen an, ihn zum rechten Aussichtspunkt zu fahren, wo man gerade ein Lazarettzelt aufschlug. Phil und Mitchell halfen Bolen auf die Beine. Als sie ihn über die Straße zum Bus führten, sagte Mitchell: „Es müßte doch möglich sein, den Damm zu retten. Wie wär's, wenn wir direkt über der Einbruchstelle Steine in den Stausee kippen? Ich habe einen beladenen Lastkahn am Steinbruch liegen. In einer halben Stunde könnten wir ihn an den Damm schleppen lassen."

„Nutzlos", sagte Bolen. „In etwa einer halben Stunde wird sich ein Strudel bilden. Sie würden nur Ihren Kahn mit Mann und Maus verlieren. Es ist schon zu spät." Als die Männer ihm beim Einsteigen halfen, wandte er den Kopf zur Seite, damit sie die Tränen nicht sehen konnten, die ihm in die Augen gestiegen waren.

„Wir schleppen Ihr Flugzeug vom Damm", sagte Phil. „Das können wir ja wenigstens retten."

Bolen winkte müde ab. „Vergessen Sie das Flugzeug. Ich bin zu alt zum Fliegen. Werfen Sie es über die Böschung, und machen Sie die Straße frei." Er winkte Phil näher. „Wenn Roshek hier auftaucht", sagte er leise, „dann behalten Sie ihn im Auge. Dies alles ist vielleicht mehr, als er ertragen kann."

Phil nickte. „Mach ich", versicherte er.

DER kleine zweisitzige Hubschrauber flog sechzehn Kilometer unterhalb des Damms dicht über die Baumwipfel hinweg. Roshek zeigte wortlos auf ein Haus inmitten einer grünen Rasenfläche, und der Pilot nahm eine kleine Kurskorrektur vor.

Der Fluß sah bedrohlich aus. Er war schon über die Ufer getreten und führte reichlich Treibholz. Roshek hoffte, daß Eleanor eine Warnung erhalten hatte und bereits weggefahren war. Wenn nicht, würde er den Piloten anweisen, sie in Sicherheit zu bringen und dann zurückzukommen, um ihn abzuholen. Sollte vorher die Flutwelle heranrollen, konnte er es auch nicht ändern. Es war wichtiger, daß Eleanor überlebte.

Er war alt; seine Kräfte ließen merklich nach. Und mit seiner Karriere, die vor ein paar Tagen noch auf einen unerwarteten Höhepunkt zuzusteuern schien, war es ebenfalls vorbei.

Das Haus kam in Sicht. Ein fremder Wagen stand in der Einfahrt. Wenn er sich nicht täuschte, gehörte er Russell Stone, dem Tänzer, mit dem Eleanor zusammengelebt hatte, ehe er, Roshek, in ihr Leben getreten war. Guter Gott, dachte Roshek. Sie werden doch nicht beide im Haus sein? Sie hatte ihm geschworen, sie sei fertig mit Stone. Er war sicher allein hier – sie hatte ihm den Schlüssel überlassen. Ja, so mußte es sein.

„Schweben Sie einen Moment hier!" brüllte Roshek, als der Pilot sich dem Haus näherte.

Die Eingangstür öffnete sich. Ein schlanker, muskulöser junger Mann trat auf die Veranda. Kein Zweifel, es war Stone. Roshek fühlte Zorn in sich aufsteigen. Der Gedanke, daß ein Rivale eine Nacht in seinem Haus verbracht hatte – wenn auch mit Eleanors Erlaubnis –, gefiel ihm gar nicht.

Da erschien eine Frau in der Tür. „Laß es nicht Eleanor sein", flüsterte Roshek tonlos. „Bitte nicht. Bitte."

Doch es war Eleanor. Sie trug den Seidenpyjama, den er ihr zu Weihnachten geschenkt hatte. Sie trat ins Sonnenlicht hinaus und schlang einen Arm um Stones Taille. Er legte ihr seinen Arm um die Schultern und zog sie an sich. Sie sahen beide zum Helikopter hinauf. Roshek konnte erkennen, wie sie ihre Hand an die Stirn legte, um die Augen vor der Sonne zu schützen. Wie ein Vogel, der sich auf einem

Zweig niederläßt, dachte Roshek. Selbst ihre einfachsten Gesten waren so graziös, daß er –

„Hoch", befahl er brüsk. „Weg hier."

Als der Helikopter sich in die Höhe schraubte, wurde Roshek von einem heftigen Schluchzen geschüttelt. Er verbarg das Gesicht in einem Taschentuch.

„Hallo!" rief der Pilot. „Alles in Ordnung?" Roshek nickte, putzte sich laut und umständlich die Nase und atmete einige Male tief durch.

Der Helikopter neigte sich leicht zur Seite und schoß nach Nordosten davon. In der Ferne lief oberhalb von Sutterton der Stausee spitz zu und wurde von einem kleinen braunen Fleck, dem Damm, wie vom Korken in einer Flasche zurückgehalten.

DER rechte Aussichtspunkt lag dreißig Meter über der Dammkrone auf einem achtzig Ar großen ebenen Gelände. Phil hatte sich mit einem tragbaren Sprechfunkgerät und einem Fernglas ganz vorn auf einem eingezäunten Felsvorsprung, der an einen Schiffsbug erinnerte, postiert. Von dort bot sich ihm ein spektakulärer Ausblick. Auf der gegenüberliegenden Seite des Flusses war die Evakuierung der Transformatorenstation und des Krafthauses bereits beendet. Zu seiner Linken schoß ein grüner Fluß durch die geöffneten Fluttore in die Überlaufrinne. An der Dammsohle verwandelte sich der Strom in unaufhörlich explodierende Gischtwolken.

Gleich hinter der Überlaufrinne und ein wenig oberhalb der Dammsohle glänzte eine feuchte Stelle von etwa neunzig Meter Durchmesser, deren unterer Rand aus einem zehn Meter langen, gezackten Riß bestand, aus dem braunes Wasser die Böschung hinunterstürzte.

Phil hielt das Sprechfunkgerät dicht an den Mund und gab eine Meldung durch: „Oberkante der Durchbruchstelle jetzt bei Höhe fünf-null-null. Wassermenge hat sich in den letzten fünf Minuten verdoppelt. Endgültiger Bruch in etwa fünfunddreißig Minuten zu erwarten."

Der steigende Fluß bohrte sich jetzt in die tiefer gelegenen Häuserzeilen Suttertons. Durch sein Fernglas beobachtete Phil, wie ein Dutzend Häuser von den Grundmauern gerissen, hochgewirbelt und in Stücke geschlagen wurde. Er kam sich vor wie ein Spähposten, der die Generäle im Hauptquartier hinter der Front mit Informationen vom Schlachtverlauf versorgte.

In diesem Fall war das Hauptquartier freilich nur wenige Meter entfernt, denn der Aussichtspunkt war in eine Art Befehlszentrale verwandelt worden. Zuerst kamen Wagen mit dem Polizeichef, dem Feuerwehrkommandanten und dem Leiter des örtlichen Roten Kreuzes. Verkehrspolizei hatte einen Landeplatz für Hubschrauber abgesperrt, damit die Behördenvertreter aus Sacramento dort landen konnten. Aus dem ersten Hubschrauber stieg allerdings ein Fernsehteam. Hinter ihrem antennenbespickten Funkwagen stand Mrs. Lehmann und schickte pausenlos Warnrufe an die Ortschaften entlang des Flusses. Ihre Stimme war von schneidender Schärfe, und Phil konnte selbst bei dem Krach, den Wasser, Motoren, Kommandorufe und Rückkoppelungsgeräusche der Funkgeräte verursachten, fast jedes Wort verstehen. Mrs. Lehmann ging ihre Aufgabe offensichtlich mit ungeheurer Energie und Effektivität an. Als Wilson Hartley bemerkte, die Arbeit scheine ihr ja fast Freude zu machen, hörte Phil, wie sie trocken antwortete: „Wenn du meinst, mit Heulen sei mehr geholfen, will ich's gern versuchen."

Phil wandte sich wieder um und blickte plötzlich in das Objektiv einer tragbaren Fernsehkamera. Neben dem Kameramann stand ein Mann in einem hellbraunen Sportsakko und sprach mit ernster Miene in ein Mikrofon. „Im Bild haben wir jetzt Phil Kramer, den tapferen jungen Ingenieur, der die ganze Nacht Alarm geschlagen hat. Wenn ich es richtig verstanden habe", sagte der Reporter, „wird das Wasser schneller und schneller aus dem Damm herausschießen, bis das ganze Tal überflutet ist. Stimmt das?" Er hielt Phil das Mikrofon unter die Nase.

„Nein. In etwa einer halben Stunde wird sich eine Wassermauer wie ein Bulldozer durch das Tal schieben."

„Mit einer Geschwindigkeit von achtzig oder hundertsechzig Kilometern in der Stunde? Ein grandioses Schauspiel für Sie zu Hause am Bildschirm!"

„Mit dieser Geschwindigkeit würde es vielleicht einen pfeilgeraden Kanal hinunterschießen, aber in diesem Tal gibt es Kanten und

Windungen. Wirbelbewegungen und die Trümmer, die das Wasser mitführen wird, werden die Geschwindigkeit auf fünfzehn bis fünfundzwanzig Stundenkilometer drücken. Wenn Sie mich jetzt bitte entschuldigen..." Phil nahm sein Fernglas wieder auf und suchte den Stausee ab. „Ich glaube, ich sehe ein Boot", sagte er in sein Funksprechgerät. „Auf der rechten Seite. Ungefähr vierhundert Meter von der Überlaufrinne entfernt. Da muß jemand die Warnung nicht mitbekommen haben. Kann ein Hubschrauber mal rausfliegen?"

Wilson Hartley legte Phil die Hand auf die Schulter. „Habe ich vorhin richtig gehört? Die Flutwelle wird mit sechzehn bis fünfundzwanzig Sachen marschieren?"

„Das ist nur eine Schätzung. Aber ich kann mir nicht vorstellen, daß sie sehr viel schneller ist."

„Da könnte man doch erheblich schneller selbst den Canyon abfahren und nachsehen, ob alle Leute sich in Sicherheit gebracht haben. Ich nehme unseren besten Wagen, mit dem wir sonst immer Temposünder verfolgen."

Phil starrte den Polizeichef ungläubig an. „Das ist doch wohl nicht Ihr Ernst?" fragte er. „Ich weiß nicht mit Sicherheit, wie schnell das Wasser sein wird. Es kann ebensogut –"

Hartley wandte sich zum Gehen. „Bleiben Sie nur immer schön an Ihrem Funkgerät, und lassen Sie mich wissen, wieviel Zeit ich noch habe."

Ein Donnerschlag lenkte Phils Aufmerksamkeit auf den Damm. Aus der feuchten Stelle schoß eine gewaltige Fontäne aufwärts, und dann quoll dickflüssiges, braunes Wasser heraus wie Blut aus einer Wunde.

„Bruchstelle enorm vergrößert!" brüllte Phil erregt ins Sprechfunkgerät. „Sieht so aus, als schieße das Wasser unter Hochdruck heraus. Er wird nicht mehr lange halten. Vielleicht zwanzig Minuten. Wer jetzt noch in der Stadt ist, sollte schleunigst abhauen."

Knapp dreihundert Meter von der Überlaufrinne entfernt, stieg im Stausee eine Reihe von Luftblasen auf, und ein Wasserring begann sich langsam um diese Stelle zu drehen.

Von Rosheks Hubschrauber aus wirkten Stadt, Stausee und Damm wie die Vorlage zu einer grandiosen Postkartenidylle. Erst wenn man genau hinsah, konnte man die Autoschlangen erkennen, die Sutterton auf allen Straßen verließen. Der See funkelte in der Sonne, und die Vorberge lagen unter den schneebedeckten Gipfeln wie eine zerknüllte grüne Wolldecke. Je näher der Hubschrauber kam, desto gewaltiger ragte der Damm auf; eine kolossale Mauer, die sich von der einen Talseite zur anderen spannte. Links war die Überlaufrinne zu erkennen, die aussah wie ein Silberreif auf einem sonnengebräunten Arm; gleich daneben, halb so hoch und doppelt so breit, sah man eine häßliche, brodelnde Masse braunen Wassers. Roshek starrte auf das große Bauwerk unter sich, auf den Damm, der jetzt angeschlagen war und verblutete, und wieder stiegen ihm Tränen in die Augen.

Als der Hubschrauber gelandet war und die Rotorblätter stillstanden, blieb Roshek noch sitzen. Die Tür öffnete sich, und jemand hob ihn heraus. Männer standen um ihn herum; doch was sie sagten, schien aus großer Entfernung zu kommen. Wie in Trance klemmte er seine Krücken unter die Arme, ging zum Geländer hinüber und blickte über den Rand der Aussichtsplattform.

Eine mächtige Wasserflut, grün und gläsern, stürzte in einer perfekten Schichtenströmung die Überlaufrinne hinunter und löste sich langsam in eine Wirbelbewegung auf – genau so, wie man es nach den Vorausberechnungen und Tests erwarten durfte. Ein schönes und faszinierendes Bild, wie ein Foto aus einem Lehrbuch für Ingenieure. Aber dahinter, wo nichts als die rauhe, ockerfarbene, von der Sonne erwärmte Luftseite des Damms hätte sein sollen, tobte ein braunes Ungeheuer wie aus einem Alptraum, brüllte wie rasend und riß ein tödliches Loch in eines der von Menschenhand geschaffenen Weltwunder.

Das ist das Ende, dachte Roshek. Ohne seine Schuld stürzte der Sierra-Canyon-Damm vor seinen Augen in sich zusammen. Naturgewalten waren hier am Werk. Er konnte nichts tun. Er dachte an den unverschämten jungen Tänzer, dessen Hände Eleanor James liebkosten; aber was ging ihn das noch an? Eleanor war nicht mehr Teil seines Lebens, und der Damm würde es auch bald nicht mehr sein.

Der Wind zerrte an seinen Kleidern. Der Hut wurde ihm vom Kopf gerissen und wie eine Tontaube in die Luft geschleudert. Roshek sah, wie er in den Himmel stieg, in weitem Bogen wieder heruntersegelte und kleiner wurde, bis er nur noch ein kaum erkennbarer Punkt vor dem Hintergrund des Flusses war, der an der Luftseite des Staudamms herabstürzte.

Er ließ seine Krücken zu Boden fallen. Um nicht auch hinzuschlagen, hielt er sich am Geländer fest. Wenn seine lahmen Beine nicht gewesen wären, hätte er mit einer eleganten Flanke leicht darüber hinwegsetzen können ...

Plötzlich drang eine Stimme, die ihm bekannt vorkam, in sein Bewußtsein, und er wandte sich langsam nach rechts. Drei Meter von ihm entfernt stand ein Mann im weißen Overall. Er sah durch ein Fernglas und hielt ein Funksprechgerät an den Mund. „Auf dem See entsteht ein Strudel", sagte der Mann. „Ungefähr dreihundert Meter nordöstlich der Überlaufrinne. Oberkante der Bruchstelle jetzt bei sieben-null-null."

Roshek starrte den Mann an und versuchte ihn einzuordnen. Warum stieg bei seinem Anblick ein so mächtiges Gefühl des Hasses in ihm hoch? Er tastete sich am Geländer entlang, um näher an ihn heranzukommen.

„Nur noch etwa zehn Minuten bis zum endgültigen Bruch", sagte der Mann. „Ich sehe, daß noch Leute auf dem Canyonrand unterhalb des Ortes stehen. Dort könnte es sie erwischen. Möglich, daß die Flutwelle bis zu ihnen hinaufschießt, wenn sie gegen den Hang prallt."

Der Mann drehte sich um und ließ Fernglas und Funksprechgerät sinken. „Mr. Roshek!" rief er verblüfft aus.

„Sie sind Kramer, nicht wahr?" sagte Roshek mit bebender Stimme. „Sie haben unverschämtes Glück gehabt. Die Chance, daß der Damm brechen würde und Sie zufällig darauf stoßen, war eins zu einer Milliarde." Das Brüllen des Wassers war jetzt so laut, daß er seine Stimme erheben mußte, um verstanden zu werden. „Ihr idiotisches Computerprogramm hatte gar nichts zu besagen ... Sie haben bloß Schwein gehabt." Er packte Kramer an der Schulter. „Ehe Sie kamen, war alles in Ordnung. Sie haben das hier angerichtet – jawohl, Sabotage –, um Ihre verrückte Theorie zu beweisen. Um mich fertigzumachen ..."

Roshek fühlte eine starke Hand auf seinem Arm. Er drehte sich um und sah einen Mann mit bandagiertem Kopf, der seinen Namen rief. „Kannst du mich nicht hören?" rief der Mann.

Es war Herman Bolen. Roshek überlegte ernüchtert: Wenn ich ihm nicht antworte, sagte er sich, wird er glauben, daß ich verrückt geworden bin. „Natürlich kann ich dich hören, Herman. Was ist mit deinem Kopf passiert?"

Noch ehe Bolen antworten konnte, ertönte ein tiefes, grollendes Donnern. Ein mächtiger, dreieckiger Block brach aus dem Damm-körper und versank im Wasser, das aus der neuen Bruchstelle herausschoß. Der Stausee schien sich geradezu mit Lust in die Bresche zu werfen, die jetzt vom Fuß der Böschung bis fast an die Dammkrone reichte. Das Wasser erkämpfte sich seinen Weg mit furchterregender Wildheit. Direkt über der Lücke begann die Straße abzusacken.

Roshek wandte sich ab. „Wo sind meine Krücken?" Als man sie ihm hingereicht hatte, humpelte er rasch zu seinem Hubschrauber. „Ich will das nicht mit ansehen", sagte er zu Bolen, der fast rennen mußte, um mit ihm Schritt zu halten. „Ich bin kein Masochist. Ich fliege nach Los Angeles zurück."

Bolen half ihm beim Einsteigen. „Bist du sicher, daß du . . . Schaffst du –"

„Keine Sorge, Herman. Wir reden miteinander, wenn du wieder in Los Angeles bist." Roshek zwang sich zu einem beruhigenden Lächeln und schob Bolens Hand sanft von der Tür.

Der Hubschrauber erhob sich in die Luft und flog nach Südwesten davon. Roshek warf einen letzten Blick auf den todgeweihten Damm. Im Vergleich zur Bruchstelle wirkte die Überlaufrinne jetzt winzig. Zehntausende Tonnen Wasser stürzten pro Sekunde heraus. Es sah aus wie einer der beiden Niagarafälle, nur dreimal so hoch.

12. Kapitel

DREIMAL zog Chuck Duncan an der Starterschnur, und dreimal sprang der Außenbordmotor nicht an. Das Boot war viel schneller als sonst auf den Damm zu getrieben, der jetzt nur noch vierhundert Meter entfernt war. Daß er in Gefahr sein könnte, kam Duncan nicht in den Sinn. An der Seeseite der Fluttore befanden sich große, stählerne Gitter, die Treibgut zurückhielten, damit es die Überlaufrinne nicht beschädigen konnte, und dreißig Meter vor dem Damm lag eine Absperrung aus zusammengeketteten Balken auf dem Wasser. Sie sollte verhindern, daß Boote auf der schrägen Staudammböschung auf Grund liefen. Doch Duncan wollte aus einem ganz anderen Grund nicht so nahe beim Damm sein: Er hatte während der Woche genug damit zu tun.

Er versuchte erneut, den Motor anzuwerfen – diesmal sprang er an. Duncan wendete und nahm Kurs auf die Mitte des Stausees. Er trank eine Büchse Bier aus, hielt sie über die Bordwand, bis sie mit Wasser gefüllt war, und sah ihr nach, wie sie langsam sank. Nach knapp einem Meter war sie nicht mehr zu sehen. Merkwürdig. An dieser Stelle war der See fast 250 Meter tief, und Duncan hatte hier nie so trübes Wasser gesehen. Irgend etwas wühlte den Grundschlamm auf.

Er setzte sich aufrecht hin und sah sich um. Auf der Dammkrone stand ein Mann und ruderte mit den Armen. Duncan winkte zurück. Der rechte Aussichtspunkt war gedrängt voll mit Fahrzeugen. Was war da bloß los? Vielleicht hatte es etwas mit dem Marathonlauf zu tun. Duncan bemerkte, daß er sich jetzt noch näher an der rechten Dammseite befand als zuvor, und gab Vollgas. Er behielt einen Markierungspunkt am Ufer im Auge, um zu prüfen, wie schnell er vorankam, und stellte fest, daß er immer noch rückwärts trieb!

Er drehte sich in seinem Sitz und sah zur Überlaufrinne hinüber. Jetzt erst nahm er ein dumpfes Dröhnen wahr. Normalerweise konnte man vom Stausee aus das Geräusch des Wassers am unteren Ende der Überlaufrinne nicht hören, da der Damm den Schall schluckte. Sie müssen in der Nacht die Fluttore geöffnet haben, dachte er. Ihm kam in den Sinn, daß sein Boot gegen das Müllgitter gedrückt werden könnte, wo es hängenbleiben würde wie ein Stück Holz in einem Abwasserkanalrost. Wenn das passierte, würden sie ihn mit einem Kran heraushieven müssen.

Er sah, wie ein Hubschrauber vom Aussichtspunkt aufstieg und nach Südwesten verschwand. Eine Minute darauf startete ein zweiter Hubschrauber und flog auf ihn zu. Sein Boot driftete jetzt schneller ab,

und er konnte mit dem Ruder nicht mehr die Richtung bestimmen. Dann bemerkte er in knapp hundert Meter Entfernung eine Vertiefung in der Wasseroberfläche; eine Vertiefung, um die sich ein großer Teil des Sees zu drehen schien. „Irgendein Wirbel", sagte Duncan laut vor sich hin und erkannte mit wachsendem Entsetzen, daß er in die Kreiselbewegung hineingezogen wurde. Eine Minute später hatte er sich dem Zentrum schon um zehn Meter genähert. Sein Außenbordmotor richtete gegen die Kraft der immer schneller wirbelnden Wasserspirale nichts mehr aus. Nach zwei weiteren Runden lag das Boot ganz schräg im Wasser. Er schien in eine Art Steilwandrennbahn geraten zu sein, die von einer unsichtbaren Kraft nach unten bewegt wurde.

Strudel! Das Wort durchfuhr ihn wie ein Peitschenhieb. In panischem Schrecken erkannte er, daß er schon so weit in den Trichter gezogen worden war, daß er den Damm und das Ufer nicht mehr sehen konnte. In immer engeren Kreisen wirbelte das Boot herum. Der Hubschrauber erschien über ihm, und ein Mann deutete durch Gesten an, Chuck solle versuchen, eine der Landungskufen zu ergreifen. Zweimal wirbelte das Boot unter dem Hubschrauber durch. Beide Male streckte Duncan, der auf der Sitzbank kniete, die Arme aus, bekam die Kufe aber nicht zu fassen. Als das Boot ein drittes Mal durch die Steilkurve schoß, kroch Duncan vorsichtig auf die Bank und wartete in leicht gebückter Haltung. Diesmal, schwor er sich, würde er die Kufe packen, und wenn er dazu in die Höhe springen mußte.

Er kam nicht mehr dazu. Das Boot rammte einen treibenden Balken und kenterte. Duncan wurde ins Zentrum des Strudels geschleudert, der ihn binnen Sekunden verschluckte.

Der Hubschrauber kreiste noch kurze Zeit über dem Trichter und drehte schließlich ab.

Kent Spain empfand Brechreiz und ein Schwindelgefühl, und er fragte sich, wie lange er wohl noch durchhalten konnte. Als er stolpernd aus dem Wald auf den rechten Aussichtspunkt lief, hätte er beinahe einen dicken Mann mit bandagiertem Kopf über den Haufen gerannt. Er suchte sich einen Weg durch Absperrgitter, die so

ungeschickt plaziert waren, daß sie ihm eher im Weg standen, als daß
sie die Marathonstrecke markierten. Viele Zuschauer standen herum,
doch sie begrüßten ihn nicht mit dem spontanen Jubel, mit dem man
sonst den führenden Läufer empfängt. Einige Leute riefen etwas, als
sie ihn sahen; andere schauten in die falsche Richtung.

Als er die Straße erreichte, die über die Dammkrone führte, mußte
er sich bücken und unter einer Kette durchkriechen, die irgendein
Idiot hier gespannt hatte. Er lief weiter und sah einen Polizisten, der
mit ausgestreckter Hand auf ihn zukam. Kent dachte nicht daran, jetzt
schon Hände zu schütteln; er schlug einen Haken und wunderte sich
wieder einmal über die allgemeine Beschränktheit der menschlichen
Rasse. Der Polizist rannte hinter ihm her und rief etwas, das Kent nicht
verstehen konnte, weil ein gewaltiges Dröhnen in seinen Ohren ihm
den Kopf zu sprengen drohte. Kent zog zu einem kurzen Sprint an und
ließ den Polizisten weit hinter sich.

Ein paar Minuten zuvor, als er den Abhang hinunter auf den Damm
zugelaufen war, hatte er die Bäume nur noch als flimmernde
Lichtreflexe wahrgenommen, und der Boden hatte sich unter seinen
Füßen wellenförmig bewegt. Da hatte er auch ein Brüllen gehört, aber
das war nichts gewesen, verglichen mit dem Donnern, das jetzt seinen
Kopf gleichsam ausfüllte. Hier bebte die Straße und schien einmal
tatsächlich unter seinen Füßen abzusacken. Bleib einen Moment
stehen, riet ihm eine innere Stimme; warte, bis das Dröhnen und
Beben vorbei ist. Nein! Er würde weiterlaufen. Am Durchhaltever-
mögen erkannte man den wahren Meister.

Am anderen Ende des Damms traf er ebenfalls auf eine Menge
Leute. Sie versuchten ihn festzuhalten und riefen etwas, das er nicht
verstehen konnte. Doch bald war er wieder allein zwischen den
Bäumen und lief entschlossen einen Pfad entlang, der einem Seiten-
canyon folgte. Am Ende einer langen Serpentinenstrecke würde
Dulotte auf ihn warten. Kent fühlte sich langsam ein wenig besser,
und er hielt nach dem T-Shirt Ausschau, das das Fahrradversteck
markieren sollte. Sein Atem ging ruhiger als bei seinem Lauf über den
Damm. Es rauschte nicht mehr so in seinen Ohren, und der Boden
schien sich nicht mehr unter ihm zu bewegen. Die aufkommende
kühle Brise war angenehm.

Er blieb stehen, als er an einem Ast ein T-Shirt des Zentrums für Ganzheitliche Fitneß entdeckte. Er zerteilte das Gebüsch – und da lag das Fahrrad! Glänzend und wunderschön. Er zerrte es auf den Weg, hob es hoch und ließ es zur Probe ein paarmal auf und ab federn. Dann stieg er in den Sattel.

ALS Dulotte das Fahrrad heranrollen sah, trat er hinter seinem Tisch hervor. Kent bremste und kam schleudernd zum Stehen. „Immer mit der Ruhe", mahnte Dulotte lächelnd. „Bei diesem Tempo unterbieten Sie den Weltrekord glatt um zehn Minuten. Wie steht's denn mit der Kondition?"

„Mir geht's prima. Wie groß ist mein Vorsprung?"

„Das weiß ich nicht. Hier in diesem Canyon kommt nur ein Rauschen aus dem Walkie-talkie. Haben Sie meinen Schrittzähler benutzt und den Pulsmesser und –"

„Nein. Die Dinger haben schon nach ein paar Kilometern den Geist aufgegeben."

„Macht nichts. Davon erfährt sowieso niemand etwas. Lassen Sie das Fahrrad hier, und traben Sie gemächlich bis zum Ziel. Ihre Gesamtzeit muß schließlich noch einigermaßen glaubhaft sein."

Kent stieg vom Rad und schob es ins hohe Gras am Wegrand. „Wie Sie meinen, Doc", sagte er. Er nahm eine geschälte Orange vom Tisch. Als er sich wieder auf den Weg machte, blickte er über die Schulter zurück und sagte: „Bis dann. Wir sehen uns am Montag in der Bank of America."

SERGEANT JOHN COLLAS Streifenwagen raste mit heulender Sirene durch die Nebenstraßen von Sutterton. Vor jedem dritten Haus hielt er an und beauftragte alle Leute, die er antraf, ihre Nachbarn zu warnen und sich dann schleunigst auf dem Canyonrand in Sicherheit zu bringen.

Die meisten Bewohner hatten ihre Häuser bereits verlassen. Das war zum Teil einem kleinen Flugzeug zu danken, das über die Stadt hinweggeflogen war und den Befehl zur Evakuierung über Bordlautsprecher verbreitet hatte.

Als er Kramer über Sprechfunk sagen hörte, der endgültige

Zusammenbruch sei in fünf Minuten zu erwarten, brach Colla seine
Aktion ab und bog in eine der Straßen ein, die zum Canyonrand
hinaufführten. Nach seiner Überzeugung war jetzt wohl niemand
mehr in Sutterton. Es würde ihn wundern, wenn nach der Flutwelle
mehr als ein Dutzend Leute vermißt wurden.

Am Stadtrand trat er auf die Bremse. Zwei etwa zehnjährige Bengel
saßen seelenruhig auf einem Baum. „Was macht ihr denn da oben?"
brüllte Colla aus dem Seitenfenster.

„Der Damm bricht!" rief einer der Jungen. „Wir können von hier
oben das Wasser sehen."

Colla stieg aus und befahl ihnen herunterzukommen. „Wo sind eure
Eltern? Im Haus?"

„Vater ist nicht da. Mami und er sind geschieden", sagte der Ältere
und sprang auf den Boden. „Mami ist oben und lackiert sich die
Fußnägel."

„Hat sie denn nicht die Sirenen und Lautsprecherdurchsagen
gehört?"

„Sie hat gesagt, heute wär's schrecklich laut."

Colla feuerte zwei Schüsse aus seinem Dienstrevolver in die Luft.
An einem der Fenster im ersten Stock erschien das Gesicht einer Frau.
„Der Damm bricht!" brüllte Colla. „Ich warte dreißig Sekunden auf
Sie, dann haue ich mit den Kindern ab!"

Die Frau blickte erschrocken hoch und schaute über die Baumwipfel zum Damm hinüber. Was sie dort sah, ließ sie nach Luft schnappen.
Zwanzig Sekunden später kam sie die Verandatreppe herunterge-
rannt.

Unter jedem Arm hielt sie eine Katze, und rechts und links baumelte
je eine Handtasche an der Armbeuge.

„Achtung!" rief eine erregte Stimme aus dem Funksprechgerät. „Es
ist soweit!"

PHIL hatte den Eindruck, von seinem Ausguck dem Weltuntergang
beizuwohnen. Mit tieftönendem Knallen und Krachen sackten riesige
Teile des Dammkörpers von oben in die Bresche, bis sich eine V-
förmige, gezackte Kerbe hinauf zur Dammkrone geöffnet hatte. Der
Stausee, der sich jetzt ungehindert dreihundert Meter in die Tiefe

stürzen konnte, drängte wie eine gewaltige Flutwelle heran, und der untere Teil der Durchbruchstelle, wo immer noch braunes Wasser wie Lava aus einem Vulkan heraussprudelte, wurde von den herabstürzenden klaren Wassermassen überspült. Die betonierte Überlaufrinne neigte sich zur Seite und wurde Block für Block von oben bis unten auseinandergesprengt.

Phil trat instinktiv einen Schritt zurück, weil er fürchtete, der Felsvorsprung, auf dem er stand, werde als nächstes weggerissen. Eigentlich hatte er sich vorgenommen, weiter über das Geschehen zu berichten, aber die Stimme versagte ihm. Er konnte nur wie gebannt dastehen und stumm mit ansehen, wie der entfesselte Stausee den Damm zerschmetterte.

Unter seinen Füßen erbebte die Erde, als ein zweihundert Meter breites Teilstück sich vom Rest des Damms löste. Gut ein Drittel des ganzen Bauwerks, fast vierundzwanzig Millionen Kubikmeter, wurde in einem Stück davongeschwemmt. Es verlor langsam seine Gestalt, zersplitterte und versank unter den brodelnden Wassermassen wie ein Haufen Schlamm.

Ein Fluß, der breiter war als der Columbia River, drängte sich durch die Öffnung. Vierhundert Meter unterhalb des Damms wurde die Flutwelle des ersten Durchbruchs von einer wahren Wasserlawine eingeholt, die noch hundert Meter höher war. Binnen Minuten war Sutterton von dem reißenden Strom fortgespült, der sich mit einer Geschwindigkeit von achtzig Stundenkilometern über die Stadt hinwegwälzte. Als er unterhalb der Stadt an der Stelle gegen die Talseite prallte, wo Fluß und Canyon nach rechts abbogen, leckte eine gewaltige Welle den Hang empor wie an einem Deich bei Sturmflut.

Als die Welle sich zurückzog, war der Hang blank gefegt. Es gab keine Bäume mehr, keine Häuser, kein Erdreich ... und keine Zuschauer.

Kent Spain fühlte sich großartig. Er lief leichtfüßig dahin und atmete ruhig. Und er lächelte. Nur noch knapp zwei Kilometer bis zum Rathaus von Sutterton, wo er mit einer phantastischen neuen Bestzeit als Sieger im Sierra-Canyon-Marathonlauf durchs Ziel gehen würde. Das große Geld, der Ruhm, die schnellen Wagen, die flotte

Garderobe, die Frauen – all das war in greifbarer Nähe. Nur noch diesen Pfad über einen Berghang oberhalb der Stadt, danach auf dem steil abfallenden Kiesweg bis zur Stadtgrenze hinunter, und schon würde er winkend durch die begeisterte Menge in der Hauptstraße laufen.

Ein Hubschrauber knatterte über ihn hinweg; es war der vierte, den er seit der Überquerung des Damms gesehen hatte. Ein bißchen viel Trara für einen relativ unbedeutenden Geländelauf, dachte er. Als er um eine Ecke bog, sah er Leute auf dem Pfad, auf dem grasbewachsenen Hang oberhalb des Pfades und weiter entfernt am Canyonrand stehen. Sie bildeten kleine Gruppen und hatten ihm den Rücken zugekehrt.

„Macht Platz!" rief er und schlängelte sich durch die seltsam stille Menge. „Wir haben hier ein Rennen! Laßt mich vorbei!"

„So ein Verrückter!" sagte einer der Umstehenden.

Kent fluchte und lief den Hang hinauf, um sich dort einen Weg zu suchen. Als er sah, wohin all die Leute blickten, blieb er verwirrt stehen. Er befand sich am Ufer eines Sees. Wo der Kiesweg sein sollte, der nach Sutterton hinunterführte, sah er nichts als Wasser, das sich über zweieinhalb Kilometer bis zur anderen Seite des Tals erstreckte.

„Wo bin ich?" rief er. „Ich muß irgendwo falsch abgebogen sein. Wo liegt Sutterton? Wo geht's weiter? Seid ihr alle taub?"

Eine Frau hob den Arm und zeigte auf die Mitte des Sees, wo wirbelnde Trümmer eine reißende Strömung erkennen ließen. „Dort liegt Sutterton", sagte sie. „Der Damm ist geborsten. Alles ist weg."

Kent ging einmal wie betäubt im Kreis herum, während die Worte der Frau ihm ins Bewußtsein drangen wie ein tödliches Gift. Die Trostlosigkeit auf den Mienen der Menschen hier oben machte ihm deutlich, daß sein Verlust, verglichen mit ihrem, geradezu unbedeutend war.

Gleich neben ihm saßen ein Mann, eine Frau und drei Kinder im Gras und weinten. Auch Kent brach in Tränen aus, setzte sich ins Gras und stützte den Kopf in die Hände. Sitzen war schlecht für die Lendenwirbel; aber das war ihm im Augenblick völlig gleichgültig.

FÜNFUNDVIERZIG Minuten nach der Zerstörung Suttertons raste Polizeichef Wilson Hartley fünfzehn Kilometer vom Damm entfernt in seinem Streifenwagen über die Landstraße. Er hatte unterwegs mindestens dreißigmal an die Türen von Sommerhäusern, Wohnmobilen und Wohnwagen gehämmert und die Bewohner die Berghänge hinauf in Sicherheit gehetzt.

Wie viele Leute die Warnung, die er immer wieder über seinen Außenlautsprecher verbreitet hatte, trotzdem nicht gehört hatten, war nicht zu sagen.

Das Vordringen der Flut wurde von Hubschraubern beobachtet und an die Kommandozentrale weitergegeben. Hartley hörte, wie Mrs. Lehmann berichtete, die Flutwelle habe soeben die Fischzuchtstation bei Castle Rock erreicht.

Das war zweieinhalb Kilometer oberhalb von Hartleys augenblicklicher Position.

Er hielt vor der Zufahrt zu Rosheks eindrucksvollem Sommerhaus. Zögernd überlegte er, ob ihm genug Zeit blieb, hier nach dem Rechten zu sehen. Er hatte nur noch fünf bis acht Minuten Vorsprung vor der Flutwelle. Gut drei Kilometer weiter flußabwärts, gleich hinter der Brücke, gab es drei Straßen, über die er in sichere Höhe gelangen konnte. Er hatte Roshek in einem Hubschrauber ankommen und wieder abfliegen sehen, und es war anzunehmen, daß der alte Mann sich vergewissert hatte, daß niemand im Haus war. Doch wenn nicht . . . Mit heulender Sirene jagte er die Zufahrt hinauf.

Ein Mann und eine Frau, die ihn offenbar hatten kommen hören, standen auf der Veranda. Hartley hielt vor den Treppenstufen. „Der Staudamm ist gebrochen!" brüllte er. „Eine gewaltige Flutwelle wird jeden Moment hiersein." Er schaltete die Sirene ab, und man konnte in der Ferne ein schwaches Grollen hören. Hartley zeigte mit der Hand flußaufwärts. „Das ist die Flutwelle, die den Canyon herunterkommt. Schauen Sie, man kann den Staub sehen, den sie aufwirbelt. Rennen Sie den Berg bis ganz nach oben hinauf. Es ist Ihre beste Chance. Viel Glück!"

Hartley wendete auf dem Rasen und vergewisserte sich mit einem kurzen Blick zurück, daß das Pärchen den Abhang hinter dem Haus hinaufhastete. Dann trat er das Gaspedal durch und schoß den Weg wieder hinunter in der Gewißheit, zwei weitere Leben gerettet zu haben; jetzt war es an der Zeit, sich selbst in Sicherheit zu bringen.

Die drei Kilometer bis zum Ausgang des Canyons fuhr er mit 110 Stundenkilometern. Kurz bevor die Straße den Fluß überquerte und einen Weg kreuzte, der in die Höhe führte, mußte er scharf abbremsen. Vor ihm standen vier Fahrzeuge. Der stark angeschwollene Sierra-Canyon-Fluß, der eine Menge Treibgut führte, hatte die Brücke fortgerissen. Hartley stieg langsam aus dem Streifenwagen und starrte auf die Lücke zwischen den beiden Straßenenden. Es war unmöglich, sich zu Fuß in Sicherheit zu bringen, denn in diesem Teil des Tals stiegen die Felswände nahezu senkrecht an. Die Fahrer der anderen Wagen kamen angerannt und redeten aufgeregt durcheinander.

Hartley hob Schweigen gebietend die Hand. „Achthundert Meter flußaufwärts führt eine Straße des Feuerwachdienstes durch den Wald", erklärte er. „Fahren Sie mir nach."

Hartley wendete und fuhr auf der Canyon-Straße wieder zurück. Im Rückspiegel beobachtete er die Autokarawane, die ihm folgte. Was er vor sich durch die Windschutzscheibe sah, machte deutlich, daß sie sich alle auf einer Reise ohne Wiederkehr befanden. Über den Bäumen fegte eine Staubwolke auf sie zu, die das Morgenlicht fast verschluckte.

Die Straße des Feuerwachdienstes war nicht viel mehr als ein breiter, unbefestigter Waldweg, den man zum Schutz vor jugendlichen Rennrowdys mit einer eisernen Schranke und einem Vorhängeschloß abgesperrt hatte. Hartley rannte hinüber und zerfetzte das Schloß mit zwei Schüssen aus seinem Revolver. Als er wieder in den Wagen stieg, zerrte ein Windstoß an seinen Kleidern und trieb ihm Staub und Fichtennadeln mit solcher Gewalt ins Gesicht, daß er die Augen schließen mußte.

Das ständige Anschwellen des ohrenbetäubenden Tosens konnte nur bedeuten, daß die Flutwelle sich schon auf weniger als einen Kilometer genähert hatte.

Der Streifenwagen schoß mit einem Ruck vorwärts; die Räder holperten über eingefahrene Wagenspuren und herumliegende Felsbrocken. Mit seinem starken Achtzylinder ließ Hartley die anderen

Wagen weit hinter sich, doch an die dachte er jetzt nicht mehr. Er blickte nicht in den Rückspiegel, weil er fürchtete, er würde dort die Ursache des tosenden Lärms erkennen, der mittlerweile jedes andere Geräusch übertönte. Ein paar Wassertropfen spritzten auf die Windschutzscheibe.

Der Waldweg führte jetzt steil nach oben, und Hartley preschte rücksichtslos weiter. Obwohl ein Reifen geplatzt und die Ölwanne abgerissen war, trat er das Gaspedal voll durch. Zu seiner Linken, weit oben auf dem anderen Hang, konnte er eine schräge Linie erkennen – das war, wie er wußte, der Weg, auf dem er sich befand, nach einer Haarnadelkurve.

Da oben wäre er endgültig in Sicherheit.

Urplötzlich färbte sich der gegenüberliegende Talhang weiß. Ein Schaumteppich schwappte daran hoch, als habe jemand aus einem Eimer Seifenlauge gegen eine Hauswand geschüttet. Im gleichen Moment schoß eine meterhohe Welle den Berg herauf, hob den Streifenwagen hoch und schob ihn vor sich her. Der Motor setzte aus. Sekunden später rollte eine mächtige Rückströmung über Kühlerhaube und Dach und drehte den Wagen um 180 Grad. Wasser schäumte über die Fenster.

Hartley zog die Handbremse und wartete. Der Wagen stand jetzt völlig unter Wasser, das durch Fugen in Boden, Türen und Armaturenbrett ins Innere sprudelte. Er fragte sich, ob das Schlimmste vielleicht schon überstanden sei. Vielleicht würde die Flut zurückgehen, ehe der Wagen ganz mit Wasser gefüllt war. Vielleicht... Er fühlte, wie eine Strömung den Wagen leicht anhob und ihn einige Male sanft über den Boden schleifte wie eine Schachtel, die von einer riesigen Pfote angestupst wird.

Plötzlich packte eine gewaltige Kraft den Wagen, drehte ihn langsam einmal ganz herum und warf ihn so zu Boden, daß er auf der Seite liegenblieb. Hartley war einen Moment benommen, weil sein Kopf gegen den Türpfosten geprallt war, doch sein Verstand arbeitete kühl und klar weiter. Zwei Fenster waren zerbrochen, und das eindringende Wasser traf ihn mit voller Wucht. Beim hinteren Fenster wird sich eine Luftblase bilden, sagte er sich. Wenn der Wagen so liegenbleibt, kann ich es hier eine Stunde aushalten, vielleicht sogar länger. Bis dahin ist der Wasserspiegel wieder gefallen. Falls mir die Luft ausgehen sollte, krieche ich durch ein Fenster und schwimme an die Oberfläche.

Der Wagen wurde erneut angehoben und schnell talwärts gezerrt. Hartley empfand tiefe Hoffnungslosigkeit, als ihm klar wurde, daß ihn die Hauptströmung erfaßt hatte. Wieder und wieder überschlug sich der Wagen und füllte sich rasch mit Wasser. Als er die Kälte auf seinem Gesicht spürte, hielt er den Atem an. Es war sinnlos, panisch zu reagieren. Er war einfach wieder ein Junge auf der Achterbahn, voller Vorfreude auf die rasende Fahrt nach oben und bereit zum großen Sturz in die Tiefe, bei dem die Mädchen lustvoll kreischen und die Jungen ihre Mütze festhalten würden.

Unvermittelt wurde der Wagen von einer anderen Kraft aus sechzig Meter Höhe auf die Talsohle geschleudert, wo er, auf ein Viertel seiner ursprünglichen Größe zusammengestaucht, von den Wassermassen hin und her getrieben wurde. Noch einmal saugte ein Wirbel ihn nach oben und spülte ihn flußabwärts aus dem Canyon heraus. Als der Wagen ein zweites Mal nach unten schoß, wurde er wie ein Pfahl in das lehmige Bett des Sacramento River gerammt. Drei Stunden später war er unter einer neun Meter hohen Schlammschicht begraben.

Es LAGEN zwanzig Kilometer zwischen dem Damm und dem Ausgang des Canyons, wo der Sierra-Canyon-Fluß die Vorberge verließ und sich durch das flache Land des oberen kalifornischen Zentraltals bis zum Zusammenfluß mit dem Sacramento bei der kleinen Stadt Omohundro schlängelte. Die Flutwelle kämpfte sich wie eine ständig wachsende Schlange durch den Canyon, wobei sie von einer Seite zur anderen brandete. In der Stunde, die sie brauchte, bis sie den Ausgang des Canyons erreicht hatte, nahm sie so viel Trümmer mit, daß sie bald nur noch zur Hälfte aus Wasser bestand – der Rest war Material vom Damm, Mutterboden, Bäume, Brücken, Häuser, Vieh und wenigstens fünfundsiebzig Kilometer Drähte und Zäune.

Die Menschen, die den Vormarsch des Wassers von Bergrücken aus mit angesehen hatten, gaben später die verschiedensten Schilderungen.

„Zuerst habe ich nur eine Staubwolke gesehen", berichtete Kitty Sprague, eine Angestellte beim Forstamt. „Ich habe gedacht, es sei Rauch, und habe über Sprechfunk einen riesigen Waldbrand gemeldet. Ein paar Minuten später kam die Flutwelle in Sicht; sie rollte heran wie ein Wasserberg, der eine ganze Müllkippe vor sich herschiebt. Die Front lag halb hinter einem Dunstvorhang verborgen, aber ich konnte sehen, daß ganze Häuser wie Schuhkartons herumgewirbelt wurden."

Evelyn Hayes, Abgeordnete aus Sausalito, kampierte mit einer Gruppe Pfadfinderinnen auf dem Hang über dem Canyonausgang. „Das Merkwürdige war, daß es ein so schöner Tag war", sagte sie dem Reporter der *Sacramento Bee*. „Man erwartet doch eigentlich, daß das Ende der Welt sich mit Blitz und Donner ankündigt. Ich war jedenfalls überzeugt, der Jüngste Tag sei gekommen. So gewaltig war die Zerstörung; so weit ging sie anscheinend über das hinaus, was Menschen verursachen können. Wir sahen mit an, wie sich die Flutwelle aus dem Canyon wälzte und über die Obstplantagen und Felder ausbreitete wie ein nasser Fleck auf einer Tischdecke. Das Wasser schob mühelos die Häuser von Omohundro zusammen, als fege jemand Spielzeug auf einen Haufen."

Tim Hanson, ein Opernsänger, der in Omohundro wohnte, erzählte Fernsehreportern seine Geschichte im Hospital in Chico. „Ich habe den Alarm nicht gehört, weil ich in meinem Schlafzimmer in einer schalldichten Kabine saß, die ich mir habe einbauen lassen, um üben zu können, ohne daß die Nachbarn gleich nach der Polizei rufen. Als ich spürte, wie das Haus zu beben anfing, verließ ich die Kabine und trat ans Fenster. Drei Häuserreihen entfernt, sah ich eine Wand von Müll auf mich zu rollen, die Bäume und Häuser niederwalzte. Ich rannte auf den Dachboden und stieg durch eine Luke aufs Dach. Dort hockte ich dann, die Arme um den Schornstein geschlungen, und beobachtete, wie die Häuser der Reihe nach zermalmt wurden. In der Ferne sah ich Wasser aus dem Sierra-Canyon laufen wie Sirup aus einem Krug. Als mein Haus an der Reihe war, rollte es langsam herum. Ich balancierte ständig auf dem obenliegenden Teil, ganz so, wie sich ein Flößer auf einem schwimmenden Baumstamm bewegt. Es herrschte ein höllischer Lärm: Baumstämme und Bretter splitterten, und das Ganze wurde untermalt von einem Wirbel wie aus tausend Trommeln. Schließlich wurde ich weggespült. Verzweifelt hielt ich mich an einer Planke fest. Irgendwie bin ich dann am Rand im Gebüsch hängengeblieben, und von dort haben mich dann Leute mit Seilen herausgezogen."

Der *San Francisco Chronicle* zitierte einen pensionierten Hauptmann namens Tom Stewart, der Zeuge der Zerstörung Suttertons geworden war. „Als die Flut abgeflossen war, bestand das Tal aus nichts mehr als nassem Grundgestein. Alles, einschließlich der Fundamente, war fein säuberlich wegrasiert. Ich fuhr nach Norden in Richtung auf den Staudamm und erwartete hinter jeder Biegung, gleich die Stadt zu sehen. Doch ich fand nur Schlammflächen und hilflos zappelnde Fische."

Als Roshek im Firmenjet in Los Angeles eintraf, wartete die Presse auf ihn. Ein Schwarm von Reportern, Fotografen und Kameraleuten streckte ihm Mikrofone entgegen, schoß Fotos und stellte hektische Fragen, aber der Ingenieur beachtete sie gar nicht. Er sah immer noch aus wie ein Raubvogel, doch sein Kinn lag jetzt auf der Brust und war nicht mehr verächtlich vorgereckt.

Er schien für seinen Anzug zu klein geworden zu sein und wirkte wie jemand, der nach langer Zeit aus dem Krankenhaus entlassen worden ist.

Roshek stieg gerade mit Unterstützung des Fahrers in seine Limousine, als sich ein Reporter gewaltsam nach vorne drängte. „Ich bin Jim Oliver!" rief er. „Ich habe Sie vor fünf Jahren interviewt. Damals hatte es in der Nähe des Staudammes ein Erdbeben gegeben. Erinnern Sie sich? Oliver! Von der *Los Angeles Times!*"

Roshek sah ihn nicht an. „Ich selbst lese das *Anaheimer Wochenblatt*. Also, das ist wirklich eine gute Zeitung!"

Oliver trat vom Wagen zurück und richtete sich auf. Etwas Ähnliches hatte Roshek auch vor fünf Jahren zu ihm gesagt, aber diesmal klang es anders. Die Antwort war mechanisch gegeben worden; ganz so, als spiele Roshek eine Rolle, die man von ihm erwartete.

Die Limousine rollte drei Meter und hielt wieder an. Der Fahrer stieg aus und fragte: „Jim Oliver von der *Los Angeles Times?*" Oliver nickte, und der Fahrer bedeutete ihm einzusteigen.

„Vielen Dank, daß Sie mich ausgewählt haben", sagte Oliver zu Roshek, nachdem die Limousine wieder angefahren war. „Ich kann verstehen, daß Ihnen jetzt vielleicht nicht unbedingt nach Interviews zumute ist."

Roshek winkte ab, um anzudeuten, daß höfliche Floskeln nicht nötig waren.

Oliver bemerkte, daß der Anzug des Ingenieurs mit Schlamm bespritzt war und daß er seinen Hut nicht trug.

„Ich habe Sie ausgewählt, weil ich mich an den letzten Artikel erinnert habe, den Sie über Staudämme geschrieben haben. Es war die am wenigsten blödsinnige Arbeit, die ich je zu diesem Thema in einer Tageszeitung gelesen habe. Zeitungen sollten –"

„Waren Sie dabei, als der Damm brach?" Die Frage ließ Roshek verstummen.

Er schloß den Mund und schaute sinnend in die Ferne.

„Können Sie mir sagen, wie Ihnen in dem Augenblick zumute war?" hakte Oliver nach.

„Meine Gefühle sind nicht wichtig", sagte Roshek mit leiser, teilnahmsloser Stimme. „Ich habe eine Botschaft für die amerikanische Öffentlichkeit. Deshalb sind Sie hier."

„Die Öffentlichkeit wird wissen wollen, warum der Damm gebrochen ist."

Ein Ausdruck von Schmerz huschte über Rosheks Gesicht. „Ich habe schuld daran, daß der Damm gebrochen ist, weil ich gedacht habe, es könne nicht passieren. Ich habe geglaubt, was ich entworfen habe, könne niemals einstürzen. Einen Teil der Schuld nehme ich auf mich. Der andere Teil kommt Gott zu, weil er irreführende geophysikalische Daten geliefert hat."

Oliver sah den Mann an, der zusammengesunken auf dem Rücksitz saß, und fragte sich, ob Roshek noch ganz zurechnungsfähig sei. „Ich fürchte, ich verstehe –"

„Ich hatte nicht mit der Verwerfung gerechnet", fuhr Roshek fort. „Die Verwerfung, die vor fünf Jahren das Erdbeben ausgelöst hat. Damals hatten wir braunes Wasser in den unteren Galerien. Wußten

Sie das? Natürlich nicht. Wir haben es ja geheimgehalten. Da wir glaubten, es handle sich lediglich um ein kleines Problem, haben wir Ausbesserungen vorgenommen. Jetzt ist klar, daß wir uns damals geirrt haben. Ich nehme an, Sie brauchen für Ihre Story einen Schurken: einen unfähigen Ingenieur; einen Bauunternehmer, der minderwertiges Material benutzt hat; einen korrupten Politiker, der Steuergelder für ein sinnloses Projekt verpulvert und sich dabei bereichert hat. So einfach ist es aber nicht. Der Damm war alles andere als sinnlos. Und wenn es einen Schurken gibt, dann ist es das Unwägbare, das Unbekannte, das wir nie ganz ausschließen können. Das ist der Faktor, der uns vernichtet hat."

Oliver sah von seinem Notizblock auf. „Sie sagen, ein Erdbeben habe das Fundament geschwächt. Sie hätten geglaubt, den Schaden behoben zu haben. Doch fünf Jahre später taucht die alte Schwäche wieder auf und wird nicht bemerkt, weil ... Ja, warum eigentlich nicht? Gab es keine Instrumente im Damm, die –"

„Es wurde nicht bemerkt wegen einer unglaublichen Kette technischen und menschlichen Versagens", sagte Roshek, und seine Stimme klang lauter.

„Instrumente sind ausgefallen, haben falsch angezeigt oder sind gar nicht erst abgelesen worden. Und zu allem übrigen hatten wir im Kontrollraum auch noch einen Trottel sitzen, der erst begriffen hat, was geschah, als es längst zu spät war." Rosheks Augen blitzten, und wütend ballte und öffnete er die Fäuste. „Außerdem ist es schrecklich, daß das alles ausgerechnet in Kalifornien passiert ist; in einem Staat, der die umfassendsten Sicherheitsvorschriften für Staudämme hat. Vorschriften, für die ich gekämpft habe ..." Roshek blickte aus dem Seitenfenster.

Oliver fragte ihn, ob es zutreffe, daß einer seiner jungen Mitarbeiter die ganze Nacht vergeblich versucht habe, Alarm zu schlagen.

„Wenn es schon keinen Schurken gibt, wollen Sie wenigstens einen Helden. Stimmt's?"

„Ich versuche lediglich, eine Bestätigung oder ein Dementi zu bekommen."

„Ein junger Mitarbeiter", sagte Roshek verbittert, „hat versucht, Alarm zu schlagen – was ohnehin geschehen wäre. Nein, das nehme ich zurück. Ich verabscheue Kramer, aber deshalb muß ich ihn nicht schlechtmachen. Er hat Bemerkenswertes geleistet. Aber da fragen Sie lieber jemand anderen. Was Kramer angeht, bin ich wirklich nicht objektiv."

„Stimmt es, daß Sie ihn gefeuert haben, weil er Ihnen gesagt hat, der Damm sei in Gefahr, und daß Sie ihn haben ins Gefängnis werfen lassen, als er den Beweis antreten wollte?"

Roshek explodierte. „Es stimmt ebenfalls, daß ich ihn wieder herausgeholt habe, nachdem ich wußte, daß er recht hatte. Und als ich ihm vor ein paar Stunden gegenüberstand, wollte ich ihn am liebsten umbringen. Wollen Sie wissen, warum? Weil eins der großartigsten Bauwerke aller Zeiten vernichtet ist. Weil ein arroganter Bengel, der nichts, absolut nichts, zum Aufbau dieser Nation beigetragen hat, ein Held sein wird, während ... mein Leben und meine Karriere ruiniert sind." Er schlug die Hand vor die Augen und biß sich auf die Lippen wie jemand, der schreckliche Schmerzen leidet und es nicht zeigen will.

Die Limousine verließ die Autobahn. Als Roshek weitersprach, hatte er sich wieder gefaßt. „Kramer arbeitet immer noch für uns, und wir haben große Dinge mit ihm vor."

„Ich nehme an, Sie möchten nicht, daß ich schreibe, Sie hätten den Drang verspürt, ihn zu töten."

„Schreiben Sie über mich, was Sie wollen. Wenn Sie Ihre Story mit persönlichen Dingen unseriös machen wollen – nur zu. Vielleicht will das amerikanische Publikum wirklich nur Klatsch und Tratsch. Nötig hätte es freilich etwas anderes."

„Was hätte es nötig? Was soll ich den Leuten sagen?"

Roshek beugte sich zu Oliver hinüber und sprach mit großem Ernst. „Amerika", sagte er, „braucht sichere Staudämme. Es gibt in diesem Land siebentausend Dämme, die alle großen Schaden anrichten würden, wenn sie brächen, und dreitausend davon entsprechen nicht mehr den heutigen Anforderungen an die Sicherheit. Das sind dreitausend riesige, tickende Zeitbomben. Es gibt Bundesstaaten, in denen ein Bauunternehmer oder ein Farmer ohne jede Genehmigung einen Damm bauen darf! Er braucht nicht einmal einen Ingenieur zu Rate zu ziehen! Wenn der Damm gebaut ist, werden keine regelmäßigen Inspektionen verlangt. In höchstens dreißig Bundesstaaten gibt es einigermaßen brauchbare Sicherheitsbestimmungen und die rechtlichen Mittel, sie auch durchzusetzen. Wie viele Menschen müssen denn noch sterben, ehe man sich endlich besinnt?"

Die Limousine hielt vor Rosheks Bürogebäude. „Sie müssen verstehen, daß Staudämme mir viel bedeuten", sagte Roshek. „Wenn einer bricht, wirft das ein schlechtes Licht auf die Ingenieure allgemein. Jetzt wird man ein großes Geschrei anstimmen und mehr Sicherheit fordern. Aber man wird sich bald wieder beruhigen. So war es auch nach dem Bruch des South-Fork-Damms in Pennsylvania. Lassen Sie das nicht zu! Rühren Sie weiter die Trommel! Zwingen Sie die einzelnen Staaten und auch die Regierung in Washington, Verantwortung zu übernehmen, ehe es eine noch schlimmere Katastrophe gibt."

„Das ist reichlich viel verlangt. Ich bin schließlich nur ein kleiner Reporter."

„Versprechen Sie mir, daß Sie Ihr Bestes tun werden."

„Ich verspreche es. Das ist eine Sache, für die es sich einzusetzen lohnt. Aber ich kann mir nicht vorstellen, daß es wirklich so schlimm ist, wie Sie sagen."

„Es ist so schlimm."

Als Roshek auf dem Bürgersteig wieder in seinem Rollstuhl saß, war er anscheinend wieder ganz der alte. Er schüttelte dem Reporter zum Abschied kräftig die Hand. Oliver sah durch die Glastür, wie Roshek sich selbst zu den Fahrstühlen hinüberrollte. Zu seinem Erstaunen wurde ihm plötzlich bewußt, daß er den kantigen alten Mann gut leiden mochte. Er hatte das Gefühl, ihn beinahe zu verstehen. Und er spürte auch, daß er ihn wohl nie wiedersehen würde.

13. Kapitel

PHIL KRAMER sah sich ein letztes Mal um. Oberhalb des Dammgeländes schlängelte sich ein friedlicher Sierra-Canyon-Fluß durch den von tiefen Rinnen durchzogenen Untergrund des ehemaligen Stausees.

Der Fluß glänzte in der Mittagssonne. Auf der gegenüberliegenden Seite des Canyons erhob sich der anscheinend unbeschädigte Einlaßturm aus dem Schlick wie ein Fahrstuhlschacht ohne den dazugehörigen Wolkenkratzer. Vom Damm selbst war nur noch ein Stück übriggeblieben, das sich vom anderen Talhang aus etwa dreihundert Meter in Phils Richtung erstreckte.

Jemand rief seinen Namen. Er drehte sich um und erkannte den Fernsehreporter im hellbraunen Sportsakko. „Alle sind sich einig, daß Sie eine Schlüsselfigur in dieser Geschichte sind", sagte der Mann. „Deshalb würden wir gern ein Interview mit Ihnen machen."

Phil ging langsam vom Geländer weg und setzte sich auf die Stoßstange eines Lastwagens. „Ich will nicht interviewt werden. Ich brauche ein paar Tage Schlaf." Er senkte den Kopf und schloß die Augen. „Mir tun die Beine weh. Mir tut das Kreuz weh. Mir ist speiübel. Mein Wagen ist weg. Ich bin hungrig. Ich will nach Hause."

„Wenn Sie mir nur sagen können . . . Hallo? Schlafen Sie?"

Phil blickte auf. „Hören Sie mal. Gehören Sie zu den Leuten mit dem Helikopter?"

„Ja. Wir nennen ihn Telekopter."

„Ich mache Ihnen einen Vorschlag: Ich gebe Ihnen ein Interview, wenn Sie mir einen Gefallen tun. Sehen Sie den Einlaßturm da drüben? Meine Schuhe, meine Uhr und meine Kleider liegen fein säuberlich gebündelt obendrauf."

Der Reporter sah ihn aus zusammengekniffenen Augen an. „Oben auf dem Turm? Wie sind die Sachen denn dahin gekommen?"

„Das werden Sie beim Interview erfahren. Außerdem möchte ich, daß Sie mich zu einem Telefon bringen, damit ich in Santa Monica anrufen und mich mit einer jungen Dame verabreden kann, deren Namen Sie ebenfalls während des Interviews erfahren werden."

„Mr. Kramer, ich weiß nicht, ob das ein Witz sein soll, aber ich kann Sie nicht im Telekopter herumkutschieren. Der ist für die TV-Crew reserviert. Ich würde meinen Job riskieren."

Phil zuckte die Achseln. „Na schön, dann gebe ich das Interview eben der Konkurrenz."

Der Reporter fluchte leise. Dann machte er eine Geste zum Hubschrauber hinüber. „Steigen Sie ein", sagte er.

„ALS ich es in den Nachrichten gehört hatte, bin ich sofort
hergekommen."

„Danke, Margaret", sagte Roshek. „Ich wußte, daß ich mich auf
Sie verlassen kann."

Es schien ihm, als habe seine Sekretärin Puder aufgelegt, um
Tränenspuren zu verdecken.

„Es sind jede Menge Anrufe für Sie gekommen. Alle Welt hat
versucht, Sie zu erreichen. Auch Ihre Frau."

„Sagen Sie den Leuten, ich sei in einer Besprechung. Ich möchte
nicht gestört werden."

Roshek ging in sein Büro, schloß die Tür hinter sich ab und
wuchtete sich in den Drehsessel hinter seinem Schreibtisch. Auf
Knopfdruck schaltete sich das Fernsehgerät neben der Tür ein. Die
drei großen Sender brachten die neuesten Meldungen über die
Flutwelle, und Roshek blieb ein, zwei Minuten bei jedem Kanal. Der
Sacramento war über die Ufer getreten, und Kaliforniens gleichna-
mige Hauptstadt stellte sich auf Hochwasser ein. Man erwartete, daß
das Wasser in der Suisun-Bucht, der San-Pablo-Bucht und im
Nordteil der Bucht von San Francisco sich für einige Tage braun
färben würde. Doch die Meeresbiologen befürchteten kein großes
Fischsterben. Man nahm an, daß Sutterton und Omohundro rechtzeitig evakuiert worden waren.

Die meisten Sommerhäuser und Wohnwagen im Sierra-Canyon
waren ebenfalls leer gewesen, was man zum Teil einem noch
vermißten Polizeibeamten zu verdanken hatte, der in seinem Streifenwagen vor der Flutwelle hergerast war und die Leute gewarnt hatte.
Man hatte bisher sechsundfünfzig Tote und zweimal so viele Ver-
mißte gezählt. Der Gouverneur führte den erstaunlich niedrigen
Verlust an Menschenleben auf die hervorragenden Notstandspro-
gramme in den betroffenen Bezirken zurück.

Roshek stellte den Fernseher ab. Eleanor ... Hatte sie es überlebt?
Wie auch immer – es war nicht mehr wichtig.

Er schaltete das Diktiergerät ein und diktierte eine längere
Nachricht an Herman Bolen mit Ratschlägen, die die zukünftige
Leitung der Firma betrafen. Roshek bat seinen Partner dringend, allen
Kunden zu versichern, der Damm sei nicht wegen irgendwelcher

Konstruktionsfehler geborsten. Er riet Bolen außerdem, jeden wichtigen Geschäftsfreund persönlich aufzusuchen; besonders die, mit denen man noch über Verträge verhandelte.

„Was Kramer angeht", sagte Roshek in gepreßtem Ton, „ist es von größter Wichtigkeit, daß er in der Firma bleibt. Wenn er zur Konkurrenz abwandert, würde das unserem Image unübersehbaren Schaden zufügen. Die Medien werden sich in nächster Zeit um ihn reißen. Wenn wir ihn im Betrieb aufsteigen lassen, kann die Firma sogar noch von seinem Ruhm profitieren. Biete ihm ein Jahresgehalt von fünfzigtausend Dollar, wenn es sein muß.

Wie du weißt, Herman, halte ich Kramer für einen anmaßenden jungen Nichtskönner, der zufällig zum richtigen Zeitpunkt am richtigen Ort war. Ich könnte es nicht ertragen, ihn in einer einflußreichen Position zu sehen. Zum Glück wird mir das erspart bleiben.

Du bist ein guter Mensch, Herman. Meine besten Wünsche begleiten dich."

Roshek nahm seinen Füllfederhalter und schrieb auf einen Firmenbriefbogen:

Ich, Theodore Roshek, im Vollbesitz meiner geistigen Kräfte – so unglaublich das manchem erscheinen mag –, bestimme dies zu meinem Testament und widerrufe hiermit alle zuvor getroffenen Verfügungen. Ich will, daß nach der Begleichung meiner Schulden mein gesamtes Vermögen an meine treue Frau Stella übergeht, die von mir in den letzten Jahren nicht so behandelt worden ist, wie sie es verdient hat.

Ich wünsche nicht, daß von meinem Vermögen Eleanor James aus San Francisco etwas zufällt, die ich in meinem vorigen Testament so großzügig und so töricht bedacht habe. Meiner Frau möchte ich sagen, daß es mir leid tut.

Roshek datierte und unterzeichnete das Dokument. Anschließend diktierte er einen Brief an seinen Anwalt:

Lieber Jules!
Anbei findest Du mein handgeschriebenes Testament. Ich bin sicher, Du sorgst dafür, daß die Bestimmungen genau eingehalten werden und daß mein voriges, gegen Deinen Rat aufgesetztes Testament vernichtet wird. Wenn Eleanor überlebt hat, wird sie meinen Letzten Willen

vielleicht anfechten und behaupten, ich sei zum Zeitpunkt der Abfassung nicht zurechnungsfähig gewesen – wie man an meinem Selbstmord erkennen könne. Ich versichere Dir, daß ich nicht im geringsten übergeschnappt bin. Ganz im Gegenteil. Wenn ich mich auf diese Art aus der Welt zurückziehe, erspare ich vielen Leuten eine Menge Kummer. Vor allem mir selbst.

Ich habe immer gern mit Dir zusammengearbeitet, Jules. Wenn Du meiner in der gebührenden Form gedenken willst – beleidige jemanden, der es verdient.

Roshek schaltete wieder das Fernsehgerät ein. Während er sich über „Das Aktuellste von der Katastrophe" informieren ließ, holte er seine Pistole aus der Schublade und sah nach, ob sie geladen war. Im Magazin steckten fünf Patronen.

„In der nun folgenden Sendung", kündigte der Sprecher an, „bringen wir ein Exklusivinterview mit Philip Kramer, dem tapferen Ingenieur, dem die Rettung der Einwohner Suttertons zu verdanken ist; daran anschließend die Geschichte zweier Ballettänzer aus San Francisco, die mit knapper Not davongekommen sind. Außerdem zeigen wir Ihnen noch einmal einige der unglaublichsten Filmaufnahmen, die je von einer Katastrophe gemacht worden sind. Doch zuerst schalten wir direkt zum California Institute of Technology in Pasadena, wo meine Kollegin Linda Fong mit einem Experten für Statistik, Professor Clark Kirchner, spricht. Hallo, Linda, Pasadena, bitte melden!"

Roshek räumte sorgfältig seinen Schreibtisch auf. Ein Foto von Eleanor flog samt Rahmen in den Papierkorb; ein Foto von Stella legte er mit dem Bild nach unten auf die Tischplatte.

Auf dem Fernsehschirm ließ sich ein schnauzbärtiger Mann über die Konstruktion des Sierra-Canyon-Damms aus. „Ich bleibe bei meiner Aussage, daß der Böschungswinkel an der Wasserseite – unter Berücksichtigung des verarbeiteten Materials – wenigstens zehn Prozent zu steil war. Sierra Canyon war der höchste Erd- und Felsdamm der Welt, und man hätte an ihm nicht Theorien ausprobieren dürfen, die –"

Die Kugel traf den Bildschirm genau in der Mitte, und die Bildröhre implodierte mit lautem Knall in einem Hagel von Glassplittern. Die nächste Kugel zerschlug die Glasscheibe einer gerahmten Luftaufnahme des Dammes.

Roshek hörte, wie Margaret aufschrie. Seit zwanzig Jahren war sie seine Sekretärin. Er hatte sie nie zuvor schreien hören.

An der rechten Seitenwand des Büros hing ein Bild mit einer Querschnittzeichnung des unterirdischen Krafthauses. Die dritte Kugel sprengte das Glas in tausend Stücke. Vor der Tür waren jetzt erregte Männerstimmen zu hören. Jemand versuchte, die Tür mit Gewalt zu öffnen. Roshek wußte, daß sie zu spät kommen würden. Der Glaskasten um das Staudamm-Modell fiel mit einem wohltuenden Krachen in sich zusammen.

Nur noch eine Kugel. Roshek setzte sich die Pistolenmündung an die Schläfe und achtete darauf, daß der Winkel stimmte. Dies mußte ein Selbstmord werden, kein Selbstmordversuch. Er konnte sich keinen Fehler mehr leisten.

Sierra Canyon war genug.

Ohne zu zögern, drückte er ab.

PHIL rief Janet aus einer Telefonzelle in Chico an. In der Nähe wartete eine Gruppe Fernseh- und Zeitungsreporter, die es kaum erwarten konnten, ihm weitere Fragen zu stellen.

„Bist du's, Phil?" fragte Janet, kaum daß das Telefon einmal geklingelt hatte. „O wie schön, deine Stimme zu hören! Ich habe dich vor ein paar Minuten im Fernsehen gesehen, und du sahst todmüde aus."

„Das liegt wahrscheinlich daran, daß ich todmüde *bin*. Ich fühle mich wie ein Scheuerlappen, den man ausgewrungen und in die Ecke geworfen hat."

„Ich bin so stolz auf dich! Was du getan hast, war phantastisch!"

„Du hast dich auch ganz ordentlich gehalten. Die Inspektoren vom Damm haben erzählt, sie hätten Anrufe von allen möglichen Behörden gekriegt, die sich nach einer Verrückten aus Santa Monica erkundigt haben."

„Ich mußte verrückt spielen, um die dazu zu bringen, mich ernst zu nehmen. Als ich mich normal aufgeführt habe, haben sie geglaubt, ich sei verrückt."

„Auf jeden Fall hat es funktioniert. Du hast sie alle auf Trab gebracht."

„Was wirst du jetzt machen? Wann sehen wir uns?"

„Sobald ich ein paar Stunden geschlafen habe, steige ich in das nächste Flugzeug zu dir. Ich werde dich in die Arme nehmen und mich einen Monat lang nicht mehr vom Fleck rühren. Anschließend suche ich mir irgendwo einen Schreibtisch, um friedlich Zahlen zu addieren und zu subtrahieren."

„Bei Roshek, Bolen und Benedetz?"

Phil lachte trocken. „An einen Job mag ich im Moment nicht denken. Ich denke an Schlaf, und ich denke an dich. Ich will nie wieder mehr als fünf Autominuten von dir entfernt sein. Tut mir leid, wenn das sentimental klingt, aber so ist es nun mal."

„Du bist ein Schatz, weißt du das? Stört es dich, wenn ich dich Schatz nenne? Und Liebling? Und Schnuckelchen?"

„Das ist Musik in meinen Ohren."

Robert Byrne

Daß ein Schriftsteller über das am besten schreibt, was er am besten kennt – an diese Regel hat sich Robert Byrne immer gehalten und sie mit seinem Roman *Der Damm* erneut bestätigt.

Der im amerikanischen Bundesstaat Iowa geborene Autor erhielt 1954 von der Universität von Colorado sein Ingenieurdiplom, mit dem er in San Francisco seine erste Anstellung beim Stadtbauamt bekam. Nachdem er in die Redaktion der Baufachzeitschrift *Western Construction* übergewechselt war, veröffentlichte Byrne eine Reihe von Artikeln über Talsperren mit einer Detailkenntnis, die er sich unter anderem als aufmerksamer Besucher von im Bau befindlichen Anlagen erwarb.

„Natürlich existierte der Sierra-Canyon-Damm nicht wirklich", erzählt der Autor, „aber die unterirdischen Kontrollgänge, das umfangreiche System von Meßapparaturen und die riesige Schalt- und Überwachungszentrale gibt es so ähnlich im Oroville-Damm, nordöstlich von Sacramento. Ich möchte betonen, daß ich diese Ähnlichkeit nur zur Ausgestaltung meiner Geschichte genommen habe – im übrigen ist der Oroville-Damm, ein Erd- und Felsdamm, so massiv gebaut, daß selbst ein Erdbeben ihm kaum etwas anhaben könnte: solche Dämme reagieren wie Berge – sie zittern, aber sie brechen nicht auseinander." Byrne fährt fort: „Zur Zeit haben wir noch keine brauchbaren Computerprogramme zur Voraussage von Dammbrüchen. – Ein Dammbruch wäre bei einem so massiven Bauwerk wie dem Oroville-Damm eigentlich nur dann zu befürchten, wenn sich die Staumauer über einer Erdverschiebung befände, die aus irgendeinem Grund unentdeckt geblieben ist."

Robert Byrne, übrigens ein leidenschaftlicher Billardspieler und außerdem Verfasser eines anerkannten Standardwerkes über Billard, lebt heute in San Rafael, einer Nachbarstadt von San Francisco.

Die Eroberung einer Kleinstadt

EINE ERZÄHLUNG VON
Ulrich Becher

ILLUSTRATIONEN VON
JÖRG HUBER

Der verschmitzte Bulgare Mirsky ist einer der eifrigsten Studenten am Berliner Konservatorium. Wenn er Geige spielt, versinkt die ganze Welt um ihn, und er träumt davon, die Konzertsäle Europas zu erobern.

Eines Tages wird Mirsky kurzerhand nach Sofia verfrachtet: Der Erste Weltkrieg ist ausgebrochen, und sein Heimatland braucht Soldaten. Obwohl dem jungen Springinsfeld das ganze militärische Gehabe höchst lächerlich erscheint und ihn zu allerhand Schabernack reizt, hält sein vertrottelter General große Stücke auf ihn. Da die Armee zudem „knapp an Leutnants" ist, hat der schmächtige Geiger – eh er sich's versieht – eine eigene Einheit zu befehligen.

Schon Mirskys erster militärischer Auftrag ist ebenso bedeutsam wie gefährlich: Mit einem Spähtrupp soll er die vorgeschobenen Stellungen des gefürchteten rumänischen Feindes auskundschaften. Na, wenn's weiter nichts ist, denkt Mirsky unbekümmert wie immer und läßt seine Leute zusammentrommeln. Mit einem Liedchen auf den Lippen spaziert er munter voran, als gelte es, einen vergnüglichen Ausflug zu machen.

EINES Februarmittags im Ersten Weltkrieg wurde Mirsky in Berlin verhaftet. Er trat gerade aus dem Portal des Konservatoriums, seinen Geigenkasten unter dem Arm. Er ging ein paar Schritte die von schwarzweißroten Fahnen durchwehte Straße hinunter und dachte irgend so etwas: An dieser herrlichen verfluchten Chaconne von Bach werde ich mir eher die Finger verrenken, als daß ich sie jemals können werde – da traten sie auf ihn zu.

„Heißen Sie Mirsky?"

„Mirsky."

„Sie sind Musikstudent?"

„Das auch."

„Bulgare?"

„Bulgare."

„Warum sind Sie nicht nach Sofia gefahren? Warum haben Sie sich nicht zum Kriegsdienst gemeldet?"

Mirsky zog die Lippenwinkel hinunter und dachte einen Augenblick nach. „Weil ich – ein lebender Geiger werden möchte und kein toter Soldat und weil ich außerdem" – hier zog Mirsky die Lippen so tief hinab, daß sein Gesicht eine griesgrämige pferdeartige Grimasse wurde – „diesen Krieg für einen ziemlich betrüblichen Unfug halte."

Die beiden Männer mit den schwarzen Melonenhüten sahen einander betroffen, dann sprachlos wütend an.

„Verstehen Sie mich genau", fügte Mirsky schnell hinzu, „weil ich mit der Geige in der Hand die Welt erobern will und nicht mit der Handgranate ein fünf Meter breites Stückchen Land, wobei außer mir tausend Menschen getötet werden."

Darauf zischelte der eine: „Ich werde Ihnen mal was sagen, Sie Früchtchen von einem Musikstudenten, bei uns würden Sie jetzt als Kriegsdienstverweigerer etwas Liebliches erleben, aber weil Sie Bulgare sind, werden Sie heute abend nach Bulgarien abgeschoben, wegen Ihrer Redeweise werden wir dem Kommando, dem Sie

unterstehen, Rapport erstatten, einen frechen feigen Kratzkastenmu-
senjünger und Drückeberger wird man dort schon Mores lehren."
„Wie nennen Sie das?" lachte Mirsky, der nicht allzu gut deutsch
sprach, „Kratzmusenbergerunddrücke – wie? Und so feige bin ich
eigentlich gar nicht, als ich fünfzehn Jahre alt war, habe ich einmal…"
„Seien Sie still!"
„Ernstlich, ein Kind war in die Donau gefallen, und ich …"
„Sie sind verhaftet!"
„Gut, gut, gut", sagte Mirsky, „wie Sie wollen."
Abends wurde er mit sieben anderen bulgarischen und ungarischen
Studenten in einem verschlossenen Abteil nach Wien befördert. Vor
der Abteiltür schritt ein deutscher Infanterist mit aufgepflanztem
Bajonett die ganze Nacht schaukelnd auf und ab. Sie hatten Mirsky
von der Straße weg verhaftet und zum Bahnhof gebracht, er hatte
nichts bei sich als seinen Geigenkasten. Fünfzehn Bulgaren, die man in
Wien eingefangen hatte, stießen zu ihnen. Und nach drei Tagen, die er
am allerliebsten mit dem Üben der Chaconne verbracht hätte, was
indessen nicht anging, weil er viel zu eingezwängt saß, langten sie in
Budapest an.
Dort wurden sie ins Gefängnis überführt und auf Cholera hin
beobachtet, denn die Cholera wütete an den Fronten gleichermaßen
wie in den Etappen. Radoi Dimitrow, Student der Philosophie und
Medizin, schlug Rizinusöl vor. Vermittels einer Krankenschwester,
die in Mirsky ein wenig verliebt war, wußten sie sich zwei Flaschen
davon zu verschaffen. Mirsky ärgerte sich weidlich, weil im Krankenhaus nicht musiziert werden durfte, doch das Öl trank er heimlich wie
die andern. Der Gefängnisarzt hielt die ganze Bande vierzehn Tage
lang für schwer choleraverdächtig. Dann kam der Rizinusschmuggel
durch Spitzelei ans Licht, die Schwester, ein Freifräulein von
Leukfeld, wurde nach Deutschland zurückgeschickt, die Studenten
verlud man unter Drohungen und Verwünschungen nach Sofia.
Statt dessen landeten sie zwei Tage später im kaiserlich und
königlichen Hauptquartier in Belgrad. Dies geschah infolge eines
Irrtums: In Budapest war ihr Wagen an den falschen Zug gehängt
worden. In Belgrad wußte man mit dem Schub junger Verbündeter,
obendrein solcher, die sich daheim einzurücken geweigert hatten, rein

nichts anzufangen. Man hatte in der kürzlich eroberten Stadt alle
Hände voll zu tun, man sperrte sie kurzerhand in eine Turnhalle und
kümmerte sich nicht mehr um sie.

Die ersten Tage übte Mirsky fleißig Bach, die andern übten am
Reck, am Barren, am Bock. Dann schrien sie, jetzt hätten sie das
Turnen übersatt und besonders das ewige selbe Gedudel als Beglei-
tung hinge ihnen zum Halse heraus. Mirsky konnte das verstehen, er
packte bedauernd seine Geige ein und setzte sich zu ihnen, die einander
unanständige Witze erzählten. Manchmal hörten sie plötzlich zu
erzählen und zu kichern auf und starrten in die staubige Luft der
Turnhalle, in die Vorfrühlingssonnenstrählchen, die durch die hohen
Fenster hereinfielen und in denen der Staub wirbelte. Dann wußte
Mirsky, daß sie an den Krieg dachten, alle, an den Krieg, in den sie
eines schönen Tages früher oder später einrücken mußten. Darauf
machten sie Handbewegungen, als wollten sie etwas abwehren, und
begannen weiter Späße zu erzählen, die nur noch um vieles unanstän-
diger waren. Aber Mirsky behielt seine Hände in den Hosentaschen,
er hatte nichts abzuwehren, ihm bereiteten diese Schweinigeleien
keine sonderliche Freude, er fühlte keinerlei beklemmende Angst,
auch keinerlei Heldentatendrang, nur immer gähnende Langeweile
und Ärger über die vielen verlorenen Stunden des Geigens.

„Wir werden den ganzen Krieg in dieser Turnhalle zubringen",
sagte Radoi Dimitrow nach drei Wochen augenzwinkernd.

Mirsky ritt auf einem ledernen Pferde und baumelte übernächtig
und verdrießlich mit den Beinen. Er konnte vor Langeweile nicht
mehr schlafen. Er schrieb einen Brief an seinen Onkel, einen
einflußreichen Großkaufmann in Sofia. Mit dem deutschen Geld, das
er bei seiner Festnahme in Berlin bei sich gehabt hatte, bestach er einen
kroatischen Infanteriesoldaten, der mit aufgepflanztem Bajonett vor
dem Tor der Turnhalle auf und ab schritt. Und der Brief wurde
besorgt. Nach weiteren fünf Wochen, in denen er zweimal vergeblich
versucht hatte, sich gründlichst dem Bachschen Virtuosenstück
hinzugeben, darüber das zweitemal in eine Prügelei mit seinen
Mitgefangenen geriet, erhielt er ein Telegramm seines Onkels. „Nur
Deine neunzehn Jahre entschuldigen Deine peinliche Lage Schritte
eingeleitet Onkel Basil."

Eine Woche darauf wurden die Studenten in einem plombierten Viehwagen, in dem es nach Schwein roch, in ihre Heimat verfrachtet. Dort fand man gar keine Zeit, Mirsky Mores zu lehren, wie ihm verheißen worden. Vielmehr lehrte man ihn in der Offiziersschule überstürzt, zu exerzieren, parieren, marschieren, salutieren, kommandieren und auch ein wenig mit Gewehr, Maschinengewehr und Pistole umzugehen. In dieser Zeit sah Mirsky nichts von seiner schönen rötlichbraunen Geige, sie lag in ihrem Kasten unter dem Kasernenbett. Doch als er nach fünf Monaten als frischgebackener Kadettaspirant an die bulgarisch-rumänische Front nach Warna abging, nötigte er sie Stojan, seinem dicken Burschen, auf, obwohl strengstens verboten war, überflüssiges Gepäck ins Feld mitzunehmen.

In der Stadt Warna am Schwarzen Meer lag eine kriegsstarke Division unter dem General Gaskata und wartete seit neun Monaten auf den Befehl, Rumänien anzugreifen. Der General war, um sich die entnervende Wartezeit zu verkürzen, auf den Gedanken verfallen, Gedichte zu verfassen. Mitschuld daran trug der Umstand, daß er schwerhörig war, sich wie alle Schwerhörigen in dem leeren Raum einer gewissen andauernden Einsamkeit befand, in der er fortwährend neue Vorzüge an sich entdeckte, als neuesten seine zartdurchrieselte und melancholische dichterische Ader – obschon er im Dienstverkehr nichts weniger als melancholisch und zartdurchrieselt war. Er stammte aus Kavarna, einer andern Stadt am Schwarzen Meer, und schrieb unzählige Vierzeiler auf sie, auf Bulgarien und auf den Krieg. Einer trug den Titel „Das Heimweh des Kriegers" und lautete:

> Warna, Warna, Warna,
> Du bist kein Kavarna,
> Ach, ach, ach,
> Mein Heimweh macht mich schwach.

Er ließ seine Gedichte unter die Soldaten verteilen und auswendig lernen, und wenn bei den Inspektionsappellen des Generals ein Gefreiter hervortrat und solch einen Vierzeiler, die Hände an der Hosennaht, mit herber Wehmut oder sonorer Begeisterung – je nachdem –, vor allem jedoch laut, sehr laut aufsagte, konnte er sicher sein, zum Unteroffizier befördert zu werden. Noch ein anderes Steckenpferd ritt Gaskata. „Die Deutschen sind unsere Verbündeten", schrie er seine Truppen an, „ihr werdet mit ihnen Schulter an Schulter kämpfen und siegen! Um eure heldenhaften Kameraden zu verstehen, müßt ihr diese Tage, in denen wir so gehorsam wie kampfbereit den Befehl unseres Zaren ersehnen, gegen unsere Feinde marschieren zu dürfen, dazu benützen, die deutsche Sprache zu erlernen!" Er, der selbst kaum deutsch, weit besser französisch sprach, erteilte allen Kompanieführern, die der deutschen Sprache einigermaßen, wenn auch nur mangelhaft, mächtig waren, Befehl, ihre Mannschaften im Deutschen zu unterrichten. Als Mirsky nach Warna kam, fand er die Truppen weder mit Felddienstübungen noch irgendwelchen sonstigen Kriegsvorbereitungen beschäftigt. Sie lagerten kompanieweise auf den Exerzierplätzen vor der Stadt und sangen: „Dooschland, Dooschland ober allis ..."

Der General erfuhr von dem jungen Offiziersaspiranten, der in Berlin studiert hatte und zu einem seiner Regimenter eingerückt war, und berief ihn sofort zu sich. Er hat ein Gesicht wie ein gefährlicher alter Kater, dachte Mirsky.

„Du warst bis jetzt in Berlin", fauchte Gaskata unter seinem dünnen, aber sehr langhaarigen grauen Schnurrbart hervor, „du wirst deine Kompanie von morgen an in der deutschen Sprache ausbilden, den größten Wert lege ich auf zündende deutsche Soldatenlieder, abtreten!"

Mirsky kannte keine deutschen Kriegslieder, nur Studentenlieder. So nahm er seine Fiedel zur Hand und lehrte seine Leute, unter denen sich zahlreiche Türken befanden, den „Jäger aus Kurpfalz", „Mädchen, ruck ruck ruck an meine grüne Seite" und „Horch, was kommt von draußen rein, hollahi, hollaho". Sehr verdroß ihn, daß er in dieser Zeit nicht ein einziges Mal zum Üben der Chaconne kam, da der General, um sich das ewige Warten zu verkürzen, seine neue Musterkompanie täglich mehrmals inspizierte und sich an ihrem strammen deutschen Gesang, den er keineswegs verstand, ergötzte. Mit stummem, strengem Nicken seines dicken Graukopfs würdigte er Mirsky des Ausdruckes seiner Befriedigung. Außerdem war man an

Leutnants knapp. Nach zwei Wochen, in denen Mirsky nichts weiter getan hatte, als seine Mannschaft deutsche Studentenweisen grölen zu lassen, wurde er zum Leutnant befördert.

Anfang September traf in Warna endlich der Befehl zum Vorgehen ein. Der General, der soeben seinen zweihundertvierzehnten Vierzeiler ersann, dessen Titel „Du bulgarische Erde, unsere teure Mutter" bereits feststand, warf die Feder hin, versammelte seinen Stab. Die Soldaten nahmen Abschied von ihren Warnaer Bräuten, die zumeist in geschlossenen Häusern beisammenwohnten, machten sich marschbereit, sangen „Dooschland, Dooschland …" und die bulgarische Nationalhymne. In der Abenddämmerung hallte die Stadt von Trompetenstößen wider. Nahezu die ganze Division wurde auf dem riesigen Exerzierplatz vor den Kasernen zusammengezogen. Die Offiziere brüllten: „Habt acht!"

General Gaskata ritt auf einem dicken Apfelschimmel vor seine Truppen hin und schrie sich in folgender kurzer Ansprache heiser: „Soldaten, Brüder!" schmetterte er den in Habtachtstellung Erstarrten zu, „vorbei ist die lange Zeit der kriegerischen Erwartung! Der Tag des Handelns ist da! In den nächsten Tagen und Wochen sollt und dürft ihr euren Todesmut beweisen! Die Feinde halten unsre schöne Dobrudscha besetzt! Dieses Land gehörte ehemals zu Bulgarien! Nach dem schimpflichen Ausgang des Balkankrieges, nach dem schmachvollen Bukarester Frieden, den wir heutigentags nicht mehr anzuerkennen gewillt sind, fiel es den Rumänen zu! Entreißen wir es ihnen, unsere Dobrudscha soll wiederum bulgarisch sein!!" – „Hurra, hurra, hurra!" riefen die Truppen. Der General schloß, indem er sich in den Steigbügeln hob und puterrot schrie, mit der weißbehandschuhten Hand über seine Truppen hinzeigend: „Soldaten! Eure bulgarischen Brüder sind gestorben und sterben für die Ehre des Vaterlandes und für die Freiheit Mazedoniens. Und ihr?! Ihr seid noch am Leben?!! Es ist eine Schande zu leben!!" Etwas Spucke trat aus seinem Mund. „Wir alle, wir wollen gleichfalls sterben, wie ein Mann, ein tapfrer Held, für die Ehre Bulgariens sterben, sterben, sterben!!!" – „Hurra, hurra, hurra!" riefen die Truppen, unmerklich gedämpfter. – „Ich höre nichts!" schrie Gaskata. – „Hurra, hurra, hurra!"

Am selben Abend marschierte das Infanterieregiment, bei dem

Mirsky stand, das „Regiment der Königin", als erstes aus Warna ab und stieß in zwei Nachtmärschen bis zu dem Dorf Krumowo vor. Nach Mitternacht bezog man im Dorf Quartier.

Mirsky hatte etwa drei Stunden geschlafen, jäh erwachte er von einem großen Lärm. Pferdegetrappel auf der Dorfstraße, Säbelrasseln, Kommandorufe. Mirsky sprang aus dem Bauernbett, er fühlte sich sehr munter, hüpfte ans Fenster. Unten auf der Dorfstraße standen Pferde, von Burschen am Zügel gehalten, darunter ein dicker Apfelschimmel, spärlich beleuchtet von ein paar Stallaternen. Er erfuhr, daß der General in der Nacht dem Regiment nachgeritten sei, daß demnach irgend etwas Entscheidendes unmittelbar bevorstände, wahrscheinlich die erste Attacke auf die Rumänen. Eine Viertelstunde später wurde Leutnant Mirsky von der Ersten Kompanie zum Bataillonskommandanten gerufen.

In der weiten niederen, von Kerzen zitterig erhellten Bauernstube saß Major Parwanow und blinzelte verschlafen auf die Generalstabskarte auf seinen Knien nieder. Nebenan schnauzte Gaskatas laute Stimme. Major Parwanow war ein verständiger Bataillonschef, der mit seinen Leuten gut auskam; im Augenblick hockte er offensichtlich noch schläfrig am Lehmofen. Bei Mirskys Eintritt nahm er die unvermeidliche schneidige Haltung des Vorgesetzten an, sagte: „Exzellenz sind soeben eingetroffen, die Division rückt im Laufe des heutigen Tages nach. Voraussichtlich übermorgen werden wir uns mit dem ganzen Dritten Armeekorps vereinigen. Unser Regiment hat hier Vorpostenstellung bezogen, um die erste Fühlung mit dem Feinde zu nehmen. Bist du klug?"

„Ich?" lächelte Mirsky, „kann schon sein."

Der Major blickte blinzelnd zu ihm auf. „Es heißt: Zu Befehl, Herr Major", berichtigte er ihn ermahnend; „Exzellenz hat deinen Namen erwähnt, im Zusammenhang mit unseren deutschen Verbündeten. Du warst in Berlin, nicht wahr?"

„Das stimmt, ja. Ich hab da gegeigt bei Professor ..."

„Das geht mich nichts an, was du dort gemacht hast, ich sage dir doch, Leutnant, du hast ‚Zu Befehl' zu antworten, weiter nichts", sagte Major Parwanow streng, doch schien es Mirsky im Kerzenschein, als lächelte sein Gesicht unmerklich; „du bist in der Welt herumgekommen, bist jung, hast also Nerven und scheinst mir kein Schafskopf zu sein." Mirsky lächelte wieder. „Wenn du meinen Befehl zufriedenstellend ausführst, kann ich dich zu einer Auszeichnung eingeben. Nun sieh her."

Er winkte Mirsky, der sich, noch lächelnd, zu ihm herunterbeugte, leuchtete mit einer Kerze über die Karte und fuhr mit dem Zeigefinger auf ihr herum. „Hier liegen wir. Hier, acht Kilometer von Krumowo, steht eine Mühle einsam im hügligen Gelände. Dahinter dehnt sich der Opantschawald. Die bulgarisch-rumänische Grenze zieht sich heute zwischen der Mühle und dem Walde hin. Der Feind liegt demnach zweifellos im Wald. Wir nehmen aber an, daß bereits auf unserem Gebiet, in der allein stehenden Mühle nämlich, ein vorgeschobener rumänischer Horchposten versteckt liegt. Du nimmst dir aus der Ersten Kompanie hundertzwanzig Mann und gehst auf einen Rekognoszierungsgang, in Schwarmlinie wohlgemerkt, versuchst die ganze Stellung des Feindes auszukundschaften. An die Mühle hat deine Patrouille ungemein vorsichtig heranzugehen, sonst kannst du im Handumdrehen empfindlichste Verluste haben. Ein paar deiner Leute – du selbst als Patrouillenführer bleibst in Deckung – trachten sich, wenn möglich, in den Wald hineinzupirschen. Wissen wir über die feindlichen Linien Bescheid, greifen wir an. Unsere Division hat die Rumänen aus dem Opantschawald zu werfen, die Dritte Armee schiebt nach, drängt sie durch die Dobrudscha bis zur Stadt Dobritsch – hier ist sie – zurück, wirft sie in die Stadt hinein. Die Eroberung der Stadt ist das vorläufige Endziel der Operation im großen und ganzen, aber", der Major stellte die Kerze auf den Tisch, gähnte, reckte kurz seine Arme, „na schön, das ist für dich nicht wichtig, deine Aufgabe, Leutnant Mirsky, besteht in der ersten Rekognoszierung beim Feind, verstanden?

Jetzt ist es vier. Um halb sechs marschierst du ab. Bis zur Mühle rechne ich zwei Stunden. Sei ungeheuer vorsichtig, halte dich selbst stets im Straßengraben, weil die Landstraße am meisten dem Feuer ausgesetzt ist und der Anführer sich am wenigsten gefährden darf, befiehl deinen Leuten ausdrücklich Attackenabstand. Bist du, äh – was ich für völlig ausgeschlossen halte –, ist keiner von euch bis Mittag zurück, rücken wir nach. Alles verstanden?"

Mirsky richtete sich aus seiner gebückten Haltung auf, reckte ebenfalls die Arme und sagte: „Natürlich."

Major Parwanow schüttelte den Kopf. „Habe ich dich nicht schon zweimal ermahnt, vorschriftsmäßig ‚Zu Befehl, Herr Major' zu sagen?"

„Ach so", sagte Mirsky.

„Donnertürken!" zischte der Major, sehr ärgerlich aufspringend, denn eben rasselte der General durch die Tür, „willst du wohl ..."

„Gutgutgut, lieber Herr Parwanow", sagte Mirsky beschwichtigend, „ich vergesse das immer wieder, regen Sie sich darüber nicht auf."

„Was meldet er?" fragte General Gaskata, der den Leutnant erkannte, legte die Hand hinter die Ohrmuschel.

Der Bataillonskommandant nahm Haltung an. „Der Leutnant hat meine Befehle entgegengenommen, Exzellenz. Abtreten, Leutnant Mirsky." Und mit einem leisen ungeduldigen Seufzer, einer versteckten wütenden Armbewegung bedeutete er ihm, sehr schnell hinauszugehen.

Mirsky nickte, machte wenige Schritte, klopfte sich an die Stirn, stand stramm, stand nochmals stramm, stand ein drittes Mal stramm, obwohl sich nur zwei Vorgesetzte im Zimmer befanden, und ging hinaus.

Die kühle Morgenluft draußen erfrischte ihn. Trotz des kurzen Schlafes fühlte er sich keineswegs müde, vielmehr putzmunter und sehr unternehmungslustig und zufrieden, den stickigen Bauernbetten, den dumpfigen niederen Stuben entronnen zu sein und den Auftrag zu haben, nur auszukundschaften und nicht zu schießen und zu töten – Gott sei Dank! Er schlenderte in der Dämmerung die Dorfstraße hinab, pfiff und trällerte die Chaconne vor sich hin. In den Ställen, denen ein angenehmer warmer Duft von Kühen, Pferden, Heu entströmte, regte sich schon Leben. Allenthalben huschten, schlurften, hantierten Weiber herum, nur Weiber, die Männer waren alle eingezogen. Bei den Pferden der Stabsoffiziere hatte sich ein Auflauf neugieriger Soldaten gebildet, von seiner Kompanie fand er niemanden darunter, er schritt zurückgrüßend vorbei. Vor seinem Quartier angelangt, spähte er durch ein sehr tief liegendes Fenster: Stojan, sein Bursche, lag nah am Fenster, schnarchte leise. Er zögerte, ihn zu wecken, lauschte eine Weile dem friedlichen Geschnarche, kicherte in sich hinein. Schließlich rief er unterdrückt: „Du, Stojan!" Der Bursche schrak auf, sprang mit einem Plumps auf die Beine, salutierte in Unterhosen. „Entschuldige", sagte Mirsky, „aber ich – du mußt mir irgendwie hundertzwanzig von der Kompanie für einen Patrouillen-gang zusammentrommeln. Sag ihnen, sie sollen sich in einer halben Stunde, meinetwegen an dem großen Misthaufen da drüben, sam-meln."

„Zu Befehl, Herr Leutnant."

„Haha, du kannst es im Schlaf, und ich krieg es nie heraus!" lachte Mirsky, was der Bursche nicht verstand.

Aus dem Stall gegenüber kam der Gesang einer Mädchenstimme. Die Stimme gefiel ihm, der Gesang klang leise, wie für die Sängerin ganz allein bestimmt, aber sehr rein. Vor dem Stall standen abgeschirrt zwei von den Feldhaubitzen, die das Regiment mit sich führte, diese umging er, trat ein. Im Halbdunkel erkannte er ein altes Weib und ein rothaariges Mädchen, mit Melken beschäftigt. „Sei still", sagte die Alte bei seinem Eintritt.

„Kann ich ein bißchen Milch zum Frühstück bekommen, nur Milch, weiter nichts?" fragte er. Die Junge hörte zu singen auf, ging hinaus, kam mit einer Schale zurück, füllte sie aus dem Eimer, reichte sie ihm. Dabei merkte er trotz des spärlichen Lichtes, daß ihr Gesicht schön war. Die Alte schlurfte mit zwei Eimern hinaus. „Wie heißt du?" fragte Mirsky das Mädchen, lehnte sich gegen eine Kuh.

„Rada."

„Du singst fabelhaft, Rada, du solltest Gesang studieren. Du hast sicher Bombenerfolge, wenn ihr hier im Dorfe *sedenka* habt."

„Jetzt haben wir keine *sedenka*", sagte das Mädchen, „die jungen Burschen sind alle fort."

„Dafür bin ich da", scherzte Mirsky, „allerdings nicht mehr lange. In einer halben Stunde ziehe ich gegen den Feind." Darauf erwiderte das Mädchen nichts, hob zwei Eimer auf, trug sie davon.

Stojan stolperte in den Stall. „Der Befehl ist ausgeführt, Herr

Leutnant", keuchte er aufgeregt, „hum, den Geigenkasten werden Herr Leutnant auf die Patrouille nicht mitschleppen?"

Mirsky lehnte an der Kuh. „Was sagst du da? Ich soll meine Geige hierlassen? Und wenn wir in Gefangenschaft geraten? Und wenn Krumowo eingenommen und gebrandschatzt wird? Ich mich trennen? Von meiner Geige? Stojan, hast du einen Vogel?" – „Zu Befehl, Herr Leutnant", stotterte Stojan, trat ab.

Nach einer Weile, als es schon heller geworden war, kam Rada wieder, mit einer Sense über der Schulter, die linke Hand hinter dem Rücken, als hielte sie in ihr etwas versteckt. Mirsky hatte die Milch ausgetrunken. „Was machst du denn mit einer Sense, Raditza?"

„Ich gehe aufs Feld, solange die Männer fort sind. Ich möchte Sie etwas fragen."

„Na?"

„Ist es wahr, daß Sie in einer halben Stunde in den Krieg ziehn?"

„Das stimmt."

„Dann nehmen Sie das mit", sie zog ihre Hand, die eine Rose hielt, hinter dem Rücken hervor, „aus unserem Gärtchen, es soll Ihnen Glück bringen." Mirsky nahm die Rose mit verblüfftem Lächeln. Sie stand nahe vor ihm, den nackten Arm über der geschulterten Sense wie ein Bauer. Aber plötzlich war ihr Gesicht dicht vor seinem, in der Halbhelle entdeckte er sekundenlang einen andächtigen Ausdruck darauf. Ehe er sich es versah, gab sie ihm einen festen Kuß mitten auf den Mund, machte einen gemächlichen Schritt rückwärts, drehte sich um und stapfte mit der Sense aus dem Stall.

DER Leutnant Mirsky wanderte mit seinem Trupp über die taunasse Heide, in der die Morgennebel aufwallten; man konnte es schlechthin nicht marschieren nennen. Der Leutnant wanderte mitten auf der Landstraße dahin, die Hände in den Hosentaschen, in seinem Mundwinkel hing ein Rosenstengel, der bei jedem Schritt hin und her pendelte – es war mehr, als ginge er spazieren. Und die Soldaten folgten dem Beispiel ihres jungen Offiziers, trotteten, die Gewehre mit aufgepflanztem Bajonett über die Schulter gehängt, im Abstand von zwei Metern, in breit, breit ausgezogener Linie, gemächlich durch das Heideland, über frisch gepflügte Äcker. „Wir haben Zeit, Kinder", rief der Leutnant, „die Grenze ist nur acht Kilometer weit, und wir brauchen erst mittags zurück zu sein." Er nannte sie Kinder, obschon die meisten Soldaten fast doppelt so alt waren wie er.

Es war zwischen halb sechs und sechs Uhr. Mirsky blieb stehen und nahm die Rose aus dem Mund.

„Kinder, seht euch das an!" rief er laut. Fern, hinter der unabsehbar weiten dampfenden Heide, dort, wo man das Meer vermutete, ging die Sonne auf. Die Riesenreihe der Soldaten hielt an und sah dem glutroten Sonnenball zu, wie er sich immer höher und gleißender über die dampfende Erde in den wolkenlos reinen Morgenhimmel schob: Hunderteinundzwanzig Schatten, über denen die Bajonette als dünne glitzernde Striche in die Luft stachen, standen gegen diesen blutroten Sonnenaufgang bewegungslos nebeneinander auf dem Felde. „Herrgottnocheins", schrie Mirsky, „ist das schön!" – „Das wird ein feiner heißer Septembertag", sagte Iwan Babine, ein älterer Bauer, und hielt die Hand über die Augen.

Die Soldaten waren größtenteils Bauern. Im Weitergehen raunten sie einander ab und zu leise Bemerkungen zu. Und weil der kleine Leutnant – nein, er war wahrlich kein Riese – es ihnen nicht verbot, sondern, mit dem Rosenstengel im Mund unternehmungslustig und vergnügt aussehend, auf der Landstraße in den Morgen hineinspazierte, fingen sie an, sich lauter und allmählich allgemein darüber zu unterhalten, wie die Ernte in diesem Kriegsjahr ausgefallen, wie dieser Boden hier gepflügt sei, was für Aussichten die Wintersaat unter Umständen haben könnte, wie lustig steil, hehe, die Lerchen vor ihnen aufflögen. Doch je weiter sie wanderten, desto häufiger stockten diese Unterhaltungen. Etwas lenkte die Gedanken ab, etwas, das ihnen nicht aus dem Kopf und dem Herzen wollte, um das alle wußten. Alle wußten, daß der schwarze Strich dort vorn, dem sie zustrebten, der Opantschawald war, vor dem sich die Grenze zog, daß dort die Rumänen lagen, daß sie die Feinde in kürzester Zeit zu Gesicht bekommen würden und müßten, weil sie sie ja auszukundschaften hatten. Keinem dagegen, nicht einmal denen, die bereits im Balkankrieg mitgekämpft hatten, gelang es, sich die kommende Begegnung vorzustellen. Allein ihr Leutnant tat, als wüßte er von allem nichts, als unternähme er seinen Sonntagsausflug. Das stimmte sie belustigt-verwundert und vertrauensvoll.

Nach einem verzögerten Marsch von drei Stunden – sie waren kaum drei Kilometer die Stunde gegangen – kam der Wald so deutlich in Sicht, daß man die einzelnen Büsche unterscheiden konnte. Davor, auf der Höhe eines sanften Hügels, stand die einsame Mühle. Sie sah verlassen aus, ihre Flügel regten sich nicht. Mirsky sagte „Halt!" und hob sein Fernglas vor die Augen. „Hm. Solch ein Horchposten soll wahrscheinlich verlassen aussehn. Aber höchstwahrscheinlich liegen Rumänen drin und beobachten uns." Er ließ das Fernglas sinken, starrte nachdenklich zu den Windmühlenflügeln auf, ohne die geringste Ahnung, was jetzt zu tun sei. „Hm. Ich – ich könnte mir die Geschichte so vorstellen, daß – daß zehn von euch den Hügel herum-und ungesehen möglichst nah an die Mühle heranschleichen. Wenn aus ihr geschossen wird, lauft ihr den Hügel herunter. Bitte zehn vor!"

Die Soldaten zwinkerten einander an, dann traten nacheinander zehn aus der Reihe, als erster ein junger Türke mit grinsendem Gesicht namens Osman. Die zehn richteten ihre Blicke auf Mirsky; der errötete plötzlich, nahm an, sie hielten ihn insgeheim für feige, weil er selber, obzwar es ihm befohlen war, in Deckung bliebe, und sagte etwas verlegen: „Ach, ich – schleiche auch mit. Die andern warten hier unten. Also gehen wir. Stojan", rief er zurück, „was auch geschieht, paß vor allen Dingen schön auf meine Geige auf."

Die Soldaten pirschten sich zu einer steilen Böschung vor, dann nahmen sie ihre Gewehre von den Schultern und krochen, das Gewehr in der Hand, auf allen vieren aufwärts. Mirsky machte es ihnen nach.

„Nehmen Sie Ihre Pistole zur Hand, Herr Leutnant, Sie sind ja unbewaffnet!" raunte ihm ein erfahrener Soldat mit schwarzem Vollbart zu, der neben ihm kroch.

„Ach, Unsinn, wozu? Ich werde doch sowieso niemanden er-schießen."

„Dann werden Sie selber sehr leicht erschossen werden", flüsterte der Schwarzbärtige besorgt.

„Ach, Unsinn, mich erschießen sie nicht so leicht, ich bin ziemlich klein, mich trifft man nicht." Der junge Türke, der hinter Mirsky her kroch, sagte etwas in sehr schlechtem Bulgarisch.

„Was meint er?"

„Er verspricht, den jungen Herrn Leutnant zu beschützen", raunte der Bärtige, und sein schwarzer Bart verschob sich in einem kleinen Lächeln.

Sobald sie die Anhöhe erklommen hatten, hetzten sie wie Verrückte auf die Mühle zu. Mirsky fing im Laufen zu kichern an: Es erschien ihm zu komisch, dicke Männer mit Vollbärten und schweren Stiefeln so irrsinnig rennen zu sehn. Auch das braune Gesicht Osmans, der sich dicht neben ihm hielt, grinste unentwegt. In diesem Augenblick ahnte, nein wußte Mirsky, daß sie im nächsten beschossen würden – oder waren nicht soeben schon die ersten Schüsse gefallen?

Er hörte zu kichern auf, setzte in großen Sprüngen über die Anhöhe, der Rosenstengel in seinem Mundwinkel schwang mächtig hin und her. Es war wie ein Wettlauf über hundert Meter. Erst als sie um die Mühle herumliefen, nach der Tür suchten, sie verschlossen fanden, aufgeregt dagegentraten, begriff er, daß bisher noch nicht geschossen worden war.

„Die haben sich von innen verbarrikadiert, verflucht!" Die Soldaten sprengten die Tür mit schweren Stiefeltritten und Kolbenstößen, drängten, unterdrückt hurra schreiend, hinein und die knarrende Stiege hinauf. Mirsky blieb unten stehn, nahm, ohne es zu merken, die Rose aus dem Mund, verpustete sich, steckte sich den Stengel wieder zwischen die Zähne.

Oben hörten die Hurrarufe unvermittelt auf. Jemand hustete. Eine erstaunte Stimme sagte: „Hier ist niemand", eine andere, die des Hustenden, antwortete: „Oehö, hier auch nicht. Dafür Staub genug zum Ersticken." – Eine dritte murrte: „Haben sich die Kerle in den Mehlsäcken verkrochen? Im ganzen Klapperkasten kein Schwein zu finden! Alles leer!" Die schweren Tritte polterten die Stiege wieder herab.

„Niemand in der Mühle?" fragte der Leutnant, „Kinder, da war unser schöner Wettlauf für die Katz. Haha, ich habe den Verdacht, wir müssen bedeutend ruhiger werden. Gehn wir weiter, was hilft's. Wagen wir uns an den Wald heran – dort liegen sie."

Sie liefen die Böschung hinunter, stießen zu den andern. „Ja, sie war leer", sagte Mirsky, hob sein Fernglas. „Deshalb müssen wir noch weiter vor, über die Grenze rüber. Sobald sie euch aus dem Wald beschießen, hinschmeißen und zurück, das ist wohl das sicherste, was, Dragan?" – „Sicherlich", nickte der Schwarzbärtige. Mirsky suchte mit dem Glas den nahen Saum des Waldes ab, aber er konnte niemand erspähen, die Rumänen hatten sich gut versteckt. „Also los, in des Teufels Namen!"

MIRSKY ging auf der Landstraße dahin, die in den Wald hineinführte. Seine Leute stapften zu beiden Seiten in breitester Schwarmlinie geradewegs auf das Holz zu. „Immer ruhig Blut!" rief Mirsky. Ein spitzbübisches Gefühl überkam ihn, so, als stehe er im Begriff, etwas Verbotenes, einen Dummenjungenstreich zu begehen: Jetzt ungefähr mußten sie die Grenze überschritten haben – unwillkürlich trat er leiser auf. Auch die Soldaten stapften behutsamer vorwärts, das Gewehr in der Hand, zusammengeduckt, bereit, sich jede Sekunde hinzuwerfen. Als sie in Schußweite des Waldes waren, kam Unordnung in die Reihe. Die einen gingen schneller, die andern langsamer, einige legten sich sogar hin, krochen auf dem Bauch weiter. „Immer mit der Ruhe, vorwärts!" rief Mirsky, riß sein Glas vor die Augen. So spazierte er, nicht gekrümmt, eher aufgereckt vor Erwartung, die Landstraße entlang, weil es sich auf ihr besser ging als im Straßengraben, doch war ihm unheimlich zumute. Durch das Glas sah er zum Greifen nahe die Dornbüsche der Ausläufer des *Deli Orman* (türkisch: Schlechter Wald).

„Die Kerle schießen nicht", schimpfte er. Sie hatten sich bis auf fünfzig Meter dem Rande genähert, und er begann für das Leben seiner Leute, das ihm anvertraut war, zu fürchten. Wie kann man es mir auch anvertrauen, dachte er wütend, einem Studenten, der rein nichts vom Krieg versteht, auch gar nicht verstehen wollte! „Wenn ihr wollt", schrie er laut und steckte dabei die Hände ärgerlich in die Hosentaschen, „so nehmt die Beine unter den Arm und deckt euch hinter den Büschen!"

Die Soldaten sprangen auf den Waldrand zu. Diesmal lachte er nicht, folgte ihnen in gleichmäßigem Spazierschritt, jedoch voll unerträglicher Spannung. Die Soldaten erreichten glücklich die ersten

Bäume, kauerten sich hinter sie. Dann stand er selber am Eingang zum Opantschawald, vernahm statt des Schießens das laute Atmen der Nächststehenden, schüttelte den Kopf und fing zu kichern an. „Haha, wie verhext!" Sein Bursche sprang von Hage- zu Hagedorn, Deckung suchend, wobei ihm der am Tornister befestigte Geigenkasten auf den Hintern schlug, zu ihm hin, stotterte mit dickem ängstlichem Gesicht: „Melde gehorsamst, He–herr Leutnant, es-es sieht aus wie ein Hinter-hinterhalt, in den die uns locken wollen."

„Das brauchst du gar nicht gehorsamst zu melden, Stojan. Unser verfluchter Auftrag lautet, sie auszukundschaften. Sie scheinen tiefer im Walde zu liegen. Wir müssen eben in den Wald rein."

„Reingehn!" grinste der junge Türke, seine großen rehbraunen Augen glitzerten. – „Schön. Gehen wir rein!"

Die Soldaten brachen in den Wildrosenwald, durchkrochen, Deckung nehmend, kleine Schluchten, während Mirsky allein auf der von den Mispelbäumen verdunkelten Landstraße weiterging. Er hörte nichts als das stetige Knacken der Äste rechts und links, vereinzelte unterdrückte Rufe. Nach einer Weile blieb er stehen, schrie: „He, seht ihr jemand?" – „Sehen niemand!" hallten verschiedene Rufe aus dem Holz, „kein Aas ... Keine Sterbenssau!" – „Schön", schrie Mirsky zurück, „solange es nicht knallt, gehn wir weiter." Nach einigen Minuten knackte etwas links im Busch so laut, daß Mirsky es für einen Schuß hielt. „Ist was?" schrie er aus Leibeskräften. – „Nix! Nix! Nix!" hallte es aus dem Dickicht, „nur Dornen und Spinnweben sind hier!" – „Das sind keine Spinnweben, du Rind!" rief eine Stimme von fern her, „das ist bekanntlich Altweibersommer." – „Halt die Klappe, es sind Spinnen!" rief die erste Stimme. – „Weiter!" schrie Mirsky, nicht weniger laut als zuvor. Nach zwanzig Minuten, in denen nichts vernehmbar war als das Zirpen der Zikaden, das Knistern und Knacken von Astwerk unter schweren Soldatenstiefeln, das Hinund-herrufen, ob niemand zu sehen sei, wurden die Rufe ausgelassener. „Kuckuck – Kuckuck!" rief eine Stimme wie beim Versteckspiel, „wo steckt ihr denn, ihr schönen Rumänen?" – „Ach Gottchen, hier!" antwortete einer mit verstellter hoher Fistelstimme. – „Kuckuck, bist du ein wunderschöner Rumäne und hast dich wunderfein versteckt?" – „Nein", rief die Fistelstimme, „ich bin ein wunderholdes Rotkäpp-

chen von fünfzig Jahren und habe mich im Wald verirrt, huhu!" –
„Huhu! Dann suchst du wohl Babine?" – (*Babine* heißt auf bulgarisch
Großmutter.) Der Busch widerhallte von polterndem Männergeläch-
ter. „Hahahaha, bist du das, Blagoi? Ich wette, das ist Blagoi!"

Mirsky sah Iwan Babine zwischen den Sträuchern neben der Straße
laufen und winkte ihn zu sich. „Höre, Iwan, du bist doch ein gewitzter
Soldat aus dem Balkankrieg, mindestens so gewitzt wie Dragan ...",
Babine schmunzelte geschmeichelt über sein ganzes faltiges Gesicht,
„hältst du es nicht, vielleicht, für gefährlich, daß unsere so laut lärmen?
Denke dir, wenn jetzt, sofort, die Schießerei losginge und zum
Beispiel der Wald dabei in Brand geriete? Wie sollen sich unsere Leute
hier mitten im Wildrosenbusch retten?"

„O Leutnantchen, keine Bange vor einem Waldbrand im Kriege",
sagte Babine, kratzte sich gelassen seine ergraute Schläfe; „bis dieser
große Busch abgebrannt ist, sind wir doch alle längst erschossen."

Mirsky blickte in das faltige verschmitzte Bauerngesicht. „So. Da
kannst du nun wieder recht haben. Iwan, du bist ein Philosoph.
Schön, gehn wir weiter."

„Weil wir schon grade vom Feuer reden, Leutnantchen – darf ich
mir mein Pfeifchen anzünden?"

„Zünd es dir an."

Nach geraumer Zeit brüllte einer: „Seht ihr die Lichtung?" Die
Landstraße machte eine Biegung, der Wald hörte tatsächlich auf,
durch die letzten Bäume schimmerten weite, sonnenbestrahlte Maisfelder. Die Soldaten steckten ihre Köpfe aus dem Randdickicht, lugten
aus. Als sie nichts erblickten als menschenleeres Feld, brachen sie
hervor, schauten einander mit geröteten fröhlichen Gesichtern an,
zeigten lachend aufeinander wie Kinder nach einem gelungenen Versteckspiel. Selbst der dicke Stojan verriet keine Angst mehr, sein
fettes, schwitzendes Gesicht strahlte. Mirsky stand, von einigen
Leuten umringt, das Glas vorm Auge, drehte sich langsam, suchte das
Tafelland ab: Unter der drückenden Septembersonne, die hoch in den
Himmel gestiegen war, dehnte es sich in trächtiger Buntheit
zusammengewürfelt gelb, grün, rostfarben, endlos bis zum dunstig
blauen Horizont, nichts regte sich, kein Tier, kein Mensch, nicht der
Rauch eines Hauses, nicht einmal ein Lüftchen.

Seufzend ließ er den Feldstecher sinken. „Wo kundschaften wir die Rasselbande bloß aus?" lächelte er ratlos. „Bis zum Mittag sollen wir zurück sein und – nichts, nichts, nichts. Es ist zum . . ."

„Laßt uns weitergehn, Leutnantchen, wir werden die Rumänen schon aufstöbern", schmunzelte Iwan.

„Vielleicht tut Leutnantchen einmal einen Blick in seine Stabs-karte", sagte Dragan, freundlich seinen schwarzen Bart streichelnd.

„Ja, gib mir meine Karte, Stojan!" Mirsky breitete die Landkarte auf Stojans Tornister aus, starrte sie an. Er verstand sich schlecht auf Kartenlesen: Diese Weihnachtsbäumchen hier schienen der Opan-tschawald zu sein, hier zog sich die Dobrudscha lang, hier lag eine Ortschaft namens Baligea, und hier, bedeutend weiter hinten, auf der geschlängelten Hauptstraße, der Kilometerzahl nach zu schließen, anderthalb Tagmärsche entfernt, lag die Stadt Dobritsch, der rumäni-sche Hauptstützpunkt, dessen Eroberung das vorläufige Endziel der nächste Woche in der Dobrudscha stattfindenden Kämpfe sein sollte. Dies hatte Parwanow gesagt und dazu so etwas wie: „Erste Vorbedingung ist, daß wir die feindlichen Stellungen kennen. Bezeichnest du sie mir zufriedenstellend, so kann ich dich zu einer Dekorierung eingeben." Gut, aber wie sollte er sie bezeichnen, wenn sie nicht aufzutreiben waren? Wo, bei allen Komponisten der Welt, befanden sie sich? Hui, und auf die Dekorierung verzichtete er dankend, er war kein, na was – kein Weihnachtsbäumchen. Was ging ihn dies alles eigentlich an? Was trieb er die letzten Monate ihm selber völlig überflüssig vorkommendes Zeug, anstatt ein einziges Mal, wenigstens ein Stündchen lang, ordentlich Bach zu üben: o Bach! Von der Chaconne konnte er sicher nicht einmal die paar ersten Doppel-griffe mehr – ach!

Halb verdrossen, halb selbstspöttisch biß er an seinem Rosenstengel herum, spuckte aus, stierte auf Stojans speckiges Genick. Jedenfalls: Die Hauptstraße, die sich tief ins Feindesland hineinschlängelte, zu verfolgen schien unsinnig. Ein Nebenweg führte in der Nähe des Waldes zwischen zwei Dörfern hindurch. Vielleicht lauerten sie in diesen Dörfern. „Hol es der Bock", brummte er, „zuckeln wir noch ein Stückchen vorwärts. Dem Feldweg nach."

DER Mais stand blond übermannshoch. Von der Reihe Soldaten waren kaum die Köpfe zu sehen. Manche hatten Pfeifen im Mund, qualmten, waren, ohne den Offizier zu fragen, einfach Babines Beispiel gefolgt. Man hätte sie für eine stattliche Schnitterreihe halten können, sehr langsam und umständlich, vornübergebeugt, schoben sich die Leute vorwärts; fast alle waren Bauern, und es dauerte sie, den schönen Mais achtlos niederzustampfen. Petko, ein junger großer Bauer, der bis zur Nase aus den Stauden ragte, sagte: „Ein Jammer, den tadellosen Kukuruz so stehen zu sehn. Höher als voriges Jahr steht er, der reift ja über, und wenn der Regen kommt, fault er hin. Warum wird er nicht abgeerntet?" – „Wahrscheinlich – weil Kriegszeit ist", sagte Lüdmil Diamandiew, ein älterer Mann mit sehr verschlafenem Gesicht, der neben ihm ging, langsam, aber jedes Wort mit Nachdruck betonend. „Im letzten Krieg ging auch die halbe Ernte vor die Hunde. Ich habe es mit meinen eigenen Augen gesehen." – „In solch einem Krieg geht wohl allerhand vor die Hunde?" erkundigte sich Petko stirnrunzelnd, „pack mal ein bißchen aus davon, Onkelchen."

Nachdem sie sich zwei Stunden vorwärts gepirscht hatten, rauchend und schwatzend, sprang ein leichter Wind auf. Mirsky spazierte auf dem ausgefahrenen Karrenweg, der eine Gasse durch den hoch aufgeschossenen Kukuruz bildete, ab und zu reckte er den Hals, besah sich die Gegend. Hüben und drüben tauchten in beträchtlicher Entfernung wenige niedrige beisammenstehende Hütten auf. Es mochten die verzeichneten Dörfer sein. Mirsky stellte sich auf einen Tornister, betrachtete sie durch sein Glas. Nichts rührte sich in ihnen, sie machten einen unbewohnten Eindruck. Wenn sie dort lauern, müssen sie unsere Köpfe entdeckt haben und werden uns aufs Korn nehmen, dachte Mirsky, lauschte. Doch kein Schuß zerriß die schwüle Mittagsluft.

Sie ließen die Dörfer hinter sich, streiften weiter durch das leise bewegte Meer von Maisstauden, auf das die Sonne niedersengte. „Habe ich nicht einen erstaunlich heißen Tag prophezeit?" sagte Babine, sog an seiner Pfeife. Der Wind wurde stärker. Einige Soldaten nahmen ihre Kappen ab, trugen sie am Sturmriemen wie Körbchen überm Arm und ließen ihre glattgeschorenen, schweißglänzenden Schädel vom Wind befächeln. Dann hörten die Maisfelder unversehens auf, menschenleere lange Melonenfelder dehnten sich. „Meine Schnauze, hier gefällt es mir, hier sollten wir bleiben!" rief einer. – „Du, Boiko", schrie ein anderer, „hast du auf unserem Markt jemals solche prächtig grünen Riesendinger angetroffen?" – „Meiner Lebtag habe ich so 'ne nicht zu Gesicht gekriegt."

Iwan Babine trat zu Mirsky auf den Weg. „Leutnantchen, dürfen wir uns ein paar fette Melonen abschneiden? Wir sind durstig." Sie waren seit dem frühen Morgen ohne Pause unterwegs, sie mußten Durst und Hunger haben, fiel ihm ein, obwohl er selbst gar keinen Hunger verspürte, viel zu unternehmungslustig war er dazu. „Natürlich, Iwan", sagte er, „wir wollen hier rasten, ihr habt es verdient." – „Aber gehen wir nicht aus der Reihe raus", warnte Dragan und spähte aufmerksam umher; „bleiben wir in der Reihe." – „Richtig", sagte Mirsky, „das kann nichts schaden."

Die Soldaten zückten lärmend ihre Seitengewehre, bückten sich nach den größten Melonen, schnitten die riesenhaften grünen, in der Sonne glänzenden Früchte ab und auf, hielten inne, stritten sich, steckten darauf einer nach dem anderen die Seitengewehre wieder ein, holten ihre Bajonette von den Gewehren herunter, kratzten mit ihnen die saftige Frucht aus der Schale, hielten das rote Melonenfleisch triumphierend aufgespießt in die Höhe und lutschten es schließlich kichernd und schmatzend von ihren Bajonetten ab. Der Saft troff ihnen in die Bärte, die Kerne spuckten sie in großem Bogen aus, wenn sie einander trafen, lachten sie schallend. Mirsky hatte sich auf einen Meilenstein gehockt, die Beine übereinandergeschlagen, sah ihnen lächelnd zu. Nahe vor ihm bückte sich gerade Diamandiew nach einer neuen Melone, die Kappe hatte er abgenommen, und mitten auf seinem glatten Schädel prangte ein runder dunkelbrauner Fleck. Mirsky entdeckte genau den gleichen Fleck auch bei verschiedenen andern, die sich bückten, alle trugen ihn zuoberst mitten auf ihren geschorenen Köpfen.

„Was habt ihr denn alle für komische Flecke auf dem Kopf, Kinder ... gehört ihr einer buddhistischen Geheimsekte an?" fragte Mirsky kopfschüttelnd. Diamandiew richtete sich schwerfällig auf.

„Gegen Kopfschmerzen", sagte er schläfrig.

„Was??"

„Unteroffizier Gorew streicht uns immer Jod auf den Kopf, wenn wir über Kopfschmerzen klagen."

„Jod? Haha, hilft es euch denn, haha?"

Der Bauer wiegte sehr langsam den Kopf. „Manchmal ja, manchmal nein."

„Also manchmal nein, hahaha? Und wenn ihr Bauchschmerzen habt, kriegt ihr dann die Bäuche mit Jod bemalt?"

„Das nicht", sagte Diamandiew ernst, „dann bekommen wir Kalomel. Eines von beiden bekommen wir immer, über was wir auch klagen: immer Jod oder Kalomel."

„Soso. Gorew, sagst du, heißt der Unteroffizier? Ist er mit? Nicht? Na, dann sage ihm, wenn er dir nächstens den Kopf bepinseln will, er soll sich mit dem Jod lieber seinen Schnurrbart färben."

Diamandiew hob die Hand, kratzte zögernd und verlegen den Jodfleck mitten auf seinem nackten Kopf, blinzelte Mirsky verschlafen an. „So etwas darf ich aber nicht sagen." – „Tu es auf meine Verantwortung, Lüdmil."

MIRSKY saß noch lachend auf dem Feldstein und sah, die Hände in die Seiten gestemmt, die Augen vor Erheiterung, Aufgekratztheit, Unternehmungslust blitzend, seinen futternden, schmatzenden, triefenden, kernspuckenden Leuten zu, als der Bursche Stojan mit einer gewaltigen Melonenhälfte herbeilief. „Herr Leutnantchen", schnaufte er – „Herr Leutnant" zu sagen paßte ihm nicht mehr, da ihn alle die Älteren „Leutnantchen" nannten, das wagte er aber selber noch nicht, darum sagte er: „Herr Leutnantchen, diese Kürbisse schmecken, uijuijuijui ...", er hielt sie ihm hin und verdrehte seine Schweinsäuglein dabei, „sie zergehen, melde gehorsamst, auf der Zunge."

„Danke, Stojan, ich hab keinen Hunger, bin zu aufgeregt ... sind meine Sachen in Ordnung? Hast du meinen Geigenkasten nirgends angestoßen, Mensch?" Plötzlich besorgt, blickte er um den dicken Stojan herum, dem der lange Kasten auf die Kniekehlen niederbaumelte. „Schnall ab, zeig mal her." – Stojan wischte sich mit seinem Ärmel über seine dicken saftbespritzten Backen, entledigte sich ächzend seines Gepäcks, reichte ihm den Kasten. Mirsky öffnete ihn hastig, ein paar zusammengerollte Noten fielen heraus. Ohne darauf zu achten, wickelte er das Instrument aus dem Tuch, ergriff es, beäugte es zärtlich besorgt, klopfte mit dem Knöchel zart ans Holz, zupfte leise alle vier Saiten, atmete auf – es war unversehrt.

Die Geige lag unversehrt auf seinen Knien. Braunrötlich und sehr blank funkelte sie in der strahlenden Sonne, auf eine merkwürdige, gleichsam kokette Weise verheißungsvoll. Mit einem zärtlichen, gedankenversunkenen Lächeln starrte er auf sie hinab. Unvermittelt sah er auf: Vor ihm bewegte sich die lange Soldatenreihe niedergebückt und lustig schmausend im Melonenfeld gemächlich vorwärts. „Stojan, ob du mir die Noten ... nein, wenn du mich dabei so treuherzig anglotzt, müßte ich ja loslachen!" Suchend blickte er sich um: endlose Melonenfelder ringsum, nirgends ein Mensch, ein Feind, nur eine Vogelscheuche am Rande des letzten Maisfeldes. Mirsky nickte ihr freundlich zu, als sei sie ihm willkommen. Er stand auf, klemmte die Geige unter den Arm, zog den Bogen aus dem Kasten, hob die gerollten Noten vom Boden auf. Und während er in übermütigen Sätzen die hundert Meter zum Maisfeld hinübersprang, ließ sich der Bursche auf den Meilenstein nieder und vertilgte die für seinen jungen Herrn bestimmte Mahlzeit in einer Viertelminute.

Mirsky teilte die schwankenden Kukuruzstauden am Rande. Vor der Vogelscheuche stand er still, rollte die Noten auf und stellte sie auf die ausgebreiteten Holzarme, um die eine schmutzstarrende zerrissene Bauernjacke hing. Aber der Wind wehte die Blätter sofort hinunter. Zuoberst, aus einer verlaust anmutenden Mütze heraus, ragte ein rostiger Nagel. An dem hängte er die Noten auf, so ging es. Schnell, vor Ungeduld heftig am Blumenstengel kauend, schraubte er am Bogen, klemmte die Geige unter das Kinn, drehte, sie hastig stimmend, an den Wirbeln, zirpte mit der Bogenspitze einige Male über die Saiten, starrte die aufgespießten Noten an, deren Überschrift „Die Chaconne von Joh. Seb. Bach, für Violine Solo, Andante" lautete – holte sehr tief Atem und begann zu spielen.

Herrgott, wie lange hatte er nicht mehr ungeschoren geigen dürfen! Die majestätisch klangvollen Arpeggien des Anfangs bewältigte er mühelos, die ersten Doppelgriffe waren ihm längst zur lebenslänglichen Gewohnheit geworden. Dann gingen die Doppelgriffe in

Achtel- und Sechzehntelläufe über, wobei er sich meistens schon verheddert hatte, doch heute meisterte er sie fehlerlos. Nach etwa fünfzig Takten, in denen der Rosenstengel ganz vergessen im Rhythmus der Sechzehntel hin und her pendelte, kam er in die Gefilde der Zweiunddreißigstel, in denen er unweigerlich, mit der vollkommensten Sicherheit, zu stümpern anfing und in eine Unsauberkeit verfiel, die ihn stets in solche Raserei stürzte, daß er oft den Drang verspürt hatte, seine schöne Geige auf den Boden zu schleudern und auf ihr herumzutreten. Aber – merkwürdig – zu seiner wachsenden Verwunderung verspielte er sich keineswegs, verwischte auch keinen der unermeßlich geschwinden Läufe, mit dem linken Fuß stampfte er mechanisch den Takt, damit er sich im Tempo nicht verlangsame, die Rose zwischen seinen zusammengebissenen Zähnen vibrierte jetzt nur noch in überstürztem Zittern – woran liegt das nur, daß mir dies zum erstenmal gelingt, liegt das an dem Sonnenschein und dem Wind? dachte er blitzschnell, vergaß es sofort wieder. Plötzlich dachte er an den Krieg, an die Rumänen, die er sich so gar nicht vorstellen konnte, sprunghaft an lange, leere Konservatoriumsgänge, schwarzweißrote Fahnen wehten durch eine Straße Berlins; dann sah er General Gaskata auf seinem dicken Schimmel vor sich, wie er brüllte: „Wir wollen sterben", darauf Major Parwanows bekümmertes Gesicht im Kerzenschein. In Viertelsekunden zogen diese Bilder vorbei, während er unentwegt zu spielen fortfuhr. Später, in raschem Augensenken, gewahrte er die vergessene Rose, die unter seiner Nase zitterte, dachte an Rada im morgendämmerigen Stall, ein flugs verhuschendes Lächeln verzog seine Lippen. Spielen, nicht denken! Und fehlerlos, mit einer Taktmäßigkeit und Reinheit, die er niemals im entferntesten erreicht hatte, glitten seine Finger übers Griffbrett, flog der Bogen über die Saiten auf und nieder, geigte er weiter, unerbittlich weiter, achtete nicht auf die Rufe und Schritte, die sich hinter ihm näherten und entfernten.

Die Soldaten, als sie Mirsky aus dem Maisfeld geigen hörten, schrien: „Schaut euch unser Leutnantchen an!" Mehrere liefen von ihren Melonen fort in seine Nähe, lauschten seinem Spiel. Aber da er keine Volkslieder spielte, winkten sie den andern ab. „Unser Leutnantchen macht auf der Geige einen Bienenstock nach, hehehe!"

und kehrten lachend in die Reihe zurück. Durch das unverhoffte Geigenüben ihres Offiziers wurde die Patrouille noch sorglos-ausgelassener als zuvor. Wohl hielten sie sich noch ein Weilchen in der Reihe. Osman, der eine riesige Melonenhälfte fein säuberlich ausge-höhlt hatte, schlich mit ihr grinsend von hinten an seinen Nebenmann, den ahnungslosen Diamandiew, heran, stülpte sie ihm behende tief über seinen glattgeschorenen Kopf, hüpfte kehlig-hell lachend in seinen Abstand zurück. Vielfaches Gelächter wieherte über das Feld, Lüdmil richtete sich auf, schob die ausgeweidete Melonenschale recht bedächtig aus seinem schläfrigen Gesicht, das sich weder in Ärger noch in Freude veränderte, auf den Hinterkopf zurück, ließ sie dort sitzen wie einen knallig grünen Narrenhelm, blinzelte verschlafen-bieder, ein klein wenig vorwurfsvoll umher. Wieder erscholl unbän-diges Gelächter, doch Mirsky vernahm es nicht mehr, all seine Gedanken, Nerven, Sinne angespannt und auf sein unverständlich glänzend klingendes Spiel gerichtet: Wären jetzt die Schüsse gefallen, auf die er den ganzen Vormittag gewartet hatte, auch sie hätte er überhört.

Weil er nicht zu spielen aufhörte, wurde er in den Herzen der Soldaten immer weniger Offizier und immer mehr Musikant, wurde dieser gefährliche Kriegstag für sie immer mehr ein strahlender Sonn-tag, begannen sie, nachdem sie das erste Feld abgeerntet hatten, trotz der Warnungen des schwarzbärtigen Dragan ihre lange Reihe auf-zulösen, sich in kleineren Gruppen zu zerstreuen, in andere Felder einzubrechen, um sich weiterhin die schönsten, größten, reifsten Früchte auszusuchen, sie wuchtig aufzuschneiden und mit erquicktem Geschlürf zu verspeisen, weil sie nichts Besseres zu tun hatten und weil niemand den Abmarsch befahl. Dabei wurden sie immer wähleri-scher; wenn eine aufgeschnittene Melone nicht troff vor Saftigkeit, warfen sie die beiden Hälften verächtlich fort: Wuchsen hier nicht genug für ein verdurstetes Armeekorps, lagen sie nicht brach? Nach einer Weile zeigte es sich denn, daß sich viele von ihnen übergessen hatten, die einen warfen sich japsend und gewaltig aufstoßend auf die Erde, die andern legten sich, die Hände über dem vollen Bauch gefaltet, an den Rand des Maisfeldes, das ein wenig Schatten spendete, um ein Verdauungsschläfchen zu tun. Die dritten, mit denen es am

schlimmsten bestellt war, rissen sich die Hosen herunter und entleerten sich knackend. Wieder andere zeigten lachend und johlend auf diese Soldaten, die allerorts in den Feldern weit verstreut in der Hocke saßen, mit einer Hand das auf die Erde gestellte bajonettge-schmückte Gewehr als Stütze festhaltend, mit im Wind flatternden Hemden, mit schicksalsergebenen Gesichtern, schrien ihnen grobe Witze zu, etwa: Sie sollten sich artig vorsehen, damit sie ihre Hosen verschonten, oder: Unter diesen Umständen müsse ja die nächstjäh-rige Ernte hier eine noch viel vortrefflichere werden, holla! Und inmitten dieser zehn Dutzend in den prangenden Feldern verstreuten Soldaten, die gruppenweise herumlagen, rauchten oder schnarchten, sich bückten, um unersättlich Melonen abzuschneiden oder ernsthaft ihren Verdauungsstörungen zu obliegen, die miteinander Späße trieben, sich zujohlten und zulachten – die in ihrer friedlichen Verstreutheit einer großen weidenden Viehherde glichen, die der hin und her laufende, mahnende, knurrende Dragan wie ein Wächterhund zusammenzuhalten trachtete, stand, ohne sich um irgend etwas, das um ihn her vorging, zu kümmern, Leutnant Mirsky als fiedelnder Hirt.

Seine zierliche Gestalt erhob sich vor den blonden Kukuruzstauden neben dem gespenstisch bekleideten Gestell, das er nur um weniges überragte, seine Geige schillerte rötlich in der heißen frühnachmittäg-lichen Septembersonne, der rechte Arm mit dem Bogen schwang gewaltig hin und her oder verharrte auch plötzlich fast unbeweglich in langgezogenen Strichen, die linke Zehenspitze klopfte den Takt, Radas Rose wippte in seinem Mund, sein Gesicht war rot vor Hitze und vor Freude des Gelingens; so stand er mitten im Feindesland, geigte, einem jahrhundertealten Meisterwerke völlig hingegeben, vor einer knarrenden Vogelscheuche, um ihn her wogte das Maisfeld im stark anschwellenden Winde, und über ihm wölbte sich der wolken-lose blaue große gute Himmel der Dobrudscha . . .

„KINDER, wo ist meine Rose geblieben?" rief er nach einer geschlage-nen Stunde schallend. Er hatte zu üben aufgehört und bog suchend die Stauden um die Vogelscheuche auseinander. Osman fand sie und überreichte sie ihm, spitzbübisch grinsend. Mirsky atmete erleichtert auf und lächelte über das ganze Gesicht. „Ich glaube, es wird Zeit, daß wir weiterkommen." – „Ja, es ist höchste Zeit", sagte Dragan ernst und sah nach der Sonne. Mit vielem Geschrei wurde aufgebrochen. Nicht etwa, daß sie marschierten, sie streiften auch nicht mehr im gehörigen Abstand, sie bummelten einfach in einer lockeren satten, laut schwatzenden Horde quer über die Felder dahin, ohne sich weiter an den Karrenweg zu halten. Und Mirsky spazierte mitten zwischen ihnen, mit dem Geigenkasten unter dem Arm: er hatte Stojan nicht erlaubt, ihn wieder an sich zu nehmen, und mit einem zufriedenen Lächeln: Sogar die überaus schwierigen Doppelgriffe im zweiten Halbsatz, die man als Sechzehntel nehmen mußte, hatte er gemeistert, ohne das Tempo zu verlangsamen, es war wie verhext, erfreulich verhext, jaha! Und seine stille Zufriedenheit vermischte sich herzlich mit der redseligen Fröhlichkeit der Bauern, zwischen denen er einherging. Hatten sie ihn vor der Rast Herr Leutnant genannt und Leutnantchen, jetzt redeten sie ihn unverzagt Freundchen an und mein Sohn. Und Mirsky war es recht.

„Babine, du hast doch den letzten Krieg mitgemacht, erzähl einmal davon, ich kann mir gar nicht denken, wie so ein Krieg aussieht. Wie das ist, wenn man auf den Feind trifft und ein Dorf einnimmt", fragte Petko, der junge Große.

Die Älteren, die im Balkankrieg mitgekämpft hatten, strichen ihre Bärte, wiegten ihre Köpfe, sogen an ihren Pfeifen, blickten einander wissend an und begannen den Jungen Geschichten aus dem vorigen Krieg zu erzählen. Manche von ihnen, Bauern aus demselben Dorf, hatten zusammen gekämpft, hatten gemeinsame Erlebnisse, erinnerten sich jetzt daran, mit triumphierenden Gebärden. „Vor drei Jahren", kicherte Babine, „war unser guter Boiko nämlich noch ein großer Schürzenjäger. Das sieht man ihm heute gar nicht mehr an, he? Nun, und als wir dieses Dorf gestürmt hatten, was tat er als erstes, verdreckt und verrußt und verschwitzt, wie er war? Er packte die dicke hübsche blitzsaubere Frau des Dorfschulzen am Kragen und wollte sie küssen. Weißt du noch, Boiko, was du damals für eine fürchterliche Ohrfeige abbekommen hast?"

„Aber die Ohrfeige, die habe ja gar nicht ich abbekommen, Iwan, du Schwachkopf", brummte Boiko ärgerlich, „die bekam doch Christanow!"

„Ach richtig, Christanow bekam sie", sagte Babine, plötzlich kleinlaut, gar nicht mehr triumphierend, sein faltiges Gesicht nahm einen wehmütig-feierlichen Ausdruck an, er nickte vor sich hin und schwieg. „Na und? Was war mit diesem Christanow los?" fragte einer von den Jungen.

„Er war der größte Weiberfreund in unserer Kompanie", die Furchen in Babines Gesicht verzogen sich zu einem blassen Lächeln, „er wurde am selben Tag umgebracht."

„Wie denn? Auf welche Weise kam er um?" fragte Petko atemlos gespannt.

„Sie haben ihn ...", fing Babine an, mit belegter Stimme, ein glitzerndes Verschwimmen in den umrunzelten Augen, aber unversehens spuckte er kräftig im Bogen aus, als spucke er eine schlechte Erinnerung aus, und krähte: „Pfui Teufel! Reden wir von was anderem! Ich erzähle euch eine viel gelungenere Geschichte."

Das wiederholte sich regelmäßig: Einer der Älteren begann etwas Spannendes, oft Heiteres aus dem Balkankrieg zum besten zu geben, bis er unerwartet auf jemanden stieß, der getötet worden war, mit dem er im selben Dorf gewohnt, den er von Kind auf gekannt und dessen Heldentod er seiner Mutter oder seinem Weibe zu melden die traurige Aufgabe gehabt hatte. Dann stockten sie plötzlich heiser, schluckten, räusperten sich, machten, unsicher verstummend, eine abschüttelnde, oft zornige Armbewegung oder spuckten gewaltig aus, fingen von etwas Neuem an. So wurden während des langen Weges alle möglichen Geschichten begonnen und in der Mitte griesgrämig ratlos abgebrochen, kaum eine einzige fand ein Ende.

Später erzählten auch die Jungen, die nicht im Krieg gewesen waren, Geschichten, die man, obwohl sie viel inhaltloser waren, wohlgefällig bis zu Ende anhören konnte – im Herzen waren die Älteren froh, daß man sie nicht weiter ausfragte. Osman erzählte auf türkisch eine lange Geschichte, die von denen, die türkisch sprachen, laut belacht wurde. Selbst Lüdmil Diamandiew schien die Erzählung begriffen zu haben, denn er sperrte den Mund auf und ließ nach einer halben Minute ein kollerndes „Ho – ho – ho!" hören.

„Hast du es verstanden, Freundchen?" wandte sich Dragan, vergnügt seinen schwarzen Bart packend, an Mirsky. Der schüttelte den Kopf. Dragan übersetzte ihm, daß Osman aus der ehemals bulgarischen, augenblicklich rumänischen Stadt Dobritsch stamme, eben jener Dobrudschastadt, um die das gesamte Dritte Armeekorps nächste Woche kämpfen sollte, daß dies eine Landstadt sei von zwanzigtausend Einwohnern, von denen immer noch ein Viertel Bulgaren seien, ein Viertel Juden, ein Viertel Türken und nur ein schmächtiges Viertel Rumänen. Daß ihn seine Eltern dort verheiratet hätten, als er kaum fünfzehn gewesen sei, daß er mit seiner Angetrauten weder Brautnacht noch Flitterwochen gefeiert, ja daß er sie nur ein einziges Mal gesehen habe, weil man ihn gleich nach der Hochzeit zu seinem Onkel nach Adrianopel in die Lehre geschickt, wo er bis zum Kriegsausbruch geblieben sei. „Jetzt ist er zwanzig und brennt darauf, daß unser Heer die Stadt erobert, damit er seine Blume kennenlernt, die er vor fünf Jahren geheiratet hat. Ist das nicht zum Piepsen, mein Sohn?"

Es mochte vier Uhr sein, im durchplauderten Dahinbummeln schienen alle, die Aufklärungspatrouille wie ihr Führer, völlig vergessen zu haben, weshalb sie am frühen Morgen ausgeschickt worden waren, als Osman einen gellenden Schrei ausstieß.

Die Soldaten blieben stehen, umdrängten ihn, der mit weit aufgerissenen braunen Augen vorwärts starrte. „Das ist ja unser Karussellplatz!" schrie er. Was sagt er? Er meint, das sei ihr, äh, Karussellplatz, ich verstehe das nicht. Was meint er denn? Nun fing Osman mit vor Aufregung sich überschlagender Stimme überstürzt zu sprechen an, und am Schluß stieß er dreimal mit hastiger Entschiedenheit das Wort Dobritsch hervor. „Eu!" riefen die Türkischsprechenden erschrocken überrascht aus, rissen ihre Gewehre von den Schultern, zerrten die andern am Ärmel, damit sie sich mit ihnen hinwürfen, einige machten Miene wegzulaufen. „Halt, halt!" sagte Mirsky, „was ist mit euch los, Kinder, was ist denn eigentlich geschehen?"

Dragan trat starr vor ihn hin. „Herr Leutnant", sprudelte er, vor Überraschung in Habtachtstellung, heraus, „er behauptet, sofort hinter diesen Hügeln vor uns läge die feindliche Stadt Dobritsch, er

schwört, dies sei seine Heimatstadt, sie ist nicht zu sehn, weil der
Hügel sie verdeckt, aber von der Brücke dort vorne soll sie zu sehen
sein, er sagt, er kenne die Brücke und alles und hier ständen wir auf
dem Platz vor der Stadt, auf dem die Zigeunerwagen übernachten."

Mirsky zog die Unterlippe sehr tief hinunter. Dann drehte er sich zu
Stojan um, klemmte sich den Geigenkasten zwischen die Beine, riß
ihm die Karte aus dem Tornister, breitete sie aus. „Aber das ist rein
unmöglich", murmelte er kopfschüttelnd, „nach Dobritsch mar-
schiert man viel länger, und lange vorher kommt Baligea, und wir
sind bei Gott nicht an Baligea vorbeigekommen!" – Osman legte mit
einer beteuernden Gebärde, die jeden Zweifel ausschloß, seine Hand
auf das Herz. Mirsky blickte stirnrunzelnd auf die Karte. „Dann
müssen wir uns gotterbärmlich verlaufen haben, der Route nach ist
die Stadt viel weiter." Osman sagte etwas und schlug sich auf die
Stirn.

„Er sagt", erklärte Dragan mit einem leidenden Gesichtsausdruck,
der ihm zusammen mit seinem schwarzen Bart etwas von einem
Heiligen verlieh, „er kann nicht begreifen, daß er die Gegend nicht
schon früher erkannt hat. Leutnantchen, ich schlage vor, wir ziehen
uns vorsichtig zurück. Oder befehlen Sie wenigstens den Leuten, sich
hinzuwerfen. Wir stehen hier mitten auf dem Feld, jedes Kind kann
uns sehn und zusammenschießen."

„Wozu?" sagte Mirsky achselzuckend, „bis jetzt schießt niemand
auf uns. Von der Brücke, sagt er, kann man die Stadt überblicken? Ich
gehe hin."

„Tun Sie das nicht."

„Ich geh hin."

Mirsky schritt auf die Brücke zu. Die Soldaten folgten ihm zögernd,
die Gewehre schußbereit in der Hand, miteinander raunend. Allein
Osman lief vor ihm her. Als er die Brücke erreicht hatte, hob er die
Arme, abwärts schauend, und vollführte einen lautlosen Freudentanz.

Am Fuß des Hügels lag die Stadt in der Nachmittagssonne, von hier
aus war sie prächtig zu überblicken. Aus den Schornsteinen mancher
Häuser stieg Rauch auf. Mirsky stellte seinen langen Kasten ans
Brückengeländer, nahm den Fernstecher zur Hand und richtete ihn auf
die Stadt. Er konnte in mehrere Straßen hineinsehen, sie lagen

nachmittäglich leer. In und vor der Stadt, nirgends war ein feindlicher Soldat zu sehn, nirgends aufgestellte Geschütze. Eine unheimliche Ruhe lastete über der Stadt, die unbeweglich faul in der schweren, trägen, stechenden Sonnenglut briet.

Eine Minute kaute er schauend an dem Rosenstengel, von dem schon einige Blütenblätter abgefallen waren. Dann wandte er sich an Osman, der neben ihm stand und, über das Geländer gebückt, grinsend mit verzückten Blicken die Stadt verschlang, und sagte mit unwillkürlich gedämpfter Stimme: „Osman – willst du dich als Spion in die Stadt schleichen? Verstehst du mich?" Osman nickte heftig, zeigte begierig die ganze Reihe seiner weißen Zähne. – „Du willst? Dann lasse dein Gewehr hier", sagte Mirsky und kam sich mit dieser Anweisung als schier durchtrieben umsichtiger Leutnant vor, „gib es her, schmuggle dich in die Stadt – ohne Gewehr beachtet dich niemand. Erfahre – du hast doch sicher viele Bekannte dort, sind deine Eltern noch da? Ja? Na siehst du – bringe, soviel du kannst, über die dortige Besatzung heraus und komm schnell zurück, wir erwarten dich hier. Soll dir's Dragan noch einmal erklären?" Osman schüttelte mit einem listigen Grinsen, mit erwartungsvoll und aufgeregt emporgezogenen Augenbrauen den Kopf, übergab Mirsky sein Gewehr, huschte, ohne sich umzusehn, flink, wie von einem Magnet angezogen, über die Brücke, verschwand jenseits in den Hagedornbüschen.

Es wurde Spätnachmittag. Sie warteten diesseits der Brücke im Gebüsch versteckt. Osman kam nicht zurück. Was mag ihm nur zugestoßen sein, fragte sich Mirsky beklommen, er ist so ein gewitzter Junge. Er blickte fragend seine Soldaten an, doch die verharrten stumm mit erwartungsvollen lauernden Mienen, allein Babine lächelte und fuhr fort, sein Pfeifchen zu rauchen. Auf einmal zuckte es Mirsky durch den Kopf: Ich war ja verrückt! Das Gewehr habe ich ihm fortgenommen, aber die Uniform habe ich ihm nicht ausgezogen. Ich dachte wunder wie schlau zu sein und habe ihn ohne Gewehr in seiner vollen bulgarischen Uniform als Spion in eine rumänische Stadt geschickt – o Götter, hätte ich ihm wenigstens seine Knarre gelassen!

Mit schlechtem Gewissen, mit sich selber verzankt, stieß er in seine Signalpfeife. Die Soldaten sprangen auf die Straße. „Doppelreihen ... Rechts um!" befahl er zum erstenmal streng. Wo blieb Osman? Er hatte den armen Jungen in dieses Abenteuer gehetzt, er mußte versuchen, ihm wieder herauszuhelfen!

Er sah über seine Kolonne hinweg, die sich, verdutzt über seine plötzliche Schneidigkeit, auf der Landstraße in dreißig Viererreihen aufgestellt hatte. So wirkte sie einigermaßen stattlich und achtunggebietend, die Kolonne. „Aber Leutnantchen ...", jammerte Stojan. – „Still", sagte Mirsky. – „Leutnantchen wird schon wissen, was er tut", sagte Babine, steckte jedoch sein Pfeifchen weg. Mirsky preßte den Geigenkasten gegen seine Brust. „Ja, das weiß ich. Wir gehen vor. Wenn geschossen wird: Deckung suchen! Wenn ich Befehl gebe: das Feuer, äh, erwidern! Zurückgehn erst – wenn ich es ausdrücklich befehle, hört ihr! Ganze Abteilung vorwärts marsch!!"

Die Viererreihen stampften im Gleichschritt über die Brücke, daß sie zitterte. An ihrer Spitze marschierte Mirsky mit einer so finsteren drohenden Miene, als wolle er jedem, der ihm entgegenzutreten wage, seinen Geigenkasten unverzüglich um die Ohren hauen. Dann stampften sie, eins, zwei, eins, zwei, die abfallende Landstraße hinunter, daß der Staub sie in eine einzige Wolke hüllte. Ab und zu schrie Mirsky laut und befehlerisch: „Weiter, bis geschossen wird!"

So kamen sie bis zu den ersten Häusern. Auf einmal veränderten sich die angespannten bedenklichen Gesichter der Soldaten vollkommen: Was war das? Hingen aus den Fenstern nicht zerknitterte bulgarische Fahnen? Sie bogen um eine Ecke in eine Straße ein. Jubelgeschrei, Hochgebrüll, Hurrarufe schwollen aus allen Häusern. Aus allen Türen stürzten Männer und Weiber, darunter sogar verschleierte, umarmten die Marschierenden, stopften ihnen Zigaretten in die Taschen, Geldscheine, Münzen, Schmucksachen, Amulette, Männer schleuderten ihre Hüte in die Höhe, Weiber bewarfen sie mit Herbstblumen, Kinder liefen mützenschwenkend voraus, schrien: „Willkommen, willkommen!" – „Danke" und „hurra" riefen die wenigen einmarschierenden Soldaten. „Hurra!" rief Mirsky an ihrer Spitze, ohne zu verstehen, warum er hurra rief. Dann, unter einem sehr schlecht und flüchtig bemalten Transparent, einem Bettlaken, das zwischen zwei Fenstern soeben über die Straße gespannt wurde, auf dem in großen, teils grünen, teils roten bulgarischen Lettern, von denen die Farbe heruntertroff, geschrieben stand DEN ERSTEN GRUSS UNSEREN RETTERN!, wurde das Gedränge so groß, daß die kleine Kolonne nicht weitermarschieren konnte. Mirsky hielt seine Geige beschützend in den Armen wie ein zartes gefährdetes Wickelkind, schrie: „Hurra, aber Vorsicht, Vorsicht, aufgepaßt, meine Lieben!"

Mit einem hilflosen, ungläubigen Lächeln, wie in einem unsinnigen Traum befangen, ließ der Leutnant die Blicke umherirren, und endlich entdeckte er Osman im Gewühl. Es war, als habe er ihn noch niemals grinsen sehen – dermaßen grinste Osman, als er sich jetzt einen Weg zu ihm bahnte. Merkwürdigerweise trug er von seiner Uniform nur noch Hosen und Stiefel, war barhaupt und in einen bequemen nagelneuen rotseidenen Schlafrock gehüllt. In seinen Augen glomm ein neues siegerhaftes, mannesstolzes Feuer, auch die Haltung seines zurückgeworfenen Kopfes und seine Art zu gehen waren verändert, gemahnten an einen kammgeschwollenen Hahn. „Hallo, Osman, he, ein Glück, daß du gesund bist", um sich zu vergewissern, packte ihn Mirsky am Arm, „aber wie bist du denn angezogen, bitte, erkläre mir um des Himmels willen ..."

Osman erklärte, Dragan übersetzte, und Mirsky hörte zu, von Hunderten lachenden, braunen, bärtigen, fraulichen, glatten, kindlichen, schmutzigen Gesichtern umringt. Osman war bis zur Stadt hinabgeschlichen, über Hecken und durch Gärten ungesehen glücklich in sein väterliches Haus gelangt. Zuerst hatte man ihn daheim für einen Geist gehalten, seine Mutter hatte laut aufgeschrien und vor Freude einen Schwächeanfall bekommen. Darauf hatte ihm sein Vater die große Neuigkeit anvertraut, daß die Rumänen bereits vor einer Woche die Stadt verlassen und sich in nördlicher Richtung, hinter den russisch-rumänischen Linien, die Gerüchten zufolge bis in die Kuzahügel zurückverlegt worden seien, in Sicherheit gebracht hätten. „Haha", unterbrach Mirsky aufkichernd, „davon schwant in unserem Generalstab keiner Seele etwas!" Nein. Natürlich war Osmans Vater sofort zu allen Bekannten gelaufen, um zu erzählen, daß die Sieger vor der Stadt stünden, Truppen, einfach bulgarische Truppen, wie viele, davon ließ er nichts verlauten – und wie ein Feuer verbreitete sich die Nachricht durch die Stadt. „Ach so", sagte Mirsky, „jetzt verstehe ich, hm, und warum bist du nicht zurückgekommen, mir das Ganze zu melden?"

Osman senkte verschämt den Kopf, wurde unter seiner Bräune rot, doch als er aufsah, grinste er wieder so siegesstolz wie eben noch, brachte seinen Mund an Mirskys Ohr und flüsterte: „Zuleima." – „Wie?" – Nun, als sich die Freude der Eltern besänftigt hatte, führten sie seine Frau zu ihm herein, seine Zuleima, die er doch nur ein einziges Mal in seinem Leben, fünfzehnjährig, gesehen hatte. „Ach so", sagte Mirsky. Nun, und da mußten wohl fürs erste die so schändlich lang versäumten Flitterwochen nachgeholt werden. Nun, und sie wurden nachgeholt, auf der Stelle, ehe es sich Osman versah. Nun, und so ... Osman zupfte an seinem Schlafrock herum, sein Gesicht hingegen verriet keine Reue, nur lachhaft junges Eheglück. „Ach so", sagte Mirsky. „Du bist mir ein trefflicher Spion. Hätte ich keine solche Angst um dich gehabt, hätten wir auf dich gewartet, säßen wir bis morgen früh oben an der Brücke ..."

Bei diesen Worten stieg in Mirsky ein fürchterlicher Gedanke auf. Hatte er nicht heute morgen selber die Pflicht übernommen, auszukundschaften und bis zum Mittag zurückzukehren, und jetzt wurde es Abend, und er hatte das völlig, aber auch völlig vergessen, und sie waren nicht zurück?? „Ist ein Auto vorhanden?" rief er heiser. Ja, es gab ein Automobil in der Stadt, es gehörte einem geflohenen rumänischen Uhrmacher, der es mit einem Großteil seiner Habe hatte zurücklassen müssen, weil der Motor versagte. Der angeschwollene Haufen von Städtern, in dem die Soldaten fast untergingen, wälzte sich zum Laden des Uhrmachers am Markte. Davor stand der Wagen, ein hochrädriger schwarzer verkommener Kasten. „Versteht sich einer von unserer Patrouille auf Automobile?" rief Mirsky. Petko, der junge Große, hob die Hand. „Sieh mal nach, ob du die Klapperkiste in Gang kriegst."

Petko drängte sich herzu, drehte vergeblich an der Kurbel, hob die Motorhaube, bückte sich mit seinem großen Oberkörper lang darüber, legte sich darauf seiner ganzen Länge nach unter den Wagen, kroch wieder hervor, rieb den Daumen an der Nase, verlangte eine

Pumpe. Ein Knabe schaffte eine herbei. Petko steckte sie in den Benzintank, zog sie heraus, ließ die Flüssigkeit aus ihr auf seine Hand tröpfeln, betrachtete sie, roch daran. „Es ist Wasser", sagte er darauf bestimmt, „jemand hat Wasser in den Benzintank geschüttet."

Nach einer Viertelstunde war der Tank leer gepumpt. Ein jüdischer Kaufmann im Kaftan rollte ein Fäßchen Benzin heran. Bald darauf war das Auto startbereit. Babine hatte geheimnisvoll schweigend das rumänische Nummernschild abgeschraubt, band statt dessen vor den Kühler faltenreich schmunzelnd ein Kinderfähnchen in den bulgarischen Farben. Petko zwängte seine hünenhafte Gestalt auf den Sitz, drückte, von seinem vor so vielen Augen erreichten Erfolg erheitert, auf die rostige Hupe. Alle lachten und lobten seine Geschicklichkeit. Mirsky stellte sich mit einem Fuß auf das Trittbrett. „Also fahre, was die Kiste hält, bis zu unseren Stellungen zurück und melde Parwanow, wir hielten, hundertzwanzig Mann hoch, die Stadt Dobritsch besetzt und erwarteten dringlichst unverzügliche Verstärkung. Willst du das so ausrichten, Petko?" – „Nein, nicht so, ich werde sagen: Leutnant Mirsky hat mit hundertzwanzig Mann Infanterie die Stadt Dobritsch erobert. Das melde ich."

Damit gab Petko Gas, gewichtig zurückgelehnt, würdegesteift von seiner hohen Mission. Unter dem Geschrei der Menge holperte und hüpfte der klappernde Wagen auf dem höckerigen Pflaster mit ungleichmäßigem, gewehrgeknatterhaftem Knallen des Auspuffs die Straße hinunter und entschwand den Blicken.

Sobald er den Meldefahrer abgeschickt hatte, beschlich Mirsky eine neue Besorgnis: irgend etwas vergessen zu haben, ein unbestimmter Drang: irgend etwas noch einmal versuchen zu müssen, was ihm höchstwahrscheinlich, nein sogar bestimmt mißlingen werde ... Aber ehe er sich klar besinnen konnte, wurden seine Zweifel von dem Sturm der Volksbegeisterung übertäubt und von einem brennend in seiner Kehle aufsteigenden Durst. Petko wird es schon deichseln, dachte er nur, und: „Hoho, liebe Leute, ihr drückt ihn mir ja ein!" schrie er. Und weil er seinen Geigenkasten um gar keinen Preis einer Gefahr aussetzen wollte, hob er ihn erschrocken über den Kopf.

„Frau Babine würde gaffen", tuschelte Iwan ihm verschmitzt zu, „meine Taschen sind voll Moneten gezaubert."

„Meine auch. Das muß angelegt werden", lachte der Leutnant. „Du! Osman, wo gibt's hier was zu trinken?"

„Ich seh 'ne Kneipe überm Markt!" japste Stojan, kniff seine Schweinsäuglein zusammen, so daß sie aus seinem pausbäckigen Gesicht nahezu verschwanden. – „Schön! Tadellos! Gehn wir zuerst mal einen heben!" befahl der Führer der neuen Besatzung unbeirrbar. Indessen – die konnte sich kaum rühren. Kinder wollten von den Soldaten auf die Arme genommen werden, Weiber und Mädchen umringten sie quiekend in Schwärmen, Männer packten sie an den Schultern und wetzten ihre unrasierten oder bärtigen Gesichter in verwandtschaftlichen Küssen an ihren Backen.

„Du duftest aber kräftig nach Knoblauch, mein lieber Freund", sagte Lüdmil Diamandiew langsam zu einem Mann im Kaftan, der ihn auf den Mund geküßt hatte, und wischte sich mit dem Ärmel schwerfällig darüber.

Keine fünfzig Schritte von Mirsky plagte sich Dragan im Gewimmel ab. Sein schwarzbärtiges Gesicht lächelte halb freundlich, halb sorgenvoll, jemand hatte ihm eine riesige goldgelbe Sonnenblume auf das Bajonett gespießt, und auf dem Arm hielt er ein dreckiges Knäblein, das mit seinem Bart spielte. Mit der freien Hand machte er Mirsky unausgesetzt Zeichen, so, als wolle er ihm etwas äußerst Wichtiges mitteilen. Vergebens. Die auseinandergezerrten „Retter" versanken im allgemeinen Taumel, der das südöstliche Landstädtchen befallen hatte, blieben allein an den da und dort herausragenden, matt in der trägen Nachmittagssonne blinkenden Bajonettspitzen zu erkennen und an einem wie eine Reliquie über die bewegten Köpfe erhobenen, stockend und schwankend vorwärts getragenen Geigenkasten . . .

DER „König von Mazedonien", in den Mirsky mit einem Teil seiner Mannschaft geraten war, dröhnte von Gejohl, Lachsalven, Prostgeschrei, vom Geklingel zersplitternder Gläser. Er war so überfüllt, daß mehrere Soldaten auf Tischen saßen, in Fensternischen lagerten. Osman gar kletterte in seinem leuchtendroten Morgenrock wie ein Zirkusaffe auf den breiten Lehmofen. Dort kauerte er mit herabbaumelnden Stiefeln, unter die niedere Decke geduckt und erteilte mit ungnädigen kehligen Rufen, auf seine neue kammgeschwollene Art, dem Wirt von seiner hohen Warte aus Anweisungen, wo es an Trinkbarem fehle. „He, alter Spitzbube, Dedeagatsch", schrie er einmal auf türkisch, das andere Mal in gebrochenem Bulgarisch oder noch gebrochenerem Griechisch, „hier Wein heran! Dort hinten kein Schnaps mehr! Maulbeerschnaps dahinten hin, du Hundesohn!"

Dedeagatsch, ein alter Mazedonier, schlurfte in ausgeweiteten Filzpantoffeln unaufhörlich nickend und quasselnd zwischen den Tischen herum. Er trug eine schmutzstarrende Weiberschürze umgebunden, auf seiner Glatze lag eine plattgedrückte Schiebermütze, er hatte eine schwärzlich verfärbte Burgundernase und war nur auf der linken Backe rasiert: Gerade war er dabeigewesen, sich zur unverhofften Feier des Tages zu schaben – was sonst während der Woche nie und nimmer geschah –, als die Soldaten die Kneipe überfallen hatten. Aus der rechten Backe stachen die Stoppeln blaugrau wie Igelstacheln. Kurzum, haargenau, wie man sich den König Alexander des klassischen Altertums vorstellt, dachte Mirsky aufglucksend, als er an ihm vorbei in die verrußte Küche stapfte, um sich nach dem langen Spaziergang zu reinigen.

Da fielen zwei, drei, vier – fünf Schüsse dumpf. Es waren die ersten Schüsse an diesem Tag, Schüsse, auf die alle Mann mehr oder weniger gelassen vom Morgengrauen bis jetzt gelauert hatten ... und sie schienen aus der Tiefe zu kommen. Alle riß es empor. Mirsky sprang mit einem unsauberen Handtuch über der Schulter aus der Küche. Alle stürzten nach ihren Gewehren, die sie draußen im Torweg zusammengestellt hatten. In der Tür prallten sie zurück.

Fünf von der Patrouille, unter ihnen Mirskys Bursche, wankten die Kellertreppe herauf in den Torgang. In den Händen hielten sie ihre Flinten. Ihre Kleider waren über und über besudelt, wie mit Blut getränkt. Doch ihre Mienen spielten eine falsche, biedere Ahnungslosigkeit, so, als ob rein nichts vorgefallen sei ... und im zögernden Nähertreten entströmte ihnen ein durchdringender Hauch von – rotem Wein. „Teufel, was war los?" rief Mirsky schallend. Stojan sah die übrigen vier zaghaft an. Als diese in einer gelabten gemütvollen Verstocktheit schwiegen, schluckte er und stotterte halb ergötzt, halb schuldbewußt: „Wir-wir haben fünf Weinfässer angeschossen – und-und uns den Strahl, der rauszischte, ins Mau-maul schießen lassen. Es war ein Spaß, und wir hatten vertrocknete Zungen. Und Boiko sagte, das ist so Brauch, wenn man einen feindlichen Ort genommen hat. Man geht als erstes in die Keller und schießt die Weinfässer an."

„Ihr Ferkel", sagte Mirsky. Hinter ihm schlurfte der Mazedonier hervor, trommelte sich in komödiantischem Gejammer mit den Fäusten die Schläfen. „Kein Theater, Herr Wirt, ich bezahle den Schaden!" Er griff in die Tasche, alles, was sie ihm zugesteckt hatten, ließ er in die Hand des sofort dienernden und mit habgierigen Augen zahnlückig lachenden Alten gleiten – in dem erhebenden Gefühlchen, Geld auszugeben, ohne nachzuprüfen, wieviel: Nie hatte er das als Student gekonnt. „Aber fünf Ferkel bleibt ihr doch – beguckt euch! Und wir dachten, die Rumänen sind da. Ich werde mir einen andern Burschen suchen, Osman zum Beispiel." – „Um Himmels willen nein, nein", flehte der Dicke beinahe weinend. „Boiko hat mich verleitet, ich werde es nie, nie wieder tun, ich schwöre es, und wenn wir auch noch so viele Ortschaften einnehmen!" – „Gutgut."

Glücklicherweise erst nach diesem Vorfall trabte Dragan herein, noch immer das schmutzige Jungchen auf dem Arm, das an seinem Bart unbeirrbaren Gefallen gefunden haben mußte. Er hatte sein Gewehr nicht mit den andern zusammengestellt, trug es sonnenblumenverziert übergehängt. Nach kurzem knurrendem Umhersuchen fand er Mirsky an einem Tisch am Fenster, wie er, den bewachten Kasten auf den Knien, sich und Babine fleißig einschenkte. Iwan stopfte sich aus einem Tabaksbeutel, den man ihm verehrt hatte, sein Pfeifchen, wiegte in pfiffigem Behagen den Kopf. Stojan saß reumütig dabei, ohne Glas. Dragan stand, das rotznäsige, zufrieden verwundert umherblickende Knäblein auf dem Arme, vor Mirsky stramm, um den Ernst und die Bedeutung seines Anliegens kundzutun. Stirnrunzelnd blickte er auf den dicken zerknirschten besudelten Burschen nieder. „Stojan, wie sieht deine Montur aus?"

„Jemand hat ihm eine Weinflasche an den Kopf geworfen", log Mirsky.

„Taugenichtse und Säufernaturen", knurrte Dragan abweisend. Dann hob er die freie Hand an die Kappe und sagte tiefernst und

feierlich: „Mein Sohn, äh – Herr Leutnant, melde gehorsamst, wir müssen die Einwohnerschaft unter die Waffen rufen."

Mirsky und die Soldaten um ihn, die mit weit ausgestreckten Beinen oder auf die Tische gelümmelt beim Wein saßen, blickten zu dem strammstehenden Dragan auf, beglotzten seine feierliche Miene und das Knäblein auf seinem Arm, sahen einander an und brachen in unbändiges Gelächter aus. „Haha", lachte Mirsky, „aber Dragan, Guter, was stehst du denn so stocksteif? Und was hältst du denn da für ein Rotzkerlchen auf dem Arm, hahaha?"

„O der", brummte Dragan stirnrunzelnd und achselzuckend, mit derselben Duldermiene, die er vorhin bei der Brücke angenommen hatte, „wenn ich ihn niedersetzen will, brüllt er wie am Spieß, seine Mutter habe ich im Gewühl verloren – was bleibt mir denn übrig, als ihn mit herumzuschleppen?"

„Aber gib ihn mir doch her, den Balg, wenn er dir lästig ist", sagte Babine, erhob sich halb, etwas schief, nahm ihm den Kleinen aus dem Arm, „ich verstehe mich auf Kinderchen, bin schon Großvater ..."

„Großmutter ist Großvater!" riefen die anderen.

„Bei mir brüllt er nicht", fügte Iwan auftrumpfend hinzu und schaukelte ihn auf dem Knie, „ach was ist das für ein niedlicher kleiner Racker, ein bißchen schmutzig ist er, ein bißchen nach ungewechselten Windeln stinkt er, aber süß ist er doch!"

Mirsky sprangen die Tränen in die Augen vor Lachen. Doch Dragan richtete sich jetzt, da er von dem Knäblein befreit war, noch gerader und wiederholte mit noch feierlicherer und festerer Stimme: „Mein Leutnant, wir müssen die Einwohnerschaft bewaffnen, sonst kann es uns übel ergehen. Wir halten, armselige hundertzwanzig Mann, die geräumte Stadt besetzt." Er senkte die Stimme. „Ich habe gehört – es wird geflüstert, diese Räumung sei nur ein Tarnungsmanöver. Eine Falle: rumänische und russische Truppen hätten die Absicht, die elend befestigte Stadt zu umgehn, um unsere einrückenden Abteilungen einzuschließen. Bei einem plötzlichen Überfall sind wir geliefert. Geliefert – Leutnantchen", schloß er eindringlich und bekümmert.

Der Leutnant schenkte sich ein Glas voll Wein, trank es leer. „Das stimmt. Recht hast du."

„Also befehlen Sie, alle notwendigen Maßnahmen zu ergreifen?" fragte Dragan.

„Du sprichst wie ein Preuße", lächelte Mirsky, „aber wenn du denkst ... wenn du durchaus willst? ergreife alle Maßnahmen, die dir Freude machen."

„Mein Sohn", sagte Dragan mit Genugtuung, „bin ich folglich mit sämtlichen Vollmachten ausgerüstet?"

„Kind Gottes, was ist nur in dich gefahren", kicherte Mirsky und setzte die Flasche mit einem Knall auf den Tisch, „du sprichst ja haargenau wie ein Preuße! Aber schön, hihi, meinetwegen, mach nur ... "

Darauf beugte sich Dragan vor, klopfte mit dem Seitengewehr verantwortungsgeschwellt an eine Flasche, rief mit seiner Baßstimme nach einer Trommel. Osman plapperte etwas vom Ofen herunter. – „So, dein junger Bruder hat eine? So komm, laß uns zu dir nach Hause gehn!" Dragan winkte Osman, der in seinem wehenden Schlafrock leichtfüßig, mannesstolz grinsend vom Ofen herunterhüpfte. Dragan fragte ihn nach dem größten Platz der Stadt. Osman nannte den Platz vor der Kaserne. Sie gingen zusammen hinaus, während die anderen fleißig weiterzechten.

Kaum zehn Minuten vergingen, als draußen auf dem Marktplatz leise ungleichmäßige Trommelwirbel erschollen. Durch die Menschenmenge, die sich keineswegs verlaufen hatte, sondern mit zusammengesteckten Köpfen die unverhofften, allzu überstürzten Ereignisse der letzten Tage und Stunden besprach, bahnten sich Osman und Dragan einen Weg, beide mit übergehängtem Gewehr – und die Kleinstädter drängten ihnen gaffend, sich stoßend, die Hälse reckend nach. Der junge Türke hatte auf Dragans Geheiß den Morgenrock mit seinem Uniformrock vertauscht und trug eine kleine Trommel vorgebunden, auf die er ungelenk einhieb. Die Miene des Schwarzbärtigen verriet nichts als schwermütige Entschlossenheit. Jedoch ein weitaus amtlicheres Wesen trug Osman zur Schau, der sich von Verwandten und Bekannten beobachtet wußte, stellte sogar für eine Weile sein Betörergrinsen ein. Vor zwei, drei besonders übersichtlich gelegenen Haustoren am Markt blieb das Paar stehen. Osman hieb vernehmlicher auf das Trommelchen. Dragan wandte sich mit seiner versteinerten Miene zum Tor und schrieb mit Kreide, in ungefügen großen kyrillischen Buchstaben, ungefähr folgendes auf das Holz:

„Im Namen des Zaren von Bulgarien!

An die hechst geträuliche Aynwohnerschafft!

Durch die gnedige Figung des Almechtigen haben wir Dobritsch one Schwertschtraych eropert! Die rumenischen Behörten, der Pürgermayster und die Bolizay sind geflon. Anbetrechtlich dessen, ibernimt der Pefehlshaba der siekraychen Pesazunx Trupen Leitnant Mirsky, das Schtattcomangdo! Er ferhengt hirmit den Belakrunxzuschtant und rufft ale Aynwoner auf mit ihm auf des almechtigen Gnade fertrauent auszuharren! Die Befrayunxschtunde ist nahe, Pürger von Dobritsch! Biss dahin vordert unser Leitnantchen" – hier verschrieb sich Dragan beim ersten Male, wischte kopfschüttelnd todernst die beiden letzten Wörter mit seinem Ärmel fort – „Sayne Hexe Lenz der Schtattcomangdant plinden Gehorsam sowie hexte Alarmpraytschaft und erlest an ale menlichen wafenfehigen Pürger Pefehl, sich unferziglich mit irgentwieh tauklichen Wafen zu fersehn, und um die sibente Schtunde auf dem Plaz for der Kasern zu fersameln, zum Schuze der neuen Haymat!

In Fertretunk Sayner Hexe Lenz des Schtattcomangdanten Leitnant Mirsky.

Dragan Kolarow, Unteroffizier im Regiment der Königin, 3. Armeekor."

WÄHRENDDES stand Seine Exzellenz der Stadtkommandant in seinen weißverstaubten Schaftstiefeln auf einem weinbegossenen Kneipentisch, Geige und Bogen in der Hand, die verwelkte Rose zwischen den von Rotwein blaugefärbten Lippen, und dirigierte vor dem betrunken grölenden, weder auf bulgarisch noch auf deutsch, noch in irgendeiner Sprache im geringsten verständlichen Männerchor das deutsche Wanderburschenlied „Bald gras ich am Neckar, bald gras ich am Rhein".

So kam es dazu: Nachdem die Soldaten sich auf das unverhoffte Siegesabenteuer hin am Wein des Mazedoniers recht ungestüm gestärkt hatten, erwärmten sich ihre Herzen in einer gefühlvollen Bruderliebe. Solche, die sich in der Kompanie nicht vertrugen und oft verspotteten, packten einander an den Schultern und beteuerten sich gegenseitig: „Ich schwöre, Onkelchen, daß du ein hochanständiger Charakter bist und daß es keinen redlicheren und tüchtigeren Landmann gibt als dich!" – Aber nach einigen weiteren Flaschen genügten sie sich nicht mehr in ihrer weinseligen Brüderlichkeit.

Boiko, der das Weinfässerschießen veranstaltet und auf dem Marsch so entschieden geleugnet hatte, ein Schürzenjäger zu sein, pirschte angeheitert auf den Markt hinaus, griff sich ein dralles Mädchen aus dem Auflauf und schleppte die Kreischende in die Schenke. Ihre Freundinnen liefen ihr neugierig nach. Boikos Kameraden packten sie unter weinseligem „Ojoj". Sogleich war die Schenke von hellem Gequieke und Gekicher erfüllt. Fast jeder Soldat hielt ein sich zierendes, schlecht verborgen taumlig beglücktes, hübsches oder häßliches, jedoch stets sich zierendes Weibsbild auf dem Schoß – bis auf Babine, der das rotznäsige Jungchen auf dem Arm schaukelte, und Mirsky, der, seinen Kasten sorglich auf den Knien, trank und trank, ohne das mindeste Gefühl, von all den Litern Rotwein betrunken zu werden. Nun war Babine einer mit faltigem Gesicht, mit ergrauter Schläfe und einem Pfeifchen im Mund, der mochte getrost weiterqualmen: Aber der kleine Leutnant, der dem Wein so unermüdlich zu Leibe rückte, solch ein Draufgänger und Zuleiberücker und dazu der einzige Offizier vom ganzen Trupp und ein so zierliches, blutjunges Herrchen – gehörte man dem nicht auf den Schoß und von ihm als erstem umarmt und geküßt und meinetwegen auch mehr, nun ja? Krieg war Krieg!

Ähnliches mußten sich die Mädchen denken. Denn eine von den Kleinstädterinnen – sie war sogar geschminkt und hatte einen großen Hut mit einem Schleier auf ihre hoch aufgesteckten dicken pechschwarzen Zöpfe geklemmt, um den Hals wehte ihr eine hellblaue, ziemlich zerrupfte Federboa – tänzelte mit entenhaft wackelndem Steiß auf Mirsky zu, wollte den Kasten von seinen Knien schieben, versuchte ihm scherzend den kläglichen Blumenstengel aus dem Mund zu reißen. Der kleine Leutnant – war er nicht bei Trost, war's nicht zum Hohnlachen? – hopste halb auf; hielt die Hand vor den

Mund, damit sie ihm die schäbige Blume nicht entrisse, mit der andern trachtete er den langen Kasten krampfhaft festzuhalten. Der entglitt ihm, fiel zu Boden, sprang auf. Darauf stieß er einen entsetzten Schrei aus, bückte sich hastig und hob mit mitleidvollem Zungenschnalzen – eine Geige auf. Wie, kein zusammengelegtes Maschinengewehr oder so etwas befand sich in dem langen, streng bewachten Kasten des Offiziers, der die Besatzungstruppe, die „Retter", anführte, sondern eine ganz gewöhnliche, rötlichbraun schillernde Geige, die er erschrocken beklopfte, weil sie zu Boden gefallen war, an die er das Ohr legte wie ans Herz eines lieben Kranken?

„Gottlob, sie ist ganz", murmelte er erleichtert. – „Och, fiedle uns was, Leutnantchen", rief Iwan Babine, „wir wollen singen!" – „Und tanzen!" kreischte das Mädchen mit dem großen Hut. In seiner Freude, daß seine liebe Geige unversehrt war, und mit so vielen Litern feurigen *Plowdiw*weins im Magen, deren Dunst sein Herz erwärmte, seinen Kopf einhüllte und seinen ganzen Körper federleicht machte an diesem zwar höchst merkwürdigen, aber bisher selbst für einen Kriegsverächter überaus belustigenden Kriegstage, ließ Mirsky sich es nicht zweimal sagen. Flugs stieg er auf einen Stuhl, von dort auf den Tisch; ein paar Flaschen fielen herunter.

Mit einem heftigen Vibrato auf der E-Saite stimmte er eins der Studentenlieder an, die er auf allerhöchsten Befehl seiner Kompanie eingedrillt hatte. Die Mustersänger fielen brummend und blökend ein, nicht wenig aufgeblasen, Weibsbildern Lieder in einer fremden Sprache vortragen zu können. Dabei drückten sie die ihnen bewundernd oder kichernd in die Augen Blickenden an sich, wiegten sie langsam hin und her. Und Iwan wiegte das schmutzige Bengelchen und krähte dabei aus voller Kehle so laut und falsch, daß es jammervoll zu schreien begann. Doch sein kindliches Gewinsel ging vollends unter in dem getragenen Männergebrüll. „Ball grosick om Neekor ..."

„Oj!" Unvermittelt stampfte Mirsky auf den Tisch und ging nach einer langen wehmütigen Kadenz in einen Bauerntanz über, den er früher einmal bei einem *horo* auf Onkel Basils Gut gehört hatte. „Ojoj!" echoten die Soldaten, klatschten in die Hände, sprangen hoch, faßten ihre Mädchen an den Hüften und fingen in ihren schweren

Stiefeln krachend zu tanzen an. Die vom Wein faul Gewordenen schaukelten ihre Auserwählten auf den Knien, lallten: „Ojojojojoj!" Und über ihnen allen wippte die zierliche Gestalt des kleinen Leutnants, undeutlich im Weindunst und Tabaknebel – als Osman hereindrängte. Er gewahrte die Tänzer, alsbald zerflog sein amtliches Gehabe. Im Nu, mit einem pantherhaften Hochsprung, stand er neben Mirsky auf dem Tisch, fing in dem rasenden Takte zu trommeln an. Wirbelnder, wirbelnder wurde der Tanz, wie zwei Schießbudenpuppen wippten Trommler und Fiedelmann schwadenumzogen auf dem schwankenden Tisch, atemlos gellender kreischten die Mädchen. Da, mit einem letzten vollen gerissenen Mollakkord brach die *Horo*weise ab. In die durchschnaufte Atempause hinein rief der junge Türke kehlig, in befeuertem Kauderwelsch, wie ein Rummelplatzansager. Danach vollführte er kerzengerade aufgereckt einen kurzen Trommelwirbel.

„Wie? Was denn? Noch mal!" Er verkünde den Alarmzustand, den unser Leutnant habe ausrufen lassen, meinte Boiko. – „Hm, hm, hm. Hab ich den ausrufen lassen ... Tja, das, äh – wird schon stimmen", brummte Mirsky, zirpte mit dem Zeigefinger über die Saiten. – „Und von einem Appell faselt er, vor der Kaserne um sieben, den unser Leutnant allerstrengstens anbefohlen hat." – „Ach? Den – habe ich allerstrengstens anbefohlen? Um sieben? Aha, aha, hm ..."

Osman wandte sich zu ihm, wieder radebrechend. – „Was willst du?" – Jetzt neigte sich Osman nahe zu ihm und raunte ihm etwas ins Ohr. Mirsky lachte kurz, blickte lächelnd in die erwartungsvollen nußbraunen Augen. „Zuleima?" Die nußbraunen Augen begannen sehr hell zu glitzern. „Gutgut, du kannst heute Urlaub haben. Und wenn wir wieder einen Späher brauchen ..." Mirsky hörte zu lächeln auf, streifte ihn mit einem weinfunkelnden, aufmerksamen, nahezu zärtlichen Blick. „Ich bin sehr froh, daß dir nichts zugestoßen ist", er raunte nun selber, „ich hatte richtiggehende Angst um dich, Osman, du junger Schuft, verstehst du mich?"

Einen Augenblick sahen die auf dem Kneipentisch stehenden Männer einander unbeweglich an. Osman öffnete den Mund, zeigte die schöne, sehr weiße Reihe seiner Zähne. Auf einmal warf er sich gegen Mirsky, umarmte ihn lautlos auflachend – weich wie ein

Panther sprang er vom Tisch, wollte geschmeidig zwischen den sich verschnaufenden Tänzern hindurchhuschen. Doch unvermittelt besann er sich und stolzierte in seinem neuen, hahnhaft gemessenen Ehemännerschritt, der in seiner Steifheit gar nicht zu ihm paßte, davon.

„Einen Walzer! Er spielt besser als ein Zigeuner, euer Kleiner!" schrillte die mit der gerupften Federboa, warf Mirsky eine Kußhand zu. Indessen – etwas Unerwartetes geschah:

Schien es nicht fast, als habe der junge braungesichtige Tambour seinen Kameraden die frohe Weinlaune und Tanzlust zerstört, sie gleichsam gestohlen und mit sich hinausgetragen? Sie waren nicht mehr recht bei der Sache, sangen nicht mehr, lachten nicht mehr dröhnend. Die Tänzer ließen sich nieder und waren von ihren Mädchen, die sie hochzerren wollten, nicht mehr zum Tanzen zu bewegen. Alle, alle schienen auf einmal von einer geheimen verkniffenen Unruhe erfüllt; hockten mit blutleeren, schweißüberperlten verbissenen Gesichtern auf den Bänken nebeneinander, blickten mürrisch-stier, wie höchst sorgenvoll in sich gekehrt, in den Stubendunst: ohne den Takt zu Mirskys dünnem Donauwalzer zu klatschen, ohne auf die beleidigt und schmollend gespitzten Mündchen ihrer Auserwählten zu achten. Boiko ließ sogar einen höchst ungalant krachenden Rülpser hören, darauf seufzten einige mitfühlend und selber Bescheid wissend. Der dicke Stojan flüsterte etwas bitterernst seinem Nachbarn zu, und der sagte: „Ich auch. Und sogar fürchterlich."

Später trat Lüdmil Diamandiew ein. In seiner Schläfrigkeit schenkte er der gefährlichen Unruhe keine Beachtung. Verschlafen umherblinzelnd, entdeckte er Iwan Babine am Fenster. Iwan qualmte als einziger noch unverzagt und behaglich bezecht, wiegte seinen kleinen schmutzigen Schutzbefohlenen auf dem Arm, der über all den Aufregungen, in all dem Lärmen eingeschlafen war.

Diamandiew beugte sich schwerfällig über ihn. Langsam, jedes Wort betonend, sprach er auf ihn ein, hob zögernd den Daumen, wies damit geheimnisvoll hinter sich. Iwans Gesicht legte sich in tiefe bedeutsame Falten. Hierauf schielten beide mit listigem Gezwinker nach dem Offizier auf dem Tisch, der seiner Mannschaft willig zum

Tanz aufspielte und nichts von der seltsamen Veränderung witterte, die mit ihr vorgegangen war. Behutsam, um es nicht aufzuwecken, bettete Babine das Knäblein auf die Fensterbank, nickte höchst verschmitzt, erhob sich schief, nahm Lüdmils Arm und strebte mit ihm leicht torkelnd hinaus.

Als sei die Geheimnistuerei der beiden für sie ein glückliches Vorbild, erhoben sich nun alle, rückten an ihren Patronentaschen, einige schoben ihre betroffenen Freundinnen unhöflich beiseite. Einer nach dem anderen schwankte blaß, geheimnisvoll-scheu und betreten feixend durch die Tür, die zum Hof führte.

Ungefähr zur selben Zeit verließ die zerstreute Patrouille alle Wirtschaften fluchtartig, zumeist durch die Hoftüren. Das sah der walzerfiedelnde Patrouillenführer nicht. Er sah nur, wie aus seiner Schenke die Soldaten, gewissermaßen in einem gewichtigen, stummen, traurigen Übereinkommen, kurz nacheinander verdufteten. Donnerschock, die werden zu diesem Appell gehn, den ich anbefohlen haben soll, fuhr es ihm undeutlich durch den benebelten Kopf, muß wohl auch hin, ja! Er sprang, die Geige unter dem Arm, den Bogen in der Hand, mit einem vernehmlichen Plumps zu Boden, stiefelte, vom Gekeif der vergnügungstollen, unvermutet verlassenen Kleinstädterinnen verfolgt, an dem dienernden Dedeagatsch vorbei aus der geleerten verrauchten Schenke.

DER Marktplatz lag – was für ein erstaunlicher Anblick nach dem Getümmel von vorhin! – wie ausgestorben. Er schritt das höckerige Pflaster einer Gasse hinunter. Es ging auf den Abend und war sehr schwül. Er war ziemlich betrunken – was Wunder: soviel Wein und Schnaps und Wein auf vollends nüchternen Magen. Doch die Trunkenheit machte ihn nicht schwer und torkelnd und lallend wie die anderen, sie machte ihn federleicht, und er ging ohne Spur eines Schwankens in einem schwerelosen Gefühl nahezu regelrechten Schwebens mit schnellen graden Schritten vorwärts, und seine Schritte hallten in der leeren stinkenden Gasse wider. In dem Torweg eines stillen, verlassenen Wirtshauses standen ein paar Gewehre beisammen, mehrere Tornister lagen herum. Also die sind noch nicht auf dem Kasernenplatz, dachte er, „Kinder!" rief er. Aber er vernahm nur das Echo seines Rufs, schritt weiter: Sie werden ohne ihr Zeug hingegangen sein – wo mag der Platz liegen? Aber es lief ihm niemand über den Weg, den er hätte fragen können, nur eine Katze und drei, vier sehr verwahrlost aussehende Köter.

Er bog in eine breite Gasse und vernahm ein dumpfes Murmeln. Je schneller er ausschritt, desto lauter schwoll dieses Geräusch an. Und dann stand er unversehens, die Geige unter dem Arm, verdutzt den Bogen wie eine Reitgerte leicht auf den Stiefelschaft schlagend, auf dem weiten unbebauten Gelände vor der schmächtigen Kaserne – offenbar ein Exerzierplatz – und blickte über eine unübersichtliche, wartende, bedrohlich anzuschauende Rotte von seltsamen, leise miteinander murmelnden Männergestalten hin. Bärtige und stoppelige Gesichter, junge und alte, braune und helle, mit roten und weißen Fezen, Lammfellmützen, schwarzen Judenhüten, Strohhüten; lange Gardinenstangen trugen diese Gestalten geschultert, Dreschflegel, Krummsäbel und verrostete Flinten aus früherer Zeit, die bis heute friedlich über Sofas gehangen hatten, einer selbst ein von einer Badewanne abgeschraubtes Duschenrohr – höchstwahrscheinlich von Dobritschs einziger Badewanne, dachte Mirsky, fing zu kichern an. Aber der bedrohliche, düster oder frech bereite Ausdruck, der auf all diesen Landstädtergesichtern lag, ließ ihn sofort wieder ernst werden.

Von seiner Patrouille dagegen gewahrte er keinen.

Nein doch, sieh mal, da lief ja Dragan hin und her wie ein unruhiger, schier verzweifelter Wachhund vor einer Herde, zu der er nicht gehörte. Schon hatte er ihn bemerkt, kam auf ihn zugeeilt, grüßte, einen mißbilligenden Blick auf die Geige unter Mirskys Arm werfend. Sein schwarzer Bart zitterte in schwer verhaltenem Ärger. „Kommandant, ich melde Ihnen gehorsamst, daß von der ganzen Besatzungstruppe kein einziger zur Stelle ist."

„Ja, wo stecken sie denn? Osman habe ich Urlaub ... aber die andern ...?"

„Soll ich Ihnen sagen, Kommandant, wo sie stecken?"

„Was heißt Kommandant? Na, wo denn?"

„Auf der Latrine hocken sie!" zischte Dragan wutbebend, „krank! Alle samt und sonders, alle hundertzwanzig. Auf alle Abtritte des

Städtchens haben sie sich verteilt! Dort hocken sie wie festgezaubert!"

„Aber wie, warum denn?" stotterte Mirsky.

„Warum? Kommandant, soll ich Ihnen mitteilen, warum?"

„Laß doch das Kommandant weg, Dragan", sagte Mirsky, „sag schon."

„Weil sie heute mittag Melonen gefressen haben wie die Gottverlassenen, Berge von überreifen Melonen, und sich darauf heute abend besoffen haben mit Wein und Schnaps wie die Gottverlassenen, Liter und aber Liter von Rotwein auf Melonen und aber Melonen – da können Sie sich Ihren Reim drauf machen, Kommandant!" Er machte eine Pause, um einen Zornesseufzer hervorzustoßen, „und wer verteidigt die Stadt im Fall eines Überraschungsangriffs, wenn die gesamte Besatzung wie *ein* Mann auf der Latrine hockt und sich auskackt, Entschuldigung. Ich habe versucht, sie zur Räson zu bringen."

Er schlug sich auf die Brust. „Ich hab an hundert Brettertüren gepocht, es mit Strenge und Milde versucht. Versuchen *Sie,* sie zur Räson zu bringen, Kommandant, ich wette tausend zu eins, sie bleiben wie angewachsen hocken, und wenn sich General Gaskata selber bequemte . . ."

Nach diesem zornigen Redeschwall, den er dem ruhigen Dragan gar nicht zugetraut hätte, stand Mirsky völlig sprachlos und ratlos; ein unbändiges Lachen würgte ihn in der Gurgel, doch er versuchte es mit aller Macht zu unterdrücken, sagte nur: „Tja. Dragan, ich muß sagen – – feine Eroberer sind wir. Das muß ich sagen." Er biß die Zähne zusammen, um das würgende Lachen zu verbeißen.

„Aber vielleicht", setzte er tröstend hinzu und wies mit seinem Geigenbogen über die bedrohlichen Gestalten der Franktireure hin, die verstummt waren und ihre Blicke ausnahmslos erwartungsvoll auf ihn gerichtet hielten, „vielleicht bewaffnen wir die Leute wenigstens mit unseren Gewehren. Sie stehen in den Torwegen unnütz herum, ich habe sie gesehn."

„Das geht an, Leutnantchen", knurrte Dragan kleinlaut. Nach seinem Ausbruch war sein Zorn verraucht und einem milden Gekränktsein gewichen. Er strich seinen Bart. „Aber wie sagen wir es den Bürgern, wie erklären wir es den Braven, daß keiner von den

Unsern in dieser schweren Stunde angetreten ist – Leutnantchen, Sie müssen eine Rede halten", schloß er schnell.

„Ich?" sagte Mirsky überlegend, „eine Rede? Gutgut." Der Wein hatte seine Hemmungen fortgespült, er fühlte sich jetzt zu allem fähig, zum Lächerlichsten wie zum Erhabensten. Er trat ein paar Schritte zu den Wartenden hin, von dem Schwarzbärtigen gefolgt. Er klopfte mit dem Bogen, Aufmerksamkeit gebietend, an seine Geige wie der Primgeiger eines großen Orchesters vor dem ersten Einsatz; dann hob er ihn wie einen Marschallstab und sprach schwungvoll in die eingetretene Totenstille hinein.

„Liebe Bürger von Dobritsch! Wer von euch hat sich nicht schon einmal, ehe er sich's versah, den Magen aufs gründlichste verdorben?" Aber hier fiel ihm etwas weitaus Geschickteres, eine Notlüge ein, und er fuhr, völlig beziehungslos zu dem Anfang seiner Ansprache, fort. „Nahezu die gesamte Besatzung hat sich, nur mit Pistolen ausgerüstet, auf Schleichpatrouille begeben, über das Weichbild der Stadt hinaus. Ich nenne es eine militärische Notwendigkeit, denn in erster Hinsicht muß unser Augenmerk rechtzeitiger Warnung vor dem überall lauernden Feinde gelten." Dragan strich seinen Bart, beifällig nickend. „Äh – bis die getreuen und heldenmütigen Beschützer eures Leibes und Lebens, eures Hab und Gutes, eurer schwachen Frauen und unmündigen Kinder, eures schönen Vaterlandes Bulgarien, zu dem die Dobrudscha von jeher gehörte" – hier erinnerte er sich eines Satzes aus Gaskatas Warnaer Rede –, „ihre gefahrvolle Aufgabe erfüllt haben" – hier räusperte er sich kräftig, weil wieder der unbändige Lachkitzel in seine Kehle stieg: „hmhmrhm, seien euch ihre Gewehre ausgehändigt, damit ihr als unerschrockene Bürgerwehr" – dieser Ausdruck erschien ihm sehr geglückt – „im Notfall euren Mann stehen könnt zur Verteidigung eurer schönen Vaterstadt, in deren Keller der beste Tropfen Wein auf dem Balkan zu finden ist. Prost!"

Vielstimmiges Jubelgeschrei antwortete ihm. Nie hatte er Truppen so kriegslustig brüllen hören wie diese Kleinstädterhorde. Dragan schien vollkommen getröstet, voll neuen Vertrauens, verstohlen legte er Mirsky die Hand auf die Schulter, flüsterte: „Mein Sohn, du bist ein Teufelsredner. Und glaube nicht", fügte er, verlegen an seinem Bart zupfend, hinzu, „daß ich dir böse bin, weil du unserem Osman Urlaub gegeben hast. Auf den einen kommt es nun auch nicht an. Ich habe sie gesehn, weißt du, seine Angetraute, auch wenn nur so mehr von hinten, du kennst ja die Türkinnen – aber ich sage dir, Kommandantchen: eine Gazelle von Wuchs, schöner als eine Gazelle. Diesem Springinsfeld ist, bei allem Neid, sein Urlaub zu gönnen." Er trat zurück in Habtachtstellung, schnarrte verändert in lautem Meldeton: „Zu Befehl, wir nehmen die Verteilung der Gewehre vor. Wollen Sie sich auf die Bastion begeben, Kommandant, die Befestigungen besichtigen?"

Mirskys Miene wurde tief nachdenklich. Er war betrunken. Darum hatte er das Lächerliche, diese Rede, so leicht vollbracht. Und das Erhabene? Das Erhabene war – Bach. Und nun stieg von neuem der Drang in ihm auf: etwas zu versuchen. Und die Angst: es nicht zu vermögen. Ja. Ja! Das war es, was er nach dem unsinnigen Einmarsch in die Stadt in sich hatte übertönen lassen: Bach. Da drängte es wieder hervor, nur stärker und klarer, und stand vor seiner weingeläuterten Seele, urplötzlich und ohne Zusammenhang mit dem lachreizenden Auftritt von eben, so stark und klar, wie etwas nur einem schwebend Betrunkenen sein kann: Heute mittag, auf dem Felde unter dem freien Himmel, hatte er die Chaconne *gekonnt,* wie er sie nie gekonnt hatte in den schmalen Übungszimmern des Konservatoriums. Wahn einer begnadeten Stunde? Oder würde er sie noch einmal, und viele Male, so vollendet können, gleich, ob unter dem Himmel eines Septembertages oder der Wölbung eines Konzertsaales oder der niederen Decke eines Zimmerchens? Dann erst war das Erhabene gelungen. Und er mußte, mußte das Erhabene, das für ihn Große, Herrliche, Höchstvollendete, von ihm andächtig Erstrebte abermals und endgültig versuchen und erproben – und zwar ohne Aufschub: Mein Gott, wie hatte er sich all die Monate, seit sie ihn von Berlin verfrachtet hatten wie ein Stück Vieh, danach gesehnt, Herr seiner Kunst sein zu dürfen für Stunden. Nun, heute durfte er es sein und mußte sie nutzen, die flüchtigen Stunden der Freiheit! „Nein, nein, nein", sagte er mit dem ausschließlich auf das nächste Ziel gerichteten Starrsinn, der nur bei Betrunkenen, kleinen Kindern, hysterischen Weibern und altersschwachen Greisen anzutreffen ist, zu dem sofort mißtrauisch und enttäuscht dreinblickenden Dragan, „ich *muß* – ich kann nicht mitkommen. Verteile du die Gewehre, ich gehe nach Hause." Unter zu Hause stellte er sich Dedeagatschens Kneipe vor. „Ich bin – beschäftigt." Er schlug sich mit dem Bogen wie entschuldigend auf den Stiefel. Drehte sich auf dem Absatz, ließ den neuerdings vernichteten Schwarzbärtigen vor der versammelten Bürgerwehr stehn, verschwand eilends in der Gasse, aus der er gekommen war.

Schon in der Nähe des Marktes vernahm er schwerfällige Schritte in der ausgestorbenen Gasse. An der nächsten Ecke stieß er fast mit einem Mann zusammen, der unter dem Arm etwas Großmächtiges trug – Lüdmil Diamandiew. Er schleppte eine riesenhafte eichene dunkelgebeizte Standuhr mit sich. „Lüdmil, Menschenskind, woher kommst du? Wo willst du hin?" überhäufte er ihn mit Fragen, „wie steht's mit eurer Krankheit? Was schleppst du da für einen Kasten rum, Mann, das ist ja eine Standuhr, ein Mordsklotz – wo hast du denn die her?"

Diamandiew blickte mit gesenkten Lidern friedlich vor sich nieder, es war, als schlafe er im Stehen. „Na, Mensch, so sprich doch!" – „Leutnantchen werden mir zürnen …", sagte Diamandiew noch langsamer als sonst, schien darauf mit unbewegtem Gesicht wieder im Stehen eingeschlafen. – „Du Tropf, ich werde dir nicht zürnen, sprich!" Diamandiew hielt den Blick immer mit fast geschlossenen Lidern zu Boden gesenkt, sagte schlaftrunken, wie aus tiefem Schlaf heraus, ab und zu ein wenig schwankend: „Wir haben den Uhrladen dieses Rumänen geplündert. Wir waren unser zehn, vergnügt vom guten Trunke, und da haben wir es getan. Babine war auch dabei, und Babine ist ein Gerechter."

„Sieh euch einer an, Kinder, Kinder, nennt man das nicht marodieren?"

„Er hat mancherlei schöne Sächelchen zurückgelassen, der Uhrmacher. Manche haben sich Ringe für ihre Bräute genommen, manche silbernes Tafelzeug für den Feiertag. Iwan hat einen Pfeifenputzer, ein Feuerzeug und eine winzige Taschenuhr erbeutet. Sie ist aus Gold, aber sie kann nicht ordentlich gehen bei solcher Winzigkeit. Ich habe mir diese hier genommen. Ist sie nicht prächtig? Die wird hundert Jahre gehn." Er blickte zum erstenmal auf und zog die Lippen breit wie in einem angenehmen Traum.

Auch Mirsky lächelte. „Prächtig ist sie allerdings, Lüdmil, aber sage, was willst du mit ihr anstellen?"

„Ich nehme sie mit heim, mein Sohn. Ich werde sie in unsere große Stube stellen. Meine Alte und meine Kleinen werden sie anstaunen, und meine Nachbarn werden kommen und sagen: Die hat unser Lüdmil aus dem Krieg mit heimgebracht." An der Stelle wurde der angenehme Traum etwas wehmütig, und Diamandiew seufzte auf: „Und wenn ich selber längst unter der Erde liege, meine Großenkel werden vor ihr stehen, wie sie ticktack macht, und jubeln ...", er seufzte noch einmal, „die hat Urgroßväterchen Lüdmil damals auf dem siegreichen Feldzug erbeutet."

„Alles schön, Freund, aber bis dahin ... Willst du sie mit rumschleppen, bis der Krieg aus ist?"

Diamandiew nickte bedachtsam. „Die wenigen Tage. Wo es nun geschnappt hat mit dem Kriege."

„Geschnappt, meinst du, Lüdmil?"

Der Bauer nickte überzeugt. „Jetzt, wo wir Dobritsch eingenommen haben. Wo die Rumänen fortgegangen sind. Wer sollte da noch Krieg führen. Wozu."

„Ach, Freundchen, frag nicht, wozu und für was! Ich sage dir: Dieser Lausekrieg dauert noch Jahre ..."

Jetzt schien Diamandiew allmählich zu erwachen; fuhr sich mit der freien Hand unter die Mütze, kratzte seinen Jodfleck. „Du glaubst, Leutnantchen."

„Gewiß. Jahre, sag ich dir."

„Du bist doch ein Studierter. Glaubst du das sicher?"

„Todsicher."

Diamandiew senkte die Augen wieder, dachte mit zurückgeschobener Mütze lange, lange nach, wie jemand, der aufgewacht ist und sich vergeblich auf seinen lieblichen Traum zu besinnen sucht. Plötzlich jedoch – mit einer Plötzlichkeit, die ihm niemand zugetraut hätte, dabei mit unbewegter verschlafener, ganz und gar unverdrossener Miene – packte er die schwere Standuhr mit beiden Händen und schmetterte sie voll ungeschlachter Wucht in den Rinnstein, daß sie zerbarst und zerklirrte.

DER Leutnant betrat den „König von Mazedonien" allein. Diamandiew hatte ihn nach der kargen Mitteilung, daß es Babine und den anderen Plünderern recht schlecht geworden sei und daß er einen Pferdemagen habe, begleiten wollen. Doch er hatte ihn zum Kasernenplatz geschickt.

Die Schankstube war leer, es roch nach kaltem Tabakrauch, billigem Parfüm, Rotwein, nassem Holz und Windeln. „Stojan?" Niemand antwortete. Auf den Tischen standen halbleere Flaschen, auf dem Boden schwarze Lachen vergossenen Weines, in denen Glasscherben glitzerten. Auf der Fensterbank lag das schmutzige Bengelchen zusammengerollt wie ein Igel und schlief fest, die Fäustchen in die Augen gepreßt. Auf Zehenspitzen schritt Mirsky hinzu. Unter der Fensterbank klaffte sein Geigenkasten mit den zusammengerollten Noten, und in der Nähe lag die verwelkte Rose, schmutziggrau wie das schlafende Kind und platt: Jemand mußte auf sie getreten haben. Mit reuigem Lächeln hob er sie auf, pustete den Staub von ihr. Durch die Küchentür schlurfte der Wirt mit einem Besen herein. Er hatte inzwischen seine linke Backe geschabt und gewaschen, aber seine Schnapsnase glänzte unvermindert schwärzlich purpurn. Er ging daran, die Scherben auszukehren – ohne Mißmut: Er hatte heute ein gutes Geschäft gemacht.

„Holla!" rief er dem schnapsnäsigen Mazedonier zu, „gibt's hier ein Zimmer, in dem man ein Stündchen ungestört sein kann?" Der Wirt dienerte eifrig, rückte an seiner Mütze, öffnete den zahnlückigen Mund in einem verschlagenen, etwas widerlichen Lachen. „Ein Schäferstündchen." – „Red keinen Unsinn, sondern führ mich rauf. Ich will allein sein." Er stieg mit seinen Habseligkeiten beladen die enge finstere knarrende Wendeltreppe hinter Dedeagatsch hoch hinauf, der „ich kenne doch die jungen Herren Offiziere" sagte, unaufhörlich quasselte. Er trat hinter ihm in ein kleines niedriges Dachzimmer, in dem sich nichts befand als ein modriger dunkelroter Plüschdiwan, eine wackelige Waschkommode mit einer Wasserkaraffe darauf und einem billigen verschwommenen Spiegel darüber. „Gutgut." Er lud den Kasten auf dem Diwan ab, schob den Alten zur Tür hinaus, wollte sie schließen. Doch der steckte seine unförmige Nase durch den Türspalt herein, lispelte unangenehm beflissen: „Von welcher Haarfarbe soll denn das Täubchen sein? Schwarz, blond oder ein braunes? Sie sollen ein fürstliches Täubchen kriegen für Ihr Geld, junger hoher Herr Offizier." – „Raus, alter Kuppelfritze", sagte Mirsky, schlug die Tür zu, riegelte sie ab.

Er trat ans offene Fenster. Er sah über Blumengärten, hinter denen Häuser aufragten, über deren Dächern die Abendsonne sehr, sehr niedrig, die dunstige Schwüle zitternd durchdringend und jegliches vergoldend, stand. Unmittelbar unter dem Fenster lag ein Brunnen. Auf dessen Rand hockten ein paar türkische Franktireure; sie waren mit Gewehren der Patrouille bewaffnet, einer von ihnen hielt das seine geschultert und stolzierte damit gewissenhaft vor dem Brunnen auf und ab. Die anderen rauchten aus langen Tschibuks, schwatzten leise miteinander und hoben die Hände über die Augen, weil die alles vergoldende Sonne sie blendete. Anscheinend stellten sie einen Wachtposten vor. Sicherlich waren es Verwandte von Osman. Mirsky sah von hoch oben herab auf ihre roten Feze.

In diesem Augenblick ging die Sonne rotgolden hinter den Häuserdächern unter. Die Türken steckten ihre langen Pfeifen weg, warfen, wie sie saßen und standen, recht unsoldatenhaft, was Mirsky gefiel, ihre Gewehre fort, streiften ihre Schuhe ab, beugten sich geschäftig über den Brunnen, wuschen ihre Füße und Hände. Darauf zogen sie alle Matten oder kleine Teppiche hervor, breiteten sie auf dem Boden aus, warfen sich auf ihnen in die Knie und bückten sich nieder, bis ihre Köpfe die Erde nahezu berührten, gen Mekka gerichtet; die untergehende Sonne überstrahlte ihre Rücken rot. Mirsky lugte auf sie hinab, den schmutzigen Rosenstengel leicht in der Hand hin und her schlenkernd: Diese Krieger, die ihre Gewehre fortgeworfen hatten, um zu beten, gefielen ihm, wiewohl es mit seiner eigenen Frömmigkeit nicht zum besten bestellt war. Dann richtete er sich auf und spähte nicht mehr abwärts, in der Empfindung, es sei unheilig, diese Männer in ihrer ihm fremden Andacht neugierig zu beobachten. Er blickte fort, blickte über sie hin in die hinter den Dächern rotgleißend versinkende, die Dächer gleichsam entflammende Sonne. Und wie er, schwebend betrunken, in diese Sonne blickte, kam ihm der Gedanke: Diese Sonne geht auch sehr bald auf den Feldern von Frankreich unter, wo die Menschen einander seit zwei

Jahren ununterbrochen töten und töten, und auf den Feldern von Rußland und auf den Meeren, wo sie einander wie Ratten versenken, und so blutig, blutigrot kann eine Sonne nur im Krieg untergehen ... Und wie er in diese Sonne blickte, sprangen seine Gedanken, nach der Art sehr junger Männer, auf etwas anderes über, er dachte an den ganzen heutigen verdreht fröhlichen Septembertag, an den Sonnenaufgang auf der Heide hinter Krumowo – an Rada. Mein Gott, seit wieviel Stunden – in denen sich soviel Unglaubliches ereignen konnte – hatte er nicht an sie gedacht, und die Rose, die sie ihm diesen Morgen im dämmerigen Stall geschenkt hatte, sah kümmerlich welk und gar zertreten aus. Aber verloren habe ich sie nicht, nein! Was hat sie gesagt, als sie sie mir gab: Sie soll Ihnen Glück bringen? Wahrhaftig, sie hatte ihm allerhand wunderliches Glück gebracht! Und wie er in diese zitternd rot versinkende Sonne blickte, durchzitterte ihn selbst ein süßes Gefühl: Und auch auf dem Acker geht sie unter, von dem sie jetzt sehr müde, barfuß und mit geschulterter Sense heimläuft – oder womöglich kauert sie auf einem schwankenden Erntewagen –, und es kam ihm der unumstößlich feste Gedanke: Ihr allein, Rada, und nur ihr habe er den so unerwartet, unwahrscheinlich, schier unmöglich glücklichen Ausgang seines ersten Kriegstages zu verdanken – und er entdeckte zu seinem Erstaunen, er sei in dieses rothaarige Bauernmädchen mit der Sense wahnsinnig verliebt. Ich muß nach Krumowo fahren, sobald ich Urlaub bekomme, dachte er leise lächelnd, ich bin ja wie verrückt in sie verknallt, nein so etwas!

Er trat zurück und schloß das Fenster. Er nahm sein Käppi ab, den baumelnden Fernstecher, zog seine Litewka aus, warf alles auf den Diwan. Er ging zur Kommode, steckte die übel zugerichtete Blume, zärtliche Worte murmelnd, in die Wasserkaraffe. Dann betrachtete er sein Gesicht in dem welligen billigen Spiegel, der über der Kommode hing. Es lächelte ihm sonnenverbrannt und verliebt – ein wenig verzerrt – entgegen. Nur die übermäßig glänzenden Augen verrieten seine Betrunkenheit.

Er legte den Kopf ins Genick, begutachtete seinen Hals. Links seitlich am Halse hatte er früher stets ein kleines puterrotes Mal getragen vom zahllosen Ansetzen der Geige – nun war dieses Mal ganz blaß geworden, fast verschwunden. Sofort wich das Lächeln aus

seinem Gesicht, es nahm einen leidenschaftlichen, verzückt angespannten Ausdruck an. Er holte die zusammengerollten Noten aus
dem Kasten, hängte sie über dem Spiegel auf, wetzte den Bogen am
Kolophonium. Er stellte sich vor die Kommode, setzte die Geige an,
stimmte sie andächtig – – die ersten, orgelhaft vollen, reinen Klänge
der Chaconne ertönten im muffigen Dachstübchen des „Königs von
Mazedonien".

Die Abenddämmerung brach ziemlich rasch herein, und in der
Dämmerung erschollen ferne Trompetenstöße. Längst waren die
Noten über der Kommode unleserlich geworden in tiefen Schatten. Er
brauchte sie nicht mehr. Er übte nun das Werk das sechstemal, er
kannte jeden der schwierigsten Doppelgriffe auswendig, wie es nur
die Meisterschüler kennen. Und er spielte federleicht und – wiederum,
immer wiederum! ein leichtes Beben versteckten Jubels preßte er
störrisch zurück – fehlerfrei, in demselben trunkenen Schwebegefühl,
mit dem er vorhin federleicht und fehlerfrei geschritten war, mit
geschlossenen Augen, während die Finger seiner Linken in unheimli-
cher Hast über das Griffbrett flitzten, ungreifbarer als nächtliche
Mäuse, während sein Bogen hin und her flatterte, wesenloser als
Nachtfalter, dem engen Raum gänzlich entrückt, selber ein Schatten
oder ein Gespenst, das das elende Absteigequartier einer balkanischen
Landstadtkneipe mit unbegreiflichem herrlichem Tönen erfüllte . . .

Und die Trompetenstöße rückten näher, schmetterten durch den
schwülen Abend. Fernes Geschrei wurde vernehmbar, ein dumpfes
Rollen und jetzt Pferdegetrappel. Sind es Unsere – oder sind es unsere
Feinde? Wenn sie mich gefangennehmen? Ei, was geht es mich an! Er
geriet zum siebenten Male in das schier fingerbrecherische Auf und Ab
der Zweiunddreißigstel im ersten Halbsatz, er fand keinen Sekunden-
bruchteil Muße, Vermutungen anzustellen darüber, was draußen
geschah. Und dann schmetterten die Trompeten nah und frech,
dröhnten in gewalttätigem, metallisch gefühllosem Ton durch das
zarte, unentwirrbar feine Gewebe seines Spiels. Anschwellendes
Geschrei. Knallendes Getrappel. Rollen und Stampfen, immer laute-
res Rollen und Stampfen – aber kein Schuß. Nein, kein einziger
Schuß. Ei, was ging es ihn an! Und jetzt ließ das Stampfen von vielen
tausend Tritten den baufälligen Gasthof erzittern und das Rattern von

Fuhrwerken über Holperpflaster. Trübe Lichter wackelten draußen vorbei, Lichter um Lichter, ihr grünlicher Widerschein flackerte über die niedere Decke der Dachkammer. Mit einem kanonenschußähnlichen Krach von Kesselpauken, Trommeln, Trompeten und Pfeifen fiel Marschmusik ein. Das war der Marsch von Mirskys Regiment. Ei, was ging es ihn an! Die ohrenzerreißende Musik übertäubte sein Spiel vollkommen. Ho, das mochten sich die dort draußen einbilden. Sein Spiel, das besessene Spiel eines in Finsternis geigenden, grünlich überflackerten Dachbodengespenstes war nicht zu übertäuben! Dann klang durch den Höllenlärm hindurch der Quiekton einer rostigen Hupe. Die kenne ich, das ist Petko! Doch er setzte nicht ab, fuhr, von den unten vorbeiziehenden Trainlaternen gespenstisch übersprenkelt, unablässig zu üben fort – als sei er wie ein allzu sündhafter hellenischer Halbgott zum Fiedelüben in Höllenlärm und grünlich durchzuckter Finsternis verurteilt.

Unten aus der Schenke schwoll Geschrei herauf, ein erregter Wortwechsel. Dann stolperte jemand geräuschvoll über die Stiege, rannte irgendwo dagegen, hielt keuchend inne, schrie: „Leutnant, wo stecken Sie? Sie kommen! Sie kommen!" Es war Petkos keuchend erregte Stimme. Mit ein paar Sätzen war er an der Tür, trommelte, als er sie verriegelt fand, mit seinen derben Fäusten baff dagegen. „Hoi! Hoi! Leutnantchen, sind Sie des Teufels?! Unsere ganze Division rückt ein – und Sie geigen??"

Mirsky, soeben meisterte er die schwierigste Stelle des zweiten Halbsatzes, die mit Sechzehnteln verbundenen Doppelgriffe. Statt einer Antwort klangen aus dem versperrten Dachzimmer nur abgerissene Zweiklänge und eilige Läufe. Petkos Stimme wurde weinerlich beschwörend. „Beim Barmherzigen, liebes Leutnantchen, haben Sie den Verstand verloren? Oder sind Sie stocktaub geworden? Machen Sie auf!!" – – „Warte ... Ich – habe – kei – ne – Zeit", rief Mirsky gepreßt durch die Tür. Darauf brach das Fäustegetrommel ab, ein fassungsloses Schnaufen ertönte, nach einer Pause noch eines. Eine Weile verharrte der Meldefahrer in erschüttertem Horchen hinter der Tür. Dann polterten seine schweren Tritte widerwillig die knarrende Stiege hinunter.

Keine fünf Minuten vergingen, als sie gehetzt von neuem heraufpolterten. Diesmal klang Petkos Stimme erzieherhaft gefaßt. „Herr Leutnant Mirsky, Bataillonskommandant Parwanow befiehlt Ihnen..."

„Gutgut", lautete die abwesend brummige Antwort, „gleich." Mirsky geigte die letzten, leichten getragenen Takte des Finales. Es war ihm, als lenke er ein Schiff nach einer sturmtollen Seefahrt in das stille Wasser des Hafens. Eine unendliche, zittrig ermattete, befreiende Ruhe überkam ihn beim Streichen dieser letzten Takte. Dagegen mit Ordonnanz Petkos verstört bewahrter Ruhe war es aus: Er warf sich gegen die Tür, trampelte fluchend auf dem Treppenabsatz herum, rief den barmherzigen Gott zum Zeugen an für den unbegreiflichen Wahnsinn seines Leutnantchens. Ganz unberührt davon, tat Mirsky den letzten Strich. Die Regimentsmusik war vorbeigezogen, fern hallte ihr klingendes Spiel und endloses Hurrageschrei. Von unten blieb nur das gleichmäßige Stampfen von Tritten hörbar, ab und zu kurze, rauhe Rufe; der rasende Petko war vor der Tür in Erwartung verstummt. So schien fast eine tiefe Stille eingetreten nach dem tausendfachen, tosenden Gelärme. Die letzte Fermate schwirrte im engen Raum nach. Mirsky selber stand unbeweglich. Kaum atmete er. Mit der tief befriedigenden Benommenheit und Erschöpfung nach formvollendeter Tat lächelte er in die muffige Dunkelheit hinein. Dann machte er tatsächlich eine höfliche Verbeugung – vor sich selber, im Augenblick eines aufkeimenden herzstockenden atemberaubenden Bewußtseins: Ich werde ein großer Geiger werden! Dies wußte er nun; wußte es voll unbändigem Entzücken – ebenso todsicher, wie er voll grimmiger Verachtung wußte, daß das große Töten in Europa noch nicht zu Ende ging. Allein, heute abend dachte er nicht mehr daran.

Er tastete nach einem Licht, als er keines fand, nach der Türklinke, schloß auf. Baumlang, flatternd aufgeregt stand Petko vor ihm im rötlichen Schein, der die Stiege herauffiel, spähte ins Dunkel der Kammer. Überrascht ließ er seine Blendlaterne aufblitzen, leuchtete in Mirskys schweißglänzendes, heiter erschöpftes Gesicht, platzte heraus: „Und, und nicht mal Licht hat er ..."

„In diesem Königspuff wird im Dunkeln gemunkelt!" Mirsky lachte laut auf. Nachdem Petko seine Verwunderung heruntergeschluckt hatte, stammelte er, mit der Blendlaterne mächtig fuchtelnd, die aufgestauten Neuigkeiten hervor.

Also, er war mit dem altersschwachen Vehikel die Landstraße zurückgefahren und unterwegs, nach zwei Pannen, auf die vereint vorstoßende Division geprallt. Da Mirsky nicht zurückgekehrt war, hatte der Stab gemutmaßt, die Kundschafterpatrouille sei vom Feinde abgefangen oder vernichtet. Daraufhin hatte General Gaskata im Einverständnis mit den Deutschen den Vormarsch befohlen. Als er, Petko, zu ihm geführt, die Einnahme gemeldet habe, sei der General völlig außer sich geraten, habe eine ganze Weile hartnäckig vermeint, sich verhört zu haben, und immer wieder und wieder die Hand hinter die Ohrmuschel gelegt und gefaucht: Sag es noch mal, langer Kerl, verstehe ich richtig: Dobritsch ist unser, sagst du? „Und jetzt ... Major Parwanow hat schon zwanzigmal nach Ihnen gefragt: Sie sollen zum General", raunte er kopfschüttelnd, „und was treiben Sie? Sie geben den Dachbalken hier im Stockdustern ein Violinkonzert."

„Aber ich beherrsche es, wirklich, ich beherrsche sie!" schrie Mirsky ausgelassen und versetzte dem Langen einen Stoß vor die Brust.

„Was beherrschen Sie – die Stadt?"

„Ach was, die Stadt: die Chaconne! Ah, das verstehst du nicht, Petko – ich bin ja so froh. Schön, gehen wir." Petko ließ den Kegel seiner Taschenlampe über die Gestalt des kleinen Leutnants hingleiten. „Wollen Sie in Hemdsärmeln und mit der Fiedel in der Hand vor den General treten?"

„Nein, haha, besser nicht, haha."

Während er die Geige einpackte und sich anzog, klagte Petko, der ihm leuchtete: „Nicht nur Sie, unsere ganze siegreiche Mannschaft soll ich zum Rapport schaffen und kriege von zehn Dutzend keinen zu Gesicht. Wo, beim heiligen Methodius und Cyrillus, haben Sie sie postiert?"

„Das sage ich nicht."

„Außer Dragan, der unten auf der Ofenbank pennt wie ein Murmeltier. Nicht wachzurütteln ist er, und einen Schnapsduft schnarcht er aus sich raus, puh – stinkbesoffen, der alte Puffvater erzählt es auch."

„Dragan, sagst du? Mach keine schlechten Witze." Mirsky zog die zertretene Rose aus der Karaffe, steckte sie sich ohne Umstände hinters Ohr, drückte seine Kappe schief darüber, trat aus der Tür. Alles sprühte an ihm. „Komm."

Petko hatte nicht gelogen. Dragan lag in der leeren Schankstube auf der Fensterbank hingestreckt, schnarchte, stöhnte und grunzte beängstigend, wie jemand, der einen schweren Rausch ausschläft. Sein bärtiges Gesicht trug den alten dulderhaften Zug, aber darüber breitete sich die dumme Sanftheit eines besinnungslosen Schlafes. An seiner Brust schlummerte, von den Grunztönen unerweckt, das seiner Mutter abhanden gekommene Bengelchen, beide Patschhände in den schwarzen Bart geklammert. Auf dem Tisch stand eine zu drei Vierteln leere Schnapsflasche. „Nein wahrhaftig, Dragan." Mirsky beugte sich über ihn. „Er hat sich so abgeplagt heute nachmittag, der Arme, Arme. Lassen wir ihn schlafen. Gehen wir zum alten Kater. Halt – trink mir vorher lieber noch 'n Schlückchen Mut an!" Er ergriff die Flasche und leerte sie in wenigen knallenden Zügen. Die Schankstube zerschwamm.

„Hei, da steht ja unsere vornehme Ordonnanzkutsche!" Der Große lief um das klapperige, weiß eingestaubte Auto des Uhrmachers herum nach vorne, drehte die Kurbel. Mirsky sog in tiefen Zügen die leicht abgekühlte Abendluft ein, blickte zum dunstigen Himmel empor. In der letzten Dämmerung flimmerten verschwommen Sterne auf, helleuchtend jedoch und schärfer geschnitten als sie glänzte die haardünne Sichel des jungen Mondes. Nicht wahr, junger Mond, ich werde ein großer Geiger werden, dachte er mit ins Genick gelegtem Kopf, tief Atem holend, aufwärts starrend, die Hände in die Seiten gestemmt. Und es war ihm sehr deutlich so, als zitterten die Sterne Verheißung und Bejahung, ja, als schwanke der junge Mond, geradezu stürmisch nickend, durch den neuen wolkenlosen Nachthimmel nieder, auf und nieder, schwanke und tanze – oder war das der Schnaps, der in sein Hirn aufwallte? Eine Sekunde lang erkannte er ohnmächtig seine gründlichst vollkommene Betrunkenheit. Mit wenigen Schritten, die er nicht mehr fühlte – wie auf Luft trete ich! –, ging er zum Wagen. Warf der zarten, verheißungsvoll glänzenden, tanzenden Mondsichel eine Kußhand zu, zwängte sich neben Petko auf den Sitz. Er spürte diesen Sitz nicht mehr, er saß ohne besonderes Erstaunen in Lüften ...

Auf dem weiten Gelände vor der Kaserne stand der bereits eingerückte Teil von Gaskatas Division in einem ungeheuren Karree, wechselvoll beleuchtet von den Scheinwerfern des Trains, den matt blinkenden, den Platz säumenden Straßenlaternen, den Kerzen, die auf den Fenstersimsen der umliegenden Häuser flackerten, und dem hellen frühherbstlichen Sternenhimmel. Die verstaubten Truppen warteten Gewehr bei Fuß in Reih und Glied, vor ihren Fronten sprengten unter Kommandorufen Offiziere zu Pferde hin und her. Als der Wagen des Uhrmachers auf den Platz klapperte, ritten einige Offiziere sofort auf ihn zu. Mirsky stieg aus. Einer der Offiziere glitt vom Pferde. Es war Major Parwanow.

„Ah – guten Abend", sagte Mirsky lächelnd. Das sonst so belebte Gesicht des Majors blieb eine undurchdringliche Maske. „Leutnant Mirsky ... Folge mir."

Und dann stand Mirsky vor dem dicken schweißtriefenden Apfelschimmel, auf dem der Divisionskommandeur saß. Einen Augenblick blinzelte der auf den kleinen jungen Leutnant hernieder, die Spitzen seines katerhaften, dünnen grauen Schnurrbartes zitterten. Darauf machte er eine Bewegung mit der Reitpeitsche, hob sich ächzend und säbelrasselnd aus dem Steigbügel. Sein Adjutant, einige Stabsoffiziere sprangen von ihren Pferden, zwei Unteroffiziere hasteten herzu und halfen dem schweren Körper des Allgewaltigen auf die Erde.

Mirsky blieb ganz still auf seinem Platze stehn, lächelnd, und sah es sich an. Und nun stand General Gaskata dicht vor ihm. Er hob seine rechte weißbehandschuhte Hand, ließ sie tatzenhaft auf Mirskys Schulter niederfallen. Mit über den weiten truppengesäumten Platz hindonnernder Stimme brüllte er ihn an: „*Ehre* – – hast du Bulgarien gemacht!! *Heute* – – bist du der größte Sohn des Vaterlandes!!" Um weniges leiser fügte er hinzu: „Ich habe das von dir erhofft – du kamst aus Deutschland!"

Mirsky hob zögernd die Hand. Sein Lächeln wurde strahlend. Und – ehe es sich selbst versah, klapste er sich mit der Rechten selber auf die linke Epaulette und rief: „Ja, und ich kann sie, Exzellenz! Stellen Sie

sich vor, ich kann sie! Die Chaconne von Bach! Vom ersten bis zum letzten Strich!!"

General Gaskata fuhr schwach zurück; er begriff's nicht, nicht Mirskys Betragen, nicht seine Worte.

Aber er glaubte sich entschieden verhört zu haben, und weil er die Ansprache, die er sich zurechtgelegt hatte, nicht durch Fragen unterbrechen wollte, beugte er sich vor und küßte Mirsky auf beide Backen. Der verzog sein Gesicht zu einer pferdeartigen Grimasse und brummte: „Pfui."

„Du hast", fuhr Gaskata in seiner donnernden Rede fort, „die Stadt, die einmal unser war, dem Feinde dank deiner jugendlichen Tollkühnheit und Todesentschlossenheit, die sich herrlich in dir paaren, entrissen! Dafür gebührt dir der Dank des Zaren! Du bist trotz deiner großen Jugend ein trefflicher Soldat! Aber du bist mehr als dies: ein Held!!"

Mirsky trat einen Schritt zurück und sah den General aufmerksam an. „Eigentlich ... jetzt weiß ich endlich, wem Sie ähnlich sehn, Exzellenz", frohlockte er. „Eigentlich gleichen Sie aufs Haar Herrn Professor – nein, keinem Professor – unserem Pedell vom Berliner Konservatorium, Schubert hieß er."

„Wie, wie?" Der General legte die Hand hinter die Ohrmuschel, kniff die Augen zusammen, wandte sich halb nach seinem Stabe um. Major Parwanow blickte angestrengt und gequält gen Himmel, als habe er soeben einen Kometen entdeckt, dessen Zusammenstoß mit der Erde für die nächste Minute unwiderruflich geweissagt war. Der General steckte den kleinen Finger ins Ohr, schüttelte ihn; strich über seinen Schnurrbart, musterte den jungen Offizier mit dem gläsernen Lächeln und der unvorschriftsmäßigen traurigen Blume unter dem Mützenschirme scharf; räusperte sich rollend und hob die Stimme zu neuem Gebrüll.

„Alles herhören! – In Anbetracht dessen, daß der Frontabschnitt, in dem die Ruhmestat geschah, unter dem Oberkommando unserer deutschen Verbündeten steht, werde ich dich zu dem höchsten Orden eingeben, den das stolze Preußen zu vergeben hat – – zum Pour le mérite!!"

„Gutgut", lallte Mirsky unheimlich belustigt, „Sie geben mich ein.

Und ich gebe Sie ein. Wir geben uns gegenseitig ein, lieber Herr, hä –
Pedell-Exzellenz, und zu Weihnachten tauschen wir unsere Orden
aus. "

Er war sternhagelvoll und glücklicher als jemals seit seiner
Kindheit.

AM NÄCHSTEN Morgen wurde Mirskys gesamte Patrouille „wegen
allgemein bei ihr auftretender Diarrhöe" in die Cholerabaracken
gesperrt. Man gab ihnen für alle Fälle Kalomel ein – Quecksilberchlo-
rid: Gift. – Eine Cholerabaracke ist kein Sanatorium: Da sie keine
weiteren Anzeichen von Cholera zeigten – in Wirklichkeit waren sie
kerngesund –, verköstigte man sie mit der gewöhnlichen Heeres-
suppe, einer üblen Brühe aus Tomaten, Oliven, Mais, Melonen, altem
Fleisch, zusammengekocht mit Unmengen von Salz, damit sie
genießbar sei. Dieses Gebräu mit dem Gift vermischt sprengte einfach
die Bäuche. An dieser Suppe starben siebzehn Mann von den
hundertzwanzig, die die Stadt besetzt hatten, darunter Iwan Babine
und Osman. – Zwei Tage später wurde dem Leutnant Mirsky bei dem
ersten schweren Vorgefecht in den Kuzahügeln zwischen Bulgaren
und Deutschen einerseits, Rumänen und Kosaken andererseits von
einem Granatsplitter die linke Hand weggerissen. Nur die linke Hand,
weiter nichts. Der Oberstabsarzt nannte Mirsky beim Lazarettrund-
gang einen ausgemachten Glückspilz und wunderte sich, daß der
Kleine mit dem tadellos vernähten, säuberlich in der weißen Binde
ruhenden Gelenk ihn mit weit, weit geöffneten brennenden Augen
anstarrte, immerfort anstarrte wie einen gefährlichen Idioten:

Heda, was war denn eine Hand in diesen Tagen?

Foto: Kurt Wyss

Ulrich Becher

Unbekümmert, voller Elan und äußerst begeisterungsfähig – so tritt uns der Musikstudent Mirsky aus Ulrich Bechers Erzählung entgegen, und genau so muß man sich den Autor selbst in seiner Jugendzeit vorstellen. Als Sohn eines Rechtsanwalts und einer Schweizer Pianistin 1910 in Berlin geboren, verspürte Becher schon in jungen Jahren schöpferischen Tatendrang, folgte aber zunächst noch dem Vorbild des Vaters und versuchte sich am Jurastudium. Um jedoch seine übrigen Talente nicht verkümmern zu lassen, meldete sich Becher als Schüler bei George Grosz an und wurde überraschend schnell in den Kreis um den genialen Maler aufgenommen. Von Grosz' Gabe zur präzisen Menschenbeobachtung angeregt, begann Becher, erste Erzählungen zu schreiben. „Es war im Herbst 1928", erinnert er sich. „Nachdem man an der Berliner Universität die Vorlesung über Bürgerliches Recht gehört hatte, ging's entweder zum 5-Uhr-Jazzkränzchen ins ‚Café am Zoo' oder hinauf ins Grosz-Atelier ums Eck meiner Wohnung. George Grosz sagte damals oft zu mir: ‚Uhl, du wirst dein Leben nicht an Paragraphen hängen.'"

Tatsächlich entdeckte bald darauf der Verleger Ernst Rowohlt die schriftstellerische Begabung des Studenten und ermöglichte ihm die ersten Veröffentlichungen. In seinem Erzählband *Männer machen Fehler* wandte sich Becher entschieden gegen den aufkommenden Nationalsozialismus. Er war dann auch der jüngste unter den politisch engagierten Autoren, deren Bücher auf den NS-Scheiterhaufen verbrannt wurden. Um noch schlimmeren Anfeindungen zu entgehen, mußte der Dreiundzwanzigjährige seine Heimatstadt Berlin verlassen. Er zog nach Wien, wurde österreichischer Staatsbürger und heiratete die Tochter des Satirikers Roda Roda.

Als 1938 Österreich dem Deutschen Reich einverleibt wurde, blieb Becher nur die Flucht in die Schweiz. Mit Beginn des Zweiten Weltkriegs konnte er sich auch dort nicht mehr sicher fühlen. Von Genf aus schlug er sich als Ingenieur getarnt nach Südamerika durch, lebte in Rio de Janeiro, dann auf einer Urwaldfarm, und später arbeitete er als Journalist für brasilianische Zeitungen. Über New York kehrte er 1948 nach Europa zurück und erzielte mit der tragischen Posse *Der Bockerer* einen ersten Theatererfolg. Seither hat neben zahlreichen Bühnenstücken besonders der stark autobiographisch gefärbte Roman *Murmeljagd* große Beachtung gefunden. Ulrich Becher lebt heute in Basel und gilt als einer der bedeutendsten zeitgenössischen Erzähler deutscher Sprache.

Alles in

EINE KURZFASSUNG
DES BUCHES VON
DIETER ZIMMER

Butter

MIT FOTOGRAFIEN
AUS DEM
BESITZ DES AUTORS

Deutschland 1953. Die Bundesrepublik ist gerade vier Jahre alt, die „Ära Adenauer" hat begonnen. Mit der Wirtschaft geht es aufwärts. Der VW-Käfer tritt seinen Siegeszug an, in den Wohnungen setzt sich der Nierentisch durch, und die Mädchen tragen Petticoats. Nach Jahren des Hungers endlich wieder volle Teller, und der Traum vom Häuschen im Grünen ist in greifbare Nähe gerückt.

Deutschland 1953. In den überfüllten Notaufnahmelagern drängen sich Spätheimkehrer, Heimatvertriebene und Flücht-linge aus der „Zone", dem anderen Teil Deutschlands, wo der wirtschaftliche Aufschwung auf sich warten läßt. Unter ihnen der zwölfjährige Thomas aus Leipzig und seine Mutter. Wie ihre Schicksalsgenossen sind auch sie davon überzeugt, daß es von jetzt an nur noch bergauf gehen kann.

Alles in Butter ist eine liebenswert-turbulente Familienchro-nik aus wirtschaftswunderlichen Zeiten. Dieter Zimmer erzählt die Abenteuer des Knaben Thomas im „goldenen" Westen und knüpft damit an seinen erfolgreichen Erstling Für 'n Groschen Brause an.

1

THOMAS sah auf der anderen Straßenseite die Mutter winken und rannte los. Nach einigen Schritten spürte er einen kräftigen Schlag in die linke Kniekehle, stolperte und fiel der Länge nach aufs Pflaster. Nicht gewillt, sich von wem auch immer straflos umstoßen zu lassen, rappelte er sich hoch und stellte sich zum Gegenangriff. Das Gesicht, in das er schaute, gehörte einem DKW.

Thomas nahm Maß, um in den linken Scheinwerfer zu treten, brachte den Fuß aber nur bis in Höhe der Stoßstange, weil ein stechender Schmerz im Knie ihn an seiner Bewegung hinderte.

Die Mutter riß ihn am Arm zurück. Sie war herbeigeeilt, und einige Passanten standen im Halbkreis um das Auto und den Jungen und redeten durcheinander. „Der Kleine war doch selbst schuld", hörte Thomas sagen, aber er vernahm auch Widerspruch: „Warum müssen die Autofahrer immer so rasen?"

Der Fahrer des DKW war ausgestiegen und untersuchte sorgfältig seine Stoßstange, ehe er sich Thomas zuwandte: „Du bist wohl nicht sehr helle, oder? Mir direktemang vor'n Kühler zu rennen . . ."

Thomas hatte etwas auf der Zunge, aber die Mutter kam ihm zuvor: „Es ist ja nichts weiter passiert, und Ihr Auto ist noch heil. Entschuldigen Sie bitte vielmals!"

Der Mann schaute die hübsche blonde Frau an und wurde freundlicher: „Ihr Filius? Sollte man nicht denken, daß Sie schon so einen großen Jungen haben."

Du alter Sprücheklopfer! dachte Thomas, der sich andererseits geschmeichelt fühlte durch die Bezeichnung „großer Junge".

„Aber", fuhr der Mann fort, „Sie sollten dem Kleinen mal beibringen, wie man richtig übern Damm geht. Sonst haben Sie ihn unter Umständen nicht mehr lange."

„Sie haben ja recht", gab die Mutter zu, „aber verstehen Sie doch bitte: Der Junge ist solchen Verkehr nicht gewöhnt. Wir sind erst vor ein paar Stunden von drüben gekommen."

Ein leichtes Raunen ging durch die Gruppe der Umstehenden, und der Autofahrer sagte nun sehr freundlich: „Na ja, da muß er erst mal lernen, sich wie ein Mensch zu bewegen."

Thomas ballte in ohnmächtigem Zorn die Fäuste. Hatte er es schon unverzeihlich gefunden, daß man ihn wenige Stunden nach der Ankunft im Westen über den Haufen fuhr, so brachte ihn der wohlwollende Spott seines Gegenübers vollends in Rage.

„Wo kommst du denn her?" fragte ein älterer Herr gutmütig.

„Aus Leipzig."

„Nu gugge, aus Leibzch bisde niebergemachd!"

„Nein, aus Leippzick!" betonte Thomas mit Nachdruck.

„Ei verbibbch, das weeß ich ooch", sächselte der ältere Herr weiter, „aus Leipzig-einundleipzig."

Dies war nun ein Wortspiel, das sich klanglich an den Krieg von ‚Siebzig-einundsiebzig' anlehnte, darüber hinaus keinen Sinn ergab und den Leipzigern selbst bis zum Überdruß geläufig war.

„Den blöden Witz können Sie Ihrer Oma erzählen!" fauchte Thomas unter händeringenden Beschwichtigungen seiner Mutter. Der ältere Herr ließ sich jedoch nicht provozieren und bedauerte nur freundlich, daß seine Oma schon vor Jahren das Zeitliche gesegnet habe.

Thomas hätte gern den amüsiert Zuhörenden ein Argument entgegengeworfen, das ihnen ihre engen Grenzen verdeutlicht hätte. Aber er war noch nicht lange genug hier, und in den wenigen Stunden seit der Ankunft war ihm nur dies aufgefallen: „Ihr habt ja nicht mal 'n richtigen Hauptbahnhof!"

Diese Vorhaltung machte jedoch nicht den geringsten Eindruck, und der ältere Herr meinte gutmütig: „In Leipzig-einundleipzig habt ihr einen schönen, großen Bahnhof, aber dafür keinen Ku'damm. Und du hast ja gerade gesehen, wie gefährlich unser Ku'damm für kleine Jungen aus Leipzig ist."

Kleiner Junge! Thomas war gerade zwölfeinhalb Jahre alt und konnte dieses Wort einfach nicht mehr hören. Es brachte ihn so auf, daß er nach einem ganz fürchterlichen Schimpfwort suchte. Fast hatte er es gefunden, als unter ihm die Erde zu zittern begann. Es rumpelte und rauschte, und durch den Gitterrost, auf dem er stand, wehte ihn ein Schwall warmer und merkwürdig riechender Luft an. Thomas sprang angstvoll einen Schritt zur Seite: „Was war'n das?"

Alle lachten über ihn, und der Autofahrer sagte: „Da hast du noch mal Glück gehabt. Ums Haar hätten sie dich in die Unterwelt geholt."

Nach dieser Kette von Niederlagen war Thomas den Tränen nahe. Der Autofahrer zog seine Geldbörse hervor und reichte Thomas einen Groschen: „Hier, dafür kannst du dir unsere Unterwelt mal ansehen. Da drüben ist der Eingang." Er zeigte auf ein blau-weißes Schild mit der Aufschrift: U-Bhf. Uhlandstr. Man trennte sich mit Handschlag.

Der Ku'damm! Bis vor wenigen Monaten war Thomas der Ku'damm ein gelegentlich besuchenswerter, aber doch völlig ferner Ort gewesen, nicht anders als Manhattan oder die grüne Hölle am Amazonas.

Man machte von Leipzig aus keine so weiten Reisen, und wenn man sie machte, dann um für immer im Westen zu bleiben. Dies war jedoch für Thomas stets ein undenkbarer Gedanke gewesen: Weg von Leipzig? „Wegmachen?" wie das auf sächsisch hieß. Wo er doch in Leipzig sein Leben hatte und alles, was dazu gehörte – seine Familie, seine Freunde, sein Meerschweinchen, seine Sonntage auf dem Fußballplatz. Natürlich auch die Alltage in der Schule, aber waren die nicht überall auf der Welt gleichermaßen unerbaulich?

Erst seit einem Dreivierteljahr hatte Thomas, gezwungenermaßen, an Flucht zu denken begonnen. Sein Stiefvater, der keine berufliche Existenz mehr in Leipzig sah, hatte sich scheiden lassen und den Weg über West-Berlin angetreten.

Die Mutter hatte nicht mitgehen wollen. Sie hatte gehofft, die Firma ihrer Familie könne der um sich greifenden Welle von Enteignungen entgehen. Aber das war kurzsichtiger Optimismus gewesen und hatte sich als falsch erwiesen. Der Vater hatte prophezeit, daß recht bald die Enteignung den Rest der Familie gen Westen treiben werde. Und erst seither hatte Thomas gelegentlich versucht, sich den Ku'damm vorzustellen.

Er hatte dabei so etwas im Auge gehabt wie die Grimmaische Straße in Leipzig, die vor allem von ihrem Vorkriegsruhm als „die" Geschäftsstraße der Stadt zehrte. Thomas hatte durchaus damit gerechnet, daß der Ku'damm breiter sei als die Grimmaische Straße. Doch der Ku'damm war unvorstellbar breit und ebenso prachtvoll. Tausende von Menschen flanierten auf den Bürgersteigen, schauten in Läden und Vitrinen, kehrten in Cafés und Lokalen ein. „Ist das denen ihre Mai-Kundgebung?" hatte Thomas beim ersten Anblick der Menge gefragt. Denn es war der 1. Mai 1953, den die Mutter als Fluchttag ausgesucht hatte, in der Erwartung, man werde angesichts des festlichen Trubels in Ost-Berlin unbehelligt nach West-Berlin entwischen können.

Nein, dies sei keine Kundgebung, versicherte die Mutter, alle diese Menschen seien freiwillig hierhergekommen und vergnügten sich ganz zwanglos.

Auf den Fahrbahnen stauten sich Schlangen von Autos. Es schien, als wollte jeder an diesem frühlingshaften Feiertag öffentlich zeigen, daß er bereits zur wachsenden Minderheit der Kraftfahrzeugbesitzer zählte.

Niemals hatte Thomas so viele Autos gesehen, auch nicht während der Leipziger Messe, die immer viele fremde Wagen in die Stadt brachte.

Und die Geschäfte! Sie waren wegen des Feiertags geschlossen, und das mochte gut sein. Denn damit erübrigte sich der Gedanke, hineinzugehen und Dinge zu kaufen, die man in Leipzig als „Mangelware" und somit bloß vom Hörensagen kannte. Es lagen Köstlichkeiten im Schaufenster, die Thomas nur aus Westpaketen kannte: Apfelsinen, Walnüsse, Datteln, Bananen.

In der Auslage eines Feinkostladens zog eine Pyramide von Schokoladetafeln Thomas' Blicke auf sich. Er zählte ungefähr siebzig Tafeln und rechnete flink: Wenn, wie zu Hause üblich, eine Tafel drei Wochen reichte, dann konnte man an dieser Pyramide vier Jahre lang essen.

Die Delikatessen fesselten Thomas indes nicht lange, denn nebenan war ein Spielwarengeschäft, in dessen Schaufenster eine elektrische Eisenbahn lief. Ein D-Zug schnurrte im Kreis, in Gegenrichtung fuhr ein Güterzug mit einer vielachsigen E-Lok, einem sogenannten „Krokodil".

Thomas kannte sich aus in diesen Dingen, denn eine elektrische Eisenbahn war sein heißer Wunsch seit Jahren. Er folgte den beiden Zügen mit verklärtem Blick.

„Nun komm endlich weiter!" rief die Mutter, die vor einem Modegeschäft stand.

Thomas lief zu ihr. „Glaubst du, ich kriege mal 'ne elektrische Eisenbahn?"

„In den ersten Jahren bestimmt nicht, da müssen wir wichtigere Dinge anschaffen. "

„Was denn?"

„Kleidung, Wäsche, Schuhe zum Beispiel. "

Sie erinnerte ihn daran, daß sie vor der Flucht Dutzende von Paketen an Verwandte und Bekannte im Westen geschickt hatten, den ganzen Hausrat, und daß sicher vieles davon nicht bei den Adressaten angekommen sei.

„Hoffentlich ist wenigstens meine Briefmarkensammlung angekommen", sagte Thomas.

„Mir ist es wichtiger, daß dein Wintermantel nicht verlorengegangen ist. "

„Ich denke, so was kann man im Westen jederzeit kaufen?"

„Ja, wenn man Geld hat. "

Dann meinte die Mutter, es sei ein langer und aufregender Tag gewesen und sie würde gern, wenn es dort auch ungemütlich sei, ins Flüchtlingslager zurückkehren und ausruhen.

Als Thomas am nächsten Morgen schlaftrunken nach seinem Wasserglas griff, war es fort. Er hatte immer ein Wasserglas auf einem Hocker neben seinem Bett stehen, um sich beim Aufwachen mit einem kühlen Schluck ins Leben zurückzuholen, denn er war, was man einen Morgenmuffel nannte, und haßte das Aufstehen wie die Pest.

An diesem Morgen aber war alles anders als sonst. Ein vielhundertfaches Stimmengewirr umgab Thomas, und als er sich widerwillig entschloß, die Augen aufzuschlagen, erblickte er nicht die gewohnte stuckverzierte Decke seines Zimmers, sondern ein hohes, schmuckloses Hallendach.

Er entsann sich: Dies hier war eine der Messehallen am Berliner Funkturm, die man wegen des gewaltigen Andrangs zu Lagern für Ostzonenflüchtlinge gemacht hatte. Die Menschen schliefen unter grauen Wolldecken auf Matratzen, die auf blankem Steinboden ausgelegt waren, mit Zwischenräumen, in die man Koffer und Rucksäcke stellen konnte.

Obwohl die Halle groß war, roch es wie in einem ungelüfteten Schlafzimmer.

Thomas richtete sich halb auf und lehnte sich an seinen Koffer. Er erinnerte sich Stück für Stück: Gestern morgen in aller Herrgottsfrühe das Marmeladenbrot und der Malzkaffee zu Hause in Leipzig, die Straßenbahnfahrt zum Hauptbahnhof, der D-Zug nach Ost-Berlin, der kurze Aufenthalt im Ostbahnhof, die S-Bahn-Fahrt zum Bahnhof Zoo, das Aufatmen nach geglückter Flucht, die Straßenbahn zum Lager.

Später der Ku'damm-Bummel mit dem glimpflichen Unfall. Thomas fischte nach seiner Hose, die er über den Koffer gelegt hatte, und kletterte im Schutz der Wolldecke hinein. Die übrigen Kleidungsstücke hatte er gestern abend anbehalten. Das Gedränge in der Halle bewog ihn, auf eine Morgentoilette zu verzichten.

Die Mutter kam vom Waschraum zurück und sagte: „Komisch, ich fühle mich wie im Urlaub. Wir haben jetzt zwei freie Tage bis zum Montag. Dann müssen wir in die Kuno-Fischer-Straße." In der Kuno-Fischer-Straße, nur wenige hundert Meter von der Halle entfernt, hatten sich alle Flüchtlinge für das Notaufnahmeverfahren zu melden. Heute und morgen, am Wochenende also, sei die Meldestelle natürlich geschlossen, aber am Montag müsse man sehr früh dort sein. Montags herrsche immer besonderer Andrang, weil sich dann alle Flüchtlinge meldeten, die während des Wochenendes nach West-Berlin gekommen und provisorisch in die Lager eingewiesen worden waren.

„Wenn wir heute frei haben", meinte Thomas, „dann können wir uns doch einen richtig schönen Tag machen."

„Ja, wie die Maden im Speck", antwortete die Mutter mit einem leichten Seufzer, „heute gehört Berlin uns!"

Thomas verstand ihren Spott durchaus, und als sie nach seinen besonderen Wünschen fragte, dachte er lange Zeit über ein ebenso erbauliches wie preiswertes Vergnügen nach. Am Ende schlug er einen Zoobesuch vor. Zum einen liebte er Zoos. Zwar kannte er bisher nur den Leipziger, aber er vermutete, daß die anderen, auch wenn sie nicht ganz heranreichen mochten, immerhin einen Besuch lohnten. Zum zweiten wollte er Knautschke sehen. Knautschke war ein Nilpferdbulle, der mehrfach im Leipziger Zoo zu Besuch gewesen war.

Thomas besah sich Knautschke lange. Irgendwie rührte es ihn, jemanden zu treffen, der wie er den Leipziger Zoo kannte. Er trug dem Nilpferd Grüße fürs nächste Mal auf, sagte sich aber dann, daß das ziemlich unsinnig sei.

Unvermittelt drehte er sich um und ging.

Es war inzwischen Mittag, und sie fanden ein preiswertes Restaurant in der Tauentzienstraße. Thomas hatte in seinem Leben keine fünf Mal im Restaurant gegessen und machte seine Entscheidung über das gewünschte Gericht zu einer Haupt- und Staatsaktion. Immer wieder studierte er die drei Möglichkeiten, die die Karte anbot: Bratwurst mit Tunke und Kartoffelbrei für 91 Pfennig, das kleine Gedeck aus Kraftbrühe, Hühnerfrikassee mit Reis und Spargel sowie Birnenkompott für 1,64 Mark und das große Gedeck mit Kalbskeule oder einem ganzen, wenn auch noch jungen Rebhuhn als Hauptgang für 2,73 Mark. Unter dem wohlwollenden Schmunzeln der Mutter erwog er die Vor- und Nachteile der verschiedenen Speisen im Hinblick auf Geschmack, Sättigung, Verdaulichkeit und Handhabung, wobei unter dem letztgenannten Gesichtspunkt das knochenreiche Rebhuhn ausschied. In Wahrheit hatte sich Thomas von Anfang an auf die mittlere Preislage festgelegt, denn er wollte nicht unbescheiden sein, andererseits aber beim ersten Lokalbesuch im Westen nicht gerade eine Bratwurst essen, die es auch in der Bude gegenüber dem Leipziger Hauptbahnhof gab. Als Getränk bestellte er eine Brause.

Nach dem Mittagessen strebten sie dem Ku'damm zu, und Thomas schaute diesmal nicht nur auf die Läden und Lokale, die Menschen und die Autos, sondern auch auf die Häuserzeilen, und ihm fiel auf, wie viele Lücken es noch gab. Der Ku'damm erinnerte ihn plötzlich an ein schadhaftes Gebiß.

„Wenn mir Onkel Manfred in Hannover eine gute Stellung besorgt", sagte die Mutter, „dann kannst du vielleicht schon nächstes Jahr zu Weihnachten eine elektrische Eisenbahn kriegen."

Thomas drückte Onkel Manfred im Geiste die Daumen. Der Onkel war vor zweieinhalb Jahren mit seiner Familie von Leipzig aus in den Westen gegangen und hatte das Versprechen hinterlassen, seiner Schwester Anne oder seinem Bruder Wolfgang behilflich zu sein, falls sie den gleichen Weg nehmen sollten.

„Ich muß heute noch schreiben", sagte die Mutter, „daß wir nun wirklich da sind."

„Vielleicht erst mal 'ne Rangierlok mit zwei Wagen?" sinnierte Thomas vor dem Spielwarenladen. „Micky hat ziemlich bald eine gekriegt, nachdem sie von Leipzig nach München sind."

„Micky hat ja auch einen Vater", bemerkte die Mutter.

Das war wirklich etwas anderes, mußte Thomas zugeben. Sein bester Freund Micky hatte ihm bald nach der Flucht begeisterte Briefe aus München geschrieben und von mancherlei Anschaffungen berichtet, die sich seine Familie rasch hatte leisten können. Aber Micky hatte eben einen Vater, der mit gebrauchten Autos handelte, und Thomas hatte keinen mehr. Sein Stiefvater lebte zwar jetzt in Wiesbaden und schien ebenfalls nicht schlecht zu verdienen, aber er hatte sich ja scheiden lassen.

Thomas nahm sich vor, bald nach seiner Ankunft in Westdeutschland eine Reise nach Wiesbaden zu unternehmen.

Später am Nachmittag saßen die Mutter und Thomas in einem Straßencafé und beobachteten die Ku'damm-Bummler. Die Mutter bestellte sich eine Holländer Kirschschnitte und eine Tasse Kaffee. Thomas bekam, weil es sein Lieblingsgebäck war, ein Schweinsohr. Dazu probierte er Coca-Cola, das er dem Namen nach von verrosteten Reklameschildern kannte, die in Leipzig den Krieg überdauert hatten. Beim ersten Schluck schüttelte er sich und wollte wieder ausspucken: „Igitt! Das schmeckt ja wie schon mal getrunken!" Aber nach dem dritten Schluck war er schon ziemlich sicher, eine Entdeckung fürs Leben gemacht zu haben.

Sie bummelten ein weiteres Mal den Ku'damm hinauf, und als der Mutter die Füße weh taten, setzten sie sich auf eine der vielen Bänke. Es dämmerte, und auf dem Ku'damm gingen die Lichter an, die Straßenlaternen und die Autoscheinwerfer, die Lampen in Lokalen und Schaufenstern, und vor allem die Lichtreklamen, die, anders als die wenigen in Leipzig, nicht einfach nur angingen und brannten, nein, sie vollführten ein immer wiederkehrendes Spektakel erstrahlender und erlöschender Schriftzüge, blinkender Kreise und zuckender Linien, so daß es Thomas ganz wirr vor Augen wurde. Ihm kam der naheliegende Gedanke: „Die haben hier wohl keine Stromsperre wie zu Hause."

Zu Hause! Was mochten sie jetzt in Leipzig tun? Die Oma und Onkel Wolfgang saßen sicher beim Abendbrot an dem großen runden Tisch im Erkerzimmer. Bis vor zwei Tagen hatte man dort noch zu viert gesessen, und vor einem dreiviertel Jahr war auch noch der Vater dabeigewesen. Nun war die abendliche Tischgesellschaft auf zwei Köpfe zusammengeschmolzen, und Onkel Wolfgang dachte auch schon an Flucht. Er wollte nur noch warten, bis Eva, seine Verlobte, ihr Medizinstudium beendet hatte. Im Altersheim, draußen in Leipzig-Stötteritz, saßen die Großeltern um diese Zeit wohl ebenfalls beim Abendbrot.

Morgen, am Sonntag, würden die Freunde draußen in Leipzig-Leutzsch vor dem Georg-Schwarz-Sportpark auf ihn warten. Sie würden dann ohne Thomas durch das seit langem benutzte Loch im Zaun kriechen und ihren Stammplatz einnehmen, hinter dem Tor von „Chemie"-Torwart Günter Busch. Wenn die bloß morgen nicht wieder verlieren, dachte Thomas. Chemie Leipzig stand in der Oberliga nicht sehr gut.

Und am Montag, dachte Thomas, wird mich Fräulein Hase als „unentschuldigt fehlend" ins Klassenbuch eintragen. Nach weiteren drei Tagen wird sie wohl ahnen, was los ist, denn man kannte das mit den unentschuldigt fehlenden Schülern, die dann nach ein paar Wochen eine Ansichtskarte aus dem Westen schickten.

Zu Hause – das war nun erst mal abgeschafft. Jetzt gab es die Matratze in der Messehalle am Funkturm. Das war fürs erste die Bleibe. Aber Berlin war ja auch nur Durchgangsstation.

AM MONTAGMORGEN begann der wahre Ernst des Flüchtlingsdaseins. Nach einem kargen Lagerfrühstück, das sie im Stehen einnahmen, machten sich Thomas und seine Mutter auf den Weg zur Kuno-Fischer-Straße, wo sich alle Flüchtlinge zu melden hatten. Als sie von der Kantstraße rechts abbogen, blieb die Mutter stehen und schaute fassungslos auf die mehrere hundert Meter lange Menschenschlange: „Das darf doch nicht wahr sein!"

Thomas versuchte einen Scherz: „Sieht aus, als hätten sie heute morgen Apfelsinen reingekriegt."

Die Mutter sagte, als sie sich am Ende der Schlange angestellt hatten: „Da wundert man sich, daß drüben überhaupt noch ein paar Menschen sind."

Drüben! Bis zum 1. Mai um die Mittagszeit hatte das Wort „drüben" den Westen bezeichnet. Dann hatten sie die Grenze überschritten, und seither war „drüben" dort, woher sie mit der S-Bahn gekommen waren.

Diese sechs Buchstaben bezeichneten also zwei völlig verschiedene Welten, und welche von beiden gemeint war, ergab sich daraus, in welcher man sich gerade aufhielt.

Thomas versuchte, die Zahl der Wartenden zu schätzen, und kam zu dem Ergebnis, es könnten über zweitausend sein. Er hatte kürzlich im RIAS eine Meldung gehört, wonach sich an einem einzigen Montag fünftausend Menschen hier eingefunden hatten. Die Zustände in den behelfsmäßigen Lagern seien katastrophal, hatte es geheißen, und Thomas konnte nur aus eigenem Erleben bestätigen, daß dies stimmte.

Theodor Heuss, der Bundespräsident, hatte unlängst ein Lager für dreitausend Flüchtlinge eingeweiht, aber das mußte ja innerhalb eines Montags schon überfüllt sein.

Es war die Zeit, da die SED die Bauern in die Produktionsgenossenschaften treiben wollte; aber viele gingen statt dessen in den Westen. Anderen wurde durch Enteignung selbst kleiner und kleinster

Betriebe ihre Existenz genommen. Dies alles ging auf jene unversöhnliche Art vor sich, die selbst Gutwillige zu Gegnern des Systems machte. Die Betroffenen konnten und wollten nicht glauben, daß sich ein Paradies anbahne, wenn Menschen derart miteinander umsprangen. Und da auch die Wirtschaft nur langsam vorankam, waren jetzt, acht Jahre nach Kriegsende, viele nicht mehr willens, das Experiment mitzumachen. Hinzu kamen Gerüchte, Berlin werde bald „dichtgemacht" und man müsse sich beeilen, das Schlupfloch nicht zu verpassen. Denn während man noch weitgehend unbehelligt vom einen Teil Berlins in den anderen kam, war die „grüne Grenze" zwischen den Zonen fast nur noch auf gefahrvollen Schleichwegen zu überwinden.

Die Schlange in der Kuno-Fischer-Straße bewegte sich kaum, und um die Mittagszeit war nicht einmal die Hälfte der Strecke bis zum Eingang der Meldestelle zurückgelegt.

Thomas kam sein Fahrrad in den Sinn, das er am Tag vor der Flucht am Leipziger Hauptbahnhof aufgegeben hatte: Expreßgut nach Berlin-Ostbahnhof. Es mußte längst dort angekommen sein. Aber wie brachte man nun das Fahrrad vom Ostbahnhof über die Sektorengrenze nach West-Berlin? Wen sollte man hinschicken, um es zu holen?

Während sich die Menschenmenge fast unmerklich vorwärts schob, überdachte Thomas alle Möglichkeiten, die ihm einfielen, und verwarf sie wieder.

Am Ende faßte er einen Entschluß. „Kann ich ins Lager und mich 'n bißchen auf die Matratze legen?" fragte er.

Die Mutter nickte und riet ihm nur: „Verlauf dich nicht."

Anstatt jedoch ins Lager am Funkturm zu laufen, nahm Thomas am Bahnhof Witzleben die S-Bahn.

Ehe er einstieg, vergewisserte er sich, daß er den Expreßgutschein bei sich hatte.

Thomas kam unkontrolliert zum Ostbahnhof, fand den Expreßgutschalter und spürte sein Herz höher schlagen, als er endlich den Gesundheitslenker seines Fahrrads umfaßte. Es war noch alles dran, sogar der blau-gelbe Wimpel mit dem Leipziger Löwenwappen.

Thomas suchte den Weg nach Westen und hielt sich möglichst nahe an der S-Bahn-Strecke, auf der er gekommen war. Am Brandenburger Tor wagte er sich nach langem Zaudern an die Sektorengrenze, wurde angehalten und gefragt, wollte gerade vor Angst sterben – da winkte der Posten eine schwarze Limousine mit rotem Stander hindurch. Thomas strampelte kurz entschlossen hinterher nach Westen.

„Bist du denn von allen guten Geistern verlassen?" schimpfte die Mutter, als er abends seinen Streich beichtete. „Da gehst du nie wieder rüber!"

„Das habe ich mir auch schon gedacht", antwortete Thomas kleinlaut.

„JETZT ist Schluß, jetzt mag ich nicht mehr!" sagte die Mutter nach der siebten Nacht im Lager.

Thomas wußte, was sie nicht mehr mochte: in der zugigen Halle auf dem Boden schlafen, halb angekleidet und notdürftig gewaschen, immer wieder geweckt von brüllenden Säuglingen und hustenden Rauchern.

Und dies nach anstrengenden Tagen mit stundenlangem Schlangestehen: beim Ärztlichen Dienst, bei der Schirmbildstelle, bei der polizeilichen Anmeldung, bei der Zuständigkeitsprüfung. Vier Stempel hatten sie inzwischen auf ihrem „Laufzettel", vier von gut zwei Dutzend, die im wahrsten Sinn des Wortes zu erstehen waren.

Auch Thomas hatte das Lager satt. Vor allem störte es sein anerzogenes Schamgefühl, sich inmitten so vieler Menschen aus- und ankleiden zu müssen.

Deshalb hatte er inzwischen den größten Teil der sonst gewohnten Körperpflege eingestellt, kam kaum noch aus seiner Wäsche und fühlte sich sehr unbehaglich.

„Aber wo wollen wir denn hin?" fragte er.

„Komm!" sagte die Mutter nur.

Sie verließen das Messegelände, überquerten den Reichskanzlerplatz und gingen die Reichsstraße hinauf. Dann fragte die Mutter nach dem Brixplatz, und schließlich standen sie vor einer Wohnungstür im zweiten Stock und klingelten. Eine alte Dame öffnete und schaute die Besucher mit einer Mischung aus Mißtrauen und Neugier an. Sie trug

ein hochgeschlossenes schwarzes Kleid mit einem weißen Spitzenkrä-
gelchen, eine goldgeränderte Brille und einen weißen Dutt und sah
genauso aus wie die liebe Großmutter im Märchenbuch. „Ja bitte?"
fragte sie.

„Guten Tag", sagte die Mutter, „wir sind aus Leipzig und
wollten..."

„Ach so. Na, dann kommt mal rein!"

Ohne das Geschehen zu begreifen, fand sich Thomas in einem tiefen
Plüschsessel wieder und hatte eine Flasche Brause in der Hand. Die
Mutter erzählte vom Lager, und die alte Dame hörte kopfschüttelnd
zu. Endlich raffte sich Thomas zu einer Frage auf: „Was geht'n hier
eigentlich vor?"

„Das will ich dir gern sagen", antwortete die alte Dame freundlich.
„Deine liebe Großmutter, mit der ich hier in Berlin zur Schule
gegangen bin, hat mir kürzlich einen Brief geschrieben: ‚Meine
Schwiegertochter und unser Thomas wollen auf ihrer nächsten Reise
vielleicht mal Puschi besuchen.‘ Puschi, mußt du wissen, war mein
Spitzname in der Schule."

Thomas staunte. Das hatte die Großmutter klug gemacht, ihrer
Freundin in West-Berlin derart verschlüsselt die Flucht anzukündi-
gen.

„Und mir", ergänzte die Mutter, „hat sie die Adresse zugesteckt."

„Einfach toll", mußte Thomas zugeben. „Gerade gestern abend
habe ich noch gedacht: Wenn wir hier bloß jemanden hätten, bei dem
wir wohnen könnten."

Die Mutter errötete und schalt Thomas wegen seiner Direktheit,
aber die alte Dame lächelte und sagte: „Keine Frage, daß ihr bei uns
wohnt, bis ihr ausgeflogen werdet."

„Man muß bloß die richtigen Leute kennen", bemerkte Thomas
altklug, und die Mutter wurde wieder rot.

Es wurde verabredet, daß sie nach dem Schlangestehen das Gepäck
aus der Messehalle holen und hierherbringen sollten.

„Bis dahin", sagte die alte Dame, „ist auch meine Tochter Nora von
der Arbeit zurück. Und mein Enkel Karl-Edwin aus der Schule. Dann
lernt ihr die ganze Familie kennen. Jedenfalls diejenigen, die den Krieg
überlebt haben."

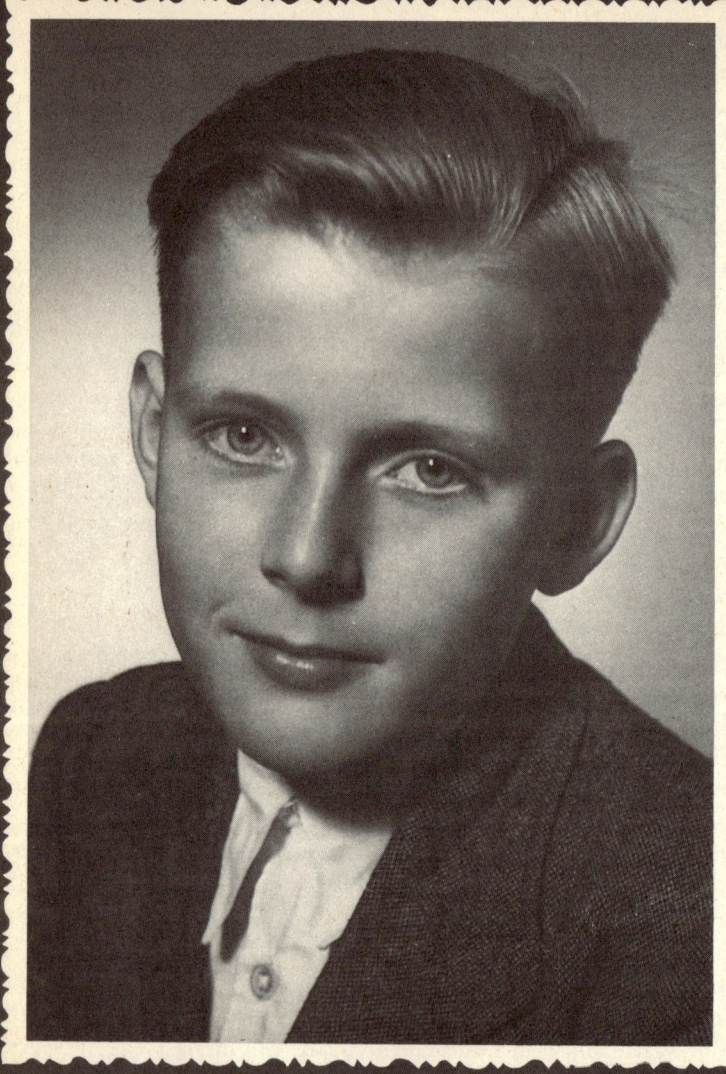

So möchten die Großmütter
den lieben Enkel – ich fand's fruchtbar.

Nachmittags im Lager beschaffte sich Thomas von den freundlichen Schwestern der „Inneren Mission" reichlich Bindfaden, mit dem er den größten Teil des Gepäcks auf seinem Fahrrad befestigte. Dann schob er es die Reichsstraße hinauf zu der schönen alten Wohnung im Westend.

Nora hatte große Ähnlichkeit mit ihrer Mutter, trug ebenfalls dunkle, wenn auch jugendlichere Kleidung und hatte ihr schwarzes Haar zu einem Knoten von eindrucksvollen Ausmaßen gebunden. Sie bot Thomas an, „Tante Nora" zu ihr zu sagen.

Karl-Edwin war kaum kleiner als Thomas, dabei jedoch stämmig. Er tänzelte um den Ankömmling herum und stieß mehrmals die rechte Faust vor, so daß Thomas erst mal zusammenzuckte.

„Haudujudu?" sagte Karl-Edwin.

Thomas vermutete dahinter einen typischen Berliner Gruß und antwortete freundlich: „Danke, dir auch."

„Keen Schimmer von fremde Zungen, wat?" fragte Karl-Edwin.

„Wie bitte?" fragte Thomas.

„Mann, sprichst du keene Fremdsprache?"

„Sdrasdwuitje, towarischtsch! I drushba!"

„Wie bitte?" wunderte sich nun Karl-Edwin und blieb stehen.

Tante Nora forderte die beiden auf, endlich deutsch miteinander zu reden, und sie verzogen sich in Karl-Edwins Zimmer.

Es war recht geräumig, und die Wände schmückten zahlreiche Bilder von Boxern, unter denen Thomas nur Max Schmeling bekannt war. An einem Nagel über dem kleinen Schreibtisch hing ein Paar Boxhandschuhe.

Karl-Edwin reichte Thomas ein zweites Paar Handschuhe, aber der wehrte ab: „Nee, laß mal. Ich bin mehr Fußballer."

Karl-Edwin verabscheute Fußball, und Thomas erklärte, das könne er verstehen, denn hier in West-Berlin gebe es ja auch nur Flaschenmannschaften. In Leipzig sei das was anderes, schließlich sei „Chemie" vor zwei Jahren DDR-Meister gewesen. Karl-Edwin amüsierte sich über den Namen und wollte wissen, ob es auch Fußballmannschaften gebe, die „Physik" oder „Erdkunde" hießen, was Thomas wahrheitsgemäß verneinte.

Thomas bekam im Keller einen Platz für sein Fahrrad zugewiesen, und Karl-Edwin schüttelte den Kopf über die „olle Mühle". Er schlug vor, den lächerlichen Gesundheitslenker gegen einen modernen Tourenlenker zu tauschen sowie eine Dreigangschaltung einzubauen. „Erst mal haben", meinte Thomas.

Nach dem Abendessen schrieb Thomas einen ersten Brief nach Hause. Er bemühte sich, alles äußerst vorsichtig zu umschreiben, um die Daheimgebliebenen nicht in Bedrängnis zu bringen, falls der Brief unterwegs geöffnet würde.

> Liebe Oma, lieber Onkel Wolfgang!
> Ihr habt vielleicht schon gemerkt, daß ich nicht mehr da bin. Das kam folgendermaßen. Wir wollten doch am 1. Mai zu dieser Hochzeitsfeier nach Neubrandenburg fahren zu diesen neuen Verwandten. Aber wie wir in Ost-Berlin in den richtigen Zug umsteigen wollten, sind wir aus Versehen in den falschen umgestiegen. Mit einemmal waren wir in West-Berlin und ganz verdattert. Wir wollten sofort zurück, aber die haben uns hier gesagt, da kriegen wir höchstens Schwierigkeiten.
> Hier ist alles ganz anders als drüben, vor allem mit dem Sozialismus, welchen man hier nicht hat. Man kann alles kaufen, bloß braucht man Geld dazu. Mit uns beiden muß es erst noch bergauf gehen, aber dann können wir auch alles kaufen. Wenn man das hier alles so sieht, dann glaubt man gar nicht, daß der Westen völlig am Ende ist. Aber es muß ja wohl stimmen.
> Wir wohnen bei netten Leuten, und tagsüber müssen wir immer lange Schlange stehen, aber das haben wir ja die letzten Jahre gut trainiert.
> Soviel für heute, ich wollte Euch ja bloß sagen, wo ich bin, damit Ihr nicht in ganz Leipzig nach mir sucht.
> Herzliche Grüße, Euer Thomas

Die Mutter fand den Brief außerordentlich dußlig und vermutete, daß sich die Kontrolleure, wenn sie dies zu Gesicht bekämen, veralbert vorkommen müßten.

Thomas schrieb den Brief noch zweimal neu.

Später bekam er in Karl-Edwins Zimmer eine Matratze ausgelegt und darauf ein schönes Lager gebaut.

Es lag sich gut darauf.

„Warum sind wir eigentlich nicht gleich hierher?" flüsterte er der Mutter zu.

„Ach weißt du, ich bin so furchtbar ungern auf andere Menschen angewiesen. Auch wenn sie so lieb sind wie diese. Man kommt sich hier im Westen ohnehin vor wie ein lästiger Bittsteller."

„Ja, wie die letzten Menschen", bestätigte Thomas.

Die Mutter schlug ihm vor, sich bei der alten Dame für die Gastfreundschaft zu revanchieren und Besorgungen zu übernehmen. Dafür brauche er nicht mit zu den Dienststellen, vor denen sie geradesogut allein warten könne.

„In Ordnung", sagte Thomas.

Zum Sonntagsfrühstück gab es Toast und Orangenmarmelade, die original aus England kam.

„Bei euch ist wirklich alles schon wieder vorkriegsmäßig", bemerkte die Mutter.

Thomas mochte die bittere Marmelade nicht, würgte sie aber mit Anstand und Widerwillen hinunter und dachte an den schönen süßen Zuckerrübensirup daheim.

Später vertiefte er sich neugierig in die Sonntagszeitung. Sie hieß *Die Neue Zeitung* und hatte den Untertitel „Die amerikanische Zeitung in Deutschland". Er las über den Krieg in Indochina, die Mau-Mau-Rebellen von Kenia, den Bundestagswahlkampf und den Flüchtlingsstrom aus der Zone. Alles genau umgekehrt wie in der *Leipziger Volkszeitung,* dachte er, aber in einer West-Zeitung muß ja wohl die Wahrheit stehen.

„Kann ick mal den Sport haben?" fragte Karl-Edwin.

Thomas gab ihm den Sportteil und fragte: „Liest du nie Politik?"

„Wat soll ick 'n mit dem Quatsch?"

„Ja, müßt ihr denn keine Schulaufsätze schreiben?"

Karl-Edwin verstand den Zusammenhang nicht, und Thomas erzählte ihm von den Aufsatzthemen daheim in Leipzig. Da war es um den Fünfjahresplan gegangen, die deutsch-polnische Freundschaft und zuletzt um die tiefe Trauer des deutschen Volkes beim Ableben des teuren Genossen Josef Wissarionowitsch Stalin.

„Den letzten Aufsatz habe ich total verhauen", berichtete Thomas, „ich hab nämlich geschrieben, daß der jetzt im Himmel sitzt und auf Ulbricht wartet."

Karl-Edwin holte sein Aufsatzheft und zeigte es Thomas. Die

letzten Themen hießen: „Ein Sonntag im Grunewald", „Auf dem Flughafen Tempelhof" und „Wir fahren mit der U-Bahn".

„Das sollen Aufsätze sein?" wunderte sich Thomas. „Das ist doch Kindergartenkram."

Die beiden Jungen verstanden sich von Tag zu Tag besser. Thomas lernte von Karl-Edwin berlinern und ein bißchen Englisch, auch Schimpfwörter in beiden Sprachen. Karl-Edwin beneidete den neuen Freund darum, daß dieser nicht zur Schule mußte. Thomas machte statt dessen vormittags Besorgungen für die alte Dame und kassierte dafür manchen West-Groschen. Mittags half er Karl-Edwin bei den Schularbeiten in Erdkunde, Biologie, Physik und Chemie; in diesen Fächern waren sie in Leipzig viel weiter gewesen. Nachmittags fuhren die beiden mit ihren Rädern durch die Stadt, oder jedenfalls durch die halbe Stadt, denn weiter als bis zum Brandenburger Tor traute sich Thomas nicht mehr.

Karl-Edwins Freundschaft ging so weit, daß er eines Tages auf eigene Kosten Thomas zu einem Boxabend im neueröffneten Sport-palast einlud. Im Hauptkampf ging es um die Deutsche Meisterschaft im Halbschwergewicht. Gerhard Hecht verteidigte diesen Titel gegen Hans Stretz.

Der Sportpalast war ausverkauft, und unter dem Dach standen die beiden Jungen auf dem billigsten Platz und konnten mehr ahnen als sehen, was sich im Ring abspielte. Die beiden Kämpfer verprügelten sich nach Strich und Faden, gingen abwechselnd auf die Bretter und sahen sogar von weitem ziemlich zugerichtet aus.

Hecht gewann.

Karl-Edwin, der sich heiser gebrüllt hatte, wurde auf dem Heimweg nachdenklich: „Eijentlich is det bekloppt, det sich zwee Berliner die Fresse polieren."

„Warum denn nicht?" fragte Thomas, „war doch dufte."

„Nee!" widersprach Karl-Edwin, „ick finde, jeder von die beeden hätte 'n Westdeutschen umnieten sollen."

„Aber ihr seid doch auch West", wunderte sich Thomas.

„West schon, aber nicht westdeutsch. Det verstehste noch nicht."

Thomas verstand es wirklich nicht.

Aber da ihm Westdeutschland noch fern und unbekannt war,

West-Berlin jedoch nah und täglich näher, erklärte er sich mit Haut und Haaren zum Berliner. Er sammelte Eintrittskarten und U-Bahn-Fahrscheine und klebte sie in ein unliniiertes Schulheft, auf dessen Vorderseite er mit kräftigem Strich geschrieben hatte: „Berlin bleibt doch Berlin!"

Die Mutter amüsierte sich über Thomas' Berlin-Leidenschaft und schlug vor, in dem möblierten Zimmer, das hoffentlich in Hannover wartete, eine Art Hausaltar mit Berliner Devotionalien einzurichten: „Quer obendrüber kommt die Fahne mit dem Bären, und in die Mitte legen wir einen Berliner Pfannkuchen."

3

AM PFINGSTSONNTAG kam nach dem Frühstück ein Telefonanruf von Onkel Manfred. Nach kurzer Begrüßung hörte die Mutter eine Zeitlang zu, bis sie sagte: „Aber warum denn das nun plötzlich?"

Thomas ahnte nichts Gutes.

Vor zweieinhalb Jahren hatte Onkel Manfred mit Familie Leipzig verlassen, um im Westen ein neues Leben aufzubauen. Dies schien ihm in Hannover recht gut gelungen zu sein, wie man Andeutungen in seinen Briefen entnehmen konnte. Die Weihnachtspakete zeugten zwar nicht von diesem relativen Wohlstand, aber das führte man in Leipzig auf den Geiz von Tante Klara zurück, die in den meisten Dingen das Heft in der Hand hielt.

Onkel Manfred hatte schon bei seiner Flucht gesagt, daß er seiner Schwester und auch seinem Bruder Wolfgang helfen wolle, falls sie sich eines Tages ebenfalls zur Flucht in den Westen entschließen sollten. Deshalb hatte die Mutter bald nach der Ankunft in West-Berlin ihrem Bruder mitgeteilt, nun sei es soweit, das Versprechen einzulösen. Und Onkel Manfred hatte zugesagt, nach einer Arbeits-stelle und einem möblierten Zimmer zu suchen.

„Na ja", hörte Thomas die Mutter ins Telefon sagen, „für uns ist es ja gehupft wie gesprungen. Hauptsache, ich habe Arbeit und ein Dach über dem Kopf." Dann ließ sie sich von Thomas einen Zettel reichen, um eine Anschrift und eine Telefonnummer aufzuschreiben.

Als sie aufgelegt hatte, verkündete sie: „Wir gehen nicht nach Hannover, sondern nach Baden-Baden."

„Was is'n das?"

„Eine Stadt. Sie liegt, wie der Name schon sagt, in Baden und ist ein sehr schönes Kurstädtchen am Fuße des Schwarzwaldes."

„Ach du heiliger Bimbam! Das ist ja wohl mehr 'n Dorf, oder? Hauptbahnhof? Straßenbahn? Fußballmannschaft?"

„Leider Fehlanzeige", sagte die Mutter und blinzelte der alten Dame zu. „Die Fahrgäste werden dort noch aus dem fahrenden Zug geworfen. Eine Straßenbahn brauchen sie nicht, weil sie genug Pferdedroschken haben. Und Fußball ist in dieser Gegend noch unbekannt, man spielt mehr Golf."

„Mannomann, das kann ja was werden", stöhnte Thomas.

Nun erklärte die Mutter Thomas und den anderen, was den plötzlichen Wechsel ausgelöst hatte. Onkel Manfred hatte kürzlich eine interessantere Stellung in Baden-Baden angeboten bekommen, in einer Firma, die mit Automaten handelte. Er hatte sogleich gefragt, ob auch für seine soeben geflüchtete Schwester Arbeit da sei, und da der Chef selbst aus Leipzig gekommen war, hatte er zugesagt. Dies sei eine außerordentlich große Chance, meinte die Mutter. Sie habe ja in ihrer Jugend keinen Beruf erlernt und nach dem Krieg nur Tätigkeiten ausgeübt, die mit dem Verkauf von Automaten nicht das geringste zu tun gehabt hätten. In der Zeitung habe gestanden, daß in Westdeutschland fünfhunderttausend Flüchtlinge händeringend Arbeit suchten, und jeden Tag kämen Tausende hinzu. Die meisten wären froh, überhaupt sagen zu können, wohin sie sich nach dem Notaufnahmeverfahren wenden sollten. So müsse man also glücklich und zufrieden sein und dürfe nicht lange darüber räsonieren, ob die Stadt alles zu bieten habe, was das Herz eines demnächst dreizehnjährigen Jungen erfreuen könne.

Thomas war mit seinem Fahrrad auf dem Weg nach Tempelhof. Er wollte dort die Starts der Maschinen nach Westdeutschland beobachten, denn sein eigener Abflug rückte näher.

In der Reichsstraße hatten sich viele Menschen vor dem Schaufenster einer Rundfunkhandlung versammelt. Da Thomas immer gern auf dem laufenden war, hielt er an, lehnte sein Fahrrad an einen Baum und fragte einen Mann, was es hier gebe.

„Krönung", war die mundfaule Antwort, „London."

Richtig! Seit Wochen fieberte die Welt dem 2. Juni 1953 entgegen, an dem Elisabeth II. gekrönt werden sollte.

In den letzten Tagen hatten die Zeitungen kaum noch ein anderes Thema gebracht, und Thomas kannte sich, da er die Zeitung immer von vorn bis hinten las, in der Familie der Königin inzwischen besser aus als in seiner eigenen.

Er drängte sich durch die Menge nach vorn und sah in dem Schaufenster einen nicht zu großen Guckkasten stehen, in dem bewegte Bilder abliefen wie im Kino, nur viel kleiner. Es waren, obwohl in Schwarzweiß, unbeschreiblich prächtige Bilder von einem langen Zug kostümierter Menschen und geschmückter Pferde, der sich eine breite Straße hinabbewegte. Tausende nicht kostümierter Leute standen rechts und links auf den Bürgersteigen und winkten unablässig.

„Wat is'n det?" fragte Thomas berlinernd.

„Krönung", hieß es wieder.

„Ja, aber die Kiste da."

„Fernsehfunk."

Na klar, auch das hatte in der Zeitung gestanden: Der Fernsehfunk sollte die Krönung aus London übertragen. Thomas hatte sich jedoch keine Gedanken darüber gemacht, denn es gab in Berlin, wie die Zeitung vermerkte, nur zweitausend Empfangsgeräte, und die alte Dame besaß keins davon.

So sah das nun also aus, dieses Fernsehen!

Der Zug wollte kein Ende nehmen. Schließlich erschien eine prächtige Kutsche mit so vielen Pferden, daß sich Thomas verzählte; die Leute vor dem Schaufenster klatschten Beifall. „Die Königin!" Thomas erkannte sie sofort, denn er hatte sie oft in der Zeitung gesehen. Neben ihr saß ihr Mann, der Philip hieß und über dessen Beruf sich Thomas noch nicht hatte klarwerden können.

„Wann is'n det jewesen?" fragte Thomas einen Mann.

„Det is nich jewesen", antwortete dieser, „det spielt sich janz jenau in dieser Minute ab."

„Und wie kommt det in die Kiste da rin?"

„Janz eenfach: durch die Luft."

Thomas schaute nach oben, aber da war alles völlig normal. Er fragte noch ein bißchen herum, aber es konnte ihm niemand erklären, wie die Königin aus London im selben Augenblick in den Guckkasten im Schaufenster der Rundfunkhandlung in der Reichsstraße in Berlin-Westend kam.

Gegen halb eins bekam die Königin die Krone auf die Locken gedrückt, und Thomas vergaß gänzlich, daß Mittagessenszeit war. Als schließlich Elisabeth II. im Triumph in ihr Schloß zurückgekehrt war und Thomas ebenfalls heimwollte, da war sein Fahrrad weg.

Er stand wie vom Donner gerührt vor dem Baum, an den er es gelehnt hatte, und spürte Tränen hochkommen.

Er suchte die Umgebung einschließlich der Nebenstraßen ab, anschließend die ganze Reichsstraße bis hinunter zum Reichskanzler-platz und hinauf bis zum Spandauer Damm, aber er fand sein blaues Fahrrad nicht.

Zu Hause waren alle erschüttert und sehr zornig. Karl-Edwin versprach, sollte er nächste Woche beim Seifenkisten-Derby den Hauptpreis gewinnen, der zufällig in einem Fahrrad bestehe, so wolle er Thomas damit beschenken.

Tante Nora meinte, der Dieb müsse besonders infam gewesen sein, denn an dem blau-gelben Leipziger Wimpel habe er erkennen müssen, daß es sich um ein Flüchtlingsfahrrad handele.

„Hattest du es denn abgeschlossen?" fragte die alte Dame.

„Nee, ich wollte doch gleich weiter nach Tempelhof", gab Thomas zu.

Weil Thomas aus alter Leipziger Gewohnheit nichts mit der Polizei zu tun haben wollte, meldete Tante Nora am nächsten Tag den Diebstahl.

Die Polizei fand zwar Thomas' Fahrrad nicht, aber sie hatte gerade einen lange gesuchten Fahrraddieb festgenommen. Alle, die ein Fahrrad vermißten, wurden ins Präsidium gebeten, wo seine Beute ausgestellt war.

Thomas fuhr mit der U-Bahn hin, ging dreimal alles ab und hatte keinen Erfolg. Den Gedanken, irgendein Fahrrad für sein eigenes zu erklären, verwarf er rasch wieder; nicht so sehr aus Moral, sondern aus Angst vor der Mutter.

„Da denkste, hier haben se alles", maulte er vor sich hin, „und dann beklauen se sogar Flüchtlinge. Scheiß-Westen!" stieß er ärgerlich hervor.

„Paßt es dir nicht im Westen?" fragte streng eine Frau neben ihm, die ihr Fahrrad gefunden hatte.

„Es geht", knurrte Thomas.

„Dann kannste ja in die Ostzone gehen", sagte die Frau.

Thomas antwortete nicht.

Berlin war für Thomas nicht mehr wie am Anfang. Der Diebstahl seines Fahrrades machte ihn lustlos und bedrückt. Ihm war nicht nur ein Gegenstand gestohlen worden, den er vor zweieinhalb Jahren zum Geburtstag bekommen und unter Gefahr nach West-Berlin geholt hatte. Ihm war seine Bewegungsfreiheit genommen. Hatte er in seinen ersten Berliner Wochen mit Begeisterung U-Bahn und Doppeldeckerbus benutzt, um etwas von der großen Stadt zu sehen, so saß er jetzt am liebsten am Fenster und schaute hinaus.

Er ging auch wieder öfter mit der Mutter zu den Dienststellen. Der Laufzettel für das Notaufnahmeverfahren war fast voll mit Stempeln verschiedener Form und Farbe. Alles war verhältnismäßig reibungslos gegangen, hatte sich nur dadurch leicht verzögert, daß die Mutter mittendrin ein neues Zielland hatte angeben müssen: nicht mehr Niedersachsen, sondern Baden-Württemberg, nicht mehr britische Zone, sondern französische. Deswegen hatten einige Wege wiederholt werden müssen. Nun stand vor allem noch die wichtigste Entscheidung aus: die Anerkennung als Flüchtling aus politischen Gründen.

„Und wenn wir die nicht kriegen", fragte Thomas, „schicken die uns dann zurück?"

„Unsinn", antwortete die Mutter, „aber dann kriegen wir keinen Flüchtlingsausweis und weniger Hilfe."

„Noch weniger? Die tun doch sowieso nicht viel für uns."

Mehr noch als für die Anerkennung interessierte sich Thomas für den Termin des Abflugs nach Westdeutschland. Er hoffte, daß es nach dem 21. Juni sein werde, denn an diesem Tag sollte im Olympiastadion das Endspiel um die Deutsche Fußballmeisterschaft 1953 stattfinden. Inzwischen war es ihm eine willkommene Ablenkung, mit Karl-Edwin zusammen die Seifenkiste fürs Derby aufzumöbeln.

Das Seifenkisten-Derby kam aus Amerika, und wie alles, was von dort kam, wurde es von den westlichen Deutschen mit Hingabe nachgemacht, während die östlichen Deutschen sich in ihrer Mehrzahl gegen alles verschlossen, was aus der Sowjetunion kam.

„Die meisten Fahrer", erklärte Karl-Edwin, „starten für 'ne Zeitung oder 'ne Firma und kriegen ihre Kiste bezahlt. Aber wir als Privatfahrer sind beschissen dran."

Thomas fragte, warum er nicht auch für eine Zeitung starte.

„Nee, nee, ick will unabhängig bleiben. Wenn ick jewinne, machen die mit meinem Namen Hunderttausende."

Um das zu verhindern, bestritt er alle Unkosten von seinem Taschengeld sowie kleinen Spenden seiner Großmutter. In voller Unabhängigkeit von reklamewütigen Geldgebern gestaltete er das Äußere seines Renners: Quer über die Haube hatte er in roter Farbe den Schriftzug *The Champion* gelegt, darunter ein Bild gepinselt, das mit etwas Phantasie als Szene aus einem Boxkampf erkannt werden konnte.

Der sorgfältigen künstlerischen Gestaltung entsprach jedoch die Technik in keiner Weise. Bei Probefahrten auf dem leicht geneigten Vorplatz des Olympiastadions zeigte sich, daß die Vorderachse schon bei leichten Unebenheiten schlingerte.

Thomas schlug Karl-Edwin eine Vorderradaufhängung mit Achsschenkeln vor, was einen weiteren Zuschuß der alten Dame erforderte, dem Wagen jedoch den gewünschten ruhigen Geradeauslauf verlieh. Das Geld reichte jedoch nicht mehr, um den Lenkmechanismus mit einem dünnen Stahlseil zu versehen; es mußte bei einem Bindfaden bleiben.

Bei der technischen Abnahme am Freitagmorgen trafen sich die dreihundertzwanzig Teilnehmer mit ihren Fahrzeugen. Die Seifenkisten wurden gewogen, und es wurde geprüft, ob nicht Pedale oder sonstige unerlaubte Antriebshilfen eingebaut waren. Die Konkurrenten beäugten sich gegenseitig voller Mißtrauen und machten auch mal abfällige Bemerkungen über des Gegners Fahrzeug. Karl-Edwin ging einen Jungen an, der auf seinen betont schmucklosen Renner mit Kreide *Die rasende Wanze* geschrieben hatte. „Mann!" spottete er, „mit dem Mülleimer würde ick nur nachts starten, wenn keener zukiekt."

Der andere besah sich gelassen den „Champion", den Karl-Edwin noch mit Silberfarbe verbessert hatte, und sagte gedehnt: „Weeßte, an deine Bonbonniere solltest du noch 'n bißken Lametta hängen."

Karl-Edwin konterte sofort: „Und bei dir jehören noch 'n paar Küchenabfälle dranjeklebt, Wurstpellen und Ölsardinenbüchsen. Falls ihr euch so wat leisten könnt."

Der andere schlug umgehend zurück: „Du bist hier völlig verkehrt, det is keene Ausstellung für entartete Kunst."

Karl-Edwin behielt jedoch das letzte Wort: „Du Caracciola-Verschnitt!"

Mochte sein, daß der andere den Namen des berühmten Vorkriegs-rennfahrers nicht kannte, mochte auch sein, daß er mit „Verschnitt" nicht ins reine kam, er verstummte.

Karl-Edwin überstand den Vor- und den Zwischenlauf gut.

Auf dem Kaiserdamm, Berlins breitester Straße, die zudem noch leichtes Gefälle in östlicher Richtung aufwies, hatten in der Nacht zum Sonnabend amerikanische Pioniere eine Startrampe sowie Ehren- und Pressetribüne gebaut. Die Jungen gingen jeweils zu viert auf die 300 Meter lange Strecke. Karl-Edwin gewann den achtundsechzigsten von achtzig Vorläufen und war auch im Zwischenlauf vorn, was er selbst auf seine Fahrkunst, Thomas aber auf die Vorderachse zurückführte.

Als die beiden Jungen nachmittags nach Hause kamen, stieß ihr Erfolg auf nur geringes Interesse, denn die Mutter hatte eine viel wichtigere Nachricht: „Wir sind anerkannt!"

„Toll!" sagte Thomas.

„Jawohl, anerkannt als Original-Zonenflüchtlinge! Nach pausen-losen Verhören anerkannt als Quasi-Menschen."

Die Mutter brachte ihre sarkastischen Bemerkungen mit fröhlicher Miene hervor, und die alte Dame erklärte: „Wir haben schon ein Schlückchen Sekt darauf getrunken."

Die Jungen erbaten sich auch je ein Glas und bestanden darauf, daß gleichzeitig auf den Rennerfolg getrunken werde, was auch geschah.

„Aber eines ärgert mich doch", sagte die Mutter, nun mit ernsterem Gesicht. „Auf meinem Bescheid steht bei allen Fluchtgründen, die ich angegeben habe, das bezaubernde Wörtchen ‚angeblich'. Hier zum Beispiel: ‚Die Antragstellerin hat angeblich ihr Eigentum an dem Familienbetrieb in Leipzig durch Enteignung verloren.' Ja, glauben die, wir haben's verschenkt? Und sind aus Jux eben mal nach West-Berlin gegangen, um hier den Behörden die Hucke voll zu lügen?"

„Das hat doch nichts zu sagen", beschwichtigte die alte Dame, „es heißt doch nur, daß die Behörden dir das abgenommen haben, ohne daß sie es überprüfen konnten. Und es kommen ja auch manche Betrüger. Ich bin sogar sicher, daß Leute darunter sind, die als Agenten eingeschleust werden sollen."

„Na ja, vielleicht ist das so", beruhigte sich die Mutter, „aber ich komme mir, außer bei euch hier, nicht sehr willkommen vor im Westen. Dabei sind die doch alle nur zufällig Westler und die anderen nur zufällig Ostler."

Die alte Dame hieß Karl-Edwin noch eine Flasche Sekt holen. Als eingeschenkt war, sagte sie: „Hauptsache, ihr habt's geschafft, und darauf ein fröhliches Prosit!"

Karl-Edwin gewann das Fünfte Berliner Seifenkisten-Derby dann doch nicht.

Im entscheidenden Qualifikationslauf kam er zwar gut vom Start weg, und der „Champion" zog schnurgerade seine Bahn und hatte nach zwei Dritteln der Strecke einen Vorsprung von ungefähr einenhalb Wagenlängen. Aber dann riß der Bindfaden, der die aufwendige Vorderachskonstruktion bewegte, der „Champion" schlingerte, überschlug sich seitlich und warf seinen Fahrer vor die Füße der Zuschauer.

Karl-Edwin tobte eine Zeitlang und raufte sich die Haare: „Für 'n Fuffzjer Stahlseil, und ick hätte todsicher jewonnen!"

Er bekam wie alle Fahrer, die den Endlauf nicht erreicht hatten, einen Beutel mit Drops und verschiedenen Freikarten zum Besuch Berliner Einrichtungen.

„Haste auch eine fürs Fußball-Endspiel?" fragte Thomas.

Es war aber keine im Beutel.

Am Montagmorgen machte die Mutter ihren letzten Behördengang. Er führte sie zur „Transportstelle", wo darüber entschieden werden sollte, wann der Flug nach Westdeutschland stattfindet.

Thomas hatte anderes zu erledigen. Er fuhr mit der S-Bahn nach Gesundbrunnen und stellte sich vor den Kassenhäuschen von Hertha BSC nach Endspielkarten an. In der langen Schlange warteten auch viele Ostberliner, und mit einem von ihnen bekam Thomas Streit. Der Junge behauptete nämlich, sobald er Thomas' Herkunft heraushatte, daß Leipzig im Fußball ungefähr die gleiche Bedeutung habe wie die Sahara für den Wintersport.

„Mensch, ihr habt doch vor 'n paar Jahren noch mit viereckigen Bällen gespielt", gab Thomas zurück.

„Aber jetroffen", erwiderte der Ostberliner Junge.

„Berlin und Fußball", attackierte Thomas, „das paßt zusammen wie Bockwurst und Vanillesoße."

„Und wat is mit ‚Chemie' Leipzig?" sagte der andere, „die hatten jrade Jubiläum: een Jahr keen Tor."

Als die Hertha-Kassenhäuschen nachmittags geöffnet wurden, hob eine Schlägerei an, bei der Thomas unterging. Als er ohne Endspielkarte nach Hause kam, eröffnete ihm die Mutter, daß er eine solche Karte ohnehin nicht hätte brauchen können. „Wir fliegen schon morgen", sagte sie und zeigte ihm den Transportschein, der besagte, daß sie „mit Kind Thomas" am 16. Juni 1953 um 22 Uhr von Tempelhof nach Frankfurt am Main fliegen werde.

Am Dienstag war Aufbruch. Fast sechs Wochen hatten sie bei den liebenswerten Menschen gewohnt, mit ihnen gelebt, gelacht, geredet, gefrühstückt und Abendbrot gegessen. Thomas und Karl-Edwin waren dicke Freunde geworden. Nun packte der eine seine Koffer, während der andere das Matratzenlager seines Schlafgastes abbaute.

Thomas fragte noch einmal bei der Polizei nach seinem Fahrrad, dann fuhr er allein ein letztes Mal mit der U-Bahn durch Berlin: Reichskanzlerplatz, Sophie-Charlotte-Platz, Bismarckstraße, Deutsche Oper, Am Knie, Zoologischer Garten. Dort stieg er aus und lief zum Ku'damm. Er ging ins KaDeWe und fuhr mit der Rolltreppe bis ganz oben und wieder hinunter, denn er ahnte, daß es in Baden-Baden kein vergleichbares Kaufhaus geben werde.

Draußen rief ein Zeitungsmann Extrablätter aus: „Aufruhr in Ost-Berlin! Aufruhr in Ost-Berlin!"

„Wat is'n da los?" fragte Thomas.

Der Mann hielt ihm eine Zeitung hin. „Steht allet drin. Kannste koofen."

„Ick hab keen Jeld. Wat is'n los?"

„Riesendemonstration", antwortete der Mann kurz angebunden und rief weiter: „Extrablatt! Aufruhr in Ost-Berlin!"

Thomas hastete heim, um aus dem Radio Näheres zu erfahren. Das ist doch Blödsinn, dachte er in der U-Bahn, Demonstration in Ost-Berlin. Es war der 16. Juni, und das war kein Tag, an dem drüben demonstriert wurde. Oder sollten die ...?

Der RIAS bestätigte, daß sich ein Demonstrationszug durch Ost-Berlin bewege. Bauarbeiter von der Stalinallee hätten spontan die Arbeit niedergelegt und sich auf den Weg ins Regierungsviertel gemacht, Tausende hätten sich angeschlossen. Ein Reporter berichtete von der Sektorengrenze am Potsdamer Platz. Er befragte Leute, die drüben mit eigenen Augen gesehen hatten, was vor sich ging. Vor dem Haus der Ministerien an der Leipziger Straße hätten die Arbeiter nach Ulbricht und Grotewohl gerufen.

Alle saßen ums Radio, auch Karl-Edwin. Dann fiel im RIAS das Wort „Volkserhebung". Es elektrisierte Thomas, denn über eine erfolgreiche Volkserhebung hatte er gerade noch im vergangenen Herbst in Leipzig einen Aufsatz geschrieben.

„Mensch", rief er mit geballten Fäusten, „wenn das so hinhaut wie damals, achtzehnhundertdreizehn gegen Napoleon!"

„Was war denn da?" fragte Karl-Edwin.

Thomas reagierte nicht und wandte sich an die Mutter. „Wenn das hinhaut, dann können wir zurück nach Leipzig."

„Ja, ja, die Arbeiter werden mit ihren Hämmern drohen, und die Russen ziehen ihre Panzer ab. So stellst du dir das doch vor, oder?"

„Nee, aber damals gegen Napoleon ..."

„... war das ganz anders als in deinem Aufsatz."

Die Gastgeber fuhren mit nach Tempelhof und saßen, nachdem die Koffer aufgegeben waren, wortkarg mit den beiden Abreisenden im Gewimmel der Flughafenhalle. Die Frauen fanden erst wieder Worte, als die Durchsage kam: „Alle Passagiere des Sonderflugs der PanAm nach Frankfurt bitte zu Ausgang C!"

„Vielen Dank für alles!" sagte die Mutter mit Rührung und umarmte die alte Dame und Tante Nora, die ihrerseits beteuerten, daß alles doch ganz selbstverständlich gewesen sei. Thomas und Karl-Edwin reichten sich männlich, aber mit feuchten Augen die Hände.

„Vielleicht komme ich mal in den Ferien", sagte Thomas.

„Jute Idee", meinte Karl-Edwin, „und bis dahin viel Spaß in deine neue Penne!"

„Mensch, erinnere mich bloß nicht daran."

4

DAS Flugzeug war eng wie ein Omnibus und bis auf den letzten Platz besetzt. Thomas sah sich um und las die Schilder über seinem Kopf. NO SMOKING stand da, das konnte er schon übersetzen. FASTEN SEAT BELT lautete ein anderes Schild, das ihm Rätsel aufgab. Vielleicht, dachte er, darf man im Flugzeug nicht essen.

Die Propeller brummten eintönig vor sich hin, und die Maschine schaukelte von Zeit zu Zeit leicht, was Thomas Unbehagen bereitete. Nach einer halben Stunde Flug wandte er sich an die Mutter: „Mir ist so komisch."

Sie holte aus einer Sitztasche eine Tüte hervor. Zehn Minuten später war die Tüte halb voll, und Thomas wollte sterben.

„Wir sind bald da", beruhigte ihn die Mutter.

Der Omnibus vom Flughafen zum Frankfurter Hauptbahnhof schaukelte fürchterlich. Es war inzwischen fast Mitternacht, und die Bahnhofsmission hatte keine Betten mehr frei, dafür aber heißen Tee, der dem Magen wohltat und die Übelkeit dämpfte. In der Kühle der Nacht und auf festem Boden erwachte Thomas ganz allmählich wieder zum Leben, und gegen zwei Uhr morgens rührte sich mit seinen Lebensgeistern auch die Neugier. Er sah sich in der Bahnhofshalle um und hatte mit einem Blick erfaßt, wie sehr der Frankfurter Hauptbahnhof dem Leipziger ähnelte. Das weckte in Thomas eine gewisse Sympathie für die fremde Stadt. Er überlegte, was er eigentlich von Frankfurt wußte. Er erinnerte sich, daß Goethe eine wie auch immer geartete Beziehung zu dieser Stadt hatte und daß das Nationalgericht der DDR, die Bockwurst, in Frankfurt eine vornehme Verwandte besaß. Und natürlich gab es zwei gute Fußballmannschaften, die Eintracht und den FSV.

Kurz nach sechs Uhr morgens ging endlich der Zug, in dem ein Waggon für die Flüchtlinge aus dem Flugzeug reserviert war. Die Gespräche in den Abteilen drehten sich fast nur um die gestrigen Vorgänge in Ost-Berlin. Man fragte sich vor allem, ob die Arbeiter auch an diesem 17. Juni, der gerade angebrochen war, auf die Straße gehen würden.

Das Flüchtlingslager Rastatt war an diesem Tag in lautlosem Aufruhr. Die Hauptstraße vom Tor her und die Fußwege zu den Baracken waren, bis auf ein paar Neuankömmlinge mit Koffern und Rucksäcken, leer. In den Baracken hingen jedoch die Menschen in Trauben um die wenigen Radios und lauschten den Berichten aus Berlin. Die meisten hatten sich nur schwer von ihrer Heimat losgesagt und wären auf dem Absatz umgekehrt, wenn sich drüben die Verhältnisse geändert hätten.

Thomas stellte seine Koffer ab und drängte zum nächsten Radio. Von den einsilbigen Zuhörern erfuhr er, daß heute in Berlin noch viel mehr Menschen demonstrierten als gestern, daß wahrscheinlich Zehntausende auf den Beinen waren und im Radio schon mehrfach das Wort „Volksaufstand" gefallen sei.

Ein Reporter meldete sich vom Potsdamer Platz, über den die Sektorengrenze verlief. Dort, vor dem Haus der Ministerien, forderten Tausende in Sprechchören nicht mehr wie gestern, mit Ulbricht und Grotewohl zu sprechen, sie forderten den Sturz der Regierung.

Dann wurde zum Platz gegenüber dem Brandenburger Tor geschaltet, von wo ein anderer Reporter mit aufgeregter Stimme berichtete, ein paar junge Männer hätten das Tor erklettert und machten sich an der roten Fahne zu schaffen. Dann überschlug sich die Stimme beinahe und schrie, die Fahne werde abgerissen und heruntergeworfen und von wütenden Menschen zerrissen. Dann waren erste Schüsse zu hören, und die Flüchtlinge im Lager Rastatt sahen sich erschrocken an.

„Thomas!" rief die Mutter, „wo steckst du denn die ganze Zeit?" Onkel Manfred war gekommen und hatte schon alle Koffer in seinem Auto verstaut. Thomas begrüßte ihn artig und bedankte sich, wie die Mutter es ihm eingeschärft hatte, für alle Mühen.

„Na, nun beginnt ein anderes Leben", sagte Onkel Manfred und klopfte Thomas auf die Schulter. Der Onkel war nicht mehr so hager wie vor zweieinhalb Jahren, und er trug einen eleganten, sandfarbenen Sommeranzug.

Im Auto wartete eine von Onkel Manfreds Zwillingstöchtern. Thomas hatte schon daheim in Leipzig seine beiden Cousinen ständig verwechselt und fragte nun bei der Begrüßung: „Welche bist'n du?" Es war nicht Doris, die sich heute zum Tennisspielen verabredet hatte, sondern Ria, und sie schaute ein wenig beleidigt drein bei Thomas' forscher Frage.

Sie war, wie er fand, in den letzten zweieinhalb Jahren deutlich hübscher geworden und hatte schon etwas Busen. Thomas ärgerte der Anblick, denn Busen machte erwachsener, und etwas erwachsener hätte er schon gern gewirkt. Vermutlich wurde Ria beim Einkaufen schon gesiezt, während man zu Thomas nicht nur ungeniert „du" sagte, sondern manchmal sogar noch „Kleiner". Ria setzte sich nach der Begrüßung sofort wieder auf den Beifahrersitz, so daß die Mutter und Thomas nach hinten mußten.

„Wie findest du unser Auto?" fragte Ria.

„Gar nicht so übel", sagte Thomas obenhin.

Das Auto war, wie er sofort registriert hatte, ein Ford Taunus 12 M mit Weißwandreifen.

Nach einer Viertelstunde erreichten sie den ersten Vorort von Baden-Baden. Die Fahrt ging zunächst durch eine Straße mit niedrigen Häusern. Nach einigen Kilometern gewahrte Thomas vereinzelte Häuser mit zwei Obergeschossen. Bald erschien rechter Hand ein verschnörkelter Bahnhof. Die Häuser wurden höher, bis zu vier Etagen. Wenig später wurde Onkel Manfred mit seinem Ford 12 M von einem Polizisten aufgehalten, der mit gemächlichen Bewegungen den Verkehr auf einer engen Kreuzung dirigierte. Thomas nahm das als ein Zeichen, daß nun die stadtnahen Vororte anfingen. Onkel Manfred bog nach rechts ab, überquerte eine Brücke, umrundete einen Platz, an dem eine Art Theater stand, hielt vor einem dreistöckigen Haus, zog die Handbremse und stieg aus. Thomas kletterte vom Rücksitz, streckte seine übermüdeten Glieder und sagte mit optimistischem Ton: „Sehr schön hier. Und in welcher Richtung ist jetzt die Innenstadt?"

„Da sind wir doch durchgefahren", antwortete Onkel Manfred.

„Wann denn? Wo denn?" fragte Thomas völlig verwirrt zurück.

„Na, grade eben. Dort, wo der Polizist stand."

Thomas fühlte seine bösen Vorahnungen bestätigt. „Das war schon alles?" fragte er entgeistert, und sein Onkel nickte und seufzte mit plötzlichem Verständnis. „Thomas, wir sind auf dem Dorf gelandet, aber wir können's uns doch nicht aussuchen."

Droben in der Wohnung sah sich die Mutter interessiert um, und sie fand, daß es, so wenige Wochen nach dem Umzug von Hannover, schon sehr gut aussehe. Sie fragte nach Tante Klara und erfuhr, daß sie zum Damenkränzchen bei Frau Hauser sei, der Frau von Onkel Manfreds Chef.

Ria wurde zum Kaffeekochen geschickt, und dann erzählte die Mutter erst mal, was in Leipzig losgewesen war, seitdem Onkel Manfred mit seiner Familie „weggemacht" war. Zwischendurch schalteten sie das Radio ein, erfuhren aber nur, daß der Aufstand, der sich von Ost-Berlin auf andere Städte, auch auf Leipzig, ausgedehnt hatte, im Lauf des Nachmittags weitgehend zusammengebrochen war.

„Findest du, der Ami hätte was machen müssen?" fragte Thomas.

„Nein", antwortete sein Onkel, „sonst hätten wir jetzt einen großen Krieg am Hals."

„Aber", beharrte Thomas, „der Westen muß doch denen drüben helfen gegen die Russen."

„Denen ist nicht zu helfen", befand Onkel Manfred, „die haben nun mal den kürzeren gezogen. Die können sich bloß selbst helfen, indem sie abhauen."

„So wie wir", meinte Thomas, und sein Onkel bestätigte es.

Thomas war in einer seltsamen Verfassung. Der Abschied von Berlin hatte ihn mitgenommen, die schlaflose Nacht auf dem Frankfurter Hauptbahnhof steckte ihm in den Gliedern, der erste

Eindruck von seiner neuen Heimat hatte ihn erschüttert, die Nachrichten von drüben wühlten ihn auf, und Rias Bohnenkaffee hatte seinen Blutdruck in die Höhe getrieben. Er fühlte sich todmüde und zugleich hellwach.

Bald darauf traf Tante Klara ein. Sie begrüßte die beiden Ankömmlinge heiter: „Na, alles überstanden?"

„Zumindest den Anfang", erwiderte die Mutter.

„Du kannst ja von Glück sagen", meinte Tante Klara, „daß wir dir schon alle Wege geebnet haben."

Das ist doch normal unter Verwandten, dachte Thomas, und die Mutter sagte: „Ja, ich bin euch auch sehr dankbar."

Thomas hatte schon früher in Leipzig seinen Onkel ganz gern gemocht, nicht aber seine Tante und die beiden Cousinen. Tanta Klara galt als herrschsüchtig und geizig, und weder ihr Mann noch sonst irgend jemand konnte ihr jemals wirklich etwas recht machen. Die Oma hatte vor Jahren das Wort vom „beißenden Charme" ihrer Schwiegertochter geprägt, und man hatte sich angewöhnt, bei der Erwähnung Tante Klaras die Zähne zu fletschen und eine beißende Mundbewegung zu vollführen. Das tat Thomas nun mit verstohlenem Blick zur Mutter, und sie nickte ihm ebenso verstohlen zu.

„Wie ist denn eigentlich die Sache in Ost-Berlin ausgegangen?" fragte Tante Klara.

„Beschissen", antwortete Thomas vor den anderen, und die Tante sah ihn mißbilligend an.

Es war nun später Nachmittag, und Onkel Manfred schlug vor, das möblierte Zimmer aufzusuchen, das er für die Mutter und Thomas besorgt hatte. Sie fuhren mit dem Ford 12 M eine schöne Allee hinab, bogen dann mehrfach ab und hielten schließlich in einer engen, stark abschüssigen Straße mit schmucklosen, meist zweistöckigen Häusern. Die Mutter schaute sich um und sagte nichts.

„Es ist nicht gerade die vornehmste Gegend dieser vornehmen Stadt", bemerkte ihr Bruder entschuldigend, „aber auf die schnelle war eben nichts anderes zu finden. Und hier herrscht auch Wohnungsnot".

Es ging durch eine Toreinfahrt und ein enges, verblichenes Treppenhaus in die erste Etage. Onkel Manfred drehte an der altertümlichen Klingel; eine ältere Frau in graugemusterter Kittel-schürze öffnete die Tür und grüßte weder unfreundlich noch freundlich. Sie hieß Frau Huck und war die Witwe eines Bahnbeam-ten. Frau Huck ließ die drei in den engen, dunklen Flur treten und führte sie zu einer Tür. „Do isch Ihr Zimmer", sagte sie mit badischem Tonfall.

Die Mutter und Thomas betraten den Raum, in dem sie nun bis auf weiteres leben sollten, und hatten zur gleichen Zeit den gleichen Gedanken: Ach du grüne Neune!

Das Zimmer war, grob geschätzt, viereinhalb bis fünf Meter lang und nicht viel breiter als drei Meter. Es hatte den Charakter einer Höhle, was vor allem an der außerordentlich dunklen Tapete und den fast schwarzen Vorhängen lag.

Aber auch die Möbel unterstrichen den Eindruck von Düsternis, ebenso wie der Fußboden aus dunkelbraun gestrichenen Holzdielen. Beherrschendes Möbelstück war ein altertümliches hohes Bett mit gedrechselten eichenen Pfosten und einem wuchtigen roten Plumeau, das nicht bezogen war.

Quer vor dem Fenster stand eine flache Liege, auf die man steigen mußte, wollte man aus dem Fenster sehen. Die Liege war so niedrig, daß sie Thomas eher an eine Matratze erinnerte. Gegenüber dem großen Bett beherrschte ein Kleiderschrank die zweite Längsseite des Zimmers; er war aus Nußbaumholz. Wenn man seine Tür öffnete, war der Zugang zu Liege und Fenster verbaut. Eine Kommode in wieder anderer Holzart, es mochte Mahagoni sein, hatte noch knapp neben die Tür gepaßt. Darüber hing ein Spiegel mit goldenem Rahmen. Ein kleines rundes Tischchen, wohl als Rauchtischchen geschaffen, und zwei hochlehnige Stühle mit geflochtenen Sitzflächen ergänzten die Ausstattung. Von der Mitte der Decke hing eine Lampe mit dunkelrotem Stoffschirm, die nicht viel Licht gab, und über dem Bett prangte ein Ölbild, das einen rot-weißen Leuchtturm in tobender See darstellte.

Wenn man von dem Bild absah, war die Möblierung durchaus gediegen, aber kein Stück paßte zum anderen. Es herrschte der Eindruck einer Abstellkammer, der durch die fürchterliche Enge verstärkt wurde.

„Das macht zwanzig Mark im Monat", sagte Frau Huck, „plus fünf Mark für Strom und Gas, alles im voraus zu zahlen."

„Ja, gut", sagte die Mutter, die etwas abwesend wirkte.

Frau Huck führte sie nun in die Küche und erklärte, dieselbe sei morgens vor acht und abends nach acht zu benutzen. Die Küche war eng und ebenso dunkel wie alles andere. Neben dem herkömmlichen und recht abgegriffenen Kücheninventar besaß sie zwei Herde, nämlich einen Gas- und einen Kohleherd alter Art, mit einer Kochplatte aus einzelnen Ringen und einem Behälter für warmes Wasser. Frau Huck erklärte, die beiden Herde seien recht nützlich, denn die Küche werde morgens und abends auch von der Familie Fink benutzt, die, drei Köpfe stark, eines der Zimmer zur Untermiete bewohnte.

Die Eröffnung, daß die kleine Wohnung von insgesamt sechs Personen bewohnt war, ließ schlimme Kämpfe bei der Benutzung von Küche und Bad ahnen. Glücklicherweise befand sich die Toilette auf halber Treppe, so daß sie unabhängig vom Bad aufgesucht werden konnte.

Die Mutter gab Frau Huck die verlangten fünfundzwanzig Mark, Onkel Manfred half das Gepäck hinauftragen und verabschiedete sich, da er zum Abendbrot zu Hause sein wolle.

Als er weg war, setzte sich die Mutter auf die Bettkante, und Thomas hockte sich auf seine Liege. Lange Zeit sprachen sie kein Wort, und es ließ sich ahnen, daß beide an dasselbe dachten: an die schöne, geräumige Altbauwohnung in Leipzig, wo jeder sein Zimmer für sich gehabt hatte.

Thomas bemerkte, wie die Mutter mit den Tränen kämpfte, und meinte, irgend etwas sagen zu sollen. „Mannomann, so 'ne Bruch-bude, was?"

Die Mutter nickte, und Thomas versuchte einen Blick in eine bessere Zukunft. „Weißt du, wenn ich erst mal mitverdiene..."

Er war jetzt, obwohl seit sechsunddreißig Stunden auf den Beinen, wieder wach, und wenn er sich auch selbst alles andere als wohl fühlte in dieser neuen Umgebung, wollte er seiner Mutter wie ein Mann zur Seite stehen. Darum redete er drauflos, um die Traurigkeit zu verscheuchen. „Tante Klara hätte uns ruhig zum Abendbrot einladen können. Und überhaupt, was war denn das für 'n Empfang: die eine beim Kränzchen, die andere beim Tennis. Mit der Verwandtschaft haben wir vielleicht 'n Fang gemacht!" Er fletschte die Zähne und machte die bekannte Mundbewegung, die Tante Klara verhöhnte.

Die Mutter mußte lachen und gab sich einen Ruck. „Komm, laß uns irgendwo um die Ecke was essen gehen. Ich habe ja noch über hundert Mark."

Thomas bot an, einen Teil seiner verbliebenen fünf Mark fünfzig beizusteuern, aber die Mutter erinnerte ihn daran, daß er von nun an jeden Pfennig für ein neues Fahrrad beiseite legen müsse. Beim Essen - es gab Hausmacherwurst mit Bauernbrot - erzählte die Mutter, daß sie schon am Montag im Büro anfangen solle, um sich möglichst rasch einzuarbeiten. Sie werde im Monat zweihundertvierzig Mark brutto bekommen. Das sei herzlich wenig für zwei Menschen, aber angesichts der Arbeitslosigkeit, von der vor allem Flüchtlinge betroffen seien, müsse man zufrieden sein.

„Weißt du", sagte sie, „von heute an kann es mit uns eigentlich nur noch bergauf gehen."

„Genau!" bestätigte Thomas, „im Augenblick stecken wir zwar bis zum Hals in der ... äh ... in Schwierigkeiten, aber wir strampeln uns da schon raus."

„Und jedes Jahr am siebzehnten Juni feiern wir den Jahrestag unserer Ankunft. Und freuen uns, daß es weiter bergauf gegangen ist."

In ihr Zimmer zurückgekehrt, verstauten sie den Inhalt ihrer Koffer in Schrank und Kommode, und obwohl sie ihre Habe als ärmlich ansahen, brachten sie sie nur mit Mühe unter. Sie fragten sich, wo sie den Inhalt der Pakete lassen sollten, die sie von Leipzig aus an verschiedene Verwandte und Bekannte im Westen geschickt hatten. Sicher war vieles verlorengegangen, aber Onkel Manfred zum Beispiel hatte bestätigt, vier von sechs Paketen erhalten zu haben, die er am nächsten Tag vorbeibringen wollte.

„Wir müssen hier 'n bißchen dekorieren", schlug Thomas vor.

„Was willst du denn hinhängen, Friedenstauben?"

„Nee, vielleicht 'n paar schicke Weiber. Die Lollo oder die Hayworth."

„Sag mal, wie redest denn du?"

„Wieso? Für dich kann ich auch was aufhängen, Max Schmeling oder Rocky Marciano."

Trotz ihrer Übermüdung wurden beide noch einmal regelrecht aufgekratzt und malten sich die unglaublichsten Dekorationen aus, bis Frau Huck an die Wand klopfte und darauf hinwies, daß es bald elf Uhr sei.

„Jetzt könnte ich noch einen Schnaps brauchen", flüsterte die Mutter.

„Ham'r nich, griech mr ooch nich wieder rein", zitierte Thomas die Antwort, die in Leipziger Läden zur stehenden Redensart geworden war. „Vielleicht", dachte er laut, „hat die Huckebein welchen in der Küche?"

Ehe die Mutter protestieren konnte, war er hinaus, und nach einigen Minuten kam er mit einer angebrochenen Flasche Schwarzwälder Kirschwasser zurück. „Hier, hinterm Sago war er versteckt."

Die Mutter beteuerte, dies sei eine unrechte Handlung, auf die sie sich nicht einlassen werde. Dann nahm sie einen kräftigen Schluck.

ALS Thomas am Morgen die Augen aufschlug und gewahr wurde, wo er sich befand, drehte er sich auf die Seite, um weiterzuschlafen. Doch die Mutter jagte ihn hoch und ins Badezimmer. „Beeil dich! Ich habe mit Frau Fink ausgemacht, daß wir um sieben das Bad räumen und halb acht die Küche."

Die Mutter machte an diesem Morgen einen entschlossenen Eindruck, und als Thomas aus dem Bad zurückkam, hatte sie schon im Laden um die Ecke Brot, Margarine, Marmelade und Pfefferminztee geholt.

Als Thomas beim Frühstück Überlegungen darüber anstellte, was in Leipzig besser als hier gewesen sei, schnitt sie ihm ungnädig das Wort ab: „Es wird nicht mehr diskutiert, verstehst du? Wir sind hier, und es ist richtig, daß wir hier sind. Basta!"

„Ich meine ja bloß", sagte Thomas kleinlaut.

„Wir werden es hier schaffen, ich im Beruf und du in der Schule."

„Und wenn nicht?"

„Diese Möglichkeit scheidet aus. Wir werden arbeiten und sparsam sein und bald aus diesem Loch hier rauskommen in ein besseres Zimmer oder eine kleine Wohnung."

„Und ein Fahrrad kaufen?"

„Ja, aber das mußt du dir selbst ersparen, weil du dir dein altes so dumm hast klauen lassen."

„Und die elektrische Eisenbahn?"

„Die ist vorerst nicht lebenswichtig. Aber später: ja."

„Also gut, hauen wir ran!"

Er biß forsch in sein drittes Marmeladebrot und hörte sich an, was die Mutter für den Tag geplant hatte. Sie wollte die polizeiliche Anmeldung erledigen, beim Wohnungsamt umgehend eine andere Bleibe beantragen und auf dem Schulamt Thomas fürs Gymnasium anmelden, damit er schon am Montag anfangen könne.

„Soll ich mich nicht erst 'n bißchen einleben?" fragte er vorsichtig.

„Nichts da! Das wird heute erledigt, und du nimmst dein letztes Zeugnis aus Leipzig mit."

„Oje."

Sie fuhren mit dem Obus in die Stadt und fragten sich durch. Die Anmeldung ging rasch, aber im Wohnungsamt mußten sie eine Stunde warten.

Die zuständige Dame belehrte sie zunächst: „Nach Paragraph zwölf des Wohnraumbewirtschaftungsgesetzes vom einunddreißigsten März neunzehnhundertdreiundfünfzig muß die Wohnungsbehörde jeder Nutzung und Überlassung von Wohnraum schriftlich zustimmen."

„Aha, und was muß ich da machen?"

„Nichts. Frau Huck als Vermieterin hat uns angezeigt, daß sie Ihnen einen Wohnraum von dreizehn Komma acht Quadratmetern überlassen will, und wir haben der Überlassung zugestimmt."

„Is ja dufte!" fuhr es Thomas heraus, und die Dame sah ihn scharf an.

„Gut", sagte die Mutter, „aber ich kann mit dem Jungen nicht ewig in diesem viel zu engen Zimmer bleiben. Der Junge kommt ja nun auch in die Pubertät. Ich beantrage daher, so bald wie möglich eine kleine Zweizimmerwohnung zu bekommen."

Die Dame sah die Mutter an, als habe sie die Überlassung des

Kurhauses verlangt. „Nun aber mal ganz langsam. Zunächst sind Sie ja untergebracht."

„Ja, das ist genau das richtige Wort: untergebracht. Aber ich würde gern wohnen, verstehen Sie: wohnen!"

Die Dame schüttelte den Kopf über soviel Uneinsichtigkeit. „Wir haben Anträge über Anträge da liegen."

„Kann ja sein, aber das ist doch ein besonders krasser Fall."

Die Dame holte hörbar Luft, zog ein Papier aus einem Aktenstapel und sagte: „Ich muß Ihnen wohl mal ein paar Zahlen nennen, damit Sie mich verstehen. Die Einwohnerzahl von Baden-Baden hat sich seit Kriegsende um achttausend Personen erhöht, und genauso viele Menschen sind auf Wohnungssuche: zweitausendsechshundert Familien mit rund achttausend Personen. Darunter haber wir über hundert Fälle, bei denen vier oder fünf Personen in einem einzigen Zimmer leben müssen."

„Aber das ist doch gar nicht möglich", wunderte sich die Mutter, „in einer Stadt, die im Krieg nicht zerstört worden ist."

„Vergessen Sie nicht, daß die französische Besatzungsmacht ihr Hauptquartier in Baden-Baden hat und heute, acht Jahre nach dem Krieg, noch tausend Wohnungen beschlagnahmt hält. Sie versprechen zwar alle paar Monate öffentlich die Freigabe, aber wenn wir mal nachfragen, wie es denn damit steht, dann sind wir einfach Luft für die Herren Messieurs in den feinen Uniformen."

„Das ist ja wie beim Iwan", warf Thomas ein.

„Nun ja, wir haben eben den Krieg verloren", meinte die Mutter, um dann nochmals nachzustoßen: „Spielt es denn gar keine Rolle, daß wir Flüchtlinge sind?"

„Das", erwiderte die Dame, „macht die Sache eher schwieriger. Viele Vermieter wollen nämlich keine Flüchtlinge aufnehmen."

„Warum denn das?" fuhr Thomas hoch.

„Weil sie etwas gegen Fremde haben, ganz allgemein. Und weil sich gezeigt hat, daß Flüchtlinge die ersten Jahre im Westen viel umherziehen, bis sie wieder richtig seßhaft werden. Und manchmal vergißt auch einer, die letzte Miete zu bezahlen, ehe er in eine andere Besatzungszone verschwindet. Und außerdem meinen die Leute hier, man müsse erst mal den eigenen Leuten helfen, den Baden-Badenern, die es im Krieg anderswohin verschlagen hat und die zurückwollen. Das sind ein paar Gründe."

„Das ist ja unerhört, was Sie da sagen", stellte die Mutter mit kaum verhaltener Empörung fest. „Wir sind doch keine Kosaken oder Hunnen, wir sind doch Deutsche wie jeder hier. Da redet der Adenauer, wenn er bloß den Mund aufmacht, von den Brüdern und Schwestern in der Zone, und wenn wir herkommen, werden wir behandelt wie Zigeuner."

Die Dame schlug nun auch einen schärferen Ton an. „Meines Wissens hat Adenauer nie gesagt, die Leute aus der Zone sollten rüberkommen. Und auch sonst gibt es wohl kaum jemanden hier, der sich das wünscht."

Thomas verstand das Gespräch in allen Nuancen und entrüstete sich von Minute zu Minute mehr. Er konnte recht zornige Ausbrüche haben, und ein solcher kündigte sich zur Besorgnis der Mutter jetzt an.

„Sollen wir vielleicht wieder zurück?" fragte er pampig.

„Bleib ruhig", bat die Mutter.

„Ja, von wegen! Mich hat schon mal eine so blöd angeredet, damals in Berlin, wo ich mein Fahrrad nicht gefunden habe bei der Polizei. ‚Geh doch wieder in die Zone!' hat sie gesagt. Die haben doch alle keine Ahnung, die sollen mal selbst hingehen."

Die Mutter sagte, möglichst ruhig und beherrscht: „Bitte nehmen Sie uns auf die Liste, ich werde ab und zu nachfragen."

„Sie wissen ja", sagte die Dame zur Mutter, „daß Sie ohne unsere Einwilligung nirgendwo einen Wohnraum beziehen dürfen. Schwarzbezieher werden unnachsichtig wieder ausquartiert."

Als sie das Wohnungsamt verlassen hatten, wollte Thomas seiner Entrüstung weiter Luft machen, aber die Mutter stauchte ihn zusammen, wie sie es selten getan hatte. Mit seinem aufgebrachten Gezeter habe er wahrscheinlich alle Aussicht auf eine vernünftige Bleibe zerstört. Thomas verteidigte sich. Er habe doch nur kraftvoll die gemeinsame Sache, eine gerechte Sache, vertreten, und er habe doch nichts behauptet, was nicht stimmte.

„Recht haben und recht kriegen, das sind zwei Paar Stiefel, verstehst du das?" fragte die Mutter.

„Nee."

„Das hat man gemerkt. Man muß auch mal was für sich behalten, ein bißchen diplomatisch sein, nicht immer alles sagen, was man denkt."

„Aber ich denke, wir sind jetzt im Westen, wo man alles sagen kann?"

„Du bist ein Dummkopf! Und auf dem Schulamt wirst du jetzt bitte nur reden, wenn du ausdrücklich aufgefordert bist."

„WIE war der erste Schultag?" fragte die Mutter am Montagabend.

„Blöd. Ich war richtig wütend. Und wie war's in deinem Büro?"

„Es ging, aber worüber warst du wütend?"

„Über diese Zimtzicke von Klassenlehrerin", schimpfte Thomas und schmierte sich auf dem winzigen Rauchtischchen des möblierten Zimmers ein Wurstbrot. „Die denkt, wenn einer aus der Ostzone kommt, ist er schon mal von vornherein bekloppt. Ich hab gesagt, ich hätte in Leipzig in Erdkunde 'ne Zwei gehabt. Stimmt ja auch. Da sagt sie: ‚Na ja, das war eine ostzonale Volksschule, aber hier sind wir auf einem deutschen Gymnasium.‘"

„Sagte sie ‚deutsch‘?" fragte die Mutter.

„Ja, ja. Richtig . . . das hab ich noch gar nicht gemerkt!"

„Siehst du. Aber nun fang bitte mal von vorn an. Du bist also heute morgen aufgebrochen, und dann?"

„Also, ich wäre fast zu spät beim Rex angetanzt, weil ich eine Haltestelle zu früh aus diesem blöden Obus gehopst bin. Aber dann bin ich gewetzt wie ein Wiesel, und Punkt acht habe ich vor ihm gestanden und mein Männchen gebaut."

Die Mutter unterbrach ihn: „Kannst du dich nicht ein wenig gewählter ausdrücken?"

„Klar. Also, ich machte meine Aufwartung und trug mein . . . ja, wie sagt man, mein Ansinnen vor, in seiner Schule Schüler zu werden, und er erwiderte . . ."

„Kind, rede nicht so geschwollen", beschwor ihn die Mutter.

„Sag ich doch. Also, dann hat er gesagt, ich komme in die Klasse von Fräulein Dr. Bangemann. Quarta. Ich bin also dorthin und mitten in die Stunde reingeplatzt und hab mich vorgestellt und gesagt, wo ich herkomme. Und weißt du, was die Bangemann da sagt? Sie fragt mich: ‚Liegt dieses Leipzig eigentlich in der Ostzone oder in den polnisch besetzten Gebieten?‘ “

„Nicht möglich!“ staunte die Mutter, „das muß ein Scherz gewesen sein. “

„Nix da! Die wußte das wirklich nicht. Und gibt Erdkunde. “

In der zweiten Stunde hatte Fräulein Dr. Bangemann Französisch gegeben und sich einen Spaß daraus gemacht, Thomas nach vorn zu rufen und französische Worte nachsprechen zu lassen. Die Klasse hatte sich krumm und bucklig gelacht. „Aber der Bangemann hab ich's heimgezahlt. “

„Wie denn?“ fragte die Mutter besorgt.

„Ich hab was auf russisch gesagt, was sie nicht verstanden hat. Ich hab gesagt: ‚Unsere Lehrerin ist eine alte, fette Sau.‘ Prima, was?“

Die Mutter fand es überhaupt nicht prima und riet dringend zu mehr Besonnenheit. Thomas erzählte vom Geschichtsunterricht bei Herrn Fütterer, wobei es um Friedrich den Großen gegangen sei, der im Leipziger Geschichtsunterricht „Friedrich der Zweite“ genannt und ziemlich verächtlich gemacht worden war. Im Physikunterricht waren die Hebelgesetze behandelt worden, die Thomas längst kannte. Den Vormittag beschlossen hatte die Turnstunde. „Da haben wir so 'n ulkigen Pauker aus Sachsen, so 'n Gesundheitsapostel. Es klang wie zu Hause, wenn er seine Kommandos gab: ‚Wübbn‘ und ‚hübbn‘ mußten wir. “

„Was bitte?“

„Wippen und hüpfen. “

„Ach so. Habd'r ooch Gniebeichn gemachd?“

„Ja, Kniebeugen auch. “

Dann mußte Thomas über seine Klassenkameraden berichten. Drei oder vier hatten sich in der Pause um ihn geschart und nach der Ostzone gefragt. „Sie wollten wissen, ob die Leute wirklich auf der Straße verhungern und ob du sofort erschossen wirst, wenn du 'n Ulbricht-Witz erzählst. Ich hab gesagt, so schlimm wär's nicht, aber ziemlich schlimm. “

Er kramte einen Zettel heraus und reichte ihn der Mutter: „Das müssen wir alles anschaffen: Bücher und Hefte, Zirkelkasten, Turnschuhe, Turnhose. Und da ist die Adresse von einer Nachhilfelehrerin für Französisch. Meinst du, ich hole die zwei Jahre irgend-wann mal auf?"

Die Mutter meinte es und erzählte von ihrem ersten Tag im Büro. Onkel Manfred hatte sie überall vorgestellt, zuerst bei Herrn Hauser, dem Chef, der ja aus Leipzig stammte und viele Fragen nach den dortigen Zuständen hatte. Die Firma von Herrn Hauser handelte mit Automaten für Zigaretten und Schokolade, Kaugummi und Drops, Kekse und Fischkonserven. Dieser „Verkauf nach Ladenschluß" sei eine Sache mit großer Zukunft und in den USA schon längst gang und gäbe, erklärte die Mutter. Die Firma habe ein paar Dutzend Vertreter, die landauf, landab Laden- und Kioskbesitzer aufsuchten, um sie von den Vorzügen der „stummen Verkäufer" zu überzeugen. Sie selbst werde nach einer gewissen Einarbeitungszeit Sachbearbeiterin wer-den. Sie werde die Aufträge bearbeiten, die die Vertreter nach Hause brächten, den Briefwechsel mit den Kunden führen und dafür sorgen, daß die bestellten Geräte geliefert und auch bezahlt wurden.

„Kannst du das alles?" fragte Thomas höchst beeindruckt.

„Ich hoffe es zu lernen."

Nach dem Abendbrot forderte die Mutter Thomas zu einem Spaziergang in der lauen Abendluft auf, und sie gingen hinüber zur Lichtentaler Allee. Auf der Brücke über die Oos blieben sie stehen und beobachteten die Forellen, die im klaren Wasser des seichten Flusses fast reglos standen.

„Sind die eßbar?" fragte Thomas.

„O ja, die schmecken sogar ganz vorzüglich."

„Dann hole ich mal 'n paar raus", kündigte er an, aber die Mutter verbot es ihm.

Sie bummelten bis zum Kloster Lichtental und schauten in den Hof der schönen alten Anlage, und die Mutter sagte: „Weißt du, ich habe vor diesem Tag ziemlichen Bammel gehabt."

„Na, und ich erst", gestand Thomas.

„Aber wir haben's beide gut überstanden, oder nicht?"

Thomas nickte, und da die Stimmung so günstig war, erkundigte er sich danach, wieviel Taschengeld er vom kommenden Monat an erwarten dürfe.

„Ich dachte an zwei Mark fünfzig", sagte die Mutter.

„Hm, na ja."

„Zu wenig?"

„Nee, nicht unbedingt. Aber so 'ne krumme Summe. Können wir nicht drei Mark sagen?"

„Also gut, drei Mark im Monat."

„Okay, das merkt man sich leichter."

„Was machst du denn da?" fragte eine fremde Stimme.

Thomas fuhr erschrocken herum, sah eine grüne Polizeiuniform und ein rundes Gesicht unter einem Mützenschirm. Er wollte weglaufen, blieb aber stehen.

„Ich ... ich habe bloß in die Oos geguckt", stotterte er. Das war nicht direkt gelogen, denn Thomas stand wirklich auf der Brücke, die über die Oos führte.

„Ich hab ... äh ... ich hab mal gemußt", versuchte er sich herauszuwinden, „und weil hier doch keine ... äh ... keine Bedürfnisanstalt in der Nähe ist ..."

„Was ist denn mit dem Bindfaden?" fragte der Polizist.

Thomas ärgerte sich, daß er den Bindfaden immer noch in der Hand hielt, anstatt ihn ins Wasser fallen zu lassen. Da er recht wendig war beim Erfinden von Ausreden, fiel ihm ein: „Ich wollte mal messen, wie tief die Brücke ist, ich meine, wie hoch das Wasser ..."

„Du meinst, wie hoch die Brücke ist?"

„Ja, genau", bestätigte Thomas in der Hoffnung, der Polizist werde nun weitergehen. Der aber zog den Bindfaden hoch und staunte: „Und zum Messen brauchtest du einen Haken mit einem Stück Brot dran." Thomas fiel keine Ausrede mehr ein. Der Polizist schaute ihn lange an, aber anstelle der erwarteten Verurteilung kam nur die Frage: „Und was machen wir jetzt?"

Nicht so blöde Fragen stellen! dachte Thomas, der nun sagen mußte, wie er hieß und wo er wohnte und auf welche Schule er ging; Thomas war so niedergeschlagen, daß er die richtigen Angaben machte.

Der Polizist schrieb alles in ein Notizbuch. Dann schob er das Büchlein in die Brusttasche seiner Uniform und fragte: „Hast du etwa schon Forellen rausgeholt?"

„I bewahre! Die Viecher sind ja auch viel zu blöd, die fressen doch mein Brot gar nicht. Vielleicht hätte ich Vollkornbrot nehmen sollen. Oder Schneckennudeln, vielleicht essen die lieber süß."

„Forellen fängt man ganz anders", sagte der Polizist.

„Wie denn?" fragte Thomas neugierig, aber der Polizist wollte es nicht verraten.

Thomas hielt es für geboten, das Gespräch weiterzuführen. „Schmecken die denn?" fügte er hastig hinzu.

Der Polizist bestätigte es. „Hast du denn noch keine gegessen?"

„Nee, bei uns gab's höchstens mal Hering in Aspik. Bei uns waren die Flüsse so dreckig, daß die Fische beim Schwimmen steckengeblieben wären."

„Woher kommst du denn? Aus dem Ruhrgebiet?"

„Nee, aus Leipzig", antwortete Thomas in der Hoffnung, damit sei die Nachforschung beendet und die Strafe erlassen.

Aber der Polizist reagierte ganz anders: „Ach so! Da kommst du als Flüchtling daher und fängst gleich erst mal an zu klauen."

Thomas spürte Zorn aufwallen: „Sie meinen also, daß alle Flüchtlinge klauen?"

„Ich habe nicht von *den* Flüchtlingen geredet, sondern von *dir*."

„Aber ich bin doch ein Flüchtling!" trumpfte Thomas im Bewußtsein des nahen Sieges auf, „und ich hab doch geklaut." Zu spät merkte er, daß sein Mundwerk wieder mal das Gehirn überholt hatte.

Der Polizist lachte herzlich: „Dich braucht man nicht zu bestrafen, du bist schon gestraft."

„Also kann ich jetzt gehen?"

„Ja, aber laß dich nie wieder auf dieser Brücke erwischen."

Thomas rannte davon, erleichtert und zugleich verärgert. Aus einiger Entfernung beobachtete er den Abzug des Polizisten, dann kehrte er zurück, holte seinen Eimer aus dem Gebüsch und trug ihn nach Hause.

„Was schwimmt denn in dem Eimer?" fragte die Mutter, als sie spät eintraf.

„Forellen", sagte Thomas stolz, „für jeden eine."

„Du bist ja nicht bei Trost! Die bringst du sofort zurück in den Fluß."

*meine Mutter,
damals in
Baden-Baden*

*Familienausflug nach der Ankunft im Westen
ich noch unverkennbar im "Zonen-Look"*

„Da sind doch genug. Ißt du nicht gern Forellen?"

„Ja, aber keine geklauten."

So kommen wir hier nicht voran, dachte Thomas auf dem Weg zur Oosbrücke.

5

Es WAR Sonntagmorgen und der erste Tag der großen Ferien. Wider langjährige Gewohnheit war Thomas darüber nicht froh, denn er wußte nichts mit sich anzufangen. Es beruhigte ihn gar, daß in den kommenden fünf Wochen wenigstens der französische Nachhilfe-unterricht dienstags und donnerstags weitergehen sollte.

Die Mutter war selbst an diesem Sonntag für ein paar Stunden ins Büro gegangen, und es war völlig unvorstellbar, daß sie schon fünf Wochen nach ihrem Eintritt in die Firma Urlaub genommen hätte. Thomas wäre gern zu seinem Freund Karl-Edwin nach Berlin geflogen. Aber dazu fehlte ihm das Geld.

Ebenso gern hätte er seinen alten Schulfreund Micky besucht, der vor ihm Leipzig verlassen hatte und nun mit seinen Eltern in München wohnte, aber das hätte, wenn schon nicht das Geld für eine Bahnfahrt, ein Fahrrad erfordert.

Drei Klassenkameraden hatten Thomas gefragt, ob er sie auf ihrer Radtour begleiten wolle, zum Hochschwarzwald und vielleicht noch hinunter zum Bodensee. Dieses Angebot war eine erfreuliche Erfahrung für Thomas gewesen, der in der Klasse immer noch keinen rechten Anschluß gefunden hatte. „Wenn ich ein Fahrrad hätte", hatte er geantwortet.

Fridolin Zitterbart, der tatsächlich so hieß, hatte mit tiefsinnigem Nicken gemeint: „'s isch e grausams Schicksal, so als Flichtling." Thomas seinerseits hatte darauf ebenfalls genickt.

Die größte Hoffnung hatte er auf seinen Stiefvater gesetzt, dem er bald nach der Ankunft einen langen Brief nach Wiesbaden geschrieben hatte – mit der Ankündigung seines Besuchs. Sie war so energisch formuliert, daß man im diplomatischen Leben wohl von einem Ultimatum gesprochen hätte. Der Vater hatte erfreut geantwortet, sich aber ausbedungen, den Termin des Besuchs kurzfristig selbst festzulegen.

Nun also war Sonntagmorgen, und Thomas sah aus dem Fenster. Man müßte irgendwie Geld verdienen, dachte er, und wieder ein Fahrrad haben. Er hatte sich nach Art alter Leute ein Kissen aufs Fensterbrett gelegt und schaute mit aufgestützten Ellenbogen dem sonntäglich gedämpften Treiben der Nachbarn zu. Aus dem Haus gegenüber traten Jeanne und Monique. Das waren zwei hübsche Mädchen, etwas jünger als Thomas und Töchter eines Unteroffiziers der französischen Streitkräfte, der in Baden-Baden stationiert war. Eigentlich waren für Thomas Mädchen immer noch „blöde Weiber", aber in diesem Fall machte er eine Ausnahme. Mit Verwirrung gestand er sich sogar ein, daß die beiden kindlichen Schönheiten nicht ganz schuldlos daran waren, daß er seine französischen Studien mit soviel Ehrgeiz betrieb. Die Mädchen hatten Badezeug bei sich und riefen Thomas zu, er solle sie „à la piscine" begleiten. Er griff seine Badehose nebst Handtuch und jagte den beiden nach.

Das Hardbergbad in der Weststadt war erst ein Jahr alt und galt als das schönste in Südbaden. Es lag am Berghang, hatte ausgedehnte Liegewiesen und getrennte Becken für Schwimmer, Springer, Nicht-schwimmer und Planscher. Thomas drückte sich lange unschlüssig am Beckenrand herum, bis Jeanne und Monique ihn mit Gekicher ins Wasser schubsten. Er ging unter, nahm einen tiefen Schluck Chlor-wasser, tauchte auf, prustete und strampelte, aber dann steuerte er, verärgert über seine eigene Ängstlichkeit, entschlossen das gegen-überliegende Ufer an.

Jeanne und Monique rannten zum Sprungturm, Thomas hinterher. Er hoffte, sie würden das Einmeterbrett benutzen, aber sie stiegen hinauf auf fünf Meter, und Thomas kletterte ihnen nach. Die Mädchen tauchten mit sauberen Kopfsprüngen davon, und Thomas wartete auf ein Wunder. Ein kleines Mädchen von vielleicht fünf Jahren schob den Zaudernden sanft beiseite und fragte schnippisch: „Wartscht aufs Christkindle?" Dann hielt es sich mit einer Hand die Nase zu und hüpfte.

Ein etwa vierzehnjähriger Junge sah ihn derweil verächtlich an und machte eine Geste, die heißen konnte: Hose voll?

Thomas sprang einfach hinter dem Jungen her. Er vergaß, die Nase zuzuhalten, plumpste wie ein Stein ins Wasser und bekam gerade noch mit, daß er beim Eintauchen den Jungen streifte, der vor ihm gesprungen war. Er schoß tief hinunter, trieb dann irgendwie an die Oberfläche und ruderte prustend mit allen Gliedmaßen.

„Merde alors!" hörte er neben sich französisches Fluchen. Als er sich, noch von Todesangst gezeichnet, auf den Beckenrand hochkämpfte, standen dort lachend die beiden Mädchen, und mit wütendem Gesicht schimpfte der fremde Junge: „Idiot!"

Thomas zeigte dem Gegner den Vogel. Im nächsten Augenblick lag er auf dem Hintern. Er sprang sofort wieder auf, aber der andere warf ihn erneut um, stürzte sich auf ihn und siegte auch beim abschließenden Ringkampf. Thomas stieß alle Verwünschungen gegen die verhaßten Besatzer aus, mußte aber endlich klein beigeben.

„Boche!" sagte der Sieger beim Aufstehen voller Verachtung und gab dem Unterlegenen noch einen Tritt.

Thomas wagte nicht, die Mädchen anzuschauen. Er machte sich verärgert auf den Heimweg. Bei den Tennisplätzen wurde er noch mißmutiger, denn er gewahrte seine beiden Cousinen, die er nicht mochte. Er setzte sich auf die kleine Tribüne und sah den beiden Mädchen zu, die mit zwei älteren Schülern des Markgraf-Ludwig-Gymnasiums ein gemischtes Doppel spielten. Ein weiterer Grund für sein Verweilen war, daß sein Klassenkamerad Eberhard den vier Spielern die Bälle auflas und zuwarf.

Thomas beschloß, die Cousinen zu ärgern, und klatschte bei jedem verschlagenen Ball begeistert Beifall. Er irritierte sie tatsächlich, so daß die Fehlschläge häufiger wurden. Eberhard grinste verstohlen dazu. Als ein Ball von Ria über den hohen Maschendraht bis auf die Lichtentaler Allee sprang und einen älteren Radfahrer beinahe zu Fall brachte, rief Thomas laut: „Bravo! Welch ein Ball!"

Rias Kavalier schaltete sich ein: „Was ist'n das für einer?"

„Ach, das ist nur 'n Cousin von mir. Grade frisch aus der Zone."

„Na ja", meinte der ältere Gymnasiast von oben herab, „so ein Proletarier aller Länder."

Dies war ein falsches Wort zuviel, und wieder mußte Thomas mit Worten und Taten gegen einen überlegenen Gegner angehen. Er unterlag zum zweitenmal an diesem unseligen ersten Ferientag, und da ihm nun alles gleichgültig geworden war, kaufte er sich für den Rest seines Juli-Taschengeldes im Clubhaus eine Coca-Cola.

Eberhard, sein Klassenkamerad, kam später dazu, und Thomas fragte ihn etwas, was er sich selbst schon gefragt hatte: „Deine Eltern haben doch genug Geld, dein Vater ist Zahnklempner. Warum mußt du hier für solche Figuren den Balljungen machen?"

„Erstens will ich gern eigenes Geld verdienen. Und zweitens besteht mein Vater drauf, damit ich weiß, was Geld überhaupt wert ist. Mein Vater sagt, man muß erst mal dienen lernen, ehe man befehlen kann. Würdest du den Job hier nicht machen?" fragte Eberhard.

„Nee!" entfuhr es Thomas spontan.

„Schade. Du könntest ihn ab morgen haben. Ich muß nämlich mit meinen Eltern nach Südfrankreich. Du könntest mich vier Wochen vertreten."

„Na ja", sagte Thomas schnell, „direkt ablehnen würde ich nicht. Also, ich mach das schon. Es muß ja gemacht werden, wenn du weg bist." Und in der Angst, die Chance könne zerrinnen, fügte er schnell hinzu: „Abgemacht? Okay!"

Sie gingen zum Clubbüro, wo Eberhard meldete, daß während seiner Abwesenheit Thomas auf die Liste der Balljungen gesetzt werden solle.

Thomas hatte nun eine Aufgabe und ein Ziel: Bälle aufzulesen und mit dem so verdienten Geld möglichst bald ein Fahrrad zu kaufen.

Bisher hatte er in Baden-Baden eine große Pflicht und mehrere kleine Pflichten gehabt. Im Mittelpunkt stand sein Ehrgeiz, in verschiedenen Schulfächern den Rückstand aufzuholen und das Niveau der Klasse zu erreichen, das er auf anderen Gebieten durchaus übertraf.

Seine häuslichen Pflichten waren schon deshalb nicht zahlreich, weil das Zimmerchen so klein war. Es war am Morgen rasch aufgeräumt und wurde jeden Samstag in kurzer Zeit gründlich gereinigt. In der großen Wohnung in Leipzig hatte es auch für Thomas viel mehr Arbeit gegeben, vom Bohnern und Teppichklopfen bis zum Versorgen des Klos mit Papier aus handlich zugeschnittenen Zeitungen. Viel

Zeit hatte er zu Hause auch mit Einkäufen vergeudet, die angesichts der chronisch schlechten Versorgungslage langwierig und oft erfolglos waren. Hier nun ging es schnell, und schon in Berlin hatte sich Thomas angewöhnt, ohne Umschweife seine Wünsche zu nennen und nicht mehr zu fragen: „Haben Sie keine Zitronen da?" So fragte man nämlich aus Gewohnheit und Erfahrung in Leipzig, während es im Westen hieß: „Drei Zitronen bitte."

Nun indessen hatte Thomas eine Aufgabe, die ihn ganz erfüllte. Er stand früher als zu Schulzeiten auf, um als einer der ersten Balljungen im Clubbüro vorzusprechen, verbrachte den Tag meist bis zur Abenddämmerung im Club und wartete auf seine Einsätze.

DIE Einladung des Vaters, ihn in Wiesbaden zu besuchen, kam, obwohl lange und heiß ersehnt, zur Unzeit. Denn Thomas hatte zwei Drittel der Ferien mit Fleiß Bälle aufgelesen und nach seinen Berechnungen zwei Drittel eines Fahrrades verdient.

Der Vater hatte Geld für eine einfache Fahrkarte dritter Klasse mitgeschickt und auf einen Betrag aufgerundet, der einen kleinen Imbiß unterwegs und eine Busfahrt in Wiesbaden ermöglichte. Thomas beschloß sofort, unterwegs nichts zu essen und in Wiesbaden zu Fuß zu gehen.

Diese Sparpläne, einmal in Gang gekommen, endeten bei dem Entschluß, per Anhalter zu fahren, eine Art des Reisens, die Thomas bisher nur vom Hörensagen kannte.

So stand er eines Morgens, als die Mutter ihn sicher in einem Eilzug wähnte, an der Bundesstraße 3 am Ortsrand von Baden-Baden. Thomas winkte den nahenden Autos und fühlte sich dabei unbehaglich. Nach einer halben Stunde hielt ein großer dunkelblauer BMW, und der Fahrer ließ ihn einsteigen. Thomas sank in den Beifahrersitz, der Wagen schwebte leise los, durchquerte bald Rastatt und erreichte schnell die Autobahn hinter Rastatt. Auf dem zweispurigen Betonband trat der Fahrer das Gaspedal durch, Thomas wurde in sein Polster gedrückt und sah gebannt Bäume, Brückenpfeiler und blaue Schilder vorüberflitzen, während das Auto nur einen vornehmen Pfeifton von sich gab.

„Toller Schlitten!" bemerkte Thomas.

Der Fahrer, der bisher geschwiegen hatte, schaute herüber. Er fragte nach Thomas' Ziel und ob er oft per Anhalter fahre.

„Ja, oft", antwortete Thomas.

„Na, dann kennst du dich ja gut aus in unserem schönen Vaterland, was?"

Thomas nickte wortlos.

Am Karlsruher Dreieck fragte der Fahrer, ob er nach Wiesbaden rechts abbiegen oder geradeaus weiterfahren solle. Thomas tippte auf Rechtsabbiegen, und der Mann fuhr geradeaus weiter.

„Weißt du, was ich glaube?" fragte er, „daß du noch nie per Anhalter gefahren bist."

„Noch nie ist übertrieben", widersprach Thomas, „aber ... aber es ist das erstemal."

„Dachte ich mir. Außerdem glaube ich, daß du von zu Hause ausgerissen bist."

Thomas war sprachlos, denn erstens stimmte es ja nicht, und zweitens fand er, daß es den Mann überhaupt nichts angehe. Dann erzählte er die ganze Geschichte von seinem Stiefvater, von dessen Flucht aus Leipzig vor einem Jahr, von der eigenen Flucht vor dreieinhalb Monaten, von der Einladung und dem Fahrgeld, das er für ein Fahrrad sparen wolle.

Hinter Mannheim unterbrach der Fahrer: „Jetzt hast du mir aus deinem Leben bloß eines noch nicht erzählt: Wie ist der Mädchenname deiner Großmutter?"

„Die hieß ... Ach so, Sie wollen mich veräppeln?"

Der Mann nickte und sagte, er werde Thomas bei der angegebenen Adresse in Wiesbaden abliefern, und wenn die Adresse nicht stimme, werde er ihn zur Polizei bringen.

In Wiesbaden hing ein Zettel an der Haustür: „Lieber Thomas, ich bin in einer Stunde zurück."

Der BMW-Fahrer fuhr beruhigt davon, und Thomas setzte sich auf eine Stufe.

Die Gegend erinnerte ihn an Leipzig-Gohlis, wo er gewohnt hatte. Alles war hier größer und großzügiger als in dem engen, steilen Sträßchen im Baden-Badener Vorort Lichtental.

„Da bist du ja!" rief der Vater.

Thomas sprang auf und stürzte in seine Arme. Er spürte, wie ihm Wasser in die Augen trat.

Die beiden gingen, sichtlich ergriffen, in den zweiten Stock und betraten ein geräumiges, hohes und altmodisch möbliertes Zimmer. „Ich wohne immer noch zur Untermiete", erklärte der Vater, „das ist praktisch, da muß ich mich um nichts kümmern."

Der Vater sah aus wie immer, war nur eleganter gekleidet als früher. „Bist ein Stück gewachsen", sagte er, mit den Augen Maß nehmend.

„Du nicht", gab Thomas zurück, und sie lachten beide. Dann gingen sie in die Küche und machten Kaffee und Kakao. Als sie wieder im Zimmer saßen, steckte sich der Vater eine Zigarette an und fragte Thomas nach seinen Erlebnissen seit der Trennung.

„Na, Mensch", begann Thomas, „das war vielleicht 'n Schreck in der Abendstunde, wie ich aus den Ferien im Kinderheim zurück- komme und erfahre, daß du abgehauen bist."

„Weißt du, daß das noch nicht mal ein Jahr her ist? Und mir kommt es vor wie zehn."

„Mir auch", bestätigte Thomas, der ja noch nicht mal dreizehn war. Dann fuhr er fort, die knapp zwölf Monate seit der Rückkehr aus dem Kinderheim ausführlich zu schildern. „So war das", schloß er, „und jetzt erzähl du!"

„Ich hab's ganz gut getroffen hier in Wiesbaden", begann der Vater. „Ich bin wieder in meiner alten Branche tätig, bei einer großen Sektkellerei. Davon verstehe ich was, und ich genieße auch die Sicherheit einer festen Anstellung. Du weißt ja, wie ich in Leipzig mit meinen Geschäften immer auf einem Pulverfaß gesessen habe. Damals bin ich knapp an einer Anklage wegen Wirtschaftsvergehens vorbei- gesegelt. Das war der Punkt, wo ich gesagt habe: Jetzt raus hier!" Er berichtete von seiner Flucht über Ost-Berlin nach West-Berlin, über das Notaufnahmelager und den Flug nach Frankfurt.

„Eigentlich hätten wir zusammen abhauen können", fand Thomas.

Der Vater ging auf diese Bemerkung nicht ein, sondern machte eine überraschende Ankündigung: „Vielleicht wandere ich aus, nach Amerika." In Kalifornien, erzählte er, gebe es Böden und Klima für Wein; man brauche nur mehr Winzer aus Europa, die ihre Erfahrun- gen und ihre Rebsorten mitbrächten. „Schau dir mal mein Leben an", sagte er. „Jetzt bin ich Mitte Vierzig, habe einen Krieg hinter mir, eine zerstörte Existenz, eine Flucht, bin einmal verwitwet und einmal geschieden. Ich setze jetzt auf die große Chance."

„Vielleicht komme ich eines Tages als Cowboy nach", überlegte Thomas.

„Du bleibst erst mal bei deiner Mutter und bringst mit Anstand die Schule hinter dich, verstanden?"

Es klingelte zweimal an der Wohnungstür, und kurz darauf schob die Wirtin einen etwa zwölfjährigen, schwarzhaarigen Jungen ins Zimmer. Der Vater drängte ihn jedoch gleich wieder hinaus und schimpfte: „Ich hab dir doch gesagt, du sollst heute nicht kommen."

„Aber Mutti hat mich doch geschickt", verteidigte sich der Junge draußen auf dem Korridor, doch der Vater komplimentierte ihn rasch ins Treppenhaus.

„Wer war denn das?" fragte Thomas.

„Das war ein Junge . . . ja, wie soll ich dir das erklären?"

Thomas hatte es plötzlich erfaßt. „Das war mein Nachfolger."

Der Vater lachte und schien befreit von der Pflicht einer peinlichen Eröffnung. Andreas, sagte er, sei der Sohn einer Frau, mit der er befreundet sei. Andreas' Vater sei im Krieg gefallen, ebenso wie Thomas' leiblicher Vater.

„Willst du wieder heiraten?" fragte Thomas ganz direkt.

„Unter Umständen."

„Und dann geht ihr zusammen nach Amerika?"

„So könnte es sein."

Thomas nickte nachdenklich: „Na ja, ist ja auch Käse, so allein."

Als er später eine halbe Stunde für sich hatte, rollte der oft gesehene Film vor ihm ab: Besuch in Wiesbaden, Gegenbesuch in Baden-Baden, noch ein Besuch und noch einer und noch ganz viele, und am Ende war's wie früher.

„Kannste glatt vergessen", sagte Thomas leise zu sich.

Er blieb vier Tage in Wiesbaden, und der Vater nahm sich Zeit, ihm die Stadt zu zeigen. Für den Sonntag hatte er eine Dampferfahrt auf dem Rhein angesetzt, worüber sich Thomas sehr freute.

„Wenn der Andreas mit will", sagte er, „dann soll er eben."

„Das finde ich aber riesig nett von dir!" rief der Vater.

„Na ja, der hat ja sowieso gewonnen."

Die Fahrt von Wiesbaden-Schierstein bis nach Braubach war ein großes Erlebnis. Ab Rüdesheim verteilten die beiden Jungen die Burgen untereinander, so daß Thomas die auf dem rechten Ufer bekam und Andreas die anderen. Sie malten sich mit lautstarker Phantasie aus, wie sie ihre Besitztümer gegenseitig mit schwerer Artillerie in Schutt und Asche legen würden, was bei manchen Burgen freilich gar nicht mehr nötig war.

Auf dem Rückweg mit der Bahn stiegen sie in Rüdesheim aus und zogen durch die Drosselgasse. Der Vater erlaubte den beiden Jungen ein gemeinsames Glas Wein, was zur Folge hatte, daß sie auf dem Weg zum Bahnhof an Häuserwänden entlangschleiften und Lieder anstimmten. Die beiden jungen „Saufkumpane", wie der Vater sie nun nannte, verstanden sich prima und brachten einen guten Teil von Thomas' restlicher Zeit in Wiesbaden gemeinsam zu.

Beim Abschiedsfrühstück mit dem Vater lenkte Thomas das Gespräch noch einmal vorsichtig auf das Thema: „Wenn ihr vielleicht doch nicht heiratet ... Also, wenn so was passieren sollte, dann schreib mir doch mal nach Baden-Baden."

Sie aßen eine Weile schweigend, dann fragte Thomas plötzlich: „Soll ich zur Hochzeit kommen?"

„Deine Ideen! Wie früher. Bestechend in ihrer Einfachheit, umwerfend in ihrer Originalität und garantiert undurchführbar."

Thomas bekam das Geld für die Heimfahrt, wiederum etwas aufgerundet, und zehn Mark extra fürs Fahrrad. Dann suchte er sich eine Ausfallstraße und winkte in der festen Zuversicht, bis zum Nachmittag in Baden-Baden zu sein und noch ein paar Stündchen in den Tennisclub gehen zu können.

Er kam jedoch erst gegen Mitternacht an und mußte sich verteidigen: „Weißt du, der Zug hat einen riesigen Umweg gemacht, der Lokführer hat sich total verfahren und ..."

„Du hast auch schon einmal besser gelogen", fand die Mutter, und sie förderte binnen kurzem die Wahrheit zutage. Das Fahren per Anhalter sei ab sofort verboten, verfügte sie, und Thomas' Erwiderung, das sei ja schon bisher der Fall gewesen, steigerte ihren Zorn; Thomas bekam eine Woche Hausarrest.

Da nun widersprach Thomas heftig. „Für Hausarrest braucht man ein Haus, aber in unserer Bude ist das nicht zuzumuten, da dreht man durch."

„Ist ja gut", beruhigte ihn die Mutter, „aber du mußt doch verstehen, daß wir in Sorge waren."

Thomas spitzte die Ohren. „Wer ist denn ‚wir'?"

„Na wir", sagte die Mutter, „Hans und ich."

„Was is'n das für einer?"

„Du wirst ihn kennenlernen, wir gehen am Sonntag zusammen nach Iffezheim zum Pferderennen."

„Reitet er da?"

„Nein, wir gehen zum Zuschauen. Das heißt, wir fahren, er hat nämlich ein Auto."

„Was für eins?"

„Einen Messerschmitt-Kabinenroller."

„Das ist doch kein Auto, das ist doch ein Motorrad mit Mütze. Da haste aber was an Land gezogen."

Die Mutter rügte den Ausdruck.

„Sag mal", fragte Thomas, „wollen wir vielleicht auch heiraten?"

„Nein. Will der Herr in Wiesbaden heiraten?"

Thomas nickte.

6

AM SONNTAGVORMITTAG sah Thomas Hans Heinemann mit seinem frisch gewienerten Messerschmitt-Kabinenroller vorfahren. Frau Huck äugte mißtrauisch aus ihrer Zimmertür und murmelte etwas von „Herrenbesuch", als Herr Heinemann die Wohnung betrat. Thomas begrüßte ihn zurückhaltend bis mürrisch, womit der Gast jedoch gerechnet zu haben schien. Herr Heinemann trug einen hellen Sommeranzug mit Krawatte, und die Mutter hatte ihr Vorkriegs-Seidenkleid angezogen, das ihr immer noch besser stand als alles später Gekaufte.

Der Kabinenroller war wirklich ein komisches Gefährt. Lenker und Kickstarter ließen an ein Motorrad denken. Allerdings hatte das Ding drei Räder. Obwohl es rundherum mit Blech verkleidet war, hätte doch niemand von einem „Auto" gesprochen. Es war ein typischer Zwitter, geboren aus dem Wunsch der Leute, wieder zu fahren, und der Unmöglichkeit, sich ein richtiges Auto zu leisten.

Herr Heinemann verstaute seine beiden Fahrgäste und zuletzt sich selbst in der knapp bemessenen Karosse. Die seitlich aufgeklappte Plexiglashaube mußte bei drei Fahrgästen offenbleiben, so daß auch auf der Landstraße die neun PS des Kabinenrollers nicht voll auszuschöpfen waren. Viele Wagen überholten, darunter immer wieder große Limousinen wie Mercedes 300, BMW 501 oder Opel Kapitän.

In Iffezheim teilte sich der Strom der Fahrzeuge: Die großen Autos fuhren geradeaus in die Richtung der Haupttribüne, die kleineren Wagen sowie die zahlreichen Motorradfahrer und Radler bogen rechts ab. Dort ging es zu dem Ort, von dem aus jene die Rennen verfolgten, die keinen Eintritt zahlen konnten oder wollten. Es war ein langgestreckter Hügel entlang der Gegengeraden, der sich schon beträchtlich mit sommerlich gekleideten Menschen gefüllt hatte. Ein Bierzelt und verschiedene Stände mit Coca-Cola, Eis und heißen Würstchen sorgten für die Atmosphäre eines Kleingärtnerfestes.

Herr Heinemann holte Eis für die Mutter und Coca-Cola für Thomas, der nicht mehr so mürrisch war wie bei der Begrüßung, denn er fand den Freund seiner Mutter weniger unsympathisch als befürchtet.

Die Jockeys, winzige Männchen wie aus dem Liliputanerzirkus, hatten schreiend bunte Leibchen an, standen in den Steigbügeln und beugten sich über die Hälse ihrer Pferde. Sekunden später war der Spuk vorüber, und nach einer Minute schrie es aufgeregt aus dem Lautsprecher, „Liebesmahl" unter Micky Starosta habe das Rennen um die „Goldene Peitsche" gewonnen und „Niederländer" unter Ossi Langner sei Zweiter geworden.

Nach dem dritten Rennen meinte Thomas, er habe nun lange genug ausgeharrt und finde die Sache langweilig. „Wenn wenigstens mal eins verkehrtrum rennen würde. Oder wenn zwischendurch Elefanten kämen."

Da beides unwahrscheinlich war, bat Thomas um die Erlaubnis, im

Tennisclub nach Beschäftigung zu fragen. Die Mutter verabschiedete ihn mit Bedauern und der dringenden Bitte, mit dem Bus zu fahren und nicht per Anhalter.

Abends kam die Mutter fröhlich nach Hause. „Das war der schönste Tag seit langer Zeit", strahlte sie.

Thomas ging nicht darauf ein.

„Hast du was gegen Herrn Heinemann?" fragte die Mutter.

„Ach was! Du kannst ihn sofort heiraten. Vati in Wiesbaden heiratet auch. Alle heiraten. Muß 'n Mordsspaß sein."

„Kein Mensch redet von heiraten", entgegnete die Mutter, ungewöhnlich ärgerlich, „aber soll ich vielleicht ganz allein rumlaufen in diesem schönen Baden-Baden?"

Thomas sah sie verwundert an. „Du hast doch mich!"

Die Mutter lachte. „Du bist mir vielleicht ein Dummkopf. Du bist mein Sohn, aber eine Frau will doch auch einen Mann haben, verstehst du das?"

„Nee, wozu? Du verdienst doch, und ich verdiene auch."

„Also, nun hör mal gut zu! Ich mache morgens unser Frühstück, gehe ins Büro, bleibe dort meistens bis spätabends, mache noch Abendbrot, flicke deine Sachen, packe Pakete für die Ostzone und gehe schlafen. Sonntags gehen wir wandern oder Eis essen, aber bald, wenn du ein Fahrrad hast, wirst du deine eigenen Wege gehen, und dann setze ich mich in den Kurpark und höre das Konzert und sehe mir die anderen Frauen an, die mit ihren Männern spazierengehen. Willst du das?"

„Nee, so nicht, aber ..."

„Siehst du! Deine Tante Klara meint ja, es genüge völlig, wenn ich als alleinstehende Frau sonntags in die Kirche und anschließend nach Hause gehe, anstatt mich herumzutreiben, wie sie das nennt. Wenn Tante Klara von Herrn Heinemann erfährt, wird sie schwarz vor Ärger. Oder sie platzt sofort."

„Meinst du wirklich?" fragte Thomas. Die Mutter nickte, und Thomas wurde neugierig: „Erzähl doch mal, was das für 'n Knabe ist."

„Ein Herr, bitte schön! Hans stammt aus Magdeburg und hat dort eine Autowerkstatt gehabt."

„Enteignet, was?"

„Nein, aber es stand wohl kurz bevor. Jedenfalls bekam er keine Ersatzteile mehr geliefert und kein Material, genau wie bei uns damals. Du weißt ja noch, wie es uns mit unserer Puddingpulverfabrik ergangen ist. Schließlich hatte er den Ärger satt und ist nach West-Berlin getürmt."

„Und jetzt verkloppt er für euch Automaten?"

„Ja, er hat bei uns als Vertreter angefangen. Aber irgendwann will er wieder in seinen alten Beruf."

„Erst mal", sagte Thomas, „soll er sich ein richtiges Auto kaufen. Die Mühle ist doch 'ne Krankheit."

„Verdien du dir erst mal ein Fahrrad", riet die Mutter, „anschließend kannst du dann große Töne spucken. Ich glaube übrigens, daß du dich gut mit ihm verstehen wirst."

„Na ja, ich weiß nicht. Wir können ihn ja mal testen", antwortete Thomas skeptisch. „Wenn du unbedingt meinst, du brauchst so was."

HATTE Thomas die großen Ferien in lustloser Stimmung angetreten, so kehrte er in weit besserer Stimmung und voller Tatendrang zum ersten Schultag zurück. Und dort machte er gleich eine bedeutsame Bekanntschaft.

Es wurde nämlich ein neuer Schüler vorgestellt, ein kräftiger Junge, der augenscheinlich älter war als die anderen und Hans-Joachim hieß. Er hatte dunkle, fast schwarze Augen, die zugleich listig und mißtrauisch blickten. Seine schwarze Mähne erreichte hinten beinahe den Hemdkragen, was ganz und gar ungewöhnlich war und bei Thomas sogleich Neid und Hochachtung auslöste; denn er selbst kämpfte seit Jahren einen vergeblichen Kampf um längere Haare. Der Neue hatte breite Schultern und muskulöse Arme, und seine Waden ließen vermuten, daß er im Radfahren nicht leicht zu schlagen war. Noch aussichtsloser mochte es sein, mit Hans-Joachim eine Rauferei anzuzetteln. Thomas gelangte rasch zu der Überzeugung, daß Freundschaft angebrachter sei.

Als Hans-Joachim seine Personalien zum Eintrag ins Klassenbuch nannte, hörte Thomas mit geübtem Ohr einen sächsischen Zungenschlag heraus. Und in der Tat gab Hans-Joachim als Geburtsort Naumburg an der Saale an. Thomas hätte ihm am liebsten sofort mitgeteilt, daß er schon einmal dort gewesen sei, verschob diese Eröffnung jedoch bis zur Pause.

Hans-Joachim war in der Tat älter als alle anderen, eineinhalb Jahre älter zum Beispiel als Thomas, und Fräulein Dr. Bangemann bemerkte: „Ganz schön alt für die Quarta."

Hans-Joachim sagte mit aufreizender Gelassenheit: „Soll ich Ihnen mal vorrechnen, wie oft ich die Schule gewechselt habe? In der Ostzone sechsmal und nach der Flucht viermal."

„Ich habe dich ja nicht beleidigen wollen", lenkte die Lehrerin ein.

„Es klang aber so", gab Hans-Joachim zurück und behielt das letzte Wort. Die Klasse hörte dem kurzen Dialog stumm und verwundert zu.

In der kleinen Pause machte Thomas sich an den Neuen heran: „Du, ich war schon mal in Naumburg. Auf Klassenfahrt."

„Habt ihr da auch die Marktkirche besichtigt?"

„Nee, in Naumburg gibt's bloß 'n Dom. Das müßtest du aber wissen."

„Weiß ich auch", sagte Hans-Joachim und blinzelte listig, „ich wollte bloß mal prüfen, ob du wirklich in Naumburg warst."

Mannomann, dachte Thomas.

Auf dem Schulhof zeigte Thomas dem neuen Kameraden einige der Lehrer, die in der Klasse unterrichteten, und gab Erläuterungen zu ein paar Klassenkameraden.

Er stellte ihm Eberhard vor, der als Balljunge Geld verdienen ging, obwohl sein Vater Zahnarzt war. Hans-Joachim ließ Anerkennung ahnen, fand aber an der Arbeit auf dem Tennisplatz vieles auszusetzen: „Da springst du wie ein dressierter Affe hinter den Bällen her und mußt sie diesen aufgeblasenen Figuren nachtragen."

Thomas fand seinerseits die meisten Tennisspieler überheblich, hoffte aber dennoch, daß man ihn nach den Ferien weiterbeschäftigen werde. „Ich spare auf ein Fahrrad", erzählte er.

Nach der letzten Stunde verließen die beiden gemeinsam die Schule. Hans-Joachim schob sein Fahrrad und schlug vor, eine Milchbar aufzusuchen. In Baden-Baden gebe es so was nicht, erklärte ihm Thomas, man treffe sich allenfalls im kleinen Eiscafé Knebel in der Adlerstraße, wo auch die Mädchen vom Richard-Wagner-Gymnasium, dem sogenannten Backfischaquarium, nach dem Unterricht verkehrten.

Bei einem gemischten Eis mit Sahne, das Hans-Joachim spendierte, machten sich die beiden besser miteinander bekannt.

Hans-Joachim erzählte, sein Vater habe in Naumburg ein Fuhrunternehmen gehabt, das nach dem Krieg auf zwei Pferdegespanne und einen Lastwagen zusammengeschrumpft sei. In den ersten Nachkriegsjahren habe der Vater mit dem Lastwagen viele Familien samt ihrer Habe in den Westen geschleust. Der Vater habe nichts getan, um sich den neuen gesellschaftlichen Verhältnissen anzupassen, und eines Tages seien sie selbst mit ihrem Lastwagen über die Grenze gefahren. In Köln habe der Vater als Fernfahrer angefangen, dann in Bremerhaven als Fischhändler sein Glück versucht, aber nicht gefunden. In Hannover war er Sachbearbeiter in einer Speditionsfirma gewesen, und in Weiden in der Oberpfalz war er in einer ähnlichen Firma sogar Geschäftsführer geworden.

„Und warum seid ihr da wieder weg?" fragte Thomas.

„Ach, der kommt nicht mehr zur Ruhe, der weiß nicht mehr, was er eigentlich will. Der will wieder 'n eigenes Fuhrgeschäft haben, aber es hat sich noch keiner gemeldet, der ihm eins schenkt."

Nun jedenfalls sei der Vater bei einer Baden-Badener Spedition untergekommen, aber er habe schon am zweiten Tag gesagt, dies sei wohl keine Anstellung für alle Zeiten. Hans-Joachim vermutete, er werde einen weiteren Schulwechsel nicht mitmachen, sondern den Bettel hinwerfen und zur See fahren – eine Bemerkung, die Thomas weitere Bewunderung abnötigte.

Dann fragte Hans-Joachim unvermittelt: „Wieviel fehlt dir denn noch zu deinem Fahrrad?"

„Na ja, so zwanzig Mark."

„Soll ich dir was pumpen?" fragte Hans-Joachim.

„Ich mache grundsätzlich keine Schulden", sagte Thomas.

„Schön blöd. Mein Vater sagt: Schulden machen und das Geld arbeiten lassen."

„Und wovon sollte ich das Geld zurückzahlen?"

„Wir müssen uns Jobs suchen", antwortete Hans-Joachim. Er entwickelte nun Pläne, in die er Thomas wie selbstverständlich einbezog. Man werde Zeitungen austragen, sagte er, dazu müsse man zwar ekelhaft früh aufstehen, aber das sei dafür ein verläßliches Einkommen. Noch heute nachmittag werde man zur Vertriebsabteilung des *Badischen Tagblatts* gehen und fragen, ob was frei sei.

Gut bewährt habe sich auch, Flaschen, Altpapier und Buntmetall zu sammeln. Man werde morgen nachmittag mal die Altwarenhändler der Stadt aufsuchen und deren Aufkaufpreise vergleichen.

„Buntmetall haben wir in Leipzig auch gesammelt", warf Thomas ein, „für den Aufbau des Sozialismus."

„Damit ist Schluß", erklärte Hans-Joachim, „wir sind jetzt Kapitalisten. Kleinkapitalisten."

Es wurde beschlossen, gemeinsam ans Werk zu gehen, und Thomas bestellte vor lauter Begeisterung und ohne Rücksicht auf seine Ersparnisse zwei weitere Portionen gemischtes Eis mit Sahne.

„Du kannst übrigens Joe zu mir sagen", meinte Hans-Joachim.

Als sie das Eis gegessen hatten, sagte Thomas: „Mit dem Geld für das Fahrrad ... also, ich nehme das an. Wann kann ich es denn haben?"

„Bis zum Wochenende hast du's", versprach Joe, „und ich nehme von dir auch nur ganz niedrige Zinsen. Sagen wir, drei Prozent."

Für das *Badische Tagblatt* und die deutsche Öffentlichkeit stand das erste Septemberwochenende 1953 im Zeichen der zweiten Bundestagswahl. Thomas hingegen kaufte sich ein Fahrrad.

Er hatte sich von Joe zehn Mark vorstrecken lassen, denn er sah, daß sich all die schönen Geldquellen, von denen der neue Freund gesprochen hatte, nur mit Hilfe eines Fahrrades erschließen ließen.

Joe hatte nämlich schon einen Altwarenhändler aufgetan, der für leere Weinflaschen passabel zahlte: acht Pfennig für die Liter-, sechs für die Dreiviertelliterflasche. Joe hatte am Freitag zum erstenmal in der Nachbarschaft gesammelt und immerhin 23 Flaschen zum Händler fahren können, der seinen Schuppen und den Hof voller Gerümpel weit draußen im Vorort Oos hatte.

Es mußte also ein Fahrrad her.

„Ein Fahrrad", sagte der Fahrradhändler. „Hast du denn genug Geld mit?"

„Klar, und fast alles selber verdient", beteuerte Thomas. „Ich möchte ein achtundzwanziger Sportrad mit Dreigang-Simplex-Kettenschaltung und Leichtmetallfelgen und Weinmann-Felgen-bremsen und Rennsattel und Rennlenker und Rennpedalen und in Blau."

Der Mann rechnete und nannte den Preis.

„Soviel habe ich aber nicht", sagte Thomas enttäuscht.

Da Thomas ein normales Tourenrad nicht haben wollte – schließlich sei er „kein alter Mümmelgreis" –, mußte an der Ausstattung gespart werden. Thomas wollte auf nichts verzichten, was ihn schnell machte oder wenigstens schnell aussehen ließ, und er hätte am ehesten die Beleuchtung weggelassen. Der Mann erklärte ihm aber, daß gemäß einer neuen Verordnung Fahrräder auch tagsüber Beleuch-tungseinrichtungen zu tragen hätten. Es wurde ein Fahrrad mit Beleuchtung, Schaltung und Felgenbremsen erörtert, aber ohne die spezielle Rennausrüstung.

„Ich hätte eines in Rot", sagte der Mann, „da würde dein Geld reichen. In Blau habe ich nur ein teureres Modell."

„Ich würde schon Wert darauf legen, daß es blau ist", sagte Thomas mit Nachdruck, „ich hatte nämlich bis vor drei Monaten ein blaues. Das ist mir aber geklaut worden. Wenn Sie mir's vielleicht zehn Mark billiger geben, weil's rot ist?" Joe hatte ihm geraten: handeln, handeln, handeln!

„Sagen wir, drei Mark billiger", schlug der Fahrradhändler vor.

„Neun."

„Vier."

Er bekam es um fünf Mark billiger und behielt genug übrig, um den Plan zu fassen, die Mutter zur Feier des Tages ins Café König einzuladen.

Es war wie damals an seinem zehnten Geburtstag, als er sein erstes Fahrrad bekommen hatte, das blaue. Es war wieder das Gefühl, mit einem Male ein anderer Mensch zu sein, beweglich, unabhängig, frei: jederzeit überall hinfahren können, nicht mehr bedauernd abwinken müssen, wenn die Klassenkameraden zum Rummelplatz im Waldsee-tal wollten oder rauf zum Geroldsauer Wasserfall. Und Geld ver-dienen!

Thomas jagte, bis die Mutter Feierabend hatte, wie ein Wilder kreuz und quer durch Baden-Baden. Er fuhr nach Lichtental und dann in die entgegengesetzte Richtung bis in die Rheinebene, er keuchte die steilen Gassen der Altstadt hinauf zur Stiftskirche und schoß auf holprigen Kopfsteinen halsbrecherisch wieder hinunter, testete Schaltung und Bremsen und hätte gern einen Tachometer gehabt, um zu wissen, wie rasant er war.

„Ein schönes Fahrrad", lobte die Mutter, „und so schnell hast du's zusammengespart und erarbeitet. Ich bin sehr stolz auf dich!"

Jetzt müßte ich die Einladung loswerden, dachte Thomas, der nicht wußte, wie er das ohne zuviel vornehmes Getue machen sollte. „Willst du 'n Stück Kuchen?" fragte er.

„Wieso? Hast du eins?"

„Nee, aber wenn du eins willst, dann lasse ich was springen, drüben im Café König."

„Soll das eine Einladung sein?" fragte die Mutter schmunzelnd.

„Genau", nickte Thomas.

Sie setzten sich in den Garten des hübschen Cafés, das mitten in der Stadt lag. Thomas bestellte zweimal Schwarzwälder Kirschtorte, dazu Kaffee und Coca-Cola. Sie genossen den schönen Tag und den guten Kuchen, und Thomas beschrieb seine Verhandlungen mit dem Fahrradhändler.

„Weil du so gespart hast", sagte die Mutter abschließend, „und weil ich dir jetzt keine Obuskarte mehr kaufen muß, kriegst du eine Mark mehr Taschengeld, also vier Mark im Monat."

„Oh, toll!" freute sich Thomas, aber dann sagte er sehr erwachsen: „Vielleicht habe ich bald genug eigene Einkünfte, dann kann ich auf das Taschengeld verzichten."

Die Mutter lachte.

Abends trafen sie sich zu dritt bei Hans Heinemann, den Thomas inzwischen duzen durfte. Hans hatte ein geräumiges möbliertes Zimmer in einer ruhigen Nebenstraße der Weststadt. Er war, wie immer, von Montagmorgen bis Samstagnachmittag unterwegs gewesen, um Automaten zu verkaufen. Diesmal hatte er besonders gute Geschäfte gemacht.

„Wenn du ein neues Fahrrad hast", sagte Hans, „muß ich mir

natürlich ein neues Auto kaufen. Und zwar mindestens einen Mercedes dreihundert SL."

„Mann, toll!" sagte Thomas. „Aber der ist doch teuer, oder?"

„Wenn du viele Flaschen verkaufst und wir zusammenlegen", meinte Hans, und nun erst merkte Thomas, daß er verulkt wurde.

Dann sprachen sie jedoch ernsthaft über verschiedene Autos. „Ich habe mich schon entschieden", sagte Hans. „Ich nehme einen VW Export. Da hast du für fünftausend Mark alles, was du brauchst. Und als nächstes kaufe ich mir dann einen Fernsehempfänger."

„Du bist übergeschnappt", seufzte die Mutter, die auf der Kochplatte eine Bohnensuppe bereitete. Hans fand das überhaupt nicht. Ein Auto sei schon längst nichts Besonderes mehr, denn das habe bereits jeder vierzigste in der Bundesrepublik. Dagegen gebe es erst zehntausend Fernsehempfänger in Deutschland. Das sei jedoch eine Sache mit Zukunft, und da wolle er einer der ersten sein.

„Was soll denn dieser blöde Guckkasten für eine Zukunft haben?" fragte die Mutter.

Hans sah große Vorteile: Man könne, ohne aus dem Haus zu gehen und ohne die nötige Garderobe anschaffen zu müssen, Opern und Schauspiele genießen; dreimal in der Woche gebe es die „Tagesschau" mit Bildern vom Weltgeschehen; Filme über ferne Länder würden gezeigt und wichtige Fußballspiele direkt übertragen.

„Das ist 'ne unheimlich sinnvolle Anschaffung", bekräftigte Thomas, der Feuer und Flamme war, „da kriegst du mehr Bildung als in der Schule."

„Nein, nein", beharrte die Mutter, „dieser Kasten fördert nur die Verblödung. Das setzt sich auch nicht durch."

„Wenn es die Verblödung fördert, setzt es sich bestimmt durch", vermutete hingegen Hans.

7

DIE Jobs mit Joe hatten sich gut angelassen. Beim *Badischen Tagblatt* war schon sehr bald ein Zustellbezirk frei geworden. Abwechselnd gingen sie nun im Morgengrauen mit ihren Fahrrädern auf Tour.

„Was machen die Leute mit der Zeitung, wenn sie sie ausgelesen haben?" fragte Joe.

„Weiß ich nicht", antwortete Thomas, „wir haben früher Klopapier draus gemacht."

„Aber hier ist nicht früher und nicht Ostzone, hier schmeißen die Leute die Zeitung weg. Und wir machen mit den Leuten aus, daß wir einmal im Monat die alten Zeitungen abholen. Kapiert?"

Joe war wirklich ein bemerkenswerter Kumpan. Er war einer der schlechtesten Schüler der Klasse und verhaute fast jede Arbeit, obwohl Thomas ihm mit seinen bescheidenen Mitteln zu helfen versuchte. Er hatte es bald geschafft, neben Joe zu sitzen, und flüsterte ihm vor. Es half jedoch nicht viel, und manchmal wollte Joe auch einfach nicht. Er hatte die Schule innerlich schon hinter sich gelassen und stand im Leben. Er machte widerwillig mit, weil seine Eltern es von ihm verlangten, hatte aber anstelle französischer Vokabeln und geometrischer Formeln nur im Sinn, wie man „eine schnelle Mark machen" könne. Seine unbestreitbare Intelligenz war auf praktisch Verwertbares ausgerichtet, und er konnte als ausgesprochen pfiffig und gerissen gelten.

Joes Einfallsreichtum war schier unerschöpflich, und Thomas fragte sich allmählich immer banger, ob er selbst imstande sein würde, das Leben nach der Schule zu bestehen. Zum Beispiel hatte auch er im *Badischen Tagblatt* gelesen, daß Baden-Badens erster Waschsalon eröffnet wurde. Dort standen zwei Miele-Waschmaschinen und eine vollautomatische Constructa sowie ein Trockenapparat, die man gegen eine Gebühr benutzen konnte. Thomas hatte gedacht: Da können wir ja unsere Wäsche waschen.

Aber Joe hatte gesagt: „Laß mal nachdenken! Da müssen die Hausfrauen ein, zwei Stunden rumhocken, bis die Wäsche durch ist. Das ist doch verlorene Zeit. Also holen wir die Wäsche ab und bringen sie fertig wieder zu den Leuten, kapiert? Und dafür nehmen wir fünfzig Pfennig."

Es wurde dann so gehandhabt, daß immer einer von beiden die Waschmaschinen beaufsichtigte, während der andere rumfuhr und leere Flaschen sammelte.

Gelegentlich besorgte Joe auch Aufträge zum samstäglichen Autowaschen, und als in den Wäldern um Baden-Baden die Eßkastanien reif waren, machten die beiden Jungen guten Umsatz bei den Hausfrauen ihres Viertels. Und gelegentlich war Thomas auch noch auf den Tennisplätzen an der Lichtentaler Allee.

THOMAS radelte die steile Hirschstraße hinauf zur Stiftskirche, raste ungebremst die Steinstraße hinunter, bog in die Gernsbacher Straße ein und griff so abrupt in seine Weinmann-Felgenbremsen, daß sich das rote Rad quer stellte. Da stand doch vor einer Haustür ein großer Lieferwagen, in den gerade Kisten und Koffer eingeladen wurden.

Thomas stieg das Treppenhaus hinauf und ging durch eine offene Tür in der ersten Etage, wo ihn eine ältere Dame erstaunt nach seinem Begehr fragte.

„Wird hier was frei?" fragte er. „Haben Sie's schon dem Wohnungs-amt gemeldet?"

„Nein, aber wer bist du denn überhaupt?"

„Gestatten, Thomas. Können wir die Bude haben?"

„Nun komm doch erst mal zu dir. Du bist ja ganz außer Atem."

Thomas sammelte sich mühevoll und berichtete über das möblierte Zimmer in Lichtental, den allmorgendlichen Streit ums Bad und den allabendlichen um die Küche.

„Die Huckebein, das alte Rabenaas", schimpfte er, „die sollte man auf den Mond schießen."

„Redest du immer so über Zimmervermieterinnen?" fragte die Dame.

„Die sind doch alle gleich", schimpfte Thomas.

„Alle?" fragte die Dame.

Thomas rückte zurecht: „Nee, bei Ihnen ist das anders. Das sieht man gleich."

Die Dame schüttelte den Kopf, und Thomas fügte schnell hinzu: „Halten Sie das für uns fest? Ich schleppe sofort meine Mutter her."

Die Dame versprach es.

Zu Hause in Lichtental stürmte Thomas in die Küche der Frau Huck und mitten in einen Streit hinein.

„Mein Gott, was sind Sie kleinlich!" rief gerade die Mutter, „da hat

Meine neue Klasse
in Baden-Baden —
von der "Ostzone
hatte Keiner Ahnung.

Das war ich —
vor dreißig Jahren.

Mein Freund Joachim,
immer auf der Spur
einer "schnellen Mark"

der Junge mal den Wasserhahn nicht richtig zugedreht. Hier haben Sie zehn Pfennig. Mehr wird ja nicht rausgetropft sein in der kurzen Zeit, bis Sie ihm nachspioniert haben."

Frau Huck hatte in letzter Zeit fast täglich Klage geführt. Schlug Thomas die Türen, so beschwerte sie sich über den Lärm; schloß er sie leise, so warf sie ihm vor, heimlich umherzuschleichen. Ließ die Mutter in der Küche etwas stehen, warf ihr Frau Huck Schlampigkeit vor; schloß sie alles sorgfältig weg, war von Mißtrauen die Rede.

„Ich werde Ihnen noch beibringen", keifte Frau Huck jetzt die Mutter an, „wie man sich als Untermieter anständig benimmt."

„Ach, pusten Sie sich doch nicht so auf", gab die Mutter zurück, „vor einem halben Jahr habe ich selbst noch eine Wohnung gehabt, gegen die dieses Loch hier eine Hundehütte ist."

„Dann gehen Sie doch wieder in die Zone!"

„Wie originell", sagte die Mutter gelassen, „das habe ich hier in Baden-Baden schon so oft gehört, daß ich mich nicht mal mehr aufregen kann."

Nun trat Thomas vor Frau Huck. „Hören Sie mal, Sie Huckebein! Wir ziehen aus, wir haben jetzt was Besseres."

„Aha? Vermutlich 'ne Villa in der Lichtentaler Allee? Es gibt ja genug Flüchtlinge mit Villa. Hat das Wohnungsamt denn schon zugestimmt?"

„Nee, aber ..."

„Na, dann spuck mal nicht so große Töne!" rief Frau Huck und verließ türeknallend die Küche.

Thomas wollte die Mutter auf dem Gepäckträger seines Fahrrads in die Gernsbacher Straße fahren, aber sie nahm den Obus. Thomas hatte sich die Hausnummer nicht gemerkt und fand das Haus erst nach einiger Zeit wieder. Dann endlich saßen sie im Wohnzimmer der Vermieterin und wurden sich einig, vorausgesetzt, das Wohnungsamt stimme der Überlassung des vierundzwanzig Quadratmeter umfassenden Wohnraums zu.

Im Vorgriff auf diese Entscheidung entkorkte die Dame eine Flasche Varnhalter Riesling und wurde gesprächig. Sie sei Klavierlehrerin, erzählte sie, und in ihrem Zimmer werde daher auch abends gelegentlich gespielt, aber nie bis in die Nacht.

„Mein Thomas", sagte die Mutter, ehe der Genannte es verhindern konnte, „hat zu Hause in Leipzig sehr nett Klavier gespielt."

„Soso, ein kleiner Pianist", lobte Fräulein Schwerdtlein, wie die Dame hieß. „Hättest du denn Lust, wieder Klavierstunden zu nehmen?"

„Vielleicht. Ist im Hof noch ein Platz für mein Fahrrad?" fragte Thomas, um abzulenken.

„Ja, natürlich. Ich würde dir gern Stunden geben, und du könntest auch auf meinem Flügel üben."

„Also", unterbrach die Mutter, „das Zimmer ist fast doppelt so groß wie unser jetziges und viel besser möbliert. Das Klo ist zwar auf der Treppe, aber dafür teilen wir uns Küche und Bad zu dritt und nicht zu sechst. Ich möchte das Zimmer nehmen, wenn das Wohnungsamt keine Einwände hat."

Am Montag erwies sich, daß das Wohnungsamt keine Einwände hatte, und schon am Mittwoch war Umzug. Thomas transportierte seine Habe auf dem Fahrrad und mußte zweimal fahren. Hans Heinemann war dreimal mit dem Kabinenroller unterwegs, um den Rest zu bewältigen. „Ist das Umziehen nicht schön einfach, wenn man kaum noch was besitzt?" fragte er fröhlich.

„Ja, ganz wunderbar", antwortete die Mutter, „wie unpraktisch war das früher mit all den Möbeln, Teppichen, Kisten voll Wäsche und Porzellan und Silber. Man ahnte ja gar nicht, wie man sich damit unnötig belastete."

„Sogar ein Klavier hatten wir", sagte Thomas.

Die Mutter erinnerte ihn daran, daß er nun wieder eines zur Verfügung habe, kein eigenes zwar, aber jenes von Fräulein Schwerdtlein.

„Wenn ich wieder Klavier spielen muß", versuchte Thomas rasch etwas herauszuschlagen, „darf ich mir dann ein Tier zulegen, einen Hund oder so?" Die Mutter stimmte grundsätzlich zu, fand aber einen Hund zu groß für ihre kleine Wohnung.

„Ich hätte gern ein Tier", sagte Thomas.

Der Mann hinterm Ladentisch nickte: „Da bist du hier ganz richtig, wir sind ja eine Zoohandlung. Was für ein Tier soll es denn sein?"

„Eigentlich ein Hund. Aber das geht nicht, weil wir bloß ein möbliertes Zimmer haben."

„Gut, Hund scheidet also aus. Wäre auch eine Quälerei für Mensch und Tier. Was soll's denn sonst sein?"

„Ich dachte, Sie können mir was empfehlen. Haben Sie vielleicht gerade ein Sonderangebot?"

„Nein", sagte der Mann, „aber wenn ihr so beengt wohnt, dann sind Fische ganz praktisch. Die bellen vor allem nicht."

Thomas meinte, daß er lieber was zum Anfassen hätte.

„Wie wär's mit einem Kaninchen?" fragte der Mann.

„Nein, bloß nicht!" wehrte Thomas ab, „da habe ich ganz schlechte Erfahrungen gemacht."

Er erzählte die Geschichte von seinem Kaninchen in Leipzig, das als Festschmaus für Onkel Wolfgang geschlachtet worden war. Der Mann sah ein, daß Thomas kein Kaninchen haben wollte, und fragte, um das Geschäft von einer anderen Seite her aufzurollen: „Wieviel Geld willst du denn überhaupt anlegen?"

„Wenig. Fünf Mark höchstens."

„Für fünf Mark kann ich dir einen Goldhamster anbieten, der ist auch zum Anfassen."

Thomas ließ sich das Tier zeigen. Es gefiel ihm nicht schlecht, aber er meinte: „Wissen Sie, von einem Kaninchen auf einen Goldhamster, das ist schon ein ziemlicher Abstieg."

„Für fünf Mark kannst du dich eben nicht vergrößern."

Thomas dachte eine Zeitlang nach und fragte dann: „Ist für fünf Mark der Käfig dabei?"

„Wo denkst du hin! Der Käfig kostet allein zwölf Mark."

„Oje, das ist nicht drin. Selbst wenn ich soviel hätte, könnte ich mir dann keinen Hamster dazu leisten."

Er bat sich ein paar Minuten Bedenkzeit aus, während derer der Zoohändler sich an seinen Regalen zu schaffen machte.

„Kann ich mir nicht selbst einen Käfig bauen, mit der Laubsäge?" fragte Thomas dann.

„Der würde nicht lange halten. Man braucht einen Metallkäfig."

„Aber ein Vierteljahr würde ein Holzkäfig doch aushalten, und in der Zeit spare ich auf einen richtigen."

Es kam andere Kundschaft, die einen jungen Dackel kaufte, indes Thomas unschlüssig den Hamster für fünf Mark beobachtete. Das Tierchen hatte ein paarmal am Käfiggitter geschnuppert und rannte jetzt in seinem Laufrad auf der Stelle.

„Muß der so 'n Rad haben?" fragte Thomas, als der Mann wieder zu ihm trat.

„Ja, er braucht doch Bewegung."

„Aber kann der nicht auch anders trainieren?"

„Na wie denn zum Beispiel? Soll er Kniebeugen machen?"

Thomas stellte sich das vor und mußte lachen.

„Also, ich nehme den Hamster", sagte er entschlossen, „und baue ihm einen Käfig."

Der Mann setzte den Goldhamster in einen kleinen Karton mit Luftlöchern. Er gab Thomas ein Säckchen Streu und eine Schachtel Spezialfutter: „Das schenke ich dir dazu." Thomas zahlte fünf Mark und bedankte sich.

AM NÄCHSTEN Tag stand er wieder in der Zoohandlung.

„Na?" fragte der Mann.

„Mein Hamster ist weg."

„Wieso denn das?"

„Der ist einfach abgehauen. Ich habe im Hof mit der Laubsäge an dem Käfig gebastelt, und den Karton mit dem Hamster habe ich in die Sonne gestellt. Und als ich den Käfig fertig hatte, war der Hamster weg. Der hat einfach ein Loch in den Karton gefressen und ist abgehauen."

„Ja, und nun?"

„Nun habe ich keinen Hamster mehr, bloß 'n leeren Käfig."

Der Mann wiegte den Kopf, sagte aber nichts.

„Gibt's denn da keinen Ersatz?" fragte Thomas vorsichtig.

„Nein, da hättest du eben besser aufpassen müssen."

„Aber der darf doch auch nicht einfach so abhauen. Ich habe gedacht, für fünf Mark kriegt man einen Hamster, der nicht so 'n Quatsch macht."

„Ja, denkst du denn, du kriegst für fünf Mark einen Goldhamster mit Abitur?"

„Nee, aber daß er nun gleich ganz doof war ... Also können Sie mir keinen neuen geben?"

Der Mann schüttelte den Kopf.

„Ich hab mal was von Garantie gehört", versuchte es Thomas noch mal, „da kriegt man Ersatz, wenn was nicht richtig in Ordnung ist."

„Der Hamster war aber in Ordnung. Das wäre etwas anderes, wenn sich herausgestellt hätte, daß er krank war."

Thomas dachte kurz nach und sagte: „Der war auch krank. Der war nämlich geisteskrank. Sonst wäre er nicht abgehauen, wo es bei uns auf'm Hof so viele Katzen gibt."

„Du meinst also", fragte der Mann, „ich hätte mit dem Hamster zum Psychiater gehen sollen, ehe ich ihn dir verkaufte?" Dann fügte er aber lachend hinzu: „Also gut, weil das ein Fall von außergewöhnlicher Tragik ist, verkaufe ich dir einen zweiten Goldhamster mit Rabatt."

Thomas kannte nur die 3%-Rabatt-Marken von „Kaiser's Kaffee-Geschäft", die er in Heftchen klebte, aber unter einem Rabatthamster konnte er sich nichts vorstellen.

„Du kriegst ihn ausnahmsweise für drei Mark", erklärte ihm der Mann, „aber wenn du den zweiten auch wegrennen läßt, dann kriegst du nicht etwa den dritten für eine Mark."

„Ist doch klar", strahlte Thomas erleichtert, „sonst müßte ich ja beim vierten noch was rauskriegen."

EINEN Tag später stand Thomas erneut in der Zoohandlung.

„Na, ist der zweite auch weg?" fragte der Mann.

„Nee, aber der erste ist wieder da. Wollen Sie ihn zurück?"

„Wenn er nicht beschädigt ist."

„Der ist völlig einwandfrei. Für fünf Mark können Sie ihn zurückhaben."

„Wieso für fünf?" wunderte sich der Mann, „ich habe dir doch gestern den Ersatzhamster für drei Mark gegeben."

„Ja, ich weiß, aber das hier ist der richtige für fünf Mark."

Der Mann lachte: „Du bist mir vielleicht ein Schlitzohr! Ich mache dir jetzt einen Vorschlag: Ich nehme den Hamster für fünf Mark

zurück, und zwar als Anzahlung auf den Käfig. Die restlichen sieben
Mark kannst du in sieben Monaten abzahlen."

„Geht in Ordnung", sagte Thomas.

Als er mit seinem Käfig auf die Straße trat, dachte er: Schade, daß
Joe nicht dabei war, der hätte mich bestimmt gelobt.

Mit Tausenden bunter Glühbirnen und Kilometern grüner Girlan-
den rüstete sich die Stadt für die Weihnachtszeit. Weihnachtsmänner
verteilten Handzettel mit Angeboten der „Kaufstätte" oder der
„Textil-Zentrale". In Leipzig hatten sich die Geschäfte um diese
Jahreszeit weit weniger herausgeputzt. Was hätten sie hinter einer
Flitterfassade auch bieten sollen, wenn nicht die bekannten leeren
Regale?

Dennoch dachte Thomas in diesen Tagen öfter als sonst an zu
Hause. An den Leipziger Weihnachtsmarkt vor allem, der arm an
Waren, aber reich an Stimmung gewesen war: die hölzernen Buden
vor dem herrlichen Alten Rathaus; der große Weihnachtsbaum aus
dem Erzgebirge mit seinen elektrischen Lichtern; die riesige erzgebir-
gische Pyramide mit den holzgedrechselten Figuren; der Duft von
Thüringer Rostbratwürsten; die weihnachtliche Musik aus Lautspre-
chern; die Glocken der nahen Thomaskirche; der Gesang der
Thomaner, deren freitägliche Motetten in der Adventszeit noch besser
besucht waren als sonst im Jahr.

Aber es war schon recht, hier in Baden-Baden zu sein. Es ging
bergauf, die Mutter hatte Gehaltserhöhung bekommen und sich auf
275 Mark brutto verbessert. Thomas verdiente in guten Wochen bis
zu acht Mark und legte meistens mehr als die Hälfte auf die hohe
Kante. Als nächste Anschaffung plante er Packtaschen für die erste
größere Radtour, die er Ostern mit Joe machen wollte.

Jeden Monat ging ein Paket an die Oma und Onkel Wolfgang nach
Leipzig, dafür stellte die Mutter selbst dringende Anschaffungen
hintan. Und das erste Weihnachtspaket sollte auf keinen Fall so
„lumpig" aussehen wie diejenigen, die Onkel Manfred und Tante
Klara in den letzten Jahren nach Leipzig geschickt hatten.

„Bitte zehn Rollen Klopapier", las Thomas von seinem Zettel ab,
„aber das weichste, das sie haben."

„Was habt ihr denn vor?" fragte der Drogist im weißen Kittel und äugte belustigt über seine randlose Brille.

„Für die Ostzone", erklärte Thomas.

„Ach so", nickte der Mann, „dann verstehe ich. Daß es nicht mal das drüben gibt!"

Thomas verlangte und bekam zweimal SuWA-Weiß und zweimal das neue PRIL-Pulver zum Geschirrspülen, das angeblich das Wasser entspannte. „Und dann brauche ich noch für meine Oma", sagte Thomas, doch dann genierte er sich, den Wunsch auszusprechen, „na ja, wie soll ich sagen? Sie kann manchmal nicht so richtig, verstehen Sie?"

„Ein Abführmittel."

„Genau. Können Sie mir ein Mittel empfehlen? Das letzte war wohl zu ... äh ... zu gemein."

Der Drogist zog eine Schachtel aus einer Schublade. „Ganz was Neues – Abführschokolade von Darmol."

„Oh, ich glaube, so was Neumodisches will sie nicht", wehrte Thomas ab.

Der Drogist gab ihm ein anderes Präparat, drückte ihm aber die Abführschokolade als kostenlose Probe in die Hand, und Thomas kam die Idee, das Mittel seinen ungeliebten Cousinen auf ihre Weihnachtsteller zu schmuggeln.

Auf dem Einkaufszettel folgte eine lange Aufzählung von Eß- und Trinkbarem. Kaffee stand stets an der Spitze der Leipziger Wünsche, denn drüben kostete er bei mäßiger Qualität immer noch vierzig Mark das Pfund. Leider durfte nur ein halbes Pfund in jedes Paket. Thomas kaufte Schokolade und Weinbrandbohnen, Margarine und Milchpulver, Dauerwurst und Ölsardinen, die besonders begehrt waren, weil es drüben immer nur die gleichen „Kamtschatka-Krebse" gab.

Schließlich kaufte er die Zutaten für die Christstollen: Mehl und Butter, Mandeln und Rosinen, Zitronat und Orangeat sowie Puderzucker. Die Oma wollte vier Stollen backen und zwei davon nach Baden-Baden schicken. Tante Klara hatte schon gemeint, sie könne hier bessere Stollen kaufen. Aber die Mutter blieb dabei, daß ein Sachse zu Weihnachten Stollen von zu Hause haben müsse.

Thomas kaufte von selbstverdientem Geld jedem eine Kleinigkeit.

Die Oma bekam Nougat-Pralinen, Onkel Wolfgang eine Tube BRISK-Frisiercreme, die Großmutter Erfrischungsstäbchen und der Großvater, dem der Arzt die Zigarren verboten hatte, ein Paket Karlsbader Oblaten, die die ČSSR leider nicht ins befreundete Leipzig lieferte.

Eine weitere vorweihnachtliche Erledigung hatte Thomas so lange vor sich hergeschoben, daß es nun beinahe zu spät dafür geworden war. Unter dem Druck seines schlechten Gewissens betrat er schließlich energischen Schrittes den Laden des Fotografen Tschira und antwortete auf die Frage nach seinem Wunsch: „Ein Foto von mir."

Thomas haßte es seit je, fotografiert zu werden, und aus früheren Jahren gab es nur wenige Bilder, auf denen er nicht Grimassen schnitt oder die Zunge herausstreckte.

„Na, dann komm mal rüber ins Atelier", forderte ihn der Fotograf auf. Aber Thomas wollte erst noch Einzelheiten klären. Er benötige drei Fotos, etwa postkartengroß, hübsch gerahmt und spätestens übermorgen abholbereit, denn zwei davon müßten noch in Pakete für die Ostzone, während das dritte für seine Mutter sei und etwas Zeit habe.

„In Ordnung. Nun komm mal mit rüber."

„Nee, Moment! Das Fahrrad muß mit drauf und Fiffi, mein Hamster."

Er holte das Fahrrad und den Käfig herein. Als das Gruppenbild arrangiert war, der Hamster für einen Augenblick auf der Lenkstange still saß, der Fotograf „Jetzt!" rief und abdrücken wollte, rief Thomas: „Halt, Moment mal! Was soll das denn eigentlich kosten?"

„Sechs Mark."

„Alle drei?"

„Unsinn! Jedes."

„Das ist nicht drin."

„Na gut, dann auf Wiedersehen", sagte der Fotograf erleichtert.

„Moment noch. Ist es ohne Hamster billiger?"

„Nein, das macht keinen Unterschied."

„Und ohne Fahrrad?"

„Auch nicht."

„Wissen Sie was? Ich nehme nur zwei Fotos, denn meine Mutter sieht mich sowieso jeden Tag." Thomas nahm wieder Haltung ein, rückte den Hamster zurecht und zog die Mundwinkel auseinander. „Oder", dachte er noch mal laut, „ich nehme nur eins. Das können meine Leute in Leipzig dann austauschen. Vielleicht jeden Monat oder so."

„Weißt du", sagte der Fotograf, als er Thomas den Abholschein für ein Foto mit Rahmen aushändigte, „einmal die Woche kann man sich einen Kunden wie dich leisten, wenn das Geschäft ansonsten gut-geht."

„Wieso?" fragte Thomas.

„Schon gut. Und paß auf, daß sich dein Hamster auf der Heimfahrt nicht erkältet."

Vielleicht hatte sich Fiffi wirklich erkältet, jedenfalls starb er vier Tage vor Weihnachten.

Thomas beweinte ihn, legte ihn in eine Pappschachtel, die er vorher mit Watte ausgepolstert hatte, und begrub ihn im Hof unter einem Ziegelstein, in den er mit einem Schraubenzieher Namen und Todestag einritzte.

AM 24. DEZEMBER um die Mittagszeit kauften Hänschen, so nannten sie Herrn Heinemann jetzt, und Thomas einen nicht zu großen Weihnachtsbaum. Sie bekamen ihn billig, weil eigentlich schon Feierabend war. Sie schmückten ihn gemeinsam, und dann stellte die Mutter Kaffee und selbstgebackenen Marmorkuchen auf den Tisch. Omas Stollen waren noch nicht eingetroffen.

Nach dem Kirchgang wurde beschert.

„Du bist ja verrückt, soviel Geld auszugeben!" rief die Mutter, als sie Hänschens Geschenk ausgepackt hatte: einen „Knittax"-Hand-strickapparat.

Das Radio, dachte Thomas enttäuscht, war ihm wohl zu teuer, und vielleicht brauchte er auch einen neuen Pullover.

Hänschen bekam von der Mutter einen Schonbezug für seinen VW-Sitz und von Thomas eine Blumenvase fürs Armaturenbrett. Die Mutter hatte für Thomas einen Pullover, zwei Hemden, zwei Paar Socken und ein Federmäppchen. Na ja, dachte er, praktische Sachen gehen erst mal vor. Er selbst schenkte der Mutter Kölnisch Wasser.

Schließlich holte Hänschen ein kleines Paket für Thomas hervor. In dem Karton, der ein paar Luftlöcher hatte, rumorte es, und Thomas ahnte schon, daß das der neue Goldhamster war. Doch dann war es ein Wellensittich.

„Redet der?" fragte Thomas.

„Frag ihn halt", antwortete Hänschen.

Der Wellensittich redete nicht. Thomas konnte ihn auch nicht bewegen, in Fiffis verwaistem Käfig das Laufrad zu betreten, das der Vormieter so ausdauernd in Gang gehalten hatte.

Nach der Bescherung ging man nach nebenan, wo Fräulein Schwerdtlein mit ihrem Freund feierte, einem älteren und sehr gemütlichen Kulturkritiker vom *Badischen Tagblatt,* den sie liebevoll „Muckelchen" nannte. Es wurden Weihnachtslieder gespielt, zwei- und vierhändig.

Dann gab es eine große Weihnachtsgans, zu der sich die beiden Frauen verbündet hatten. Thomas wies darauf hin, daß dies der erste Gänsebraten seines Lebens sei, was freilich nicht ganz stimmte, und es wurde sogleich beschlossen, daß der Junge ein Beinchen bekommen müsse.

Als später die Damen Zigaretten, die Herren Zigarren rauchten und Thomas Kaugummi kaute, hatten alle ein Gefühl der Behaglichkeit, das sich hin und wieder in lustvollen Seufzern Bahn brach.

Am ersten Feiertag besuchten die Mutter und Thomas ihre Verwandten. Thomas bekam zu seiner Überraschung von Onkel Manfred ein richtiges Geschenk, eine „Agfa-Box" mit einem Film für acht Aufnahmen.

Thomas schmuggelte den Cousinen die Abführschokolade auf ihre Weihnachtsteller. Danach sah er keinen Grund mehr, länger zu verweilen, aber die Mutter war anderer Meinung.

Tante Klara klagte, daß sie kein eigenes Haus habe, und Onkel Manfred unterbrach seine stumme Ergebenheit ab und zu mit einem vorsichtigen Witz. Die Cousinen stritten darüber, ob die Leuwerik bei der „Bambi-Wahl 1953" zu Recht Erste geworden sei oder ob nicht die Schell hätte gewinnen müssen. Thomas erklärte großspurig, für ihn gebe es nur eine richtige Frau, und das sei die Lollo. Tante Klara fand, dem Jungen fehle eine ordnende Hand, aber seine Mutter habe sich ja sehr um einen Herrn Hans Heinemann zu kümmern.

Damit endete das Familientreffen.

Am Tag nach Weihnachten kamen die Stollen von der Oma und ein Brief aus Wiesbaden.

> Mein lieber Thomas,
> Du weißt ja seit langem, daß ich nach Amerika auswandern will. Nun ist es soweit, die Visa sind erteilt, die Koffer gepackt, am Tag nach Weihnachten gehen wir in Bremerhaven an Bord. Andreas, den Du ja kennengelernt hast, und seine Mutter kommen mit. Ich habe drüben eine Stellung in Aussicht, es ist nichts Sicheres, aber wir sind guten Mutes.
> Ich hoffe, daß wir uns nicht aus den Augen verlieren werden. Wenn Du größer bist, wirst Du mich eines Tages besuchen kommen.
> Anstelle eines Weihnachtsgeschenks habe ich Dir ein Scheinchen beigelegt, du wirst es schon kleinkriegen.
> Dir und Deiner Mutti ein schönes Weihnachtsfest und alles Gute für die Zukunft
> Dein ehemaliger Vati

So, dachte Thomas, heute hauen die also ab nach Amerika. Er faltete das Scheinchen, das er dem Brief entnommen hatte, und sah aus dem Fenster. Es schneite ein wenig, und Thomas glaubte irgendwo gelesen zu haben, daß es in Kalifornien niemals schneie. Jedenfalls im Süden nicht.

8

„Ich habe drei Jazzkarten für uns erwischt", strahlte Hänschen, „für Edelhagen am Donnerstag."

Die Mutter machte ein längliches Gesicht. „Ich weiß nicht, ob das Gejaule was für meine Ohren ist."

Auch Thomas war nicht Feuer und Flamme. „Wenn's Gerhard Wendland wäre oder Bruce Low. Oder wenigstens Friedel Hensch und die Cyprys."

Hänschens Miene hatte sich verfinstert. „So ist's recht! Da dürfen die Deutschen endlich seit fünfundvierzig wieder Musik hören, wie sie draußen in der Welt gemacht wird, und was tun sie? Sie verbeißen sich in ihre Schnulzen. Weißt du, wo die richtige Musik spielt? Bei Duke Ellington, Dizzy Gillespie, Benny Goodman, Charlie Parker."

„Ist das nicht 'n Boxer?" fragte Thomas.

Hänschen sah ihn entnervt an. „Ich geb's auf. Da stellt man sich an nach den teuren Karten, und ihr wollt lieber ‚Das alte Försterhaus' hören."

„Ich hab gelesen", widersprach Thomas, „die Karten wären umsonst."

„Ja, das stimmt, aber für euch sind sie trotzdem noch zu teuer." Hänschen meinte, er müsse frische Luft schnappen und sich irgendwo eine Schachtel Zigaretten ziehen.

„Ich glaube, den haben wir verprellt", sagte die Mutter, als er draußen war.

„Ich fürchte, einer von uns muß sich opfern und mit ihm zum Jazz gehen."

„Aber wer?" fragte die Mutter.

„Na wer schon? Das kenne ich doch: immer der Jüngste."

Thomas hatte im *Badischen Tagblatt* von der Veranstaltung gelesen, die am Donnerstag erstmals im neuen Unterhaltungsstudio des Südwestfunks stattfinden sollte: „Jazztime Baden-Baden", eine Neuheit in deutschen Rundfunkkanälen, Jazz mit Publikum und direkt übertragen. Die Karten gab's kostenlos.

„Was ist denn Jazz eigentlich?" fragte Thomas, als Hänschen nach einer Stunde zurück war.

Hänschen erklärte es, erzählte von Ragtime und Blues, von New Orleans und den Shuffle Boats, vom Dixieland und Kansas Style, und Thomas tat sich, wenn auch vorerst nur in Worten, eine Welt auf, von der er nichts geahnt hatte.

„Das wird sicher toll am Donnerstag", sagte er am Ende, und Hänschen gab ihm versöhnt einen Klaps auf die Schulter.

In den letzten Monaten hatte Hänschen unbemerkt eine Rolle übernommen, die die Mutter bei der Ankunft in Baden-Baden eigentlich ihrem Bruder Manfred zugedacht hatte: Thomas ein wenig den Vater zu ersetzen. Aber der Onkel war zu sehr mit sich und seiner Familie beschäftigt.

Hänschen war meist nur am Wochenende da und hütete sich, als Erziehungsberechtigter aufzutreten. Er war Thomas' großer Freund, den man alles fragen konnte.

„Sag mal", fragte Thomas zum Beispiel, „wie ist das denn eigentlich mit den Mädchen? Ab wann kann man mit denen eigentlich..."

„Oh, am besten abends nach zehn."

„Dann sieht's doch aber gar keiner."

„Soll man das denn?" fragte Hänschen verwundert.

„Na ja, das müssen doch alle sehen, wenn ich mit einer Hand in Hand gehe. Und ab wann kann man das machen?"

„Ach so. Also, das muß man im Gefühl haben."

„Du kannst einem prima helfen", maulte Thomas, „da kann ich auch die Mutti fragen."

Politik war ein anderes Thema, über das Thomas lieber mit Hänschen als mit der Mutter sprach. Sie sagte, sie habe nach Krieg und Nachkrieg die Nase davon voll und wolle sich nicht mehr darum kümmern.

Hänschen widersprach. „Mir haben Krieg und Nachkrieg bewiesen, daß man sich kümmern muß."

„Ach, es kommt doch nichts dabei heraus", widersprach ihrerseits die Mutter. „Sieh dir doch die Berliner Viermächtekonferenz an! Glaubst du vielleicht, die bringen am Ende eine Wiedervereinigung zustande?"

„Na, vielleicht nicht auf Anhieb. Aber irgendwann muß ja was passieren."

Die Mutter behielt recht, denn die Berliner Außenministerkonferenz scheiterte im Januar kläglich.

Das Jazzkonzert hingegen wurde eine große Sache. Thomas und Hänschen saßen in der vierten Reihe.

Der Junge fuhr erschrocken zusammen, als das Orchester Kurt Edelhagen mit einem schrillen Crescendo begann. Die Töne prasselten so dicht auf ihn nieder, daß er erst nach Minuten etwas Bestimmtes heraushören konnte. Er sah die Menschen vor und neben sich im Rhythmus der Musik mit den Füßen wippen, auch Hänschen tat es, und Thomas fing ebenfalls an.

„Na, wie fandest du's?" fragte Hänschen auf dem Weg zu seinem neuen VW.

„Toll! Klasse, dufte! So was möchte ich auch lernen."

Am Nachmittag darauf fragte Thomas Fräulein Schwerdtlein, die ihm immer noch kostenlos Klavierstunden gab: „Können Sie mir auch Jazz beibringen?"

„Jazz? Wo denkst du hin! Ich unterrichte Musik und keinen Jazz." Sie sagte „Jatz".

VOR Ostern gab es Zeugnisse, und als Joe das seine ansah, wurde er bleich.

„Ehrenrunde?" fragte Thomas, und der Freund nickte erschüttert.

Thomas selbst war versetzt worden, mit Noten, die sich unauffällig um die dreizehn Punkte bewegten. Dreizehn Punkte nach dem französischen Notensystem entsprachen ungefähr einer ehrlichen Drei, und Thomas fand, das sei für einen Flüchtling ganz anständig.

Im Café Knebel schwirrte an diesem Mittag die Luft von finsteren Verwünschungen gegen die Lehrerschaft insgesamt und gegen einzelne Vertreter im besonderen. Joe war sehr geknickt, und Thomas sagte: „Guck mal, wenn du erst Kapitän bist, dann fragt doch keiner mehr nach dem Fetzen Papier da."

„Nee, aber wenn ich's werden will, fragen sie danach."

„Du wirst schon Kapitän", richtete Thomas den Freund auf, „vielleicht auf'm kleineren Schiff. Ich glaube fest daran."

Trotz dieser Tröstungen wurde Joe nicht fröhlich. Er löffelte mit bitterer Miene ein Eis nach dem anderen und drückte auf der Musicbox schwermütige Seemannslieder.

„Also, bis morgen früh um sieben", verabschiedete sich Thomas von seinem Freund.

Am nächsten Morgen stand Thomas um sieben mit Fahrrad und gepackten Taschen am Leopoldsplatz, bereit, mit Joe den Rhein hinab bis nach Köln zu fahren. Zwanzig vor acht meldete sich Thomas beunruhigt bei Joes Eltern, die in großer Sorge waren, da ihr Sohn seit gestern nachmittag von zu Hause verschwunden sei.

Thomas dachte an Joes bittere Stimmung und ängstigte sich sehr um seinen besten Freund. Er ließ es sich aber nicht anmerken. „Ach, da machen Sie sich mal nichts draus, der ist entweder zur See oder zur Fremdenlegion."

„Mein Gott!" rief Joes Mutter entgeistert, „hat er gesagt, daß er dahin will?"

Was habe ich denn nun wieder falsch gemacht? fragte sich Thomas. „Direkt gesagt hat er's nicht", antwortete er, „aber eigentlich gibt es ja nur die beiden Möglichkeiten."

Als Thomas nach Hause kam, um seine fürs erste nutzlos gewordenen Packtaschen abzulegen, übergab ihm ein kleinerer Junge mit Verschwörermiene einen Zettel. Der Zettel war mit einer Geheimschrift beschrieben.

„Du sollst an den Battertfelsen kommen und was zu essen mitbringen", flüsterte der kleinere Junge bedeutungsvoll.

„Hast du das etwa entziffert?" fragte Thomas beunruhigt.

„Nein, das hat er mir gesagt."

Thomas bedankte sich und gab dem Jungen fünf Pfennig.

„Bin in der Höhle am Battertfelsen, bring was zu essen mit, Joe" stand auch in Geheimschrift auf dem Zettel.

Der Weg zu den Battertfelsen am Alten Schloß oberhalb der Stadt war für einen Radfahrer beschwerlich. Thomas entsann sich nicht mehr genau der Höhle, entdeckte jedoch nach kurzer Suche Joes Fahrrad mit gepackten Taschen und dann Joe selbst.

„Mensch, du Greenhorn", sagte Thomas, „läßt dein Fahrrad draußen stehen, daß jeder Spaziergänger drüber fällt."

Er packte ein Paket Knäckebrot und eine Dose Schmalzfleisch aus, und Joe fragte nach einem Dosenöffner und etwas zu trinken.

„Stand beides nicht auf dem Zettel", sagte Thomas.

Joe zeigte ihm einen Vogel. „Soll ich vielleicht warten, bis die Dose durchgerostet ist?"

„Du sollst mit mir nach Köln fahren", entgegnete Thomas, „das war nämlich verabredet. Alles war geklärt, wir haben sogar einen Rentner, der für uns die Zeitung austrägt. Und jetzt willst du plötzlich Robinson Crusoe spielen."

„Mensch, hör doch auf", rief Joe, „siehst du denn nicht, daß ich in einer verzweifelten Lage bin? Ich will zur See."

Joe verkündete Thomas nun seinen Plan, mit dem Fahrrad nach

Hamburg zu fahren und dort als Schiffsjunge anzuheuern. Wahrscheinlich müsse er auf einem ausländischen Schiff fahren, weil die Deutschen es bei Minderjährigen zu genau nähmen mit der Einwilligung der Eltern und ähnlichem bürokratischem Kleinkram. Er habe jedenfalls alles bei sich, was er brauche, alle Ersparnisse und auch das Schulzeugnis vom vergangenen Jahr.

Thomas versuchte, Joe von dem Plan abzubringen. Am Ende rang er ihm ein Ja zu folgendem Kompromiß ab: „Wir fahren wie geplant nach Köln und besuchen deine alten Klassenkameraden. Und wenn du dann immer noch spinnst, dann kehre ich um, und du strampelst nach Hamburg, okay?"

„Okay", sagte Joe.

„Und du schreibst von unterwegs deinen Eltern nur, daß wir nach Köln fahren."

„Okay."

Thomas fuhr zurück, holte seine Packtaschen, verabschiedete sich, und auf ging's. Die Radtour den Rhein hinab gab ihm ein nie zuvor erlebtes Gefühl von Freiheit und Abenteuer. Wenn sie morgens aufbrachen, hatten sie eine Richtung und ein Ziel; doch wenn sie es nicht erreichten, weil Ungeplantes und Ungeahntes am Wege lag, dann war es auch gut. Das Verzeichnis der Jugendherbergen wies genug Orte aus, an denen man für fünfzig Pfennig die Nacht eine Matratze und einen Leinenschlafsack bekam. Unterwegs trafen sie viele, die die gleiche Richtung hatten. Man grüßte mit dem traditionellen Radwanderergruß „Servus", tauschte Erfahrungen aus über die Eigenheiten von Herbergseltern oder die Qualität von Mahlzeiten, fuhr ein paar Stunden oder gar ein paar Tage miteinander. Es waren auch Mädchen und Jungen von „drüben" unterwegs, und in der Jugendherberge von Bingerbrück traf Thomas sogar zwei Leipziger, mit denen er bis zum Lichtlöschen über die Heimat sprach.

Von Bingerbrück aus fuhren Thomas und Joe jenes Stück Rhein entlang, das den Fluß weltberühmt gemacht hat. Sie krochen am linken Ufer in fast jede Burg und kamen nur langsam voran. In Köln stellte sich dann heraus, daß Joes ehemalige Klassenkameraden eine gemeinsame Radtour den Rhein hinauf angetreten hatten.

„Und wen sollen wir jetzt besuchen?" fragte Thomas.

Sie besuchten den Kölner Dom, Joe zeigte Thomas, wo er gewohnt hatte und wo er zur Schule gegangen war.

Am Ostermontag traten die beiden den Heimweg an. Sie fuhren diesmal rechtsrheinisch, um die restlichen Burgen zu besichtigen. In den Jugendherbergen gab es in diesen Tagen ein großes Thema: die Tragödie am Dachstein. Dort, in den österreichischen Alpen, waren seit Karfreitag zehn Schüler und drei Lehrer aus Heilbronn im Schneesturm vermißt.

„Apropos vermißt", entfuhr es Thomas in einer Kurve kurz vor Rüdesheim, „deine Eltern haben ja überhaupt keine Ahnung, wo du bist."

Von dieser Erkenntnis wurde Joe getroffen wie der Lukas vom Hammer. „Verdammt noch mal, das habe ich doch glatt vergessen."

„Und daß du zur See wolltest, hast du auch vergessen."

„Da brat mir einer 'n Storch. Wie kann der Mensch bloß so vergeßlich sein?"

Es sprach vieles dafür, daß die Polizei längst nach Joe suchte und daß in jeder Jugendherberge ein Fahndungsblatt hing mit der Summe, die auf seine Ergreifung ausgesetzt war. „Mindestens zehn Mark", schätzte Thomas.

Sie beschlossen, daß Joe ab sofort alle Ortschaften zu umfahren habe, während Thomas versuchen solle, Erkundigungen einzuholen. Als erstes hatte Joe Rüdesheim schräg durch die Weinberge zu umgehen, während Thomas das Postamt suchen und ein Telegramm an Joes Eltern aufgeben sollte: HALLO STOP BEDAURE NICHTMITTEILUNG RADTOUR STOP BALDIGE WIEDERKUNFT STOP SOHNESGRÜSSE.

Es wurde ein beschwerlicher Heimweg über wenig befahrene Nebenstraßen, und in jeder Jugendherberge fragte Thomas erst mal nach, ob ein gewisser Joe gesucht werde.

Zu Hause entlud sich über Joe das erwartete Donnerwetter, das aber rasch der Rührung über die glückliche Heimkehr wich. Joe erzählte eine tolle Geschichte von Lebensüberdruß und verzweifelter Flucht nach Hamburg, und Thomas ergänzte sie durch die plastische Schilderung einer abenteuerlichen Verfolgungsjagd.

„Unglaublich", staunte Joes Vater. Und dann holte er einen Zettel, auf dem er sich Notizen gemacht hatte, und las vor: „Dienstags

Worms, mittwochs Bingerbrück, donnerstags Sankt Goar – soll ich
weiterlesen?"

„W-wo hast du das denn her?" stotterte Joe.

„Ich habe ein bißchen mit Jugendherbergen zwischen Baden-Baden
und Köln telefoniert."

Dann entfaltete er auch noch das Telegramm aus Rüdesheim und
hielt es den Jungen vor die Nase. „Große Sorgen hat uns allerdings das
hier gemacht: ‚Baldige Niederkunft'. Das konnten wir uns gar nicht
erklären."

Es GING Thomas gut in diesem Frühjahr, jedenfalls im großen
ganzen. Manchmal dachte er zwar noch an den trostlosen Tag seiner
Ankunft in Baden-Baden, an das muffige Zimmerchen in der
muffigen Wohnung der muffigen Frau Huck, an die schlimme Zeit
ohne Fahrrad, in abgetragenen Sachen und mit knappem Taschengeld. Das alles war nicht mal ein Jahr her.

Nun bewohnte Thomas mit der Mutter ein fast doppelt so großes
und viel schöneres Zimmer bei einer freundlichen Dame, die ihm
Klavierstunden gab.

Die Mutter hatte durch sparsames Haushalten schon viele dringende Anschaffungen ermöglicht.

Mit wachsendem Interesse an Mädchen war auch bei Thomas der
Wunsch nach „richtigen Klamotten" erwacht; und er hatte sich schon
einiges von eigenem Geld gekauft. Zum Beispiel zwei Paar grellbunte
Ringelsocken und einen orangefarbenen Nicki, den die Mutter
scheußlich fand.

Joe war nun eine Klasse unter Thomas, und beide empfanden das als
eine gegen sie persönlich gerichtete Gemeinheit der Lehrer. Wenn sich
Joe in der Schule geärgert hatte, und das war häufig der Fall, dann
sprach er von Hamburg und Havanna.

Auch Hänschen sprach manchmal davon, Baden-Baden zu verlassen und sich anderswo eine „seriösere" Arbeit zu suchen. Jedenfalls
wollte er nicht mehr lange als „Hausierer" durch die Lande ziehen und
widerspenstige Krämer von den Vorteilen eines Automaten überzeugen.

Manchmal redete auch die Mutter von „Veränderung". „Erstens", sagte sie, „möchte ich mehr verdienen, wenn ich schon abendelang im Büro sitze. Zweitens möchte ich wieder in einer Großstadt leben. Und drittens gehen mir unsere Verwandten gewaltig auf den Wecker."

9

HÄNSCHENS VW schnúrrte über die Bundesstraße 3 nach Süden, vorbei an Weinbergen und Schwarzwaldhöhen. Thomas saß hinten und hatte Joe den Beifahrersitz überlassen. Die drei waren ein richtiges Team geworden, und unter vier Augen gestand Joe sogar, er hätte „auch gern so einen Vater".

An diesem ungewöhnlich heißen Sonntag mit Temperaturen über 30 Grad waren die drei auf dem Weg zu einem großen Fußballereignis. Im Rahmen der Weltmeisterschaft trat die deutsche Mannschaft in Basel gegen Ungarn an, jene „Wunderelf", die seit Jahren ungeschlagen war und kürzlich in Budapest sogar England mit 7:1 besiegt hatte.

Während Hänschen aus nicht ersichtlichem Grund sehr schweigsam war, wirkten die beiden Jungen ausgelassen. Auf der Höhe von Lahr wollten sie indessen etwas von Hänschen lernen.

„Wie lange", fragte Joe, „gehen Sie immer mit derselben Frau?"

„Bis zum Schluß", antwortete Hänschen.

„Und wie lange ist das?"

„Je nachdem, eine Woche lang oder ein Leben lang."

„Wie lange gehst du denn noch mit meiner Mutter?" fragte Thomas.

„Warum", lenkte Hänschen ab, „spielt ihr eigentlich nicht mehr aktiv Fußball, wie früher zu Hause in Leipzig oder in Naumburg?"

„Keine Zeit", erklärte Joe, „wir müssen Geld verdienen."

„Ich war auch, ehrlich gesagt, nie richtig gut", ergänzte Thomas, „zu viele Eigentore, verstehst du?"

Im Basler St.-Jakob-Stadion herrschte große Stimmung bei den deutschen Schlachtenbummlern, die unter den gut 55 000 Zuschauern eine klare Mehrheit hatten. Als die deutsche Mannschaft einlief und gleichzeitig ihre Aufstellung über den Stadionlautsprecher verlesen wurde, brach ein wütendes Pfeifkonzert los. Der Bundestrainer hatte, mit Ausnahme von Fritz Walter, Jupp Posipal und Werner Liebrich, alle seine Asse in der Kabine gelassen und eine Mannschaft zweiter Wahl in den Kampf gegen die Ungarn geschickt. Thomas und Joe empörten sich mit harten Worten über Sepp Herberger, der ihrer Ansicht nach besser Turnlehrer am Baden-Badener „Backfischaquarium" hätte werden sollen.

Nach gut zwanzig Minuten führten die Ungarn mit 3:0, nach einer Stunde stand es 5:1, Puskas schied verletzt aus, was die Ungarn aber nicht hinderte, drei weitere Tore zu schießen, und am Ende gewannen sie mit 8:3.

Auf der Heimfahrt war es lange still in Hänschens VW, bis Thomas kurz vor Bad Krozingen ziemlich bissig sagte: „Zu so was brauchst du mich nicht noch mal einzuladen."

„Das wird auch nicht mehr vorkommen", sagte Hänschen.

„Wieso?"

„Weil ich von Baden-Baden weggehe."

„Allein?"

Thomas hatte immer, wenn Hänschen vom Weggehen sprach, die Vorstellung gehabt, man werde zusammen in eine andere Stadt ziehen. „Wo gehst du denn hin?" fragte er.

„Nach Düsseldorf. Dort kann ich in einem großen Autohaus als stellvertretender Verkaufsleiter anfangen."

„Das muß ich Mutti erzählen."

„Sie weiß es schon."

Deswegen also ist sie so komisch gewesen, dachte Thomas, und deswegen war Hänschen vorhin auf dem Hinweg so still.

Ein Gefühl sagte ihm, er müsse etwas unternehmen, reden, den Gang der Dinge aufhalten, das Schicksal abwenden. Aber er wußte sogleich, daß es nichts zu reden gab, daß alles entschieden und nichts zu ändern war. Er dachte daran, wie vor zwei Jahren der Vater aus Leipzig weg und in den Westen gegangen war, und er spürte die gleiche Ohnmacht wie damals.

In den folgenden Tagen suchte Thomas nach Worten, die die Mutter trösten sollten; er fand keine. Ein paar Gesten fielen ihm ein, ein Blumenstrauß mitten in der Woche, ein besonders sorgfältig aufgeräumtes Zimmer, gewienerte Schuhe und spiegelblank geputzte

Fenster. Abends trieb er sich nicht mehr herum, sondern wartete zu Hause. Und wenn die Mutter kam, erzählte er ohne Punkt und Komma, was er tagsüber erlebt, gesehen und gedacht hatte.

„Ich würde vielleicht mitgehen nach Düsseldorf", bot Thomas an.

„Aber ich nicht", sagte die Mutter, „ich will nie wieder von jemandem abhängig sein und immer auf eigenen Füßen stehen, verstehst du?"

Hänschen verabschiedete sich mit Blumen und Schokolade, mit einem Ausdruck des Bedauerns sowie dem Versprechen, man werde sich gewiß wiedersehen. Thomas wollte ihm richtig böse sein, konnte es aber nicht.

DIE deutsche Mannschaft war inzwischen weit vorangekommen, und vor dem Einzug ins Finale stand nur noch die Hürde des Spiels gegen Österreich. Um dies mitzuerleben, besuchte Thomas seine Verwandten, die einen Fernsehapparat besaßen. Kurz nach der Halbzeitpause, als Max Morlock gerade das 2:0 für Deutschland geschossen hatte, kamen Ria und Doris vom Tennisplatz nach Hause. Sie forderten Thomas auf, den Apparat abzustellen.

„Ihr spinnt wohl", protestierte Thomas, „hier geht's um Deutschland. Wir müssen doch die Österreicher schlagen, diese Knödelfresser."

„Warum denn das?" fragte Ria, „ich denke, wir sind alle Europäer?"

„Wie kann man bloß so 'n beschränkten Horizont haben", wunderte sich Thomas.

In diesem Augenblick fiel ein Tor für Österreich, und Thomas schimpfte. „Jetzt habe ich das nicht mitgekriegt, bloß wegen euch blöden Geißen!"

Da schoß Tante Klara ins Zimmer, fragte, was das für Töne seien, und schaltete den Fernsehapparat aus.

Thomas war zuerst fassungslos, dann sagte er mit tiefer Resignation: „Mit so was bin ich nun verwandt."

Die Fassungslosigkeit war nun auf seiten der Tante, und sie wies dem Neffen stumm den Weg zur Tür. Auf der Schwelle drehte sich Thomas um und ließ seinen Gefühlen freien Lauf. „Vom ersten Tag an habt ihr uns wie arme Verwandte behandelt, und wenn was zu feiern war, dann habt ihr uns nie eingeladen, weil ihr euch geschämt habt, daß eure Verwandten in alten Klamotten rumlaufen. Und der Oma und dem Onkel Wolfgang in Leipzig schickt ihr immer bloß den billigsten Dreck, das schreiben die uns in jedem Brief. Und wir haben viel weniger Geld als ihr, aber wir schicken anständigen Dreck. Und die Sache mit Hänschen, ich meine Herrn Heinemann, die hast du auch verpfuscht, weil du immer rumgemäkelt hast, daß Mutti mit ihm geht, obwohl sie nicht verheiratet sind. Dabei bist du ja bloß neidisch, weil du dich mit Onkel Manfred langweilst. Das würde ich wahrscheinlich auch.

Aber sonntags in der Kirche, da singst du immer am lautesten und immer ein bißchen schneller als die anderen, und dein Gesangbuch, das klappst du immer zu, damit alle sehen, daß du auswendig singst, so richtig bigottisch. Aber mit deinen Verwandten springst du um wie die Wildsau. So, jetzt weißt du Bescheid."

Alle drei hatten offenen Mundes zugehört, und da sie nicht gleich Worte fanden, wandte sich Thomas auch noch an die Mädchen. „Damit ihr's wißt, der Dünnpfiff an Weihnachten, das war ich."

Dann rannte er aus der Wohnung. Das wird Ärger geben, dachte er.

Damit behielt er recht. Onkel Manfred erklärte der Mutter, es sei nicht mehr ersprießlich, im selben Büro zu arbeiten, und Tante Klara lehnte jeden privaten Kontakt für alle Zukunft ab.

„Mensch, da habe ich ja was angerichtet", bereute Thomas.

„Das hast du", bestätigte die Mutter, „aber das Dumme ist nur, daß jedes deiner Worte gestimmt hat."

DIE deutsche Mannschaft hatte Österreich mit 6:1 geschlagen, und am Sonntag darauf fanden sich Thomas und Joe beizeiten zur Übertragung des Endspiels im Sinner-Eck ein. Deutschland gegen Ungarn, David gegen Goliath, ein aussichtsloser Kampf, aber ein 3:8 sollte es wenigstens nicht wieder werden.

Nach sechs Minuten schossen die Ungarn im Berner Wankdorf-Stadion ihr erstes Tor, nach acht Minuten das zweite. Aber dann machte Max Morlock mit langem Zeh ein Tor, und nach nicht einmal zwanzig Minuten Spielzeit hatte Helmut Rahn ausgeglichen. Auf dem regennassen Rasen des Stadions entbrannte ein Kampf, wie ihn sogar alte und weitgereiste Fußballanhänger nach eigenem Bekunden noch nicht gesehen hatten.

In der 84. Minute des Spiels traf Helmut Rahn noch einmal. Ein Schrei aus hundert Kehlen ließ das Sinner-Eck erzittern. Als die neunzig Minuten vorbei waren, fielen sich wildfremde Menschen glückselig in die Arme. Dann wurde in Bern das Deutschlandlied angestimmt, und im Sinner-Eck sangen fast alle mit.

Am Montag fehlte Joe in der Schule. Als er auch am nächsten Tag nicht auftauchte, fuhr Thomas mittags zu ihm nach Hause.

„Er ist wieder verschwunden", schluchzte Joes Mutter. „Er hat alle seine Sachen mitgenommen."

„Aber warum denn?" fragte Thomas, „warum denn grade jetzt, wo wir Weltmeister sind?"

„Wir haben am Sonntagabend darüber gesprochen", sagte Joes Mutter, „daß wir Ende des Monats von Baden-Baden weggehen. Danach hat er uns gute Nacht gesagt, und morgens war er verschwunden."

IN DEN Wochen danach lebte Thomas in dem Gefühl, er müsse mit einer deutlichen und für alle erkennbaren Auflehnung gegen das Geschehene protestieren. Aber er tat seine Pflichten wie bisher und war nur etwas seltener im Café Knebel zu treffen.

In der Schule schrieb er sogar ein paar überraschend gute Arbeiten, darunter eine glatte Drei in Französisch. Fräulein Dr. Bangemann sagte daraufhin, er könne nun wohl mit dem Nachhilfeunterricht aufhören.

Die morgendliche Zeitungstour teilte sich Thomas mit dem Rentner, der schon während der Osterferien eingesprungen war. Das Geschäft mit den leeren Flaschen ging immer noch ganz gut. Bei drei älteren Damen der Nachbarschaft putzte Thomas vierzehntäglich alle Fensterscheiben. Außerdem hatte er für zwei gehbehinderte wohlhabende Witwen die Pflege der Familiengräber übernommen. Es lief also alles ganz gut, aber ohne Joe machte es keinen rechten Spaß mehr.

Eines Morgens entschloß sich Thomas, die Zeitungen nicht auszutragen; er brachte den ganzen Packen, noch verschnürt, als Altpapier zum Händler in Oos. Als er im Vertriebsbüro des *Badischen*

Tagblatts gefragt wurde, was er sich dabei gedacht habe, konnte er es nicht sagen. Er wurde entlassen.

„Reiß dich mal ein bißchen zusammen", sagte die Mutter zu ihm, „ich möchte auch manchmal alles hinschmeißen, aber wie stehen wir dann da?"

Thomas mußte ihr recht geben.

Der Juli war naßkalt und brachte in vielen Teilen Deutschlands schwere Überschwemmungen. Die Menschen meinten, das habe mit dem Atombombenversuch auf dem Bikini-Atoll zu tun. Thomas las viele Bücher, schrieb Briefe nach Leipzig, an Karl-Edwin in Berlin und an Micky in München.

Joe schickte aus Hamburg eine Karte, auf der die „Große Freiheit" abgebildet war. Die Rückseite hatte er eng bekritzelt:

> Lieber Tom! Ich hatte die Schnauze voll von dem unruhigen Leben, deswegen bin ich zur See. Ich konnte es Dir nicht vorher sagen, weil ich nicht wußte, ob Du dieselbe halten würdest. Ich habe auf einem Pott angeheuert, wo sie es nicht so wichtig nehmen mit dem Alter und den Papieren. Morgen geht's nach Conakry. Wir sehen uns bestimmt mal wieder. Dein Joe

Hänschen schrieb der Mutter und ließ Thomas grüßen, und dann kam ein Brief aus Los Angeles:

> Lieber Thomas, ich habe Dir versprochen, aus Kalifornien zu schreiben. Es hat gedauert, aber unser Anfang hier war auch schwer. Wir mußten viel umziehen, und ich habe hier und dort gejobbt. Nun arbeite ich in einer Weinhandlung, wo ich meine Kenntnisse einsetzen kann. Auch mit dem Englischen geht es von Tag zu Tag besser.
>
> Wir wohnen in der Nähe von Hollywood. Unser Häuschen ist bescheiden und aus Holz gebaut, aber die meisten Leute hier wohnen in Holzhäusern, denn es ist das ganze Jahr über warm. Wir haben einen uralten Studebaker, ohne den wir in der riesigen Stadt völlig aufgeschmissen wären.
>
> Ich bin sehr froh, den Schritt gewagt zu haben, und meine Frau sowie Andreas fühlen sich ebenfalls wohl hier. Ich hoffe, ich kann Dich einmal einladen, wenn Du größer bist.
>
> Herzliche Grüße Dein Ami.
>
> PS: Ein Päckchen ist unterwegs.

Thomas fand, er sei auf dem besten Wege, weltweite Beziehungen anzuknüpfen. Er suchte in seinem Schulatlas Conakry und Los Angeles und meinte dann, daß seine geplante Radtour nach München, wo er in den großen Ferien seinen Freund Micky besuchen wollte, gar nicht so furchtbar weit sei.

AM NÄCHSTEN Morgen fuhr Thomas los. Die Mutter ließ ihn nur unter strengsten Auflagen allein nach München radeln. Er mußte sich in allen Jugendherbergen anmelden und ihr die Bestätigungen vorlegen. Alle zwei Tage sollte er die Mutter morgens kurz im Büro anrufen. Er hatte ganz allgemein der Verpflichtung zugestimmt, keine Dummheiten zu machen.

Obwohl er die Berge unterschätzt hatte, die zu überqueren waren, hielt er sich an seine Marschtabelle und meldete sich pünktlich am Telefon.

„Hier Tübingen", zeigte er beim erstenmal an, „alles in Ordnung, Servus!"

Beim zweiten Anruf unterbrach ihn die Mutter, ehe er einhängen konnte. „Bist du denn gesund?"

„Ja, kerngesund."

„Wirst du immer satt?"

„Ja, pappsatt."

„Strengt es dich nicht zu sehr an?"

„Nein, kein bißchen. Es geht nur immer bergauf. Die Berge haben alle nur eine Seite, bergab geht's fast nie. Kann ich jetzt einhängen? Es wird so teuer."

„Moment noch. Stellst du dich bei Regen immer unter?"

„Nee, sonst komme ich nie bis München bei dem Dreckswetter. Der Wind ist viel schlimmer, der kommt immer von vorn."

„Aber wir haben doch Westwind, und du fährst nach Osten."

„Ich weiß auch nicht, wie der das macht. Mir kommt er immer entgegen. Kann ich jetzt einhängen?"

„Ja, häng ein. Servus!"

In Ulm hatte Thomas genug davon, im Regen bergauf gegen den Wind zu fahren. Er sprach einige Fernfahrer an, ob sie ihn und sein Fahrrad mitnehmen könnten nach München. Er hielt sich damit strikt an das Verbot, nicht mit fremden Männern zu gehen; vom Mitfahren hatte die Mutter nichts gesagt. Dennoch wollte er es ihr nicht direkt erzählen.

Der Lastzug, in den Thomas nach vier erfolglosen Anfragen schließlich einsteigen durfte, brachte Bier von Dortmund nach München.

Der Fernfahrer und der Lastzug machten großen Eindruck auf Thomas. Auf der breiten Lederbank im Führerhaus hoch über den anderen Autos fühlte er sich stark und unangreifbar. Als der Fahrer am Ortseingang von München hielt und Thomas verabschiedete, bedankte sich dieser von Herzen für das große Erlebnis.

Thomas fuhr ungefähr zwei Kilometer in die Richtung, in der er das Zentrum der großen, fremden Stadt vermutete. Dann fragte er einen Passanten nach der Orléansstraße, in der Micky wohnte.

„Jo mei, dös woaß i net. Wia hoaßt de Stroß'n?"

Thomas dankte verwirrt für die unverständliche Auskunft und radelte rasch weiter. Den nächsten Passanten fragte er zunächst, ob er Deutscher sei.

„Ja Kruzitürkn, moanst i bin a Kinees? Wos wuist'n wiss'n?"

„'tschuldigung!" murmelte Thomas und trat wieder in die Pedale.

Ehe er sich zu Micky durchgefragt hatte, war es Abend geworden. Der Freund und Banknachbar aus Leipziger Tagen, der Thomas erst Ende der Woche erwartet hatte, begrüßte ihn herzlich: „Sakradi. Daß i di noamoi siag!"

Er zerrte den Ankömmling in die Wohnung und schob ihn an den Abendbrottisch, wo die Eltern und Mickys älterer Bruder Klaus saßen. Alle begrüßten ihn nett, und die Erwachsenen fanden, er sei groß geworden in den letzten zweieinhalb Jahren. Er bekam einen Teller und Besteck und mußte erzählen, wie es ihm und der Mutter seit Leipzig ergangen war, und immer wieder sagten sie: „Genau wie wir! Genau wie bei uns!"

Thomas fiel auf, daß die Eltern noch unverkennbar sächselten, während die beiden Jungen wie die Passanten am Nachmittag klangen. Mickys Familie hatte es schon ziemlich weit gebracht, aber schließlich hatte Micky einen Vater, und das machte im Lebenskampf einen großen Unterschied. Herr Müller handelte mit Gebrauchtwagen und war darin so geschickt, daß er sich schon eine Vierzimmer-wohnung mit leidlichem Komfort in der Nähe des Ostbahnhofs leisten konnte.

Später bekam Thomas ein Notbett im Zimmer der beiden Brüder, und die drei Jungen erzählten eine Leipziger Weißt-du-noch-Geschichte nach der anderen.

Morgens telefonierte Thomas mit Baden-Baden. „Ich bin jetzt planmäßig in Krumbach, und es ist alles in Butter. Der Gegenwind hat auch nachgelassen. Wenn ich in München bin, melde ich mich wieder."

Die folgenden Tage dieses plötzlich warmen August waren Micky und Thomas viel in München unterwegs. Micky übernahm die Führung und zeigte Thomas zunächst den Gebrauchtwagenhandel seines Vaters, der sich auf einem geräumten Trümmergrundstück nahe der Innenstadt abspielte. Das Büro war in einer Holzbaracke, und Herr Müller erzählte, vorher habe hier ein alter Wohnwagen gestanden.

Am Tag darauf gingen sie ins Deutsche Museum. Micky kannte das Museum in- und auswendig und führte durch die zahlreichen Abteilungen.

Vor allem die Autoabteilung fand Thomas großartig. Staunend stand er vor dem herrlichen Mercedes SSK mit dem endlosen Kühler und den dicken Kompressorschläuchen, und er dachte: Ein Auto müßte man haben.

Als Thomas am nächsten Morgen von Müllers aus die Mutter anrief, sagte sie ganz aufgeregt: „Du mußt schnell nach Hause kommen, wir ziehen um."

„Oh, toll!" freute er sich, „hast du 'ne Wohnung gefunden?"

„Nein, wir ziehen weg von Baden-Baden."

Thomas entfuhr ein verbotenes Wort, und seine Miene wurde finster.

„Es war ja sowieso nichts mehr hier", sagte die Mutter, „mit Onkel Manfred im Büro und mit Tante Klara und ohne Hänschen. Nun macht die Firma ein neues Zweigbüro auf, und da soll ich hin und den Büroleiter unterstützen. Da kriege ich sogar fünfzig Mark mehr als hier, wie findest du das?"

Die Freude sprudelte nur so aus ihr heraus, während sich Thomas in seine Enttäuschung verkroch.

„Grade wenn man sich irgendwo eingelebt hat", murrte er, „und wo ich jetzt in der Schule richtig mitkomme, sogar in Französisch, und wo ich die guten Jobs habe."

„Jobs gibt's überall, und in der Schule mußt du eben zwei Jahre Englisch aufholen, aber dafür bist du in Französisch weit voraus."

„Na ja, ich komme", versprach Thomas lustlos.

Als er aufgehängt hatte, wollte Micky alles wissen, vor allem, wo Thomas künftig wohnen werde.

Thomas rief die Mutter noch einmal an. „Wo geht's denn eigentlich hin?"

„Nach Hannover."

„Na ja, das geht ja noch."

„Das muß dich doch freuen", sagte die Mutter, „da gibt's doch so 'ne gute Fußballmannschaft, Hannover sechsundachtzig oder so."

„Ja, so ähnlich."

Thomas packte seine Sachen zusammen, und als er startbereit war, sagte er zu Micky: „Wir sehen uns bald mal wieder, okay?"

„Dös is g'wiß", bestätigte Micky.

Thomas fuhr am Deutschen Museum vorbei und über den Marienplatz und den Stachus und aus der Stadt hinaus. Er radelte aber nicht zur Bundesstraße 2, sondern zum Anfang der Autobahn, wo ihn neulich der Fernfahrer abgesetzt hatte. Dort standen Lastzüge aus vielen Städten.

„Karlsruhe" las er und fragte, ob er mitfahren dürfe, da er in der Nähe wohne. Er durfte.

10

DIE Mutter fuhr mit dem Zug nach Hannover. Für Thomas hatte sie, da es billiger kam, arrangiert, daß er zwei Tage später samt seinem Fahrrad mit einem Lastzug fahren konnte, der Automaten nach Hamburg transportierte. Es ging über die Autobahn nach Norden, an Heidelberg und Frankfurt vorbei. Nachts entluden sie ein paar Kisten in Kassel, und morgens, kurz nach sieben, ließ ihn der Fahrer in Hannover aussteigen.

Thomas stand mit seinem Fahrrad da, müde und mißmutig, und fühlte Tränen aufsteigen. Eine Frau, die ihn beobachtet hatte, fragte: „Wo willste denn hin?"

„Das fragt einen ja sowieso keiner", antwortete Thomas. Doch die Frau hatte es anders gemeint und fragte weiter, in einem für Thomas fremden Dialekt voller s-pitzer S-teine: „Ich maane, in welche S-traße du willst. Oder willste hier s-tehn und wachten, bis Waahnachten ist?"

Thomas holte einen Zettel aus der Hosentasche und hielt ihn der Frau hin. Sie las und sagte: „Das ist gar nicht waat von hier, glaach ümme Ecke."

„Ich will nicht mehr, ich will nicht mehr", sagte Thomas, als er das Automatenbüro gefunden und die Mutter ihn freudig begrüßt hatte.

„Was willst du nicht mehr?" fragte sie.

„Ich will nicht mehr ewig umziehen, und ich will nicht immer in eine neue Schule und überhaupt nicht in so eine blöde Stadt, wo die Leute so komisch reden. In Baden-Baden war es schön, da hatte ich Freunde und Jobs und alles, und in Leipzig hatte ich wenigstens meine Ruhe."

Die Mutter hatte schweigend, aber mit sich verfinsterndem Gesicht zugehört. Nun sagte sie mit ungewohnter Strenge: „Ich bin nicht aus Spaß von Leipzig weggegangen nach Berlin und Baden-Baden und jetzt hierher, sondern weil ich nach einem vernünftigen Leben suche, für uns beide – und besonders für dich. Weil ich nicht unter den miserablen Umständen existieren will, die der Krieg uns aufgezwungen hat. Ich will, daß du einen halbwegs brauchbaren Start ins Leben hast, verstehst du? Nicht in Leipzig, wo du nicht auf die Oberschule gekommen wärst, weil wir mal eine Firma hatten und als ‚Kapitalisten' galten. Nein, hier im Westen, wo du Abitur machen und studieren und was werden kannst. Deswegen habe ich das alles gemacht, und das ist ganz schön mühsam für eine Frau ohne Mann und ohne Berufsausbildung. Und eines hilft mir dabei gewiß nicht, nämlich dein kindisches Gegreine. Du wirst nächsten Monat vierzehn und im Frühjahr konfirmiert; das glaubt dir aber kein Mensch, wenn er dich so lamentieren hört."

Nach der
Konfirmation,
mit Mutter
und Cousin

Konfirmation:
geliehenes Jackett,
geschenkte Hose,
aber eigener Schlips

Thomas schaute betreten aus dem Fenster, denn die Mutter hatte ihn genau an dem gepackt, was er als seine „Jungenehre" empfand. Er nahm sich in einer Art heldenhafter Gemütsaufwallung vor, ein ganzer Mann zu sein, und zwar ab sofort.

Ein graumelierter und distinguiert wirkender Herr von schätzungsweise fünfundfünfzig Jahren betrat den Raum, und die Mutter machte bekannt. „Das ist mein Sohn Thomas. Und das ist der Büroleiter, Herr Heiland."

„Ehrlich?" fragte Thomas ob des ausgefallenen Namens, und er verbesserte sich schnell: „Angenehm."

Das Norddeutschland-Büro der Baden-Badener Automatenfirma bestand aus einer 3-Zimmer-Altbauwohnung, Herrn Heiland, der Mutter und einer älteren und recht beleibten Sekretärin, die Fräulein Bolte hieß und nicht duldete, daß man sie mit „Frau" anredete. In den drei Räumen herrschte jene Mischung aus Leere und Chaos, die bezeichnend ist für Unternehmen, die gerade erst anlaufen.

Das Büro lag im wenig zerstörten Stadtteil List, am Beginn der Podbielskistraße und schräg gegenüber der Keksfabrik Bahlsen, die die Nachbarschaft mit einem penetrant süßlichen Backstubendunst überzog. Die Mutter nahm sich eine halbe Stunde frei, um Thomas nach Hause zu bringen. Es waren nur zehn Minuten zu Fuß bis in die Bödekerstraße, eine jener typischen gutbürgerlichen Wohnstraßen der Jahrhundertwende.

Durch eine hohe Haustür betrat man ein Treppenhaus mit Stuck und einem braunen, glattgegriffenen Geländer auf gedrechselten Säulchen. Die Wohnungstür, die die Mutter im dritten Stock aufschloß, hatte Milchglasscheiben mit Blumenmustern hinter eisernen Stäben. Das Zimmer, das die Mutter und Thomas bewohnten, war von einem mächtigen eichenen Doppelbett beherrscht, dessen Kopfende Schnitzereien zierten. Schrank, Kommode, Nachttische und Frisiertisch waren von gleichem Stil. Mehrere Perserbrücken, weinrote Samtvorhänge und ein Gobelin mit einer Wildschweinjagd vervollständigten die Einrichtung.

„Wie 'n Museum", fand Thomas, „scheußlicher oller Plunder."

Die Mutter gab zu, daß auch sie das Zimmer, die Wohnung, das Haus und die ganze Straße altmodisch fand und lieber in einem schicken Neubau mit schlichten Möbeln im Stil der Zeit leben würde. „Aber auf die schnelle war nichts anderes zu bekommen", erklärte sie.

So habe sie denn dieses Zimmer gemietet, das, ganz unverkennbar, ein Schlafzimmer und nicht für tagsüber gedacht sei. Frau Ulbrich, die Vermieterin, schlafe auf dem Sofa im Wohnzimmer. Sie sei Offizierswitwe und könne von der Pension ihres gefallenen Mannes nicht im gewohnten Stil leben.

Das Abendbrot zu Hause gestaltete sich einigermaßen kompliziert, da es in Frau Ulbrichs Offiziersehepaarschlafgemach weder einen Eßtisch noch geeignete Sitzmöbel gab. So klemmte man sich auf lehnenlosen Schemeln seitlich an die Kommode, schmierte Brote auf Vorrat und aß sie anschließend bequemer mit dem Rücken zur Kommode.

„Ich glaube", meinte Thomas, „ich suche mal wieder 'ne Bude, so wie damals in Baden-Baden."

„Eigentlich dachte ich an eine kleine Wohnung", gestand die Mutter.

„Du bist ja kein bißchen unbescheiden."

Es sei in der Tat sehr schwer, in Hannover gut unterzukommen, gab die Mutter zu. Die Stadt sei schlimmer zerstört als die meisten anderen und müsse dennoch jeden Monat zweitausend neue Bewohner aufnehmen, zuwandernde Arbeitskräfte, Flüchtlinge, Heimkehrer oder einfach ehemalige Hannoveraner, die neun Jahre nach Kriegsende endlich in ihre Heimatstadt zurückwollten.

Laut Zeitungsberichten fehlten immer noch 80 000 Wohnungen und fast fünfzig Schulen.

„Dann habe ich vielleicht Glück und finde keine Penne", meinte Thomas hoffnungsvoll.

Doch die Mutter stand auf, holte aus ihrem Nachtschränkchen einen Zettel und legte ihn wortlos neben Thomas' Teller. „Leibnizschule, Oberstudiendirektor Dr. Brenneke, Donnerstag 8 Uhr" stand darauf.

„Ach du Schande, das ist ja morgen!" fuhr Thomas auf.

Am nächsten Morgen, nach kurzer Begrüßung und Begutachtung durch den Oberstudiendirektor, sah sich Thomas wieder einmal gut dreißig abschätzenden Augenpaaren gegenüber, mußte der Klasse seinen Namen und seine Herkunft mitteilen und auf Befragen des Klassenlehrers, eines Herrn Lüttich, seinen Wissensstand in den verschiedenen Fächern beschreiben.

Thomas beschrieb forsch. „Also, in Französisch kann ich schon ganz gut Parlez-vous, in Englisch ist es dünn und sonst durchwachsen."

Die Klasse kicherte verhalten, und Herr Lüttich bemerkte, der Neue wolle sich wohl zum Klassenkasper aufbauen.

In der fünften und sechsten Stunde war Kunsterziehung bei Studienrat Griesecker, der den Neuen sogleich examinierte. „Hast du die Plastik unten im Foyer bemerkt?"

„Ja", sagte Thomas, „aber ich weiß nicht, was sie darstellen soll."

Die Klasse lachte wieder, und der Studienrat fragte weiter: „Denk mal scharf nach. Was könnte denn eine Plastik darstellen, die im Foyer der Leibnizschule aufgestellt ist?"

„Leibniz normalerweise", antwortete Thomas ohne Arg, „aber Leibniz war ja ein Mann, und das da unten sieht mehr aus wie . . . wie Keksbruch."

Die Klasse grölte, und der Kunsterzieher schüttelte so traurig den Kopf, als lohne sein Beruf gar nicht mehr.

„Mensch", flüsterte Thomas' Banknachbar, „der Griesecker hat doch den Leibniz selber gemacht. Vor drei Wochen ist er eingeweiht worden."

Thomas hatte den Eindruck, er müsse sich nach der Stunde bei Herrn Griesecker entschuldigen.

„Die moderne Kunst ist eben zu hoch für euch", sagte der Studienrat ruhig. „Ihr müßt auf den ersten Blick sehen, ob es sich um Tarzan oder Goofy handelt, sonst kommt ihr nicht klar. Moderne Kunst zeigt nicht die äußere Hülle, sondern das innere Wesen. Das, was man eben nicht auf den ersten Blick sieht. Kannst du mir folgen?"

„Ja", antwortete Thomas halbherzig.

Der Kunsterzieher entließ seinen neuen Schüler mit einem mitleidigen Schulterklaps. Im Foyer standen noch die Klassenkameraden lachend um die Plastik.

„Das kapiert ihr nicht", sagte Thomas hinzutretend, „das ist der Leibniz von innen."

DASS Thomas Jürgen Dumont als Banknachbarn bekommen hatte, war Zufall oder vielleicht Herrn Lüttichs Absicht gewesen; jedenfalls war es gut. Jürgen war freundlich, und selbst wenn er mal einen grimmigen Blick aufsetzte, schien sein viel zu großer Mund nicht anders zu können, als zu lachen. Jürgen war lang und schlaksig und schlenkerte beim Gehen mit Armen und Beinen fast in der Art einer Marionette.

Jürgen wohnte ebenfalls in der Bödekerstraße, wuchs wie Thomas ohne Vater und ohne Geschwister auf, bekam nicht viel Taschengeld und arbeitete nachmittags als einer von drei Boten der Buchhandlung Beeck am Lister Platz. Er stellte Thomas in Aussicht, ihn dort einzuführen, sobald einer der anderen Boten ausscheide oder aber genug Arbeit für vier da wäre.

Sein Name wies Jürgen als Nachkommen hugenottischer Einwanderer aus. Die Klassenkameraden, obwohl sie seit fünf Monaten Französisch lernten und es besser wissen mußten, sprachen „Dumont" als „du Mond" aus, was Jürgen jedoch nicht rührte.

Thomas war rasch aufgefallen, daß Jürgen ein Junge war, der viel Sinn fürs Praktische hatte und seine Umgebung aufmerksam wahrnahm. Man konnte ihn alles mögliche über Hannover fragen, er wußte fast immer eine Antwort. Er sprach übrigens, wie die meisten in der Klasse, nicht jenen s-pitzen, s-teinigen Ümme-Ecke-Dialekt, auf den Thomas während seiner ersten Minuten in Hannover gestoßen war, sondern ein Deutsch, wie es im Buche stand.

Jürgen führte Thomas zum Neuen Rathaus, in dessen gewaltiger Kuppelhalle verschiedene maßstabgetreue Modelle der Stadt aufgestellt waren. Eines davon zeigte den Zustand der Innenstadt im Jahre 1945, und Thomas war aufs höchste erstaunt. „Mensch, da hat ja reinweg gar nichts mehr gestanden!"

Aus der Trümmerwüste, die da nachgebaut war, ragten nur wenige leicht beschädigte Gebäude hervor, und als einziges markantes Bauwerk war das „Anzeiger-Hochhaus" mit der grünen Kuppel unbeschädigt geblieben.

Jürgen erklärte an einem weiteren Modell den Wiederaufbau der Innenstadt. Man hatte in Hannover den Kahlschlag der Bombenteppiche als Chance begriffen und breite Schneisen in die Trümmerwüste geschlagen. Inzwischen hatte Hannover schon zehntausend Kraftfahrzeuge mehr als vor dem Krieg. Auch die Zahl der Einwohner, bei Kriegsende auf die Hälfte gesunken, hatte den alten Stand überschritten und eine halbe Million erreicht.

„Woher weißt'n das alles?" fragte Thomas.

„Ich bin doch Hannoveraner", antwortete Jürgen mit großer Selbstverständlichkeit.

„Wenn ich's recht bedenke", sagte Thomas nach kurzem Überlegen, „wußte ich früher auch alles über Leipzig."

„Ist da auch soviel kaputt wie hier?" fragte Jürgen.

Thomas dachte nach und sagte dann: „In Leipzig war weniger kaputt als hier, aber sie haben weniger aufgebaut als hier, und deswegen ist jetzt in Leipzig mehr kaputt als hier."

Sie stiegen wieder auf die Fahrräder, fuhren an der alten Wasserkunst vorbei und auf dem linken Ufer der Leine entlang.

Jürgen hielt es für wichtig, Thomas die beiden Orte zu zeigen, an denen sich die Hannoveraner verabredeten: am Kröpcke oder am Hauptbahnhof. Am Kröpcke stand eine alte Uhr, sicherlich vier Meter hoch, grün und verschnörkelt. Den anderen Treffpunkt nutzte man vor allem, wenn jemand mit der Eisenbahn ankam. Direkt vor dem Hauptbahnhof stand auf hohem Sockel König Ernst-August, in Bronze und zu Pferde, und man traf sich „unterm Schwanz" des stolzen Pferdes.

GUT zwei Monate nachdem ihn der Fernfahrer morgens in Hannover abgesetzt hatte, fühlte Thomas sich überarbeitet, beengt und pleite. Die Überarbeitung hatte die Leibnizschule zu verantworten, die ihm wesentlich mehr abverlangte als das Markgraf-Ludwig-Gymnasium in Baden-Baden.

„Wie kommt das bloß?" fragte er Jürgen, „habt ihr hier mehr im Kopp?"

„In den Bergen", erklärte Jürgen, „haben die Menschen einen beschränkten Horizont. Sie gucken eben immer bloß gegen die Berge. Aber bei uns in Norddeutschland haben wir einen weiten Horizont, da kann der Geist bis zur Nordsee schwappen. Und da kommt das von."

„Meinst du", fragte Thomas, „die Zeit in Baden-Baden hat mir geschadet?"

„Eindeutig."

Jürgen hatte Thomas angeboten, ihn aus Freundschaft und kostenlos an das Englisch-Niveau der Klasse heranzuführen, wofür sich Thomas im Französischen erkenntlich zeigte. Denn Jürgen, obwohl er Dumont hieß, fand sich in dieser Sprache überhaupt nicht zurecht.

„Wie kommt denn das", fragte Thomas, „wo du doch von diesen Hugos abstammst?"

Jürgen meinte, seine Vorfahren hätten ihm statt dessen Charme und Intelligenz vererbt, und Thomas wünschte ihm von Herzen, daß beides eines Tages zum Vorschein käme.

Beengt fühlte sich Thomas vor allem dadurch, daß die vielen Hausaufgaben und das feuchtkalte Wetter ihn mehr als erwünscht in Frau Ulbrichs ehemaligem Offiziersehepaarschlafgemach festhielten. Er konnte die alten Möbel und die Perserbrücken nur noch mit einem starken Gefühl von Überdruß betrachten. Er saß, seitlich an die Wäschekommode geklemmt, über seinen Büchern und paukte das Flußsystem des Orinoko, die Daten des Habsburgischen Erbfolgekriegs, die Formel von Formaldehyd und das Archimedische Prinzip. Zwischendurch trat er ans Fenster, schaute in den Hinterhof und murmelte müde: „Was hab ich da bloß von? Da fragt mich doch kein Schwein nach." Er hatte sich inzwischen die norddeutsche Sitte angewöhnt, Wörter wie „davon" und „danach" in der Weise zu teilen, daß der Rest ans Ende des Satzes rückte.

In diesen Tagen, die nicht zufällig dem Büßen, Beten und Volkstrauern vorbehalten sind, dachte Thomas viel an Baden-Baden, an Joe und die Freunde im Café Knebel.

Und da er erst vierzehn Jahre alt war und nicht wußte, wie schnell sich Leben in jegliche Richtung verändern kann, war er novemberlich-melancholisch gestimmt.

Pleite fühlte er sich nicht nur, er war es. Die fünf Mark Taschengeld, die er seit dem Umzug in die Großstadt bezog, reichten nicht hinten und nicht vorn. Bei der „Eilenriede-Ernte" im Oktober hatte er ein wenig, aber nicht viel gutgemacht. Das Forstamt kaufte alljährlich Kastanien und Eicheln für drei bis neun Mark je Zentner, und der

Stadtwald wimmelte von gebückten Kindern und beladenen Handkarren. Thomas hatte einen solchen entliehen und fleißig gesammelt,
aber nicht gewußt, daß Kastanien und Eicheln getrennt abzuliefern
waren. So mußte er seinen randvollen Handkarren umkippen und
alles sortieren.

Thomas beklagte seine knappen Einkünfte gegenüber der Mutter.
„Hier gibt's viel mehr Kinder, die hinter den Jobs her sind. In Baden-
Baden, da hatten es die meisten gar nicht nötig."

„Hier ist sowieso alles anders als in dem noblen Kurstädtchen",
meinte die Mutter, „hier gibt's mehr kleine Leute und mehr
Flüchtlinge. Hier fällst du nicht auf mit deinem Vorkriegsmantel, und
hier reden sie dich nicht so borniert an, wenn du auf ein Amt gehst und
Hilfe willst."

Thomas mußte das bestätigen; die Leibnizschule hatte ihm beispielsweise anstandslos alle Schulbücher kostenlos geliehen.

„Du brauchst eine anständige Behausung", sagte die Mutter, „und
mehr Freunde und deine Jobs, wie du das nennst, dann geht es uns
beiden gut hier. Ich bin nämlich ganz zufrieden mit meiner Arbeit und
meiner Bezahlung. Wenn bloß der Heiland nicht so ein furchtbar
langsamer Mensch wäre." Der Büroleiter sei ein Umstandskrämer,
erklärte sie, der eine zügige Abwicklung der Aufträge, die die
Vertreter wöchentlich aus ganz Norddeutschland mitbrächten, mehr
behindere als fördere.

„Das mußt du sofort in Baden-Baden melden", fand Thomas,
„dann wirst du selber Büroleiterin und kriegst viel Geld und kannst
alle rumkommandieren."

„Unsinn!" sagte die Mutter.

Drei Abende später hatte sie eine Neuigkeit. „Thomas, stell dir vor,
wir ziehen am ersten Dezember um. Raus aus diesem Schlafzimmer
hier."

„Was denn, wohin denn, weg aus Hannover?" fragte Thomas
erschrocken.

„Nein, in einen anderen Stadtteil."

Sie erzählte, die Firma habe für das Zweigbüro eine ganze
Neubauetage gemietet, und zwei Zimmer seien für sie und Thomas
gedacht.

„Zwei Zimmer?" staunte er. „Da wohnen wir ja bald wieder so gut wie in Leipzig, da hatten wir drei."

Am nächsten Nachmittag besah sich Thomas, wenigstens von außen, die neue Wohnung. Sie lag im ersten Stock eines Hauses an der Haltenhoffstraße, einem vielbefahrenen Zubringer zur Bundesstraße 6 nach Bremen. Im Erdgeschoß und im Hof des Hauses befanden sich die Lagerhallen einer Spedition. Rückwärts schloß sich an das Grundstück ein großer Verschiebebahnhof an, wo kleine Diesel- und Dampfloks pausenlos Güterwagen hin und her und auf einen Ablaufhügel schoben. Etwa zweihundert Meter von der neuen Wohnung entfernt führte die Eisenbahnstrecke nach Hamburg und Bremen vorüber.

Neben dem Haus war eine Grundschule, auf deren Hof auch jetzt, am Nachmittag, Kinder lärmten, die eine Pause in ihrem Schichtunterricht hatten. Schräg gegenüber war die Einfahrt des Nordstadtkrankenhauses, in dem sich die wichtigste Unfallstation der Stadt befand. In kurzen Abständen brausten Krankenwagen mit Blaulicht und Tatütata heran. Genau gegenüber der neuen Wohnung waren ein Lagerplatz für Bordsteine und anderes Straßenbaumaterial sowie die Endstation der Straßenbahnlinie 6.

„Gefällt es dir?" fragte die Mutter beim Abendbrot an der Kommode.

„Ganz toll!" schwärmte Thomas, „Lastzüge, Dampfloks, Straßenbahnen!"

„Ist dir nicht aufgefallen", fragte die Mutter weiter, „daß es sich höchstens um die zweitbeste Gegend von Hannover handelt?"

„Nee, wieso? Mir gefällt's."

In der Woche darauf mußten Möbel gekauft werden, denn die zwei Zimmer für die Mutter und Thomas waren völlig leer.

„Da muß ich zum ersten Mal in meinem Leben Schulden machen", sorgte sich die Mutter, „aber bar bezahlen ist einfach nicht drin."

Sie besuchten das „Lister Möbelhaus", das für Anbau- und Raumsparmöbel warb. Die Mutter wählte eine Bettcouch mit zwei dazu passenden Sesseln aus und suchte nach einem Tisch.

„Nehmen Sie diesen hier in Teakholz", empfahl der Verkäufer.

„Der ist doch schief", protestierte Thomas wachen Auges.

„Nicht im mindesten", widersprach der Verkäufer, „er hat die Form einer Niere, was jetzt sehr in Mode kommt."

„Aber wir müssen doch an dem Tisch essen", gab die Mutter zu bedenken.

„Wenn Sie wenig essen, geht es und sieht sehr schick aus."

Die Mutter entschied sich für einen rechteckigen Mehrzwecktisch, der sowohl ausziehbar als in der Höhe verstellbar war. „Da kann ich auch bügeln, ohne daß mir das Kreuz weh tut", fand sie.

Außerdem wurde für den Anfang ein Anbauschrank mit Kleiderstange und Wäschefächern erstanden, der sich nach Bedarf vergrößern ließ.

Zwei Straßen weiter kauften sie einen dreiflammigen Gasherd, und die Mutter sagte: „Vielleicht können wir uns im Frühjahr einen Kühlschrank leisten. Über den Winter kommen die Lebensmittel aufs Fensterbrett." Da Thomas ja auch irgendwo schlafen mußte, wurde inseriert: „Su. gebr. Klappbett m. Matr." Es meldete sich jemand, der ein Bett für fünfundfünfzig Mark zu verkaufen hatte, und Thomas meinte: „Hätt'ste hingeschrieben ‚für müdes Flüchtlingskind', dann hätt'stes vielleicht umsonst gekriegt."

In der so eingerichteten Wohnung konnte ab 1. Dezember gesessen, geschlafen und gekocht werden. Waschen konnte man sich in der Toilette des Büros, die über ein nicht gerade großes Waschbecken verfügte. In der ersten Woche nach dem Umzug tat Thomas ein übriges und beschaffte sich von der Spedition im Hof ein paar stabile Kisten, von einer Baustelle – dies bei Nacht – einige Holzbohlen sowie vom Lebensmittelhändler ein Dutzend Apfelsinenkisten und baute daraus eine Landschaft bis unter die Decke, in der sich Lebensmittel und Kosmetika unterbringen ließen, Schulbücher und Schreibzeug, Schmutzwäsche und Putzzeug.

Dann kam ihm die Idee, das Zimmer, in dem sowohl sein Bett als auch der Gasherd standen, durch einen Vorhang in zwei Zimmer zu unterteilen. Er kaufte eine Schiene und ein paar Meter Acella, bunt bedruckt mit gezeichneten Pariser Ansichten wie Eiffelturm und Sacré-Cœur sowie Straßencafés mit keß behüteten Damen in engen Röcken. „Jetzt habe ich ein eigenes Zimmer, wie früher zu Hause", sagte Thomas, als der Vorhang zugezogen war.

EINE Woche nach dem Umzug hatte Thomas ein neues Berufsziel: Er wollte Fernfahrer werden.

In jeder freien Minute trieb er sich unten im Hof herum, bei den Lastzügen und in den Lagerhallen der Spedition. Beinahe ehrfürchtig bestaunte er die von Wind und Wetter verschmutzten Kolosse mit den kindshohen Reifen und den mannshohen Kühlerhauben. Er beneidete die Fernfahrer, diese handfesten Männer mit den muskulösen, behaarten Unterarmen und den kräftigen Pranken. Die „Kapitäne der Landstraße" begrüßten sich mit rauhen Stimmen in unterschiedlichen Mundarten, tauschten Erfahrungen aus, erzählten von Schikanen der Vopos und Iwans bei Helmstedt und der „Spaghettifresser" am Brenner.

Manche wußten tolle Geschichten zu erzählen über die Autobahnbanditen, die gerade wochenlang die Strecken vor allem in Nordrhein-Westfalen unsicher gemacht hatten. Diese Gangster hatten bei Nacht mit gestohlenen Personenwagen andere Autos überholt, an den Rand gedrängt, zum Halten gezwungen und mit vorgehaltenen Waffen die Fahrer ausgeraubt, um sogleich wieder in der Dunkelheit zu verschwinden. Wochenlang hatten sich die Autofahrer nachts nur noch im Konvoi über die Autobahn zu fahren getraut.

„Immer ainen von uns vornewech, nö", erzählte ein Fernfahrer aus „Doatmund", „und so 'n ganzen Schwanz von Angsthasen am Hinterherschleppen."

„Wie 'ne Glucke mit ihren Küken", verglich Thomas.

Zu seiner Freude beachtete der Fahrer den Einwurf und bestätigte ihn durch zustimmendes Nicken.

Manchmal erzählten die Fernfahrer von Touren in Sturm und Hagel und manchmal von Kollegen, die nach langen Stunden am Steuer eingeschlafen und über die Böschung gekippt oder gegen Brückenpfeiler geknallt waren.

„Wann kann man denn Fernfahrer werden?" wollte Thomas wissen.

„Mit einundzwanzig."

„Und braucht man Abitur?"

„Nee, das stört eher. Aber was im Kopp braucht man."

„Ich werde Fernfahrer", erklärte Thomas der Mutter beim Abendbrot.

„Weißt du noch", fragte sie, „was du schon alles werden wolltest? Gärtner, Müllkutscher, Eismann, Straßenkehrer, Laternenmann, Straßenbahnfahrer, Cowboy, Lokführer, Klavierspieler, Altwarenhändler, Rennfahrer, Seemann. Hoffentlich habe ich nichts vergessen."

„Aber Fernfahrer will ich wirklich werden, und das geht ohne Abi."

„Cowboy wolltest du auch wirklich werden."

Thomas fand die kleinlichen Einwände lästig und malte sein neues Berufsbild in glühenden Farben. Als er gerade mit einer Ladung Ölsardinen durchs wilde Kurdistan unterwegs war, unterbrach ihn die Mutter: „Herr Heiland sucht übrigens eine Putzfrau fürs Büro, willst du das nicht machen?"

„W-was?" fragte Thomas entgeistert.

„Die Welt erobern kannst du ja später noch. Jetzt brauchst du erst mal ein paar Mark. Wenn du jeden Samstag das Büro und das Treppenhaus saubermachst, bekommst du drei Mark."

„Vier", sagte Thomas automatisch, obwohl er den Job gar nicht wollte.

„Also drei fünfzig", erwiderte die Mutter, und Thomas nickte.

„Putzfrau", murmelte er, als er den Sinn seiner Zusage erfaßt hatte.

Es wurde meistens später Nachmittag, ehe Thomas den Besen schwingen und das Scheuertuch wringen konnte. Denn samstags kamen die Vertreter und lieferten ihre Aufträge ab. Wenn es die Woche über gut gelaufen war, wurde Bier getrunken, war es sehr gut gelaufen, mußte Thomas Sekt holen. Wenn alle gegangen waren, riß er die Fenster auf, leerte die stinkenden Aschenbecher, räumte die Gläser weg, naschte auch mal eine Neige, saugte Staub, wischte feucht, auch hinter den Heizkörpern. Jeden zweiten Samstag waren auch die Fenster dran.

„Das ist 'ne Arbeit für 'n Zuchthäusler", murrte Thomas, „und nicht für drei fuffzich."

Aber er tat es, denn viermal drei fuffzich waren vierzehn Mark im Monat. Hinzu kam, daß die Buchhandlung Beeck am Lister Platz für ihr Weihnachtsgeschäft einen zusätzlichen Boten benötigte. So fand sich Thomas beinahe an die alten Zeiten erinnert, als er mit Joe in Baden-Baden das große Geld gemacht hatte. Seine Lebensgeister meldeten sich zurück, und kein Weihnachtszeugnis fuhr ihnen in die Parade, denn mit Rücksicht auf den Frieden in den Familien war ein solches erstmals in Niedersachsen nicht mehr verteilt worden. Rund um die backsteingotische Marktkirche genoß Thomas mit geschwollenem Portemonnaie den hannoverschen Weihnachtsmarkt und aß Steinhuder Räucheraal, bis ihm schlecht wurde.

Am Samstag vor Heiligabend war Weihnachtsfeier im Büro. Es wurde auf Kosten der Firma Sekt mittlerer Preislage gereicht, dazu gab es belegte Brote mit Seelachsschnitzeln, Kalbsleberwurst und Käsecreme, Spekulatius und Nürnberger Lebkuchen. Da die Firma seit kurzem auch Musicboxen vertrieb und eine davon zur Ansicht und Probe im Büro stand, wurde Thomas angehalten, sie möglichst ohne Pause in Gang zu halten. Er bot alles auf, was an Schallplatten aktuell war und ihm schön vorkam: Das Hula-Hawaiian-Quartett schluchzte „Vaya Con Dios", Gerhard Wendland rief schmachtend „Lebe wohl, du schwarze Rose", Frank Sinatra sang „Young At Heart". Immer wieder stürmisch verlangt wurde „Das alte Försterhaus".

Dann mußte Thomas neues Bier und neuen Korn holen. Als die Vertreter anfingen, mit leeren Gläsern nach der Deckenlampe zu zielen, zog sich die Mutter in ihre Wohnung zurück und bat Thomas, die Leute bei passender Gelegenheit rauszuschmeißen. Thomas verfolgte alles ganz genau und fragte sich, ob er wirklich erwachsen werden wollte.

Erst als gegenüber die erste Straßenbahn des Morgens durch die Wendeschleife quietschte, riet endlich jemand zum Aufbruch. Thomas bemächtigte sich des Hausschlüssels und gab ihn erst her, nachdem jeder Teilnehmer der Weihnachtsfeier zwei Mark entrichtet hatte. Vom Fenster aus sah er Herrn Heiland zu seinem DKW wanken, einsteigen, losfahren und einen Laternenpfahl rammen.

„Wumm!" sagte Thomas und schloß das Fenster.

Der Heilige Abend zu zweit war still. Zu einem Radio hatte es noch nicht gereicht, und kein Fräulein Schwerdtlein spielte mit Thomas vierhändig Weihnachtslieder. Es gab Heringssalat, denn das war Familientradition.

Die Bescherung war bescheiden, denn die Mutter hatte viele Möbelschulden auf sich laden müssen, und selbst die Pakete nach Leipzig waren ein wenig karger ausgefallen als im letzten Jahr. Thomas bekam Verschiedenes zum Anziehen sowie endlich eine Lampe zum Anklemmen an den Pfosten seines Klappbetts.

Thomas hatte für die Mutter die lange gewünschte Leselampe gekauft, die man ebenfalls an der Lehne der Bettcouch festklemmen konnte. „Das war aber eine gute Idee", lobte die Mutter.

Dann wurden Briefe und Päckchen geöffnet, die die Mutter bis zum Heiligen Abend versteckt hatte. Aus Leipzig waren Stollen gekommen, ein erzgebirgisches Räuchermännchen sowie Briefe, in denen offen von Einsamkeit und versteckt von Versorgungsschwierigkeiten die Rede war.

Der Vater hatte aus Los Angeles ein Paar Schuhe mit Kreppsohlen geschickt, ein Paar Original Levy's Jeans, ein kurzärmeliges Überfallhemd mit Mickymäusen vorn und Donald Ducks hinten sowie eine Schirmmütze mit zwei gekreuzten Baseballschlägern. Thomas probierte sofort an und präsentierte sich: „Toll, was?"

„Ganz toll", erwiderte die Mutter, „jetzt hast du auch was für'n Karneval."

Joe hatte aus einem Hafen eine bunte Postkarte nach Baden-Baden geschrieben, die kurz vor Weihnachten nach Hannover nachgesandt worden war: „Lieber Tom! Ich wünsche Dir und Deiner Mutter ein schönes Fest. Ich werde zu der Zeit grade wieder in Nigeria sein und mit den lieben schwarzen Christkindchen aus Dollie's Saloon feiern. Mitte Februar bin ich in Hamburg, ob wir uns da mal sehen? Ich schreibe noch genauer. So long! Dein Joe."

Micky hatte aus München geschrieben: „Lieber Thomas, wann sehen wir uns mal wieder? Mir geht es umständehalber entsprechend. Ein gesegnetes Weihnachtsfest, Dein Micky."

Die Tage, die manche Leute „zwischen den Jahren" nennen, vergingen mit Briefebeantworten, Bücherlesen und Möbelbasteln.

Das Büro war geschlossen, das Wetter schauderhaft, und die Mutter fand, sie habe seit Jahren nicht mehr eine so gemütliche Zeit mit ihrem Sohn zugebracht.

„Vielleicht ist es die letzte dieser Art", ahnte sie, „denn du wirst jetzt immer mehr deine eigenen Wege gehen."

Am Silvesterabend öffnete sie eine Flasche Sekt, die bei der Weihnachtsfeier des Büros übersehen worden war. Schlag Mitternacht grüßten die Lokomotiven auf dem Verschiebebahnhof das neue Jahr mit minutenlangem Pfeifen. Der Himmel schimmerte von roten, grünen und weißen Raketen.

AM NEUJAHRSMORGEN fuhr Thomas mit dem Rad an die Leine hinter Herrenhausen, um sich das Hochwasser anzuschauen. Die *Hannoversche Allgemeine Zeitung* hatte geschrieben, es sei das schlimmste seit dem Katastrophenwinter 1946, die Leine stehe fünf Meter höher als zu normalen Zeiten.

Die Leine hatte sich tatsächlich stark verändert. Das schlängelige Flüßchen war zum See geworden. Die Lauben der Kleingärtner standen bis zur Mütze im Wasser und die Pappelreihe am Horizont immer noch bis zu den Knöcheln.

Ein Stuhl schwamm langsam kreiselnd vorüber, und Thomas hätte ihn sich gerne geholt, denn er hatte immer noch keinen in seinem Zimmer.

Thomas fuhr ein Stück weiter auf dem Damm; er näherte sich einer Brücke, die kniehoch überflutet und für den Verkehr gesperrt war. Da versuchte ein Junge, die Brücke auf einem Fahrrad zu überqueren.

„He!" rief Thomas, „laß doch den Quatsch!"

Schon hatte die Strömung das Fahrrad umgeworfen und den Radfahrer gegen das Brückengeländer geschwemmt. Thomas rannte zu Hilfe, dachte unterwegs an seine nagelneuen Los-Angeles-Jeans, watete dennoch am Geländer entlang zur Brückenmitte, wo sich der Radfahrer inzwischen triefend hochgerappelt hatte. Thomas sah nun, daß es ein Mädchen war.

„Sag mal, bist du des Wahnsinns fette Beute?" schimpfte Thomas.

„Was suchst du denn hier, du Kasper?" gab das Mädchen forsch zurück.

„Mensch, ich muß dich doch retten!" rief Thomas, der Dankbarkeit erwartet hatte und keine frechen Redensarten.

Das durchnäßte Mädchen hielt sich am Geländer fest. „Retten? Wir sind doch nicht im Kino. Wie soll ich denn hier ersaufen?"

Thomas hatte ein Ende des Fahrradlenkers entdeckt, griff danach und brachte das Rad aufs Trockene; das Mädchen folgte ihm zitternd und triefend. Thomas zog seinen Anorak aus und ließ sie hineinschlüpfen. Sie sah verwundert auf sein Hemd mit den Mickymäusen und Donald Ducks und fragte: „Trägt man jetzt so was?"

„Ja, wenn man was auf sich hält."

Dann fragte er nach ihrer Adresse und drängte sie rasch nach Hause. Sie wohnte nicht weit vom Automatenbüro, aber in einem Viertel mit neuen Einfamilienhäusern. „Dr. Hausmann" stand in Messing an der Einfahrt.

„Mädel, was hast du denn wieder angestellt?" rief Frau Hausmann.

„Ooch, nix", erwiderte ihre nasse Tochter, die umgehend in die Badewanne geschickt wurde.

Thomas stellte sich vor und beschrieb den Vorgang, wobei er, ohne zu dramatisieren, seine Rolle gehörig herausstrich. „Das Wasser steigt ja noch, und auf die Dauer wäre sie ertrunken."

„Unsere Birgit ist ein schlimmer Wildfang", sagte Frau Hausmann, und sie führte es auf den Einfluß der beiden älteren Brüder zurück. Sie zeigte auf Thomas' nasse Hosenbeine und fragte, ob er ein Paar neue Jeans haben wolle. Er verneinte viel zu schnell und ärgerte sich darüber, bat um seinen Anorak und wollte gehen.

„Komm doch heute nachmittag zum Kaffee", schlug Frau Hausmann vor.

„Ich trinke bloß Cola oder Buttermilch", erwiderte Thomas.

Cola hätten sie, meinte Frau Hausmann, Buttermilch nicht.

Birgit war nachmittags wieder trocken, und alles deutete darauf hin, daß sie sich nichts geholt hatte. Thomas fand sie jetzt sehr hübsch mit ihrer schlanken Figur in Jeans und Pullover, mit ihren kurzgeschnittenen schwarzen Haaren und den großen braunen Augen, an denen ihn nur der spöttische Ausdruck störte.

„Ohne dich wäre ich jetzt ein Engelchen", blinzelte sie.

„Ich glaube eher, ein Teufelchen", blinzelte Thomas zurück.

Er mußte von sich erzählen, wurde viel gefragt und kam irgendwie auf den Stuhl zu sprechen, den er nicht hatte.

„Dann nimmst du nachher den mit, auf dem du jetzt sitzt", sagte Frau Hausmann und ließ keine Widerrede zu. Sie erzählte, daß ihr Mann und die Jungen zum Skifahren im Harz seien.

„Thomas, gehst du morgen mit mir zum Fußball?" fragte plötzlich Birgit.

„Na ja, ich ... äh ...", stotterte Thomas. Mit einem Male spürte er eine ungekannte Wärme in seinen Adern, die bis in den Kopf stieg und seine Ohren zum Glühen brachte. Es war das erste Mal in seinem Leben, daß ihm ein Mädchen ohne Umschweife so etwas wie ein Rendezvous vorschlug, ein hübsches Mädchen noch dazu und gerade im richtigen Alter für ihn.

„Ich wollte sowieso hingehen", sagte er schnell.

Es SPIELTE „Arminia" gegen den Hamburger SV, und Uwe Seeler war riesengroß in Form. „Das ist 'n Kerl!" schwärmte Birgit.

Thomas giftete stumm in die Richtung des knubbeligen Jungstürmers, der gerade mit seinem vierten Tor die „Arminia" zerlegte, und dachte mit Ingrimm: Uwe Seeler, O. W. Fischer, Ludwig Erhard – da kommst du nicht gegen an.

Später fragte er Birgit, wieso sie eigentlich zum Fußball gehe, und bekam eine beinahe patzige Antwort: „Soll ich lieber mit Puppen spielen?"

„Nee, aber ..."

„Was aber? Denkst du, die richtigen Sachen sind bloß für euch Kerle da, weil ihr so 'n lächerliches Würstchen habt?"

Die ist aber ganz schön aufsässig, dachte Thomas; es hatte ihm die Sprache verschlagen.

„Wir Frauen lassen uns das nicht mehr gefallen", fuhr Birgit fort, „wir haben genug gelitten. Auf unserer blöden Penne dürfen wir nicht mal Hosen tragen, nur Röcke. Dabei sind Röcke beim Radfahren viel unzüchtiger, oder nicht?"

„Weil du 'n Herrenrad hast", erklärte ihr Thomas.

„Ich will aber kein Damenrad. Stell dir mal Fausto Coppi bei der Tour de France auf'm Damenrad vor."

„Das ist doch was anderes", besänftigte Thomas, aber alles in allem war er von Birgits revolutionärem Schwung mitgerissen. Sie gefiel ihm sehr gut, und hätte er nicht Angst vor einer spöttischen Antwort gehabt, hätte er sie gefragt, ob sie mit ihm gehen wolle. Statt dessen ließ er die Sache sich entwickeln.

DIE Sache entwickelte sich gut. Fast jeden Nachmittag, wenn Thomas seine Botengänge für die Buchhandlung Beeck erledigt hatte, traf er sich mit Birgit. In ihrem Elternhaus ging er ein und aus, und ihr Vater, der Arzt war, bot Thomas sogar an, sich frank und frei zu melden, falls er mal eine Krankheit verspüre.

„Sehr gern, danke", sagte Thomas höflich, „aber ich warte immer lieber, bis es von selbst besser wird."

Im Hause Hausmann herrschte eine fröhlich entspannte Atmosphäre, und Birgit und ihre Brüder schienen alles tun und lassen zu können, aber auch zu wissen, was sie tun und lassen konnten. Mangel war fremd, aber Angeberei verpönt.

Geschenke wurden so geschickt gemacht, daß der Beschenkte den Eindruck hatte, es handele sich ohnehin um seinen rechtmäßigen Besitz. Da Birgit zu Weihnachten ein neues Radio bekommen hatte, besaß Thomas nun ihr altes.

Birgit hatte ein flinkes Mundwerk, ließ sich kein X für ein U vormachen, spießte jeden Widerspruch genußvoll auf, verbat sich jeden Schmus und spottete erbarmungslos über jede Schwäche, die sie für „typisch Junge" hielt. Sie sagte „Junge", während sie umgekehrt von „typisch Frau" sprach. Sie ließ sich nie einladen, sondern bezahlte ihre Cola und ihre Kinokarte selbst.

Ihr Filmgeschmack ging in die harte amerikanische Richtung. Sie sahen „Die Caine war ihr Schicksal", die dramatische Geschichte des amerikanischen Kriegsschiffs, das beinahe im Taifun zerschellt und dessen Kapitän in der Gefahr die Nerven verliert, so daß seine Leute gegen ihn meutern, wofür sie später vor Gericht stehen. Das Schauspielhaus im „Ballhof" hatte die Bühnenversion „Meuterei auf der Caine" im Programm, und Birgit wollte nun auch diese sehen. Auch Thomas war gespannt, wie sie im Theater wohl den Taifun darstellten. „Ob man da Gummistiefel anzieht?" fragte er.

Die Mutter hielt, als sie von dem geplanten Theaterabend erfuhr, einen anständigen Anzug für nötig. Da ein Stuhl und ein Radio letzthin kostenlos ins Haus gekommen waren, hielt sie die Anschaffung auch für finanzierbar. Sie nahm sich einen halben Tag frei und fuhr mit Thomas, der Kleiderkäufe eigentlich haßte, zu C&A in die Georgstraße.

Als Thomas seine Birgit zum Theater abholte, sahen sie sich verwundert an und mußten lachen: Er sah sie zum erstenmal im Rock und sie ihn zum erstenmal mit Krawatte.

„Hast du dich mit dem Ding nicht erwürgt?" fragte sie, und Thomas führte ihr den patenten Fertigknoten mit dem Gummiband unterm Hemdkragen vor.

„Das wäre auch was für dich", sagte Frau Hausmann zu ihrem Gatten, „dann sähest du nicht immer aus, als hättest du einen Überfall hinter dir."

„Oder lern endlich den neuen Windsor-Knoten", ergänzte der ältere der beiden Brüder, „denn mit so 'nem Knoten da bindet man heutzutage höchstens noch einen Hund vorm Metzgerladen fest."

„Wie recht ihr doch habt", sagte Herr Hausmann in gespielter Entrüstung, „und so ein blöder Mensch ernährt euch alle." Dann brachte er Birgit und Thomas in seinem beigefarbenen Mercedes 220 zum Theater.

Das Stück begann mit der Kriegsgerichtsverhandlung, die im Film am Ende gestanden hatte. Der Taifun kam überhaupt nicht. Davon abgesehen, war die Vorstellung gut.

Nach dem Schlußapplaus schlug Thomas vor: „Jetzt nehmen wir noch irgendwo einen zur Brust."

Draußen vor dem Theater aber wartete Herr Hausmann mit seinem Mercedes und brachte die beiden nach Hause.

12

„WIESO", fragte Thomas mit vollem Mund, „hast du eigentlich in Hannover noch keinen neuen Macker?"

„Hör mal!" fuhr die Mutter hoch, „deine Mutter hat keine

‚Macker', sie ist allenfalls mal mit einem gebildeten Herrn befreundet."

„Hab ich ja gemeint", lenkte Thomas kauend ein.

„Dann sag es gefälligst auch so, und mit leerem Mund, wenn ich bitten darf. Deine Manieren und deine Ausdrucksweise gefallen mir immer weniger. Das kommt wohl davon, daß du dauernd bei den Fernfahrern herumlungerst. Was sagt denn deine Birgit dazu?"

„Die redet genauso, und die Fernfahrer sind schwer in Ordnung, und außerdem hast du meine Frage nicht beantwortet."

„Welche?" wich die Mutter aus.

„Wieso du noch keinen gebildeten Herrn hast."

„Hab ich doch."

Thomas sah sie groß an. „Wie heißt er, wie sieht er aus, womit macht er seine Kohle?"

Die Mutter rügte erneut den Ausdruck. „Du kennst ihn, es ist der Herr, der damals die Musicbox im Büro repariert hat."

„Was denn, der alte Radioklempner mit dem Dreirad?"

Die Mutter hatte Mühe, die Fassung zu bewahren. „Herr Eisenmann ist weder alt noch Klempner, sondern in den besten Jahren und Handwerksmeister sowie Inhaber eines wenn auch kleinen Radiogeschäfts."

„Kommt alles viel zu spät", meinte Thomas, „wir haben doch inzwischen ein Radio."

Die Mutter nannte ihn naseweis und altklug und setzte ihm vorsichtig auseinander, daß sie auf Herrn Eisenmanns Rendezvous-Wunsch nur zögernd und bestimmt nicht deswegen eingegangen sei, um ein Radio zu bekommen. Vielmehr habe sie dem Wunsch stattgegeben, um als alleinstehende Frau mit einem schon recht flügge gewordenen Sohn auch einmal die Möglichkeit zu haben, etwas zu zweit zu tun: Kino, Theater, Essengehen, Ausflüge, vielleicht mal eine Reise.

„Mit dem Dreirad?" fragte Thomas.

Er hatte damals bemerkt, daß Herr Eisenmann zur Reparatur der Musicbox mit einem „Fuldamobil" vorgefahren war. Dieses dreirädrige Wägelchen gehörte zur wachsenden Zahl der Versuche findiger Unternehmer, die Deutschen ohne großen Aufwand zu motorisieren.

Der „Kleinschnitger" zum Beispiel erinnerte lebhaft an einen Autoskooter vom Rummelplatz; der „Messerschmitt-Kabinenroller" mußte sich, da seine Insassen unter einer Plexiglashaube saßen, Spitznamen wie „Sülzkotelett" oder auch „Mensch in Aspik" gefallen lassen. Den „Lloyd" nannte man wegen seiner kunststoffbespannten Holzkarosserie „Leukoplastbomber".

„Eine Krankheit ist das", widersprach Thomas, „und sieht aus wie ein zerquetschtes Solei. Hast du mal die Reklame gelesen? Platz für zweieinhalb Personen, schreiben sie. Und wo soll die halbe Person hin? Kannst du mir das mal sagen?"

„Nein, vielleicht kann es dir Herr Eisenmann sagen. Im übrigen will er sich einen Borgward Isabella kaufen."

Thomas pfiff anerkennend: „Toll! Sechzig PS, hundertfünfund-dreißig Spitze. Warum hat er ihn noch nicht gekauft? Kein Geld?"

„Doch, bald hat er's. Und du bist heute mal wieder unerträglich."

„Wenn er ihn hat", fuhr Thomas fort, „dann kannst du ja bei den VW-Sparern aussteigen."

Damit hatte es die Bewandtnis, daß die Mutter kürzlich zu einer Versammlung gegangen und anschließend dem „Hilfsverein ehemaliger VW-Sparer" beigetreten war. Das waren Leute, die vor dem Krieg Geld eingezahlt hatten, um eines Tages für 990 Reichsmark ihren „KdF-Wagen" zu bekommen.

Nun, nach dem Krieg, wollten sie wenigstens durchsetzen, daß ihnen das neuerstandene Wolfsburger Werk ein Auto zum Selbstkostenpreis berechnete. Aber gerade vor Weihnachten hatte der Bundesgerichtshof dieses Ansinnen zurückgewiesen, so daß der „Hilfsverein" nach anderen Wegen suchen mußte.

„Hör mal gut zu", sagte die Mutter, „Herrn Eisenmanns künftiger Borgward und mein eventueller VW haben nichts miteinander zu tun. Zwischen Fritz und mir gibt es eine nette Bekanntschaft mit einigen gemeinsamen Interessen, sonst nichts, verstehst du? Ich will ihn schließlich nicht heiraten."

„Hat er schon eine Frau?" fragte Thomas.

Die Mutter seufzte: „Nein, er ist Witwer. War das endlich deine letzte Frage?"

FRITZ EISENMANNS kleiner Laden lag am Engelbosteler Damm. In Schaufenster und Laden standen, dicht bei dicht, Radiogeräte und Plattenspieler sowie jene kombinierten Tonmöbel, die beides und noch eine kleine Bar enthielten und immer beliebter wurden. Außerdem gab es Antennen und Ersatzteile.

Einige Abende nach Thomas' Theaterbesuch kam Herr Eisenmann zum Essen. Er mußte ungefähr Anfang Fünfzig sein, vielleicht schon Mitte. Er hatte über einem leicht geröteten Gesicht kurzgeschnittenes, nach hinten gebürstetes Haar, das im Übergang von Braun zu Grau war. Er war untersetzt, aber nicht dick, und sprach mit leicht hannoverschem Zungenschlag, ohne s-pitze S-teine.

Thomas nahm sich zu Herzen, daß er gesprächig, aber nicht vorlaut sein solle an diesem Abend, und kam schnurstracks auf Autos zu sprechen. „Das Fuldamobil, das Sie da haben, ist ja ein ganz schöner Wagen."

„Findest du?" fragte Herr Eisenmann, „ich finde es furchtbar."

„Ja, furchtbar schon", sagte Thomas verwirrt, „aber ich dachte..."

„Du dachtest, ich habe es, weil ich es schön finde? Nein, weil das Geld bisher in den Laden gesteckt werden mußte. Aber bald kommt der Borgward, und darauf freue ich mich schon jetzt."

„Das ist ja auch was ganz Edles", sagte Thomas verständig, „und wenn man bedenkt, daß wir anfangs in Baden-Baden nur einen Messerschmitt-Kabinenroller hatten, dann..."

„Was heißt denn *wir?*" unterbrach ihn die Mutter schnell.

Nach dem Essen steckte sich Herr Eisenmann eine „leichte Bruns" zu 15 Pfennig an und sagte behaglich: „Ab nächste Woche verkaufe ich endlich auch Fernsehapparate. Das wird das ganz große Geschäft der nächsten Jahre."

„Glaube ich auch", meinte Thomas, „aber meine Mutter findet das Fernsehen blöd."

„Sag doch nicht so was Dummes", rügte ihn die Mutter mit Vorwurf im Blick, „Herr Eisenmann weiß, daß ich Fernsehen ganz großartig finde."

„Richtig", schaltete Thomas schnell, „das habe ich ganz vergessen."

Herr Eisenmann fühlte sein Expertentum herausgefordert. „Das ist eine Sache mit großer Zukunft. In Deutschland gibt es zwar erst sechzigtausend Fernsehempfänger, aber in Amerika hat man so etwas ganz selbstverständlich, genau wie ein Auto oder einen Kühlschrank oder eine Waschmaschine. "

„Haben wir alles nicht", warf Thomas ein.

„In Amerika", schwärmte Herr Eisenmann weiter, „experimentieren sie sogar schon mit Fernsehsendungen in Farbe. Davon können wir hier nur träumen. Aber immerhin gibt es jetzt schon jeden Abend zwei Stunden Programm. In ein paar Jahren wird es so sein, daß man abends das Fernsehprogramm gesehen haben muß, wenn man am nächsten Tag mitreden will. "

„Bildet das eigentlich auch?" fragte Thomas. „Ich meine, daß man richtig mehr weiß? Auch in der Schule?"

„Aber ja. Man erweitert ganz ungemein seinen Horizont. "

„Das könnte ich ganz gut gebrauchen", sinnierte Thomas, und mit Blick zu seiner Mutter fragte er: „Oder nicht?"

Ehe sie antworten konnte, hatte Herr Eisenmann plötzlich einen Einfall. „Wißt ihr was? Nächste Woche stelle ich euch so einen Apparat hier auf. Zur Probe. Einverstanden?"

„Damit hätte ich aber jetzt nicht gerechnet", log Thomas.

Am Freitag darauf brachte Herr Eisenmann wirklich einen Fernsehempfänger mit. Die Antenne wurde draußen auf die Fensterbank gebastelt, und dann belebte sich die graue Mattscheibe zu einem ersten Bild. „Wie heißt denn die Sendung?" fragte Thomas.

„Das ist noch keine Sendung, das ist das Stationsdia mit Meßton", erklärte Herr Eisenmann.

Um 16 Uhr 30 ging es dann allerdings richtig los, mit der Kinderstunde von Frau Dr. Ilse Obrig. Thomas fand die Sendung kindisch, konnte aber einfach den Blick nicht von der Scheibe lassen. Die Mutter kam hinzu, und gemeinsam sah man um 17 Uhr den Vermißtensuchdienst des Roten Kreuzes. Anschließend wurde „für die Frau" erläutert, wie man Petticoats aus modernen Geweben dazu bringe, auch nach häufiger Wäsche nicht schlappzumachen. Danach kam bis 20 Uhr wieder „Dia mit Meßton", aber Thomas schaltete nicht ab, denn er hatte Angst, etwas zu versäumen. Es wurde an diesem Abend so eingerichtet, daß bis zum Beginn der „Tagesschau" gegessen, abgeräumt und gespült war.

Am nächsten Morgen in der Schule erwies sich bereits, wie recht Herr Eisenmann mit seiner Prophezeiung gehabt hatte, man könne künftig ohne Fernsehempfänger nicht mehr mitreden.

„Die Eva Schölermann", sagte ein Klassenkamerad, „die ist ungefähr so reizvoll wie unser Bohnerbesen."

„Du hast vielleicht 'ne Ahnung von Frauen", fuhr ihn Thomas an. Denn er hatte die „Familie Schölermann" gesehen und die Tochter Eva als außerordentlich liebreizend empfunden. „Jetzt können wir wirklich mitreden", teilte er abends der Mutter seine neue Erfahrung mit.

Von nun an wurde nichts von dem ausgelassen, was Abend für Abend ins Zimmer geflimmert kam. Montags, mittwochs und freitags gab es um acht die „Tagesschau". Die Woche begann sozusagen sonntags um zwölf mit dem „Internationalen Frühschoppen" und endete samstags kurz vor zehn mit dem „Wort zum Sonntag". Bisweilen kam Fritz Eisenmann zum Abendbrot mit Fernsehempfang, und Thomas hatte bald herausgehört, daß er ganz anders war und dachte als zum Beispiel Hänschen oder auch der Vater. Fritz Eisenmann war ein streng denkender Hannoveraner, keineswegs ohne Humor, aber voller Mißtrauen gegen alles, was nicht norddeutsch war.

Entschieden zu wenig norddeutsch war ihm, neben dem Bundespräsidenten Heuss, zum Beispiel der Kaiser Haile Selassie, den Heuss kürzlich in Bonn empfangen hatte. Auch der neugewählte Bundestagspräsident Gerstenmaier war ihm „zu welsch". Der Bundesfinanzminister Schäffer aus Bayern war ihm zu „südlich" und hatte außerdem zu verantworten, daß dem Bundeshaushalt ein Defizit von 1,6 Milliarden Mark drohte.

„Wieviel ist'n das?" fragte Thomas.

„Stell dir vor, daß man davon ungefähr dreihundert neue Schulen bauen könnte", erklärte Herr Eisenmann.

„Furchtbar!"

„Wie sollen die Bürger eine Moral haben", fragte Herr Eisenmann, „wenn die Regierung ihnen vormacht, auf Pump zu leben?"

„Bei uns geht's auch schon los", sagte Thomas. „Sie sitzen zum Beispiel an einem unbezahlten Tisch."

Mitte April war es endgültig: Die Mutter sollte ab Mai Büroleiterin werden. Herrn Heiland hatte man freigestellt, weiter mitzuarbeiten, aber er sagte, er wolle nicht unter einer Frau dienen, und kündigte. „Die Flüchtlinge werden eben überall nach vorn geschoben", kommentierte er böse.

Diese Behauptung ließ die Mutter zornig wie selten werden. „Wer sitzt denn manchmal bis in die Puppen hier am Schreibtisch und arbeitet Aufträge weg, Sie oder ich? Wo rufen die Vertreter spätabends oder am Sonntagmorgen an, bei Ihnen zu Hause oder hier bei mir? Wer schlägt sich mit den Monteuren herum, damit die Kunden pünktlich ihren Automaten vorm Laden hängen haben, Sie oder ich?"

Herr Heiland nahm seinen Vorwurf halb zurück und meinte, Flüchtlinge würden vielleicht nicht so sehr nach vorn geschoben, als daß sie sich dorthin drängten.

„Wundert Sie das?" fragte die Mutter. „Was tut jemand, der sein Hab und Gut zurücklassen mußte und bei Null anfängt? Arbeiten, arbeiten, arbeiten. Können Sie das nicht begreifen?

Sie wohnen seit dreißig Jahren in derselben Wohnung. Ich möchte auch mal wieder eine haben und nicht mehr in diesen zwei Zimmern hier nebenan hausen, ohne richtige Küche und mit Waschbecken im Büroklo."

Herr Heiland erwiderte nichts und tat seine restliche Arbeit ohne Lust.

Die zwei Zimmer, von denen die Mutter gesprochen hatte, waren inzwischen etwas wohnlicher geworden. Thomas hatte sich für sein halbes Zimmer aus dem Sperrmüll bedient und nach und nach einen Tisch, einen zweiten Stuhl und ein Bücherregal gefunden, mit Schrauben und Leim repariert und mit erdbeerroter Farbe bepinselt, die die Mutter scheußlich fand.

Die Mutter hatte weitere Schulden gewagt und einen Kühlschrank angezahlt. Daneben stand, ebenfalls auf Raten gekauft, ein Küchenschrank, der Thomas' Konstruktion aus Apfelsinenkisten ersetzte. Ein Wäschepuff, mit Acella bespannt, konnte gleichzeitig als Sitzmöbel dienen, falls die Stühle nicht ausreichten.

Das Wohnzimmer zierte, und zwar erst seit Ostern, ein schicker Lampentisch, wie er jetzt groß in Mode war, ein Mittelding also zwischen Stehlampe und Beistelltisch. Darauf lag meistens der „Daheim“-Lesezirkel, den sich die Mutter neuerdings leistete. *Stern* und *Revue, Quick* und *Kristall* waren, weil es so billiger kam, fünf Wochen alt, was nicht weiter störte. Herr Eisenmann hatte zu Ostern ein gebrauchtes, aber tipptopp repariertes Radio gestiftet.

Die beiden Zimmer zeugten also von einem Aufschwung, den die Mutter manchmal „unser kleines Wirtschaftswunder“ nannte. Auch die Eßgewohnheiten blieben davon nicht unberührt, und es gab bisweilen mitten in der Woche Fleisch oder zumindest Bratwurst. Die Mutter probierte manchmal neue Gerichte aus, nach Rezepten vom „Fernsehkoch“ Clemens Wilmenrod. Thomas schwärmte für Süßspeisen bis hin zu dicker, gezuckerter Kondensmilch, liebte aber ebenso das scharfe Schaschlik, das, vor kurzem noch unbekannt, inzwischen auf einem Siegeszug war wie die Currywurst und die Pommes frites.

„Wenn ich ab Mai nun mehr Gehalt habe“, sagte die Mutter, „will ich auf eine schöne Neubauwohnung am Stadtrand sparen. Ich muß mich mal nach einem Bausparvertrag erkundigen.“

Zum Wechsel in der Büroleitung kam eigens der Chef aus Baden-Baden angefahren. Er bedankte sich für die hervorragende Arbeit, die Herr Heiland beim Aufbau dieses Zweigbüros geleistet habe. „Aber die Wirtschaft lebt vom rechten Verhältnis zwischen Kontinuität und Fluktuation oder, wenn ich mal so sagen darf, von einer gelungenen Kreuzung zwischen alten Hasen und neuen Besen.“

Während sich Thomas noch die Kreuzung vorzustellen versuchte, stießen die Erwachsenen mit „Henkell trocken“ an, wobei Herr Heiland ein Gesicht wie Essig aufsetzte.

Als man später im Wohnzimmer beisammensaß, Thomas auf dem Wäschepuff, fragte der Chef, ob die Mutter einen Führerschein besitze, was sie verneinte.

„Nun, ich würde Ihnen sonst einen Dienstwagen stellen, einen DKW oder einen Goliath. Wie wäre das?“

„Klasse!“ antwortete Thomas ungefragt, „da könnten wir am Wochenende immer schön rumkutschieren.“

Die Mutter stieß ihn mit dem Ellenbogen an und sagte: „Hast du nicht gehört, daß es um einen Dienstwagen geht?“

„Ich würde bestimmt nicht kontrollieren lassen", versprach der Chef, „ob Sie damit auch privat fahren."

Als die Herren weg waren, drängte Thomas die Mutter in Richtung Führerschein. Die Mutter meinte, sie wolle sich die Sache überlegen, und gab zu bedenken, daß Fritz Eisenmann ja seit zwei Wochen seinen Borgward Isabella habe.

„Früher hast du gesagt, Fritzens neue Karre und deine VW-Sparerei wären zwei Paar Stiefel, und du wolltest schließlich den Fritzemann nicht heiraten. Und jetzt plötzlich ..."

„Jaja", unterbrach ihn die Mutter, „das habe ich damals wohl gesagt."

13

AM 1. MAI klingelte gegen zehn das Telefon nebenan im Büro, und Thomas hob ab.

„Hallo, hier ist Wolfgang", meldete sich jemand.

„Was für 'n Wolfgang?" fragte Thomas.

„Na, dein Onkel."

„Aus Leipzig?"

„Nein, aus Berlin."

„In Berlin habe ich gar keinen Onkel", sagte Thomas verwirrt.

„Hör mal, ich bin heute früh aus Leipzig abgehauen nach West-Berlin, verstehst du?"

„Ja, wieso ... Mensch, das ist ja 'n Ding!" rief Thomas. „Wo bist du denn?"

Der Onkel sagte, er sei vor einer Viertelstunde mit der S-Bahn herübergekommen, habe am Bahnhof Zoo sein Ostgeld eingetauscht und wolle gleich anschließend ins Lager fahren. „Wo ist denn mein Schwesterherz?" fragte er.

„Die ist grade weg aus dem Bau", erzählte Thomas, „mit dem Fritz und der Isabella zum Steinhuder Meer."

„Was sind denn das für Leute?" fragte Onkel Wolfgang neugierig, und Thomas erklärte.

„Und die Oma?" fragte Thomas dann, „hast du die mit?"

„Nein, sie will nicht aus Leipzig weg, du kennst sie doch."

„Und deine Eva? Hast du die wenigstens mit?"

„Oh, red nicht von der. Aber das erzähle ich euch alles später. Ich kann jetzt nicht mein bißchen Westgeld vertelefonieren. Ich rufe morgen wieder an. Grüß schön."

„Du auch!" rief Thomas – und fragte sich erst nach dem Einhängen, wen der Onkel denn grüßen solle. Er überlegte, ob er mit dem Fahrrad ans Steinhuder Meer fahren und der Mutter die Nachricht überbringen sollte.

Aber wo konnte er die Ausflügler finden? 1. Mai, dachte er, da sind wir doch auch weg, damals vor zwei Jahren.

Eigentlich hatte Thomas um diese Stunde hinausfahren wollen zum Messegelände, um zum erstenmal die berühmte Hannover-Messe zu erleben.

Er hatte sich ohne Messeausweis hineinmogeln wollen und gemeint, das werde schon irgendwie gehen an einem Tag, an dem eine Viertelmillion Besucher erwartet wurde. Aber nun blieb er trotz strahlenden Messe- und Maikundgebungswetters zu Hause und dachte, die Mutter käme vielleicht aus irgendeinem Grunde früher zurück und müßte gleich die Nachricht hören. Ihm fiel ein, daß man seit ein paar Wochen von Hannover aus Ferngespräche selbst wählen konnte, und er rief in Baden-Baden an, um Tante Klara von der geglückten Flucht ihres Schwagers zu unterrichten. „Schön", sagte sie, „sehr schön."

Die Mutter kam erst gegen neun nach Hause. Thomas hatte sie auf die Folter spannen wollen: Rat mal, wer angerufen hat! Aber nach der langen Warterei stürmte er die Treppe hinunter und rief ihr entgegen: „Onkel Wolfgang ist im Westen!"

DAS Notaufnahmeverfahren war kürzer als damals vor zwei Jahren, denn es kamen längst nicht mehr so viele Flüchtlinge nach Berlin. Onkel Wolfgang wurde anerkannt, und Ende Mai stieg er in Hannover-Langenhagen freudestrahlend aus der Flüchtlingsmaschine. „Das ist wie damals, als du aus der Gefangenschaft kamst", sagte die Mutter, als sie zu dritt im Wohnzimmer saßen.

Dann erzählte Onkel Wolfgang, wie der Entschluß zur Flucht

gereift war. „Ich wollte ja schon damals weg, nachdem sie unsere Firma enteignet hatten und ihr beide geflüchtet wart. Ich habe mich deswegen nie mehr um eine vernünftige Arbeit bemüht, sondern in dem blöden Tabakwaren-Großhandel gearbeitet. Ich wollte ja nur nicht gleich nach euch weg, weil ich unsere Mutter nicht Knall und Fall ganz allein zurücklassen wollte. Und weil ich warten wollte, bis Eva ihr Examen hatte."

„Und nun", fragte Thomas, „ist sie durchgerasselt?"

„Nein, aber statt mit mir ist sie mit einem anderen in den Westen gegangen. Mit einem Kommilitonen."

„Das sind die Schlimmsten", sagte Thomas, ohne eine Ahnung zu haben, was „Kommilitone" zu bedeuten hatte.

Dann sprach Onkel Wolfgang über Politik. „Das österreichische Beispiel hat drüben viel Hoffnung geweckt. Die Leute sagen, wenn es die Österreicher geschafft haben, daß sie nun bald wiedervereinigt und frei sind, dann wird es eines Tages vielleicht auch bei uns in Deutschland so sein. Viele klammern sich daran und bleiben deswegen, anstatt in den Westen zu gehen."

Die Mutter entgegnete, das Beispiel Österreichs stimme sie keineswegs optimistisch. „Das läßt sich nicht vergleichen, wir sind doch viel größer, uns lassen sie nicht einfach neutral bleiben und unsere Ruhe haben."

„Aber worauf sollen unsere Leute drüben sonst noch hoffen?" fragte Onkel Wolfgang.

„Die Trennung wird immer tiefer", sagte die Mutter, „nun gibt es schon bald zwei deutsche Armeen, hüben und drüben."

„Du meinst also, die Teilung ist endgültig?"

„Ich habe es mir lange Zeit nicht vorstellen können", sagte die Mutter. „Aber jetzt glaube ich, es geht nicht wieder zusammen. Wer noch rüber will, soll bald kommen, und wir können froh sein, daß wir hier sind. Wenn wir bloß noch unsere Mutter rüberbrächten."

„Du kennst sie ja. ,Einen alten Baum verpflanzt man nicht' und ,Wer pflegt dann das Grab vom Opa?' Da ist nichts zu machen."

Dann sprachen sie über Onkel Wolfgangs Zukunft. Wohnen sollte er zunächst in einem möblierten Zimmer, das die Mutter in der Südstadt für ihn ausfindig gemacht hatte. Und arbeiten sollte er fürs erste als Automatenvertreter. Auf Betreiben seines Bruders Manfred hatte ihm die Firma das Geld für einen gebrauchten DKW vorgeschossen, so daß er nicht mühsam mit Bahn und Bus nach Kunden suchen mußte.

„Ich falle ja richtig in ein gemachtes Bett", staunte Onkel Wolfgang.

„Aber du wirst dich noch sehr nach der Decke strecken müssen", erwiderte die Mutter, „denn hier weht ein rauher Wind. Hier will jeder möglichst schnell reich werden, und das geht oftmals nur auf Kosten des anderen."

„Das war drüben anders", sagte Onkel Wolfgang nachdenklich. „Da teilt der Staat allen alles zu, damit alle ungefähr gleich arm bleiben."

Onkel Wolfgangs Umsatz war in der ersten Woche gar nicht schlecht für den Anfang, in der zweiten genauso, in der darauffolgenden dagegen nicht besonders.

„Ich weiß nicht, ob ich der richtige Mann für das Geschäft bin", sagte Onkel Wolfgang, als er am Freitag mit der Mutter und Thomas beim Abendbrot saß. „Die Leute tun mir immer leid. Wenn mich so eine alte Dorfkrämerin fragt, ob sie wirklich mehr Drops und Fischkonserven verkauft, wenn sie so eine Kiste vor dem Laden hängen hat, dann denke ich immer: Wer um Gottes willen soll in diesem Nest abends loslaufen und sich eine Dose Hering in Senfsoße ziehen? Und dann fehlt mir die sprachliche Kraft, um die alte Frau zu überzeugen."

„Das kommt schon noch", versicherte die Mutter. „Wir haben Vertreter, die anfangs auch solche Skrupel hatten, und heute würden sie einem Heim für christliche Mädchen einen Gummiwarenautomaten aufschwätzen, wenn wir nur solche Automaten hätten."

„Ist das der Sinn der Sache?" fragte Onkel Wolfgang.

„Der Sinn der Sache ist, daß wir was zum Leben haben. Und jetzt laß uns ein Gläschen Wein trinken, denn heute ist der siebzehnte Juni, und das ist der Tag, an dem wir vor zwei Jahren in Baden-Baden unser neues Leben begonnen haben. Wenn du dich mit den Automaten nicht anfreunden kannst, dann tu dich eben nach was anderem um. Vor einer Woche stand in der *Allgemeinen,* wir hätten wieder Vollbeschäftigung und nur noch siebenhunderttausend Arbeitslose, die wenigsten seit der Währungsreform. Und gestern stand drin, daß sie jetzt zwölftausend Landarbeiter aus Italien anwerben, weil es bei uns keine mehr gibt, und daß bald auch Industriearbeiter kommen sollen. Da siehst du, daß hier jeder gebraucht wird, da muß niemand fürchten, keine ehrliche Arbeit zu finden. "

„Das geht hier alles so glatt", erwiderte Onkel Wolfgang.

Am folgenden Abend war er noch niedergeschlagener, denn er hatte das große Heimkehrertreffen auf dem Messegelände besucht. Die *Allgemeine* hatte hunderttausend Teilnehmer angekündigt.

Onkel Wolfgang hatte sich vor allem der „Suchbildschau" gewid-met und tatsächlich auf einem der Tausende von Fotos einen Kameraden wiedererkannt, von dem er ziemlich sicher war, daß er im gemeinsamen sibirischen Gefangenenlager umgekommen sei. Er hatte diese Angabe gemacht und weiter Bilder angeschaut, bis er nicht mehr konnte. Auf der großen Kundgebung hatten die Redner begrüßt, daß Adenauer bei einem bevorstehenden Besuch in Moskau auf die Freilassung der letzten zehntausend Kriegsgefangenen dringen wolle.

„Das hat mich richtig mitgenommen", sagte Onkel Wolfgang. „Ich bin jetzt fünfunddreißig, und ein Jahrzehnt davon waren Krieg und Gefangenschaft. Das ist ein Teil von meinem Leben, den ich gern zu den Akten legen möchte. Aber es geht nicht. Als ich heute die Fotos sah und die ganzen Namen hörte, die Orte in Rußland und die Heeresteile und Einheiten, da habe ich mich fast wie zu Hause gefühlt. Dabei waren das die Jahre, um die man mich beschissen hat. "

EINE Woche vor den großen Ferien kam aus Leipzig ein Brief mit schwarzem Rand. Der Großvater war gestorben.

„Nun sitzt deine Großmutter allein im Altersheim", sagte die Mutter zu Thomas, „und die Oma sitzt ohne Onkel Wolfgang allein mit den Untermietern in ihrer Wohnung. "

„Kann ich nicht zur Beerdigung nach Leipzig?" fragte Thomas.

„Ausgeschlossen", wehrte die Mutter ab, „grade jetzt nach Onkel Wolfgangs Flucht darf sich keiner von uns drüben sehen lassen. "

„Und in den großen Ferien", fragte Thomas, „kann ich da auch nicht hin?"

„Das Thema Leipzig lassen wir vorerst mal ruhen", beschied ihn die Mutter, „mach du mal deine Radtour mit Jürgen Dumont."

Jürgen und Thomas hatten sich vorgenommen, vor der Radtour eine Woche lang auf dem Schützenfest zu arbeiten, um ihre Reisekasse aufzufüllen. Thomas stand sich zu dieser Zeit finanziell gar nicht schlecht. Er fuhr nach wie vor fast jeden Nachmittag für Beeck am Lister Platz Bücher und Zeitschriften aus. Samstags putzte er das Automatenbüro, und im übrigen hatte er eine gute Nase für eine schnelle Mark hier und da: mal einen Rasen mähen, mal ein Kind beaufsichtigen, mal einen Hund Gassi führen. So war die Ferienkasse immerhin schon halb gefüllt.

Von der Mutter mochte Thomas keinen Zuschuß verlangen, denn sie wollte sich erstmals selbst eine Urlaubsreise gönnen und dazu die Oma aus Leipzig einladen: zwei Wochen Grainau bei Garmisch, mit Liegewagen und Vollpension 179 DM pro Person, ein tolles Angebot von „Hummel".

Kurz und gut, Thomas wollte seinen Urlaub diesmal selbst bezahlen. Jürgen führte nun auf dem Schützenfest Ponys mit kleinen Kindern obendrauf im Kreis herum, und Thomas stellte verbeulte Blechbüchsen zu Pyramiden auf, damit Leute für zwanzig Pfennig danach schmeißen konnten.

Nach einer Woche Arbeit fuhren die beiden am Montagmorgen los und gleich bis Polle an der Weser, wo in einer alten Burg die Jugendherberge untergebracht war. Abends trug Thomas die Tagesleistung von siebenundachtzig Kilometern in ein Fahrtenbüchlein ein. Mit Muskelkater in den Beinen ging es am nächsten Tag nach Kassel, wo der Schloßpark Wilhelmshöhe zu besichtigen war. Mittwochs, nach Marburg, lief es dann trotz mancher schweißtreibenden Steigung schon sehr flott. Nach vier Tagen errechnete Thomas 375 Kilometer seit Hannover, Stadtfahrten und Umwege nicht gerechnet, und Jürgen war stolz auf die Leistung.

Die beiden waren jetzt in Frankfurt, der berühmten und so schlimm verwüsteten Stadt am Main, die ums Haar Hauptstadt geworden wäre anstelle des Bundesdorfs am Rhein.

„Hier in Frankfurt", sagte Thomas beinahe feierlich, „bin ich angekommen – vor zwei Jahren aus Berlin."

Es war hochsommerlich heiß in diesen Tagen, manchmal über 30 Grad. In der Jugendherberge am Mainufer fielen den beiden Jungen drei Mädchen angenehm auf, die ausnahmslos hübsch waren: schwarzgelockt die eine, mit blondem sowie rötlichem Pferdeschwanz die beiden anderen. Im Hof ergab sich die Gelegenheit zum Kontakt, indem Thomas mit seinem Vorderreifen leicht, aber unmißverständlich ein Hinterrad berührte.

„Saache mal, du hasd wohl Domadn uff'n Oochn?" fragte das Mädchen mit dem rötlichen Pferdeschwanz.

Ei verbibbch, dachte Thomas.

Radwanderer von „drüben" traf man zwar ab und zu, aber daran hatte Thomas bei seiner diskreten Annäherung zuallerletzt gedacht. Das Sächsische, das er einst selbst gesprochen hatte, traf ihn – zumal aus dem Munde eines hübschen Mädchens – wie ein heftig geschlagener feuchter Scheuerlappen. Andererseits bot es leicht Anknüpfung.

„Wo gommd'r denn här?" fragte Thomas, der es noch konnte.

„Aus Leibzch", antwortete der rötliche Pferdeschwanz.

„Wo denn da?"

„Gohlis. "

„Welche Schule?"

„Siemdreißchsde. "

„Nee! Da war'ch doch ooch!"

Die Welt hatte sich wieder einmal als klein erwiesen. Als er nun mit den drei Mädchen ins Reden kam, stießen sie rasch auf gemeinsame Bekannte, Schüler wie Lehrer.

„Wißt ihr was?" fragte Thomas, ins Hochdeutsche zurückwechselnd, „ich gebe einen aus!"

Die Mädchen fanden die Idee gut. Sie waren nämlich ein bißchen knapp bei Kasse, wollten aber trotzdem den weiten Weg nach München machen. Thomas schlug ein Gartenlokal vor, das er in der Nähe der Jugendherberge gesehen hatte, und bald saßen sie zu fünft im kühlen Schatten hoher Kastanienbäume. Ein Kellner stellte ihnen, ungefragt, fünf Gläser auf den blanken Holztisch und sagte dazu: „Das is Ebblwoi. "

„Wie bitte?"

„Ap-fel-wein", betonte der Kellner.

Reifenpanne
auf der Radtour,
irgendwo zwischen
Kassel
und Frankfurt

Annäherung
an junge Damen
aus der
Jugendherberge

Sie probierten, schüttelten sich ob der Säure, fanden das Getränk dann aber ganz erfrischend in der Hitze und wehrten sich nicht, als der Kellner, wiederum ungefragt, ihre leeren Gläser durch volle ersetzte.

Die Suche nach gemeinsamen Leipziger Bekannten wurde immer ergiebiger. Bei manchen Namen erfuhr Thomas: „Die sind wegge-macht in'n Westen."

Dann hatte das schwarzgelockte Mädchen eine Frage: „Ob die wohl in Genf was zustande bringen?"

„Ich glaub's nicht", antwortete Thomas.

„Was ist'n da los?" wollte Jürgen wissen, und Thomas erklärte ihm, daß am Montag die Genfer Viermächtekonferenz über Deutschland beginne, mit Eisenhower und Bulganin und Eden und dem Franzo-sen, dessen Namen ihm entfallen sei, aber ohne Deutschland, ohne Adenauer und ohne Ulbricht.

Die drei Mädchen meinten, ihre Eltern hätten nicht mehr viel Hoffnung auf Wiedervereinigung, und Thomas riet ihnen, in den Westen abzuhauen, solange es noch möglich sei. Jürgen fand das Gerede über Politik langweilig, aber das blonde Mädchen widersprach ihm: „Du hast ja ooch nischt damit zu tun."

Als sie sich endlich von den blanken Holztischen erhoben, hatte Thomas Watte in den Knien und einen Kreisel im Kopf. Den anderen schien es ähnlich zu gehen, und das Mädchen mit dem rötlichen Pferdeschwanz griff nach seinem Arm. „Mir isses so gomisch, ich muß mich ä bißchn festhaldn."

Thomas empfand das als äußerst angenehm. Er versuchte, geraden Kurs zu halten, und war sehr froh, daß sie ihre Fahrräder im Hof der Herberge zurückgelassen hatten.

„Wie heißt'n du eigentlich?" fragte er.

„Sibylle."

„Schöner Name", schmeichelte Thomas, „paßt prima zu dir."

Dann spürte er plötzlich ein Wühlen im Magen und schlug einen schnelleren Schritt an, dem Sibylle mühsam folgte.

Beim Abendbrot in der Jugendherberge saßen die fünf wieder beisammen.

„Wo machd'n ihr eichndlich hin?" fragte das schwarzhaarige Mädchen.

„Wir wollen über Heidelberg nach Baden-Baden", sagte Thomas zögernd.

„Schade", meinte Sibylle mit einem Seitenblick, der Thomas tief erwärmte.

„Aber wir können auch über München fahren", sagte Thomas schnell und erstickte Jürgens Einwendung mit einem eindringlichen Blick.

„Das wär scheen", fand Sibylle.

Am nächsten Tag erwies sich, daß Jürgen unrecht hatte mit der Befürchtung, man habe sich drei „lahme Enten" auf den Hals geladen. Sibylle und ihre Freundinnen, die schwarze Gudrun und die blonde Gerhild, fuhren wacker mit auf ihren Rädern ohne Gangschaltung. Das Tagesziel Miltenberg, knapp siebzig Kilometer mainaufwärts, war am frühen Nachmittag erreicht. Einen Tag später, in Bad Mergentheim, konnte Thomas achtzig Kilometer in sein Buch eintragen.

Mittwochs bummelten sie dann bloß bis Rothenburg ob der Tauber. Sie wanderten rings herum auf der Stadtmauer, und wo steile Stufen waren, griff Thomas nach Sibylles Hand. Gudrun und Gerhild nahmen Jürgen in ihre Mitte, um sich ebenfalls an der Hand führen zu lassen.

In München kamen sie am Samstagmittag an, nach vierhundert gemeinsam zurückgelegten Kilometern. Sie belegten ihre Betten in der Jugendherberge und fuhren sofort wieder los. Thomas, der als einziger schon in München gewesen war, übernahm die Führung. Er lud alle in den Tierpark Hellabrunn ein und später zu einer Runde Weißwürscht im „Donisl". Für den Sonntagmorgen nahm er sich weniger kostspielige Programmpunkte vor: Besichtigung der Frauenkirche sowie der Theresienwiese, auf der das Oktoberfest immer gerade bevorstand, aber nie stattfand, wenn er kam. Er lotste seine Gruppe zum Deutschen Museum, löste fünf Karten und steuerte ortskundig die Autoabteilung an. Später saßen sie im dunklen Planetarium, Thomas suchte Sibylles Hand und freute sich, wie fest sie den Druck der seinen erwiderte. Abends, als er ihr in der Jugendherberge gute Nacht sagte, gab sie ihm einen schnellen Kuß. Thomas lag lange wach, ärgerte sich über die miesen Witze, die durch den

Schlafsaal schwirrten, und schaute noch zur dunklen Decke, als alles verstummt war.

Die fünf machten sich noch einen schönen Münchner Tag, und bei Coca-Cola am Chinesischen Turm nahm Jürgen Thomas beiseite. „Sag mal, sollen wir die drei bis zur Grenze bringen?"

„Ich wäre sowieso mitgefahren", sagte Thomas.

Die Mädchen freuten sich über das Geleit. Man fuhr zügig nach Norden, machte nur in Nürnberg einen ganzen Tag Pause, weil es so viel zu sehen gab. Auf den letzten siebzig Kilometern bis zur Grenze wurden alle immer schweigsamer. Schließlich standen sie vor dem Schild, das zwischen Töpen und Juchhöh die Grenze markierte, hatten ihre Fahrräder an den Pfahl gelehnt, zwei links und drei rechts, und fanden keine Worte.

Schließlich gab sich Sibylle einen Ruck und Thomas einen Kuß. Gudrun tat das gleiche mit Jürgen, und Thomas ging auf Gerhild zu. Dann lagen sich nacheinander alle fünf in den Armen, küßten sich und sagten nichts.

Die Mädchen fuhren davon, ohne sich umzuschauen, und die beiden Jungen sahen ihnen nach, ohne zu winken.

Sie fuhren die Bundesstraße 2 zurück bis Hof und kauften sich trockene Brötchen, kalten Leberkäs und Coca-Cola.

„Ich hab kaum noch Moos", stellte Thomas fest.

„Ich auch nicht", bestätigte Jürgen. „Die drei haben uns ganz schön gekostet."

„Hat sich aber unbedingt gelohnt", sagte Thomas, und Jürgen nickte heftig.

Sie berieten, was zu tun sei. Hannover war mit dem restlichen Geld nicht zu erreichen. Beide Mütter waren in den Urlaub gefahren, Jürgens Mutter sogar hinauf nach Langeoog, so daß man sie nicht telefonisch oder telegrafisch bitten konnte, rasch ein paar Mark an ein Postamt oder eine Jugendherberge zu überweisen.

„Dann schnappen wir uns eben einen Lastzug nach Garmisch", schlug Thomas vor, „und suchen meine Mutter."

Es wurde später Nachmittag, bis sie einen Fernfahrer gefunden hatten, der zwei Jungen mit bepackten Rädern mitnehmen mochte bis München, wo sie in der Nacht ankamen. Sie hatten keine Ruhe, auf den Morgen zu warten, sondern nahmen die hundert Kilometer nach Garmisch in Angriff. Über dem Starnberger See ging die Sonne auf, bei Murnau stand sie brennend am Himmel. Zur Kaffeezeit fuhren die beiden durch Garmisch hindurch nach Grainau am Fuße der Zugspitze.

„Wo ist nun deine Mutter?" fragte Jürgen.

„In Grainau, mehr weiß ich auch nicht."

Sie fuhren eine Weile ziellos kreuz und quer, ehe sie begannen, mit System bei allen Pensionen zu klingeln. Ungefähr bei der dreiundvierzigsten waren sie am Ziel.

„Thomas, du hier?" rief die Mutter, „ich denke, du bist in Baden-Baden."

„Kleinen Umweg gemacht", antwortete er, „wo hast du denn die Oma?"

Die Oma hatte sich in den zwei Jahren nicht verändert. Sie trug ihr Grauseidenes mit den weißen Tupfen und der Silberbrosche, schaute über ihre randlose Brille und zog Thomas an ihren großen Busen. „Junge, daß ich dich doch noch sehe! Bist du wegen deiner Oma gekommen?"

„Logisch", log Thomas und sah Jürgen feixen.

Dann gab es Kaffee und Kuchen, und die Jungen erzählten ihre Geschichte seit Frankfurt.

„Ich habe den Eindruck", sagte die Mutter, „euch beiden hat's ein bißchen den Kopf verdreht."

„Na ja", wand sich Thomas und wurde ein wenig rot, „die waren schon nett, was, Jürgen?"

„Das ist eine schwierige Sache", erklärte die Mutter, „denn zwischen euch in Hannover und denen in Leipzig sind nicht nur zweihundertfünfzig Kilometer, sondern auch noch diese dämliche Grenze."

„Ach, es ist ein Kreuz mit der Teilung", seufzte die Oma.

Sie blieben drei Tage in Grainau, sprachen viel von Leipzig, badeten im Eibsee und wanderten in der Höllentalklamm. Am letzten Tag rückte Thomas mit der Geldfrage heraus, erntete erst Verwunderung, dann Heiterkeit und Verständnis, schließlich Geld. Er versprach der Oma beim Abschied, sie bald zu besuchen.

Thomas und Jürgen brauchten dreizehn Tage bis Hannover. Das Fahrtenbüchlein wies am Ende 2198 Kilometer aus, ohne Stadtfahrten und Umwege wohlgemerkt und auch ohne die Fahrt mit dem Lastzug.

Die Strecke von Frankfurt über München und Nürnberg bis an die Grenze hatte Thomas rot angestrichen.

„Mann, ist das alles blöd", stöhnte Thomas in der großen Pause des ersten Schultags.

„Endlos blöd", bestätigte Jürgen, „nicht auszuhalten."

Es waren harte Schläge. Nach fünf Wochen Freiheit der Landstraße nun die Schulglocke und „Guten Morgen, Herr Lüttich!", nach der Zugspitze in natura nun die Karpaten aus dem Erdkundebuch, nach Weißwürscht mit Damen nun Pausenbrot mit Kakao.

14

Es WAR Samstag, Vertretertag im Büro. Die Aufträge der Woche wurden abgeliefert und begossen; Thomas kam erst spät zum Putzen.

Onkel Wolfgang blieb, wie meistens samstags, zum Abendbrot und Fernsehen. Er hatte wieder einmal nur wenige Aufträge mitgebracht.

„Ich war die ganze Woche auf Achse", beteuerte er, „Helmstedt, Wolfsburg, Lüchow, Lauenburg. Aber es lief nicht gut."

„Was dich bloß immer in diese Gegend zieht", sagte die Mutter, „Zonenrandgebiet, da haben die Leute zu knapsen."

„Ich denke, weil kein anderer hinfährt, muß da was zu verkaufen sein. Und in Wolfsburg ist VW, da sitzt doch Geld."

„Geh lieber mal nach Norden", riet ihm die Mutter, „Pinneberg, Elmshorn, Glückstadt, da stecken auf unserer Landkarte kaum rote Nadeln."

„Ich glaube, die Leute brauchen unsere Automaten überhaupt nicht", sagte Onkel Wolfgang müde. „Es gibt sowieso schon zu viele Sachen, die die Leute eigentlich nicht brauchen."

„Mit der Einstellung kannst du natürlich keine Umsätze machen", antwortete die Mutter kurz angebunden.

Daß sein Onkel nicht mehr recht bei der Sache war und manchmal nur drei Tage in der Woche auf Tour ging, wußte Thomas inzwischen; als er einmal dienstags etwas bei der Zimmerwirtin hatte abgeben sollen, hatte sie gemeint: „Komm ruhig rein, er ist zu Hause."

„Dieses Hausieren mit Automaten ist mir so zuwider", hatte der Onkel ihm damals gestanden, „daß ich das nicht fünf Tage in der Woche ertrage. Aber sag deiner Mutti nichts davon!"

Da stand Thomas vor der Frage, wem gegenüber er lieber ein schlechtes Gewissen haben sollte. Da er das Gefühl hatte, der Mutter gehe es in letzter Zeit besser als ihrem Bruder, hatte Thomas ihr gegenüber geschwiegen.

Das Abendbrot war fast zu Ende, da kam Fritz Eisenmann. Er entschuldigte sich, er habe noch zwei Fernsehapparate aufstellen und anschließen müssen. Er habe überhaupt viel zu tun und müsse bald jemanden einstellen, erklärte Herr Eisenmann, und dabei sah die Mutter ihren Bruder fragend an. Aber der schaute an ihr vorbei. Herr Eisenmann schmierte sich zwei Brote und bat Thomas um ein handwarmes „Herrenhäuser Pilsner".

„Na, wie gehen Ihre Geschäfte?" fragte Fritz Eisenmann gut gelaunt.

„Mittelmäßig wäre geprahlt", antwortete Onkel Wolfgang.

„Das verstehe ich nicht. Die Leute verschulden sich doch lieber bis über die Ohren, als auf etwas zu verzichten, was andere schon haben."

„Ja, das ist ja wohl auch der neue Lebensinhalt."

„Nun mach mal die Leute nicht so mies", sagte die Mutter, „die meisten haben doch lange genug auf ein bißchen Wohlstand und ein paar Annehmlichkeiten verzichten müssen. Da war doch zehn, fünfzehn Jahre oder länger nichts."

„Das mußt *du* mir erklären, wie?" fragte Onkel Wolfgang ein bißchen ruppig.

„Jaja, ich weiß", sagte die Mutter versöhnlich. „Deine letzten fünfzehn Jahre bestanden aus fünf Jahren Ostfront, fünf Jahren Gefangenschaft und fünf Jahren Ostzone. Aber gerade deswegen wünsche ich mir doch, daß du dir jetzt ein bißchen was gönnen kannst."

„Ich gönne mir ja schon was – zum Beispiel fröhliche Ausflüge mit meinem noch nicht abbezahlten Gebrauchtwagen durch diese schöne norddeutsche Landschaft, um mit den Menschen darüber zu plaudern, ob sie nicht so einen tollen Blechkasten vor ihren Laden hängen wollen."

„Dein Sarkasmus geht mir manchmal wirklich auf die Nerven", sagte die Mutter ärgerlich, „das war doch früher in Leipzig nicht so."

„Doch, das war schon immer so", widersprach Onkel Wolfgang. „Nur damals in Leipzig warst du derselben Meinung wie ich, und hier bin ich nicht derselben Meinung wie du."

„Wißt ihr, was der Adenauer immer sagt?" mischte sich Thomas ein: „Wem's hier nicht gefällt, der kann ja in die Ostzone gehen."

„Ja, warum eigentlich nicht?" sagte Onkel Wolfgang.

Fritz Eisenmann hatte sich von Thomas das dritte „Herrenhäuser" bringen lassen und verkündete nun etwas Grundsätzliches: „Man spricht ja immer vom Wirtschaftswunder, und draußen – oder auch drüben – kommt es vielleicht vielen wie ein Wunder vor. Aber von drinnen betrachtet, ist das gar kein Wunder. Es ist nichts weiter als der Fleiß und die Arbeit von Millionen. Unser Wirtschaftssystem belohnt die Fleißigen und die Wagemutigen. Drüben, bei deren Planwirtschaft, können Sie soviel arbeiten, wie Sie wollen, es kommt immer dasselbe dabei heraus. Und wagen können Sie nichts, weil man Sie nicht läßt."

„Ich kriege heute abend lauter wertvolle Informationen, die ich aber alle schon längst kenne", erwiderte Onkel Wolfgang bissig.

„Na, dann kann ich ja gehen, ehe ich Sie noch mehr langweile", sagte Fritz Eisenmann.

Obwohl die Mutter zu beschwichtigen suchte, trank Fritz in einem Zug sein Bier aus und verabschiedete sich mit der Bemerkung, er habe noch Buchführung zu erledigen. Morgen komme er wie verabredet.

„Prima hast du das gemacht!" schimpfte die Mutter, als sie von der Haustür zurückkam, „du gehst allen langsam auf den Wecker mit deiner Miesepetrigkeit. Da haben dir Manfred und ich einen Job verschafft, aus dem andere eine Goldgrube machen würden, und du meinst, die Leute brauchen überhaupt keine Automaten. Glaubst du, ich stehe jeden Morgen begeistert auf, um nach nebenan ins Büro zu gehen und mit bummligen Monteuren und verärgerten Kunden zu telefonieren?"

„Du tust ja, als sei ich ein arbeitsscheuer Streuner", sagte Onkel Wolfgang. „Ich komme hier nicht zurecht, verstehst du? Ich komme hier einfach nicht zurecht!"

„Du brauchst eine neue Freundin", sagte die Mutter, „dir spukt immer noch deine untreue Eva im Kopf herum."

„Jaja, so einfach ist das: Ich geh Samstag abends zum Schwof, und alles ist in Butter."

„Was heißt hier in Butter?" gab die Mutter ungehalten zurück. „Für mich ist auch noch lange nicht alles in Butter. Aber immerhin schon in Margarine, wenn ich es mit Leipzig vergleiche. Mit deiner Einstellung bleibt man natürlich immer bei Brotaufstrich."

„Wahrscheinlich ist es ganz einfach", sagte Onkel Wolfgang. „Ich passe einfach nicht hierher, ich war in Leipzig besser aufgehoben."

„Hast du ein schlechtes Gewissen wegen der Oma?" fragte die Mutter, „ich meine, weil du sie drüben allein gelassen hast?"

„Nein, das haben wir ja alle, du und Manfred und ich, und sie hätte ja auch mitkommen oder nach ihrem Besuch im Sommer hierbleiben können. Das ist es nicht.

Ich will versuchen, es dir zu erklären, aber ich fürchte, du verstehst es nicht; keiner versteht es."

„Da bin ich aber gespannt", sagte die Mutter ein wenig ungeduldig, und Thomas richtete sich auf, damit ihm nichts entging.

„Daß ich hier auf dem falschen Dampfer gelandet bin", begann Onkel Wolfgang zögernd, „das merke ich immer an scheinbaren Nebensächlichkeiten. Etwa wenn ich eine Zeitung aufschlage, zum Beispiel die Bild-Zeitung. Da soll ich mich dafür interessieren, daß Herr Curd Jürgens Frau Eva Bartok geehelicht hat und wie und warum. Oder daß eine fünfzehnjährige Göre, zufällig als Prinzessin von Fürstenberg geboren, einem anderen Blaublütigen angetraut wurde und daß deswegen ganz Venedig einen Tag lang kopfgestanden ist."

„Ich finde das auch zu früh", warf Thomas ein, „die ist ja erst so alt wie ich."

„Halt mal den Mund, ich meine nämlich was anderes", entgegnete Onkel Wolfgang ungeduldig. „Ich habe zum Beispiel festgestellt, daß die Zeitungen solche und andere Geschichten ganz unterschiedlich werten. Daß etwa der Erfinder des Penicillins gestorben ist, das hat die *Allgemeine* bloß mit sechs Zeilen gemeldet. Wißt ihr, was es für uns im Feldlazarett bedeutete, Penicillin zu haben oder keins? Ein offensichtlich beschränkter Toto-Gewinner dagegen, der seine siebenhunderttausend und ein paar Mark sinnlos verpulvert hat, so daß man ihn entmündigen mußte, der beschäftigt die Zeitung schon erheblich mehr. Ich frage also: Was ist den Leuten hier wirklich wichtig?"

„Du brauchst es ja nicht zu lesen", antwortete die Mutter. „Und das ist doch besser als drüben, wo die Partei jede Zeile vorschreibt."

„Drüben, drüben! Ich will ja gar nicht vergleichen, ich will dir nur erklären, was mir *hier* mißfällt.

Aber wenn wir schon vergleichen: Drüben gibt's nicht solchen Quatsch wie Toto oder dieses Lotto, das jetzt hier eingeführt wird. Drüben kommt man nicht anders an Geld als durch Arbeit. Hier verkauft man den Leuten irgendwas, ob sie's brauchen oder nicht, und das bringt allemal mehr als echte Arbeit."

„Ach hör auf, so reden doch nur Leute, die keine Ideen und keine Initiative haben", sagte die Mutter ärgerlich. „Sieh dir an, wie Fritz arbeitet und wie er vorankommt. Soll ich ihn nicht mal fragen, ob er dich brauchen kann?"

„Ausgerechnet, nachdem ich ihn heute abend vergrault habe. Nein. Außerdem, mich stört diese Mentalität hier, dieses haben, haben, haben! Alles ist erlaubt, wenn es was einbringt. Zum Beispiel gab's da vor einem Jahr diese Autobahngangster: Angst auf den Straßen, ein paar unschuldige Opfer. Und jetzt ist schon der Film darüber in den Kinos. Hat der Film eigentlich Sinn, außer dem Nervenkitzel? Hat jemand von dem Film einen Gewinn, außer dem Produzenten? Das Kino wird immer lauter, bunter und sensationslüsterner. Und dabei werden die Streifen immer dümmer. Wenn so eine Räuberpistole Geld bringt, dann macht es auch nichts, daß ein paar Kinder die Sache in den falschen Hals kriegen und sie nachmachen.

Wir haben in Hannover schon Einbrecherbanden von Vierzehnjährigen. Die schlagen auch mal einen alten Opa tot, der zur Unzeit in seinen Keller geht. Und die Folge? Das gibt wieder einen tollen neuen Filmstoff."

Die Mutter sagte ziemlich heftig: „Was soll ich nun anfangen mit deinem flammenden Plädoyer gegen unsere Zivilisation? Soll ich dir sagen, was mir hier nicht paßt und warum ich trotzdem lieber hier lebe als anderswo? Wenn es dir hier so gar nicht gefällt, dann versuch's doch mal im afrikanischen Busch! Oder wieder in Leipzig."

Thomas wußte wieder einmal nicht, wem er recht geben solle. Ihm war nie der Gedanke gekommen, daß der „goldene" Westen voller Makel war.

Aber was der Onkel sagte, klang andererseits auch wieder irgendwie einleuchtend. Bis auf die Sache mit dem Autobahngangster-Film und die mit der fünfzehnjährigen Prinzessin, die ihm beide sehr gut gefielen.

Thomas erinnerte sich, wie der Onkel seinerzeit die unzähligen Widrigkeiten des Lebens in Leipzig mit einer guten Portion Humor und Gelassenheit bewältigt hatte. Und nun im Westen, wo doch alles leichter war, warf er nach nicht einmal einem halben Jahr das Handtuch: Ich komme hier nicht zurecht. Wenn er wenigstens schlagende Argumente dafür gehabt hätte.

Onkel Wolfgang fing noch einmal an: „Ich war doch kürzlich in Friedland."

Thomas wußte: Im Lager Friedland waren eines Sonntags die ersten jener zehntausend restlichen Kriegsgefangenen angekommen, deren Freilassung Adenauer bei seinem Besuch in Moskau erwirkt hatte. Die Zeitungen brachten seither fast täglich Meldungen über weitere Transporte.

„Da ist mir durch den Kopf gegangen", fuhr Onkel Wolfgang fort, „was diese Kameraden sagen werden, wenn sie nach all dem, was sie mitgemacht haben, hören: Nächsten Monat werden die ersten Freiwilligen für die neue Armee verpflichtet."

„Drüben gibt's schon die ersten Soldaten", sagte die Mutter, „die heißen bloß noch nicht so, die nennen sich noch ‚Kasernierte Volkspolizei'."

„Drüben, drüben! Da müssen sie alles mögliche tun, weil Moskau es so will. Aber hier, hier machen sie's doch freiwillig. Hier richten sie sich doch ihr Land so ein, wie sie's haben wollen. Mit Soldaten und Klatschzeitungen und Gangsterfilmen und Kinderbanden und haben, haben, haben. Freiwillig!"

„So freiwillig ist das auch alles nicht", meinte die Mutter, „jedenfalls nicht das mit den Soldaten."

Die Erwachsenen schwiegen.

DIE Klassenfahrt nach Wolfsburg litt unter novemberlichem Nieselregen. Die flache Landschaft um Lehrte und Peine ertrank im Nebel.

Der Bus holperte über die zerfahrene Autobahn. Herr Lüttich versuchte, Volkslieder anzustimmen: „Muß i denn" und „Hoch auf dem gelben Wagen".

„Der Bus ist aber blau!" rief einer dazwischen, und das Lied erstarb im Gelächter über die blöde Bemerkung. Diese Art deutschen Liedgutes wurde kaum noch gepflegt; der Ruch des Völkischen hing ihm seit der jüngsten Vergangenheit an. Außerdem wollten die Jungen um jeden Preis modern sein, amerikanisch modern. Und wer sang in Amerika schon „Muß i denn"?

Einer der Jungen sprang in den Mittelgang, schnalzte rhythmisch mit den Fingern und stimmte das Lied an, das allen seit Wochen nicht aus dem Ohr ging – die rauhe Bergmannsballade von „Tennessee" Ernie Ford: „Sixteen Tons". Den Text kannten sie Zeile für Zeile; Herr Lüttich liebte nämlich nicht nur deutsche Volkslieder, er wußte auch, wie er seine Knilche für die fremde Sprache einnehmen konnte: Für „Sixteen Tons" hatte er eine ganze Englischstunde eingeräumt.

Kurz vor Wolfsburg fragte jemand: „Warum müssen wir bei diesem Dreckswetter das VW-Werk besichtigen, wenn wir nächstes Jahr in Hannover auch eins haben?"

In der Tat wurde seit einem Dreivierteljahr draußen im hannoverschen Vorort Stöcken an einem neuen VW-Werk gebaut, das künftig Transporter herstellen sollte. Herr Lüttich erklärte jedoch, das „richtige" VW-Werk zu besichtigen, sei ein Stück Geschichtsunterricht: Vor dem Krieg für den „KdF-Wagen" auf die grüne Wiese am Mittellandkanal gebaut; im Krieg dann Kübelwagen für die Wehrmacht; am Ende Trümmer und Wiederaufnahme der Produktion unter den Engländern; schließlich der Aufstieg zum viertgrößten Automobilhersteller der Welt und Aushängeschild des deutschen Wirtschaftswunders.

„Ihr sollt heute mal sehen", fuhr Herr Lüttich fort, „daß in Wolfsburg nichts weiter geschieht, als daß knapp dreißigtausend fleißige Leute für einen guten Stundenlohn jeden Tag tausend recht brauchbare Autos zusammenbauen. Das ist zwar eine tolle Sache, aber in Detroit und Paris und Turin wird es ganz ähnlich gemacht."

„Aber vor kurzem haben sie den einmillionsten VW gefeiert", warf jemand ein, „und das schaffen die anderen nicht."

„Vielleicht weil die anderen öfter ein neues Modell herausbringen", belehrte ihn der Lehrer, „und VW muß das auch irgendwann."

Der Bus überquerte den Mittellandkanal, und aus dem Nebel tauchte die endlose Backsteinfassade des riesigen VW-Werks auf. Später erklärte ein älterer Herr in einem Raum, der einem Klassenzimmer ähnelte, alles ganz genau, was Herr Lüttich schon unterwegs angedeutet hatte: KdF-Wagen, Kübelwagen, Trümmer, Neubeginn, Mitarbeiterzahlen, Produktionszahlen, eigener Hafen, eigener Bahnhof, eigenes Kraftwerk, das die Stadt mit versorgte; Wolfsburg, die Stadt vom Reißbrett, auf dem Weg zur Großstadt; neues Zweigwerk in Hannover, bald weitere Werke anderswo, und immer wieder ein Name: Professor Nordhoff, der Chef, der Schöpfer des Ganzen.

Thomas hatte eine Frage: „Warum betrügen Sie eigentlich die VW-Sparer um ihr Auto?"

Der Herr blieb freundlich: „In diesem Rechtsstreit hat, wie du vielleicht gelesen hast, vor einigen Wochen das Oberlandesgericht Celle entschieden, daß die Volkswagenwerk AG keine Verpflichtung gegenüber den VW-Sparern habe. Hätte das Gericht anders entschieden, würden wir zahlen. Aber Geld zu verschenken haben wir nicht."

Saubande! dachte Thomas, wenn sie's wenigstens zugeben würden, daß sie uns betuppen.

Dann ging es im Gänsemarsch durch die Montagehallen. Die Jungen standen staunend vor einem Gewirr von Menschen und Maschinen.

Da kurvten Gabelstapler mit Paletten voller Kurbelwellen, da schoben Männer im blauen Anton Wagen voller Autotüren, da schwebten an endlosen Ketten Kotflügel von der Decke. Bald begriffen die Jungen, wie sich aus tausend Teilen etwas zu formen begann, das dem vertrauten Auto immer ähnlicher wurde.

„Hier müßte man einen Job kriegen!" brüllte Jürgen durch den Lärm der Maschinen Thomas zu.

Genau, das war es! dachte Thomas. Ein Job im VW-Werk, vielleicht nächstes Jahr in Hannover. Runter von der Penne, ran ans Fließband, Geld verdienen, Moped kaufen, Plattenspieler und so. Er beobachtete längere Zeit einen älteren Mann am Fließband, der mit mechanischen Griffen die kleinen ovalen Heckscheiben einsetzte. Der Mann bewegte sich gelassen, aber ohne Pause.

„Macht das eigentlich Spaß?" fragte Thomas den Mann, der ihn flüchtig gemustert hatte.

„Spaß?" fragte der Mann zurück, „Spaß ist nach Feierabend, hier ist Maloche."

„Machen Sie immer das gleiche?" rief Thomas.

„Jaja, immer dasselbe."

„Wär das nicht schöner, wenn Sie jeden Tag was anderes machen würden? Oder wenigstens jede Woche?"

„Bist du verrückt? Dann renne ich ewig hinter dem Band her, weil ich meinen Takt nicht schaffe. Nee, nee, ich bleibe bei meinen Heckscheiben. Ich mache sowieso nur noch zehn Jahre hier."

Thomas bedankte sich für die Auskünfte und ging weiter. Gegen Ende des Bandes, wo die Autos beinahe fertig waren, kam er noch mal mit einem Arbeiter ins Gespräch. Der war jung und bestätigte ihm, daß auch er nur ungern eine andere Arbeit mache, als die Türen hier einzupassen: „Bis du die neuen Griffe draufhast, vergeht 'ne Woche, da bist du ewig am Hetzen und kommst dem Kollegen nebenan ins Gehege. Aber hier, da kann ich sogar mal 'ne halbe Lulle paffen gehen."

Thomas wollte von dem jungen Mann noch wissen, ob er vorhabe, bis zum Rentenalter Autotüren einzupassen. Davon wollte der nichts wissen. Vielmehr legte er von seinem Lohn soviel wie möglich auf die hohe Kante, um eines Tages in seinem Heimatdorf bei Gifhorn eine Kneipe aufzumachen. Ohne ein derartiges Ziel vor Augen, meinte er, wäre ihm die Arbeit am Band unerträglich. „Weißt du, die acht Stunden hier, die haben nix mit dem Leben zu tun. Das fängt erst am Feierabend an. Hier bei der Arbeit macht nur eins Spaß, die Lohntüte."

Im Bus teilte Thomas diese Erkenntnisse seinem Freund mit, und auch Jürgen bestätigte, seine Gewährsleute am Band hätten ihm durchweg geraten, so lange wie möglich die Füße unter dem häuslichen Tisch zu lassen und die Schulzeit, gegebenenfalls durch Ehrenrunden, zu strecken.

„Also ist die Penne noch die beste Möglichkeit", sagte Jürgen.

„Das ist ja trostlos", stöhnte Thomas.

Durch den dichten Nebel fuhr der Bus nordwärts. Nach gut zwanzig Kilometern hielt er vor einem dörflichen Rathaus. Die durchfrorenen Schüler wurden von einem bäuerlich aussehenden Mann begrüßt, der sich als Bürgermeister vorstellte: „Ich freue mich, daß ihr aus der Landeshauptstadt gekommen seid, um euch für die Probleme hier zu interessieren. Bevor ich euch einen langen Vortrag halte, gehen wir die paar Schritte bis an die Grenze, da seht ihr gleich, wo uns der Schuh drückt."

„Hier ist ja die Welt mit Brettern vernagelt!" rief einer der Jungen, als sie vor einem übermannshohen Lattenzaun angekommen waren.

Der Zaun war grob zusammengezimmert und ließ genügend Durchblicke.

Unmittelbar hinter dem Zaun standen die Häuser eines anderen Dorfes, das wie tot wirkte. Die nach Westen gewandten Fenster und Türen waren mit Backsteinen schlampig zugemauert. Das Stückchen Straße zwischen den beiden Dörfern in West und Ost wuchs von den Rändern her zu.

Kein Mensch war zu sehen, nur ein paar Hühner, die mit nickenden Köpfen umherrannten und kratzfüßig scharrten. Doch dann trat jemand aus einem Tor, dunkelblau gekleidet, mit Schirmmütze. Und Thomas erschrak: Es war ein Volkspolizist, der erste, den er seit zweieinhalb Jahren sah. Thomas wollte instinktiv weglaufen, aber dann sagte er sich: Da ist ja der Zaun.

Dort hinterm Nebel lag irgendwo auch Leipzig, da lebten Großmutter, Oma, Sibylle und inzwischen auch wieder Onkel Wolfgang.

Denn der Onkel war zurückgegangen, trotz allen Zuredens. Die Mutter hatte hinterher gesagt, er sei wohl weniger aus Überlegung gegangen als aus Verzweiflung und er werde wohl nirgends mehr richtig froh: „Das hat dieser verdammte Krieg getan; der hat nicht nur

Menschen ohne Arme und Beine hinterlassen, sondern auch seelische Krüppel."

Onkel Wolfgang war also wieder hinter dieser Grenze. Er mußte Fragen beantworten, Schritte rechtfertigen, Verdächtigungen entkräften, eine neue Existenz suchen. Er war wohl auch schon als Zahl über den „Deutschlandsender" gegangen, der bei jeder Gelegenheit aus Ost-Berlin meldete, wie viele Menschen aus Westdeutschland in die DDR umgezogen seien. Sicher gab es Flüchtlinge wie Onkel Wolfgang, die sich aus verschiedenen Gründen im Westen nicht zurechtfanden, verkrachte Existenzen, polizeilich Gesuchte, jugendliche Ausreißer, nicht zuletzt auch verfolgte Kommunisten und verträumte Idealisten. Im „Deutschlandsender" jedoch klang es immer, als seien alle wegen des Arbeiter-und-Bauern-Paradieses gekommen.

Der Volkspolizist war im Hoftor gegenüber verschwunden. Der Bürgermeister schlug vor, wegen der Kälte nicht hier draußen, sondern im Rathaus miteinander zu reden, wo seine Frau heißen Tee bereithalte.

Nachdem dieser in Pappbechern ausgeschenkt war, schilderte der Bürgermeister die Schwierigkeiten, die der Zaun den Menschen hier gebracht habe. Die Dörfer, einen Steinwurf auseinander, hannoversch das eine und anhaltisch das andere, seien vorher, auch nach dem Kriege noch, wie ein einziges Dorf gewesen. Nun hatte der Zaun Familien zerrissen, Freundschaften gesprengt, Bauern von ihren Äckern getrennt.

Auf dem Rückweg in der Dämmerung waren alle still, betroffen vielleicht oder auch nur müde.

Niemand sang, und ein Gespräch über das gewaltige Autowerk in Wolfsburg erstarb schnell wieder.

„Wie war's?" fragte die Mutter, die schon das Abendbrot gerichtet hatte.

„Ganz gut", antwortete Thomas. Er holte unter seinem Anorak einen Gegenstand hervor, den er in Zeitungspapier gewickelt hatte.

„Was ist denn das?" fragte die Mutter.

„Eine VW-Hupe", antwortete Thomas. „Da mach ich mir eine Batterie dran, und dann kann ich damit hupen."

„Hast du die etwa geklaut?"

„Was heißt hier geklaut? Das ist für den VW, um den sie uns betrogen haben."

15

Aus irgendeinem Grund kam fast die gesamte Weihnachtspost erst nach den Feiertagen an.

Die Großmutter und die Oma hatten etwa gleichlautend die Verhältnisse in Leipzig beklagt und sich erkundigt, ob Thomas nach nunmehr über zweieinhalb Jahren nicht endlich Lust verspüre, seine Heimatstadt zu besuchen.

Vor einem Vierteljahr hätte er begeistert ja gesagt, denn da hatte für ihn Leipzig Sibylle bedeutet. Aber die Ferienfreundin hatte sich nicht mehr gemeldet und die Ferienfreundschaft wahrscheinlich längst vergessen.

Das Weihnachtspäckchen aus Los Angeles kam gar erst am Silvestermorgen an. Der Vater hatte, den Verschleiß ahnend, wieder ein Paar Bluejeans hineingepackt. Dazu bunte Ringelsocken und reichlich Bubble-gum, außerdem einige Schallplatten, handlich-unzerbrechliche 45er-Scheiben, wie sie seit kurzem erst auf dem Markt waren.

Einen Brief hatte er auch beigelegt:

Lieber Tommy,
merry X-mas, wie man hier sagt, and a happy New Year! Ich würde Dich gern mal wiedersehen, aber Europa ist weit, die Schiffsreise ist teuer, und ich verdiene noch nicht so viel Geld.

Jeans kannst Du sicher gut gebrauchen, denn wie ich Dich kenne, halten sie kaum ein Jahr.

Die Schallplatten hat mir unser Andreas empfohlen. Er sagte, Du müßtest sie unbedingt haben. Die Kids hier sind völlig verrückt nach diesem Elvis Presley, und Andy läßt die Platten von früh bis spät dudeln. Alle Eltern sind entsetzt, daß ihre Kinder so einen schrecklichen Heuler mögen, und deswegen mögen ihn die Kinder noch mehr. Was mich angeht, so habe ich inzwischen eine Vertretung für eine große kalifornische Weinkellerei übernommen. Noch krebse ich auf der

Schwelle zwischen Gewinn und Verlust umher, aber ich bin zuversicht-lich. Wir werden diesen Amis schon das Coca-Cola-Saufen abgewöhnen! Irgendwann sehen wir uns doch noch mal wieder.

Vati

Thomas griff eine der Schallplatten heraus und legte sie auf: „Good Rockin' Tonight". Der Sänger sang merkwürdig. Seine Stimme vibrierte auf ansteckende Weise, zog sich manchmal tief in die Kehle zurück, um im nächsten Augenblick hemmungslos herauszubrechen.

„Die Kids hier sind völlig verrückt nach diesem Elvis Presley", las Thomas noch mal nach, und er wunderte sich, nicht schon bei der ersten Strophe gespürt zu haben, was los war.

„*I don't care if the sun don't shine*", sang der Sänger in hektischem Rhythmus, und Thomas zuckte mit Füßen, Beinen und Schultern.

„Was ist denn das für ein Krawall?" fragte die Mutter an der Tür.

„Jedenfalls nicht Rudolf Schock", antwortete Thomas aufsässig.

„Nein, wie Rudolf Schock klingt der weiß Gott nicht! Der klingt überhaupt nicht wie ein Sänger."

„Du sollst ihn ja auch nicht mögen", triumphierte Thomas, „der singt nämlich nicht für die Alten, sondern für die Kids."

„Für wen?"

„Na, für unsereinen."

Thomas nahm die neuen Platten mit zu Kuddels Silvesterparty. Er war zum erstenmal in seinem Leben zu einer Party eingeladen und mächtig gespannt auf das, was sich hinter diesem Zauberwort verbarg.

Party – das klang erwachsen und modern und auch ein bißchen lasterhaft, jedenfalls war man kein Kind mehr, wenn man auf Partys ging. Kuddel hatte neun Jungen und zehn Mädchen eingeladen, aber von den Mädchen hatten nur drei kommen dürfen, und die Jungen meinten, daß unter diesen Umständen eine harte Männerparty wohl besser gewesen wäre.

Kuddels Mutter hatte eine große Schüssel Ananasbowle angesetzt, die allerdings überreichlich mit Bölkewasser gestreckt war. „Bölkewasser" war die Bezeichnung für stark kohlensäurehaltiges Mineralwasser, nach dessen Genuß man kräftig „bölken", also aufstoßen mußte. Neben dieser bis zur Unkenntlichkeit verdünnten Bowle wurden Partyhäppchen gereicht, mit rosa Seelachsschnitzeln belegt oder mit bleichem Schmelzkäse bestrichen und mit jeweils einer halben Salzstange gespickt.

Kuddel legte Bill Haley auf, aber auch Platten von Bruce Low, Peter Alexander und was sonst noch gerade beliebt war. Er animierte zum Tanzen, was niemand richtig konnte. Einige Jungen versuchten es, schwenkten die drei Mädchen möglichst heftig im Kreis, so daß die steifen Petticoats flogen. Die anderen Jungen rutschten tief in die Sessel, um den Petticoatwirbel aus günstiger Perspektive zu verfolgen und ab und zu ein Stück Strumpfhalter zu erspähen. Die Mädchen bemerkten die Absicht und waren das Tanzen bald leid.

Da legte Thomas eine seiner neuen Platten auf: „Good Rockin' Tonight". Die plätschernde Unterhaltung brach ab, man spitzte die Ohren, und als das Lied zu Ende war, wollte Kuddel wissen: „Wer war'n das?"

„Echt Schau, was?" strahlte Thomas, zufrieden mit der Wirkung. „Nu sag bloß, den kennste nicht!"

Kuddel mußte es zugeben, und die anderen auch.

„Ihr seid vielleicht hinterm Mond! Drüben in den Staaten sind die Kids völlig verrückt nach Elvis Presley."

Er legte nacheinander alle Platten auf, erläuterte die Titel.

„Wie sieht er denn aus?" fragte eines der drei Mädchen.

„Also das ist ein riesengroßer Neger", erklärte Thomas, „mit ganz krausen Haaren und blauen Augen." Er hatte noch nie ein Bild von Elvis Presley gesehen, und auch auf den Plattenhüllen war keines.

„Und wie alt?"

„Na, ich würde mal fünfunddreißig schätzen."

„So 'n oller Tattergreis!"

„Oder auch zwanzig", verbesserte Thomas schnell, denn er wollte sich seine Entdeckung nicht vermiesen lassen. „Auf jeden Fall sind die Alten in Amerika unheimlich sauer auf ihn, weil die Kids so verrückt nach ihm sind."

Diese Bemerkung rehabilitierte den greisen Neger umgehend, und Kuddel drehte auf volle Lautstärke. Bis Mitternacht wurde nur noch Elvis gespielt, und bald konnten alle ungefähr mitsingen.

Als Kuddels Eltern gegen halb eins nach Hause kamen, waren die Bowlenschüssel leer und die jungen Gäste für ihre Verhältnisse ziemlich voll.

„Was ist denn das für ein Krawall?" fragte Kuddels Vater mit mißbilligendem Blick zum Plattenspieler.

Thomas trat auf unsicheren Füßen vor, schnalzte mit den Fingern und forderte den Mann schwerzüngig auf: *„Come on and rock!"*

„Ihr seid aber ganz schön angeschickert", wunderte sich Kuddels Mutter, „dabei war doch fast nur Bölkewasser in der Bowle."

„Ha!" triumphierte Kuddel, „wiwir haben nananachgefüllt!"

Später, an der frischen Januarluft, spürte Thomas die Bowle im Kopf und das neugierige Mädchen am Arm, und beides lastete schwer auf ihm.

„Wo mußt du denn hin?" fragte er.

„Hick!" machte sie.

Thomas fand in ihrem Handtäschchen den Schülerausweis mit einer Anschrift in Kirchrode, das genau entgegengesetzt lag, aber mit der Linie 5 ohne Umsteigen zu erreichen war. Vor der Haustür machte sie Anstalten, ihn zu küssen, aber Thomas wich vor ihrer Fahne zurück. Er lehnte das Mädchen an die Haustür, drückte auf die Klingel und enteilte in Richtung Straßenbahn.

Zu Hause hatte er lange damit zu tun, sein kreisendes Bett zum Stehen zu bringen. Als er gegen Mittag aufwachte, war sein Kopf schwer, und die Mutter sah ihn immer wieder fragend an. Jawohl! dachte Thomas, ich habe Bowle getrunken und eine Dame nach Hause begleitet und war erst um zwei im Bett und lege jetzt gleich wieder meine neuen Platten auf. Ich lass' mich nicht mehr unterdrücken, das ist vorbei.

„ICH bin da auf eine interessante Frage gestoßen", sagte Herr Jakobi, der Mathematiklehrer. Seine Formulierung deutete darauf hin, daß er wieder mal eine knifflige Theorie erörtern wollte, um seinen Schülern das Denken beizubringen. Diesmal stellte Herr Jakobi folgende Theorie auf: „Ein Loch kann man nicht sehen. Ich bitte um Widerspruch."

Die Sache war vergleichsweise praktischer Natur, und der Wider-

spruch war allgemein: „Natürlich kann man ein Loch sehen!"
Beispiele wurden angeführt: „Ein Loch im Eimer. Ein Loch in der
Schuhsohle. Ein Loch im Kopp. Kann man alles sehen."

„Ich behaupte: nein!" widersprach seinerseits Herr Jakobi, „denn:
Ein Loch ist ein Nichts, sozusagen das Fehlen von etwas. Deswegen
kann man zwar die das Loch umgebende Materie sehen – sowie die
Materie, die sich hinter dem Loch befindet. Aber das Loch selbst ist
unsichtbar."

Die Auseinandersetzung wogte eine Weile und steuerte dann auf ein
Unentschieden zu.

„Ich sehe ein Loch", sagte Thomas halblaut. „Es steht da vorn und
stellt dumme Fragen."

Die Jungen ringsumher grinsten, und Herr Jakobi fragte nach dem
Grund der Heiterkeit: „Sag es ruhig laut!"

„Es war nur eine dumme Bemerkung", wiegelte Thomas ab.

„Was sonst hätte dir wohl einfallen sollen", bemerkte der Lehrer
ironisch, und diesmal hatte er die Lacher auf seiner Seite.

Dem werd ich's zeigen! schwor Thomas.

Und er meinte es ernst. Seit einiger Zeit lag Aufsässigkeit in der
Luft, und das Wort von den „Halbstarken" ging um. Die Jugendlichen
nahmen es bald als Anerkennung, wenn nicht als eine Art Ehrentitel.
Streiche gegen Lehrer hatten schon immer sein müssen. Aber es hatte
sich etwas geändert. Wenn Lehrer jetzt geärgert wurden, dann sollten
sie nicht mehr schmunzeln dürfen, denn sie waren der Feind.

Der Feind Jakobi hatte seit neuem eine „Isetta". Die „Isetta" bot sich
für Streiche an, denn dieses zweisitzige Wägelchen hatte nur eine Tür,
die sich nach vorn öffnete und dabei mittels eines sinnreichen
Mechanismus das Lenkrad und die Pedale mit ausklappte. Wenn ein
paar kräftige Arme zupackten und das Wägelchen mit der Vorderfront
dicht vor eine Mauer stellten, so hatte der Fahrer keine Chance mehr
hineinzugelangen.

Herr Jakobi versuchte es denn auch gar nicht erst, sondern forderte
die grinsenden Jungen auf: „Stellt mir sofort mein Auto wieder richtig
hin!"

Niemand machte Anstalten, und Thomas fragte vorlaut: „Wo ist
denn hier ein *Auto*? Hat einer von euch ein Auto gesehen?"

Im Schullandheim
der Leibnizschule:
nach dem
Schmalfilmabend
brechen wir
in die Dorfkneipe ein.

Die anderen gaben sich ebenso ratlos, und Kuddel sprach die Vermutung aus: „Vielleicht meint er die Knutschkugel, die da vor der Mauer steht?"

„Ach so, die Rennsemmel da drüben?" fragte Thomas, als gehe ihm soeben taghell ein Licht auf, „wie kommt die denn wohl da hin?"

Herr Jakobi wich der Blamage aus und verschwand im Schulhaus, um nach geraumer Zeit mit Herrn Lüttich zurückzukehren, dem Klassenlehrer.

„Hört mal", sagte Herr Lüttich, „ich habe dem Kollegen Jakobi versprochen, daß er in fünf Minuten losfahren kann. Wer hilft mir, seinen Straßenkreuzer flottzumachen?"

Sie packten widerspruchslos mit an, und als Herr Jakobi grußlos davongeknattert war, fragte Herr Lüttich: „Wozu habt ihr das denn nun gemacht?"

„Na ja, damit er nicht losfahren kann", antwortete Thomas.

„Ach so, ich dachte schon, ihr hättet euch was dabei gedacht."

„Der wickelt uns doch glatt um den Finger", sagte Jürgen Dumont, nachdem Herr Lüttich gegangen war.

„Ja, der versteht uns irgendwie", nickte Kuddel.

„Das ist ja das Beschissene", sagte Thomas, „wir wollen doch nicht, daß die uns verstehen."

Herr Jakobi trug am nächsten Tag ins Klassenbuch ein, daß fünf namentlich benannte Schüler der 9b sein Auto in hinterhältiger Absicht vor eine Mauer transportiert hätten.

Am Tag darauf war die Eintragung verschwunden. Sie war ausgebrannt worden, offensichtlich mit Hilfe der Glut einer Zigarette.

„Wer war das?" fragte Herr Jakobi zornig.

Als sich erwartungsgemäß niemand zu der Tat bekannte, ließ er die fünf Verdächtigen nach vorn kommen und das Klassenbuch näher betrachten. „Wer von euch hat dieses Loch hier hineingebrannt?"

„Was denn für ein Loch?" fragte Kuddel.

„Hier, dieses Loch, wo meine Eintragung stand."

„Ich sehe kein Loch", sagte Jürgen kopfschüttelnd, „ich sehe bloß eine Art Materie am Rand und irgendwas dahinter. Aber ein Loch kann ich beim besten Willen nicht sehen."

„Löcher sind nämlich unsichtbar", pflichtete Thomas bei.

Die Nachricht von Jürgens Unfall brachte Herr Lüttich mit in die Deutschstunde. Jürgen Dumont war mit seinem Moped nach links ausgeschert, ohne nach hinten zu schauen. Der Busfahrer hatte ausgesagt, Jürgens Bewegung sei so plötzlich gekommen, daß er selbst nicht mehr habe ausweichen oder bremsen können. Ein Fahrgast und ein entgegenkommender Autofahrer hatten diese Aussage bestätigt. Die Klasse saß lange wortlos, bis Thomas sagte: „Ich versteh das überhaupt nicht, er war so 'n guter Radfahrer. Und Moped ist doch auch nicht viel anders."

„Vielleicht doch", überlegte Kuddel, „vielleicht ist er übergeschnappt, als er auf dem Moped saß."

„Du meinst, daß er so 'n irres Gefühl gekriegt hat und einfach losgebraust ist?"

Konnte ein Moped die Geistesverfassung eines fünfzehnjährigen Jungen derart verändern, daß er alles vergaß? Vielleicht gab es das. Ein Moped war eben nicht nur, wie es in der Straßenverkehrszulassungsordnung hieß, ein „Fahrrad mit Hilfsmotor". Es ging nicht einfach darum, beim Radfahren die Muskeln zu schonen. Es ging darum, sich schneller und müheloser und daher in derselben Zeitspanne drei- oder viermal so weit zu bewegen. Moped war gleich Freiheit. So als könne man plötzlich fliegen.

„Wo hatte er denn das Moped her?" fragte Thomas.

„Geliehen, von einem Nachbarn", antwortete Herr Lüttich, „und eigentlich hätte er es mit fünfzehn noch gar nicht fahren dürfen." Der Lehrer erklärte, der Unterricht sei für heute beendet, aber er und die Klasse blieben zusammen und redeten über Jürgen.

„Thomas, du warst doch mit ihm befreundet", sagte Herr Lüttich am Ende, „nimm doch bitte seine Sachen, die noch unter seinem Pult liegen, und bring sie seiner Mutter."

Jürgens Mutter saß am Küchentisch, hatte Fotos vor sich und einen großen Aschenbecher voller Kippen. Thomas setzte sich zu ihr, und als sie sich eine neue Zigarette ansteckte, griff er ebenfalls nach der Schachtel. Sie sah ihn fragend an, und er zuckte die Achseln: „Na ja, heute muß ich auch mal eine."

„Hat Jürgen auch geraucht?" fragte sie.

„Nee, nie!"

„Aber ich hab mal eine halbvolle Schachtel bei ihm gefunden."

„Na ja, hin und wieder mal. Aber nie auf Lunge."

„Übermorgen ist die Beerdigung, da kommst du doch?"

„Wissen Sie, was mir grade einfällt?" fragte Thomas, „wir haben vor ein paar Wochen mal zusammen Schallplatten gehört, und bei ‚New Orleans Function' von Louis Armstrong, da hat er gesagt: ‚Wenn sie mich mal unter die Erde bringen, dann sollen sie diese Platte dazu spielen.' Ich meine, man muß übermorgen diese Platte spielen."

„Das geht nicht", sagte Jürgens Mutter, „diese Musik auf dem Friedhof, das geht nicht."

Die ganze Klasse kam zur Beerdigung, auch Herr Lüttich und andere Lehrer sowie Jürgens Verwandtschaft. Thomas fuhr zu Fritz Eisenmanns Fernseh- und Radiogeschäft und lieh sich einen der neuartigen kleinen Plattenspieler mit Batteriebetrieb aus. Er kehrte auf den Friedhof zurück und legte „New Orleans Function" auf, den Trauermarsch, der über ein Klagelied in einen fröhlich swingenden Jazz mündet.

„He! Was soll denn der Krawall?" hörte Thomas rufen. Ein Friedhofswärter eilte mit ärgerlichem Gesicht herbei. „Hier ist ein Friedhof, verstehst du?"

Thomas nahm seinen Plattenspieler und lief davon.

„Icʜ hab kein' Bock mehr", sagte Thomas.

Die Mutter legte das Käsebrot hin, in das sie gerade hatte beißen wollen: „Du, ich kann das bald nicht mehr hören!"

„Brauchst ja nicht hinzuhören."

„Meinst du vielleicht, ich gehe jeden Morgen frohen Herzens nach nebenan ins Büro, um für dich und mich die Brötchen zu verdienen?"

„Kannst es ja lassen, wenn du kein' Bock hast."

„Und wovon willst du, bitte schön, dann leben?"

„Ich kann auf Maloche gehen, aber du läßt mich ja nicht."

„Vielleicht kannst du mal deine Gassenwörter weglassen! Und was willst du arbeiten, wo du doch gar nichts kannst?"

„Ich kann auf die Conti oder demnächst nach Stöcken zu VW."

„Auf der Conti", wie man in Hannover sagte, also bei der „Continental Gummiwerke AG", wurden stets Arbeiter zum Anlernen gesucht, und in Hannover-Stöcken stand das VW-Zweigwerk kurz vor der Inbetriebnahme.

„Als du damals von eurem Klassenausflug nach Wolfsburg zurück-kamst", sagte die Mutter, „da hast du geschworen, so eine stumpfsin-nige Arbeit würdest du nie machen."

„Penne ist noch stumpfsinniger", erwiderte Thomas, „und bringt nicht mal Kohle."

„Kohle, Kohle! Kannst du bitte deutsch reden? Wozu brauchst du mehr Geld, als du jetzt hast? Du hast ein gutes Taschengeld von zehn Mark im Monat und verdienst bei Beeck dazu."

„Ich will eine richtige Arbeit und nicht mehr wie 'n Kind morgens in die Schule. Andere arbeiten schon richtig und können auf ein Mo-ped sparen."

„Ein Moped?" fragte die Mutter entsetzt, „wo sich grade dein bester Freund mit einem Moped zu Tode gefahren hat?"

„Ja. Grade deswegen."

Es stimmte, daß Thomas sich nach Jürgens Tod mehr als zuvor ein Moped wünschte. Er stellte sich ein besonders schnelles Moped vor, mit frisiertem Motor und demontiertem Auspuff und dem Sound einer Rennmaschine. Manchmal träumte er davon, mit diesem Moped zur Hauptverkehrszeit in virtuosem Slalom durch die Innenstadt zu jagen und als Höhepunkt seiner Vorstellung am Kröpcke frontal gegen eine Straßenbahn zu knallen. Oder besser noch gegen einen Porsche. James Dean war mit einem Porsche verunglückt.

„Ein Moped", setzte die Mutter das Gespräch fort, „kannst du dir kaufen, wenn du einundzwanzig und volljährig bist. Solange ich ein Wörtchen mitzureden habe, kriegst du so ein Teufelsding nicht."

„Mit einundzwanzig habe ich schon einen Porsche", sagte Thomas trotzig.

„Ja, natürlich", spottete die Mutter, „vor allem, wenn du auf der Conti malochen gehst, für einsfünfundachtzig die Stunde oder was sie den Ungelernten zahlen. Dann wirst du dir einen Porsche leisten können."

„Irgendwann habe ich einen Porsche, so wie James Dean."

„Wie wer?"

Die Mutter kannte James Dean nicht, und das war Thomas recht.

Denn James Dean war so einer wie Elvis Presley, einer, der den Jugendlichen gehörte und der die Erwachsenen nichts anging. Natürlich hatten auch Erwachsene „Jenseits von Eden" gesehen und gefunden, daß der junge Mann seine Rolle im großen ganzen recht talentiert gespielt habe. Solche Urteile brachten die Jungen gewaltig auf die Palme, denn Jimmy, wie sie ihn auch nannten, das war nicht irgendein talentierter Schauspieler, Jimmy war ihr zweites Ich.

„James Dean", sagte Thomas zu seiner Mutter, „den brauchst du nicht zu kennen."

„Ist das so eine Heulboje wie dieser Dingsbums, von dem du aus Los Angeles diese ‚tollen' Platten geschickt bekommst?"

„Jaja, so ist es, alles eine Mischpoche."

„Du solltest dich lieber ein bißchen mehr auf deine Schularbeiten konzentrieren", schlug die Mutter vor, „du wirst immer schlechter."

„Ich hör ja sowieso bald auf."

„Du machst dein Abitur, hörst du? Laß dir sagen, was eine gute Ausbildung wert ist. Ich habe im Leben die Erfahrung gemacht, daß man ohne richtigen Beruf ..."

„Lebenserfahrung, Lebenserfahrung", leierte Thomas, „was soll ich mit deiner Lebenserfahrung? Ich mache lieber meine eigene."

„Du Grünschnabel machst erst mal, was ich dir sage!"

„Kann ich übrigens in den Osterferien nach Leipzig?"

„Wenn du versetzt wirst, ja."

16

ENDE März gab es Zeugnisse, und Thomas war sitzengeblieben.

„Tut mir leid für dich", sagte Herr Lüttich nach der Stunde.

„Macht nichts", sagte Thomas.

„Ich habe mich in der Zeugniskonferenz sehr für dich eingesetzt", erklärte der Klassenlehrer, „aber die Kollegen meinten, man dürfe derartige Interesselosigkeit nicht mit einer Versetzung belohnen."

„Is echt egal", beteuerte Thomas, „ich hab sowieso kein' Bock mehr."

„Hat das etwas mit Jürgen zu tun?" fragte Herr Lüttich.

„Nein. Das heißt: auch. Irgendwie ist alles zusammengekommen. Jedenfalls will ich von der Schule. Ich hab keine Möge mehr."

„Was denn! Wegen einer einzigen Ehrenrunde? Hör mal, ich hatte zwei!"

„Es ist nicht wegen der Ehrenrunde", sagte Thomas, „sondern weil man sich fragt, ob das alles überhaupt noch einen Witz hat. Aber das können Sie nicht verstehen."

„Ach so? Du meinst also, daß du der erste bist, der das Leben entdeckt? Mein Lieber, wo du jetzt bist, da sind schon sehr viele vor dir gewesen. Ich zum Beispiel. Alles wohlbekannt! Nur daß wir früher nicht so fabelhafte Ausdrücke dafür hatten: kein' Bock, keine Möge."

„Wie hieß das denn bei Ihnen?"

„Schnauze voll. Ich hatte sie auch voll. Ich wollte Hafenarbeiter werden, als ich das erste Mal backen geblieben war. Aber mein Vater hat mir ein paar auf die Ohren geschlagen. Gott sei Dank!"

„Kann ja sein", sagte Thomas, „aber heutzutage ..."

„Heutzutage ist es viel leichter als damals. Jede Generation redet sich beharrlich ein, sie hätte es am schwersten von allen. Und dann bedauert man sich und freut sich insgeheim, daß man einen Grund gefunden hat, nichts zu tun."

„Ich will ja was tun, aber nicht hier."

„Was willst du denn tun?"

„Geld verdienen."

„Ja, auf der Conti, oder? Und nach einem Jahr stellst du fest, daß du nicht dumm genug bist, um so eine Arbeit ein Leben lang zu ertragen. Und was dann?"

„Dann geh ich zu VW."

„Eine ungeheure Steigerung. Nein, mein Lieber, wenn du nicht mehr zur Schule gehen willst, dann mach wenigstens eine Lehre. Es gibt noch genug Lehrstellen."

„Ja, als Metzger. Schweine totschlagen."

„MIT Leipzig ist es natürlich aus", sagte die Mutter, nachdem Thomas sein Zeugnis vorgelegt hatte.

„Und was wird dadurch besser, wenn ich hierbleibe?" fragte Thomas.

„Nichts, aber so war's ausgemacht."

„Aber nun ist die Aufenthaltsgenehmigung da, und die Oma und die Großmutter freuen sich, daß ich komme, und bloß wegen diesem blöden Zeugnis ..."

„Hättest du eben ein besseres nach Hause gebracht."

Thomas fuhr, ohne sich zu verabschieden, in die Stadt und ging ins Kino. Ein neuer James-Dean-Film hatte Premiere: „... denn sie wissen nicht, was sie tun". Es war die Geschichte von Jim Stark, einem Schüler aus gutem Hause, dessen Vater eine wohlsituierte Flasche war. Jim hatte hart zu kämpfen, um sich Anerkennung zu verschaffen. Da stand er mit trotziger Frisur, den Kragen seiner roten Lederjacke hochgeschlagen, die Hände tief in den Taschen der Jeans vergraben. So sollte man sein, dachte Thomas.

Nach dem Kino aß Thomas ein Schaschlik und trank ein „Herrenhäuser Pilsner". Als er leise nach Hause kam, schlief die Mutter schon. Thomas kramte nach der Aufenthaltsgenehmigung, die die Oma aus Leipzig geschickt hatte, nach seinem Ausweis und seinen Ersparnissen. Er packte ein paar Sachen zusammen und schlich aus dem Haus. Kurz nach ein Uhr nachts fuhr ein Interzonenzug nach Leipzig.

DER Interzonenzug kam aus Köln und war schon überfüllt, als er mit Verspätung in Hannover einlief. Es war die Nacht auf Karfreitag. Thomas zwängte sich mit seinem Köfferchen in einen Waggon dritter Klasse und fand einen Stehplatz vor einer Toilettentür.

Hinter Braunschweig hatte Thomas mit einem Male ein flaues Gefühl im Magen. Als er vor drei Stunden mit der letzten Straßenbahn zum Hauptbahnhof gefahren war, noch unter dem Eindruck des James-Dean-Films, da hatte er daran gedacht, nicht aus Leipzig zurückzukehren. Er wollte bleiben und irgend etwas anfangen, auf keinen Fall zurück auf die Leibnizschule in Hannover, um den zähen Stoff vom vergangenen Jahr ein zweites Mal zu kauen.

Auf dem Bahnhof von Helmstedt kam ihm seine Idee plötzlich ganz unsinnig vor. Was sollte er in Leipzig machen? In einer Fabrikhalle malochen? Das konnte er auch in Hannover, auf der Conti oder bei VW. Als Thomas aussteigen wollte, ruckte der Zug an.

In Marienborn mußten alle, die keinen Sitzplatz hatten, raus auf den

Bahnsteig und vor der Abfertigungshalle warten. Es war verdammt kalt.

„Babiere vorzeichn!" sagte der Volkspolizist, und Thomas tat eilig, wie ihm befohlen war. Als er gemustert und mit seinem Paßbild im Ausweis verglichen wurde, schlug er die Augen zu Boden.

„Goffer uffmachn!" sagte der Volkspolizist, und Thomas riß schnell die Verschlüsse seines kleinen Reisekoffers auf. Der Volkspolizist zerwühlte mit geübten Händen die paar Kleidungsstücke, die Thomas hastig eingepackt hatte. Später zuckelte der Zug über ausgefahrene Reichsbahngleise und hielt mehrmals für längere Zeit auf offener Strecke. Thomas saß auf seinem Koffer und kämpfte dagegen an, vor Müdigkeit umzufallen. Als der Morgen graute, rumpelte der Zug durch das qualmende, stinkende Bitterfeld.

Leipzig-Hauptbahnhof! Thomas trat hinaus auf den Bahnhofsplatz und sah auf vier Gleisen die Straßenbahnen fahren. Da kam die 11, die nach Markkleeberg-Ost fuhr, die 29 nach Schkeuditz und die 17 nach Schönefeld. Die 11, dachte Thomas, kommt von Wahren, die 29 von Plagwitz und die 17 von Leutzsch. Ja, es klappte noch, er hatte noch alle Leipziger Straßenbahnlinien im Kopf. Er wollte in die 6 einsteigen, aber ihm fiel noch beizeiten ein, daß er gar kein Ostgeld bei sich habe. Er machte sich zu Fuß auf den Weg nach Gohlis, wo die Oma und Onkel Wolfgang noch – beziehungsweise wieder – in der Wohnung wohnten, die Thomas vor fast drei Jahren verlassen hatte.

„Da bist du ja!" sagte die Oma ohne Überraschung und drückte Thomas an ihren Busen, „hättest du telegrafiert, dann hätten wir dich abgeholt." Sie zog ihn ins Wohnzimmer und stellte unentwegt Fragen: Ob die Aufenthaltsgenehmigung beizeiten gekommen sei, ob der Zug voll gewesen sei. Onkel Wolfgang kam hinzu und begrüßte ihn mit festem Händedruck: „Willkommen in unserer Re-pups-blik!"

Gott sei Dank, dachte Thomas, er tickt wieder richtig.

Die Oma hatte das Frühstück für zwei Personen gerichtet und deckte nun auch für Thomas. Es gab dunkles Brot, etwas „kluntschig", wie man hier sagte; das hieß, es blieb beim Kauen zwischen den Zähnen kleben. Dazu gab es Margarine, Kunsthonig und Zuckerrübensirup.

„Unglaublich", murmelte Thomas, „is ja, als wenn ich erst gestern weggemacht wäre nach West-Berlin."

„Ja, wir sind stark traditionalistisch eingestellt", ulkte Onkel Wolfgang, „wir machen nicht alles gleich mit, was ihr drüben für Fortschritt haltet: Bienenhonig, Quittengelee, Orangenkonfitüre."

„Wie geht's dir denn jetzt hier?" fragte Thomas.

„Glänzend!" antwortete Onkel Wolfgang, „als Rückwanderer wirst du ja sofort mit offenen Armen aufgenommen und in höchste Führungspositionen geschoben, ob du willst oder nicht."

„Also beschissen?"

„Sag nicht solche Wörter!" schimpfte die Oma wie früher.

„Und wie geht es dir so?" fragte Onkel Wolfgang.

„Glänzend!" antwortete Thomas, „genau wie dir."

Er erzählte das Nötigste, gestand auch sein schlechtes Zeugnis ein, verriet aber nichts von seiner Absicht, die Schule zu verlassen.

Nach dem Frühstück war er todmüde von der Reise und legte sich ein wenig schlafen. Er erwachte um die Mittagszeit, ließ sich etwas Ostgeld geben, fuhr zum Hauptbahnhof und gab auf dem Postamt ein Telegramm auf: BIN IN LEIPZIG STOP ALLES KLAR STOP THOMAS.

Er nahm die Straßenbahn nach Stötteritz und stieg vorm Altersheim aus. Er lief an dem dösenden Pförtner vorbei und durch die langen, kahlen Gänge, roch den bekannten Alte-Leute-Mief und klopfte an die Tür, durch die er oft geschlüpft war in die zwei engen, aber gemütlichen Zimmerchen der Großeltern. Eine fremde Frau öffnete.

„Oh, hier hat immer meine Großmutter gewohnt", entschuldigte sich Thomas, und in plötzlicher Angst fragte er: „Was ist denn mit ihr?"

„Sie wohnt jetzt einen Stock höher, gegenüber", erklärte die Frau. „Sie hat keinen Anspruch mehr auf zwei Zimmer, seit dein Großvater tot ist."

Thomas stürmte die Treppe hinauf und durch die Tür und warf seine Großmutter beinahe um.

„Wo kommst du denn her?" fragte sie sicher fünf- oder sechsmal, und Thomas berichtete.

„Willst du einen Kakao?"

„Ich trinke schon Bohnenkaffee", antwortete Thomas.

„Rauchst du etwa auch schon?"

„Manchmal", gab Thomas zu.

„Nicht zu glauben, unser Kleiner!"

Die Großmutter holte ein geschnitztes Kästchen herbei, das Thomas noch gut kannte, und holte eine halbvolle Schachtel „Astor" heraus: „Steck dir eine an! Eigentlich bist du ja noch zu jung dafür, aber ich mag es, wenn's nach Tabak riecht. Und seit der Großvater tot ist . . ." Sie stöpselte den Tauchsieder ein und stellte die Kaffeekanne bereit. Dann fragte sie nach allem möglichen und schließlich auch nach der Schule. Thomas beichtete, daß er sitzengeblieben war.

„Das ist nicht schön", sagte sie, „aber kein Beinbruch. Dein Großvater ist auch mal sitzengeblieben und doch noch ein großartiger Mann geworden."

„Na ja, bei mir ist das etwas anders. Ich gehe wohl besser von der Schule ab . . ."

„Wieso denn das?" fragte die Großmutter, und es klang geradezu entrüstet.

„Ich hab kein' Bock mehr, verstehst du? Keine Möge."

„Ich vermute, daß das ins Deutsche übersetzt heißen soll: Du hast keine Lust mehr. Ist das so?"

„Genau."

Das Wasser kochte, und während die Großmutter den Kaffee aufbrühte, sagte sie: „Na ja, nicht so schlimm. Du machst eben ein Jahr später Abitur, und dann studierst du etwas Gescheites."

„Ich glaube, du verstehst mich nicht", widersprach Thomas, „ich gehe von der Schule ab."

„Und was willst du machen?"

„Ich weiß nicht. Arbeiten. Geld verdienen. Vielleicht bleibe ich hier."

„In Leipzig? Ja, bist du denn von allen guten Geistern verlassen?" Sie griff erregt zur Kaffeetasse und warf sie fast um. „Deine Mutter hat damals die Flucht gewagt, damit du eine vernünftige Schule besuchen kannst und in einem freien Land aufwächst und dir die Welt offensteht. Und jetzt willst du zurück in diesen Mief hier? Wo keiner den Mund aufmachen kann und jeder nur tut, was ihm geheißen wird?"

„Na ja, drüben ist auch nicht alles Gold", widersprach Thomas vorsichtig. „Zum Beispiel hilft da den Flüchtlingen aus der Ostzone kein Schwein.

Glaubst du, wir haben von irgendwem irgendwas gekriegt, als wir noch gar nichts hatten? Null Komma null null null! Kein Mensch hat uns geholfen!"

„Das ist sicher nicht einfach gewesen", gab die Großmutter zu, „aber wenn dir keiner hilft, dann hilf dir selbst! Und wenn du's geschafft hast und was geworden bist, dann brauchst du dich auch bei keinem zu bedanken."

Das war ein schwieriger Gedanke für Thomas. „Außerdem muß ich drüben eines Tages zu den Soldaten", sagte er, um wieder auf praktischere Fragen zu kommen.

„Meinst du hier nicht? Hier haben sie doch auch grade eine Wehrmacht gegründet, eine Volksgruppe oder so ähnlich. Willst du vielleicht hier Soldat werden, an der Seite der russischen Brüder?"

„Nee, ich will eigentlich gar nichts. Warum muß man denn immer was wollen und was machen?"

„Damit man nicht immer ein kleines Würstchen bleibt, das von oben getreten wird. So wie dein Onkel."

„Ich glaube, ihm geht's nicht gut", sagte Thomas.

„Dein Onkel hat, glaube ich, das große Problem, daß er den Krieg nicht überlebt hat. Innerlich, verstehst du? Er hat überall die gleichen Probleme. Jetzt arbeitet er in diesem Briefmarkengeschäft, aber ist das ein Beruf? Nur gut, daß er sich noch etwas von seinem Humor erhalten hat."

AM OSTERSONNTAG ging Thomas Sibylle besuchen, seine Ferienliebe vom vorigen Jahr. Er zog dazu seine neuen Nietenhosen an sowie ein buntes Überfallhemd, unter dem er ein weißes Unterhemd amerikanischer Art trug. Die Füße steckten in gelb-grün-roten Ringelsocken und flachen Mokassins, wie es die Mode war. Das Haar war James Dean nachgebürstet.

Als Thomas bei Sibylle klingelte, öffnete ein Junge, der etwa so alt war wie er.

„Tag!" sagte Thomas, „ist Sibylle da?"

Der Junge sah ihn genau an und sagte dann: „Wenn ich so was malen sollte, würde mir's nicht einfallen."

„Wo ist Sibylle?" fragte Thomas laut.

„Wer bist'n du?" fragte der andere zurück.

„Ich heiße Thomas und bin aus Hannover, das liegt im Westen."

„Ach so", dämmerte es jetzt dem Jungen, „du bist der Genosse Casanova, der meiner Schwester die schönen Liebesbriefe geschrieben hat."

„Hast du sie gelesen, du Kanaille?"

„Nee, sie hat sie immer vorgelesen."

Thomas war einen Augenblick lang sprachlos. Dann preßte er mit kalter Wut durch die Zähne: „Sag der Genossin Kanaille, sie soll sich nie wieder im Westen blicken lassen!" Damit ging er.

Nachmittags traf er sich mit seiner Großmutter in der Thomaskirche, um den berühmten Chor singen zu hören. Er hing verschiedensten Gedanken nach, erinnerte sich unter anderem an die Heiligabende seiner Kindheit, die stets mit einer Christmette in dieser Kirche und dem Gesang dieses Chors begonnen hatten.

„Komm, laß uns gehen!" sagte Thomas mittendrin.

„Warum? Gefällt's dir nicht?"

„Doch, aber ich will raus."

Sie gingen zum Hauptbahnhof, und Thomas bat die Großmutter, ihm eine Fahrkarte für den Interzonenzug nach Hannover zu kaufen.

„Willst du schon abreisen?" fragte sie.

„Nein, ich will nur die Karte. Ich bleibe schon noch bis Montag. Ihr wollt ja noch 'n bißchen was von mir haben."

„Eins und zwei und Wie-ge-schritt!" kommandierte Frau Meseke mit lauter Stimme. Frau Meseke leitete die renommierte hannoversche Tanzschule gleichen Namens am Neuen Haus. Im Takt ihrer Kommandos schoben sich etwa zwei Dutzend Paare im Kreis, mit angestrengter Miene, als brüteten sie über einer Mathe-Arbeit.

„Magst du eigentlich Elvis?" fragte leise das rothaarige Mädchen, das Thomas im Wiegeschritt vor sich herbewegte.

„Wie bitte?" fragte er zurück und trat ihr auf den linken großen Zeh. „'tschuldigung!" murmelte er, „aber du hast mich rausgebracht."

„Schon gut, ich frag nichts mehr."

Thomas schob seine Partnerin weiter und schielte dabei immer wieder hinüber zu Birgit.

Das Wiedersehen mit Birgit hatte ihn ganz aus dem Häuschen gebracht. Zur ersten Tanzstunde hatte Frau Meseke noch die „Damen" und die „Herren" getrennt eingeladen, um sie auf das Zusammentreffen in der zweiten Stunde vorzubereiten. Sie hatte den „Herren" mit humorigen Worten erklärt, dieser Salon voller Plüsch und Spiegel sei ein Ort gesitteten Umgangs und die jungen Damen seien als solche und nicht als Kumpels zu behandeln.

„Man macht eine nicht zu tiefe Verbeugung", hatte sie erklärt, „und sagt: ‚Darf ich bitten?' Es ist also nicht wie in einem Rock-'n'-Roll-Schuppen, wo man die Mädchen ungefragt am Arm hochreißt und sagt: ‚Los, hotten!' Haben Sie das verstanden?"

Das kann ja was werden! hatte Thomas gedacht.

Heute, in der zweiten Stunde, hatten die jungen Herren zu Beginn erwartungsvoll Aufstellung genommen. Dann hatte sich die Flügeltür geöffnet, und zwei Dutzend Mädchen waren in einem Meer von Petticoats hereingewogt. Unter neckischen Ponys hatten sie teils schüchterne, teils aufreizende Blicke geworfen, und Frau Meseke hatte das Kichern mit dem Hinweis unterbrochen: „Meine Damen, wir sind nicht mehr im Kindergarten!"

Und da war plötzlich Birgit, das Mädchen, das Thomas von der überfluteten Leinebrücke gezerrt hatte. Sein Herz fing an zu hämmern. Birgit erkannte ihn ebenfalls und warf ihm einen verschwörerischen Blick zu.

In der Pause stürzte er zu ihr: „Toll, daß du hier bist! Richtig schaumäßig!"

„Wir haben uns lange nicht gesehen", sagte sie, „über ein Jahr." Sie schüttelte den Kopf. „Thomas in der Tanzstunde! Einfach unvorstellbar. Ist dir das nicht viel zu vornehm hier?"

„Eigentlich schon", gab er zu, „aber man ist ja kein Banause."

Gegen Ende des Unterrichts bemühte er sich, in Birgits Nähe zu bleiben, denn jeder Herr hatte seine letzte Tänzerin des Abends nach Hause zu begleiten. Als der letzte Tanz angekündigt wurde, drängte er sich zu Birgit, aber er sah, wie bereits ein anderer seine artige

Verbeugung machte, und wollte schon tief enttäuscht abdrehen. Doch Birgit schaute an dem anderen vorbei, sah Thomas an und nickte leicht mit dem Kopf.

„He! Das geht aber nicht!" schimpfte der andere.

„Wetten daß?" antwortete Thomas, „die Dame hat zu entscheiden."

Draußen beschlossen sie, noch in die neue Milchbar am Aegi zu gehen, die neuerdings jeder besuchte, der auf sich hielt. Auf dem Weg den Schiffgraben hinunter fragte Birgit, wie es Thomas seit dem vorigen Jahr ergangen sei.

„Glänzend!" sagte er, „zur Zeit drehe ich sogar eine Ehrenrunde."

„Dann bist du ja jetzt eine Klasse unter mir", lachte Birgit. Sie fragte, wie es dazu gekommen sei: „Du bist doch eigentlich ein ganz aufgewecktes Bübchen."

„Ich hab ein bißchen durchgehangen, vor allem, nachdem mein Freund verunglückt war. Der Jürgen, den hast du damals auch kennengelernt."

Birgit wollte wissen, wie das geschehen war, und schien ehrlich betroffen. Thomas schilderte seine trostlose Stimmung in jenen Wochen und die Auseinandersetzung mit der Mutter. Daß er die Ratschläge von Herrn Lüttich nicht hatte hören wollen und nach der Zeugnisausgabe heimlich nach Leipzig gefahren war mit dem Gedanken, möglicherweise nicht zurückzukehren.

„Da mußt du aber ganz schön ausgerastet gewesen sein", bemerkte Birgit.

„Jaja. War auch nichts. Alles so miefig, weißt du? Aber ich glaube, in Wahrheit wollte ich gar nicht drüben bleiben. Ich bin ja schließlich nicht bekloppt. Mit Leipzig, weißt du, hab ich nichts mehr zu tun. Ich hab mich da nicht mehr zu Hause gefühlt, das ist zu lange her. Na ja, jedenfalls gehe ich jetzt wieder auf die Penne. Wer weiß, wozu es gut ist."

„Und wie bist du auf die Tanzstunde gekommen?"

„Da ist eigentlich meine Mutter drauf gekommen."

„Und du hast gehorcht?"

„Nein. Ich hab ausgehandelt, daß ich mir ein Moped kaufen kann, wenn ich das hier hinter mir habe." Sie waren inzwischen nicht mehr weit von der Milchbar, und Thomas sagte nach einer nachdenklichen

Mein Versuch, James Dean zu ähneln,
glückt nicht hundertprozentig.

Pause: „Weißt du, ich mach das alles mit. Aber laß mich erst mal das Moped haben. Oder gar das Abi. Dann geht's rund."

„Revolution?" fragte Birgit.

„Wirst ja sehen. Die denken nämlich alle, sie müssen uns nicht ernst nehmen. Halbstarke! Die werden sich noch wundern."

Vor dem Eingang der Milchbar blieben sie stehen, und Birgit sah Thomas aufmerksam an. „Is was?" fragte er.

Birgit trat einen Schritt zurück, dann einen zur Seite und sah Thomas weiter prüfend an. „Doch, doch", sagte sie, „bißchen Ähnlichkeit ist da."

„Mit wem?"

„Mit wem möchtest du's denn?"

„Is mir egal", gab Thomas etwas unwirsch zurück, „bloß nicht mit Ludwig Erhard."

„Das ist dir überhaupt nicht egal", widersprach Birgit, „warum hast du denn zum Beispiel deinen Anzugkragen hochgeschlagen? Wer macht das denn so im Film? Übrigens sieht es bei einer Anzugjacke bekloppt aus."

Thomas schlug den Kragen herunter und dachte: Die merkt aber auch alles.

„Doch, doch", sagte Birgit, „ein bißchen Ähnlichkeit hast du schon mit James Dean."

Thomas strahlte sie dankbar an. Als er später die Milchshakes zahlen wollte, sagte Birgit: „Nix da, ich zahle selbst."

„Aber heute ist doch ein ganz besonderer ..."

„Widersprich mir nicht dauernd!" sagte Birgit energisch.

Das kann ja was werden, dachte Thomas.

Foto: Scherz Verlag

Dieter Zimmer

Für viele unserer Leser ist der Knabe Thomas bereits ein alter Bekannter. In Dieter Zimmers erstem Roman, *Für 'n Groschen Brause*, der ebenfalls in den Auswahlbüchern erschienen ist, nahm Thomas, der liebenswerte Frechdachs aus Leipzig, mit seinen kessen Sprüchen Lehrer und Parteibonzen auf den Arm und bereitete damit seinen Eltern manche bange Minute.

Thomas' Abenteuer nach der Flucht schildert Dieter Zimmer in *Alles in Butter*, die Schauplätze dieses Neubeginns im Westen sind die Städte Berlin, Baden-Baden und Hannover. So hießen nach 1953 auch die Stationen im Leben des Autors, und vielleicht erinnert sich da und dort noch der eine oder andere Herr Oberstudienrat an einen Schüler namens Dieter Zimmer, der ihm einen Streich „Marke Thomas" spielte.

Und was wurde schließlich aus dem Schüler Dieter Zimmer? Das wird sich mancher Leser fragen, der in *Alles in Butter* die Berufspläne des jungen Romanhelden Thomas verfolgte und nicht weiß, ob der Fernfahrer, der Schichtarbeiter bei VW oder der Filmstar à la James Dean den Zuschlag erhalten hat. Nun, Schauspieler ist Dieter Zimmer zwar nicht geworden, aber als vielbeschäftigter Fernsehjournalist steht er dennoch häufig vor der Kamera. Nach dem Abitur wurde der Autor Fernsehreporter beim Südwestfunk Baden-Baden. Danach wechselte er zum Zweiten Deutschen Fernsehen, wo er vier Jahre lang als Studioredakteur die „Heute"-Sendung betreute. Inzwischen arbeitet er beim ZDF in Wiesbaden in der Hauptredaktion Innenpolitik.

Bei Bundestags- und Landtagswahlen, Parteitagen und Parlamentsdebatten heißt es im ZDF oft: „Wir schalten um zu Dieter Zimmer." Dann tritt der erfahrene Fernsehmann vor die Kamera und spricht mit ruhiger Stimme – ausgewogen und engagiert –, seinen Kommentar zu politischen Themen, Tendenzen und Tagesereignissen ins Mikrofon. Seine umfangreiche Sachkenntnis kommt ihm dabei natürlich ebenso zugute wie beim Schreiben seiner Bücher – kein Wunder bei einem Mann, der die jungen Jahre beider deutscher Staaten so intensiv miterlebt hat.

Der PILOT
und das Kind

EINE KURZFASSUNG DES BUCHES VON
ERNEST K. GANN

INS DEUTSCHE ÜBERTRAGEN VON
HANNA LUX

ILLUSTRATIONEN VON
NITA ENGLE UND PAUL GRANT

Dezember 1928. Ein Stearman-Doppeldecker soll die Post von Elko in Nevada nach Pasco im Staat Washington bringen: fünfhundert Kilometer nach Norden auf gefährlichem Kurs, über unwirtliche, menschenleere Hochebenen. Dennoch ist Jerry, der erfahrene Pilot im offenen Cockpit, guter Dinge. Hier oben fühlt er sich wohl, denn niemand kann sein entstelltes Gesicht sehen – niemand außer dem kleinen Mädchen, das als einziger Passagier mit ihm fliegt. Und anders als seine Mitmenschen, die so oft vor seinem Anblick zurückschrecken, scheint Heather sich überhaupt nicht daran zu stören.

Über weitem Niemandsland weicht Jerrys Zufriedenheit jähem Entsetzen. Unversehens beginnt der Motor zu stottern, Qualm steigt auf. Krachend geht der Doppeldecker an einem zerklüfteten Berghang nieder. Während die Welt ringsum im unablässig fallenden Schnee versinkt, warten die beiden im Schutz des Wracks auf Rettung. Ihre Lage wird immer verzweifelter. Dem Piloten bleibt nichts als das Vertrauen des kleinen Mädchens und, als seltsam schicksalhafte Botschaft, ein Brief aus einem der Postsäcke.

Vorwort

IM JAHR 1928 kam es, wie bereits 1914, zu einem weltweiten Umbruch. Nur wenige sahen die finanzielle Katastrophe voraus, welche die Vereinigten Staaten und bald darauf auch ganz Europa in eine schwere Wirtschaftskrise stürzte. Wieder geriet alles aus den Fugen, so wie schon ein Dutzend Jahre zuvor im Kanonendonner des Ersten Weltkriegs.

1928 glaubten fast alle jungen Amerikaner aus tiefstem Herzen an Gott, Ehre, Pflicht und Vaterland. Sie waren stolz auf sich und auf ihr Lebenswerk. Das traf besonders auf die Flieger zu, von denen sich viele im Ersten Weltkrieg das erste Mal in die Lüfte gewagt hatten. Oft waren es tollkühne Männer, die die Gefahr liebten. Auch nach Kriegsende war es für sie selbstverständlich, weiterhin in einem Beruf zu arbeiten, der beinahe täglich neue Möglichkeiten erschloß. Ihn auszuüben war immer noch eine Kunst. Die Flieger wurden dafür in bescheidenem Maß mit Geld, aber um so reichlicher mit gebrochenen Gliedern und dem Tod entlohnt.

Weil sie sich restlos der Fliegerei verschrieben hatten, hielt man sie eher für ein Versicherungsrisiko als für solide Bürger. Wen diese Leidenschaft packte, der verfiel ihr so rettungslos, wie manchmal ein Mann einer bezaubernden Frau verfallen kann. Die Maschinen, die jene Pioniere durch die Lüfte trugen, waren zerbrechliche Kisten einfachster Bauart mit unzuverlässigen Motoren, die oft das in sie gesetzte Vertrauen enttäuschten. Für viele Luftstraßen gab es keine Navigationshilfen, und die Piloten fanden bei gutem wie bei schlechtem Wetter ihr Ziel nur mit Hilfe von Erfahrung, Mut und Pfiffigkeit. Notgedrungen mußten sie einen sechsten Sinn für die Bewältigung von Schwierigkeiten in dem fremden Element entwickeln, und oft entstand daraus ein unbändiger Freiheitsdrang, wie man ihn bei alten Seebären und manchen Nomadenstämmen der Wüste findet.

Diese im Vertrauen auf die eigenen Fähigkeiten begründete Unabhängigkeit galt für die Flieger aller Länder, obwohl die Europäer bereits über primitive Funkverbindungen mit den Bodenstationen verfügten – eine Errungenschaft, die man damals nur im Osten der USA kannte. Alle anderen amerikanischen Piloten verschwanden nach dem Start ganz einfach im Nichts, bis sie nach einer gewissen Zeit, ohne jede Vorankündigung, wieder auftauchten. Manchmal allerdings blieben sie für immer verschwunden ...

Erstes Kapitel

DER Pilot blickte zur Erde hinunter, und auch diesmal überkam ihn wieder ein unangenehmes Gefühl. Wenn das Wetter nicht ausgesprochen schön war, fühlte er sich auf diesem Abschnitt der Strecke immer unbehaglich. Das hohe Bergplateau glich einer Urlandschaft, in die noch nie ein Mensch seinen Fuß gesetzt hatte. Die Erdoberfläche wirkte wie zu bizarren Formen erstarrtes Metall – ein Meer aus Fels und Wüste, in dem lediglich einzelne auffällige Gesteinsformationen dem Piloten als Orientierung dienten. Es war eine wilde, feindselige Landschaft, bei deren Anblick er sich schon oft gefragt hatte, wie es möglich sei, daß ein menschenleerer Landstrich so furchterregend wirken könne.

Er blickte hinunter auf den grauen Dunst, der sich allmählich zu einer dichten Wolkendecke zusammenzog. Noch gab es an einigen Stellen Öffnungen, die düstere Felszacken und verkrüppelte schwarze Bäume freigaben. Von den Gipfeln, die sich in der Ferne auftürmten, hingen dunkle Wolkenfetzen, aber im Moment beunruhigten sie ihn nicht. Er beobachtete die Wolkendecke über sich. Wenn sie sich mit der tieferliegenden vereinte, saß er in der Falle.

Schon vor dem Abflug in Elko hatte er mit einer Wetterverschlechterung und nicht eben idealen Flugbedingungen gerechnet. Doch schließlich war er Postflieger und konnte nicht wie ein verschrecktes Huhn am Boden hocken bleiben, kaum daß sich ein Wölkchen am Himmel zeigte. Wenn ein Pilot erst einmal als zimperlich galt, mußte er sich bald nach einer anderen Arbeit umsehen. Dieses Leben hatte er sich ausgesucht. Also war er immer aufgestiegen, selbst dann, wenn andere Flieger Gründe fanden, um am Boden zu bleiben.

Einen Moment horchte er auf das gleichmäßige Dröhnen des Sternmotors, der seine Maschine in der Luft hielt. Es war ein Prachtstück, und er war froh, daß er hinter einem Wright Whirlwind und keinem Liberty saß – einem jener Überbleibsel aus dem Krieg, die gerade so lange gehalten hatten, bis seine Ausbildung zum Flieger und schließlich zum Fluglehrer abgeschlossen war. Er lächelte. In den letzten zehn Jahren hatte er so viel Zeit in der Luft verbracht, daß er sich hier allmählich fast wie zu Hause fühlte. Und dennoch wußte er: Ganz in der Luft zu Hause zu sein war keinem Sterblichen vergönnt. Aber immerhin, dachte er, ist das hier oben der einzige Ort, an dem ich zufrieden bin.

Die Flugroute war vorgeschrieben, und doch glich kein Flug dem anderen. Der Verlauf hing vom Wetter der jeweiligen Jahreszeit ab, das in diesem Teil Nordamerikas gewaltige Unterschiede aufwies. Auch die Tageszeit und der Wind spielten eine große Rolle. Bei starkem Wind glich es einem ständigen Ringkampf, den Doppeldekker auf einem halbwegs geraden und gleichmäßigen Kurs zu halten. Die Stearman war ein gutes Flugzeug – aus bestem Holz, erstklassigem Gestänge und dem haltbarsten Gewebe. Sie war zwar kleiner als die für Postflüge an der Ostküste eingesetzten alten De Havillands und Pitcairns, dafür aber stärker, wendiger und weniger anfällig für Pannen.

Der Pilot fand, daß es auf der ganzen Welt keinen zuverlässigeren Flugzeugmotor als den Neunzylinder-Wright-Whirlwind gab. Sein schweres Dröhnen mußte jetzt wie Donner über das Plateau unter ihm hallen, und es fiel ihm leicht, ihm sein Leben anzuvertrauen. Vorerst mein einziges Leben, dachte er. Natürlich verloren es viele bei dieser Arbeit – im Bruchteil von Sekunden, und oft bewies der Tod derjenigen, die sich für unverwundbar gehalten hatten, wie ungerechtfertigt dieser Glaube gewesen war. Die Fliegerei hatte ihre eigenen Gesetze.

Dieser Flug heute war anders als sonst, denn er hatte einen Passagier an Bord, ein kleines, blondes Mädchen. Er schätzte es auf elf oder zwölf Jahre, aber von solchen Dingen verstand er nicht viel. Ihre

Eltern hatten die Kleine in Elko zum Flugplatz gebracht und gesagt, sie heiße Heather.

Als er meinte, das sei ein hübscher Name, antwortete das Kind prompt: „Ja, nicht wahr? Wie das Heidekraut mit den roten Blüten. In Schottland machen sie manchmal Besen draus." Die herausfordernd funkelnden Augen und ihr Lächeln brachten ihn etwas aus der Fassung.

Als er die Eltern fragte, warum sie ihre Tochter nicht lieber mit der Bahn nach Pasco schickten, kam ihnen Heather zuvor: „Mein Großvater ist krank und sieht nicht mehr so gut; und meine Eltern meinen, wenn ich die Welt mal von oben sehe, kann ich ihm viel mehr erzählen."

„Bist du schon einmal geflogen?" hatte er sich erkundigt.

„Nein. Aber ich spiele es oft ... als wär ich ein richtiger Vogel."

„Ein schönes Spiel. Wenn du heut morgen brav bist, kann ich dir vielleicht zeigen, wie ein Vogel die Welt von oben sieht."

Der Start war mit über einer Stunde Verspätung erfolgt, weil Probosky, der Mechaniker, meinte, ihm wäre wohler, wenn er vorher ein paar Zündkerzen auswechselte. Als der Pilot ihm danach die Postsäcke zum Verstauen hinaufstemmte, zupfte ihn das Mädchen am Ärmel. „Wann krieg ich meinen Fallschirm?"

„Gar nicht." Sein barscher Ton tat ihm leid.

„Warum nicht? Haben Sie keinen?"

„Doch. Unter meinen vier Buchstaben. Mein Sitz ist eine Art Wanne, in die er hineinpaßt wie ein Kissen. Dein Platz ist auf dem Postbehälter, oben auf den Säcken, da hast du's noch viel bequemer."

„Ich möchte aber einen Fallschirm. Angenommen, ich muß raus-springen?"

„Bekommst du immer alles, was du willst?" Er wunderte sich sogleich, warum er ihr so über den Mund gefahren war. Wenn sie ein verzogener Fratz war, was ging ihn das schon an? Es war nicht seine Aufgabe, um elf Uhr vormittags kleine Mädchen zu erziehen. Wurde er denn mit einunddreißig bereits verschroben?

„Miß Atcheson, meine Englischlehrerin, hat mir gesagt, daß ich einen Fallschirm kriegen werde. Deshalb weiß ich, daß ich einen brauche."

„Da hat sich Miß Atcheson geirrt. Wir geben Passagieren keine Fallschirme, weil es sehr gefährlich ist, aus einem Flugzeug zu springen, wenn man nicht genau weiß, wie man sich verhalten muß. Ich bin noch nie gesprungen, und ich werde es auch heute nicht tun."

„Na, dann eben nicht." Jetzt schmollte sie. Was sie wirklich brauchte, war eine Tracht Prügel. Und doch ... sie hatte etwas ganz Besonderes an sich.

Es war nun fast Mittag, und für einen Augenblick sah er durch eine Lücke in der Wolkendecke die Sonne. Wie oft hatte er das schon beobachtet: Wenn sie im Zenit stand, schimmerte sie durch die dünnste Stelle einer flachen Bewölkung. Wanderte sie weiter, schien sie zu verschwimmen oder ganz zu verschwinden. Oder trieb sie nur ein schüchternes Versteckspiel? Dies alles ging ihm durch den Kopf, als sein kleiner Passagier sich nach ihm umwandte.

Fast kam er in Versuchung, den Gedanken auszusprechen. Aber es hätte doch zu albern geklungen. Und Heather machte nicht den Eindruck, als hätte sie viel Sinn für Albernheiten.

Als Schutz vor der Kälte, der sie ausgesetzt sein würden, hatte er eine pelzgefütterte Fliegerkombination für sie ausgeborgt. Die Flieger nannten das Ding, das er auch selbst trug, „Teddybär". Ihre Eltern und alle in der Nähe der Stearman hatten hellauf gelacht, als er sie hineinsteckte.

„Da passen noch sechs von deiner Sorte hinein", hatte er gesagt und sie zur Maschine getragen, weil sie in dem Ungetüm nicht gehen konnte. Vielleicht war es die Art, wie sie ihm dabei die Arme um den Hals schlang und mit ihren blaugrünen Augen zu ihm aufschaute, die ihn so bezauberte. Vielleicht bedeutete die Faszination, die sie auf ihn ausübte, auch mehr, als er ahnte. Wie lange hatte er sich nach der Berührung eines anderen menschlichen Wesens gesehnt?

Er seufzte, als er daran dachte, wie schön es gewesen war, ein so entzückendes, zartes Geschöpf in den Armen zu halten. Nein, solchen Überlegungen nachzuhängen war gefährlich. Es konnte das Selbstmitleid auslösen, das er schon lange hatte ausschalten können. Und es konnte verblaßte Erinnerungen zu neuem Leben erwecken. Er griff nach vorn in den Propellerwind und klopfte der Kleinen leicht auf den Lederhelm, den er ihr geliehen hatte. Wie immer bei den seltenen

Gelegenheiten, wenn er einen Passagier mitnahm, war der Metalldek-
kel des Postbehälters abmontiert worden. Sie hockte auf den Säcken
wie ein kleiner Spatz.

Hoffentlich habe ich sie nicht erschreckt, dachte er, als sie sich rasch
zu ihm umwandte. Er hob seine behandschuhte Hand und formte mit
den Fingern das Zeichen für „Alles okay?"

Ein Lächeln und energisches Nicken waren die Antwort. Der
Luftstrom hob ihr den viel zu großen Helm leicht von der Stirn und
zauste an einer blonden Haarsträhne. Das schmale Band von
Sommersprossen über der Nase machte sie noch hübscher, und es
gefiel ihm, daß ihre Augen vor Begeisterung glänzten.

„Ist dir kalt?" fragte er nur mit den Lippen und tat, als friere er,
damit sie ihn besser verstand. Sie schüttelte den Kopf und lachte – für
ihn lautlos, denn bei einer Geschwindigkeit von über hundertsechzig
Kilometern in der Stunde war eine Unterhaltung so unmöglich wie in
einem heulenden Orkan.

Allerdings war es tatsächlich kalt, wie immer im Dezember über
den Bergen. Wahrscheinlich lag die Temperatur in dieser Höhe sogar
unter den minus sieben Grad Celsius, die das kleine Thermometer
anzeigte. Warum traute er dem Gerät nicht? Nur weil es neu war?

Zu den anderen Instrumenten vor sich hatte er volles Vertrauen –
dem Geschwindigkeitsmesser, dessen Zeiger nun leicht zitterte, als
wolle er seine Wachsamkeit beweisen, dem Höhenmesser, von dem er
ablas, daß er die Maschine beständig auf zweitausendfünfhundert
Meter hielt, dem Variometer mit der Nadel, die eine Spur unter der
Horizontalen schwankte – ein Zeichen, daß er sank. Die Anzeige
täuschte, weil er die Stearman fast immer leicht kopflastig trimmte,
wodurch er einen winzigen Vorteil in der Fluggeschwindigkeit
erzielte.

Dazu kamen der Wendezeiger, bestehend aus der „Nadel" und einer
Kugel, die frei schwebte wie die Blase in einer Wasserwaage, ein
Magnetkompaß direkt unter der Windschutzscheibe, eine Uhr, die
aber nicht mehr funktionierte, und Instrumente, die ihm über den
Zustand des Motors Aufschluß gaben – Öldruck-, Temperaturanzei-
ger und Drehzahlmesser.

Das war die ganze Grundausstattung. Gemeinsam mit den Steuerelementen – dem Steuerknüppel für das Höhen- und Querruder und den zwei Pedalen für das Seitenruder – ermöglichten sie ihm, sein Flugzeug an jedes Ziel zu bringen, das in Reichweite seines Treibstoffvorrates lag. Wie jeder erfahrene Fachmann verließ er sich zwar auf seine Geräte, am meisten jedoch auf sich selbst.

Das Mädchen drehte sich um, schaute ihn fragend an und formte mit den Lippen die Worte: „Wo sind wir?"

Er drosselte kurz den Motor und schrie: „Über Nevada! Noch eine Stunde bis Idaho!"

Sie lächelte und spähte hinunter. Dann blickte sie wieder zu ihm zurück. Das Lächeln verschwand, der fragende Ausdruck blieb, aber ihre Lippen bewegten sich nicht. Gleich darauf wandte sie den Kopf ab.

Gereizt schob er den Gashebel ganz nach vorne. Das Aufbrüllen des Motors war irgendwie tröstlich. Warum nur hatte er sich einzureden versucht, daß sie aus irgendeinem Grund nicht so war wie die anderen? Warum hatte sie erst jetzt bemerkt, was alle anderen sofort sahen?

Unwillkürlich fuhr er mit der Hand über die Wange, die nie mehr so sein würde wie früher. Die rechte Seite seines Gesichts ließ noch erahnen, daß er ein gutaussehender junger Mann gewesen war. Auf der linken aber begann dicht unter dem Haaransatz das zerfurchte Narbengewebe mit Schrunden und Rissen, dessen Häßlichkeit durch den herabhängenden Mundwinkel noch verstärkt wurde. Mehr hatten die Ärzte vor acht Jahren aus dem blutigen Brei, dem von explodierendem Benzin versengten Gesicht nicht machen können. Wie durch ein Wunder waren wenigstens die Augen unversehrt geblieben, aber kein Chirurg der Welt konnte ihm wiedergeben, was bei dem Absturz an jenem schrecklichen Morgen, der nun schon so lange zurücklag, zerstört worden war.

Bald nachdem der Verband abgenommen worden war, hatte er gelernt, der Welt nur die rechte Seite seines Gesichts zuzuwenden. Der grausige Anblick der anderen Gesichtshälfte ließ die Leute erschauern, und wenn sie dann versuchten, übertrieben rücksichtsvoll zu sein, machte das alles nur noch schlimmer. In solchen Momenten dachte er gern an Moravia. Moravia wußte Bescheid. Er war im Weltkrieg geflogen und hatte auch sein Teil abbekommen, doch er humpelte nur auf einem künstlichen Bein, was eher akzeptiert wurde als der unverhüllte Stempel eines Infernos.

Und er verdankte Moravia auch seine Arbeit. Der glaubte nämlich nicht, daß man unbedingt ein nettes Gesicht oder eine gute Schulbildung brauchte, um die Post zu fliegen. Er wollte Männer, die auf sich aufpassen konnten.

MORAVIA war der Betriebsleiter der Linie. Das Ministerium suchte die Gesellschaften, mit denen es Beförderungsverträge abschloß, sehr genau aus, und Moravia wußte, daß seine Route zwischen Pasco, Washington, und Elko, Nevada, die schwierigste von allen war. Seine Aufgabe war es, die acht Piloten bei der Stange und bei halbwegs guter Laune zu halten. In der Luft mußten sie selber dafür sorgen, am Leben zu bleiben, doch hier auf der Erde besaß er die Macht, über ihr Schicksal zu entscheiden. Er hatte alle acht Piloten selbst angestellt, und jeder einzelne wußte, daß er auf dem trockenen sitzen und innerlich eingehen würde, wenn er nicht mehr fliegen durfte. Moravia drehte nicht gern den Daumen nach unten, aber er zögerte nicht, ein schwarzes Schaf aus seiner Herde zu entfernen.

„Erstens: Ihr fliegt für diese Gesellschaft und haltet euch aus jedem Schlamassel raus – sowohl in der Luft als auch am Boden. Zweitens: Die Nase bleibt aufs Ziel gerichtet, es sei denn, ihr seid absolut sicher, daß die Wetterverhältnisse euch einen Strich durch die Rechnung machen. Andernfalls werdet ihr abgelöst."

Moravia war streng, aber nicht herzlos. Fühlte sich ein Pilot nicht wohl, bemutterte er ihn wie eine Gluckhenne und ließ ihn schon bei der kleinsten Erkältung nicht ins Cockpit steigen. „Fliegen ist ohnehin kein Honiglecken", sagte er oft. „Wie wollt ihr denn merken, wann es brenzlig wird, wenn euch schon heiß vor Fieber ist?"

Moravia liebte seine Piloten und ihre Maschinen, aber er gab sich die größte Mühe, das zu verbergen. Als Folge seiner Behinderung war er dick geworden. Fotos aus der Zeit, als er in Frankreich Nieuports geflogen und noch zwei gesunde Beine gehabt hatte, zeigten einen etwas klein geratenen, schneidigen Burschen mit verwegenem Blick. Jetzt trug er einen beachtlichen Bauch spazieren und dazu eine Brille, die ihm so lästig war, daß er sie unentwegt auf- und absetzte. Moravia war Kettenraucher. Die dunklen Caporals, die er qualmte, bezog er auf verschlungenen Wegen und mit beträchtlichem Kostenaufwand direkt aus Frankreich. Nur seine tiefe, kraftvolle Stimme deutete darauf hin, daß er ein noch junger Mann war.

Sobald die Piloten unterwegs waren, verschmolzen sie in Moravias Vorstellung mit ihrem Flugzeug. Ihre Namen wurden für ihn eins mit der Nummer der Maschine, die sie flogen. „Wenn Sieben landet, soll er auf neun umsteigen. Sein Öldruck spinnt." Wenn Sieben dann landete, ordnete ihn Moravias präzise Gedächtniskartei automatisch als Neun ein.

Nun studierte Moravia die riesige Wandkarte, die das zerklüftete, einsame Gebiet darstellte, das seine Piloten überqueren mußten. Über den weiten Tälern hatten sie es verhältnismäßig leicht. Der Großteil der Strecke jedoch führte über Berge und hochgelegene Wüstenflächen, und die kannten keine Gnade. Im Sommer war die Wüste ein Glutofen, in dem die kleinen Postflugzeuge hin und her geschleudert wurden wie Disteln im Wind. Im Winter tobten auf der ganzen Route unbarmherzige Schneestürme.

Moravia war besorgt über die dürftige Information, die er eben erhalten hatte. Er versuchte, seinen Verdacht zu zerstreuen, indem er zum Fenster seines einfachen Büros hinüberhumpelte. Vor ihm erstreckte sich der Flugplatz oder „der Fliegerhorst", wie er ihn manchmal noch nannte. Ein Luftsack flatterte auf dem Hangar, der an das kleine Gebäude grenzte, in dem das Büro und ein Warteraum für Besucher untergebracht waren, die geschäftlich mit der Linie zu tun hatten. Das Wartezimmer diente auch zum Verstauen der Post und als Umkleidekabine für die Piloten, die hier vor dem Start ihre schwere Fliegerkombination überzogen oder sich nach der Landung mühsam wieder aus ihr herausschälten.

Moravia wußte, daß ein Pilot unmittelbar nach der Landung eine Anpassungsphase durchmachte, eine notwendige und manchmal unangenehme Wiedervereinigung mit seinem Leben auf der Erde. Mancher brauchte oft eine halbe Stunde, um die einzigartige Euphorie des Flugerlebnisses abzuschütteln und sich von Wind und Wolken auf Ehefrau, Geld und Essen umzustellen. Um seinen Männern diesen

Übergang zu erleichtern, hatte Moravia eine elektrische Kaffeemaschine angeschafft und kaufte aus der eigenen Tasche süßes Gebäck. Es kümmerte ihn wenig, ob seine Schützlinge diese Geste zu schätzen wußten. Für ihr Wohlbefinden zu sorgen, nachdem sie ihre Aufgabe erfüllt hatten, gehörte für ihn zu seiner Pflicht. Während er Rauch gegen die Scheibe blies, blickte er über das Feld auf den vor kurzem errichteten Leuchtturm. Sein rotierendes Signalfeuer, das abwechselnd ein grünes und weißes Licht aussandte, markierte die Lage des Flugplatzes für jene, die ihn bei Nacht oder schlechter Sicht suchten. Sonst gab es außer der weiten Prärieflähe, die nun offiziell „Flughafen Pasco" hieß, und dem schweren, grauen Himmel nichts zu sehen. Moravia konzentrierte seine Aufmerksamkeit auf die Wetterbedingungen und überlegte, welchen Einfluß die schnell ziehenden Wolken auf den Flugbetrieb haben konnten. Zu dumm, daß er nichts Genaueres wußte.

Vor einer Stunde hatte er ein Telegramm mit der Nachricht bekommen, daß Vierzehn mit neunzig Kilogramm Post in Elko gestartet war. Ein Passagier an Bord. Weiblich. Wetter gut. Leichte Bewölkung. Fahle Sonne schwach sichtbar. Kein Problem. Temperatur minus zehn Grad. Zu kalt für Schnee. Nicht schlecht, dachte er. Aber wie war das Wetter auf der Strecke?

Zwischen Elko und Pasco waren die Postflieger für lange Stunden in der Luft verschwunden. In Boise, Idaho, der Station auf halbem Weg, wurde aufgetankt, die Post neu sortiert, und manchmal wurden Piloten für die Nord- oder Südroute ausgetauscht. Aus den dortigen Wetterverhältnissen konnte man keine Schlüsse für die übrige Route ziehen. Vor zwei Stunden hatte Moravia mit den Flugplätzen von Boise und Twin Falls telefoniert, um sich ein besseres Bild machen zu können. Hohe Wolkenuntergrenze, gegen Westen hin schlechtere Sicht. Schneeschauer am Horizont, wechselnder Wind. Daraus ließen sich keine genauen Wettervorhersagen ableiten.

Die besten Informationen bekam man noch von einem Rancher, westlich von Boise, der eine gute Aussicht auf die umliegenden Berge hatte und vor allem ein Telefon besaß. Von diesem hilfsbereiten Menschen bezog Moravia die lokalen Wetterberichte und schickte ihm dafür gelegentlich als Zeichen seiner Dankbarkeit aus Kanada eingeschmuggelten Whisky. Er hatte im Laufe des Vormittags unzählige Male versucht, ihn zu erreichen, aber leider vergeblich.

Das wäre also die ganze Ausbeute, dachte Moravia. Dann sagte er sich, daß Vierzehn ein guter und erfahrener Pilot war. Kein Grund, sich Sorgen zu machen.

Er zog an seiner Zigarette. Trotzdem – die Sache gefiel ihm nicht. Er hätte seine Männer nicht ins Ungewisse schicken sollen. Jetzt trug er die Verantwortung.

DER Pilot verlagerte kurz sein Gewicht und schob das Pistolenhalfter am Gürtel weiter vor. Er hielt die Waffe für blanken Unsinn, ein Überbleibsel aus der Zeit der Postkutschen, als die Banditen angeblich dauernd hinter der Post her waren. Er hatte die kleine 9,5-mm-Automatik noch nie benützt, aber sie zu tragen war Vorschrift, und Moravia duldete keine Nachlässigkeit. Er stellte sich taub für das Argument, daß sie auch im Falle einer Notlandung praktisch wertlos war. Schließlich brauchte man schon ein Gewehr, um in der Wildnis etwas zu treffen. „Das Ministerium will es so, und damit basta. Ich kann keine Schnüffler hier brauchen, die feststellen, daß wir Befehle von oben nicht ernst nehmen."

Offenbar vertrat jede Luftpostlinie in Amerika die gleiche Ansicht, denn die unvermeidliche Pistole war zum Markenzeichen der Postflieger im ganzen Land geworden. Die meisten fanden es aber lächerlich, dieses Ding in friedlichen Zeiten mit sich herumzuschleppen.

Moravias Piloten grinsten insgeheim auch über das sonstige Drum und Dran, das sie neben ihrer persönlichen Ausrüstung mit sich führen mußten. Ihr Boß bestand nämlich darauf, daß sie außer einem Messer noch eine Zange, einen Schraubenschlüssel und einen Schraubenzieher mitnahmen. „Und ich an eurer Stelle", erklärte er in unmißverständlichem Ton, „würde auch die Schmerztabletten nicht vergessen. Es hat eine Zeit gegeben, da hätte ich für eine einzige meine Seele verkauft."

Nun war die Pistole irgendwie herumgerutscht und bohrte sich dem Piloten in die Rippen. Am liebsten hätte er sie über Bord geworfen. Mußte er *hier oben* etwa mit einem Überfall rechnen?

Als er sich bequem zurechtgesetzt hatte, zog er einen Handschuh aus und griff in die Knietasche seiner Fliegermontur. Er fühlte das Messer und die Tafel Schokolade, die er für den Fall, daß er frische Energie brauchte, immer einsteckte. Dann fiel ihm ein, daß er an der falschen Stelle suchte. Der Kaugummi befand sich in der anderen Knietasche, zusammen mit den Gegenständen, von denen er glaubte, daß sie bei einer Notlandung nützlich sein könnten: eine Schachtel Streichhölzer, obwohl er nicht rauchte, ein Fläschchen Jod, eine Mullbinde, Heftpflaster und eine Schachtel mit schmerzstillenden Tabletten.

Jeder Flieger hatte seine eigene Vorstellung davon, was ihm helfen würde, wenn er Bruch machte. Einige nahmen auch eine Flasche Whisky mit, aber der Pilot zog es vor, seine Notausrüstung auf ein Minimum zu beschränken. In dem freien Platz in der Tasche hatte er dafür ein dünnes, ledergebundenes Notizbuch untergebracht, das er mit peinlicher Genauigkeit führte. Es enthielt Skizzen möglicher Landeplätze, falls er einmal gezwungen war, auf der Route niederzu-gehen. Die jeweiligen Höhen, Entfernungen und markante Oberflä-chenpunkte waren sorgfältig vermerkt.

Er hatte auch etwaige Hindernisse eingezeichnet: Gruppen hoher Bäume, Starkstromleitungen, einen Wasserturm. Außerdem besaß er eine Liste der wenigen Flugplätze, die abseits der Route noch in Reichweite der Stearman lagen. Pfeilförmige Linien stellten die besten Anflugmöglichkeiten bei schlechtem Wetter dar. Als Ergänzung dazu hatte er beispielsweise eingetragen: Canyon hinauf bis zum See mit Biberdamm, eine Minute zehn Sekunden weiter, steile Linkskurve, zurück zum Canyoneingang. Rechtskurve, acht Sekunden 90 Grad querab. Gute Wiese für Landung. Fünfzehn Kilometer Fußmarsch zum Telefon in Brogan.

Das Notizbuch enthielt noch eine Menge anderer Hinweise und hatte ihm unter den Kollegen viel Bewunderung eingebracht. Sie wußten, wieviel Arbeit dahintersteckte, und rechtfertigten sich mit der Behauptung, all diese Informationen im Kopf zu haben. Einige begannen es ihm nachzumachen, aber ihre Notizen blieben meist unvollständig, und er glaubte den Grund dafür zu kennen. Die anderen Piloten waren verheiratet oder hatten viele Freunde und

Freundinnen. Wie sollten sie verstehen, daß einer, der fast immer allein war, sich abends beschäftigen mußte?

Er zog das Kaugummipäckchen aus der Tasche und klopfte der Kleinen auf den Helm. Sie drehte sich um, lächelte, als sie es sah, und nahm sich ein Stück. Während er „Danke" von ihren Lippen ablas, wunderte er sich, wieviel Spaß ihm der Austausch dieser einfachen Gesten bereitete. Er steckte sich selbst auch ein Stück in den Mund und dachte, wie schön das Leben hier oben doch war. Nirgendwo sonst hätte er gewagt, soviel Wohlbehagen zu empfinden.

Seit dem Absturz und der Flammenhölle wurde er das Gefühl nicht los, versagt zu haben. Sein Schüler war damals umgekommen, ein Unglück, das nicht wiedergutzumachen war. Von Anfang an hatte dem Jungen das natürliche Talent zum Fliegen gefehlt. Sicher, er war nett und eifrig gewesen, aber man hätte ihn trotzdem rausschmeißen sollen, statt ihm Mut zu machen. Soviel hatte der Pilot daraus gelernt: In der Fliegerei konnte Nachsicht tödlich sein.

Nun plagten den Piloten noch immer Zweifel. Wie oft hatte er sich jede Einzelheit des Unfalls vor Augen geführt und war immer zu derselben niederschmetternden Antwort gekommen: Irgendwie hätte er die Tragödie verhindern müssen. Was änderte es an seiner Schuld, daß die Mitglieder der Untersuchungskommission später erklärten, ihm sei nichts vorzuwerfen – sie hatten ja die Katastrophe nicht erlebt. Bei dem starken Wind damals hätte der Flugplatzkommandant vielleicht überhaupt jedes Training verbieten sollen, aber wer trug die Verantwortung für die einzige Maschine, die Bruch machte?

Eine Bö packte die Jenny, gerade als der Schüler zu seiner fünften Landung an jenem Tag ansetzte. Das eine Flügelende streifte die Rollbahn, die Jenny schlug hart auf und barst in Trümmer. Dann war nur noch das Feuer, der Staub in seinem Mund und das verschwommene Bild von Männern in braunen Uniformen, die auf ihn zu rannten.

Seltsam, daß er sich dennoch in den acht Jahren danach in der Luft immer sicher gefühlt hatte, während er am Boden ein geborener Verlierer zu sein schien.

Heute morgen beschloß er, vom gewohnten nördlichen Kurs nach Boise abzuweichen und sich mehr westlich zu halten. Sowohl nach

Osten als auch nach Westen gab es Straßen, an denen er sich orientieren konnte. Die Berge waren im Osten am höchsten. Kaum war er über das Bergwerk in Tuscarora hinweg, sah er, daß dichte Wolken das ganze Gebiet verhüllten. Die Chance, hier durchzukommen, war gering. Über der Santa-Rosa-Bergkette an der Westseite des Plateaus zeigten sich da und dort Lücken. Vielleicht schaffte er es über den Paß nördlich von Winnemucca.

Direkt vor ihm, über einer riesigen Hochebene, wo Oregon, Idaho und Nevada aneinandergrenzen, war das Wetter verhältnismäßig gut und der Abstand zwischen Erde und Wolken mehr als ausreichend. Er war sich sicher, daß er den vereinzelten Schneeschauern mit nur geringfügigen Kursänderungen ausweichen konnte. Also flog er weiter und entdeckte unterwegs zwei Ranches, die er kannte.

Vorne sah er den dunklen Einschnitt des Owyhee River. Wenn er seinen gegenwärtigen Kompaßkurs hielt, mußte er den Little Owyhee überfliegen und konnte dann allmählich tiefer gehen, bis er Rome in Oregon erreichte. Von dort führte eine Straße in nordöstliche Richtung. Er brauchte ihr nur zu folgen, um in die Nähe von Boise zu kommen. Der Rest war ein Kinderspiel.

Er ließ die Tragflächen der Stearman leicht wackeln. Sofort blickte Heather sich um, und ihre blaugrünen Augen fragten, ob etwas nicht in Ordnung sei. Er deutete mit der rechten Hand auf eine Lichtung hinunter. Sie verstand, lugte seitlich aus dem Cockpit und erspähte die Herde Gabelböcke, die er ihr zeigen wollte. Ihr Entzücken freute ihn über alle Maßen. Warum legte er soviel Wert darauf, ihr zu gefallen? Wenn ich mit einem Fingerschnippen Elefanten herbeizaubern könnte, dachte er, würde ich es tun. Was gäbe ich nicht alles, damit dieses kleine Gesicht mich so anlächelt!

Plötzlich sah er im Glasdeckel des Höhenmessers sein Spiegelbild. Er schaute hastig weg und lauschte ein paar Minuten reglos dem gleichmäßigen Dröhnen des Motors, bis ihn die Pflicht aus seinen trüben Gedanken riß. Seit dem Start war eine Stunde vergangen. Niedriger Dunst bedeckte das Gelände. Er hatte beobachtet, wie er sich langsam ausbreitete – ein Federmantel, bestickt mit den Borten zahlloser Schneeschauer.

Nun hatte er alle Hände voll zu tun. Der Schauer dort – das hieß zuerst etwa fünf Kilometer nordwestlich ausweichen, dann gleich lang nach Nordosten zurück und wieder auf Kurs. Ein anderer, der Stammvater der bedrohlichen Schar, ließ sich umgehen, indem er sich wieder nach Westen wandte, vorausgesetzt, daß der dicke Lümmel für sich allein blieb. Wenn er sich nämlich mit zu vielen seiner Nachbarn dort am Horizont vereinte und zu einer undurchdringlichen Mauer zusammenschloß, galt es, die Rückkehr nach Elko zu erwägen.

Moravia würde das gar nicht passen. Zu seiner Überraschung merkte der Pilot, daß ihn die Meinung seines Vorgesetzten erst an zweiter Stelle interessierte. Ob sein Passagier wohl enttäuscht wäre, wenn er umkehrte? Na, so was! Seit wann entschieden kleine Mädchen, welchen Kurs ein Flugzeug zu nehmen hatte?

Er beobachtete, wie das geballte Wolkenheer einen weißen Schneeschleier über das Plateau zog, als er plötzlich den alarmierenden Geruch überhitzten Öls wahrnahm. Er schnupperte in den Propellerwind. War es nur Einbildung? Mit einem unwillkürlichen Lächeln erinnerte er sich daran, daß jeder Pilot über unwegsamem Gelände eine besonders feine Nase und einen empfindsamen Hosenboden bekam. Und doch – er suchte am Rumpf und an der Motorverkleidung nach Ölspuren. Nichts. Der Öldruckmesser zeigte etwas weniger an als normal. Vielleicht war die Kühlung verstopft?

Unentschlossen blickte er über den Schwanz der Stearman zurück. Ein paar vereinzelte Schneeschauer griffen wie Finger zur Erde nieder. Es wäre ein leichtes gewesen, nach Elko zurückzukehren und Probosky den Motor noch einmal überprüfen zu lassen. Vielleicht war ein Ventil verstopft, oder der Vergaser mußte neu eingestellt werden, vielleicht war Wasser im Sprit ... irgend so etwas.

Aber wenn Probosky nichts fand? Er konnte vernichtend wie kein zweiter seine Meinung verkünden: „Du fängst da oben wohl zu spinnen an? Der Motor läuft wie eine Nähmaschine."

Er schaute auf den Steuerknüppel und zog den rechten Handschuh aus, um jede ungewöhnliche Vibration besser zu spüren. Ja, da war eine, aber warum wollte er sich denn einreden, sie sei stärker als sonst? Moravia wollte Männer mit kühlem Verstand im Cockpit, keine Einbildungskünstler.

Er warf einen Blick auf das Instrumentenbrett. Der Öldruck schien

nicht weiter abzufallen, doch der Glasdeckel des Gerätes zitterte so,
daß ein Teil seines Helmes sich mehrfach darin spiegelte. Er schob die
Brille hoch, studierte die Instrumente nacheinander und preßte
schließlich die Hand auf das Brett, um es zur Ruhe zu bringen. Das
Dröhnen des Motors blieb unverändert, aber die Vibration wurde
eindeutig stärker. Sein Magen krampfte sich zusammen, sein ganzer
Körper spannte sich. *Hier!* Ausgerechnet hier!

Nach einem Blick in die Tiefe setzte er zu einer Kurve an. Vorsichtig
nahm er Gas weg. Wenn er den Motor entlastete, hielt er vielleicht bis
Elko oder wenigstens bis zu einer bewohnten Gegend, denn jetzt war
unter ihnen nichts als unermeßliche Wildnis.

Überrascht über die steile Neigung des Doppeldeckers, wandte sich
das Mädchen um. „Keine Angst!" schrie er, aber das Brüllen von
Motor und Wind verschlang seine Stimme.

Plötzlich bebte die Maschine heftig, als kämpfe sie um ihr Leben.
Das Instrumentenbrett begann wie wild zu hüpfen, schwarzer Qualm
schoß wie eine Fontäne hoch und hüllte den Rumpf ein.

Sofort stellte er die Benzinzufuhr und die Zündung ab. Er trat aufs
Seitenruderpedal, senkte den linken Flügel und richtete die Nase sanft
nach unten. Das Brausen des Propellerwinds wurde rasch leiser, bis
nur noch das schwache Summen der Spanndrähte zu hören war.

„Wir müssen landen! Ruhig Blut!" schrie er.

Er konnte es nicht fassen. Der beste Flugzeugmotor der Welt ließ
ihn über diesem teuflischen Gelände im Stich! Während er tiefer ging
und dabei die Geschwindigkeit auf neunzig Kilometer pro Stunde
hielt, überschlug er blitzschnell die Lage. Er befand sich schätzungsweise dreihundert Meter über der Wolkendecke, was eine Gnadenfrist
von etwa vier Minuten bedeutete, wenn er den Gleitflug so lang wie
möglich streckte. Ungefähr einen Kilometer entfernt war ein Loch in
der Wolkendecke. Er hatte keine Ahnung, wie hoch das Terrain lag,
aber soweit er dies durch die Lücke erkennen konnte, war der Abstand
zwischen Wolken und Boden nur gering. Falls es überhaupt einen gab!
Er nahm die Querruder zurück und hielt die Maschine fast waagrecht,
während er auf das Loch zu drehte. So gewann er Zeit.

Bald nach dem Abstellen des Motors hatte es aufgehört zu qualmen.
Sekundenlang überlegte er, ob er nicht versuchen sollte, ihn wieder zu

starten. Wunschdenken, sagte er sich. Und falsch. Wenn der Motor ansprang, schüttelte er sich womöglich aus der Verankerung, und das wäre mit Sicherheit das Ende.

Als er sah, daß das Mädchen ihn anblickte, zwang er sich zu einem Lächeln. „Ich hab keine Angst!" hörte er sie rufen. In diesem Moment gab es für ihn nur noch ein Ziel. Irgendwie mußte es ihm gelingen, so sanft aufzusetzen, daß Heather nichts passierte.

Nun kreiste die Stearman in langsamem Gleitflug direkt über der Lücke, gerade noch schnell genug, um nicht abzusacken. Je genauer der Pilot das Loch betrachtete, desto besorgter wurde er. Nichts als Felsen und Bäume, die zwischen kleinen Schneefeldern emporragten. Willkommen am Abhang! dachte er. Er schätzte das Gefälle der Bergflanke auf zirka zwanzig Grad – reiner Selbstmord. Irgendwo mußte es doch noch eine andere Lücke geben. Vielleicht sah es dort besser aus. Aber sein fieberhaft umhersuchender Blick konnte nichts entdecken, was in Reichweite seines Gleitfluges lag. Wie unerbittlich die Zeit verstrich, wenn man keine Wahl hatte.

Schließlich fing er den Blick des Mädchens auf. Sie wartete geduldig und voll grenzenlosem Vertrauen. Kannst du in diese Augen sehen und sagen, daß kein Flieger imstande ist, dort unten eine glatte Landung hinzulegen? Kannst du erklären, daß dieser Flug eben der Beförderung der Post dient und daß der Pilot nicht an die Kleine gedacht hat, als er die direkte Route über die Hochebene wählte? Auch eine Beschwerde beim Postminister oder sogar bei einem Mann namens Moravia wird dir nichts helfen, Heather ... Dann löste er seinen Blick von ihren Augen, um noch ein letztes Mal nach einer anderen Landemöglichkeit Ausschau zu halten.

„Kriech zwischen die Säcke, so tief du kannst!" schrie er gleich darauf.

Sie lächelte, als ob sie genau wüßte, warum er das befahl. Sekunden später war nur noch die Kuppe ihres Helms zu sehen.

„Gott beschütze dich", murmelte er, als die Stearman auf Wolkenhöhe sank. Als er durch die Wolkendecke schlüpfte und zum letzten Absinken ansetzte, begann die Maschine zu schwanken, als wehrte sie sich gegen die unnatürliche Lage, in die er sie zwang. Wie ein Blitz durchzuckte ihn der Gedanke, daß die meisten Postflieger nur höchst ungern Passagiere mitnahmen. Geriet ein Pilot allein in ernsthafte Schwierigkeiten, brauchte er nur mit dem Fallschirm abzuspringen und sanft zur Erde zu gleiten. Er war froh, daß er überhaupt nicht mehr an seinen Fallschirm gedacht hatte.

Nach zwei Minuten war das Gelände deutlich sichtbar. Als die Felsen und Büsche auf sie zu schossen, schien das leise Summen der Spanndrähte einen Ton höher zu steigen. Dort war ein freier Platz – nicht annähernd lang genug für eine normale Landung, aber immerhin ein Ziel. Zwei Kiefern standen im Weg. Er mußte genau zwischen ihnen hindurch. Wenn sie die Tragflächen abschlugen, wurde der Rumpf dadurch gebremst. Vielleicht reichte das zum Überleben.

Er glitt tiefer und tiefer, bis er die Schieferstrukturen in den Felsen sah. Dann zog er die Nase der Stearman hoch, trat mit aller Kraft ins rechte Ruder, um sich aus dem Gleitflug zu heben, und wartete. Er zog den Steuerknüppel so weit zurück wie möglich und stemmte eine Hand gegen die Cockpitwand. Die Spanndrähte seufzten, dann kamen das schrille Kreischen von Metall auf Stein und das ohrenbetäubende Krachen von splitterndem Holz. Der Pilot schloß die Augen und fiel in einen wirbelnden Sog.

Zweites Kapitel

MORAVIA atmete tief den Rauch seiner Caporal ein. Er las den Einsatzbericht des vergangenen Monats. Der November brachte zwar immer unweigerlich Wetterprobleme, aber die Bilanz war nicht schlecht. Das Postministerium, seine Gesellschaft und die Aktionäre würden zufrieden sein. Natürlich hielt sich der Gewinn in bescheidenen Grenzen. Wer die Dinge realistisch sah, konnte im Fluggeschäft keinen echten Profit erwarten. Wenigstens sind wir einstweilen aus den roten Zahlen heraus, dachte Moravia. „Bei uns lebt man von der Hand in den Mund", pflegte er alle zu warnen, die mit der Illusion zu ihm kamen, zu Gründerbedingungen in ein Unternehmen einzusteigen, das bald ungeheure Mengen Fracht befördern würde. Ein paar prophezeiten sogar, man werde bald auch Kohle und Eisenerz auf dem Luftweg transportieren.

Großartig! Vor allem wenn man bedenkt, daß wir oft nicht einmal wissen, wo wir genug Post für rentable Flüge hernehmen sollen, dachte Moravia. Ebenso wie die Betriebsleiter anderer Linien sah er sich manchmal gezwungen, ein paar Telefonbücher mit hin- und herfliegen zu lassen. Das Ministerium bezahlte nämlich nach Gewicht. Piloten und Mechaniker wollten ihr Geld, und außerdem mußte er an sein eigenes bescheidenes Gehalt denken.

Moravias Grübeleien gerieten in persönlichere Bahnen. Wo stand er nach zehn Jahren im Fluggeschäft? Auf einem Bein natürlich. Na ja, ein alter Witz. Doch bisher hatte er jedenfalls nicht am Hungertuch genagt. Er und seine göttliche Marsha hatten immer ein Dach über dem Kopf gehabt. Gar nicht so schlecht, wenn man gewisse unvermeidliche Nachteile mal unter den Tisch fallen ließ.

Dabei fiel ihm Nummer Vierzehn ein, ein in mancher Hinsicht beneidenswerter Mann, obwohl er selbst das nie zugeben würde. Er lebte allein und anscheinend ohne Sorgen. Sobald er nach der Arbeit aus der Maschine stieg, konnte er tun und lassen, was ihm gefiel – ins Kino oder in die Kneipe gehen oder einfach nach Hause und lesen.

Moravia brummte vor sich hin. Würde er mit ihm tauschen? Ja und nein. Sicherlich, Vierzehn war ein freier Mann. Er konnte heimmarschieren und beruhigt die Beine von sich strecken. Aber was erwartete ihn, wenn er die Treppe hinter der Eisenwarenhandlung hinaufstieg und seine Bude betrat? Als Vierzehn eine schwere Bronchitis hatte, war Moravia einmal dort gewesen, um ihm die Zeitungen und ein Exemplar des *Aero Digest* mit einem Artikel über die neue dreimotorige Ford zu bringen. „Eines Tages", sagte er, „werden auch wir sie fliegen, und ich dachte, Sie würden sich gern informieren."

Vierzehn hatte das Gesicht zur Wand gedreht, damit Moravia nur die unversehrte Hälfte zu sehen bekam, und gemeint, es würde hoffentlich noch lange dauern, bis es zu regelmäßigen Passagierflügen kam. Moravia war sicher, daß er dabei an seine Verletzung und all die Probleme gedacht hatte, die sich daraus im Umgang mit Menschen ergaben. Hier auf dem Flugplatz war man an sein Äußeres gewöhnt, auf Fremde aber wirkte es wie ein Schock. Der verzerrte Mundwinkel hatte etwas Fratzenhaftes, das selbst das freundlichste Entgegenkommen im Keim erstickte.

Moravia kam zu dem Schluß, daß sein Pilot fast völlig vereinsamt lebte. Sein Zimmer war kahl wie eine Mönchszelle. Das Bett erinnerte Moravia an die Pritsche, die man ihm bei seinem Einsatz in Frankreich zugewiesen hatte. An einer Stange zwischen Waschbecken und Tür hingen ein graubrauner Anzug, ein Paar lange Hosen und die übliche abgewetzte Lederjacke, die fast alle Piloten wie eine zweite Haut trugen. Auf der Kommode stand ein Telefon, sonst nichts. Der Apparat war Vorschrift, und Moravia fragte sich, ob außer ihm hier noch irgendwer anrief.

Tja, viel mehr wußte er nicht von Vierzehn. Erst eine beiläufige Bemerkung der Bibliothekarin im Ort hatte ihm etwas mehr über die Persönlichkeit dieses Mannes verraten. „Er behandelt Bücher wie lebende Wesen", erzählte sie. „Und er liest alles – von Henry James bis Somerset Maugham. "

Als Moravia nun durch das Fenster seines Büros in den düsteren Himmel starrte, wußte er, daß er nicht mit Vierzehn tauschen wollte. Was nützte es, frei zu sein, wenn man diese Freiheit selber beschnitt oder das Schicksal jede Hoffnung auf die Liebe einer Frau zerstört hatte? Was blieb Vierzehn denn schon anderes übrig, als sein Gesicht abzuwenden und darauf zu achten, daß immer etwas zwischen dem Mal seines Unglücks und der übrigen Welt stand? Mit einem Bein kam man ganz gut zurecht, wie Moravias Ehe bewies. Aber sogar Marsha, die von Toleranz und Mitgefühl überfloß, fiel es schwer, sich nichts anmerken zu lassen, wenn sie Vierzehn begegnete.

Jetzt hatte er an Wichtigeres zu denken. Er ging zum Telefon, weil er hoffte, von seinem Rancher etwas über die Wetterlage westlich von Boise zu erfahren. Er ließ es lange läuten, ehe er resigniert den Hörer auflegte.

DER Pilot fuhr sich mit der Zunge über die Lippen und schmeckte Öl. Er öffnete die Augen und sah die vertraute Rundung des Cockpits, aber irgendwie war es ganz anders als sonst. Der Windschutz war nicht mehr durchsichtig. Einen Moment betrachtete er das Spinnennetz der Sprünge im Glas. Dann erkannte er, was nicht stimmte. Unter seinem Kopf befand sich ein Haufen Schiefer. Der ganze Rumpf der Stearman lag auf der Seite, und er war noch am Sitz angegurtet.

Seine Gedanken schwirrten durcheinander. Die Beinriemen des Fallschirms schnitten ihm ins Fleisch, doch der Schmerz schien unbedeutend im Vergleich zu der Erkenntnis, daß wieder die zerstörte Hälfte seines Gesichts, die wie ein Fluch auf ihm lastete, hart mit dem Planeten Erde in Berührung gekommen war. Fast hätte er gelacht. Eine tolle Landung, Sportsfreund! Zur Abwechslung hättest du's auch mal mit der anderen Seite versuchen können. Dann fiel ihm plötzlich wieder ein, daß er nicht allein war.

Ein Frösteln überlief ihn. Sein Kopf wurde klarer. Rasch klinkte er seinen Sicherheitsgurt und die Fallschirmgurte auf, wand sich aus dem Cockpit, kam auf die Knie und erstarrte. Was er sah, durfte nicht wahr sein. Fast fünfzig Meter entfernt hatten sich die zerborstenen Tragflächen um zwei Bäume geschlungen. Dazwischen lagen ein Rad, ein Reifen, ein Stück des Propellers und zwei Postsäcke. Einer war aufgeplatzt, und sein Inhalt zog eine Spur bis zum Schwanz der Stearman. Der war bis auf das zerschmetterte Höhenruder und die Höhenflosse an der Unterseite ganz geblieben. Zwischen Cockpit und Heck war der Rumpf verzogen und zerbeult, aber nicht schwer beschädigt.

Der Pilot hielt den Atem an, als sein Blick auf den Postbehälter fiel, den normalerweise die obere Tragfläche überdachte. Er war kaum wiederzuerkennen. Die Mittelverstrebungen waren zurückgebogen und lagen beinah flach auf ein paar Postsäcken. Einige waren mit Öl verschmiert. Die Postverwaltung wird wenig Freude daran haben, dachte er. Na, was erwarten Sie, würde er sagen. Immerhin hat ein großer, fetter Zehnzentnermotor darauf gelegen!

Der Motor hatte sich aus der Verankerung gelöst und lag schräg auf der Seite. Sonst sah er eigentlich noch ganz gut aus. Man brauchte nur ein bißchen Öl abzuwischen und konnte ihn als neuwertig verkaufen. Nur die Betragensnote ließ zu wünschen übrig.

Ein Ton bohrte sich in seine Benommenheit, ein schwacher, kleiner Schrei. Das Mädchen! Wie hatte er das nur vergessen können! Sie mußte dicht vor ihm unter dem Mittelteil, irgendwo unter den Säcken und dem Motor, begraben liegen.

Er rappelte sich hoch, taumelte und stürzte dann zum Motor. Seine Stimme klang hohl und fern wie die eines Bauchredners, als er sich sagen hörte: „Lieber Gott, bitte laß sie nicht verletzt sein! Nimm mein Leben, nur laß sie nicht verletzt sein!" Dann sprach er zu seinem Passagier: „Ganz ruhig, Kleine. Ich hab dich im Nu hier raus. Nur Geduld." Er schalt sich dafür, daß ihm ihr Name nicht einfiel.

Die Antwort war ein Piepsen, ein feiner, zarter Laut wie von einem Küken.

Er zerrte verbissen an einem Postsack, doch es gelang ihm nicht, ihn unter dem Motor hervorzuziehen. Ihr Fuß lugte unter einem anderen Sack hervor, und wieder sandte er ein Stoßgebet zum Himmel.

„Hör zu, Kleine." Wie hieß sie bloß? „Der Motor muß von den Säcken runter. Er ist sehr schwer, deshalb brauche ich etwas, das ich als Hebel ansetzen kann. Bitte warte, ja? *Bitte!*"

Er stolperte über den schlüpfrigen Schiefer von dem Wrack fort – der Name, wie war der Name? – und folgte einem geraden, flachen Graben, den der Rumpf nach dem Aufprall in den Boden gefurcht haben mußte. So schlecht hatte er die Landung gar nicht hingekriegt. Daß die beiden Bäume die Tragflächen gleichzeitig abschlugen, war ihre Rettung gewesen. Die Maschine wäre sonst seitlich gegen den Berg geprallt und bei dieser Geschwindigkeit unweigerlich zerschellt. So aber war sie wie ein Schlitten über den Boden gerutscht. Der Graben wirkte wie mit dem Lineal gezogen. Die Stearman hatte verhältnismäßig sanft aufgesetzt, und wenn sie jetzt auch ganz schön in der Patsche saßen, war jede halbwegs erträgliche Bruchlandung besser als ein unkontrollierter Absturz. Ah, jetzt wußte er's wieder! Das Mädchen hieß Heather.

Von einem der Bäume hing ein geknickter Ast. Er zerrte daran, riß ihn los. Weiche Schneekissen fielen ihm ins Gesicht. Ihre Kälte erfrischte ihn. Als er den Ast über die Schieferplatten schleppte, vermied er es, das Wrack anzusehen. In Wirklichkeit, dachte er, habe ich mich *nicht* richtig verhalten. Hätte ich die reguläre Route eingehalten, statt mich nach Westen zu wenden, hätte ich viel flacheres Gelände für eine Notlandung gefunden. Wahrscheinlich wären die anderen Piloten auf der gewohnten Strecke geblieben. Oder sie wären einfach umgekehrt und hätten Moravia Rede und Antwort gestanden. Vielleicht hätte der Motor sogar bis Elko gehalten. Nun mußte Moravia ein ganzes Flugzeug von seiner Liste streichen.

Als er beim Rumpf angelangt war, hielt er inne und versuchte, das dumpfe Schwindelgefühl zu unterdrücken. Wenigstens eine Sache hatte er gut gemacht, dachte er erleichtert. Seinem Befehl, unter die Postsäcke zu kriechen, verdankte die Kleine wahrscheinlich ihr Leben. *Wahrscheinlich.* Er mußte sie darauf hinweisen, weil es nämlich sehr schwer sein würde, in diese seltsamen Augen zu schauen und den ganzen Schlamassel zu erklären. Er brauchte unbedingt ihr Vertrauen. Allmächtiger, war ihren Eltern denn nicht klargewesen, daß jeder Flug ein Risiko bedeutete? So was wie das hier konnte jederzeit geschehen. O Gott, bitte, laß sie nicht verletzt sein!

Er kämpfte gegen die aufkommende Übelkeit an und zwängte ein Ende des Astes zwischen den Boden und den untersten Zylinder des Motors. Dann drückte er den so entstandenen Hebel mit aller Kraft nieder, gab aber bald auf und bemühte sich, Ordnung in seine Gedanken zu bringen. Das Ganze funktionierte offenbar nicht. Vier Männer konnten den Motor vielleicht bewegen, aber ein erschöpfter Flieger, der am Ende eines Kiefernastes hing – war er denn Samson?

Dennoch nahm er einen neuen Anlauf. Der Motor bewegte sich leicht – oder bildete er sich das nur ein? Er ging zu der Stelle vorne am Rumpf, wo das verfluchte Ding eigentlich hingehörte. Zeit, endlich den Verstand zu gebrauchen, statt sinnlos herumzuwüten.

Er kniete hin und begann zu graben. Wenn er sich wirklich bemühte, konnte er vielleicht genug wegkratzen, um die Postsäcke unter dem Wrack hervorzuziehen. Die Schieferstücke kollerten klickend den Hang hinunter. Da scharre ich nun wie ein Tier, dachte er. All den jungen Burschen, die so vernarrt in die Fliegerei sind, sollte man vor Augen halten, wie schnell sie sich eines Tages in derselben Situation befinden konnten – bei dem Versuch, auf allen vieren ein Loch in einen Berg zu schaben.

Nachdem er eine dünne Schieferschicht entfernt hatte, gab er auf. Er war auf undurchdringlichen Fels gestoßen. Als das Klicken der Schieferplättchen irgendwo weit unten verklang, vernahm er nur noch sein eigenes Keuchen. „Heather?" fragte er leise. „Kannst du mich hören?"

Die Stille erfüllte ihn mit Entsetzen. Nein, nein, sie lebte. Sie *mußte* leben. Er stemmte sich hoch und ging vorsichtig und angestrengt lauschend um den Ast herum. Ein verrückter Gedanke kam ihm. Konnte sie sich nicht selbst befreien, indem sie die Postsäcke fortstieß? Sollte er im Brustton der Überzeugung sagen: Gib acht, Heather. Du mußt mir helfen, damit ich dich hier rauskriege. Wir haben noch viel zu tun, bevor es dunkel wird. Wir müssen einen Unterstand bauen. Darin warten wir dann einfach auf besseres Wetter. Dann steigen wir in aller Ruhe ins Tal hinunter.

Er starrte den Motor an wie einen Feind. Erst nach einer Weile begriff er, daß das schwache, pickende Geräusch von den Schneeflokken stammte, die auf die straffe Stoffbespannung des Rumpfes fielen. Er nahm den Pistolengurt ab. Die Waffe war erstaunlich schwer geworden, und er wollte sie schon fortschleudern, als ihm einfiel, daß sie unter Umständen doch nützlich sein könnte. Falls es zu stark schneite und sie ein, zwei Tage hierbleiben mußten, konnte er damit auf die Jagd gehen. Heather würde bestimmt hungrig sein.

Als er die Pistole behutsam auf den Rumpf legte, hörte er ein leises Wimmern. Es war ein so unerträglicher Laut, daß er glaubte, den Verstand zu verlieren, sollte er sich noch ein einziges Mal wiederholen. Und doch haßte er die absolute Stille und wünschte sehnlichst ihr Ende herbei. Beim nächsten schwachen Schrei aus dem Wrack ließ er sofort den Ast los und vergaß, wie unsicher er auf dem glatten Schiefer stand. Wutschäumend warf er sich auf den Motor. Er packte ihn an zwei Zylindern, preßte die Schulter gegen das Getriebe und stemmte und schob, bis ihm das Blut in den Schläfen hämmerte und alles vor seinen Augen verschwamm.

Wie lange er so geschuftet hatte, wußte er nicht, aber plötzlich spürte er, wie die gewaltige Masse nachgab. Er strengte sich noch mehr an, hob und schob und rang nach Luft. Jeder Muskel, jede Sehne seines Körpers war zum Zerreißen gespannt. Dann hörte er endlich das Metall ächzen. Er verstärkte den Druck mit letzter Kraft, und der Motor kippte von den Postsäcken. Erschöpft und atemlos fiel er vornüber und konnte seinen Sieg noch immer nicht fassen.

Sekunden später zerrte er die Postsäcke weg und sah das Mädchen. Sie lag seltsam verdreht auf dem Rücken. Ihre Augen blickten ihn an. Er kniete neben ihr nieder und wischte ihr die Schneeflocken von der Stirn. „Ist alles in Ordnung?"

Er erwartete Tränen, doch sie starrte nur unsicher zu ihm empor und sagte: „Ich glaub nicht."

„Kannst du aufstehen, wenn ich dich stütze?"

„Weiß nicht. Ich glaube ... es ist mein Rücken."

Er schob ihr behutsam eine Hand unter den Kopf und die andere unter die Oberschenkel. Vielleicht mußte sie nur erst einmal hochkommen ... Er hatte ihre Beine kaum einen Zentimeter angehoben, als sie vor Schmerzen schrie.

GENAU im Süden der Black-Rock-Wüste nahe am Winnemuccasee in Nevada zog sich der Kern des Tiefdruckgebietes zusammen. Es trieb langsam nach Nordosten über die kahlen Berge und öden Täler, wo nur ein paar Rancher der feindseligen Umgebung trotzten. Als Vorhut des Tiefs kamen Schneewolken, aus denen die Schauer in grauweißen Säulen zur Erde rieselten. Hinter den Wolken folgte der Wind mit noch mehr Schnee, der die Gipfel rasch einhüllte und die angrenzenden Täler und Canyons in eine eintönige Landschaft verwandelte, als breite er ein Tuch über sie, das ihr Antlitz auslöschte. Die Senken verschwanden zuerst, dann die Erhebungen und schließlich die kleineren Flüsse. Was blieb, war eine weite, weiße Leere.

In Pasco, sechshundert Kilometer weiter nördlich, schlug sich Moravia mit beunruhigenden Vermutungen herum. Er haßte es, nicht auf dem laufenden zu sein. Unglaublich, daß man sich heutzutage, im Dezember 1928, in den angeblich zivilisierten Vereinigten Staaten von Amerika mit einer derartigen Ungewißheit abfinden sollte! Es gab die Eisenbahn und sehr gute Landstraßen, und doch hätte er jetzt ebensogut ein Kavalleriemajor sein können, der von der Außenwelt abgeschnitten in der Holzburg seines Forts saß. Wahrscheinlich war sein Wildwestkollege sogar besser informiert gewesen, weil ihn wenigstens ein paar Kuriere mit Neuigkeiten versorgten.

In der vergangenen Stunde hatte Moravia seinen Privatwetterwart, den Rancher, immer wieder zu erreichen versucht. Das monotone Tuten der Leitung war entmutigend und schien sein wachsendes Unbehagen zu verhöhnen. Vierzehn war erst in einer Stunde in Boise fällig, also brauchte er sich seinetwegen noch keine Sorgen zu machen. Aber die für die Südroute vorgesehene Nummer Acht sollte in zwanzig Minuten starten und wartete bereits in voller Montur auf das Eintreffen der Fracht.

Die Frage war nun: Sollte er Acht überhaupt losschicken? Falls er umkehren und die Post zurückbringen mußte, würde sich der Posthalter die Haare raufen. Kam es beim Luftpostdienst zu oft zu Verzögerungen, mußte man sich spitze Anspielungen auf eine Auflösung des Vertrages anhören, und das würde für Moravia und die ganze Linie das Ende bedeuten. Natürlich konnte er die Post per Eisenbahn verschicken – ein peinliches Eingeständnis von Unfähigkeit, über das sich die Bahn ins Fäustchen lachte und das die Bürokraten in der Überzeugung bestärken würde, sie hätten sich besser gleich auf das gute alte Dampfroß verlassen sollen.

Bei schönem Wetter startete die Vormittagsmaschine um elf, und damit war die Sache erledigt. Der Jammer war nur, daß der Zug, wenn er keine Verspätung hatte, die Station bereits um 11 Uhr 40 verließ. Schob Moravia bei unsicheren Wetterverhältnissen seine Entscheidung hinaus, wurde die Fracht womöglich nicht mehr rechtzeitig verladen. Das zog dann automatisch eine endlose Schimpfkanonade auf die gesamte Fliegerei nach sich. Der Posthalter würde wütend sein, daß seine Sendungen einen ganzen Tag Verspätung hatten, und seinen Zorn zuerst an Moravia und dann an der Bahn auslassen. Die Leute von der Bahn würden noch mehr als sonst die Nase über alles rümpfen, was mit Flugzeugen zu tun hatte, und selbstverständlich ihrerseits auf die Leute von der Post einhacken, daß die Spanne zwischen der Ankunft der Fracht und der Abfahrt ihres heißgeliebten Funkenspuckers zu knapp sei. Alles ein Riesenmist, dachte Moravia, als er sich die nächste Caporal ansteckte.

Der schwere, beißende Rauch löste einen Hustenanfall aus, der ihn weniger störte als die Zwickmühle, in der er sich leider allzu häufig befand. Die Flugbedingungen zwischen Pasco und Elko – da lag der Hund begraben. Sein Rancher, der offenbar vor dem Winter nach Florida geflüchtet war, hätte ein bißchen Licht ins Dunkel bringen können, aber noch weit dringlicher wären Informationen über das Wetter auf der ganzen Route gewesen. Vierzehn gab nach der Landung bestimmt einen kompletten Bericht durch, nur bis dahin war das auch schon ein alter Hut. Für ihn mochte es im Süden noch

paradiesisch gewesen sein. Bis Acht das gleiche Gebiet erreichte, war dort vielleicht der Teufel los. Als Lösung bot sich natürlich ein direkter Luft-Boden-Kontakt an. Moravia wußte, daß an der Ostküste damit experimentiert wurde, doch eine tatsächlich funktionierende Anlage war so selten, daß die Kosten nicht vertretbar waren. Möglich, daß eines Tages . . .

Vielleicht tat sich wirklich einmal die Himmelspforte auf und brachte einen – einen einzigen! – Bankier zum Vorschein, dem mehr am Fortschritt in der Luftfahrt als an sofortigem Gewinn lag. Solch einen intelligenten, phantasievollen Menschen mußte es in Europa gegeben haben, wo Flugzeuge die Post überallhin brachten, wo man zwischen London, Paris, Berlin und Moskau sage und schreibe vierzehn Passagiere in einer Maschine beförderte und ihnen auf weiß gedeckten Tischen das Essen mit allem Drum und Dran servierte. Keine amerikanische Luftfahrtgesellschaft dachte bisher auch nur im Traum an solche Dinge.

Moravia sah, wie das Postauto vor seinem Bürofenster hielt. Genau zehn Uhr vierzig. Jetzt mußte er sich entscheiden, und die Tatsache, daß der Wagen diesmal eine besonders umfangreiche Ladung hatte, machte ihm dies nicht leichter. Die einträglichen Brocken waren immer am schwersten umzuleiten.

Gleich würde es an die Tür klopfen. Richtig. Da kam schon Nummer Acht, der schmächtige, in dem dicken Teddy fast verschwindende Manigault aus Carolina mit dem weichen Südstaatlerakzent. Er war ein echter Gentleman, und das schätzte Moravia. Er würde seinen Entschluß erfahren wollen, obwohl beide Männer wußten, daß es nicht allein Moravias Sache war. Wenn Manigault sich weigerte zu starten und dafür triftige Gründe anführte, hatte er das letzte Wort. Dieses ungeschriebene Gesetz galt ebenso wie die stillschweigende Vereinbarung, daß den Piloten in einem solchen Fall keine wie auch immer geartete Strafe erwartete. Wer allerdings wiederholt Ausreden fand, kam auf die Dauer nicht ungeschoren davon. Moravia war durchaus klar, daß einige gern behauptet hätten, das Wetter sei ihnen zu unsicher zum Fliegen, um sich mit ihrer neuesten Eroberung zu vergnügen, doch soviel er wußte, hatten ihn diese Kerle noch nie ausgetrickst.

Manigault fragte: „Kann ich mir heute meine Brötchen verdienen?"

„Das liegt an dir. Elko meldet klar, zweitausendundzehn mit Schneewolken, Boise hohe Wolkenuntergrenze und gute Sicht mit vereinzelten Schneewolken, aber wie es unterwegs ausschaut, weiß ich absolut nicht."

Manigault beugte sich leicht vor, um besser aus dem Fenster zu sehen. Dann sagte er, als könne er hinter den Horizont blicken: „Ganz brauchbar. Werd mich schon vorbeischleichen, wenn's nötig wird."

„Halt die Augen nach Vierzehn offen. Du müßtest ihm begegnen."

Manigault stülpte sich den Helm mit der Schutzbrille auf und meinte, während er den Teddy zuknöpfte: „Manchmal wär ich lieber wieder in Carolina. Wenn man dort startet, kann man sich ziemlich genau ausrechnen, was der Tag bringt. Aber hier ..."

Er ließ den Satz unvollendet, und Moravia wußte, warum. Er duldete keine Klagen. Das war allgemein bekannt. Seine Piloten *flogen,* was für gewisse Männer ebenso lebenswichtig war wie Atmen. Sie wußten nicht, was es hieß, auf dieses Privileg verzichten zu müssen wie Moravia, aber bei Gott, wenn sie herummäkelten, erfuhren sie nur zu schnell, daß er ihnen immer noch ordentlich die Leviten lesen konnte. Erst würde er sie daran erinnern, daß er für diesen Job keine Angsthasen brauchte, und dann würde er hinzufügen, daß seit dem Bestehen der Linie mehr als vierzig Piloten umgekommen und dreiundzwanzig schwer verletzt worden seien. Wer es also vorzog, sein Dasein als Fleischer, Bäcker oder Kerzenzieher zu beschließen, dem würde er mit Vergnügen zeigen, wo der Zimmermann das Loch gelassen hatte, und ihm als Souvenir einen Haken verehren, an den er Helm und Schutzbrille hängen konnte. Moravia hielt nichts davon,

Zeit mit Jammern zu vergeuden. Er legte seinen Schäflein wärmstens ans Herz, sich statt dessen jeden Fluß, jeden Berg und jede Lichtung entlang der Route einzuprägen, denn das mochte sich als großer Vorteil erweisen, wenn die unzulänglichen Straßenkarten, die sie zur Navigation verwendeten, nicht mehr weiterhalfen.

In diesem Jahr lag die Beförderung der Post zum erstenmal in privaten Händen, und da sie nun nicht mehr Sache der Regierung war, wollte Moravia zeigen, daß sich mit seinen Fliegern die traurigen Rekordziffern verändern ließen. „Gebt mir eure zwei gesunden Beine, und ich stelle meine Ohren auf Empfang, wenn ihr Beschwerden habt", pflegte er zu sagen. „Für einen, der sich durch eine Dummheit umbringt, hab ich nur wenig Mitgefühl übrig. Verlaßt euch drauf, mein Brief an eure trauernden Hinterbliebenen wird keine Lobeshymnen enthalten, sondern einzig und allein die Wahrheit. Also sorgt dafür, daß ich nicht schreiben muß: ‚Er war leider so beschäftigt damit, Haare in der Suppe zu finden, daß er die eigenen Fehler nicht erkannte. So flog der Schwachkopf in eine Wolke, die sich zu spät als Felsen entpuppte.'"

Drittes Kapitel

Es DÄMMERTE schon, als der Pilot endlich alles getan hatte, was er für notwendig hielt. Heathers markerschütternde Schreie gellten ihm noch in den Ohren, und er hatte beschlossen, sie im Wrack liegen zu lassen, bis Hilfe kam. Solange sie sich nicht bewegte, schien es ihr halbwegs gutzugehen. Offenbar hatte sie eine schwere Rückenverletzung, weil ihr die geringste Bewegung solche Schmerzen bereitete.

Deshalb baute er schließlich das Biwak um sie herum. Zuerst errichtete er aus den Postsäcken eine Art Fundament. Sie rochen zwar nach Öl und Benzin, hielten aber den Schnee ab, der während des ganzen Nachmittags immer heftiger gefallen war, so daß er jetzt bis zu den Knien darin einsank.

Dann schnitt er aus den abgebrochenen Flügeln der Stearman große Leinwandstücke, breitete sie über den verbogenen Rumpf und beschwerte die Enden mit Steinen. Er öffnete seinen Fallschirm und spannte ihn über das Heck und den Motor. Auf diese Weise entstand ein Zelt, in dem es unter anderen Umständen sogar ganz gemütlich gewesen wäre. Nun begutachtete er bei hereinbrechender Dunkelheit sein Werk. Einen Moment lang brachte der Anblick seiner lächerlichen Konstruktion seine eifrige Entschlossenheit ins Wanken. Schon ein mäßiger Wind würde genügen, um das ganze verrückte Ding fortzublasen. So viel Mühe, und ein so jämmerliches Ergebnis!

Er hatte sich gesagt, daß ihn bestimmt der Sauerstoffmangel in dieser Höhe so erschöpft machte. Nun glaubte er, die Wahrheit zu wissen. Seine Müdigkeit, das Verlangen, sich hinzulegen und zu schlafen, war die unbewußte Reaktion auf seine Angst, denn jetzt, nach der körperlichen Anstrengung, hatte er sich endlich gezwungen, über ihre Lage nachzudenken. Was dabei herauskam, war erschreckend.

Er stand in rasch höher werdendem Schnee auf einem Berg in Nevada. War es überhaupt Nevada? Vielleicht hatten sie, ohne daß er es merkte, eine viel weitere Strecke zurückgelegt und die Grenze des Bundesstaates längst überquert. Er wußte, daß sie ungefähr eine Flugstunde von Elko entfernt waren, aber das half ihm im Augenblick wenig. Rund um ihn fremdes, feindseliges Land, als einzigen Gefährten ein hilfloses kleines Mädchen, in dessen Augen er las, daß es ihm sein Schicksal anvertraute. Vor diesen Augen gab es kein Entrinnen. Ja, sagten sie, ich weiß, wir sind in schlimmen Schwierigkeiten, aber du wirst einen Weg finden, uns zu retten.

Zumindest wußte Moravia inzwischen, daß sie vermißt wurden, und organisierte bereits eine Suchaktion. Aber wo würde er suchen lassen? Doch nur im Bereich der gewohnten Route, und das verschlug bestimmt niemanden hierher.

Er schaute zu den Bäumen auf, die sich an den Hang klammerten. Sie verbargen ihn fast völlig. Nur eine Maschine, die direkt über diese Stelle flog, und ein Pilot, der zufällig im richtigen Moment nach unten sah, würden sie entdecken können. Sogar das Flugzeugwrack war in den Schneemassen kaum noch auszumachen.

Er überlegte, was er an Reserven besaß. Eine Tafel Schokolade, mit der er Heather stückchenweise füttern wollte. Im Dunkeln würde sie nicht merken, daß er nicht die gleiche Ration aß. Ein Stück

Kaugummi würde seinen Appetit zügeln, und es waren noch vier in der Packung. Er besaß eine volle Streichholzschachtel, hatte aber noch kein Holz gesammelt. Morgen hoffte er die Umgebung auszukundschaften.

Er hatte Heather eine schmerzstillende Tablette gegeben. Blieben noch neun. Die halbe Flasche Jod war verbraucht. Er hatte damit die Hautabschürfungen in ihrem Gesicht und an seinem linken Arm gereinigt. Irgendwie hatte sich der Ärmel seines Teddys beim Aufprall nach oben geschoben, und der Schiefer hatte ihm ins Fleisch geschnitten. Die Wunde blutete nicht mehr und war nun mit Mull verbunden.

Er ließ sich auf die Knie fallen und kroch in den Unterschlupf. Das letzte Tageslicht sickerte durch den Fallschirmstoff. Heathers Augen waren offen. „Ich dachte, du schläfst."

Sie gab keine Antwort. Wenn ihr auch nur eine Träne über die Wangen kullerte, würde er eine Ausrede erfinden müssen, um für eine Weile nach draußen zu gehen. „Ist dir eigentlich klar, daß du wahrscheinlich das einzige Mädchen auf der Welt bist, das ein eigenes Seidenzelt hat?"

Sie wandte den Blick nicht von ihm. Klagten ihn diese Augen an? Oder waren sie durch die Wirkung der Tablette ausdruckslos?

„Hast du Schmerzen?" fragte er.

Sie schüttelte fast unmerklich den Kopf.

„Kann ich etwas für dich tun?"

„Mir ist kalt."

Er zog seinen Teddy aus und deckte sie sorgsam damit zu.

„Ich will aber nicht, daß du frierst."

„Mir ist ganz warm", beteuerte er.

„Können wir ein Feuer machen, wenn wir die ganze Nacht über hier bleiben?"

Die ganze Nacht? Sie konnten von großem Glück sagen, wenn innerhalb einer Woche Hilfe kam. Er erklärte ihr, er könne im Zelt kein Feuer machen, weil der Tank noch in der Nähe sei und Benzin auslaufe. Vielleicht gelang es ihm, ihn am Morgen auszubauen.

„Gleich in der Früh werd ich draußen Feuer machen, dann können wir Schnee schmelzen und haben was zu trinken. Und jetzt zum

Menü. Das Hauptgericht ist ein Spezialschokoladenpudding, den du mit Schneechampagner hinunterspülst. Und wenn du brav bist, gibt's als Nachtisch sogar ein Stück Kaugummi."

Beide schwiegen. Der Pilot lauschte dem feinen Ticken der Schneeflocken über sich und dachte, daß es eine sehr lange Nacht werden würde. In ihrem Unterschlupf war es schon dunkel. Er zog die Handschuhe aus und kramte in der Knietasche des Teddys nach der Tafel Schokolade. Er brach ein Stück ab und drückte es Heather in die Hand. „Hier ist das Dinner. Iß langsam, dann hast du mehr davon. Und vergiß nicht, danach deine Serviette zu falten."

Er hörte sie kauen, und als sie fertig war, sagte sie: „Du kochst wirklich gut."

„Sicher nicht so gut wie deine Mutter, aber fürs erste mußt du damit vorliebnehmen."

„Meine Mutter wird sich Sorgen machen. Glaubst du, daß uns jemand sucht?"

„Ja."

„Heut nacht schon? Jetzt können sie uns aber nicht finden, nicht wahr?"

„Nein. Sie brechen erst auf, wenn es hell ist." Er sah sie vor sich: sechs Linienmaschinen und dazu ein paar von der Nationalgarde, wie sie im Osten die reguläre Route abflogen. Sie würden im falschen Gebiet suchen. „Wahrscheinlich", begann er und wunderte sich, wie leicht ihm die Lüge über die Lippen kam, „wahrscheinlich kommen sie morgen."

„Und dann?"

Ja, was dann? „Man wird uns holen."

„Wenn ich mich bewegen könnte, wär es leicht. Wir könnten selber den Berg runtergehen. Mir geht's gut, solange ich ganz ruhig liege, aber wenn ich mich auch nur ein winziges bißchen rühre ... dann, na ja ..."

„Morgen geht es dir sicher schon viel besser."

„Hoffentlich. Darf ich dir was sagen? Was Vertrauliches?"

„Ich bin dein bester und einziger Zuhörer. Und ich kann schweigen wie ein Grab."

„Ich muß – du weißt schon –, ich muß mal."

„Oh. Einen Augenblick. Daran hätte ich denken sollen ..." Er tastete nach seinen Handschuhen, fand sie und kroch hinaus. Irgendwo im Wrack mußte ein Stück Metallverschalung liegen, das sich sonst zwischen Rumpf und Motor befand. Beim Aufprall war es abgetrennt und arg verbeult worden. Er stapfte durch den Schnee zu den Tragflächen. Auf halbem Weg glitt er auf etwas Hartem aus, bückte sich und zog das gesuchte Metallstück unter seinem Stiefel hervor. Im Dunkeln stemmte er ein Knie darauf und bog es zu einer flachen Schüssel. Dann kehrte er ins Zelt zurück. „Hallo", begrüßte er sie. „Ich bin's. Die Nachtschwester. Und jetzt beiß die Zähne zusammen, damit ich dir das unterschieben kann."

Als er sie hochhob, hörte er sie ein paarmal scharf die Luft einziehen, aber danach lag sie still.

„Kann ich das Ding wegnehmen?"

„Ja", flüsterte sie. „Es ist mir so peinlich."

„Laß nur. Ich bin dein Freund."

Er war schon am Ausgang, als sie sehr leise sagte: „Danke. Du bist ein furchtbar lieber und wunderschöner Mensch."

Er war dankbar für die Dunkelheit.

Später legte er sich neben sie, spürte ihre Nähe und versuchte, nicht darüber nachzudenken, wie es weitergehen sollte. Morgen würde er wieder einen klaren Kopf haben. Dann mußte er sich etwas einfallen lassen, wie sie von hier wegkamen.

Er konnte nicht schlafen. Zu viele Gedanken beschäftigten ihn. Warum hatte er sein ganzes Leben der Fliegerei verschrieben? Daß ein Geschäftsmann bei der Arbeit am Schreibtisch starb, kam kaum vor, und ebenso selten wurde ein Farmer von einem Traktor überfahren. Sicher, als Pilot verdiente man gut, aber wer diesen Beruf wählte, tat es nicht des Geldes wegen. Manche Kameraden waren außerdem ein bißchen schrullig, aber sie waren keine Draufgänger. Falls sie überhaupt an die Möglichkeit dachten, eines Tages in den Tod zu fliegen, so sprach es keiner aus. Nur Moravia erwähnte zuweilen dieses Risiko. Das gehörte wohl zu seinen Pflichten.

Das feine Ticken der Schneeflocken war verstummt. Auf dem Rumpf mußte bereits eine dicke Schicht liegen. Die Stille war bedrückend, aber immer noch besser als das Toben von starkem Wind.

Er lag auf einem Leinenstück, mit einem Postsack als Kissen, und bewegte sich leicht, nur um das Knarren seiner Lederjacke zu hören.

„Bist du wach?" flüsterte Heather.

„Ja. Ist dir warm genug?" Er wagte nicht zu fragen, ob sie Schmerzen hatte.

„O ja. Ich hab nachgedacht. Wie heißt du?"

„Jerry."

„*Mister* Jerry? Meine Mami sagt, ich soll Erwachsene immer höflich anreden."

„Nenn mich einfach Jerry."

„Können wir so tun, als wäre ich erwachsen?"

„Warum nicht? Ich glaube ohnehin, daß du es schon bist."

Sie schwiegen lange. Er hoffte, sie sei eingeschlafen, als er ihre Stimme wieder hörte. Irgendwie klang sie noch schwächer. Allmächtiger, dachte er. Sie darf nicht sterben! Es ist doch nur der Rücken.

„Du hast alles mir gegeben", sagte sie, „und mußt jetzt frieren."

„Nein. Ich hab schon hundertmal in dieser Jacke geschlafen."

„Wie heißt deine Frau?"

„Ich hab keine."

Stille. Dann fragte sie: „Ist sie tot?"

„Nein. Ich war nie verheiratet."

„Warum nicht?" Darauf hätte er lieber nicht geantwortet. Sollte er sagen: Hör mal, Kleine. Vielleicht hast du mich nicht genau genug angeschaut. Wie würde es dir gefallen, dieses Gesicht den ganzen Tag sehen zu müssen? Und überhaupt – um eine Frau zu finden, muß man zuerst einmal jemanden kennenlernen, und Frauen trifft man nicht oben in der Luft, sondern in der Kirche oder in Kneipen, je nachdem, zu welcher Sorte sie gehören, oder an Orten, wo Leute zusammenkommen, weil sie gerne in Gesellschaft sind. Ich hab's ein paarmal nach dem Unfall probiert und weiß Bescheid. Man hat mir die Hand geschüttelt und sogar versucht, ein Gespräch in Gang zu bringen. Aber jeder hat vermieden, mich anzuschauen, und sich so schnell wie möglich wieder verdrückt. Ich konnte es keinem übelnehmen. So habe ich im Interesse der Allgemeinheit entschieden, meine Mitmenschen nicht öfter mit meinem Anblick zu belästigen als unbedingt nötig.

Er räusperte sich, als müsse er ernsthaft überlegen, und sagte dann:

„Ich weiß nicht, warum ich nie geheiratet habe. Wahrscheinlich liebe ich das Fliegen zu sehr."

„Es ist gut, etwas so richtig zu lieben."

„Du bist sehr klug für dein Alter."

„Aber bist du jemals wirklich, ganz richtig, in ein Mädchen verliebt gewesen?"

Auch darüber wollte er nicht gern mit jemand Fremdem reden, und seit dem Unfall damals war er, wenn man es genau nahm, nur von Fremden umgeben gewesen. Alles in ihm sträubte sich dagegen, an Sally zu denken, geschweige denn über sie zu sprechen. Und jetzt stand ihr Bild wieder vor seinen Augen, weil ein kleines Mädchen eine unschuldige Frage gestellt hatte.

Sinnlos zu leugnen, daß er sogar rettungslos in Sally verliebt gewesen war, und nichts, absolut nichts durfte die Erinnerung an ihre herrliche gemeinsame Zeit zerstören. Ein Wochenende in San Antonio fiel ihm ein, als sie fast dasselbe gesagt hatte wie vorhin Heather: „Du bist ein wunderschöner Mann."

Doch damals hatten diese Worte eine völlig andere Bedeutung gehabt, denn Sally blickte ihm dabei direkt ins Gesicht. An jenem Wochenende hatten sie beschlossen, „irgendwann im Oktober" zu heiraten. Sally war sich über das genaue Datum noch immer nicht schlüssig, als der Unfall geschah. Nach einem Monat im Krankenhaus erfuhr er die Wahrheit über seine Verletzungen und was davon zurückbleiben würde. Er war ein zusammengeflicktes Stück Fleisch, ein Produkt ärztlicher Kunst, und als er sich endlich überwand, in den Spiegel zu schauen, erkannte er sich nicht wieder.

Sally hatte nicht etwa die Flucht ergriffen. Sie wollte sich noch am Krankenbett mit ihm trauen lassen, aber in ihren Augen las er deutlich: Es ist eine Frage des Anstands, das hier durchzuhalten. Sie verdiente einen ganzen Mann. Ein weiterer, langer Blick in den Spiegel machte ihm die Entscheidung verhältnismäßig leicht. „Tut mir leid, Sally", erklärte er. „Ich hab viel nachgedacht, und ich glaube nicht, daß es mit uns beiden jetzt noch klappen wird."

Für Sally war es undenkbar, ihn im Stich zu lassen. Sie zu entmutigen war gar nicht so einfach gewesen. Eine Zeitlang kam sie ihn noch regelmäßig besuchen, aber nach zwei Monaten gab sie es auf und verschwand. Ein Kamerad erzählte ihm, sie sei nach Chicago gegangen und habe dort einen Reporter der *Tribune* geheiratet.

„Heather", sagte er in die Dunkelheit, „wie kommt ein Mädchen in deinem Alter dazu, solche Sachen zu fragen? Wie alt bist du eigentlich?"

„Bald zwölf. Glaubst du vielleicht, ich spiele noch mit Puppen?"

„Nun, ich bin mit den Gewohnheiten junger Damen nicht so vertraut, weil mein Leben nicht so verlaufen ist wie das der meisten Leute."

„Kannst du mir nicht was darüber erzählen?"

„Warum denn bloß, um Himmels willen?"

„Wenn ich dir zuhöre, tut mir mein Rücken vielleicht nicht mehr so weh. Man kann sich nicht gleichzeitig mit zwei Dingen beschäftigen. Das sagt meine Lehrerin immer. ,Sei kein Irrwisch, husch nicht in einem Wald von Gedanken herum.' Sie sagt, wir müssen lernen, uns zu konzentrieren, und wenn ich mich auf dich konzentriere, kann ich nicht an meinen Rücken denken, verstehst du?"

„Ich würde dir so gern helfen – meinst du nicht, es wäre besser, wenn ich dich auf die Seite drehe? Ich mache es ganz behutsam."

Sie zögerte. „Gut, probier's. Es scheint nämlich schlimmer zu werden."

Vorsichtig, damit er sie im Dunkeln nicht anstieß, streckte er die Hand aus und tastete nach ihrer Hüfte. „So, nun wollen wir mal – schön langsam." Er schob die andere Hand unter ihren Kopf und wies sie an, tief Luft zu holen und auszuatmen. Dann rollte er sie sanft zu sich. Einen Augenblick dachte er, es würde gutgehen. Beglückt spürte er, wie ihr Atem ihn streifte. Wie lange war ihm ein Mensch nicht mehr so nahe gewesen! Heather stieß einen erstickten Schrei aus. „O nein ... nein! Bitte leg mich zurück!"

Er ließ sie wieder in ihre ursprüngliche Lage gleiten und wartete verzweifelt, daß sie aufhörte zu schluchzen. „Bleib ganz ruhig. Du mußt dich entspannen. Morgen früh werden wir weitersehen."

„Es tut so weh. Auch wenn ich mich kaum bewege."

Er strich ihr über die Wangen, spürte die Tränen und wischte sie weg. „Ich möchte dir nicht noch eine Tablette geben", sagte er, während er sie tröstend streichelte.

„Warum nicht?"

Er hörte ihr unterdrücktes Wimmern und suchte nach einer Antwort. Soll ich ihr wirklich sagen, daß sie sie morgen noch nötiger brauchen wird?

„Zuviel von dem Zeug wäre nicht gut für dich."

„Ich möchte so gern schlafen."

„Das wirst du schon. Tut's dir weh, wenn ich dir den Nacken massiere?"

„Ich glaub nicht." Selbst in der Stille konnte er ihr Stimmchen kaum vernehmen.

Seine Finger tasteten sich unter ihr Haar und strichen sanft in kleinen Kreisen über die warme Haut. „Ist das gut?"

„Ja ... sehr."

Während er damit fortfuhr, begann er leise und beschwichtigend zu murmeln. Nach einer Weile wurde sie ruhiger und atmete gleichmäßig. Er hatte so lange mit niemand mehr richtig gesprochen, daß es ihm jetzt schwerfiel. Dabei war so viel in ihm aufgestaut, und seine Gedanken überstürzten sich.

„Ich glaube, über mein Leben gibt es eigentlich nicht viel zu berichten, Heather. Ich bin eben auf die Welt gekommen und größer geworden und habe auch ein paar Freunde gehabt. Von manchen höre ich noch, aber die Menschen ändern sich und gehen verschiedene Wege, und weil ich Flieger bin, hab ich mit meinen ehemaligen Schulkameraden offenbar wenig gemeinsam. Ich hab jetzt einen Freund, einen wirklich guten, aber ich glaube nicht, daß er im Grunde seines Herzens auch in mir einen Freund sieht. Er heißt Moravia und ist mein Boß, und es ist sehr schwer zu erklären, wie ich zu ihm stehe. Er hat nur ein Bein, deshalb ist es ihm leichter gefallen, mich einzustellen. Der Tag, an dem er mir sagte, daß ich den Job kriege – weißt du, ich kann dir gar nicht beschreiben, was das für mich bedeutet hat. Ich hatte schon sämtliche Fluggesellschaften im ganzen Land abgeklappert, und überall hat man mich nur angeschaut wie ein Gespenst und gemeint, ich solle mich glücklich preisen, überhaupt noch am Leben zu sein. Fürs Bodenpersonal hätten sie mich genommen, aber keiner wollte mich als Pilot. Moravia war es egal, wie ich aussehe, und wenn man so jemand trifft, möchte man bei ihm bleiben und alles für ihn tun. Er ist ein merkwürdiger Kerl, dieser Moravia. Je mehr ich von ihm weiß, desto weniger kenne ich ihn."

Er hatte keine Ahnung, wie lange er schon redete. Fast wie in Trance erzählte er von seinen ersten Erfahrungen mit der Fliegerei – wie ihn seine Eltern zu einer Kunstflugschau mitgenommen hatten, wo er ein kleines gelbes Flugzeug hoch oben in der Luft sah. Staunend und mit weit offenem Mund hatte er hinaufgeblickt. Die Sonne schimmerte durch die Tragflächen, und an den Flügeln und am Rumpf war der Name des Piloten aufgemalt, so daß ihn jeder sehen konnte – BEECHY. Für ihn war der kleine Flugapparat das Schönste auf der Welt gewesen. In jenem Augenblick schwor er sich, daß er eines Tages selber fliegen würde. Später brachte es ihm ein Mann namens Sloniger auf einer Jenny bei, die er gleich nach dem Krieg gekauft hatte. Sloniger flog die Post mit Lindbergh, bevor der berühmt wurde, und tat das jetzt irgendwo im Osten immer noch.

„Ja, und dann zogen wir überall im ganzen Land herum, im Sommer mit der Sonne nach Norden und im Winter mit den Vögeln nach Süden ... ein Zigeunerleben, Heather, ohne viel Sinn und Zweck. Später dann suchte die Armee Fluglehrer für die Grundausbildung. Das war eine feste, gut bezahlte Arbeit, und sie nahmen auch Zivilisten, sofern sie zuverlässig waren und nüchtern blieben."

Der Pilot merkte schließlich, daß er zu sich selbst sprach, denn das Mädchen atmete gleichmäßig und schwieg schon geraume Zeit. Er zog seine Hand ganz langsam unter ihrem Kopf hervor und flüsterte: „Danke, Kleine."

Er beugte sich nieder, bis sein verzerrter Mund fast ihre Wange berührte, und die Sehnsucht nach lang entbehrter Zärtlichkeit überwältigte ihn so, daß er einen sanften Kuß hauchte.

Er zog sich schnell zurück, als hätte er etwas sehr Unrechtes getan.

Viertes Kapitel

MORAVIA ärgerte sich über sich selbst, weil er im Büro übernachtet hatte. Welch eine unverzeihliche, sentimentale Anwandlung! Nachts konnte er ja ohnehin nichts tun, und jede verfügbare Kontaktstelle hatte ihm vor Anbruch der Dunkelheit ihren Bericht durchgegeben. Die Nachrichten waren entmutigend gewesen. Elko: Vierzehn war mit über einer Stunde Verspätung gestartet und bisher nicht zurückgekommen. Auch bei den wenigen Leuten, die man entlang der Route hatte erreichen können, nur negative Ergebnisse. Dasselbe in Boise. Vierzehn war nie aufgetaucht, daher lag die Vermutung nahe, er sei irgendwo zwischen Elko und Boise gelandet. Und Moravias Rancher bei Rome, den er schließlich doch noch erreichte, erklärte, er hätte Vierzehn nicht sehen können, selbst wenn er direkt auf der Wiese hinter seinem Haus gelandet wäre. Es schneie nämlich so stark.

Alle Sheriffs und Forstleute im fraglichen Gebiet waren angewiesen worden, nach einem abgestürzten Flugzeug Ausschau zu halten. Moravia hatte die Wetterstationen in Salt Lake City und San Francisco nach einer Vorhersage ausgequetscht. Seine Verdrießlichkeit hatte aber dabei noch zugenommen, denn mit ihren langatmigen, unpräzisen Auskünften war erst recht nichts anzufangen.

Als er nun im Warteraum schalen Kaffee schlürfte, seufzte er und bereute die Nacht auf dem Sofa. Wäre er bloß heimgefahren, dann hätte Marsha ihn beruhigt, und er wäre zu einer ordentlichen Mütze voll Schlaf gekommen, statt sich hilflos über Vierzehns Schicksal den Kopf zu zermartern.

Vielleicht war Vierzehn in einen Eisschauer geraten und hatte nicht sofort wieder herausgefunden. Vielleicht war er nicht gleich der alten Fliegerregel gefolgt, daß eine Wende um hundertachtzig Grad das sicherste Manöver im ganzen Geschäft ist. Zwei Minuten in einem Eissturm genügten schon, um die Ruder lahmzulegen und die Maschine manövrierunfähig zu machen. Oder hatte er etwa beschlossen, über die Wolkendecke zu steigen, statt wie ein Spürhund durch die Täler zu huschen, und zu spät entdeckt, daß es die erwarteten Lücken nicht gab? In einem endlosen Meer von Weiß blieb ihm dann nur der Magnetkompaß zur Orientierung, fast schon ein Lotteriespiel. Falls er sich verirrt hatte, mußte er, sobald der Treibstoff knapp wurde, ins Ungewisse hinunterstoßen. Trotz der Kälte würde ihm der Schweiß ausbrechen, weil er genau wußte, daß er in der Wolkendecke unter Umständen auf Granit traf. Moravia konnte sich die Situation nur allzu leicht vorstellen. Er hatte sie selbst erlebt.

Die Möglichkeit, daß der Motor unterwegs versagt hatte, schloß Moravia nach einiger Überlegung aus. Manchmal versagten die Motoren unter der Belastung eines Vollgasstarts, aber Schwierigkeiten während des Fluges waren äußerst selten.

Bis spät in die Nacht hinein hatte Moravia damit gerechnet, daß gleich das Telefon läuten und Vierzehn melden würde, er sei auf irgendeinem Feld gelandet. Vierzehn war ein wortkarger Typ, der sich garantiert auf die lakonische Mitteilung beschränkte, die Post sei unbeschädigt, und er würde sich, sobald eine Wetterbesserung eintrat, wieder auf den Weg machen. Als jedoch die Stunden verstrichen, gab Moravia die Hoffnung allmählich auf.

Vierzehn war kein verantwortungsloser Narr. Er wußte, daß man sich um ihn sorgen würde. Er war ein überaus feinfühliger Mensch und wohl der einzige ihm bekannte Pilot, der zu Hause Gedichtbände hatte. Im letzten Oktober hatte er sogar um einen Tag Urlaub gebeten, nur weil in Salt Lake City ein Symphoniekonzert gegeben wurde.

Nein, Vierzehn war keiner, der irgendwo auf einem Acker aufsetzte, sich von den Farmern beglückwünschen ließ, etliche Drinks zur Brust nahm und dann anzurufen vergaß.

Als sich um Mitternacht noch immer nichts rührte, war Moravia überzeugt, daß Vierzehn ernsthaft in der Patsche saß – falls er überhaupt noch lebte. Daß er überdies einen Passagier dabeihatte, machte alles nur noch schlimmer und komplizierter.

Moravia wurde den Gedanken an die Großeltern des Mädchens nicht los. Sie waren schon lange vor der festgesetzten Zeit gekommen, um auf das Flugzeug zu warten. Als der Nachmittag verging und nichts am Himmel erschien, hatte er ihnen schließlich gesagt, es sei unwahrscheinlich, daß die Maschine jetzt noch auftauchen würde. Sie waren völlig verstört auf das Sofa in seinem Büro gesunken und hatten sich erst zum Gehen überreden lassen, als es schon längst dunkel war.

Noch mehr bedrückte ihn sein obligatorischer Anruf bei den Eltern der Kleinen, die in der Nähe von Elko wohnten. Wenigstens blieb ihm der Anblick ihrer Gesichter erspart, als er ihnen erklärte, der Pilot würde sich ganz bestimmt bald melden. Sie bewahrten die Fassung, sagten jedoch, sie hofften, daß er ihnen die Wahrheit sage. „Ich bin kein Unmensch", hatte er in seiner Anspannung gereizt erwidert, „und außerdem Optimist."

Schließlich hatte er daran gedacht, Vierzehns Angehörige zu verständigen. Aber wen? Nach einigem Suchen fand er die Personalakte. Daraus entnahm er, daß seine Eltern tot waren. Am Ende der Seite stand vorgedruckt: „Bei eventuellem Unfall zu benachrichtigen. Die nächsten Verwandten oder Freunde." Die dafür vorgesehene Spalte war leer.

Leer wie sein Leben, dachte Moravia.

Jetzt wurde es draußen allmählich hell, und er war nicht mehr zur Untätigkeit verdammt. Er konnte nun aufhören, sich die Bartstoppeln zu kratzen, und sich statt dessen ans Telefon hängen. Um zehn würden drei Flugzeuge den nördlichen Teil der Route absuchen, wo das Wetter noch halbwegs gut war. Die Nationalgarde hatte versprochen, sämtliche verfügbaren Maschinen zu Hilfe zu schicken, aber die trafen sicher erst am Nachmittag aus Spokane ein. Und um elf mußte – da half alles Lamentieren nichts – die Post nach Süden abgehen. Moravia war dankbar, daß es so viel zu tun gab. Das würde ihn ablenken. Er glaubte nämlich immer weniger daran, daß man Vierzehn bald finden würde.

ZUERST dachte der Pilot schlaftrunken, es sei der Wind, der in kurzen Pausen um das Zelt pfiff. Dann begriff er, daß das Geräusch von dem Mädchen kam, ein hohes, klagendes Wimmern, das jedem Atemzug folgte. Lange würde er das nicht aushalten. „Bist du wach?" flüsterte er.

„Ja."

Er hoffte, sie würde wieder einschlafen, aber das Geräusch blieb. Er wartete, so lange er konnte, und fragte dann: „Wie geht's?"

Vielleicht hatte sie ihn nicht gehört, weil sie keine Antwort gab. „Heute wird ein schöner Tag", sagte er. „Irgendwie kommen wir hier raus. Was möchtest du zum Frühstück? Die Direktion bedauert, daß Speck und Eier ausgegangen sind, und das letzte Stück Toast hat der Koch verbrannt. Darf es dafür ein leckeres Stück Schokolade sein?"

„Ja." Ihre Stimme war sehr schwach.

„Wie hättest du's denn gern serviert? Mit oder ohne Silberpapier?

Wenn du dich ein bißchen geduldest, mache ich draußen ein Feuer und koche dir Kiefernnadeltee – angeblich ein Allheilmittel."

„Mein Rücken. Kann ich jetzt eine Tablette haben?"

„Natürlich." Er nahm eine aus der Schachtel, kroch zum Eingang, griff hinaus und drückte die Pille in einen winzigen Schneeball. „So. Stell dir vor, es ist Eiscreme." Noch immer kniend, sah er zu, wie sie schluckte. Sie versuchte zu lächeln, aber es war nicht der kleine Sonnenaufgang, den er kannte. „Hat dir schon einmal jemand gesagt, daß du ein sehr hübsches kleines Mädchen bist?" fragte er.

Ihre Augen nahmen einen seltsam bekümmerten Ausdruck an. Plötzlich kam ihm zu Bewußtsein, daß er sich in dem niedrigen Zelt dicht über sie beugte und sein Gesicht dem ihren ganz nahe war. Dazu sickerte noch Licht durch das Seidendach. Entsetzt darüber, daß sein Anblick sie erschreckt haben könnte, zuckte er zurück. „Ich gehe Feuer machen. Der heiße Tee wird uns beiden guttun."

Er kroch hastig hinaus und richtete sich auf. Ein scharfer Wind zerrte an ihm, fuhr in den Schnee und wirbelte die Flocken den Hang hinunter. Die Wolken zogen rasch. Ein Glück, daß wir uns auf der geschützten Seite des Berges befinden, dachte der Pilot. Und die Sonne wird noch rauskommen.

Was er sah, war niederschmetternd. Der kniehohe Schnee hatte die vom Rumpf gepflügte Furche zugedeckt. Er würde sicher lange brauchen, um Holz zu finden, denn sie befanden sich auf einer breiten Lichtung, auf deren oberem Ende riesige Felsblöcke verstreut lagen. Nach unten hin war sie ebensowenig einladend. Fast senkrecht ging es hinab in ein fernes eiserstarrtes Tal. Auf diesem Weg zu entkommen schien unmöglich.

Welche Vorteile konnte er buchen? Im Moment war der Platz windgeschützt, und die Bäume boten etwas Sicherheit vor Lawinen. Solange er ungefähr auf gleicher Höhe mit dem Biwak blieb, konnte er sich frei bewegen. Schwerfällig stapfte er los, um Holz zu sammeln.

Die Sonne war bereits aufgegangen, als er einen Armvoll abgebrochener Äste im Umkreis der Stelle zusammengetragen hatte, wo die zersplitterten Flügel der Stearman lagen. Das Holz war frisch und feucht und würde nicht gut brennen. Damit keine Funken auf das Zelt übersprangen, grub er in einiger Entfernung ein Loch in den

Schnee. Dann entsann er sich seiner Pfadfinderzeit, schnitt Späne und steckte sie sorgfältig in die Vertiefung. Nachdem er vier seiner kostbaren Zündhölzer verbraucht hatte, begann es endlich vielversprechend zu knistern. Zuerst wollte er Heather den Tee bringen und dann versuchen, eine Art Behälter zu formen. Wenn er Öl aus dem Motor abließ, konnte er die Äste damit tränken. Vielleicht kam er so zu einem richtigen Feuer.

Er war stolz auf seine zwei Küchengeräte, die kegelförmigen Halterungen der Landescheinwerfer. Eine war arg zerbeult, aber er benützte sie, um Schnee darin zu schmelzen. Unfaßbar, wieviel er davon für ein paar Zentimeter hoch Wasser in seinen vorsintflutlichen Topf schaufeln mußte.

Gott sei Dank hatte er die Werkzeugtasche. So konnte er zwei Kipphebelverkleidungen vom Wrack abmontieren. Er rieb sie gründlich mit Schnee aus, um den Ölfilm zu entfernen, denn sie sollten als flache Schalen dienen – wer weiß, vielleicht verlieh der verbleibende Geruch den Kiefernnadeln erst das richtige Aroma? Womöglich wurde der Motor nach seiner Treulosigkeit noch zu ihrem Retter?

Das Feuer knisterte beruhigend, doch solche Mengen Schnee für ein bißchen Wasser zu schmelzen war überaus mühsam. Ein paarmal schlug der Wind um, hüllte ihn in Rauch ein oder wehte die zermürbenden Laute aus dem Zelt herüber. Er fragte sich, wie lange er Heathers Stöhnen noch ertragen konnte.

Er blickte zur Sonne auf, die immer wieder hinter den Wolken verschwand, als spiegelte sie seine Stimmung wider. Ich bin kein gläubiger Mensch, sagte er zu Rauch, Berg und Wolken, und ich will nichts für mich selbst. Aber wenn es dich gibt, Gott, dann hilf bitte einem netten kleinen Mädchen. „Das Stöhnen muß aufhören", murmelte er. „Ich halte es nicht mehr lange aus, und sie auch nicht. Ich muß etwas tun, muß sie ablenken."

Dann fiel ihm ein, daß es schlimm um sie beide stand, wenn er schon nach weniger als einem Tag in der Wildnis anfing, Selbstgespräche zu führen. Er zwang sich, die Reihenfolge seiner Aufgaben zu überlegen. Als erstes das Feuer erhalten. Öl aus dem Motor in einen Behälter füllen, ihn in greifbare Nähe stellen, damit er Rauch erzeugen konnte, falls er ein Flugzeug hörte. Als nächstes: Essen. In ein oder zwei Stunden würden sie wissen, was es hieß, wirklich hungrig zu sein.

Wo hatte er seine Pistole hingetan, den verdammten Schießprügel mit dem Halfter, das sonst immer an seiner Hüfte hing? Ob jemand, der ein einziges Mal so ein Ding abgefeuert hatte, überhaupt etwas traf, was ihm nicht direkt vor die Nase lief? Wo hast du sie bloß hingelegt, Schafskopf? Unser Leben kann davon abhängen.

Er verfluchte sich für seine Unachtsamkeit. Kannst du je etwas richtig machen? Du landest mit einer Waffe, die vollkommen in Ordnung ist, und als erstes verlierst du sie! Nicht die Kleine braucht ein Kindermädchen, sondern du!

Plötzlich glaubte er wieder zu wissen, wo die Waffe war. Er sprang vom Feuer auf und rannte zum Zelt. Langsam schob er die Hand durch den Schnee, oben am Flugzeugrumpf entlang – Vorsicht, sonst stieß er die Pistole hinunter und fand sie womöglich nie wieder. Da muß sie irgendwo sein, dachte er. Seine ganze Welt schien sich jetzt um den Gegenstand zu drehen, den er bisher so geringschätzig behandelt hatte. Der Schnee häufte sich bis zu seinem Ellbogen und glitt weg, während seine Hand Zentimeter für Zentimeter das blaßgraue Leinen der Stearman enthüllte. Weil der Rumpf auf der rechten Seite lag, pflügten seine Finger einen Teil der Buchstaben U.S. frei. Bald würde er das Wort MAIL sehen. Er war sich absolut, na ja, jedenfalls ziemlich sicher, die Pistole hier irgendwo hingelegt zu haben.

Er hielt inne, als er auf etwas Festes stieß. Mit angehaltenem Atem tastete er sich vor, schob die klammen Finger über seine Beute und packte ruckartig mit ganzer Kraft zu. Schnee stäubte auf, als er triumphierend den Arm hochriß. „Jetzt hab ich dich!" rief er, hob die Waffe an die Lippen und küßte sie. Ich schnappe langsam über, dachte er dabei. Nun küsse ich doch glatt den alten Ballermann!

„Jerry?" rief Heather aus dem Zelt.

Mit der Waffe in der Hand kroch er hinein. Obwohl Heathers Mund verzerrt wirkte, bildete er sich ein, daß ihre Augen lebhafter blickten.

„Ich hab dich mit jemand sprechen gehört. Haben sie uns schon gefunden?"

„Nein. Ich hab mit mir selbst geredet. Hoffentlich wird das nicht zur Gewohnheit."

„Ich rede immer mit mir selber. Meine Freunde tun das auch."

Als sie sah, wie er die Pistole unter den Postsack schob, den er als Kissen benützte, fragte sie: „Was willst du damit machen?"

„Nichts wahrscheinlich. Mir ist nur gerade eingefallen, daß sie ganz praktisch wäre, wenn ich etwas schießen will."

„Warum willst du was schießen? Du bist so nett, und ich kann mir nicht vorstellen, daß die Tiere dich nicht auch sehr gern haben."

„Schön, ich mag Tiere, aber –"

„Falls du ein Tier töten willst, um es aufzuessen – ich hab keinen Hunger."

Es klang spitz. Wo hatte er nur gehört, daß Kranke immer unleidlich wurden, wenn sie sich auf dem Weg der Besserung befanden? War es seine Mutter gewesen, die ihm das erzählte, als er noch ein Junge und selbst krank war? Er hütete sich, Heather zu sagen, wie bald ihr der Magen knurren würde. „Was macht dein Rücken?"

„Er tut noch weh. Kann ich eine Tablette haben?"

„Nein. Dazu ist es noch zu früh."

„Aber ich hab solche Schmerzen. Was glaubst du – wann kommen sie?"

Wenn ich jetzt zu lügen beginne, dachte er, wird das eine ganze Reihe von Lügen nach sich ziehen. Dann wird sie mir nichts glauben, was ich ihr sagen muß, wenn es wirklich hart auf hart geht.

„Ich weiß es nicht genau", antwortete er und stopfte den Teddy um ihre Beine. Um sie zu beruhigen, fügte er hinzu, daß der Tee gleich fertig sei. Dann kroch er ins Freie und sah zu, wie der Wind seinen dampfenden Atem mit sich fortriß. Als das Wimmern wieder anfing, ging er zum Feuer hinunter, wo er es nicht hörte.

Fünftes Kapitel

STILLER, einer der ältesten Piloten der Linie, war nicht zufrieden mit dem Morgen. Die Bewölkung war niedrig und glitt über die trostlose Landschaft von Nevada mit einer Geschwindigkeit hinweg, die ihm verriet, daß es oben stürmisch sein mußte. Sicher stand ihm ein holpriger Flug bevor, wenn er die Post von Elko nach Norden brachte. Über den Bergen würde er ständig mit der Maschine zu kämpfen haben. Außerdem mußte er auch noch knapp unter der Wolkendecke bleiben, wodurch Höhe und Blickfeld begrenzt wurden. Man hatte ihm nämlich aufgetragen, das Gelände sorgfältig im Auge zu behalten. Einer der Piloten hatte irgendwo auf der Strecke Bruch gemacht – dieser Jerry, den keiner gut zu kennen schien. Stiller wunderte es nicht, daß er sich nicht einmal auf Jerrys Nachnamen besinnen konnte.

Egal. Der Mann war ein Sonderling und zweifellos ein Einzelgänger, aber er hatte zweimal freiwillig angeboten, für Stiller einzuspringen, als er einen freien Tag mit der Familie verbringen wollte. Mit fünf Kindern wußte man eine solche Hilfsbereitschaft zu schätzen.

Probosky, der Mechaniker, hielt die Gurte, als Stiller in den Fallschirm schlüpfte. Manche Piloten legten ihn erst im Flugzeug an und ersparten sich so, daß er ihnen beim Gehen auf die Oberschenkel baumelte, aber Stiller warf lieber hier draußen einen ganz genauen Blick auf den Abzugsring. Mit fünf Kindern konnte man sich keine Nachlässigkeit leisten. Er klinkte die Schulter- und Beingurte ein und zog den Kinnriemen seines Helms fest. Dabei nahm er sich zum hundertsten Mal vor, in Pasco auf einen Sprung in die Flugplatzwerkstatt zu schauen, um mit einer Zange ein neues Loch in den Riemen zu machen. Die Löcher paßten nämlich nicht, und er vergaß jetzt schon seit über einem Jahr, das zu ändern. Benützte er das erste, saß der Helm zu locker, beim nächsten hingegen so straff, daß es ihn würgte. Wenn man einfach mit dem Messer einen Einschnitt machte, konnte der ganze Helm flötengehen, und so ein Ding war teuer.

Als Familienvater zählte man die Groschen. Vorsicht hieß die Parole in allen Lebenslagen. Ein vorsichtiger Flieger lebte länger. Stiller war zu der Überzeugung gelangt, daß er nur dank seiner vernünftigen Einstellung zwölf Jahre in diesem Geschäft heil überstanden hatte. In dieser Zeit hatte weder eine Maschine noch er selbst auch nur den geringsten Kratzer abbekommen.

MORAVIA konnte sich an keinen Tag erinnern, der sich so sehr zur Ewigkeit gedehnt hatte. Er lümmelte sich in dem Ledersessel hinter seinem Schreibtisch und rieb die brennenden Augen. Er war verärgert. Ein Strahl der späten Nachmittagssonne fiel auf Stiller, der ihm gegenüber saß. Stillers Teddy war nicht zugeknöpft, sein weißer Schal hing ihm lose um den Hals. Moravia beobachtete, wie er mit dem Kinnriemen seines Helms spielte, und fand es unverzeihlich, daß der Kerl in Anbetracht der Umstände so gelassen war.

Er funkelte ihn böse an. „Sie hocken da also seelenruhig auf Ihrem Hintern und wollen mir allen Ernstes erzählen, daß Sie eine Tragfläche und etwas, das wie die Trümmer eines Rumpfes aussah, entdeckt haben und nicht runtergegangen sind, um sich Gewißheit zu verschaffen?"

„Sie mißverstehen mich. Ich konnte nur kurz durch eine Lücke hinunterspähen, und die war nicht sehr groß."

„Und warum, zum Teufel, sind Sie nicht durch die Lücke getaucht und haben sich die Sache genauer angesehen?"

„Es war ohnehin mehr als ruppig da oben. So nah am Berg hätte ich in schwere Fallwinde geraten können, aus denen ich nie wieder hochgekommen wäre. Dann müßten Sie jetzt nach zwei Maschinen suchen."

„Das Risiko hätte ich auf mich genommen, um endlich Bescheid zu wissen", fauchte Moravia. Warum mußte es ausgerechnet dieser feige Hund sein, der sich einbildete, was gesehen zu haben? Alle anderen Piloten, die an diesem Tag aufgestiegen waren und garantiert keine Hemmungen gehabt hätten, sich in jedes Loch zu stürzen, das sich ihnen anbot, hatten nichts Erwähnenswertes gesichtet. Er betrachtete Stiller und kam zu dem Schluß, daß ihm dessen scheinheiliges Getue schon immer gegen den Strich gegangen war.

„Also fassen wir zusammen", begann er so beherrscht wie möglich. „Sie haben nach dem Start rauhere Bedingungen vorgefunden als erwartet. Sie waren etwa dreißig bis vierzig Kilometer westlich vom Kurs abgekommen und flogen über aufgelockerter Bewölkung. Sie wußten nicht genau, wo Sie sich befanden, bis Sie durch einen Blick nach unten erkannten, daß das Terrain gebirgiger war, als es sein sollte. Stimmt das soweit?"

„Im wesentlichen, ja."

„Und als Sie zufällig mal runterschauten, sahen Sie in einer Lücke eine Tragfläche und einen Rumpf –"

„Ich bin nicht sicher. Es kam mir nur so vor.“

„War es eine Maschine oder nicht?“

„Von dieser Höhe aus läßt sich das schwer sagen. Außerdem war der ganze Berghang tief verschneit, ebenso wie das, was ich für ein Wrack hielt. Sie können sich nicht vorstellen, wie klein es war.“

„Doch, das kann ich sehr wohl.“ Es gelang Moravia nicht, auf einen sarkastischen Unterton zu verzichten. „Offenbar ist es Ihnen nie in den Sinn gekommen, tiefer zu gehen?“

„O ja. Ich wendete sogar und flog zurück, aber die Lücke hatte sich geschlossen. Ich kreiste ungefähr fünf Minuten über der Wolkendecke, dann gab ich auf.“

„Fünf Minuten“, sagte Moravia tonlos.

„Bei der Windstärke mußte ich an meinen Treibstoffvorrat denken. Der Wind brauchte nur nach Norden zu drehen, und ich hätte Boise nicht mehr erreicht.“

Dafür hast du vielleicht einen Kumpel direkt unter dir verrecken lassen, dachte Moravia. Du hättest bloß ein bißchen länger warten müssen, daß es wieder irgendwo aufreißt. Dann hättest du runtergehen können, dich umsehen, und es wäre noch mehr als genug Sprit geblieben, um auf einem schönen, ebenen Feld notzulanden.

Er behielt seine Vorwürfe für sich und legte die Hand auf die Landkarte unter der Glasplatte auf seinem Pult. „Waren Sie irgendwo über dem Gebiet von Santa Rosa in Nevada?“

Stiller beugte sich vor. „Nein, weiter nordöstlich, da bin ich ganz sicher. Aller Wahrscheinlichkeit nach war es der Capitol Peak, der da aus den Wolken ragte.“

Moravia bemühte sich nicht mehr, seine Erbitterung zu verbergen. „Das würde also bedeuten, daß Ihr ,vermutliches Wrack‘ irgendwo hier in der Wildnis liegt, und das heißt wiederum, daß wir ein paar tausend Quadratkilometer absuchen müssen.“

„Wenn Sie mit mir fertig sind“, sagte Stiller nervös, „könnte ich mich ja auf die Socken machen, damit ich möglichst bald zu Hause bin.“ Er lächelte zaghaft. „Meine Frau wartet mit einer Menge Arbeit auf mich.“

Moravia zündete sich eine Caporal an. „Klar“, sagte er. „Bleiben Sie nur in der Nähe des Telefons. Kann sein, daß ich Sie brauche.“

Als Stiller in seinen schweren Stiefeln hinausschlurfte, fiel Moravia seine eigenartig gebeugte Haltung auf. Er fragte sich, ob ihn einfach nur die Last häuslicher Verantwortung so niederdrückte oder die Erkenntnis, daß er nicht nur einen Kameraden verraten hatte, sondern auch sich selbst.

DER Pilot war fassungslos, weil die Sonne schon so tief stand. Den ganzen Tag über hatte er sich vorgenommen, um keinen Preis seinen Sinn für Humor zu verlieren, denn dann war auch der Kampf verloren, der ihm, wie jetzt immer deutlicher wurde, unweigerlich bevorstand. Wenn ich schon hier sterben muß, dachte er, so bestimmt nicht an Langeweile. Noch nie hatte er so geschuftet.

Zweimal war ihm das Feuer ausgegangen. Es wieder anzufachen und zu hüten hatte ihn, wie er sich nun ausrechnete, mindestens drei Stunden gekostet. Er hatte etwas Öl vom Motor abgelassen und es in einem Radflansch aufgefangen. Danach goß er probeweise ein bißchen davon auf die Glut, so daß dunkler Rauch entstand.

Zweimal glaubte er am Vormittag auch, ein Flugzeug zu hören, aber der Wind blies so stark, daß man die Geräusche nicht klar unterscheiden konnte. Er tröstete sich damit, daß wohl der Wunsch der Vater des Gedankens gewesen war.

Er hatte Leinwandstücke aus den Tragflächen und dem Rumpf geschnitten, sie in Form eines riesigen X auf den Schnee gelegt und mit Schieferbrocken beschwert. Wenn es nicht mehr schneite, mußte man das X leicht bemerken, obwohl er wünschte, die Stearman wäre in irgendeiner anderen Farbe gestrichen, nur nicht in diesem neutralen Grau.

Als er seine Arbeit erledigt und soviel Zeit mit Heather verbracht hatte, wie er verkraften konnte, war der halbe Nachmittag vergangen. Es ist nicht leicht durchzuhalten, sagte er sich, wenn man mit ansehen muß, wie ein kleines Mädchen leidet. Und du Feigling hast ihr noch eine Tablette gegeben und dich mit der Ausrede davongestohlen, du wolltest jagen gehen.

Weidmannsheil, weiß Gott! Zwei Stunden lang war er mühsam durch den Schnee gestapft, hatte sich das Knie an einem Felsbrocken geschrammt, weil er unvermutet einbrach, und sich fast zu Tode erschreckt, als er ausgeglitten war und um ein Haar über eine steile Wand hinuntergestürzt wäre.

Als er sich vom Wrack entfernte, hatte er die Pistole schußbereit in der Hand gehalten, als müßte ihm jeden Moment ein Gabelbock oder ein Kaninchen vor den Lauf springen. Aber dann hatte er kein einziges Lebewesen entdeckt und, was noch schlimmer war, nicht einmal eine Spur im Schnee.

Sein Schatten war sehr lang, als er zum Biwak zurückkehrte. Er brach die restliche Schokolade in Stücke und gab Heather eines davon. Sich selbst gönnte er nur Kiefernnadeltee. Als sie gegessen hatte, begann sie wieder zu wimmern. Ich darf sie von nun an in Gedanken nur noch „das Mädchen" nennen, beschloß er. „Heather" ist zu persönlich und zu schön. Der Name gehört zu jemandem, den ich kenne und mag. Als er damals so übel zugerichtet im Krankenhaus gelegen hatte, daß die Schwestern ihm so gut wie keine Chance mehr gaben, sprachen sie ihn nie mit seinem Namen an. Sie nannten ihn nur „den Flieger" und bewahrten dadurch genügend Distanz zu seinem schlimmen Schicksal. Nun mußte „das Mädchen" für ihn ebenso anonym werden, dann würde es ihm nicht mehr so leid tun.

Ich muß unbeteiligt bleiben, dachte er, sonst verliere ich den Verstand. Sie wächst mir allmählich zu sehr ans Herz. Wenn ich nicht Abstand halte, gehen wir beide drauf. Wie soll ich einen klaren Kopf bewahren, wenn ich vor Mitgefühl zerfließe?

So konnte es nicht weitergehen, er war kurz davor, die Beherrschung zu verlieren. Am liebsten hätte er geschrien: Hör doch endlich auf zu wimmern! Aber er mußte jeden Anflug von Ungeduld unterdrücken.

Sie stöhnte wieder, und er hoffte, seinem Vorsatz treu zu bleiben. „Kann ich dir irgendwie helfen?"

Es klang nicht aufrichtig genug. Sein Tonfall erinnerte ihn an Sally bei ihren Besuchen im Krankenhaus von San Antonio. Manchmal hatte er aus ihrer Stimme, egal, was sie auch sagte, die Forderung herausgehört, das Herumfaulenzen zu lassen und sich endlich wieder in Trab zu setzen.

Heather hatte nicht reagiert. „Ich hab dich was gefragt. Hast du deine Zunge verschluckt?"

Sie schwieg beharrlich. Er wartete, lauschte auf das leise Singen, mit dem der Wind durch die Baumwipfel strich. „Es wird bald dunkel sein. Wenn ich etwas für dich tun kann, wär's jetzt leichter."

Schließlich hörte er sie flüstern: „Es tut so weh …"

Gab sie ihm die Schuld an ihren Schmerzen? Wie oft mußte sie noch jammern, daß es ihr weh tat? Schau, du dumme kleine Göre, ich hab den verdammten Motor nicht gebaut. „Wenn ich dir noch eine Tablette gebe, haben wir im Notfall womöglich zuwenig."

„Ich brauch eine. Gleich."

„Zum Teufel –" Er nahm sich zusammen. „Ich sag dir was. Wer wagt, gewinnt. Ich hab das Benzin aus dem Tank abgezapft und mache hier drin Feuer. Dann sieht alles besser aus. Einverstanden?"

„Das wär fein."

In der Asche draußen war noch genug Glut. Er grub neben dem Eingang eine kleine Mulde, schnitt Späne von seinem besten Stück Holz, brachte die Glut ins Zelt und fachte sie vorsichtig an. Mit der Zeit entstand ein helles kleines Feuer, das aber stark qualmte.

„Der Rauch juckt mich in den Augen", sagte Heather.

„Dagegen kann ich nichts machen." Ob ihr je etwas paßte? „Soll das Feuer wieder raus?"

Kommt nicht in Frage, dachte er, selbst wenn sie mich darum bittet. Gewisse Nachteile mußte man eben in Kauf nehmen. Immerhin war das Feuer der erste und beste Freund des Menschen. „Hast du das gewußt?"

„Was gewußt?"

Warum muß ausgerechnet ich auf einem Berg festsitzen, noch dazu mit einer kleinen dummen Gans, die nicht einmal ein intelligentes Gespräch führen kann! Das ist wieder einmal typisch. Du reißt dir fast ein Bein für die anderen aus, und sie finden es kaum der Mühe wert, dir zu danken. „Ich hab dich gefragt, ob du weißt, daß das Feuer der erste und beste Freund des Menschen ist."

„Das hast du mich nie gefragt."

„Nicht? Na, wir wollen keine Staatsaffäre daraus machen."

„Staatsaffäre? Was meinst du damit?"

„Das sagt man, wenn man nicht will, daß aus einer kleinen Meinungsverschiedenheit ein Streit entsteht. Es heißt, man soll eine

Sache nicht so aufbauschen, daß schließlich das Gericht entscheiden muß, wer recht hat."

„Bitte sprich nicht mit mir, als wär ich doof, Jerry. *Bitte.*"

Heiliger Strohsack! Was ging hier vor? „Schon gut, schon gut", hörte er sich sagen. Er konnte einfach diesen gereizten Unterton nicht loswerden. „Entschuldige bitte."

„Du brauchst dich für gar nichts zu entschuldigen, Jerry."

„Doch, ich tu's. Aber zurück zum Thema. Kann ich dir einen Wunsch erfüllen, ehe es dunkel wird?"

„Du könntest mir noch was aus deinem Leben erzählen, damit ich meinen Rücken vergesse."

„Da gibt's nichts mehr zu erzählen." Es gab noch eine Menge, aber wie sollte er sich ausdrücken, damit *sie* ihn verstand?

Plötzlich hatte er eine Idee. Ja, das war's vielleicht. Warum nicht? Endlich eine Ablenkung!

Er griff nach seinem Kissen, dem Postsack, öffnete die Schnur und nahm eine Handvoll Briefe heraus. Fünf davon legte er wie Spielkarten auf die Hand und bot sie Heather an. „Zieh. Mal sehen, was drinsteht."

Sie zögerte. „Darf man das?"

„In unserer Situation würde ich sagen, ja." Es war sogar empfehlenswert. „Los", drängte er, „zieh einen!"

Sie schloß die Augen, wie um sicherzugehen, daß sie den Zufall entscheiden ließ, und wählte dann einen Brief. Er schlitzte mit dem Messer den Umschlag auf.

„Möchtest du, daß ich ihn dir vorlese?" fragte sie.

Er nickte und wartete, daß sie anfing. Der Inhalt des Briefes interessierte ihn nicht, wenn Heather – nein, *das Mädchen* – dabei für eine Weile die Schmerzen vergessen konnte und er selbst mal auf andere Gedanken kam. Als sie schwieg, merkte er, daß sie die Zeilen im Halbdunkel überflog. Anscheinend wollte sie ihn nicht mit einbeziehen.

„Na, liest du endlich?" drängte er.

„Es ist ein komischer Brief, nicht wirklich komisch wie Mickymaus oder so was. Eigentlich ist er traurig, und ich glaube, ich verstehe ihn nicht ganz."

„In fünf Minuten wird es hier drin ziemlich dunkel sein, und du wirst gar nichts mehr lesen können. Also beeil dich lieber." Er legte Holz nach und bemühte sich, seinen knurrenden Magen zu ignorieren. Vielleicht konnte er aus Teilen des Wracks eine Falle bauen und sie draußen aufstellen. Dann würde am Morgen das Frühstück schon auf sie warten.

„Der Brief ist von einem Anwalt. Da steht: ,Sehr geehrter Mr. Antonovich, wir freuen uns, Ihnen mitteilen zu können, daß wir mit der Nevada Mining Corporation doch noch zu einem außergerichtlichen Vergleich in bezug auf Ihre im März 1926 erlittenen Verletzungen kamen. Die Entschädigung beläuft sich auf eine Summe von eintausend Dollar. Gemäß der uns erteilten Vollmacht wurde der Scheck auf uns ausgestellt ...'" Sie hielt inne und sagte: „Da ist ein Wort, das ich nicht kenne. *Per sal-do*", buchstabierte sie.

„Per saldo, ja? Das heißt soviel wie ,alles in allem'."

Zufrieden las sie weiter, „,Wir haben das Geld unserem Konto gutgeschrieben, da sich zwischen dem Betrag und unserem Honorar für die in dieser Angelegenheit geleisteten Dienste *per saldo* zufällig eine Übereinstimmung ergab. Wir erlauben uns, Ihnen noch weiterhin gute Besserung zu wünschen, und verbleiben hochachtungsvoll ...', und dann hat ein Mr. J. K. Monroe unterschrieben."

Sie gab ihm den Brief und rümpfte die Nase. „Also dieser Mr. Monroe gefällt mir nicht gerade."

Er steckte das Blatt wieder ins Kuvert und stopfte es in den Postsack zurück. Er hätte gern erwidert, daß ihm Mr. Monroe sogar sehr gefiel, weil er sie offensichtlich dazu gebracht hatte, nicht dauernd an ihre eigenen Probleme zu denken. „Versuch's mal mit diesem", sagte er und öffnete einen weiteren Brief.

„Er ist ziemlich schwer zu entziffern, aber ich probier's. Die Schrift ist ganz anders als die, die wir in der Schule lernen. Also da steht: ,Liebe Mama, ich glaub, Du hast seit Papas Tod oder gar noch länger nichts mehr von mir gehört. Drum leg ich ein bißchen was drauf und schreib Dir per Luftpost. Daß Papa gestorben ist, tut mir schon leid, auch wenn er mir nie Geld geschickt hat. Nun frag ich mich, ob sich's der Alte doch noch überlegt und mir ein paar Dollar in seinem Testament vermacht hat. Wir sind zwar nie besonders gut miteinander ausgekommen, aber Blut ist doch dicker als Wasser. Ha, ha! Wenn also Moneten da sind, schick sie einfach an die Adresse da unten. Falls Du zusammen mit Schwesterlein alles eingesackt hast, soll Euch der Zaster in den Taschen verfaulen, weil das stinkgemein ist. Da ich nichts Gegenteiliges höre, nehme ich an, daß es Euch gutgeht. Dein Sohn Carl.'"

Der Pilot mußte fast lachen. Und für solche Briefe, dachte er, riskiere ich manchmal mein Leben.

Heather bat ihn, ihr den Brief zu erklären, aber wie sollte er einem Kind Gerissenheit oder Habgier begreiflich machen? Er plagte sich so lange vergeblich damit, bis das Feuer fast völlig heruntergebrannt war. „Wir sollten jetzt lieber versuchen zu schlafen", schlug er mürrisch vor, weil er für die schlechten Seiten der menschlichen Natur nicht die passenden Worte gefunden hatte. „Möchtest du vorher noch zur Toilette? Dann bring ich dir den Topf."

Keine Antwort. Hatte er das Falsche gesagt? Sie weinte wieder. Mußte er sich denn jedes Wort überlegen?

„Laß das, Heather", entschlüpfte es ihm. Dann fügte er zu seinem Erstaunen hinzu: „Bitte hör auf zu heulen, ja?"

Ich sollte mir die Zunge abbeißen, dachte er, dann gerät unsere kleine Welt vielleicht nicht so schnell aus den Fugen. Aber wie soll man höflich bleiben, wenn man in einer winzigen Höhle eingesperrt war? In einem Grab, das ein wimmerndes Kind und einen völlig erschöpften Piloten beherbergte, dem nichts einfiel, um seinen Passagier, geschweige denn sich selbst zu retten? Ein schöner Held!

„Verzeih, Heather. Ich bin müde. Wein, soviel du willst. Es macht mir nichts aus."

Er kroch hinaus, stand auf und blickte zum Himmel empor. Ein paar Schneeflocken fielen ihm ins Gesicht, und er dachte: Ich muß einen Ausweg finden. Als könnte ihm die Nacht Trost spenden, starrte er in das schwarze Nichts. Der einzige Laut war das sanfte Rascheln der Fallschirmseide im Wind. Er erwog die wenigen Möglichkeiten, war aber zu benommen vor Hunger, um Wunsch und Wirklichkeit zu unterscheiden.

Er konnte auf Hilfe warten – bis in alle Ewigkeit. Er konnte das Mädchen hierlassen und versuchen, ins Tal abzusteigen. Das hätte er getan, wenn er allein gewesen wäre, obwohl es eine Mißachtung der alten Regel bedeutet hätte, in jedem Fall bei der abgestürzten Maschine auszuharren. Ein Wrack war aus der Luft wesentlich leichter zu erkennen als ein Mensch.

Er verwarf die Idee sofort. Undenkbar, das Kind länger als ein paar Stunden sich selbst zu überlassen. Sosehr er sich auch den Kopf zerbrach, es blieb immer nur die eine Lösung – sie mußten gemeinsam den Berg hinunter.

Er blickte wieder ins Dunkel und versuchte auszurechnen, wie viele Tage sie für den Abstieg brauchen würden. Früh am Morgen hatte er die Straßenkarte studiert, die alle Luftpostpiloten benützten, und mit gespreizten Fingern die Entfernung von der Stelle, wo er sich seiner Meinung nach befand, bis zu der kleinen Stadt McDermitt in Nevada gemessen. Ungefähr dreißig Kilometer. Ein Großteil der Strecke führte steil bergab. Die letzten fünfzehn Kilometer versprachen leichter zu werden, weil der Weg durch ein relativ flaches Tal führte. Allerdings konnte dort der Schnee noch höher liegen.

Die Zeit zehrte an seinen Kräften. Wie lange würden sie reichen, wenn er Heather trug? Sie war leicht, aber nach einigen Stunden würde sie sehr schwer sein.

Noch eine Unbekannte. Wie standen ihre Chancen, wenn sie das Biwak aufgaben, wo sie vielleicht noch eine weitere Woche überlebten, und das Risiko eingingen, sich schutzlos dem Berg auszuliefern? Angenommen, das Wetter verschlechterte sich oder er stürzte – das bedeutete wohl für sie beide den Tod.

Plötzlich hörte er einen Schrei, der zu einem hysterischen Kreischen anschwoll. Er rannte zum Zelt. Heather zitterte am ganzen Leib und war wie von Sinnen. „Bitte ... bitte ... Jerry ... hilf mir!" Als er sie an sich preßte, stammelte sie etwas über eine Pistole und murmelte schluchzend unverständliches Zeug. Schließlich sagte sie sehr deutlich: „Bitte, Jerry, töte mich. Ich halte es nicht mehr aus."

Er hielt ihr den Mund zu und faßte sie fest am Handgelenk. Dann holte er eine Tablette aus der Schachtel und legte sie ihr mit etwas Schnee auf die Zunge.

Er wußte nicht, wie lange es dauerte, bis sie sich beruhigte, weil er verzweifelt versuchte, das, was im Zelt geschah, nicht zur Kenntnis zu nehmen. Dabei redete er ununterbrochen, erzählte wieder von seiner Jugend in Nebraska, von seinen Erlebnissen als Flieger, sogar von Sally. Er sagte, er wisse, was es hieß, Schmerzen zu haben, und daß die Einsamkeit der schlimmste Schmerz sei. Er streichelte ihr die Wangen und flüsterte, ohne zu erfassen, was er aussprach, wie sehr er sich nach Zuneigung sehne. „Unser Leben auf dieser Erde ist so kurz. Ich weiß nicht, ob das gut oder schlecht ist, aber eines weiß ich – ein Mensch, der nicht geliebt wird, ist so gut wie tot."

Als ihr Atem endlich regelmäßig wurde, beugte er sich nieder und küßte sie auf die Stirn. Sie schlief.

Sechstes Kapitel

AN DIESEM Abend ging Moravia früh heim, weil ihn das Gefühl seiner Hilflosigkeit zu überwältigen drohte und weil er glaubte, daß ein Mann, der im Kreis rannte, nicht mehr in der Lage war, klar zu denken. Er brauchte eine Rasur, ein Bad und seine Ersatzbrille. Und Marshas Trost, obwohl er sich fragte, wie er ihr seinen Zustand erklären sollte. Sie glaubte ja fest, ihr Ehemann habe Nerven wie Drahtseile, und doch hatte er heute seine gewohnte Ruhe verloren, sich die Brille heruntergerissen und sie auf den Tisch geschleudert. Das hatte natürlich nichts gebracht, außer einem zerbrochenen Glas – aber wenigstens hatte er etwas Dampf abgelassen.

Daß er seiner aufgestauten Wut nachgab, war kein Wunder. Den ganzen Tag über hatte sich das Faß gefüllt, bis es dann eben überlief. Es fing mit Stiller an, diesem Feigling, der besser Krawattenverkäufer geworden wäre. Obendrein war er, wie sich später herausstellte, der letzte Pilot gewesen, der vielleicht eine Chance gehabt hätte, Vierzehn zu finden. Dann spielte zu allem Überfluß auf einmal das Wetter verrückt, als hätte Stillers Ankunft die Natur zu einem bösartigen Streich verleitet.

Aus dem ganzen Gebiet innerhalb der mutmaßlichen Reichweite von Vierzehns Maschine gingen Berichte ein. „Ich brauche ein vollständiges Bild", verlangte Moravia, „sämtliche Meldungen aus einem Umkreis von sechshundert Kilometern."

Nun dachte er bitter, er hätte sich genausogut mit einer einzigen begnügen können, denn sie lauteten fast alle gleich: Schnee. Tiefe Wolkenuntergrenze. Schlechte Sicht. Keine Maschine gelandet! Was westlich der Rocky Mountains lag, war durch die heftigen Schneefälle abgeschnitten.

Moravia haßte das Schweigen, das ihn umgab. Es schmeckte zu sehr nach Tod.

Am späten Nachmittag war es ihm gelungen, eine erfolgversprechende Suchmannschaft zusammenzutrommeln. Pacific Air Transport hatte zwei Ryan M 1 angeboten und jeden Piloten, der sich freiwillig beteiligen wollte. Außerdem standen zwei Privatmaschinen in Boise bereit, eine Waco Taperwing und eine Curtiss Oriole. Drei von Moravias eigenen Stearmans warteten im Hangar, und ihre Piloten brannten darauf zu starten. Die DH-4-Maschinen aus Spokane von der Nationalgarde hatten wegen des Schlechtwetters umkehren müssen. Moravia betrachtete sie nun als letzte Reserve.

Fazit – alles umsonst. Nicht ein Propeller drehte sich, und als die Nacht kam, stand endgültig fest, daß im Moment nichts unternommen werden konnte. Falls die Vorhersagen stimmten, war erst am nächsten Morgen eine Suchaktion möglich, und auch diese nur in begrenztem Rahmen.

Zu Hause machte Moravia es sich gemütlich und schnallte seine Prothese ab. Trotz packte ihn, als er sie auf den Badezimmerboden poltern hörte. Während er vorsichtig in das Wasser glitt, das Marsha in die Wanne gelassen hatte, dachte er, daß Vierzehn der sympathischste aller Piloten war, die er aus dem Krieg und der Zeit danach kannte. Lag es daran, daß sie beide versehrt und mit einem bleibenden Leiden geschlagen waren? Nein, wohl kaum. Eine körperliche Behinderung war zu persönlich, als daß daraus ein Gefühl der Verbundenheit entstehen konnte. Entweder man fand sich damit ab oder haderte ständig mit dem Schicksal.

Behaglich im warmen Wasser ausgestreckt, betrachtete Moravia seinen Beinstumpf. Den Leuten fiel es doch viel leichter, überlegte er sich, einen Mann zu akzeptieren, dem ein Bein fehlte, als jemand mit einem halben Gesicht. Nur die Tapfersten würden wagen, sich auszumalen, wie man zu so einer Verstümmelung kam. Das Gesicht des Menschen war das Spiegelbild seiner Seele. Die Maske, die Vierzehn trug, war nichts als eine Ruine.

Moravia bedauerte, daß er so wenig über Vierzehn wußte, und nahm sich vor, sich mehr mit ihm zu befassen, wenn er ihn lebend wiedersah. Er wollte ihn dann nicht mehr als Nummer einordnen, sondern sich bewußt bemühen, ihn auch in Gedanken Jerry zu nennen. Er würde ihn zu einem von Marshas berühmten Abendessen einladen, aber keine sentimentalen Reden schwingen, weil das in Fliegerkreisen verpönt war. Jerry, würde er sagen, ich hab nicht eine Sekunde lang an dich gedacht. Im Gegenteil – während du dir den Hintern abgefroren hast, habe ich ein schönes heißes Bad genommen.

DER Pilot verbrachte eine unruhige Nacht. Einmal hörte er jemand schreien, doch als er aufschreckte, merkte er, daß das Mädchen schlief und er nur geträumt hatte. Danach traute er sich kaum noch, wieder die Augen zu schließen. Ich ertrage keinen einzigen Schrei mehr, dachte er, weder in Wirklichkeit noch im Traum. Ich muß dem Mädchen sagen, daß es in meiner Gegenwart nicht mehr schreien darf. Ich muß ihm erklären, daß mich das fertigmacht, weil es mich an den Unfall erinnert. Mein Schüler hat damals auch so geschrien ...

Als er den Kopf wandte, spürte er etwas Hartes unter dem Postsack – die Pistole. Er beschloß, noch einmal auf die Jagd zu gehen. Vielleicht fand er da draußen irgend etwas, das sie essen konnten. Dann dachte er an die Tabletten. Sechs waren noch übrig – kaum genug für einen weiteren Tag und eine Nacht. Und was dann? Wieder Schreie?

Er zwang sich zu einer Bestandsaufnahme. Obwohl er nur mühsam ein Feuer in Gang gebracht hatte, war die Zündholzschachtel doch noch halb voll. Und er hatte noch drei Stück Schokolade. Kleine Stücke. Kiefernnadeln gab es in Hülle und Fülle, aber sie schmeckten unangenehm bitter. Ob sie nicht lieber doch reines Schneewasser trinken sollten? Beeren oder Nüsse oder sonst etwas Genießbares hatte er nicht entdeckt. Es war nicht zu fassen, daß in der heutigen Zeit zwei Menschen auf einem Berg irgendwo in Amerika verhungern konnten. Traurig, aber wahr.

Der einzige Ausweg lag klar auf der Hand, doch er scheute sich davor, daran zu denken. Bei einem seiner Versuche, Heathers Wimmern zu entfliehen, hatte er die Lichtung bis zu ihrem steil abfallenden Rand erkundet. Zehn Minuten lang hatte er sich durch den Schnee gewühlt, um seine Ausdauer zu prüfen. Weit war es damit nicht her. Während er verschnaufte und darauf wartete, daß sein Herz nicht mehr so wild pochte, sagte er sich, daß es unmöglich sei, den Abstieg zu wagen und dabei ein Kind zu schleppen, das die geringste Bewegung unerträglich fand.

Als er beim Zelt anlangte, war er vollkommen erschöpft gewesen. Natürlich strengte es an, durch Tiefschnee zu stapfen, auch wenn es bergab ging. Er mußte in Ruhe überlegen und die Dinge realistisch sehen. Und bei der Gelegenheit, dachte er, kannst du dich gleich bei der Kleinen entschuldigen. Wie bist du eigentlich dazu gekommen, sie so anzufauchen, als sie wieder gefragt hat, was geschieht, wenn auch heute niemand kommt? Und dann noch seine Bemerkung, ihre Mutter würde sich inzwischen große Sorgen machen!

Aber das war noch nicht alles gewesen: „Jeder, der seine Tochter in ein Flugzeug setzt, muß damit rechnen, daß was schiefgeht. Du hättest auch bequem mit dem Zug fahren können. Also halt jetzt gefälligst den Mund!"

Was war das für ein Mensch, der solche Dinge zu einem Kind sagte, das Schmerzen hatte? Wenn überhaupt, sollte man der Mutter den Vorwurf machen, daß sie ihre kostbare Tochter einem Flugzeug anvertraute, in dessen Cockpit ein unfähiger Schafskopf saß.

Als der erste Schein der Morgendämmerung durch das Seidendach drang, kroch der Pilot hinaus. Es versprach ein schöner Tag zu werden. Die Venus funkelte noch, und im Westen flimmerten ein paar Sterne. Keine Wolke stand am Himmel, kein Lüftchen regte sich. Aber vom Gipfel des Berges fegte eine Schneefahne nach Süden. Nordwind brachte für gewöhnlich klares Wetter. Wenn sie kommen, dann heute, dachte er und beschloß, dem Mädchen nichts zu sagen. Wie sollte sie ihre Enttäuschung verwinden, wenn sich seine Hoffnung nicht erfüllte?

Am Tag zuvor hatte er den Magnetkompaß ausgebaut. Nun schüttete er ein bißchen von dem Alkohol, den er enthielt, auf seine Kienspäne, und gleich darauf begannen die Flammen zu knistern. Es freute ihn, mit welcher Leichtigkeit ihm das gelungen war. Na ja, er lernte hinzu. Obwohl das Holz prächtig brannte, brauchte er ewig, um genug Schnee für das Teewasser zu schmelzen.

Falls sie heute einer fand, stand der Rettungsmannschaft ein langer Aufstieg bevor. Der Höhenmesser der Stearman zeigte eintausendvierhundert Meter an, aber er traute ihm nicht. Das Gerät konnte unter dem Aufprall gelitten haben.

Er streute Kiefernnadeln in seinen selbstgebastelten Teekessel und zerstampfte sie mit einem Stock. Dann gab er Heather den heißen Tee und ein Stück Schokolade. Diesmal gönnte er sich selbst auch eines, den ersten Bissen, den er seit dem Start in Elko zu sich nahm. Sollte er erklären, daß seine Kraft keinen Tag mehr reichen würde, wenn er nichts aß? Nein, dachte er, ich muß ihr Ritter auf dem stolzen Schimmel bleiben, auch wenn mein Pferd längst tot ist.

„Darf ich mit dir frühstücken?" fragte er lächelnd. Daß sie sein Lächeln zu erwidern versuchte, stimmte ihn zuversichtlich. Seit der vergangenen Nacht hatte sie keinen Ton von sich gegeben. Vielleicht wurde doch noch alles gut. Er stützte ihren Kopf, um ihr das Trinken zu erleichtern. Ihre Hilflosigkeit machte ihn nervös. „Was ist los? Hast du wieder deine Zunge verschluckt? Kein Wort über meine Kochkünste? Küchenchefs sind sehr empfindlich und leicht gekränkt."

Sie nahm einen Schluck Tee und biß von der Schokolade ab, die er in der Hand hielt. Schließlich sagte sie: „Glaubst du nicht, es wäre besser, wenn du mich hierläßt und Hilfe holst?"

„Unmöglich. Ich denke nicht daran." Wenigstens kam ihm diese Antwort genauso rasch über die Lippen wie vorhin seine bissigen Bemerkungen.

„Warum nicht? Wahrscheinlich würde ich es ganz gut überstehen."

„Das *wahrscheinlich* gefällt mir eben nicht daran. Bis zur nächsten Stadt ist es ziemlich weit. Unter Umständen ein Marsch von zwei Tagen."

„Könntest du mich mitnehmen?"

„Ich hab's mir überlegt, bin aber zu keiner brauchbaren Lösung gekommen."

Sie nippte an ihrem Tee und schaute ihn lange schweigend an. Ihre Augen wirkten sehr alt. Er brach ein Eckchen von der Schokolade ab und genoß den Geschmack, fühlte sich aber bald unbehaglich, als er merkte, daß sie ihn noch immer eindringlich anblickte.

„Was starrst du so?" fragte er. „Wenn du was auf dem Herzen hast, spuck's aus."

Da, schon wieder diese Heftigkeit. Idiot. Warum sagte er nicht einfach: Schönes Wetter heute?

„Ich sehe mir dein Gesicht an. Du bist ein sehr hübscher Mann."

Nun wußte er, daß er ihr instinktiv immer die gute Seite zuwandte. Am Flugplatz hatte der Helm das meiste verdeckt, und seither konnte sie die Narben nur flüchtig wahrgenommen haben, wenn ihr die Schmerzen und das dämmrige Licht im Zelt erlaubten, überhaupt etwas zu erkennen.

Mit voller Absicht wandte er sich ihr zu. Die Schokolade verlieh ihm Bärenkräfte. Er konnte die Welt aus den Angeln heben. „Schau her." Seine eigene Kühnheit erstaunte ihn. „Findest du das jetzt noch immer?"

Er wartete auf den nun schon so vertrauten Ausdruck des Abscheus, begegnete aber nur dem eigentümlich weisen Blick.

„Ja, Jerry, du *bist* schön. Ich weiß, was du alles für mich getan hast. Und ich hab noch eine Bitte."

„Schon erfüllt."

„Laß mich hier nicht allein sterben."

Er hielt den Atem an. Träumte er wieder? „Was redest du denn da, zum Teufel? Sterben! Ich bin überzeugt, du hast mindestens noch achtzig, neunzig oder noch mehr Jährchen vor dir! Du wirst bestimmt eine alte Dame mit hundert Urenkeln. Außerdem kommen sie uns heute holen, und wenn nicht heute, dann eben morgen. Wir müssen nur Geduld haben."

„Und dabei langsam verhungern? Du hast nichts gegessen, seit wir hier sind."

„Ich hab gerade erst ein großes Stück Schokolade vertilgt. Ich fühl mich wie ein Tiger."

„Zwei Bissen hast du gehabt. Das reicht nicht für einen Erwachsenen."

„Woher willst du das wissen? Hast du vielleicht Ernährungswissenschaft studiert oder was? Im Krieg haben manche Gefangene eine

Woche lang nichts gehabt. Solange wir Schnee schmelzen können, ist alles in Ordnung."

„Bist du auch im Krieg geflogen?"

„Nein. Das heißt nicht in Europa, wo die Kämpfe waren. Ich hab in Texas fliegen gelernt, und kaum war ich ausgebildet, war auch der Krieg zu Ende."

„Dann hast du nie jemanden getötet?"

„Nein." Wenn ich vollkommen ehrlich wäre, dachte er, könnte ich das nicht so sagen. Wie kann ich je meinen Schüler vergessen, den ich nicht habe retten können?

„Wenn heute niemand kommt, möchte ich, daß du allein losgehst."

„Ich dachte, du willst nicht, daß ich dich alleinlasse?"

„Ich werde nicht mehr dasein." Sie verstummte, ohne den Blick von ihm zu wenden. „Du hast ja die Pistole", sagte sie sehr leise.

Er nahm ihr Gesicht in beide Hände und sah sie lange an, dann kniff er sie sanft in die Wangen. „Hör mal, mein Schatz. Ich weiß nicht, was für Geschichten man dir erzählt hat, aber du hast kein Recht, an so etwas auch nur zu denken. Wenn du gesund wärst, würde ich dich versohlen, daß du dich ein Leben lang daran erinnerst. Also kein Wort mehr über diesen Unsinn. Ist das endgültig klar?"

Was war das für eine Welt, in der eine nicht ganz Zwölfjährige darum bat, ihrem Leiden mit einer Kugel ein Ende zu machen? Er tupfte ihr mit dem Ärmel des Teddys die Tränen ab. „Und heul nicht."

Gab es nichts, womit er sie ablenken konnte? „He, Heather!" Er kroch zum Postsack. „Lesen wir noch ein paar Briefe. Wenn wir die Sorgen anderer Leute hören, werden wir unsere eigenen vergessen. Zum Schluß glauben wir noch, wir machen Ferien."

Er nahm eine Handvoll Briefe und hielt sie ihr hin. Sie zögerte zwar, bemühte sich aber sichtlich, die Fassung wiederzuerlangen. Endlich wählte sie einen aus, und er öffnete ihn, ohne sie aus den Augen zu lassen. Zerstreuung ... die Zeit vertreiben ... Sie mußte unbedingt merken, daß es außer der Welt der Schmerzen und des Hungers noch eine andere gab. Dasselbe galt für ihn. Dieses Zelt ist nur ein Alptraum, dachte er. Wenn es sein muß, zwinge ich sie, den ganzen Tag Briefe zu lesen. Vielleicht wird ihr Rücken besser, und sie kommt nicht wieder auf dumme Gedanken. Vielleicht bringt es uns mit Anstand über die Runden.

Sie betrachtete den Brief. „Oh, das ist aber eine hübsche Handschrift! Gar nicht so verschnörkelt, wie wir es in der Schule lernen." Sie zeigte ihm die Seite, hielt sie sich dann unter die Nase und schnüffelte daran. „Riecht gut. Das will ich mir später auch mal kaufen, Jerry. Richtig parfümiertes Briefpapier."

Gut, gut, dachte er. Sie schmiedet Pläne. Jetzt kann sie sich an etwas klammern. Beneidenswert.

„Also los", sagte Heather mit neuem Schwung. „Es beginnt mit: ‚Meine liebe Mrs. Tracy! Das ist der schwierigste Brief in meinem ganzen Leben, aber ich kann nicht anders, ich muß einfach mein Leid mit Ihnen teilen, da es ja auch das Ihre ist. Ich glaube, der einzige Unterschied zwischen Ihrem Jim und meinem Jim war seine Fähigkeit zu lieben, doch ich werde mir dessen nie sicher sein. Bestimmt war er ein ganz außergewöhnlicher Mensch. Verzeihen Sie mir, wenn ich jetzt, da es ihn nicht mehr gibt, das Bedürfnis spüre, Ihnen zu schreiben. Bitte haben Sie Nachsicht mit der Fremden, die Sie vielleicht verabscheuen, weil sie für so kurze Zeit ebenfalls eine Mrs. Tracy war. Mir scheint, Liebe läßt sich nicht lehren. Wir erfahren schon sehr früh, daß es sie gibt; aber wo und wie lernen wir, sie auch zu schenken? Ich muß gestehen, ich bin ratlos, wenn ich meine Liebe zu Jim nun zärtlich in der Hand halte, um sie zu betrachten. Ich weiß nicht, warum Jim umkam und ich am Leben blieb. Ich habe versucht, darüber nachzudenken, aber es hat mich nur noch ratloser gemacht. Mit der Zeit wird Jims Bild wohl in meiner Erinnerung verblassen, und vielleicht begegne ich sogar einem anderen Mann, mit dem ich gemeinsam durch dieses wunderbare Leben gehen will. Doch auch dann ist Jim in der Liebe, die er mir geschenkt hat, immer bei mir.

Ist es nicht so, daß jeder Mensch auf seine eigene Weise liebt? Manche lassen ihr Gefühl verkümmern, andere hegen es, bis es sich voll entfaltet, und die meisten bauen eine uneinnehmbare Festung. Ich weiß nun, daß die Liebe sich keinem verweigert, der die Arme öffnet, um sie zu empfangen. Jim hat mich das gelehrt, und ich war eine sehr scheue und ziemlich mißtrauische Schülerin.'"

Heather holte tief Atem und flüsterte, daß auf dieser Seite ein paar

Worte stünden, die sie nicht kenne, aber er drängte sie weiterzulesen.

„Gut, also dann ... ‚Nach den zwei Jahren mit Jim glaube ich, die Liebe zwischen Mann und Frau ist wie ein Ka-lei-do-skop ... einer jener altmodischen Guckkästen, in die man hineinschaut, um durch Drehen verschiedene Muster zusammenzufügen. Manchmal vergißt man vor lauter Entzücken, daß sie alle aus den gleichen bunten Steinchen entstehen. So war unsere Liebe und bestimmt auch die Ihre. Oft war sie reine Freude, ein funkelnder Regenbogen aus Rot und Gelb, dann wieder zart und ruhig, violett schimmernd und tief blaugrün. Es hing einfach davon ab, wie wir die Steinchen drehten. Jeder Tag, jede Stunde oder Minute brachte ein anderes Bild.

Vor jener schrecklichen Nacht fragte mich Jim, ob es mir etwas ausmachen würde, mit ihm nach Irland zu ziehen, wenn es seine Arbeit erforderte, und ich antwortete: „Mir ist es egal, wo wir leben ... auf dem Mond oder in Manitoba." Solange wir eins blieben, war mein Glück grenzenlos.

Keine Angst, Mrs. Tracy. Ich werde nicht an Ihrer Haustür klingeln, damit wir gemeinsam trauern können. Jim hat mir von Ihnen erzählt, daher vermute ich, daß Sie wohl sehr zurückhaltend sind. Wie sollten Sie Ihren Schmerz mit einer fast gänzlich Fremden teilen? Und Sie werden wohl auch meine Tränen nicht brauchen, die nicht aufhören wollen zu fließen; aber ich werde, ich will aufhören zu weinen. Ich glaube, wer wirklich liebt, kann alles überwinden, weil er aus der Liebe unendliche Kraft schöpft.

Ich weiß auch, Mrs. Tracy, daß Sie keinen Vortrag von einem fünfundzwanzigjährigen Mädchen brauchen, das die Liebe doch selbst erst so kurze Zeit kennt. Das hier ist nur der zaghafte Versuch, eine Brücke zu bauen – ich habe Sie nie gesehen, aber Sie haben Jim geliebt. Von Herzen – Janet.'"

Siebtes Kapitel

MORAVIA war in gehobener Stimmung.

Dieser herrliche Morgen bewies wieder mal, daß der Wetterdienst bei seinen Vorhersagen noch pessimistischer war als die Wirtschafts-

experten. Wunderbar, dachte er, als er den wolkenlosen, blaßblauen
Winterhimmel durch sein Bürofenster betrachtete. Bei Gott, jetzt
konnte er eine gründliche Suchaktion nach Nummer Vierzehn starten.
Auf der ganzen Strecke bis Elko herrschten die besten Bedingungen,
und das steigende Barometer zeigte, daß sich daran in den nächsten
Tagen kaum etwas ändern würde.

„Los, Freunde, fangen wir an", murmelte er. Er beobachtete den
blitzenden Propellerwirbel von zwei Stearmans, die auf der Rampe
vor dem Hangar warmliefen. Die Piloten saßen, wegen der Kälte bis
an die Augen vermummt, bereits in den Cockpits – tüchtige Männer,
keine Hasenfüße wie Stiller. Falls sie auch nur den geringsten Anhalts-
punkt in dem Gebiet entdeckten, wo Stiller etwas gesehen zu haben
glaubte, würden sie sich um jeden Preis Gewißheit verschaffen.

Außerdem würden noch zwei Stearmans von Elko aus das Gelände
im Süden, Osten und Westen absuchen, denn die Möglichkeit, daß
Vierzehn aus unerfindlichen Gründen eine dieser Richtungen gewählt
hatte, war nicht auszuschließen. Blieben noch zwei Maschinen zur
Beförderung der Post.

Jetzt, da gute Flugbedingungen herrschten, sollten auch vier De
Havillands der Nationalgarde gegen Mittag in Pasco eintreffen.
Moravia beabsichtigte, sie nach Süden zu schicken. Ein Jagdaufseher,
der östlich von Pendleton in Oregon lebte, hatte telefonisch gemeldet,
er habe auf einem der Gipfel etwas blinken sehen. Das Schimmern
von fünfzigtausend Jahre altem Gletschereis? Ein Vogel mit weißen
Schwingen? Alles war denkbar. Aber sie mußten selbst der kleinsten
Spur nachgehen, so gering die Aussicht auf Erfolg auch sein mochte.

Die Zeit drängte. In diesen Breiten waren die Tage kurz, und
schönes Wetter hatte auch seine Schattenseiten. Die Nacht würde ein
sternklares Firmament, jedoch auch schneidende Kälte bringen, die
mit den Obdachlosen kein Erbarmen kannte.

DER Pilot schwieg lange, nachdem Heather den Brief zu Ende
gelesen hatte, als erwarte er eine Antwort auf die vielen Fragen, die ihn
verwirrten. Er warf einen Blick auf seine Uhr. Schon zehn. Wieder
war ein Tag weit fortgeschritten, und er hatte nichts zustande gebracht.
Was war aus seinen kühnen Plänen geworden? Wo blieb die

Verwirklichung dessen, was sie am Leben erhalten sollte, und wo vor allem seine trotzige Entschlossenheit, gegen die Katastrophe anzukämpfen?

Auch Heather schwieg und spielte mit dem Brief.

„Was hältst du davon?" fragte er nach einer Weile. Er hätte gern gehört, daß sie noch nie etwas so Faszinierendes gelesen hatte, denn er selbst spürte ein starkes Verlangen, die Verfasserin des Schreibens näher kennenzulernen.

„Sie muß das genaue Gegenteil von dir sein", meinte Heather. „Sie spricht ganz frei über die Liebe und läßt ihre Gedanken einfach aus sich herausströmen. Das gefällt mir."

„Wie heißt sie doch gleich?"

„Janet. Was glaubst du, wer die andere Mrs. Tracy ist?"

„Die Schwiegermutter, schätze ich."

Sie blätterte in den Seiten und sagte dann: „Nein ... vielleicht auch nicht, denn sie fragt ja: ‚Wie sollten Sie Ihren Schmerz mit einer fast gänzlich Fremden teilen?'"

„Sie nennt sie aber Mrs. Tracy, nicht wahr?"

„Schon, aber sie erwähnt doch, daß sie einander nie begegnet sind. Muß denn eine Frau die Mutter ihres Mannes nicht kennenlernen?"

„Nicht unbedingt."

„Na, das ist eine komische Art, verheiratet zu sein. Wenn ich mal einen Mann habe, möchte ich mir seine Mutter anschauen. Sie könnte ja eine Hexe sein."

„Du bist wirklich unerhört auf Draht für dein Alter. Wann erzählst du mir eigentlich deine Lebensgeschichte?"

„Die ganzen elf Jahre und acht Monate? Zum Beispiel, wie ich eine Eins in Erdkunde bekam und nicht einmal gewußt hab, wo Bolivien liegt?"

Sonnenlicht floß durch die Fallschirmseide. Der Pilot nahm es als gutes Zeichen. Draußen wurde es schön, und die Kleine begann an die Zukunft zu denken, was noch viel wichtiger war. Er mußte sie unbedingt dazu bringen, sich weiterhin mit dem Brief oder irgend etwas anderem zu beschäftigen. Wenn ihn sein Gefühl nicht trog, hatte sie sich noch nicht wieder richtig gefangen und versuchte vielleicht, ihm etwas vorzumachen.

„Ob Mr. Tracy zwei Frauen gehabt hat?"

„Das bezweifle ich", meinte er. „Sagt sie nicht, sie wollten nach Irland gehen? Das würde sie der anderen nicht schreiben, und außerdem halte ich diesen Jim nicht für einen Bigamisten."

„Was sind Bigamisten?"

„Nun ja ... Leute, die nicht zählen können."

„Hör doch mal, Jerry. Sie sagt, sie versucht nur, eine Brücke zu bauen. ,Ich habe Sie nie gesehen, aber Sie haben Jim geliebt.'" Sie schaute ihn über den Rand des Briefes hinweg an. „Wie faßt du das auf?"

„Möglich, daß es die Exgattin ist."

„Du meinst, der Mann ist von der ersten Mrs. Tracy geschieden worden?"

„Kann sein." Heathers Neugier und ihr Interesse für diesen einen Punkt wurden ihm lästig. Er versuchte sich zu erinnern, was die Frau über die Liebe gesagt hatte.

„Ich hab's!" rief Heather triumphierend. „Da steht es ja! ,Bitte haben Sie Nachsicht mit der Fremden, die für so kurze Zeit *ebenfalls* eine Mrs. Tracy war.' Also schreibt seine zweite Frau an seine erste!"

Sie streckte ihm das Kuvert hin. „Schau! Sie heißt Mrs. James Tracy und lebt in Portland." Dann schob sie den Brief in den Umschlag zurück und sagte: „Du paßt ja gar nicht auf. So macht es keinen Spaß."

Sie hatte recht. Er hatte wirklich nicht zugehört, sondern gelauscht. Zuerst glaubte er, daß ihm der Wind wieder etwas vorgaukelte. Das Rauschen der Kiefernzweige übertönte das Geräusch fast, aber es war da. Er neigte den Kopf und horchte gespannt. Sein Blick war nach oben gerichtet und schweifte umher, als prüfe er jede Naht des Fallschirms.

„Was siehst du denn?" fragte Heather.

„Ich sehe gar nichts. Aber hörst du es auch?"

„Nein, was?"

Er kroch ganz langsam auf den Ausgang zu, hielt immer wieder inne und hob lauschend den Kopf.

„Wo willst du hin?"

„Halt den Mund!" befahl er barsch. „Und keinen Mucks!"

Während er weiterkroch, vernahm er ein ersticktes Wimmern. Er beachtete es nicht. „Es ist sehr weit weg", flüsterte er, „aber ich glaube, ich höre ein Flugzeug."

MORAVIA telefonierte mit Elko und war recht zufrieden mit dem, was er erfuhr. „Wir hatten Ärger mit einer Stearman. Die Zündung. Also haben wir eine alte Swallow herausgezogen. Um acht waren wir startklar."

„Sind jetzt alle in der Luft?" fragte Moravia.

„Ja. Aber Montgomery fliegt zum ersten Mal eine Swallow."

„Ist er nervös?" Die Swallows hatten Curtiss-K-6-Motoren, die einen denkbar schlechten Ruf genossen.

„Er sagt, er würde auch eine Mistgabel fliegen, um Jerry zu finden."

„Gut. Wie lang sind die Maschinen schon oben?"

„Ungefähr eine Stunde. Sie werden gegen Mittag zum Auftanken kommen. Ich rufe an, falls es was Neues gibt."

„Ruf mich auf jeden Fall an. Und schick sie gleich nach dem Auftanken wieder los."

„Die Männer werden eine Pause brauchen. Werden halb erfroren sein."

„Nicht so erfroren wie Jerry." Moravia stellte erfreut fest, daß es ihn nur wenig Überwindung gekostet hatte, den Piloten nicht mehr Vierzehn zu nennen. Ja, er begann sich ein neues Bild von ihm zu machen. Die Nummer verschwand, und an ihre Stelle trat ein menschliches Wesen, ein Mann namens Jerry, der wußte, was es bedeutete, einen harten Schicksalsschlag einzustecken.

„Sucht, bis es dunkel wird", befahl Moravia.

SOBALD er im Freien war, wußte der Pilot, daß er sich das Geräusch nicht nur einbildete. Wenn er nicht so sehnsüchtig darauf gewartet hätte, wäre es ihm wahrscheinlich nie aufgefallen. Zwei Nächte und fast zwei Tage hatte er von diesem Augenblick geträumt.

Das Geräusch verklang wieder. Nur das leise Rauschen der Baumwipfel erfüllte die Stille. Der Wind mußte den Schall forttragen, die Sphärenmusik verwehen, der er als einziger weit und breit so atemlos lauschte. Er rannte ein paar Schritte durch den Schnee. Wozu?

Glaubte er etwa hier, zehn Schritte vom Zelt entfernt, deutlicher zu hören? Jede Fiber in ihm verlangte danach, das rhythmische Dröhnen eines Flugzeugmotors zu vernehmen. Das träge Schwirren des Propellers hallte ihm in den Ohren, doch er wußte, daß in Wirklichkeit nur seine Lederjacke leise knarrte, wenn er den Kopf langsam hin- und herwandte.

Gleich würde er dem Mädchen sagen müssen, es sei falscher Alarm gewesen. Sie würde außer sich sein und noch mehr zu jammern anfangen. Dann konnte er sich wirklich in den Abgrund stürzen, ehe er noch den Verstand verlor.

Er hatte Vorbereitungen für ein Rauchsignal getroffen. Es kam aber alles darauf an, den richtigen Moment zu erwischen, denn Holz für ein zweites Signalfeuer zu sammeln würde mehr als einen halben Tag in Anspruch nehmen. Er hatte das beste Holz ein Stück unterhalb des Biwaks zu einer Pyramide aufgeschichtet. Das Öl, das er darauf gießen wollte, befand sich in einem primitiven Behälter, den er aus einem Auspufftopf geformt hatte. Es stand griffbereit und müßte schönen dunklen Qualm ergeben, den selbst ein Blinder kilometerweit sehen konnte. Das hieß, wenn das Öl nicht zu kalt war, um zu brennen, und wenn das sorgsam aufgefangene Benzin das frische Holz rasch genug auflodern ließ. Es gab viele Unsicherheitsfaktoren.

Ja! Dort … dort drüben! Es war eine Maschine. Eindeutig. Und das Geräusch näherte sich. Kein Zweifel!

Er fuhr in die Tasche und griff nach der Zündholzschachtel. Sie war im Zelt. In seinem Handschuh. Damit sie nicht feucht wurde. *Jetzt* hätte er die Streichhölzer gebraucht.

IMMER wenn sie allein war, kam der Gedanke wieder. Miß Phipps, die Geschichtslehrerin, würde es verstehen. Einmal hatte sie der Klasse von der Jungfrau von Orléans erzählt und wie diese sich lieber auf dem Scheiterhaufen verbrennen ließ, als weiterzukämpfen.

Heather versuchte sich zu erinnern, gegen wen die heilige Johanna gekämpft hatte, aber es fiel ihr nicht ein. Sie wußte, daß ihr Schmerz dem entsprach, was man auf dem Scheiterhaufen aushalten mußte. Heather von Orléans. Kein einziger Mensch auf der ganzen weiten Welt sollte je sagen können, daß sie eine Heulsuse war.

Jedesmal wenn der Gedanke wiederkehrte, war er zwingender als zuvor. Sie starrte auf Jerrys Schlafplatz. Das Leinenstück, auf dem er gelegen hatte, war noch zerknittert. Unter dem Postsack am anderen Ende der Liegestatt lugte ein kleines Stück Leder hervor.

Niemand, auch wenn er noch so tapfer war, konnte diese Schmerzen ertragen. Wie für die heilige Johanna war es für manche Menschen besser, tot zu sein. Sie streckte die Hand aus und zog an dem Leinenstück. Es glitt leicht über den festgetretenen Schnee, und das Kissen mit dem Leder darunter rutschte näher. Als es in Reichweite kam, schlossen sich ihre Finger um das Halfter. Sie hob es langsam hoch. Dann zog sie die Pistole heraus und erschauerte, weil sie sich so kalt anfühlte.

Sie dachte an Jerry. Wer würde je glauben, was für ein wunder-wunderbarer Mann er war? Wie der Prince of Wales oder einer der großen Helden, über die Miß Phipps sprach. Er mußte den Berg hinuntergehen, solange noch Zeit dazu blieb. Und von all den Millionen Erdenbewohnern, die es gab, sollte *er* wissen, daß ihn jemand liebte. Wie war das mit dem Kaleidoskop? Es hing nur davon ab, wie sich die Steinchen aneinanderfügten. Wer wirklich liebte, konnte alles überwinden – genau wie Mrs. Janet Tracy in ihrem Brief schrieb.

Sie setzte probeweise den Lauf auf die Brust. Dann drückte sie ihn gegen die Stirn und zuckte zusammen. Das eisige Metall zu spüren war ein ganz neuer Schmerz.

NUN war das Motorengeräusch eindeutig zu hören. Es kam rasch näher. Der Pilot keuchte zum Biwak hinauf. In seiner Hast fiel er zweimal, rappelte sich aber sogleich wieder hoch. Ihm blieben nur ein, zwei Minuten, um die Streichhölzer zu holen. Dann konnte es zu spät sein. Plötzlich wurde ihm trotz seiner Panik bewußt, daß er einen Reihenmotor hörte. Er klang nach einem Curtiss K-6, also mußte es eine Swallow sein. Was spielte das für eine Rolle! Er vergeudete kostbare Sekunden. Hol die Streichhölzer, das ist das einzig Wichtige!

Er hechtete förmlich ins Zelt und blickte direkt in die Mündung seiner Pistole.

„Geh weg", sagte Heather ruhig. „Geh wieder hinaus, Jerry."

Er zögerte – reglos, ungläubig. „Was tust du da?"

„Geh weg, hab ich gesagt. Ich meine es ernst."
Er sah ihr in die Augen. Es war tatsächlich bitterer Ernst.
„Heather. Das Ding ist gefährlich. Leg es hin."
Er streckte die Hand nach der Waffe aus, aber sie hatte den Finger am Abzug. „Heather! Draußen kommt ein Flugzeug! Ich muß sofort Feuer machen. Es kann unsere einzige Chance sein." Er bemühte sich, ruhig zu sprechen, doch in seiner Stimme schwang Angst.

„Ich liebe dich, Jerry. Ich möchte, daß du lebst. Bitte geh fort . . ."
Nun war ihm klar, was er tun mußte. Er rang sich ein Lächeln ab. „Gut. Wie du willst." Er machte Anstalten hinauszukriechen und hielt dann inne. „Kann ich die Streichhölzer haben?"

Ein leichtes Nicken. Er langte nach dem Handschuh, nahm die Schachtel heraus. Für einen Moment wandte er sich von Heather ab. Dann wirbelte er herum, benützte den Handschuh wie eine Peitsche und schlug ihr die Pistole aus der Hand. Er packte sie mit einem Griff, steckte sie in den Gürtel und stürzte zum Ausgang. Keuchend vor Anstrengung warf er einen Blick zurück und wollte schon sagen: Du bist ein gräßliches Kind. Da sah er, daß sie weinte.

Er rannte den Hang hinunter zum Holzstoß. Denk an das Feuer, nur an das Feuer, beschwor er sich, aber seine Gedanken hörten nicht auf zu kreisen. Gab es noch andere Dinge im Zelt, womit sie ein Unheil anrichten konnte?

Der Motorenlärm wurde lauter. Während er ein Streichholz aus der Schachtel nahm, riskierte er einen hastigen Blick zum Himmel. Wolkenloses Blau. Noch war es Zeit.

Er strich das Hölzchen an. Es brannte nicht. Er riß das nächste heraus – nichts. Das Herz blieb ihm fast stehen vor Entsetzen. Konnten die denn keine besseren Streichhölzer machen? Seine Hand zitterte. Ruhig . . . ganz ruhig! Und hör auf zu keuchen. Noch ist nichts verloren. Er zwang sich, langsam zu atmen, als er das dritte Streichholz anstrich und die winzige Flamme mit der hohlen Hand schützte. Na also! Der erste und beste Freund des Menschen war bereit, einen wahren Freund aus der Luft herbeizuholen. Um den dunklen Rauch nicht zu sehen, der gleich aufsteigen würde, mußte er blind wie ein Maulwurf sein.

Das Dröhnen des Motors brach sich am Berghang und schien alles ringsum mit seinem Donner zu erfüllen, doch er wagte nicht, aufzuschauen. Seine ganze Aufmerksamkeit galt dem Flämmchen, das er mit der Hand abschirmte, bis ein paar Späne Feuer fingen. Er griff nach dem Behälter mit dem Öl. Vorsicht. Jetzt bloß nicht übereilt ausschütten. Das wäre der Gipfel der Idiotie – erst ein schönes Feuer machen und es dann im falschen Moment ersticken.

Ein hastiger Blick nach oben. Es *war* eine Swallow. Und sie lag goldrichtig auf Kurs. Es konnte gar nichts schiefgehen. Halleluja.

Er goß das Öl in die Glut und warf das Gefäß weg, sprang auf, hüpfte wie ein Wahnsinniger im Schnee auf und ab, fuchtelte mit den Armen und schrie, als könne ihn der Pilot in der Maschine hören.

Das Flugzeug glitt direkt vor der Sonne vorüber und er war für den Bruchteil von Sekunden geblendet. Dann sah er es wieder, so nah, daß er die Ölflecken am Bauch des Rumpfes wahrnahm. Er brüllte, bis ihm schwindlig wurde, hob die gefalteten Hände über den Kopf und schwenkte sie triumphierend. Ungeduldig wartete er auf das erste Anzeichen einer Kurve, aber die Swallow flog in gerader Linie direkt auf den Gipfel des Berges zu.

Er schaute auf das Feuer. Eine dicke Säule dunklen Rauches stieg von dem Holzstoß auf. Jetzt wird sie wenden, dachte er und ließ die Swallow nicht aus den Augen. Der Pilot will nur sichergehen, in keinen Fallwind zu geraten. Im Geist sah er alles genau vor sich: Gleich wird sich die Maschine zur Seite neigen und in sanftem Gleitflug tiefer gehen. Mein Kollege da oben wird den Motor über mir einmal aufheulen lassen und mir damit einen unvergeßlichen Gruß senden. Dann fliegt er nach Elko zurück und meldet die Position des Wracks, worauf sich die Rettungsmannschaft auf den Weg macht. So einfach war das.

Er merkte, wie er den Atem anhielt. Die Swallow senkte die linke Tragfläche, und er dachte schon, es sei der Ansatz zu einer langen Kurve. Aber dann ging auch die rechte Tragfläche nieder und kam wieder hoch. Aha, ist wohl stürmisch da oben. Okay, Freund. Ich hab massenhaft Zeit.

„He, warte!" Er fing wie wild zu winken an, denn die Swallow nahm weiter geraden Kurs nach Norden. *„Komm schon . . ."* Er starrte ihr mit offenem Mund nach. Dann entrang sich ihm ein seltsamer

Schrei, als er sah, wie das Flugzeug unbeirrt auf den Gipfel zuhielt, kurz in der Sonne aufblitzte und verschwand.

Das Brummen des Motors war wie abgeschnitten. Über ihm war nur noch der makellose Himmel, die Sonne und der Berg. Er starrte lange auf den Gipfel, doch er wußte, daß er vergeblich hoffte, die Maschine würde wiederkommen. Wie konnte man bloß einen Mann übersehen, der auf einem kahlen, verschneiten Berghang stand? Wie war es möglich, die große Rauchsäule nicht zu bemerken?

Er ließ die Arme fallen und senkte den Kopf. Ich muß sehr, sehr klein sein hier unten, dachte er ... ein Zwerg, ein Pünktchen, ein Nichts. Er starrte auf den Rauch. Ja, er hatte zu spät Feuer gemacht. Zwei, drei kostbare Minuten zu spät. Er schaute wieder zum Gipfel, dann hinunter ins Tal. Ein Lachen entrang sich ihm und wurde lauter und lauter. Seine Augen füllten sich mit Tränen. Er hob die geballten Fäuste, reckte sie gen Himmel, und mit der ganzen Kraft, die ihm geblieben war, brüllte er: „Jetzt weiß ich's! Ich bin wirklich ein Nichts, ein elendes, verfluchtes Nichts!"

Er lachte noch, als er durch den Schnee zum Zelt zurückstapfte, und ihm fiel auf, daß sein Lachen fast genauso klang wie Heathers Wimmern.

Achtes Kapitel

ER LAG auf dem Rücken, den Kopf auf den Postsack gebettet. Mit weit offenen Augen starrte er zu den verblassenden Lichtflecken auf dem Seidendach empor und stellte sich vor, was der Pilot der Swallow jetzt gerade tat. Wahrscheinlich trank er in Elko oder in Boise oder sogar in Pasco Kaffee und berichtete Moravia oder sonstjemand, der die Nachricht weiterleitete, daß er keine Spur des Wracks entdeckt habe.

Wer hatte voraussehen können, daß eine so lächerliche Verzögerung beim Feuermachen derart entscheidend sein würde? Wer hätte damit gerechnet, daß ein kleines Mädchen auch nur im Traum daran dachte, sich umzubringen? Und wie konnte ein Pilot soviel Qualm auf einer weißen Schneefläche übersehen? Aber das war nur allzu leicht. Piloten hatten keine Augen am Hinterkopf. Möglicherweise

gehörte die Swallow gar nicht der Gesellschaft. Vielleicht war es eine Privatmaschine gewesen oder ein Flugzeug der Forstbehörde. Und wer sie flog, hatte vielleicht gar nicht gewußt, daß jemand vermißt wurde. Warum hätte er überhaupt hinunterschauen sollen?

Wenn Moravia die Swallow losgeschickt hatte, sagte der Pilot vielleicht jetzt gerade: „Ich war über dem Gebiet, aber ich habe nichts gesehen. Es war ein vollkommen klarer Tag, und ich hatte rundum freie Sicht."

Würde Moravia ihn fragen, ob er auch direkt unter sich habe blicken können? Die Swallow war ein Tiefdecker, dessen Cockpit weiter hinten lag. Das bewirkte einen nach vorne gerichteten Blickwinkel und demzufolge eine schlechte Sicht nach unten. Moravia selbst hatte nie eine solche Maschine geflogen. Sie war erst nach seiner aktiven Zeit gekommen.

Fragte er den Piloten, ob er einen Zickzackkurs gewählt hatte, damit er nichts übersehen konnte, oder setzte er das ganz einfach voraus? Angenommen, ein neuer Mann, wie Montgomery zum Beispiel, hatte zum ersten Mal in einer Swallow gesessen. War er so mit der Maschine beschäftigt gewesen, daß er gar nicht merkte, wieviel ihm unten entging?

Nach dem negativen Ergebnis würde Moravia logischerweise dieses Gebiet streichen und die Suche woanders fortsetzen. Er würde unter Zeitdruck stehen und knapp an Männern und Maschinen sein. „Also, Leute, machen wir weiter. Wir haben noch eine Menge Arbeit vor uns."

Der Pilot flüsterte: „Daß du einem kleinen Mädchen die Schuld gibst, hilft dir auch nicht aus der Klemme."

„Was hast du gesagt, Jerry?" rief Heather.

„Ich hab nichts gesagt."

„Jerry, ich will das Pferd da drüben."

„Du willst *was?*" Er glaubte, er habe sie falsch verstanden, was bei ihrem Stöhnen und Gemurmel durchaus möglich sein konnte.

„Ich will das schwarze Pferd. Ich hab schon immer ein schwarzes Pferd gewollt."

Er kroch zu ihr. Ihre Augen waren ausdruckslos. „Was redest du da von einem Pferd?" fragte er.

Heather zeigte mit dem Finger und schrie: „Es kommt auf uns zu! Es wird uns niederrennen! Halt es auf, Jerry, halt es auf, bevor es –"

Sie schrie wieder. Er hielt ihr den Mund zu, zuckte aber sofort zurück, weil sie ihn in die Hand biß.

„Das Pferd, das große schwarze Pferd", wiederholte sie unentwegt, während er an seinem blutenden Finger saugte.

„Du hast scharfe Zähne, das muß man dir lassen", sagte er. Ihr Verhalten entsetzte ihn so, daß er den Schmerz kaum spürte. Wie brachte man Kranke dazu, mit dem Phantasieren aufzuhören? Schnell, Doktor, laß dir was einfallen.

Ihre Stimme schwoll zu einem neuen Schrei an. Unwillkürlich legte er die Hände auf die Ohren. „Laß das, bitte", bat er so ruhig wie möglich.

Heather schüttelte wild den Kopf und gab einen erstickten Laut von sich. Er versuchte sie zu stützen, aber sie stieß ihn fort. Dann begann sie sich mit den Nägeln das Gesicht zu zerkratzen und stöhnte immer wieder: „Du mußt mich vor meinem Pferd beschützen, es soll mir nicht weh tun!"

Er versuchte ihr die Hände vom Gesicht zu ziehen. Sie schlug nach ihm, traf jedoch nur seine Lederjacke. Sie kämpften schweigend, und ihre Kraft überraschte ihn. Als sie schließlich aufgab, schnallte er seinen Gürtel ab und band ihr damit die Arme am Körper fest. Sie wehrte sich, erkannte ihre Hilflosigkeit und begann herzzerreißend zu schluchzen. Nichts konnte sie beruhigen.

Während er sie behutsam in den Armen hielt, dachte er, daß sein beschwichtigendes Zureden wie das Gebrabbel eines Verrückten klang. „Still, oder die Nachbarn werden sich beschweren. Natürlich sitzen wir in der Patsche, aber hast du noch nie von Schiffbrüchigen gehört, die einfach gesungen haben, bis sie gerettet wurden? Singen, nicht schreien, das ist von nun an unser Motto."

Sollte er ihr noch eine Tablette geben? Aber vielleicht waren die gerade schuld an ihrem Delirium! Er legte ihr die Hand auf die Stirn – falls sie Fieber gehabt hatte, so war es jetzt vorbei. Er streichelte ihr Haar und konnte kaum glauben, daß er es war, der da sagte: „Ich brauche dich, Heather. Ich brauche dich mehr, als du dir vorstellen kannst."

Endlich beruhigte sie sich und war nach einer Weile wieder bei klarem Bewußtsein. Sie lächelte, als er ihr die Arme losband.

„Zeig mir deine Grübchen, aber schau nicht so weise drein", sagte er.

„Es tut mir leid, daß ich so eine Nervensäge bin." Dann fügte sie ein wenig lebhafter hinzu: „Ich hab über Mrs. Tracy nachgedacht. Weißt du, ich glaube, die zweite Mrs. Tracy hat diesen Brief über die Liebe an die erste Mrs. Tracy geschrieben, weil sie beide den gleichen Mann geliebt haben. Sie hat versucht, ihren Kummer mit ihr zu teilen, weil sie jemand braucht, der sie versteht."

„Was bist du, ein Psychiater oder ein Hellseher?"

„Mrs. Gooch sagt, ich bin schnell von Begriff und nicht auf den Mund gefallen. Meine Mutter hat ihr erklärt, daß ich logisch denken kann, weil das bei uns in der Familie liegt."

„Wer ist Mrs. Gooch?"

„Meine Mathematiklehrerin. Kann ich den Brief bitte noch einmal sehen?"

Er wußte genau, wo sich der Brief befand, denn er hatte ihn, um ihn später noch mal zu lesen, in seine Jackentasche gesteckt. Seltsam, daß dies *ihr* Brief geworden war. Die anderen interessierten sie alle nicht mehr.

Er reichte ihn ihr, und nachdem sie ihn kurz studiert hatte, meinte sie: „Das hier gefällt mir am besten – wo sie schreibt, wie sie aufhören will zu weinen. Und da sagt sie auch, daß Menschen, die wirklich lieben, alles erreichen können, was sie wollen."

„Vielleicht hat sie recht."

„Was hältst du davon, wenn ich so tue, als wäre ich in dich verliebt, damit ich nicht mehr so ein Quälgeist bin?"

„Du bist kein Quälgeist, Heather. Was würde ich ohne dich anfangen?"

„Wenn Mrs. Tracy aufhören kann zu heulen, kann ich's auch. Und wenn ich das schaffe, können wir gemeinsam den Berg hinuntergehen."

„Es gibt eine Menge Gründe, warum das zu riskant ist."

Sie hielt ihm den Brief hin. „Lies ihn noch einmal, Jerry. Ich wette, Mrs. Tracy war in der Schule auch gut in Mathematik."

EINIGE Stunden später prüfte er seine körperliche Verfassung und fand, daß sie zu wünschen übrigließ. Höchstens noch ein Tag, bis er so schwach war, daß er nichts anderes mehr tun konnte als warten. Und warten hieß sterben.

Schon jetzt fiel es ihm schwer, sich von seiner Liegestatt zu erheben. Ringsum gab es Zeichen seiner Lethargie. Als der Holzstoß abgebrannt war, hatte er keinen neuen gebaut. Wieder Äste zu sammeln schien viel zu mühsam. Das Feuer im Zelt war zweimal ausgegangen, und jedesmal hatte er eine Ewigkeit gebraucht, um es wieder anzufachen. Bald würde er einen Vorwand finden, das Zelt überhaupt nicht mehr zu verlassen.

Er kroch hinaus und nahm den Brief mit. Die Sonne war verschwunden, der Schnee knirschte unter seinen Stiefeln. Frost lag in der Luft, oder hatte nur der Hunger seine Widerstandskraft geschwächt? Wie er sich danach sehnte, eine Zeitlang allein zu sein, allein mit dem Brief, der irgendwie zur Stimme eines Dritten in ihrer Einsamkeit geworden war. Verehrte Mrs. Tracy Nummer zwei, dachte er, wollen Sie uns zum Abendessen Gesellschaft leisten? Wir haben hervorragenden Kiefernnadeltee, und ich werde Ihnen die Hälfte von meinem Stück Schokolade abtreten.

Er stand im Dämmerlicht und blickte hinunter auf das ferne Tal. Es war windstill, und dem Himmel nach zu schließen, würde es auch am Morgen so bleiben. Doch er mußte bedenken, daß der Schnee eine harte Kruste hatte, und wenn er mit seiner Last einbrach, wäre dies wohl das Ende. Dreißig Kilometer nach McDermitt, schätzungsweise einen Kilometer pro Stunde ... also etwa dreißig Stunden. Das bedeutete fast zwei Tage durch tiefen Schnee.

Er zog den Brief aus der Tasche und begann zu lesen. Jetzt konnte er sich Janet Tracy vorstellen. Sie war sicher klein, quirlig und dunkelhaarig. Aus ihren Worten sprach Begeisterungsfähigkeit und auch Bescheidenheit, weil sie offenbar den Mut besaß, sich wegen ihres Selbstmitleids zu tadeln.

„Ja, das kenne ich auch", murmelte er. Mrs. Tracy mußte auch wissen, wie es war, knapp dem Tod entronnen zu sein. Menschen, die das erlebt hatten, waren nachher nicht mehr dieselben. Nachdem er den Brief wohl zum zehnten Mal gelesen hatte, kam er zu dem Schluß,

daß ihm die Stelle am besten gefiel, wo sie schrieb, sie halte die Liebe
zu ihrem Mann zärtlich in der Hand.

Er faltete die Bogen sorgfältig, steckte sie in den Umschlag und
schob ihn in die Jackentasche. Plötzlich war ihm klar, wie er sich
entscheiden mußte. Er sah eine Möglichkeit, Heather den Berg
hinunterzutragen – vielleicht. Das Risiko war unvermindert groß,
aber wenn sie schon sterben mußten, dann wenigstens in dem
Bewußtsein, nichts unversucht gelassen zu haben, um am Leben zu
bleiben.

So rasch er konnte, ging er zum Wrack zurück, um das letzte
Tageslicht zu nützen und sich alles anzusehen, was er am Morgen zu
tun hatte.

Weit im Westen des Berges, jenseits des Quinn River und des Desert
Valley, hatte sich ein Ausläufer warmer, feuchter Luft von einer
größeren Tiefdruckzone getrennt, die über die Sierras nach Osten
trieb. Der Ausläufer ballte sich zu einer kleinen Front zusammen
und brachte Regen in die Gebiete, in denen erst vor kurzem soviel
Schnee gefallen war.

Die Warmluft floß während der Nacht langsam ein, breitete sich
zuerst in den höheren Regionen aus und sank dann in die Täler. Für die
Gabelböcke und andere Geschöpfe der Wildnis war der Regen eine
Wohltat, da er den Schnee wegfraß und ihnen die Futtersuche
erleichterte.

Aber bei Tagesanbruch witterten die hungrigen Tiere plötzlich
Gefahr, denn sie hörten das bedrohliche Zischen, mit dem sich kleine
Schneebretter von den Gipfeln lösten, und hin und wieder den Donner
großer Lawinen, die den Berg hinabbrausten. Die Tiere bewegten sich
vorsichtig und lauschten auf den kleinsten ungewohnten Laut. Ihr
Instinkt befahl ihnen, die Südseite des Berges zu meiden.

Der Pilot erwachte, lange bevor das erste Licht durch die
Fallschirmseide fiel. Das Mädchen schlief noch. Gott sei Dank. Er
hatte drei Tabletten übrig, die hoffentlich für den Abstieg reichten.
Als er sich auf die Knie erhob, überfiel ihn ein Zittern. Waren sie
wirklich erst zwei Tage und drei Nächte im Biwak? Monate schienen
vergangen zu sein.

Er robbte zum Feuer. Die Asche war kalt. Sollte er ein neues machen? Dazu brauchte er viel Zeit, und jede Minute dieses Tages war kostbar.

Er sah auf die Uhr und entschied dann, daß ihm trotz allem keine Wahl blieb. Sie brauchten Wasser. Also warum nicht gleich heißen Tee? Sechs Uhr. Von jetzt an gab es kein Warten mehr. Wenn mein Vorhaben ein Fehler ist, wird es mein letzter sein. Aber ich fühle mich stark, stärker als irgendwann seit der Landung. Ich bin zwar hungrig wie ein Wolf, doch meine Kraft hat mich noch nicht verlassen.

Er machte ein kleines Feuer aus der Handvoll Späne, die vom Vortag übriggeblieben waren. Es qualmte heftig. Würde das Mädchen darüber klagen? Nein, alles blieb still.

Er kroch zu ihr, lauschte kurz ihrem Atem und küßte sie sanft auf die Wange. Als er gleich darauf ins Freie trat, war er enttäuscht, daß es noch ziemlich dunkel war. Schwere Wolken bedeckten den ganzen Himmel. Doch war es so warm, daß die Schneeflocken, die sein Gesicht trafen, sofort schmolzen. Das stimmte ihn froh. Nun konnte er ohne Handschuhe arbeiten und würde schneller vorankommen.

Mit dem Landescheinwerfertopf voll Schnee kehrte er zum Feuer zurück und schichtete ein paar gebrochene Flügelverstrebungen der Stearman auf die Glut. Er brauchte keinen Notvorrat mehr. Dann weckte er das Mädchen. „Willst du den ganzen Tag im Bett liegen, du Faulpelz?" neckte er sie. „Kannst du dich aufsetzen?"

„Nein, es tut viel zu weh."

„Aber du mußt sitzen, wenn ich dich den Berg hinuntertrage."
Sie zögerte und drückte ihm dann die Hand. „Ich versuch es."

„Fertig zum Testflug?"

Sie nickte lächelnd, schaute dabei aber ängstlich drein. Wenn sie nur einmal schreit, dachte er, werden wir es nicht schaffen. „Möchtest du vorher eine Tablette?" Sie schüttelte den Kopf, preßte die Lippen fest zusammen und streckte das kleine Kinn entschlossen vor. Ihre Hände waren zu Fäusten geballt.

„So, und nun ganz langsam", sagte er, während er ihr seinen Arm unter die Schultern schob. „Wenn du es nicht aushältst, müssen wir uns was anderes ausdenken." Nur was? Die Zeit und seine Kraft reichten ja kaum, um seinen sorgfältig ausgeklügelten Plan durchzuführen.

Er beobachtete sie, als er ihre Schultern langsam anhob. Der Teddy rutschte zu Boden, und ihm kam zu Bewußtsein, wie klein sie in Wirklichkeit war. „Geht's?" fragte er.

Sie nickte, aber ihre Lippen zitterten. Sie hatte bestimmt Schmerzen. „Gleich haben wir's", sagte er und wunderte sich, daß er ihr selbst in einem Augenblick wie diesem die unversehrte Seite seines Gesichts zukehrte.

Er hielt inne. „Fast geschafft. Machen wir weiter?"

„Ja. Es geht schon." Ihre Stimme war so schwach, daß er sie kaum hörte.

Er schob sie noch ein winziges Stück höher. „Hältst du's aus? In ungefähr dieser Stellung wirst du dich später befinden. Wenn du es nicht aushalten kannst, mußt du es mir sagen."

Sie schluckte, und er wandte den Blick ab, weil ihr die Qual so deutlich in den Augen stand. Wieder hob er sie ein, zwei Zentimeter an. „Nun?"

„Ich schaffe es. Ich *will* es schaffen."

„Meinen Glückwunsch." Er ließ sie zurücksinken, bis sie wieder flach lag. „Wir gönnen uns ein großartiges Frühstück, und dann habe ich etwa eine Stunde lang zu tun. Bald steigen wir ins Tal hinunter, mein Schatz."

Ihre Augen füllten sich mit Tränen, und er hätte sie nur zu gern weggewischt. Doch er beherrschte sich. Ich darf in all den Stunden, die uns noch bevorstehen, nicht weich werden. Wir können nicht gewinnen, wenn wir uns gegenseitig leid tun.

Als das Wasser heiß war, machte er Kiefernnadeltee. Dann bat er Heather, den Napf zu halten, während er das Hauptgericht servierte. Er brach das letzte Stück Schokolade in zwei Hälften und riet ihr, sie langsam zu genießen, weil die Portion so klein war. Sie reichten einander feierlich das Gefäß und nippten abwechselnd an der Flüssigkeit. Nur ihre Blicke sprachen, und das war genug, dachte er. Sie waren bereit, ihr Leben zu riskieren, und da waren keine Worte mehr nötig.

Ein wenig später bat er sie um Geduld und wollte das Zelt verlassen. Er hatte sich eben von ihr abgewandt, als draußen ein Grollen ertönte. Es schwoll an und verstummte dann abrupt.

„Was war das?“

„Ich weiß nicht“ antwortete er.

„Es hat geklungen wie ein Zug. Jeden Tag um drei fährt der Union Pacific durch Elko. Das hört sich genauso an.“

„Die Eisenbahn war es wohl kaum.“

Er kroch weiter zum Ausgang. Das Geräusch war ihm fremd, und es gefiel ihm nicht.

Im vollen Morgenlicht vergaß er seine Bedenken. Wie warm es war! Eigentlich gar kein so schlechter Tag für ihr Unternehmen. Der Gipfel war in Wolken gehüllt, doch die tieferen Hänge sah man deutlich. Weit unten konnte er einen kahlen Granitvorsprung erkennen, der gestern noch unter dem Schnee verborgen gewesen war. Das Geäder der vielen Wasserläufe schien wie mit Tusche gezeichnet.

Als er sich dem Cockpit der Stearman näherte, klopfte er gegen den Rumpf – toi, toi, toi! Ich werde eine ganze Menge Glück brauchen, dachte er, um den ersten Teil meines Planes auszuführen. Er wischte den angewehten Schnee vom Sitz und dessen Verankerung. Allmächtiger, war die Maschine mitsamt ihren Eingeweiden für die Ewigkeit gebaut? Als er dann die Schraubenmuttern und die sechs Bolzen betastete, mit denen die Rückseite des Sitzes am Rahmen befestigt war, schalt er sich undankbar und unvernünftig. Nein, ich wäre nie für ein weniger stabiles Flugzeug gewesen, selbst wenn ich eine Notlandung in den Bergen in Betracht hätte ziehen müssen.

Dank Moravias Voraussicht stand er nicht mit leeren Händen da, doch die Halterungen waren so fest, daß es schwierig sein würde, den Sitz auszubauen. Schließlich beschränkte sich sein Werkzeug auf einen Schraubenzieher, eine Zange und einen Schraubenschlüssel. Er hatte für diese Arbeit eine Stunde anberaumt. Nach fast zwei Stunden entfernte er mit aufgeschürften Knöcheln die letzte Schraubenmutter und zerrte den Sitz aus dem Cockpit. Er stellte ihn in den Schnee und ließ sich hineinfallen. Während er sich die blutenden Finger leckte, fiel ihm ein, daß er das Eigengewicht des Sitzes bei seinen Plänen nicht berücksichtigt hatte. Großer Gott, wie schwer er war!

Er wollte die Fallschirmgurte am Sitz befestigen und sie wie die Tragriemen eines Rucksacks verwenden, so daß die Lehne auf seinem Rücken auflag und die Sitzfläche von ihm abgekehrt war. So würde es

Heather wenigstens halbwegs bequem haben und ihr Gewicht gleichmäßig verteilt sein. Wenn er müde wurde und rasten mußte, wollte er eine Erhöhung suchen, auf der er den Sitz abstellen konnte. War es notwendig, Heather flach hinzulegen, brauchte er lediglich aus den Schulterriemen zu schlüpfen. Wenn das verdammte Ding bloß nicht ohne das Mädchen schon soviel gewogen hätte.

Er überlegte noch mal, ob es eine Möglichkeit gab, ganz ohne den Sitz auszukommen, aber alles, was ihm einfiel, war noch unpraktischer. Um Gewicht einzusparen, beschloß er, den Sicherheitsgurt wegzulassen. Im Notfall mußte sich Heather eben festhalten. Die Fallschirmgurte ließen sich leichter montieren als erwartet, und doch war es schon beinah Mittag, als er seine Konstruktion zum Zelt schleppte. Er baute direkt davor einen hüfthohen Schneeberg und stellte den Sitz darauf.

Erschöpft von der Plackerei beschloß er, sich fünf Minuten Rast zu gönnen, ehe er Heather holte. Er war ein paarmal getaumelt, und ab und zu hatte ihn ein Schwindelgefühl gepackt, das ihn wütend machte. Vielleicht verging die Benommenheit, wenn er sich ausstreckte und für kurze Zeit die Augen schloß.

Plötzlich verwarf er den Gedanken an diese Verzögerung. Am gegenüberliegenden Ende der Lichtung, wo sich ein riesiger Felsvorsprung befand, brach eine Flut von Schnee und Steinen aus den Wolken. Sie sauste, schaumgekrönt wie ein Ozeanbrecher, den Hang hinab und spie ins Tal. Sekundenbruchteile später hörte er das Dröhnen.

Er holte Heather sofort.

Neuntes Kapitel

MANCHMAL kam Moravia sein kleiner Betrieb wie ein Überbleibsel aus dem Krieg vor – so eine Art Lazarettstation. Er stand wieder an seinem Platz vor dem Fenster und grübelte nach über die Mißerfolge bei der Suche nach Maschine vierzehn und dem Pechvogel, der ihr Pilot gewesen war.

Gewesen war? Vielleicht hatte er den schnellen Tod gefunden, den sich jeder Flieger wünschte. In diesem Fall konnte man beinah von Glück reden. Seit Moravias erstem Flug hatte der Leitspruch der Flieger immer gelautet: „Wenn es schon sein muß, dann bloß kein Feuer und kein langer Absturz bei vollem Bewußtsein. Lieber kurz und schmerzlos, gleich in einen Berg oder sonstwas und Gott befohlen!" Das war gewiß kein Gebet, aber es gab die Denkweise jedes Piloten wieder, den er seit den Tagen in Frankreich bis zu dem heutigen verhängnisvoll aussehenden Morgen kennengelernt hatte.

Ja, Vierzehns Gesicht war natürlich nicht gerade ein Schmuckstück, dachte er, als nun der Mechaniker Rohrbach vor dem Fenster auftauchte. Und Rohrbach fehlte eine Hand. Vor langer Zeit hatte irgendein Esel von Schüler im Cockpit einer Jenny gesessen und nicht aufgepaßt, als Rohrbach ihm zurief, er solle noch mal nachsehen, ob die Zündung abgestellt sei. Hinterher behauptete er, den Befehl mißverstanden zu haben. Kurz gesagt, als Rohrbach den Propeller anwarf, sprang der verdammte OX-5-Motor an. Der Propeller schnitt Rohrbach die linke Hand ab, und er konnte Gott danken, daß es ihm mit dem Kopf nicht ebenso erging.

Moravia sah „Kit" Carson näher kommen. Er trug seinen Teddy und sollte die reguläre Morgenpost befördern – hoffentlich bis nach Elko. Carson war ein alter Hase. Er war schon unter General Pershings Kommando in Mexiko geflogen, als die Armee kaum wußte, was sie mit Flugzeugen, und noch viel weniger, was sie mit Fliegern anfangen sollte. Nachdem er seine Aufgabe südlich der Grenze erledigt hatte, war er nach Kanada zur Royal Canadian Air Force gegangen und hatte später mit Leuten wie Billy Bishop, Quigly und McCall Einsätze gegen die Deutschen geflogen. Er war abgeschossen worden und zwischen den Linien niedergekracht. Als er die Nacht in einem Granattrichter verbrachte, hatte er irgendwann ohne schützende Maske eine Portion Senfgas abgekriegt und, weil es lange dauerte, bis er ins Lazarett kam, schließlich einen Lungenflügel eingebüßt.

Wenigstens sah man es ihm nicht an, so daß er weder Besuchern noch den Inspektoren des Postministeriums, die ihre Nasen in alles steckten, einen zusätzlichen Grund lieferte, die Fliegerei in Bausch und Bogen abzulehnen.

Moravia begab sich an seinen Schreibtisch und starrte auf die

Landkarte, die darauf ausgebreitet lag. Die großen, mit Bleistift durchschraffierten Flächen kennzeichneten die Gebiete, die seine Piloten abgesucht hatten, wobei ihnen vermutlich nichts entgangen war. Allerdings gab es noch immer eine Menge Möglichkeiten, wo die Vierzehn stecken konnte – die Strawberry Mountains südwestlich von Baker, Oregon, zum Beispiel, obwohl eine Abweichung vom Kurs in diesem Ausmaß sehr unwahrscheinlich schien.

Zur Zeit suchten die De Havillands der Nationalgarde im Umkreis von Pendleton, Oregon, und würden im Laufe des Tages nach Süden vordringen. Zwei der Stearmans befanden sich bereits über den Blue Mountains und sollten bald zurückkehren, um aufzutanken und weitere Anweisungen entgegenzunehmen – es sei denn, sie hatten die Vierzehn gefunden.

Es klopfte diskret. Als er sich umwandte, sah er Stiller, den Teddy über den Arm geworfen und Helm und Brille in der Hand, im Türrahmen stehen.

„Guten Morgen, Sir", begrüßte ihn Stiller in seiner förmlichen Art, und Moravia dachte, daß dieser Mann, dem sein Beruf nicht einen Kratzer eingetragen hatte, von seinen Schützlingen wohl der am schwersten angeschlagene war – ein Seeleninvalide.

„Ich wußte nicht, daß Sie für heute eingeteilt sind", sagte Moravia.

„Bin ich auch nicht, aber wenn Sie es wünschen, werde ich fliegen." Stiller trat vorsichtig näher. Alles, was er tat, wirkte irgendwie zaghaft.

„Ich hab nachgedacht", sagte er, „und mit meiner Frau darüber geredet. Sie meint, ich soll mit Ihnen sprechen, wenn ich es wirklich für besser halte."

Ach, wie rührend, dachte Moravia. Ich soll also jetzt, wo sich da draußen vermutlich eine Tragödie abspielt, darüber aufgeklärt werden, was Stillers Alte für richtig hält. Bemerkenswert, wie sie ihrem Göttergatten die Leine locker läßt. Daß er an seinem freien Tag auf den Flugplatz kommen darf, ist glatt ein Wunder. „Wo drückt der Schuh?" fragte er.

„Nun, in den letzten Nächten bin ich meist wach gelegen und hab mir das Hirn zermartert. Ich hab meiner Frau von dem Flug erzählt und daß ich glaubte, nördlich vom Capitol Peak vielleicht doch ein

Wrack gesehen zu haben. Na ja, und im Laufe unserer Unterhaltung bin ich mir dann immer sicherer geworden. Gestern abend, als wir das Licht ausgeknipst hatten, konnte ich mir auf einmal alles besser vorstellen, und jetzt bin ich zu neunzig Prozent überzeugt, daß ich mich nicht irre. "

Moravia schwieg, aber es kostete ihn Mühe. Er widerstand der Versuchung, mit einer Reihe saftiger Ausdrücke zu beschreiben, was er von Stillers Charakter hielt. Statt dessen beugte er sich über die Landkarte und winkte Stiller zu sich. „Zeigen Sie mir noch einmal, wo das gewesen sein soll. "

Stiller beschrieb mit dem Finger einen Kreis. „Irgendwo hier drin war ich. Ich bin ganz sicher. "

„Gut. Ich lasse die Morgenpost auf die Bahn verfrachten. Sie nehmen unsere letzte Maschine und fliegen dorthin zurück. Bis zum Nachmittag kriegen Sie eine Menge Gesellschaft. Ich schicke Ihnen jede verfügbare Mühle nach. "

Und für den Fall, daß du mir diesmal wieder mit einem Gewäsch über schlechte Sicht kommst, hetze ich dir einen Wachhund auf den Hals. Dafür ist Carson der ideale Mann. Der war schon mal so gut wie tot gewesen. So einen haut nichts mehr aus den Schuhen.

AM RAND der Lichtung hielt der Pilot kurz inne und schaute zum Biwak zurück. Selbst aus dieser geringen Entfernung wirkte es nicht annähernd so auffällig, wie er geglaubt hatte. Es schien nicht mehr als eine kleine Erhebung auf dem weißen Hang zu sein. Er konnte die Falten des über den Rumpf gebreiteten Fallschirms und ein Stück vom Schwanz der Stearman sehen, aber die Flügel waren so unter den Bäumen verborgen, daß man denken konnte, sie seien nur zwei Unebenheiten im Schnee.

„Sag dem trauten Heim Lebwohl", forderte er Heather auf.

„*Aloha*", sagte sie.

„Wo hast du denn das wieder her?"

„Mein Onkel lebt auf Hawaii. Im vergangenen Sommer war er bei uns zu Besuch, da hat er das dauernd gesagt. Es heißt ‚lebe wohl' auf hawaiisch. "

„Vergißt du eigentlich nie, was du so aufschnappst?"

„Nein. Schon gar nicht, wenn es mir gefällt."

„Und wie geht's dir sonst dahinten?"

„Ich bin noch da. Bin ich zu schwer?"

„Zum Glück warst du ja auf Diät gesetzt."

In der ersten Stunde unterhielten sie sich, dann wurden die Pausen immer länger. Die Wirkung der schmerzstillenden Tablette, die er ihr gegeben hatte, bevor er sie auf den Rücken nahm, ließ allmählich nach. Die Reihenfolge war immer dieselbe. Zuerst das Schweigen, dann das leise Wimmern und schließlich die Schreie. Es war nur noch eine Tablette übrig.

Solange die Sonne im Zenit stand, war der Abstieg überraschend leicht. Der Pilot fand eine Wasserrinne, die von der Lichtung hinunterführte und guten Halt bot, bis sie steiler wurde und in ein Flußbett mündete, in dem zahllose große Felsbrocken und Findlinge und ein Gewirr von Gestrüpp und herabgestürzten Baumriesen lagen. Der Gedanke, daß das Geröll von einer kürzlich abgegangenen Lawine stammte, machte ihn nervös.

Als er sich umdrehte, wirkte der Berg gewaltiger und drohender denn je. Die Barriere aus Bäumen und Felsbrocken vor ihm zog sich über die Sohle einer natürlichen Mulde hin. Obwohl er bisher noch keine Rast eingelegt hatte, war das hier kein Ort zum Verweilen. Drüben auf der anderen Seite sah das Gelände einladender aus. Kaum zweihundert Meter entfernt lag ein langer, unbewachsener, leicht abfallender Hang. Die unberührte Schneefläche glänzte in der Mittagssonne. Er brauchte sicher nur ein paar Minuten, um die Hindernisse, die sich vor ihm auftürmten, zu umgehen. Danach würde er sich ausruhen.

Zwei Stunden vergingen, und sie steckten immer noch in dem Labyrinth. Jedesmal wenn er glaubte, endlich hindurchgelangt zu sein, versperrte ihm eine unüberwindliche Hürde den Weg und zwang ihn zur Umkehr. Der Fluß selbst war der tückischste Gegner. An einer tiefen Stelle wollte er ihn nicht durchqueren, und wo das Wasser seicht war, schoß es so schnell dahin, daß er fürchtete, durch die Strömung das Gleichgewicht zu verlieren. Mit seiner schweren Last konnte er womöglich nicht mehr aufstehen.

Er blickte auf die Uhr. Schon zwei. Das bedeutete, sie hatten seinen

Zeitplan bereits um drei Stunden überschritten und dabei keine drei
Kilometer zurückgelegt.

Er horchte auf das Donnern einer Lawine. So oft hatte ein Dröhnen
die Stille durchbrochen, daß er es fast nicht mehr beachtete. Er spürte,
wie seine Kräfte rapide nachließen, aber jetzt gab es kein Zurück mehr,
sonst wurde diese häßliche Mulde ihr Grab.

„Heather", sagte er ruhig, „wir kommen nicht eben schnell voran."

„Bist du sehr müde?" fragte sie.

„Nein. Es geht mir gut." Wozu ihr die Wahrheit sagen? Damit war
nichts gewonnen.

„Ich hab über den Brief nachgedacht", sagte sie. „Mir gefällt das
besonders, wo sie schreibt, daß jeder Mensch auf seine eigene Weise
liebt. Wenn ich daran denke, vergesse ich meinen Rücken, weil ... na
ja, mit ein bißchen Phantasie – und Miß Livingstone meint, ich hätte
genug davon – könnte es genau auf dich und mich zutreffen."

„Miß Livingstone ist wohl auch eine deiner Lehrerinnen?"

„Nein, unsere Nachbarin, und ich glaub nicht, daß sie viel über die
Liebe weiß. Sie ist nämlich eine alte Jungfer."

„Findest du nicht, daß du ein bißchen hart mit ihr umspringst?"

„Ich weiß schon, ich sollte nicht so über sie reden. Eigentlich ist sie
ja sehr nett, auch wenn sie von Liebe nicht viel versteht."

Der Sitz schwankte heftig, als der Pilot über einen Felssims
balancierte, der aus der Mulde zu führen versprach. Heather schrie
unterdrückt auf.

In der Hoffnung, sie abzulenken, fragte er: „Schüttet dir Miß
Livingstone manchmal ihr Herz aus?" Er bekam keine Antwort. Ich
muß einfach alles ignorieren, was hinter mir geschieht, dachte er. Das
einzig Wichtige ist, vor Einbruch der Dunkelheit aus dieser Schlucht
herauszukommen.

Später hörte er ihre Stimme: „Jerry, gibt es Leute, die besonders viel
von Liebe verstehen?"

„Du fragst mir wirklich ein Loch in den Bauch. Ich weiß nicht, was
ich darauf sagen soll." Und selbst wenn, hätte ich nicht mehr die Kraft
dazu.

„Ich möchte nicht wie Miß Livingstone sein."

„Keine Bange. Da besteht bei dir keine Gefahr."

„Was die zweite Mrs. Tracy schreibt, heißt doch, daß es verschiedene Arten von Liebe gibt und daß man sich's aussuchen kann."

„Darüber muß ich eine Weile nachdenken." Fällt mir nicht ein. Ich darf mich nur darum kümmern, wie ich von dem verdammten Berg runterkomme.

Während er vorsichtig über die Steine stieg und den zersplitterten Bäumen auswich, spürte er, daß er nicht mehr Herr seiner selbst war. Seinen Körper schien er in der Gewalt zu haben, aber sein Geist ging eigene Wege. Er war nicht mehr imstande, die Entfernung, die sie bewältigen mußten, als Realität zu betrachten.

Er bewegte sich automatisch. Die Fallschirmgurte schnitten ihm ins Fleisch, und der dumpfe Schmerz in seinen Schultern wurde unerträglich. Ich kann nicht ewig so weitergehen, dachte er.

Schließlich fand er einen Weg durch das Flußbett. Als er endlich das andere Ufer erreicht hatte, bat Heather um einen Schluck Wasser. Er steuerte rückwärts auf einen umgefallenen Baumstamm zu, stellte den Sitz darauf und schlüpfte aus den Gurten. Dann ging er um den Stamm herum und schaute ihr ins Gesicht. Wieder war er von den blaugrünen Augen wie verzaubert. „Du bist schrecklich müde", sagte sie. „Es tut mir so leid für dich ..."

Impulsiv ergriff er ihre Hände und zog sie an die Lippen. Das ist alles nicht wahr, dachte er dabei. Ich träume nur. Zugleich hörte er sich sagen: „Du bist eine schöne Frau, und ich liebe dich sehr."

„Ich liebe dich, Jerry", erwiderte sie, indem sie sich ein Lächeln abmühte, „und ich hoffe, wir werden immer zusammensein."

Er ging schnell zum Fluß und brachte ihr das Wasser in den hohlen Händen, die er langsam wie eine Schale neigte, während sie trank.

Als er sich am Ufer niederbeugte, um seinen eigenen Durst zu stillen, sah er sein Spiegelbild und zuckte zurück. Sein Gesicht – er hatte sein Gesicht vergessen und schon geglaubt, wie andere Menschen zu sein.

Er schloß die Augen, senkte den Kopf, um zu trinken, und stand auf. Als er zu Heather zurückkehrte, war sie wieder verwandelt – nur noch ein kleines Mädchen, das unglücklich aussah und in einem viel zu großen Fliegeranzug steckte. „Können wir weiter?" fragte er schroff. Sein Ton gefiel ihm nicht, aber das ließ sich nicht ändern.

„Kann ich eine Tablette haben?"

„Nein. Sonst wirst du noch süchtig."

Er kauerte sich hin, schlüpfte in die Schultergurte und straffte den Rücken.

„Warum denn süchtig?" fragte sie.

„Das geht dich nichts an", antwortete er gereizt. Dann schritt er, so schnell er konnte, den freien Hang hinunter. Seine Lederjacke knirschte, und zwischen seinen schweren Atemzügen glaubte er, das Mädchen weinen zu hören. Er hielt nicht inne, sondern schritt weiter abwärts, und sein Schatten fiel lang auf den Schnee.

Nie wieder, dachte er, nie wieder werde ich mir solche Hirngespinste erlauben.

Zehntes Kapitel

CARSON verließ als letzter Pilot Moravias Büro. Die anderen hatten nach der Landung persönlich oder telefonisch nahezu das gleiche berichtet. Sie hatten alle das Wrack entdeckt, aber Carson erstattete die genaueste Meldung.

Er stand, noch in Teddy und Stiefeln, vor Moravias Schreibtisch und rieb seine kalte rote Nase. „Ich hab zirka zwanzigmal über der Stelle gekreist, und der Lärm hätte Tote – Verzeihung, Taube aufwecken müssen.

Jedenfalls war ich etwa bis auf fünfzehn Meter runter und hab einen Heidenradau veranstaltet, aber es hat sich nichts gerührt. Ich hab die Tragflächen gesehen. Von zwei Bäumen abgeknickt. Dazu den Rumpf mit dem Fallschirm darüber – ein einziger Trümmerhaufen. Es wäre ein Wunder, wenn einer da mit heiler Haut davongekommen ist."

„Aber waren denn keine Spuren im Schnee?"

„Das Licht war sehr schlecht, als ich endlich ankam, daher kann ich das schwer sagen. Ein Fleck sah mir nach einer Feuerstelle aus. Mit Sicherheit kann ich nur eines behaupten – jetzt gibt es dort weit und breit kein Lebenszeichen mehr."

„Aber wenn er es geschafft hat, den Fallschirm über den Rumpf zu spannen, mußte er sich doch bewegen können."

„Möglich. Der Schirm kann sich natürlich auch beim Aufprall geöffnet haben. Ich bin um ein Haar mit der Flügelspitze hängengeblieben, als ich die Kiste schräg legte, um zu sehen, ob er noch da drin ist. Der Rumpf liegt auf der Seite, deshalb war es hoffnungslos."

„Es sah aber so aus, als hätte er Feuer gemacht?"

„Ja, schon, nur bei den Schneemassen konnte ich nicht mal bei neunzig Kilometer pro Stunde mehr ausmachen, als daß es Jerrys Maschine ist. Ich konnte die Vierzehn auf dem Schwanz genau lesen. Soviel ist sicher."

Moravia zündete sich eine Caporal an, sog den Rauch in die Lungen und hustete. Nun war es seine verfluchte Pflicht, die Großeltern zu verständigen und die Eltern der Kleinen in Elko anzurufen, um ihnen mitzuteilen, daß man die Maschine gefunden hatte. Und was noch? Daß beide Insassen zweifellos umgekommen waren? Natürlich waren sie ganz schmerzlos gestorben. Wenn Moravia die Angehörigen benachrichtigen mußte, erfuhren sie nie die Wahrheit über den Tod ihrer Lieben. Auch in diesem Fall würde er sich an die ungeschriebenen Gesetze halten. Ein schneller, schmerzloser Tod, wie gehabt, für Pilot und Passagier.

Bei Jerry, dem Mann ohne Zuhause, war nicht einmal das notwendig. Am besten schaute er wohl in seinem Zimmer nach, ob er irgendeinen Hinweis auf Leute fand, die ein oberflächliches Interesse daran hatten zu erfahren, daß ein Mann mit dem Vornamen Jerry und einem – wie Moravia sich beschämt eingestand – bis zu diesem Tag vergessenen Nachnamen ums Leben gekommen war. Der Pilot, der die Maschine Nummer vierzehn flog, war also gestorben, ohne zu leiden. Ohne zu leiden – das war immerhin ein Trost, aber Moravia fand es nicht gut. Er wollte es anders formulieren. Ohne *allzusehr* zu leiden.

„Manchmal", sagte er und blies den Rauch durch die Nase aus, „ist mir dieses Geschäft gründlich zuwider."

„Das verstehe ich", nickte Carson, und Moravia wußte, daß es stimmte. Carson meinte, er wolle noch auf einen Sprung zu Freds beliebter Kneipe und sich einen Whisky genehmigen. Dann ging er.

Moravia war allein im Büro sitzen geblieben, bis es dunkel wurde. Schließlich seufzte er und knipste die Tischlampe an. Bald mußte er gewisse Fragen beantworten und wollte darauf vorbereitet sein. Er führte etliche Telefongespräche. Endlich erreichte er einen Maxwell Foster in Reno, Nevada, und erzählte ihm, das Wrack sei gefunden worden. „Ich möchte gern von Ihnen als Chef der Forstbehörde wissen, wann Sie die Leichen bergen können – das heißt vorausgesetzt, daß es welche gibt."

„Moment. Ich bin nicht einmal sicher, daß es sich um mein Gebiet handelt."

„Wollen Sie mir etwa erklären, daß Sie in diesem Fall die Sache nicht zur Kenntnis nehmen?"

„Nur keine Aufregung. Ich würde sowieso vor Sommeranfang keine Rettungsmannschaft dort hinaufschicken."

„Warum nicht?"

„Zu riskant. Lawinengefahr."

„Die Forstbehörde wird von den Steuerzahlern finanziert, und das gilt auch für Sie, Mr. Foster. Ich kann die Opfer nicht oben in den Bergen lassen, bis es Ihnen paßt, sie bequem herunterzuholen. Ihre Familien..." Zumindest die der Kleinen, dachte Moravia bitter.

„Ich brauche erst die Genehmigung aus Washington, und das dauert zwei Wochen, vielleicht einen Monat."

Moravia beförderte die Caporal so heftig von einem Mundwinkel in den anderen, daß Asche auf seine Strickweste fiel. Eines Tages, dachte er, werden nur noch kleinkarierte Bürokraten die Welt regieren, weil sich die anderen Menschen in ohnmächtiger Wut umgebracht haben.

„Also gut, Mr. Foster", sagte er bedächtig. „Wir werden unsere eigenen Leute zu dem Wrack schicken. Und lassen Sie sich gesagt sein, daß jede eventuelle Hilfe Ihrerseits als Behinderung aufgefaßt wird."

Er legte auf und fühlte sich wesentlich besser. Nun würde es keinen Schaden anrichten, noch ein wenig zu warten. Schlechte Nachrichten überbrachte man ohnehin besser nicht am Abend. Außerdem sollte der Bote selbst gefaßt sein, damit er den Angehörigen das Herz nicht noch schwerer machte. Sie haben eine Tochter verloren und ich einen Sohn, so kommt es mir jedenfalls vor, dachte er.

Er knipste das Licht aus, erhob sich aber nicht von seinem Platz hinter dem Schreibtisch. Lange saß er im Dunkeln, wischte sich öfters die Augen und wunderte sich, warum er nach so vielen Jahren noch immer das Gefühl hatte, als wäre sein fehlendes Bein noch da, und warum es sogar weh tat, wenn er sich ärgerte oder traurig war.

ALLMÄHLICH wurde dem Piloten klar, daß er sich verirrt hatte. Verirrt und verloren, obwohl es noch nicht einmal ganz dunkel war. Er blieb am Eingang eines schmalen Canyons stehen, weil er erkannte, daß er von nun an klettern mußte, wenn er weiterwollte. Wie war das möglich? Aber offenbar *war* er in den letzten paar Minuten schon geklettert ...

Aus der Ferne hatte es so ausgesehen, als führe der Canyon abwärts und biete leichten Zugang zu den tiefer gelegenen Tälern – eine Täuschung, denn er entpuppte sich nun als Sackgasse, an deren Ende sich eine senkrechte, mindestens dreihundert Meter hohe Felswand auftürmte. Nicht einmal eine Schneeziege käme hier raus, dachte er, während er sich zögernd umblickte.

„Was ist los, Jerry?" fragte Heather.

Nun überkam ihn ein Gefühl, das er lange nicht mehr gehabt hatte. Alle Flieger erlebten es wenigstens ein paarmal im Laufe ihrer Karriere. Sobald sie ihre Füße wieder auf festen Boden setzten, pflegten sie mit einem verlegenen Lächeln zuzugeben, sie seien „von Verlorenheit umgeben" gewesen.

„Wir sind in großen Schwierigkeiten." Er hatte geglaubt zu flüstern, statt dessen schallte seine Stimme über den Schnee.

„Warum? Was ist los?"

Er war froh, daß er sie nicht sehen konnte. Es war leichter, an sie nur als Last auf seinem Rücken zu denken, eine Bürde, die er nicht ablegen durfte. „Erzähl mir, was sich im Anhänger tut", sagte er. Vielleicht beschäftigte sie das so lange, bis er begriff, wie sie in diese Falle geraten waren. Rechts vom Canyon fiel der Hang viel zu steil ab. Links ragte der Berg auf.

„Da hinten ist alles in Ordnung, aber es wird dunkel."

„Das sehe ich." Er überlegte, wie er ihr beibringen sollte, daß ihnen keine andere Wahl blieb, als auf der eigenen Spur zurückzugehen, was wieder einen langen Aufstieg bedeutete. Aber wohin? Wo hatte er die falsche Richtung eingeschlagen? Selbst wenn er den Punkt fand, konnte er unmöglich bis zum Biwak hinaufsteigen und von neuem losmarschieren.

Er wandte sich langsam um und betrachtete blinzelnd die Spur, die sich wie eine Schlangenlinie anmutig den Berg emporwand und auf einer Anhöhe verschwand. Ein Betrunkener wäre gerader gegangen. Die Aussicht, noch einmal da hinauf zu müssen, lähmte ihn. Niemand konnte das schaffen, ob mit oder ohne schlotternde Knie. Vielleicht sollte er sich setzen und in Ruhe überlegen.

Nein. Irgendwo hatte er gelesen, daß es gefährlich war, sich erschöpft in den Schnee zu legen.

„Jerry? Was ist? Warum ruhst du dich nicht ein bißchen aus?"

„Ich fürchte, wir würden einschlafen und nie mehr aufwachen. "

Noch während er die Wölkchen seines dampfenden Atems sah, wußte er, daß er jetzt wohl das Falsche gesagt hatte. Aber verdammt noch mal, er mußte seine Sorgen mit jemand teilen, und die Welt, die ihn umgab, war nur von zwei Menschen bevölkert.

„Hast du noch den Brief?" fragte sie. „Wir könnten ihn uns gegenseitig vorlesen. Das würde uns wach halten ... besonders die Stelle, wie jeder Mensch seine eigene Vorstellung von Liebe hat, wie ... "

„Meine kleine Freundin", unterbrach er sie möglichst gefaßt, „ich bin nicht nur müde, ich habe mich verirrt. Wir müssen zum Fluß zurück und einen anderen Weg ins Tal suchen. "

Sie schien ihn nicht verstanden zu haben. „Hast du früher in der Schule auch das Spiel gespielt, wo man den eigenen Namen unter den eines anderen schreibt und die Buchstaben durchstreicht, die sich decken? Dann zählt man aus, wie man zusammenpaßt ... Vor einer Weile hab ich es in Gedanken mit deinem Namen gemacht, und es ist ganz genau aufgegangen, deshalb glaube ich, daß dich hier hinten im Anhänger jemand liebhat. "

Wenn ich jetzt wieder in ein Traumland flüchte, dachte er, werde ich nie zurückkehren. „Hast du verstanden, was ich vorhin gesagt habe? Daß wir umkehren müssen?"

„Ja. Vielleicht hilft es, wenn du an den Brief denkst. "

Er griff instinktiv in die Tasche und ließ dann die Hand sinken. Irgendwie genügte es zu wissen, daß der Brief da war.

Er beugte sich vor und machte einen Schritt bergauf, dann noch einen und noch einen, weit vornübergeneigt, um sich nicht so gegen das Gewicht seiner Last stemmen zu müssen. Sein Herz raste, er rang nach Atem, und winzige, grelle Funken tanzten ihm vor den Augen. Die Nacht brach an, während er sich emporquälte, und er war dankbar für das schwache Licht der Sterne.

Als sie, wie erhofft, den Wald erreicht hatten, wartete er, unentwegt weitersteigend, auf das Gurgeln des Flusses, aus dem sie getrunken hatten. Aber so gespannt er auch lauschte, er vernahm nur sein Keuchen und – Allmächtiger! – wieder das erstickte Wimmern. Wenn sie anfängt zu schreien, dachte er, schlage ich mir auf die Ohren, bis ich taub bin.

Je tiefer sie in den Wald eindrangen, desto dunkler wurde es, und er lief beinah gegen die Bäume. „Jerry?" rief sie plötzlich. „Ich glaube, das ist die falsche Richtung. Wir sollten uns mehr dort hinüber halten."

„Wo hinüber? Ich hab dir doch gesagt, wir müssen zum Fluß zurück und noch einmal losgehen."

„Genau das meine ich ja. Der Fluß ist dort drüben."

Er blieb stehen. Heilige Mutter Gottes, was ich jetzt am nötigsten brauche, ist eine Belehrung von dem Dreikäsehoch auf der Hinterbank. „He, du da hinten! Warum schläfst du nicht, statt Unsinn zu reden –"

„Der Schnee ist hier viel tiefer, und es hat mittlerweile nicht geschneit. Außerdem hab ich gesehen, wie du vorhin die alte Spur verlassen hast, aber ich habe gedacht, du weißt einen besseren Weg. Du darfst nicht böse auf mich sein, Jerry."

„Ich bin nicht böse. Ich bin nur müde. Verzeih mir."

Er starrte auf den Schnee und war entsetzt, als er vor sich keine Spuren entdeckte. „Ist gut, Schatz", seufzte er. „Du hast gewonnen. Wohin hast du gezeigt?"

„Wenn du dich umdrehst und ein kleines Stück zurückgehst ... wo so ein großer Schneebuckel ist, da bist du vom Weg abgekommen. Der Fluß ist rechts von dir."

Als er seine alte Spur und den Fluß wiederfand, beschloß er, dem Wasserlauf zu folgen, egal, wieviel auch dagegen sprach. „Du verdienst einen Orden", sagte er. „Du bist wirklich ein kleiner Pfiffikus."

„Vergiß nicht, daß meine Mutter immer sagt, ich habe einen logischen Verstand."

Stolpernd und rutschend ging er in der Dunkelheit weiter, wich den Felsbrocken aus und watete durch die eisigen Bäche, die den Fluß speisten. Jedesmal wenn er ausglitt, schrie Heather vor Schmerz auf, und als er sich für seine Ungeschicklichkeit entschuldigte, sagte sie, sie müsse einfach manchmal schreien, weil ihr der Rücken so weh tat. „Aber ich schwör dir, Hand aufs Herz, daß ich nie wieder jammern werde, wenn wir das hinter uns haben."

Endlich lichtete sich der Wald, und er schritt über einen freien Hang abwärts. Als er dann auf flachem Gelände tiefer einsank, meinte er, es könne eine Straße sein. Halb betäubt vor Erschöpfung, hörte er Heather etwas rufen. Es klang wie aus weiter Ferne.

„Jerry! Ich sehe was! Dort hinten! Wir sind daran vorübergegangen. Es ist groß wie ein Elefant oder so was."

Er drehte sich um. Eine dunkle Silhouette hob sich gegen den Schnee ab. Nach wenigen Schritten sah er, daß es ein Lastwagen war, ein großer Holztransporter, und eine Welle der Erregung durchflutete ihn.

Heather sagte: „Wenn es ein Laster ist, müssen wir uns auf einer Straße befinden, und die führt irgendwohin."

„Okay, okay . . ." Während er sich auf den Wagen zuschleppte, stieg seine Spannung. Angenommen, er hupte, und jemand kam nachsehen, wer sich da an seinem Eigentum zu schaffen machte? Angenommen, dieser Jemand hauste in einer trockenen, warmen Hütte und bat sie hinein? Vielleicht hatte der Alptraum dann ein Ende.

Je näher er kam, desto größer wurde seine Enttäuschung. Die Windschutzscheibe war zerbrochen, die Kabine voller Schnee. Mit einem leisen Hoffnungsschimmer tastete er nach der Hupe und drückte darauf. Kein Laut, nur der Wind, der durchs Führerhaus strich.

Während er sich an die Tür lehnte, sagte Heather: „Also mir ist es egal, ob er alt und verrottet ist. Wenn der irgendwie hier raufgekommen ist, können wir auch runter. Das ist logisch."

Elftes Kapitel

DER Pilot wußte, daß er lange durch ein Tal getrottet war – ein Monat, ein Jahr, eine Ewigkeit. Allmählich ging es noch ebener dahin, und weil er jetzt leichter vorankam, gewann er seine Kraft zurück. Doch es gab keinen Horizont, an dem er sich orientieren konnte. Sobald Wolken die Sterne verhüllten, fiel es ihm noch schwerer, in der Finsternis die Richtung zu halten. Hätte er sich doch nur besser am nächtlichen Himmel ausgekannt! Wenn das Sternbild des Orion stets über seiner linken Schulter stand, würde ihn das nach Westen führen, aber als die Stunden vergingen, stieg es direkt über seinen Kopf und sah von jeder Seite nahezu gleich aus. Er war dankbar für die paar Sterne, die zwischen den Wolkenfetzen herabfunkelten. Wenigstens spendeten sie genug Licht, daß er Felsen und Mulden wahrnahm. Immer wenn er taumelte, fiel er fast auf die Knie, und jedesmal kostete es ihn noch mehr Überwindung, wieder aufzustehen.

„Wie geht's dahinten?" fragte er Heather.

„Ich bin noch da. Haben wir uns verirrt?"

„Nein. Und ich glaube nicht, daß es noch weit ist. Warum versuchst du nicht zu schlafen?"

„Es tut zu weh."

„Willst du eine Tablette?" Es war noch eine übrig.

„Nein. Ich will nicht süchtig werden."

Wenn Heather erwachsen ist, dachte er, muß ihr Mann höllisch aufpassen, daß er nichts sagt, was sie besser wieder vergessen sollte.

Er war so matt, daß er weit vornüberhing. Manchmal glaubte er, er sei eingeschlafen, und erwachte dann, um festzustellen, daß er sich noch immer durch den Schnee schleppte. Um sich wach zu halten, suchte er nach geistiger Beschäftigung, betete das Vaterunser und schätzte die Strecke, die sie bewältigt hatten, und die voraussichtliche Entfernung bis McDermitt. Aber die Zahlen stützten sich nur auf seine ungenauen Kenntnisse der Absturzstelle. Im Grunde war die ganze Rechnerei entmutigend.

Als die Qual kein Ende nahm, bemühte er sich, an den Brief zu denken. Bestimmte Zeilen hatte er sich Wort für Wort eingeprägt, und sie schienen ihn anzuspornen. Mit der Zeit wurden die Bilder immer wirrer. Das Gesicht, das er so oft im Schnee sah, gehörte nicht mehr jener Mrs. Tracy, die er sich ursprünglich vorgestellt hatte. Nun war sie eine Frau geworden, die er gut kannte. Sie sprach zu ihm wie im Takt eines Metronoms, und ihre Stimme klang voll und vertraut. Später merkte er, daß er seine Schritte diesem Rhythmus angepaßt hatte.

Mitten in der Nacht konnte er seine Beine plötzlich nicht mehr zwingen, sich auch noch einen einzigen Zentimeter von der Stelle zu rühren. Er stand schwankend im schwachen Sternenlicht und haßte seine Schwäche um so mehr, als er vor sich einen Stacheldrahtzaun sah. Da gab es nun etwas, dem er hätte folgen können, und er war am Ende. Wenn er seine Last nicht sofort ablegte, würde er wie ein Stock umfallen. Dann war alles aus.

Er sank auf die Knie und lehnte sich zur Seite, bis er das Gewicht des Sitzes nicht mehr spürte, streifte die Schulterriemen ab und sagte Heather, sie würden bis zum Morgen rasten.

„Warum flüsterst du, Jerry?"

„Ich weiß nicht. Ich kann nicht –"

Noch immer kniend, machte er eine flache Mulde im Schnee, zog den Sitz von Heather fort und ließ sie behutsam in die Vertiefung gleiten.

Sie streckte die Hand aus und strich ihm über die Wange. „Du mußt schrecklich müde sein."

Mein Gott, sie hatte sein entstelltes Gesicht gestreichelt, die eingesunkene Wange, wo sich die Haut ganz straff über die verschobenen Knochen spannte, die Hälfte, die fatal einem Totenschädel glich! Nie hätte er zu träumen gewagt, daß jemand das berühren würde.

Er setzte zum Sprechen an. „Ich –" Weiter kam er nicht. Ein neuer Friede erfüllte ihn, eine nie gekannte, stille Heiterkeit, doch er fand keine Worte, um Heather zu sagen, was für ein Wunder sie vollbracht hatte. Meine Beine haben mich im Stich gelassen, dachte er, und es kümmert mich nicht. Die Einsamkeit ist vorbei. Das ist das wahre Leben, alles andere war nur ein böser Traum . . .

Er deckte Heather sorgsam mit dem Teddy zu, bis nur ihre Nasenspitze und ihre Augen hervorlugten. Im Licht der Sterne konnte er ein Lächeln darin sehen. Dann streckte er sich neben ihr aus und zog sie an sich, um sie zu wärmen. Wir lieben uns, dachte er. Wir werden hier nicht sterben.

MORAVIA hatte sich vorgenommen, nicht vor zwölf Uhr mittags alle Hoffnung für die Insassen von Nummer vierzehn aufzugeben. Dann erst wollte er seine traurige Pflicht erledigen und die Verwandten des Mädchens anrufen.

Den Anfang hatte er sich bereits überlegt. „Ich bedaure unendlich, Ihnen mitteilen zu müssen ... wenn es irgend etwas gibt, womit wir Ihnen behilflich sein können ..." und so weiter.

Was Jerry betraf, den Mann ohne Heim und Anhang, wußte er sich keinen Rat. Sollte er einen Brief an Familie Irgendwer, irgendwo in Amerika schreiben? Die Personalakte des Piloten lag vor ihm auf dem Tisch, und es fiel ihm schwer, sich die vielen leeren Spalten zu verzeihen. Kein Mensch achtete zur Zeit der Einstellung auf ein Antragsformular. Die Kenntnisse des Bewerbers wurden mündlich und praktisch geprüft, eine viel verläßlichere Methode, als sich lediglich an die angegebene Zahl der Flugstunden zu halten. Entweder konnte einer fliegen oder nicht, und im letzteren Fall durfte man ihm nicht erlauben, sich oder jemand anderen zu töten. Aber jetzt störte Moravia der Mangel an Papierkram. Die ganze Fliegerei konnte ihm zudem gestohlen bleiben. Keiner sollte mehr bei dieser Art des Geldverdienens sterben.

Er schaute auf die Wanduhr, verglich sie mit seiner Armbanduhr und stellte fest, daß beide dreiunddreißig Minuten nach elf zeigten. Noch siebenundzwanzig Minuten Zeit. Dann mußte er den Hörer abnehmen und eine Flut von Tränen auslösen. Verdammt! Der ohnehin schon lange Vormittag wollte überhaupt kein Ende mehr nehmen.

IRGENDWO in der Ferne ertönte Heathers Stimme, zuerst fast unhörbar, dann lauter. Sie ist wieder durchgedreht, dachte der Pilot, und ich hab keine Ahnung, was ich dagegen tun soll. Sie faselt schon wieder von einem Pferd.

„Ein Pferd, Jerry! Ein Pferd ist da drüben! Schau!"
Langsam löste er sich aus den Tiefen des Schlafes und tauchte an die
Oberfläche seines Bewußtseins. Durch die fast noch geschlossenen
Lider drang der graue Morgen. Er fand sich nicht zurecht, bis er den
Kopf hob und merkte, daß Heather ihn schüttelte.

„Das Pferd! Ruf es doch, Jerry!" schrie sie.

Er wollte ihr den Mund zuhalten und überlegte benommen, ob er
diesmal vielleicht ihre Zunge packen und festhalten sollte, damit sie
genug Luft bekam. Irgendwo hatte er gelesen, daß man im Delirium
ersticken konnte.

Dann blickte er zufällig an ihr vorbei und war kurz davon
überzeugt, daß er noch schlief. Denn da *war* ein Pferd. Es trabte über
einen nahen Hügel, und auf ihm saß ein Reiter.

Der Pilot sprang mit einem Ruck hoch und winkte und brüllte wie
ein Verrückter. Das Pferd blieb stehen – der Reiter wandte den Kopf.
Gleich darauf nahm er den breitkrempigen Hut ab und schwenkte ihn.
Er schien lange zu zögern, bis er wendete.

Der Pilot winkte und brüllte weiter, bis der Schnee unter den Hufen
des Pferdes aufstob, als es auf sie zugaloppierte.

Um zwölf Uhr entschloß sich Moravia, noch eine Stunde
zuzugeben. Er saß hinter seinem Schreibtisch, kaute ein Erdnußbut-
terbrot und fand, daß die Zeiger der Wanduhr seiner ohnehin schon

anfälligen Verdauung nicht eben zuträglich waren. Sie erinnerten ihn unerbittlich an die sechzehn Minuten, die ihm noch bis ein Uhr blieben.

Als das Telefon läutete, nahm er den Hörer ab und raunzte seinen Namen. Er lauschte kauend, schluckte den Bissen dann aber schnell hinunter, als er die Stimme eines Ranchers hörte, der sich als Mr. Taylor vorstellte und erklärte, er rufe auf die Bitte eines Linienpiloten an. „Im Moment schläft er in meinem Bett. Er ist ganz schön fertig. Das Mädel hab ich aufs Sofa im Vorderzimmer verfrachtet. Der Doc ist unterwegs. Ihr Rücken sieht bös aus, aber unser Doc ist prima."

Nachdem Moravia sich die genaue Lage der Taylor-Ranch notiert und gefragt hatte, wie er helfen könne, erhielt er die Antwort: „Im Augenblick können Sie gar nichts tun, schätze ich, außer, Sie geben dem Burschen vielleicht ein paar Tage frei. Ich soll Ihnen ausrichten, das würde ihn freuen, weil da ein Brief an den Absender zurück soll, und er würde ihn gern persönlich zustellen. Keine Ahnung, was er damit meint, aber er hat gesagt, es ist sehr wichtig."

„Ich werde daraus auch nicht schlau", erwiderte Moravia. „Und es ist mir auch egal. Sagen Sie ihm bloß – willkommen zu Hause."

Ernest K. Gann

Ein Individualist
und Tausendsassa

Ungeheure Energie und Lebenslust kenn-
zeichnen alles, was Ernest Gann tut. „Ich
bin jetzt schon über siebzig", sagt er,
„aber ich fühle mich wie vierzig." Gann
und seine Frau Dodie leben auf der Red
Mill Farm, einer voll bewirtschafteten Ranch
auf San Juan Island vor der kalifornischen Küste. Hier widmet er sich der
Viehzucht und schreibt seine Bestseller.
Wahrhaftig genug Arbeit, um einen Mann
in Atem zu halten, doch Ganns Taten-
drang scheint keine Grenzen zu kennen: Er ist ein perfekter Mechaniker, Reiter, Tennisspieler und Segler. Und er fliegt seine eigene Maschine – eine zweimotorige
Cessna 310.

„Ich fliege nun seit fünfundvierzig Jahren und kann mir ein Leben ohne die Fliegerei
nicht vorstellen", meint der Autor. „In der Luft empfinde ich ein eigenartiges Gefühl
des Friedens, das mich restlos glücklich macht."

Er hat weit über eine Million Flugkilometer zurückgelegt – ob als Schauflieger,
Jagdflieger, als Pilot von Passagierflugzeugen oder bei Truppentransportflügen im
Zweiten Weltkrieg –, und die Erfahrungen, die er dabei sammelte, haben seine
schriftstellerische Tätigkeit in hohem Maße beeinflußt, vor allem die Romane *Im Spiel
der Gewalten* und *Vom Schicksal gejagt*. Beide sind in den Auswahlbüchern
erschienen.

Auch *Der Pilot und das Kind* zeugt von Ganns intimer Kenntnis der Materie. Jerry,
der stille Held der Geschichte, wirkt vor allem deshalb so lebensecht, weil der Autor in
seiner jugendlichen Sturm- und Drangzeit selbst im offenen Cockpit durch die Lande
vagabundiert ist. „Ich trug eine Fliegerbrille, eine Lederjacke und den weißen
Seidenschal – das ganze Drum und Dran", erzählt er lachend. „Damals bin ich überall
im Staat New York herumgekurvt und habe die Leute für zwei, drei Dollar durch die
Gegend geflogen."

Mit *Der Pilot und das Kind* hat der erfolgreiche Autor neue Leserscharen in die
große Zahl seiner Anhänger eingereiht. Ein Kritiker schreibt: „Daß Ernest Gann einen
spannenden Stoff packend erzählen kann, hat er oft genug bewiesen. Hier hat er es
zudem brillant verstanden, zarte Töne anzuschlagen, die selbst ein versteinertes Herz
rühren müßten."

Um so mehr freuen wir uns über die Nachricht, daß Ernest Gann bereits an einem
neuen Projekt arbeitet: einem Roman über die Geschichte der Fliegerei, der auch als
sechsteilige Serie vom amerikanischen Fernsehen ausgestrahlt werden soll.